세계문학전집029
Фёдор Миха́йлович Достое́вский
БРАТЬЯ КАРАМАЗОВЫ
카라마조프 형제들 I
도스토예프스키/채수동 옮김

KB208169

동서문화사

디자인 : 동서랑 미술팀

도스토예프스키(1821~1881) 초상

두 번째 부인 안나 그레고리예브나

시베리아의 옴스크 형벌지

상트페테르부르크 블라디미르 광장에 있는 도스토예프스키
동상

《카라마조프 형제들》 목판화

서재 여기서 《카라마조프 형제들》 집필

도스토예프스키 박물관 내부

《카라마조프 형제들》 원작에 나오는 수도원의 모델이 된 '스타야루사의 옵티나 푸스틴 수도원'

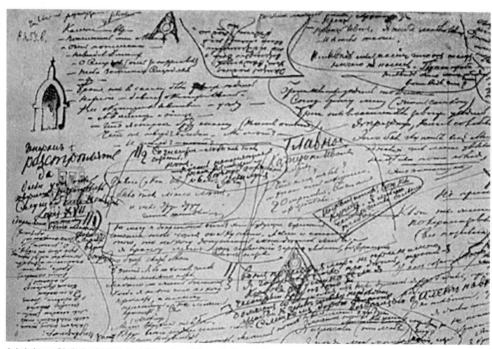

《카라마조프 형제들》 제5장의 초기 원고. 수도원을 묘사하고 있다.

도스토예프스키 청동 흉상 소비에트 에라뮤지엄 기록보관소(소비에트시대 박물관)

영화 〈카라마조프 형제들〉 리처드 브룩스 감독, 율 브리너·마리아 셸 주연, 1958.

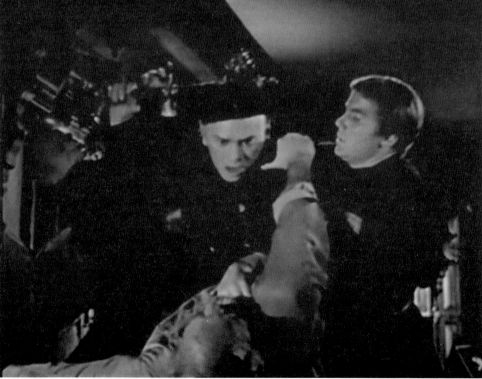

카라마조프 형제들 I II
차례

카라마조프 형제들 I

안나 그리고리예브나 도스토예프스카야에게 바친다.

내가 진실로 진실로 너희에게 이르노니 한 알의 밀이 땅에 떨어져 죽지 아니하면 한 알 그대로 있고 죽으면 많은 열매를 맺느니라.

요한 복음 제12장 24절

주요인물

표도르 파블로비치 카라마조프 돈을 늘리는 데 능숙하며 떠돌이에서 소지주로 자수성가한 남자. 호색한으로 비명의 죽음을 당한다.

아젤라이다 이바노브나 표도르의 전처. 부유한 가정에 태어났으면서도, 표도르를 과분하게 평가하고 그와 결혼하여 아들까지 하나 낳았으나 나중에 정이 떨어져 다른 남자와 정을 통하여 집을 나간다.

소피아 이바노브나 표도르의 후처. 두 아들을 낳고 죽는다.

드미트리 표도로비치(미차) 표도르의 맏아들. 퇴역 장교. 순박하고 정직한 정열가로 방종한 생활에 빠진다. 스물여덟 살.

이반 표도로비치 표도르의 둘째 아들. 대학을 나온 수재. 무신론자. 스물네 살.

알렉세이 표도로비치(알료샤) 표도르의 세째 아들. 수도원의 장로에게 사사하는 수도사. 천사와 같이 청순한 박애가. 스물한 살.

스메르쟈코프 표도르가 거지 여인에게서 낳은 사생아. 간질병 환자로 카라마조프네 요리사. 비열하고 간악한 잔꾀만 많은 악마적인 인물.

조시마 장로 알료샤의 스승. 이반이 이 소설의 부정적인 사상의 핵인 데 반해 조시마 장로는 긍정적인 사상의 핵을 이루고 있다.

라키친 신학교를 나온 학생. 알료샤와 같은 수도원에 있으면서 잡지 경영자가 되는 것을 이상으로 삼고 있는 경박한 재주꾼.

카체리나 이바노브나(카차) 중령의 딸. 미차의 약혼녀. 뒤에 이반을 사랑하게 된다.

그루셴카(아그라페나 알렉산드로브나) 첫사랑 남자에게 버림받고 늙은 상인의 아내가 되었다. 분방한 창녀형의 여자. 뒤에 미차와 사랑하게 된다.

무샤로비치 그루셴카의 첫사랑 남자. 비열한 폴란드인.

호흘라코바 부인 부유한 지주의 미망인.

리즈(리자를 프랑스식으로 부르는 호칭) 호흘라코바 부인의 딸. 알료샤의 소꿉동무로 사랑하는 사이.

지은이로부터

이 작품의 주인공 알렉세이 표도로비치 카라마조프의 일대기를 쓰기 시작하면서, 몇 가지 미진한 점을 느끼고 있다. 그것은 비록 내가 알렉세이 표도로비치를 이 책의 주인공이라고 부르고는 있지만, 그가 조금도 위대한 인물이 아님을 나 스스로 잘 알고 있기 때문이다.

따라서 다음과 같은 질문이 반드시 쏟아져 들어오리라는 것도 나는 예상하고 있다.

"당신이 이 소설의 주인공으로 선택한 알렉세이 표도로비치는 도대체 어떤 점에서 뛰어난가? 그의 업적은 무엇이고, 어떤 사람에게 무슨 일로 알려진 사람인가? 무엇 때문에 우리 독자가 그의 생애를 탐구하는 데 시간을 할애해야 하는가?"

그 가운데 마지막 질문이 가장 치명적이다. 거기에 대해 나는 그저 "이 소설을 읽으시면 자연히 알게 될 겁니다" 이렇게 대답할 수밖에 없다. 그런데 이 소설을 다 읽고 나서도 독자가 여전히 알렉세이 표도로비치의 뛰어난 점을 인정하려 들지 않는다면? 사실은 바로 이와 같은 경우를 예측하였기 때문에 지금 나는 이런 말을 늘어놓고 있는 것이다. 내가 보기에 그는 분명히 주목할 만한 가치가 있는 사람이다. 하지만 이 점을 독자들에게 과연 증명할 수 있을는지에 대해서는 아무 자신이 없다. 요컨대 그는 분명히 실천가이긴 하면서도 어딘가 애매하여 뭐라고 꼬집어서 정의하기 힘든 실천가이다.

요즈음 같은 시대에 작중 인물에 대해 명쾌함을 요구하는 것부터가 이상한 일일지도 모른다. 다만 한 가지, 그가 몹시 이상한, 아니 괴짜라고까지 할 수 있는 사람이란 점만큼은 의심의 여지가 없다. 이상하다느니 괴짜라느니 하는 것은 분명히 세상의 이목을 끌기는 하지만 해를 주는 일이 많다. 특히 혼란스럽기 짝이 없는 요즘처럼 부분적인 것들을 한데 모아 어떤 보편적인 의의를 찾아내려고 애쓰는 시대에는 더 말할 것도 없다. 본디 괴짜란 사람은 대부분의 경우 사회의 일부분이면서도 고립된 현상이다. 그렇지 않은가?

그런데 만일 여러분이 이 마지막 정의에 동의하지 않고, '그렇지 않다'거나 '늘 그런 것은 아니다'라고 대답한다면, 아마도 나는 이 책의 주인공 알렉세이 표도로비치가 가진 의의에 대해 자신을 가질 수도 있으리라. 그것은 괴짜라고 해서 반드시 부분이거나 고립된 현상은 아닐뿐더러, 오히려 괴짜야말로 전체의 핵심적 요소를 지니고 있는 경우도 자주 있기 때문이다. 그리고 그와 같은 시대의 다른 모든 사람들은 어떤 이유에서인지 거센 바람에 휘말려 잠깐 그로부터 떨어져 나간 사람들인 것이다……

하기는 이렇게 따분하고 애매모호한 설명만 늘어놓을 것이 아니라, 머리말 없이 대뜸 본문부터 시작해도 상관 없었을 것이다. 이 책이 마음에 드는 독자라면 끝까지 읽어 줄 테니까.

그런데 여기서 한가지 곤란한 점은 내가 쓰려는 전기는 하나인데, 이야기는 두 가지라는 것이다. 더욱이 중요한 것은 두 번째 이야기이다.

이 두번째 소설은 우리 시대, 지금 우리가 살아가고 있는 바로 이 시대에 있어서 나의 주인공의 행동을 그린 것이다. 한편 첫 번째 이야기는 이미 13년 전에 일어난 사건이며, 소설이라기보다는 차라리 주인공의 청춘의 한 토막을 그린 것에 지나지 않는다.

그렇지만 나로서는, 이 첫 번째 소설 없이는 두 번째 소설의 대부분을 이해하지 못할 터이므로 첫 번째 소설을 생략할 수가 없다. 그렇기 때문에 나는 서두에서부터 어려움에 빠져들고 만다. 만약 내가, 즉 전기 작가인 내가 그처럼 평범하고 대수롭지 않은 인물을 위해서는 하나의 이야기로도 충분하다고 생각한다면, 구태여 이야기를 두 가지씩이나 들고 나와야 할 필요가 어디 있겠는가. 또 그러한 나의 주제넘은 태도를 도대체 어떻게 해명할 수 있을 것인가?

그러나 이와같은 모든 문제들에 대해 대답하고자 해도 나 자신이 혼란에 빠져있으므로 여기서는 일단 해답을 생략하고 그냥 넘어가기로 한다. 물론 조금만 눈치가 빠른 독자라면 내가 결국은 이런 식으로 나오리라는 것을 이미 알아차렸을 터이다. 따라서 무엇 때문에 그런 시답잖은 이야기로 아까운 시간만 허비했느냐고 나를 질책할 것임에 틀림없다.

이 질문에 대해서는 분명히 대답할 수 있다. 내가 이렇게 쓸데없는 군소리를 늘어놓으며 귀중한 시간을 낭비한 것은, 첫째는 독자에 대한 예의를 염두에 두었기 때문이고, 둘째는 '어쨌든 해야 할 일은 했다'는 교활한 생각에서였다.

그러나 나는 이 소설이 '전체로서의 본질적인 통일을 유지하면서' 자연히 두 개의 이야기로 나뉜 것을 오히려 다행으로 생각한다. 첫 번째 이야기를 다 읽은 독자는 두 번째 이야기가 과연 읽을 만한 가치가 있는 것인지 스스로 결정할 수 있으리라.

물론 누구에게도 무슨 의무가 있는 것은 아니니까 첫 번째 이야기를 한두 장쯤 읽다가 책을 팽개쳐 버리고 두 번 다시 들춰 보지 않아도 상관없다. 그러나 세상에는 공정한 판단을 그르치지 않기 위해서 책을 끝까지 읽어야겠다는 꼼꼼한 독자들도 분명히 있을 것이다. 이를테면 우리 러시아 평론가들이 대개 그런 사람들이다.

그러므로 이런 독자들 앞에서는 마음이 한결 가벼워진다. 그러나 그처럼 성실하고 진지한 태도를 지닌 사람이라 할지라도 언제든 이 소설의 첫 장면에서 책을 던져 버릴 수 있도록, 가장 정당한 구실을 여러분에게 제공해 둔다.

여기까지가 머리말이다. 이런 머리말은 정말 쓸데없다고 생각하지만, 이미 예까지 써 내려왔으니 그대로 두기로 한다.

그럼, 이제 본론으로 들어가기로 하자.

제1부

제1편 어느 집안의 내력

1 표도르 파블로비치 카라마조프

알렉세이 카라마조프는 우리 군(郡)의 지주 표도르 카라마조프의 셋째 아들로 태어났다. 아버지 표도르는 지금부터 꼭 13년 전에 비극적인 수수께끼의 죽음을 당하여 그즈음 꽤 이름이 알려진 인물이었다(하긴 지금도 우리 고장에서는 그의 이야기가 가끔 오르내린다). 하지만 그의 죽음에 대한 이야기는 나중에 다시 하기로 한다. 지금은 일단 이 '지주'(그는 한평생 자기 영지에서 산 적이 거의 없었지만 어쨌든 우리 고장에서는 그렇게 불린다)가 매우 이색적이면서도, 우리 주위에서 흔히 만날 수 있는 유형으로, 다시 말해 여자들 꽁무니만 쫓아다니는 난봉꾼인 데다 분별심조차 없는 인간이지만, 그러면서도 한 가지 재주는 있어서, 금전적인 문제만큼은 철저하게 처리할 줄 아는 위인이라고만 해두자.

사실 표도르는 거의 무일푼으로 출발하여 벼락부자가 된 영세한 영주로, 남의 집 식사때를 노려 부지런히 찾아다니기도 하며, 부잣집 식객 노릇이나 해보려 전전긍긍해 온 사내였다. 하지만 죽을 때는 현금으로 무려 10만 루블이나 가지고 있었다. 그러면서도 그는 우리 군 일대에서는 가장 어리석고 비상식적인 인물로 행세해 왔던 것이다. 다시 한번 되풀이하지만, 이것은 어리석은 것과는 조금 다르다. 이런 비상식적인 사람들의 대부분은 오히려 제법 영리하고 빈틈없는 자들로, 그들이 분별심이 없는 듯 보이는 이유는 러시아인 특유의 기질 때문이다.

그는 두 번 장가를 들어서 아들 셋을 두었다. 맏아들인 드미트리는 전처의 소생이고, 나머지 두 아들 이반과 알렉세이는 후처의 몸에서 태어났다. 표도르의 첫 번째 아내는 상당한 자산가이자 우리 군의 지주였던 명문귀족 미우소프 집안 출신이었다. 도대체 어떻게 해서 상당한 지참금을 가진 미인이며 게

다가 똑똑한 데다 재능까지 갖춘 아가씨가(요즘엔 이런 처녀들이 꽤 많지만 그 옛날에도 이미 모습을 드러내기 시작하고 있었다), 하필이면 그때만 해도 '건달'로 불리던 그런 하찮은 사내에게 넘어가 버렸는지는 여기서 구태여 설명하지 않겠다.

나는 지난날, 아직 '낭만적인 기풍이 남아 있던 시대'에 살았던 한 처녀를 알고 있다. 이 처녀는 몇 해를 두고 어떤 남자에게 수수께끼 같은 사랑을 바쳤다. 그러다가 마음만 먹으면 언제든 결혼할 수 있었음에도, 결코 넘을 수 없는 벽을 느껴 자살해버리고 말았다. 어느 폭풍우가 몰아치던 밤에 강가의 깎아지른 절벽에서 꽤 깊은 급류에 뛰어들어 버렸던 것이다.

그것은 순전히 그녀 자신의 변덕스러운 기분, 다시 말해 그저 셰익스피어의 오필리아를 흉내 내보고 싶은 충동 때문이었다. 만일 그녀가 전부터 무척 좋아하여 미리 점찍어 두었던 그 절벽이 그리 아름답지 않고, 좀 더 산문적이며 평범한 강언덕이었다면 그러한 자살소동은 결코 일어나지 않았을 것이다.

그러나 지금 여기서 이야기하는 사건은 어디까지나 실화이며, 짐작건대 러시아의 생활 속에서 최근 두서너 세대 동안에 이와 꼭 같거나 비슷한 사건들이 적지않게 발생해왔다. 마찬가지로 표도르의 전처 아젤라이다 이바노브나 미우소바의 행동은 다른 사람들을 사로잡은 사상에 대한 맹목적인 추종이었고, 그러한 사고에 의한 강박증의 결과였다.

아마도 그녀는 여성의 자립을 선언하고, 사회의 모든 구속과 제약 그리고 자기 집안의 횡포에 반기를 들고 싶었던 것인지도 모른다. 그래서 그녀는 한 순간이기는 하지만, 비록 남의 집 식객에 불과한 표도르가 더 나은 미래로 향하는 과도기에 살고 있는 더할 수 없이 용감하고 냉소적인 남성이라는, 희망적인 공상의 포로가 되었다. 그러나 실제로 그는 음험한 어릿광대에 지나지 않았다. 이 결혼의 매력은 그것이 이른바 도둑 결혼이었다는 데 있었고, 이것이 아젤라이다의 마음을 사로잡았던 것 같다.

한편 표도르는 본디 수단 방법을 가리지 않는 사람인데다, 그즈음의 사회적 지위로 보아 이런 수지맞는 일에는 기다렸다는 듯이 덥석 달려들 판이었다. 그도 그럴 것이, 그는 무슨 방법으로든지 출세할 수 있는 기회가 오기를 열망하고 있던 터이므로 명문귀족과 인연을 맺고, 결혼 지참금까지 손에 넣는다는 것은 그야말로 솔깃한 이야기가 아닐 수 없었다.

서로의 애정으로 말하자면 여자 쪽에서도 없었고, 또한 아젤라이다가 뛰어난 미인이었음에도 남자 쪽에서도 그런 것은 애초부터 없었던 모양이다. 치마만 두른 여자라면 눈 한번 꿈쩍하기만 해도 금방 뒤꽁무니를 쫓아가는 표도르의 호색적인 기질을 생각할 때, 아젤라이다와의 만남은 아마도 그의 삶에서 단 한 번밖에 없는 특별한 경우라고 보아야 할 것이다. 참고로 그녀는 성적인 면에서 그에게 전혀 흥미를 일으키지 못했던 유일한 여자였다.

아젤라이다는 이 '도둑 결혼'을 하자마자 이내 남편에게서 경멸감밖에 달리 아무것도 느낄 수 없다는 사실을 깨달았다. 이리하여 두 사람 결혼 생활은 이례적인 속도로 하나의 결말을 보게 된다.

여자의 집안에서 예상보다 일찍이 이 결혼을 승낙하고, 가출한 딸자식에게 재산까지 나누어 주었음에도, 이들 부부 사이에는 무질서한 생활과 끝없는 부부싸움이 시작되었다. 사람들의 말에 따르면 이 젊은 아내는 표도르와는 비교도 안 될 정도로 품위있고 고결한 태도를 보였다고 한다.

지금은 죄다 알려진 이야기지만, 남편은 아내가 친정에서 지참금을 받기가 무섭게 2만 5천 루블이라는 돈을 몽땅 가로채 버렸다. 그러니 여자 쪽에서 보면 그 돈은 시궁창에 던져 버린 것이나 마찬가지였다. 또한 그녀가 지참금의 일부로 받은 조그만 영지와 시내에 있는 근사한 집 한 채도, 그는 어떡하든 그럴듯한 문서를 꾸며서 자기 명의로 바꾸어 놓으려고 오랫동안 갖은 애를 썼다. 그는 뻔뻔스런 강요와 협박으로 아내의 마음속에 끊임없이 불러일으킨 멸시와 혐오만으로도, 오로지 성가스러움에서 벗어나고 싶다는 아내의 정신적 피로만으로도, 기어이 자기 목적을 달성할 수 있었을 것이다. 그러나 다행하게도, 아젤라이다의 친정에서 이 문제에 개입하여 그의 욕심을 꺾어 버리고 말았다.

이들 부부 사이에서는 폭력사태도 드물지 않게 있었는데, 들리는 말에 따르면 표도르가 아내를 때린 것이 아니라, 번번이 아젤라이다 이바노브나가 사내를 패주었다고 한다. 그녀는 가무스름한 피부에, 화가 나면 물불을 가리지 않는 불같은 성미인데다, 완력 또한 여간 세지가 않았기 때문이다.

그러다가 결국 그녀는 가정을 팽개치고 세살 난 아들 미차(드미트리의 애칭)를 표도르에게 남겨둔 채, 너무 가난하여 다 죽어가는 신학교 출신 교사를 따라 달아나 버리고 말았다. 그러자 표도르는 대뜸 온갖 잡스런 계집들을 집안에 끌어들여 주색으로 세월을 보내는 한편, 온 마을을 구석구석 돌아다니며 만나는 사람마다 붙잡고는 자기를 버리고 가버린 아젤라이다에 대해 눈물로 하소연하는 것이었다.

그뿐 아니라 남편으로서는 차마 입에 담기조차 부끄러운 부부 생활의 은밀한 부분까지 뻔뻔스럽게 털어놓고 돌아다녔다. 요컨대 사람들 앞에서 오쟁이 진 남편이라는 희극적인 역할을 연출하면서, 아울러 자질구레한 비밀이야기에 칙칙한 덧칠까지 하며 떠들어 대는 것이 자못 재미있고 유쾌했던 것 같다. 놀리기 좋아하는 친구들은 이렇게 말하곤 했다.

"여보게, 표도르, 물론 여러 가지 괴로운 일도 있었지만, 그래도 지위는 얻었으니 그만하면 된 것 아닌가?"

또 대부분의 사람들은 이렇게 덧붙였다. 요컨대 그는 지금까지 사람들이 한 번도 본 적이 없는 어릿광대 짓을 해보이길 좋아할 뿐 아니라, 상대의 웃음을 사고 싶은 일념에서 자기의 희극적인 처지를 미처 깨닫지 못한 것처럼 시치미를 뗀다고. 하긴 그는 단순히 순진했을 뿐인지도 모른다.

마침내 그는 도망간 아내의 행방을 알아내는 데 성공했다. 이 불행한 여자는 그 교사와 함께 페테르부르크로 가서, 아무런 구속도 받지 않고 완전히 자유로운 생활에 빠져 있었다. 표도르는 돌아다니며 페테르부르크로 떠날 채비를 하기 시작했다. 그러나 과연 무엇 때문에 가려는 것인지는 그 자신도 물론 모르고 있었다. 사실 그때 그는 정말로 떠날 것 같은 기세였다. 그런데 막상 그런 결심이 서자, 그는 곧 여행을 떠나기 전에 원기를 돋우기 위해 다시 한번 코가 비뚤어지도록 술을 마시는 것도 그리 나쁘지 않을 거라는 생각이 들었다.

그녀가 페테르부르크에서 죽었다는 소식이 그녀의 친정에 날아든 것은 바로 그때였다. 그녀는 어느 다락방에서 갑자기 죽은 모양인데, 어떤 사람은 티푸스에 전염되어 죽었다고 하고, 또 굶어죽은 것 같다는 말도 있었다. 술에 얼큰하게 취해 있을 때 아내가 죽었다는 소식을 들은 표도르는 한길로 뛰어나가 기쁨에 넘쳐 두 손을 높이 쳐들고 이렇게 외치기 시작했다 한다. "주께서 이제는 종을 편안히 놓아주시는도다!"(누가복음 제2장29절) 그러나 또 다른 사람들 말에 따르면, 그가 어린애처럼 엉엉 울어대는 꼴이, 평소에 그를 몹시 싫어하던 사람들까지도 보기에 몹시 측은할 지경이었다고도 한다.

아마 그 두 가지 이야기가 모두 사실이었을 것이다. 다시 말해 자신이 해방

된 것을 기뻐하는 것과 자기를 해방시켜 준 아내를 생각하며 우는 것은 같은 일이었던 것이다. 무릇 인간이란 아무리 악당이라 해도 우리가 일반적으로 생각하고 있는 것보다 훨씬 순진하고 소박한 법이다. 우리 자신부터 그러하지 않은가.

2 맏아들을 버리다

물론 그와 같은 위인이 교육자로서 어떤 아버지였는지 상상하기는 쉬운 일이다. 과연 그는 우리가 짐작한 대로의 아버지였다. 아젤라이다의 소생인 자기 자식을 전혀 돌보지 않았던 것이다. 그러나 그것은 아들에 대한 어떤 악의나 '오쟁이 진 남편'으로서의 무슨 감정 때문이 아니라, 그저 자식의 존재를 아예 잊어버린 데서 온 결과에 지나지 않았다.

그가 만나는 사람마다 붙들고 눈물과 넋두리를 늘어놓고, 한편으로는 자기 집을 방탕의 소굴로 만들고 있는 동안, 세 살난 미차를 맡아서 길러준 것은 카라마조프 집안의 충직한 하인 그리고리였다. 그때 만일 이 하인이 어린것을 돌보아 주지않았더라면, 아마 아이는 속옷조차 제대로 갈아입지 못했을 것이다. 게다가 있을 수 없는 일이지만 처음에는 외가 쪽에서도 이 아이를 아주 잊고 있었다.

아이의 외할아버지이며 아젤라이다의 아버지인 미우소프 씨는 이때 이미 세상을 떠났고, 미망인인 외할머니는 모스크바로 이사간 뒤 몸이 완전히 쇠약해져 버렸으며, 이모들은 모두 시집을 갔다. 그래서 미차는 거의 1년 동안을 하인 그리고리가 사는 문간채에서 지낼 수밖에 없었다. 그렇지만 아버지가 아이에 대해 생각을 떠올린 적이 있었다 하더라도(사실 표도르가 자식의 존재를 아주 까맣게 잊어버렸을 리는 없다) 다시 하인의 방으로 돌려보내고 말았을 것이다. 아무래도 어린애는 자기의 방탕한 생활에 방해가 되는 존재였을 테니 말이다.

그런데 이때 죽은 아젤라이다의 사촌 오빠인 표트르 미우소프가 우연히 파리에서 돌아왔다. 이 사람은 오랫동안 외국에서 살았는데, 그때는 아직 젊은 나이였다. 그러나 교양도 있고, 도시민이나 외국인 풍인데다 평생동안 유럽인인양 행세했으며 만년에는 1840, 50년대의 자유주의자로 널리 알려진 사람으로, 미우소프 집안에서는 각별한 존재였다.

미우소프는 자기의 일생을 통하여, 국내외를 막론하고 가장 자유주의적인 사람들과 많은 교류를 맺었으며, 프루동(프랑스의 사회주의자)이니 바쿠닌(무정부주의자)이니 하는 사람들과도 개인적인 친분이 있었다. 그리고 방랑 생활이 끝나갈 무렵에는 1848년 파리 2월 혁명에 관한 사흘 동안의 추억담을 이야기하기 좋아하여, 자기도 거의 시가전에 참가할 뻔했다는 것을 은근히 암시하고는 했다. 그것은 그의 청년 시대에 있어서 가장 즐거운 추억의 하나였다. 그는 농노해방 이전의 비율로 따져서 농노 천 명쯤에 해당하는 독립된 재산을 소유하고 있었다. 그가 소유한 비옥한 영지는 바로 우리 읍내 어귀에 있었는데, 유명한 수도원의 땅과 경계를 이루고 있었다. 미우소프는 아직 새파란 나이에 이 토지를 상속받는 즉시 하천의 어렵권(漁獵權)인지, 산림의 벌목권인지 아무튼 나로서는 잘 알 수 없는 권리 문제를 끄집어내어 이 수도원을 상대로 끝없는 소송을 제기했다. 그것은 '교권주의자'들과 싸우는 것이야말로 시민으로서의, 그리고 지성있는 문화인으로서의 의무라고 생각했기 때문이었다.

그는 자기가 잘 기억하고 있음은 물론, 한때는 각별한 관심을 쏟았던 사촌누이 아젤라이다에게 일어난 사건의 전말과, 드미트리라는 아이가 남아 있음을 알게 되었다. 그러자 표도르 파블로비치를 경멸하고 있었음에도 청년다운 의분심으로 이 문제에 직접 나서기로 결심했다. 그는 표도르를 만나 아이를 자기가 맡아 기르겠다고 선언했다. 그가 처음 표도르 미차에 대한 이야기를 꺼냈을 때, 아버지는 도대체 어느 아이의 이야기를 하고 있는지, 자기 집 어느 구석에 그런 아들이 있는지 도무지 모르겠다는 얼굴로 한동안 어리둥절한 표정이었다고 한다. 이것이 표트르가 나중에 표도르의 성격을 단적으로 표현하기 위해 두고두고 이야기한 것으로, 물론 그의 말에는 다소 과장이 섞여 있었겠지만 어느 정도 사실에 가까운 점도 있었을 것이다. 실제로 표도르는 일생동안 단순히 남을 놀라게 해주기 위해 연극을 하기 좋아했고 때로는 아무 필요가 없는데도, 심지어 이번처럼 자기에게 불리할 때조차 곧잘 그런 짓을 해왔던 것이다. 하긴 이러한 성향은 상당히 많은 사람들, 표도르와는 전혀 딴판인 현명한 사람들에게서도 흔히 볼 수 있다. 미우소프는 열심히 일을 처리하여(표도르도 함께) 어린아이의 재산 후견인까지 되어 주었다. 그것은 어머니가 죽으면서 남긴 조그마한 영지와 집 한 채가 있었기 때문이다.

이렇게 해서 드미트리는 외당숙의 집에 옮겨가 살게 되었다. 그러나 미우소프에게는 가족이 없는데다, 자기 영지에서 나오는 수입을 정리하여 안전하게 처리하고 난 뒤 다시 파리로 떠나 버렸으므로, 아이는 미우소프의 누이들 중 모스크바에서 살고 있는 한 누님네 집에 맡겨졌다. 그 뒤 미우소프는 파리에 정착하자 아이에 대한 일은 잊어버리고 말았다. 그의 평생을 통해 잊을 수 없을 만큼 마음에 깊은 인상을 남겨 준 파리 2월혁명이 일어난 것은 바로 그때였다.

한편 미차는 모스크바의 그 부인이 죽자 다시 출가한 그 부인의 딸네 집으로 넘겨졌으며, 그 뒤에도 한번 더 옮겨졌다는 말이 있다. 그러나 이에 대해서는 길게 언급하지 않기로 하겠다. 이 표도르의 맏아들에 대해서는 앞으로도 많이 이야기를 하게 될 터이므로, 여기서는 다만 이 소설을 시작하는 데 빠져서는 안 될 가장 최소한의 사항만 말해 두기로 한다.

첫째 드미트리는 표도르 카라마조프의 세 아들 가운데 혼자만이 재산을 조금 가지고 있었으므로, 성인이 되면 어렵지 않게 독립할 수 있으리라는 믿음을 가지고 자라났다.

드미트리는 청소년 시절을 무질서한 가운데 보내며 중학교도 도중에 집어치우고 어느 군사학교에 들어갔다. 그 뒤 장교로 임관되어 카프카스 지방에 가서 근무하는 동안 결투를 벌여 졸병으로 강등되었다가 다시 장교로 복직되었으나, 그동안 신분에 어울리지 않은 방탕한 생활로 많은 돈을 낭비했다. 그가 아버지인 표도르로부터 돈을 받기 시작한 것은 성인이 된 뒤의 일이었으므로, 그때까지는 상당한 빚을 지고 있었다. 그는 성년이 된 다음 아버지 표도르의 존재를 알고 자기의 재산 문제를 해결짓기 위해 일부러 우리 고장에 찾아왔다. 그가 표도르와 만난 것은 이때가 처음이었는데 아버지가 몹시 비위에 거슬렸던 모양이다. 그래서 아버지의 집에는 얼마 머무르지도 않고, 얼마 안 되는 돈을 받고 자기 토지에서 들어올 수입에 대해 아버지와 해결을 짓고서는 서둘러 떠나버리고 말았다. 여기서 주목할 만한 점은 그때 그가 자기 토지에서 들어오는 수입이 얼마나 되며, 또한 그 토지의 가격이 얼마인지 아버지한테서 끝내 알아내지 못했다는 사실이다.

처음 만났을 때부터(이것도 기억해 둘 필요가 있다), 표도르는 아들 드미트리가 자기 재산에 관해 터무니없이 과장된 생각을 가지고 있다는 것을 알았다. 그는 자기대로 특별한 속셈이 있었으므로 이 점을 오히려 만족스럽게 생각했

다. 그는 아들이 경솔하고, 난폭하고, 무모하며, 주색을 좋아하고 성급한 청년
이라는 판단 아래, 얼마 동안만 아쉬울 때마다 현금을 조금씩 쥐어 주면 아무
말썽도 없으리라 생각했던 것이다.

표도르는 바로 이 점을 이용하여 착취하기 시작했다. 즉, 재촉할 때마다 돈
을 조금씩 떼어 부쳐 주면서 적당히 속여 넘긴 것이다. 마침내 새로운 사태가
일어났다. 4년 뒤, 결국 더는 참을 수 없게 된 드미트리가 아버지와 재산 문제
를 완전히 청산해 버리려고 이 고장에 다시 찾아온 것이다. 그런데 놀랍게도
자기의 재산이 한푼도 남아 있지 않고, 계산조차 하기 어려운 상황이라는 사
실을 이내 알게 되었다. 더구나 그것이 모두 자기 쪽에서 원하여 맺은 계약이
었으므로, 이젠 한푼도 더 요구할 권리가 없을뿐더러 계산을 해보나마나 자기
재산을 현금으로 받아 썼기 때문에 어쩌면 빚이 남아 있을지도 모른다는 점
이 밝혀진 것이다.

젊은이는 하도 어처구니가 없어서 거짓이나 속임수가 아닌가 의심을 품고
거의 미칠 지경으로 격분했다. 바로 이러한 사정으로 해서 끝에 가서는 비극
적인 결말을 맺고 마는데, 이 비극을 서술하는 것이 나의 첫 번째 이야기의 주
제, 보다 더 정확하게 말해서 소설의 뼈대를 구성하는 것이다.

그러나 그 이야기에 앞서 표도르 카라마조프의 나머지 두 아들인 드미트리
의 이복 동생들에 대해서도 그 내력을 조금 설명해 둘 필요가 있다.

3 재혼과 두 아들

표도르는 네 살난 미차를 남의 손에 넘겨 주기가 무섭게 곧 재혼을 했다.
이 두 번째 결혼 생활은 8년 동안 계속되었다. 그는 다른 지방 출신인 소피아
이바노브나라는 아주 젊은 처녀를 후처로 맞이했는데, 그리 대단치 않은 사업
상의 일로 어느 유대인과 함께 그곳에 갔을 때 알게 되었다.

표도르는 주색잡기를 비롯하여 온갖 못된 짓은 다하고 다니면서도 자기의
재산을 늘리는 일만큼은 잠시도 게을리하지 않았다. 물론 그는 대부분 떳떳치
못한 수단을 사용하기는 했지만, 그래도 자기의 사업만큼은 썩 훌륭하게 꾸려
나갔다. 소피아 이바노브나는 본디 어떤 보좌신부의 딸로 어려서 부모를 잃고
고아가 되어, 이름 있고 부유한 미망인의 집에서 자랐다. 장군의 미망인인 보
르호프 부인은 그녀의 은인이며 보호자인 동시에 또한 학대자이기도 했다. 자

세한 내막은 알 수 없지만, 나는 이 심성 곱고 온순하며 얌전한 처녀가 무엇 때문인지 한번은 헛간 속에 들어가 목을 매어 자살하려다가 구출된 일이 있었다는 이야기를 들은 적이 있다. 보르호프 부인은 근본이 그리 나쁜 사람인 것 같지 않았지만 무위도식을 일삼는 나태하고 안일한 생활로 말미암아 고집불통에 심술쟁이로 변해 있었다. 그토록 이 처녀는 노파의 변덕과 끊임없는 잔소리를 견뎌낼 수 없을 지경이었던 것이다.

표도르가 이 처녀에게 청혼을 하자, 장군 부인은 여러 가지로 뒷조사를 해본 다음 결국 퇴짜를 놓고 말았다.

그러자 그는 첫 결혼 때와 마찬가지로 이 고아 처녀에게 함께 도망가 살자고 제의했다. 만일 소피아가 상대에 대해서 조금만 더 자세히 알았더라면 결코 그를 따라 나설 생각은 하지 않았을 것이다. 그러나 표도르의 집은 다른 지방에 있었고, 더구나 자기를 키워준 장군 부인의 집에 남기보다는 차라리 강물에 뛰어드는 편이 낫다고 생각하고 있던 차였다. 고작 열여섯 살짜리 소녀가, 이 험악한 세상을 도대체 어떻게 알 수 있었겠는가! 그리하여 이 불쌍한 처녀는 자선가의 품에서 가난뱅이 남자에게 뛰어든 것이다.

장군 부인은 이 사실을 알고 노발대발하여 지참금은커녕 두 사람에게 악담과 저주만 늘어놓았다. 그래서 표도르는 이번 결혼에서 한푼도 건지지 못했다. 그렇지만 그도 이번만큼은 재산을 탐낸 것이 아니라, 이 처녀의 눈부신 아름다움에 반한 것이었다. 그리고 무엇보다 중요한 것은 그때까지 난잡한 계집들만 상대해 온 음탕한 호색한이 이 처녀의 청순한 미모에 완전히 매혹당했다는 점이다.

"티없이 밝고 순진한 눈이 마치 면도날처럼 내 영혼을 확 베어 버리고 말았지."

그는 그 천박한 웃음소리로 킬킬대면서 뒷날 곧잘 이렇게 말하곤 했다.

하기는 음탕한 사람에게는 그러한 아름다움도 성적인 매력으로밖에 보이지 않았을 것이다. 표도르는 그녀가 아무것도 가져온 것이 없었기 때문에 아내의 존재를 하찮게 여겼다. 즉 아내는 자기 앞에 '죄인'이며 자기는 '구원자'라는 생각에서 그녀의 수줍고 얌전한 성격을 이용하여 부부간에 꼭 필요한 예의조차도 아예 무시해 버렸다. 다시 말해 그녀가 집안에 있는데도 잡스러운 여자들을 잔뜩 불러들여 난잡한 술자리를 벌이곤 한 것이다.

여기서 특히 언급하고 싶은 것은 침울하고 우직하며 고집이 센 이 집의 하인 그리고리의 태도이다. 그는 전 마님인 아젤라이다는 눈엣가시같이 미워했으면서도, 이번만큼은 새 마님인 소피아의 편을 들었다. 그녀를 보호하기 위해 하인으로서는 온당치 않은 말투로 표도르에게 대들었을 뿐 아니라, 한번은 집에서 난장판을 벌이고 있는 계집들을 강제로 쫓아낸 일도 있었다는 사실이다.

그런 가운데 어려서부터 한 번도 기를 펴고 살아보지 못한 이 불행한 젊은 여인은 마침내 여자들이 잘 걸리는 일종의 신경병에 걸리고 말았다. 그것은 '소리지르는 병'이라고 불리는, 농촌 아낙네들에게서 흔히 볼 수 있는 신경증이었다. 이 병에 걸린 사람은 무서운 히스테리 발작과 함께 때로는 이성을 잃는 경우도 있었다.

그래도 그녀는 표도르에게 이반과 알렉세이 이렇게 아들 둘을 낳아주었다. 첫아이 이반은 결혼 생활 1년 만에 낳았고, 둘째 아이 알렉세이는 이보다 3년 뒤에 낳았다. 그녀가 죽었을 때 알렉세이는 겨우 네 살이었는데, 이상하게도 그는 평생을 두고 물론 꿈을 통해 자기 어머니를 기억하고 있었다는 이야기를 나는 알고 있다.

어머니가 죽은 뒤 두 아이는 이복 형인 드미트리가 겪은 것과 한치도 다르지 않은 운명을 걷게 되었다. 그들 또한 아버지에게 버림을 받아 완전히 잊혀진 채, 하인 그리고리의 손에 넘어가 같은 문간방으로 옮겨졌던 것이다. 어머니의 은인이며 보호자였던 그 고집센 장군 부인이 이 아이들을 처음 발견한 곳도 바로 이 하인집에서였다. 부인은 그때까지도 아직 건강하게 살고 있었는데 앙녀한테서 받은 모멸과 굴욕을 8년 동안 한시도 잊지 않고 있었다. 그동안 줄곧 소피아의 생활에 대한 가장 정확한 정보를 입수해 듣고 있었다. 소피아의 발병과 비참한 가정 생활에 대한 소문을 들을 때마다 자기 집 식객들에게 두번 세번 큰 소리로 이렇게 말했다고 한다.

"그런 년은 좀 따끔한 맛을 봐야 해. 배은망덕도 유분수지, 천벌을 받은 거야!"

소피아가 죽은 지 꼭 석 달 뒤, 장군 부인이 불쑥 우리 읍내에 나타났다. 그녀는 곧장 표도르의 집을 찾아가서 불과 30분 만에 무척 많은 일을 처리했다. 저녁 무렵의 일이었다. 지난 8년 동안 한 번도 보지 못했던 표도르가 술이 벌겋게 오른 채 부인 앞에 얼굴을 내밀었다.

소문에 의하면 부인은 그를 보자마자 아무 말도 없이 다짜고짜 그의 뺨을 두어 차례 철썩철썩 후려갈긴 다음, 머리카락을 움켜쥐고 서너 번 바닥에 넘어뜨렸다고 한다. 그런 다음 입을 굳게 다물고 곧장 두 아이가 있는 하인집으로 향했다. 부인은 씻겨 주지도 않아 꾀죄죄한 몰골에 더러운 속옷을 입고 있는 아이들을 보자, 제각 그리고리의 따귀를 한 대 갈겨 준 다음, 두 아이를 자기 집으로 데리고 가겠다고 선언했다. 그러고는 두 아이를 입은 옷 그대로 담요에 둘둘 말아 마차에 싣고 자기 집으로 데리고 가버렸다.

그리고리는 충직한 노예답게 이 봉변을 꾹 참고 불평 한마디 하지 않았을 뿐만 아니라, 노부인을 마차까지 모셔다 드리고, 깊이 허리숙여 인사하면서 감격스런 목소리로 이렇게 말했다.

"불쌍한 아이들을 대신하여 신께서 보답해 주실 겁니다."

"아무튼 자넨 멍텅구리야!"

장군 부인은 떠나가는 마차 안에서 이렇게 소리쳤다.

표도르는 여러 모로 곰곰이 생각한 끝에 오히려 잘되었다고 생각했다. 그래서 얼마 뒤 장군 부인이 아이들의 양육에 관해 정식으로 동의서를 보내오자, 부인이 제시한 조건을 한 가지도 거절하지 않고 모두 들어주었다. 그리고 따귀를 맞은 일에 관해서는 자기 자신이 온 읍내를 돌아다니며 떠들어댔다.

이런 일이 있고 나서 얼마 안 되어 장군 부인도 갑자기 세상을 떠났는데, 유언장에는 두 아이의 교육비조로 각각 천 루블씩 주라고 적혀 있었다. '이 돈은 반드시 두 아이들을 위해 사용할 것, 이 아이들에겐 이만큼의 돈이면 충분할 테니까. 성년이 될 때까지 이것으로 충당할 것, 그렇지만 누군가 독지가가 나타나면, 부디 이 아이들을 위해 자선을 베풀어주기 바란다.' 이런 구절도 있었다. 나는 직접 읽어 보지는 못했지만, 들은 바에 의하면 이 유언장은 위와 같이 어딘가 기묘한 내용이 꽤 독특한 문체로 쓰여 있었다고 한다.

부인의 재산 주요 상속자는 정직한 인물이라는 평을 듣고 있는 그 지방 귀족회장 예핌 폴레노프였다. 그는 표도르와 몇 번 편지로 교섭해 본 결과, 이 사내에게서는 아이들의 양육비를 끌어낼 수 없다는 점을 곧 깨달았다(그렇다고 표도르가 노골적으로 거절한 적은 한 번도 없었지만, 이런 경우에 늘 하는 식으로 질질 끌기만 하고, 때로는 우는 소리를 늘어놓기까지 했다). 그리하여 폴레노프는 이 고아들을 몹시 동정하여, 특히 동생 쪽인 알렉세이를 귀여워해서 한

동안 자기 집에 데려다가 키우기까지 했다.

나는 독자들이 처음부터 다음과 같은 점에 주목해 주기를 바란다. 만일 지금은 모두 청년이 된 이 아이들이 자기들의 양육과 교육에 관해 일생 동안 감사를 드려야 할 사람이 있다면, 그것은 세상에 찾아보기 힘들 만큼 고결하고 인정 많은 예펌 폴레노프라는 사실이다.

그는 장군 부인이 아이들 앞으로 각각 천 루블씩 남겨 준 돈에는 손끝 하나 대지 않고 고스란히 저축해 두었다. 덕분에 그들이 성년이 되었을 무렵에는 그 돈에 이자가 붙어서 거의 두 배로 늘어나 있었다. 게다가 폴레노프는 이 아이들의 양육비를 자기 돈으로 썼는데, 한 아이 앞에 천 루블이 훨씬 넘게 들어갔음은 말할 것도 없다.

여기서 나는 그들의 유년기와 소년기에 관한 이야기는 잠시 뒤로 미루고 가장 중요한 점 몇 가지만 얘기하기로 하겠다. 다만 형인 이반에 대해서는 꼭 짚고 넘어가고 싶은 것이 있다. 이반은 결코 겁쟁이는 아니지만 자라면서 신경질적이고 내성적인 소년이 되어 이미 열 살 무렵부터 자기네 형제가 남의 집에서 얹혀 사는 존재라는 것과, 아버지란 사람이 차마 입에 올리기조차 부끄러운 인간이란 사실을 자각하고 있었다는 점이다.

이 아이는 아주 일찍, 거의 유년기부터(적어도 소문은 그랬다), 공부에 비상하게 뛰어난 재능을 나타내기 시작했다. 정확한 것은 알 수 없지만, 그는 아직 열세 살 될까말까한 나이에 폴레노프의 집을 떠나 모스크바로 가서 어느 중학교에 입학했으며, 폴레노프의 옛 친구로 그 무렵 꽤 이름이 알려진 경험이 풍부한 어느 교육자가 경영하는 기숙사에 들어갔다. 뒷날 이반 자신이 말한 바에 의하면, 이러한 모든 조치는 천재적 소질을 가진 아이는 천재적인 교육자에게서 교육을 받아야 한다는 폴레노프의 '선행에 대한 열성'으로 이루어졌다고 한다.

그러나 이반이 중학교를 마치고 대학교에 입학했을 때는 이미 폴레노프도 그 천재적인 교육자도 세상을 떠나고 없었다. 그 완고한 장군부인이 아이들 몫으로 남겨 놓았던 돈은 그동안 이자가 붙어서 저마다 2천 루블씩으로 불어 있었다. 그러나 폴레노프의 미숙한 처리와 우리나라에선 피할 수 없는 형식적인 절차, 그리고 흘게 늦은 사무처리 때문에 그 돈을 타내기까지는 굉장히 오랜 시일이 걸렸다. 그래서 이반은 대학교에 들어간 처음 2년 동안은 학비를 스스로 벌어서 공부하느라 많은 고생을 했다. 그렇게 어려운 때에도 그가 아버지에게 한 번도 편지 연락을 하려 들지 않았다는 것은 주목할 만한 사실이다. 이것은 아마 자존심과 아버지에 대한 모멸감 때문이겠지만, 어쩌면 그가 상식적으로 냉정히 판단해 본 결과 자기 아버지에게서는 실제로 아무 도움도 받을 수 없다는 사실을 깨달았기 때문일지도 모른다.

어쨌든 청년 이반은 조금도 낙심하지 않고 일자리를 찾아내었다. 처음에는 20코페이카짜리 가정교사 일을 하다가, 나중에는 신문사 편집실을 찾아다니며 시중에서 일어난 갖가지 사건을 소재로 한 '목격자'라는 열 줄짜리 기사를 제공했다. 소문에 의하면 독자들의 호기심을 불러일으킨 이 기사의 내용은 언제나 재미있다는 평을 받아서 신문이 금방 매진되었던 것 같다. 이 한 가지 사실만으로도 그는 같은 처지에 있는 대부분의 가난한 남녀 학생들에 비해 생활적인 면에서나 지적인 면에서 훨씬 우월하다는 것을 보여주었다. 사실 페테르부르크나 모스크바의 학생들은 아침부터 저녁까지 신문사나 잡지사를 문턱이 닳도록 찾아다니면서 고작해야 프랑스어 번역, 아니면 원고 정서 따위의 일을 달라고 졸라대는 것 외에는 아무런 신통한 방법도 찾아내지 못하는 실정이었다.

이반은 일단 편집인들과 사귀게 된 다음부터는 대학을 마칠 때까지 그들과의 관계를 계속하면서 여러 가지 전문 테마별로 매우 재치 있는 평론을 발표하기 시작하여 나중에는 문단에까지 이름이 알려지게 되었다.

그러다가 최근에 와서 우연한 기회에 보다 광범위한 독자층의 특별한 관심을 끌어 갑자기 많은 사람들로부터 인정을 받고 기억에 남게 되는 일이 일어났다. 이것은 매우 흥미로운 사건이었다. 이반은 대학교를 졸업하고 앞서 말한 그 2천 루블의 돈으로 외국 여행을 준비하고 있었다. 그 무렵 어느 큰 신문에 기발한 기사를 하나 발표했는데, 그로 인해 그 방면의 전문가들뿐만 아니라 일반 대중의 눈길까지 한꺼번에 끌게 되었다. 그 이유는 기사의 제목 때문인데, 이과 출신인 그와는 아무리봐도 거리가 먼 문제였다.

기사는 그 무렵 곳곳에서 화제가 되어 있던 교회 재판에 관한 것이었다. 그는 이 문제에 관하여 이미 발표된 몇 가지의 의견을 상세하게 분석한 뒤 자기 자신의 개인적인 견해를 피력했다. 중요한 점은 전체의 논조와 결론이 보여주는 놀라운 의외성이었다. 이 기사가 신문에 연재되는 동안 교회 관계자 대부분은 필자가 자기들의 입장을 옹호하고 있다고 믿어 의심치 않았다. 그런데 그와 동시에 이번에는 민권론자뿐 아니라 심지어 무신론자들까지 자신들의 입장에서 필자에게 갈채를 보내기 시작했다. 마침내 몇몇 통찰력 있는 인사들은 이 기사는 모독적이고 냉소로 가득 찬 조롱에 불과하다고 단정하기에 이르렀다.

내가 지금 이 사건을 언급하는 것은, 당시 왈가왈부 말이 많았던 교회 재판 문제에 관심을 기울이고 있던 우리 읍 근처의 유명한 수도원에까지 이 기사가 입수되어 커다란 파문을 일으켰기 때문이다. 더구나 사람들은 기사의 필자 이름을 보고 그가 이 고장 출신이며, '바로 그' 표도르의 아들이란 점에서 특별히 관심을 갖게 되었다. 바로 그러한 때, 당사자인 필자 자신이 불쑥 우리 마을에 나타났다.

그때 이반이 무엇 때문에 이곳으로 돌아온 것인지, 나는 어떤 불안 같은 것을 느끼며 자문자답해 보았던 것을 지금도 기억하고 있다. 나중에 여러 가지 사건의 실마리가 된 이 운명적인 귀향은 그 뒤에도 오랫동안 석연치 않은 문제로 내 안에 남아 있었다.

그처럼 학식 있고 자존심이 강하며 매사에 신중한 이 청년이 이런 추악하기 그지없는 집안의 그런 아버지 앞에 갑자기 나타난다는 것은 아무리 생각해 보아도 기묘한 일이었다. 무엇보다 그 아버지란 사람은 지금까지 줄곧 그를 거들떠보기는 커녕, 아들에 대해 잘 알지도 기억하지도 못했다. 또한 아들이 아무리 애원하더라도 어떤 이유, 어떤 경우에도 돈을 보내주지 않을 사람이었고, 오히려 이반과 알렉세이가 찾아와서 돈을 내놓으라고 요구하지나 않을까 은근히 겁을 먹고 있던 터였다. 그런데 이 젊은이는 그러한 아버지의 집에 온 지가 두 달이 넘었는데도 아버지와 매우 사이좋게 지내는 것이었다. 그것을 보고 나뿐만 아니라 다른 사람들도 모두 놀라고 말았다.

그런데 이 사실에 누구보다 놀라워했던 사람은 표트르 미우소프였던 것으로 기억한다. 이미 앞에서 언급한 바 있는 표도르의 먼 친척 미우소프는 이때는 오랫동안 살았던 파리에서 다시 돌아와 교외에 있는 자신의 영지에서 살고 있었다. 그는 전부터 무척 관심을 갖고 있던 이 청년과 사귀게 되어 가끔 토론을 하면서, 마음속으로는 자기의 학식이 아무래도 그만 못하다는 사실을 절감하고 있었다.

그는 우리에게 이렇게 말한 적이 있었다.

"그 청년은 자부심이 대단해. 언제든지 돈푼 정도는 벌 수 있고, 또 지금 외국에 갈 만한 돈은 가지고 있는데, 도대체 여긴 뭣하러 왔을까? 하긴 아버지한테서 돈을 우려내려고 온 게 아니라는 건 누구나 알고 있지. 그 애비는 세상없어도 절대로 돈을 내놓지 않을 테니까. 그렇다고 그 청년이 주색을 좋아하는 것도 아닌데, 그 늙은이는 아들 없이는 하루도 못살것처럼 사이좋게 지내고 있거든!"

이 말은 사실이었다. 청년은 노인에게 눈에 뜨일 만큼 영향력을 가지고 있었다. 표도르는 지나치게 심술궂을 정도로 제멋대로 행동하기도 했지만, 더러는 이 아들의 말에 복종하는 것 같기도 했고, 또 품행도 전보다 훨씬 점잖아질 때도 있었다.

이반이 이 고장에 온 이유의 하나가 형 드미트리의 부탁 때문이었다는 것은 훨씬 나중에 밝혀졌다. 그는 모스크바 시절에 형 드미트리가 직접 관련된 어떤 중대한 일 때문에 고향에 돌아오기 전부터 형과 편지가 오고가고 했지만, 형의 얼굴을 직접 대하기는 이번이 처음이었다.

그 중대한 일이 무엇인지 독자들은 앞으로 기회가 오면 자세히 알게 될 것이다. 하지만 그 뒤에 내가 그 특별한 사정에 대해 알고 난 다음에도 이반은 나에게 수수께끼의 인물로 보였고, 그가 고향에 돌아온 이유 또한 명확하지 않은 의문으로 남아 있었다.

다만 그 무렵 형 드미트리는 아버지와 결판을 낼 각오로 정식 소송을 제기할 준비를 하고 있었고, 이 두 사람 사이에서 이반이 입회인 또는 조정자처럼 보이기도 했다는 사실 한 가지는 덧붙여 둘 필요가 있다.

다시 한번 말하지만 이 카라마조프 일가족은 이번에 난생 처음으로 한자리에 모였고 어떤 식구들은 처음으로 서로의 얼굴을 보게 되었다.

다만 막내동생 알렉세이(애칭은 알료샤)만은 벌써 1년 전부터 이곳에 와서 살고 있었기 때문에 형제들 중에서는 제일 먼저 고향에 돌아온 셈이었다. 이 알렉세이에 관하여 소설의 무대에 등장시키기 전에 서장(序章)에 불과한 이야기 속에서 설명한다는 것은 무엇보다도 어려운 일이다. 그러나 역시 그에 대한 서문을 써서 적어도 한 가지 매우 기묘한 점에 대해 미리 설명해 두어야 할 것 같다.

왜냐하면 나는 소설의 첫 장면부터 나의 주인공을 수습 수사의 법의를 입혀 독자들에게 소개해야 하기 때문이다. 그렇다, 그는 이미 이곳의 수도원에서 1년 남짓 살아왔고, 앞으로도 거기서 일평생 수행할 각오를 하고 있는 것 같았다.

4 세째 아들 알료샤

그때 그는 겨우 스무 살(그의 형 이반은 스물 네 살, 맏형 드미트리는 스물 여덟살)이었다. 무엇보다 먼저 밝혀 두어야 할것은, 이 알료샤(알렉세이)라는 청년은 결코 광신자가 아니며, 적어도 우리가 보는 한으로는 무슨 신비주의자도 전혀 아니라는 점이다.

나의 의견을 미리 단적으로 말한다면, 그는 그저 나이 어린 박애주의자에 불과했다. 그가 수도원에 들어가게 된 것도 단지 그 길에만 깊이 심취해 있었기 때문이었다. 속세간의 악의로 가득 찬 암흑으로부터 사랑의 광명으로 탈출하려고 노력하고 있는 그의 영혼에게는 그것이 말하자면, 궁극적인 이상으로 생각되었던 것이다. 청년의 마음속에 그러한 놀라움을 불러일으킨 것도 당시 그가 가장 비범한 인물이라고 생각하고 있던 그 유명한 조시마 장로를 만난 일인데, 그는 마치 뜨거운 첫사랑과도 같이 자기의 열렬한 마음을 송두리째 이 장로에게 빼앗기고 말았던 것이다.

그렇지만 그가 그무렵, 또는 더 어린 시절부터 몹시 색다른 아이였다는 사실에 대하여는 구태여 이의를 달지 않겠다. 이미 말했지만 그는 겨우 네 살 때 어머니를 여의었는데도 어머니의 얼굴과 사랑을 '마치 어머니가 눈앞에 서 계신 것처럼' 생생하게 일생 동안 잊지 않고 선명하게 기억하고 있었다. 이러한 기억은 아주 어릴 적부터, 예컨대 겨우 두어 살 때부터도 마음속에 기억하고 있는 경우가 있다(이것은 모두 아는 사실이다). 이러한 기억은 마치 어둠 속에 스며든 몇 줄기의 빛살과도 같이, 또는 낡고 퇴색한 커다란 화폭 한구석에 선명히 남아 있는 한부분과도 같이 일평생 마음속에 떠오르는 것이다.

알료샤의 경우도 이와 꼭 같은 것이었다. 그는 어느 고요한 여름날 저녁의 일을 똑똑히 기억하고 있었다. 열어젖힌 창문으로 비쳐드는 저녁 햇살(무엇보다 이 저녁 햇살이 가장 기억에 선명했다)과 방 한구석에 안치된 성상, 그 성상 앞에 켜져 있던 등불, 그리고 두 팔로 그를 껴안고 성상 앞에 꿇어앉아 히스테리를 일으킨 것처럼 날카로운 소리를 지르면서 흐느껴 우시던 어머니를……
어머니는 그를 으스러지게 껴안고, 성모 마리아에게 아들을 위해 기도하기도
하고, 때로는 성모님께 그를 맡기려는 듯이 아이를 안은 두 팔을 앞으로 내밀
기도 했다. 그때 갑자기 유모가 달려들어와 그를 놀란 표정의 어머니 품에서
빼앗아 갔다. 바로 그러한 광경이었다!

알료샤는 그 순간의 어머니 얼굴도 똑똑히 기억하고 있었다. 그가 기억하고
있는 어머니의 얼굴은 광란에 휩싸여 있으면서도 말할 수 없이 아름다운 얼굴
이었다고 한다. 그러나 그는 이 추억을 남에게 말하는 것을 그다지 좋아하지
않았다.

그는 어린 시절이나 소년 시절을 통해서 감정을 드러내는 일이 없었고 본디
말수가 적은 아이였다. 이것은 결코 인간에 대한 불신이나 그의 수줍은 태도,
또는 사람들과 사귀기 싫어하는 무뚝뚝한 성격 때문이 아니었다. 오히려 그와
는 정반대로 그에게는 남들과 아무 관계도 없고, 자기 자신의 내부에 숨어있
는 어떤 중대한 문제들이 있었고 그것에 대한 걱정이 그에게는 가장 중요했기
때문에 자연히 남의 일에 관심을 가질 수가 없었던 것 같다.

그렇지만 이 청년은 사람들을 사랑했다. 그는 평생을 두고 사람들을 근본적
으로 신뢰했으나, 그렇다고 해서 그를 바보라거나 단순하고 유치한 사람이라
고 생각하는 사람은 한 사람도 없었다. 그는 남을 심판하는 말을 하거나 어떤
경우에도 남을 탓하고 단죄하지 않는 사람이었다(일생 동안 그러했지만).

그는 가끔 어떤 일에 대하여는 깊은 비탄을 느낄 때도 있었지만, 그런 경우
에도 남을 원망하기는커녕 오히려 모든 것을 용서하는 것처럼 보였다. 뿐만 아
니라 누구도 그를 놀라게 하거나 동요시킬 수 없었다. 이러한 경향은 아주 어
릴 때부터 있어 온 것으로 그가 스무 살이 된 그 당시에 음탕의 소굴이라 할
수 있는 아버지의 집에 돌아와서도 역시 마찬가지였다. 이 청렴하고 순결한 청
년은 차마 눈뜨고 볼 수 없는 해괴 망측한 광경을 보더라도 묵묵히 그 자리를
피해 버렸을 뿐, 털끝만큼도 누구를 경멸하거나 비난하는 기색을 보이지 않
았다.

한때 남의 눈칫밥을 얻어먹고 살아온 아버지는 모욕이나 멸시에 대해서는
지나칠 정도로 민감하여 처음에는 아들을 불신했다. 그래서 찌푸린 얼굴로
"그 녀석은 속으로는 별의별 생각을 다하면서도 겉으로는 시치미을 떼고 있단

말이야!" 이렇게 투덜거리기도 했다. 그러나 그는 2주일도 채 못되어 아들을 끌어안고는 키스를 퍼붓게 되었다. 물론 그것은 술취한 값싼 감상에서이기는 하겠지만, 눈물까지 흘리며 일찍이 누구에게서도 느껴 보지 못한 따뜻하고도 참된 애정을 비로소 이 아들에게서 깊이 느끼게 된 모양이었다.

이 청년은 원래 어디를 가나 누구에게서든지 사랑을 받았다. 어릴 때도 마찬가지여서 자기를 키워준 은인인 예핌 폴레노프의 집에 들어갔을 때도 모든 가족한테서 친자식이나 다름없는 사랑을 받았다. 그러나 그것은 매우 어렸을 때의 일인만큼, 어린애인 그가 남의 눈에 들어 귀여움을 받으려고 빈틈없이 계산하거나 무슨 간사한 잔꾀를 부리거나, 또는 억지로 자신을 사랑하도록 만드는 능력을 가지고 있었다고는 도저히 생각할 수 없다. 그가 모든 사람에게서 특별한 사랑을 받을 수 있다는 재능은 선천적으로 타고난 본성이었던 것이다.

그것은 학교에 들어가서도 마찬가지였다. 얼핏 보아 알료샤는 학교친구들의 불신과 조소, 심지어는 증오를 불러일으키는 유형의 아이처럼 보였다. 이를테면 그에게는 곧잘 깊은 생각에 잠겨 자기만의 세계에 틀어박히는 버릇이 있었고 아주 어릴 때부터 방 한구석에서 혼자 책을 읽는 것을 좋아했다. 그럼에도 불구하고 그는 학교에 다니는 동안 모든 학생들의 절대적인 신뢰와 사랑을 받았다. 그는 떠들썩하게 장난을 치거나 동무들과 어울려 재미있게 노는 일은 별로 없었지만, 누구든지 그를 한번 보기만 하면 그가 침울하고 무뚝뚝하기는커녕 온화하고 맑은 심성을 지니고 있다는 것을 알 수 있었다.

그는 동무들 사이에서 결코 잘난 체하거나 자기의 존재를 내세우려고 하지 않았다. 이러한 성격 때문인지 그는 여태까지 그 누구도 두려워해본 적이 없었으나, 또한 한 번도 자기를 과시하려고 들지 않았다. 그렇지만 동무들은 그가 결코 자신의 용기를 과신한 나머지 그렇게 조용한 것이 아니라, 반대로 자기가 얼마나 용감하고 대담한 사람인지 스스로 전혀 모르고 있기 때문이라는 것을 곧 깨닫게 되었다. 그는 남에게서 모욕을 받아도 앙심을 품기는 고사하고 1시간쯤 지난 뒤면 아무 일도 없었다는 듯이 자기를 모욕한 그 학생과 태연히 얘기를 주고받았고, 자기쪽에서 먼저 말을 걸 때도 있었다. 자신이 모욕을 당한 것을 깜박 잊어버렸거나, 의식적으로 상대를 용서해 준다는 태도가 아니라, 그런 일쯤은 조금도 모욕으로 여기지 않는다는 듯한 태도였으므로, 바로 그런 점이 동무들의 마음을 완전히 굴복시키고 말았던 것이다.

단 한 가지 그에게는 이상한 특징이 있어서, 그것이 입학한 뒤부터 상급생이 될 때까지 누구나 그를 놀려 주고 싶은 생각이 들도록 만들었다. 물론 이것도 무슨 악의에서가 아니라 단순히 재미있었기 때문이다. 그것은 알료샤가 거의 병적일 만큼 수치심과 결벽증을 가지고 있다는 점이었다.

예를 들면 그는 여자에 관한 좋지 않은 말이나 대화는 듣는 것도 괴로워했다. 하지만 불행하게도 '좋지않은 말이나 대화'는 어떤 학교에서도 아주 뿌리를 뽑을 수는 없는 일이다. 정신적으로나 육체적으로나 아직 거의 유아처럼 순진무구한 소년들이 때로는 군인들 조차 입에 담기를 꺼리는 '어떤' 장면이나 자태에 대해 교실에서 속삭이거나, 때로는 다른 아이도 들으라는 듯이 큰 소리로 얘기하는 것은 흔히 볼 수 있는 광경이다. 하기야 그런 분야에 관해 군인들도 잘 모르는 것을 지식층에 속하는 이 상류 계급의 나이 어린 자제들이 벌써부터 환히 알고있는 경우도 종종 있다. 그렇지만 이런 소년들에게는 아마도 정신적 타락이라든가 진정한 의미에서의 타락한 내면의 냉소 같은 것은 없을 것이다. 설사 있다고 하더라도 그것은 껍데기에 불과한 것인데, 이들에게는 그 냉소야말로 어쩐지 품위있고 세련되었으며 또한 남자다운 것으로 생각되어 한번 흉내를 내보고 싶은 충동을 느끼는 것이다.

그런 이야기를 할 때마다 '알료샤 도련님이' 황급히 귀를 틀어막는 것을 보고, 이들은 가끔 일부러 그의 옆에 모여 귀를 막은 그의 두 손을 억지로 떼어놓고 더러운 소리를 신이 나서 마구 지껄여대기도 했다. 그러면 그는 한마디 비난도 없이 입술을 꼭 다문 채 기를 쓰고 이들을 뿌리치면서 교실 바닥에 뒹굴며 두 손으로 얼굴을 감싸고 그것을 견디는 것이었다. 마침내 악동들도 더이상 그에게 귀찮게 굴지않고 '계집애'라고 놀리는 것도 그만두고 어떤 의미에서는 동정하는 마음으로 그를 보게 되었다. 참고로, 그는 자기 반에서 늘 우등생이긴 했으나 한 번도 1등을 차지한 적은 없었다.

폴레노프씨가 죽고 나서도 알료샤는 2년간을 이 중학교에 더 다녔다. 폴레노프의 미망인은 남편의 죽음으로 상심한 나머지 장례식이 끝나자 곧 여자뿐인 가족을 모두 이끌고 한동안 돌아오지 않을 생각으로 이탈리아로 여행을 떠나 버렸다. 그래서 알료샤는 폴레노프의 먼 친척이 되는 생면 부지의 두 부인 집으로 옮겨가 살게 되었는데, 어떠한 조건으로 그렇게 된 것인지는 그 자신도 몰랐다.

자기가 도대체 누구의 돈으로 살아가고 있는지 전혀 마음에 두지 않았던 것도 그의 성격의 뚜렷한 특징이었다. 이런 점에서는 그의 형 이반이 2년 동안 고학으로 대학교에 다니면서 갖은 고생을 다한 일이라든가, 어려서부터 남의 신세를 지고 있는 자신의 처지를 항상 쓰라리게 의식해 온 것과는 아주 대조적이라고 할 수 있었다.

그러나 알료샤를 조금이라도 알고 있는 사람이라면 그의 이런 특이한 성격을 비난할 수는 없을 것이다. 이점에 관해 알료샤는 이른바 유로지비(바보짓·광대짓을 하면서 하느님의 음성을 듣고 그것을 사람들에게 전하는 성인을 말한다) 같은 청년이라고 누구나 생각하지 않을 수 없기 때문이다. 가령 어쩌다가 수중에 거액의 재산이 굴러 들어온다고 해도 이 청년은 누가 손을 내밀기만 하면 서슴없이 몽땅 내주고 말거나, 그렇지 않으면 자선 사업을 하고 만약 상대가 사기꾼이라도 달라고만 하면 선선히 거금을 내주었을 것이다.

대체로 말해서 그는 돈의 가치라는 것을—물론 비유적인 의미에서이지만—전혀 몰랐다. 자기가 먼저 용돈을 달라고 한 것도 아닌데 누가 돈을 좀 주기라도 하면 쓸 곳을 몰라서 몇 주일씩 그대로 갖고 있거나, 어떤 때는 무섭게 낭비를 하여 순식간에 돈을 다 써버리기도 했다.

표트르 미우소프는 평소 금전과 시민의 공덕심에 대하여 몹시 예민한 사람이지만, 언젠가 알료샤를 지긋이 바라보고 나서 이렇게 명언을 한 적이 있다.

"알렉세이 같은 사람은 아마 세상에 없을 거야. 인구 백만쯤 되는 도시 한복판에 동전 한 푼 없이 혼자 내버려도 결코 굶어죽거나 얼어죽을 염려가 없는 사람이지. 왜냐하면 누군가 곧 먹을 것과 잠잘 곳을 마련해 줄 테니까…… 잠잘 곳을 마련해 주는 사람이 없더라도 자기 스스로 이내 몸둘 곳을 찾아내겠지. 이런 것들은 그에겐 전혀 힘드는 일도 아니고 굴욕도 아니거든. 그리고 그를 돌봐주는 사람도 그것을 귀찮게 여기지 않고 오히려 기쁨으로 생각할 거란 말일세."

그는 중학교 과정을 다 마치지 않았다. 졸업을 1년 앞둔 어느날, 알료샤는 갑자기 어떤 생각이 떠올라 자기를 돌봐 주던 부인들에게 자기는 지금 아버지에게 가야한다고 말했다. 부인들은 못내 섭섭해하며 그를 놓아 주려고 하지 않았다. 여비는 그리 많은 돈이 필요한 것이 아니어서 그가 폴레노프 씨 가족이 외국 여행을 떠날 때 선물로 준 시계를 전당포에 맡기려고 하자, 부인들은 그것을 말렸을 뿐 아니라, 충분한 여비를 주고 또 새옷과 속옷까지 마련해 주었다. 그러나 그는 굳이 삼등차로 가겠다면서 그 돈의 절반을 다시 부인들에게 돌려 주었다.

우리 읍에 도착하자 그는 "왜 학교를 집어치우고 왔니?" 하는 아버지의 첫 물음에 대해 아무 대답도 하지 않고 평소보다 더 깊은 생각에 빠진듯한 모습이었다고 한다. 얼마 지나지 않아 그는 자기 어머니의 무덤을 찾고 있다는 사실이 드러났다. 알료샤 자신도 그때 그가 여기 온 이유는 오직 그것 때문이었다고 말했다. 그러나 그가 고향에 온 이유가 정말 그것 때문만이었는지는 의심스럽다. 무엇보다 확실한 것은, 무엇이 그의 영혼 속에 불쑥 떠올라 그를 새롭고 신비로운 숙명의 길로 이끌어갔는지, 그 무렵에는 아마 그 자신도 몰랐고 또 설명할 수도 없었을 거라는 사실이다.

아버지 표도르는 자기의 두 번째 아내를 어디에 묻었는지 아들에게 가르쳐 줄 수가 없었다. 그도 그럴 것이, 그는 아내의 관에 흙을 뿌리고 난 뒤로 한 번도 그 무덤에 가본 적이 없고 오랜 세월이 흐름에 따라 자연히 그 장소를 까맣게 잊어버리고 말았기 때문이다……

표도르의 말이 나왔으니 말이지만, 그는 그때까지 오랫동안 우리 고장을 떠나 있었다. 두번째 아내가 죽은 지 3, 4년 뒤에 그는 러시아 남부지방으로 떠났는데, 나중에는 오데사로 가서 그곳에서 몇 년 동안 살았다. 그 자신의 표현을 빌리면, 처음에 그는 수많은 '남녀노소, 늙은이에서 꼬마녀석까지 수상쩍은 유대인'들과 상종했지만, 나중에는 이 수상쩍은 유대인들뿐만 아니라 '제대로 된 헤브라이인 가정'에도 얼굴을 내밀게 되었다고 한다. 그가 돈을 긁어모으는데 특별한 재능을 터득한 것도 아마 이 오데사 시절이었을 것이다. 그가 이 고장에 다시 돌아와 살게 된 것은 알료샤가 오기 불과 3년 전의 일이다. 옛 친지들은 그동안 그가 무척 늙었다고 생각했으나, 실제로는 그다지 고령이 아니었다.

그는 전보다 점잔을 빼기도 했지만, 어딘가 거만해진 것 같이 생각되었다. 예를 들면 옛날에는 자기 혼자 어릿광대 짓을 하며 좋아했는데, 이제는 뻔뻔스럽게도 다른 사람에게 어릿광대 짓을 시키려고 했다. 여자에 대한 추잡한 짓을 하는 버릇은 여전하여, 아니 오히려 더 구역질이 날 정도였다.

그는 얼마 지나지 않아서 우리 군내(郡內)의 여러 장소에 새로운 술집들을 차렸다. 그에게는 아마 10만 루블 아니면 그보다 약간 적은 돈이 있는 것 같았다. 우리 고장 일대의 많은 사람들이 기다렸다는 듯이 그에게 돈을 빌렸는데, 그때에는 물론 확실한 저당을 잡혀야 했다.

그러나 최근에 와서 그는 어쩐 일인지 좀 후줄근해졌다고 할까 냉정하게 처신하지 못하게 되어 경솔한 실수마저 저지르고 있었다. 뭔가 한 가지 일을 시작해도 끝까지 제대로 마무리하지 못하면서도 자꾸만 여러가지 일에 손을 대려고 했다. 그리고 갈수록 술에 취하는 일이 많아졌다. 만약 이젠 꽤 나이를 먹은 하인 그리고리가 변함없이 가정교사처럼 밤낮 쫓아다니며 돌봐주지 않았다면, 표도르는 더욱더 시끄러운 일만 저지르고 돌아다녔을 것이다.

알료샤의 귀향은 정신적인 면에서 분명히 아버지에게 영향을 준 것 같았다. 그것은 실제 나이보다 훨씬 늙어버린 이 사내의 영혼 속에 오랫동안 잠들어 있던 무언가가 다시 눈을 뜬 것과도 같았다.

그는 알료샤를 지그시 바라보면서 가끔 이렇게 말하곤 했다.

"애야, 너는 어쩌면 그렇게도 신통하게 그 미친 여자를 닮았니?"

그는 알료샤의 어머니이자 자기의 죽은 아내를 이렇게 부르고 있었다.

결국 알료샤에게 그 '미친 여자'의 무덤을 가리켜 준 사람은 하인 그리고리였다. 그는 알료샤를 우리 읍 공동 묘지로 데리고 가서 한쪽 구석에 있는, 값싼 것이긴 하나 주철로 만들어 제법 말쑥한 묘비 하나를 보여주었다. 그 묘비에는 죽은 어머니의 이름과 나이, 신분, 그리고 사망 연월일이 적혀 있었고, 그 밑에는 중류 계급의 무덤에서 흔히 볼 수 있는 넉 줄 가량의 추도시가 새겨져 있었다.

놀랍게도 이 묘비는 그리고리가 세운 것이었다. 그리고리는 주인 표도르에게 죽은 마님의 무덤을 잘 돌보라고 몇 번씩이나 귀찮을 정도로 얘기했지만, 표도르가 무덤은커녕 거기에 얽힌 모든 추억까지 몽땅 내동댕이친 채 오데사로 훌쩍 떠나 버리자, 자기 돈을 들여서 이 불쌍한 '미친 여자'의 무덤 앞에 이 묘비를 세웠던 것이다.

알료샤는 어머니의 무덤 앞에서 특별한 감상을 나타내지는 않았다. 다만 묘비가 세워진 자초지종에 관해 그리고리가 엄숙한 어조로 차근차근 설명하는 것을 들으며, 머리를 숙이고 조용히 얼마 동안 서 있다가 그대로 한마디도 하지 않고 무덤을 떠났다. 그 이후로 거의 1년 동안 그는 어머니의 무덤을 찾지 않았다.

　그러나 이 조그만 에피소드가 아버지 표도르에게 어떤 영향을, 그것도 아주 독특한 영향을 주게 되었다. 그는 갑자기 천 루블이나 되는 돈을 싸가지고 죽은 아내의 영혼을 위로하기 위해 우리 고장의 수도원으로 찾아갔던 것이다. 다만 그것은 알료샤의 어머니인 두 번째 아내 '미친 여자'를 위해서가 아니라 자기를 그토록 구박했던 전처 아젤라이다를 위해서였다. 그러고는 그날 저녁 술을 잔뜩 먹고 알료샤 앞에서 수도자들에게 욕을 퍼부었다. 사실 그는 신앙과는 거리가 먼 사람이었다. 아마 단 5코페이카짜리 양초 한 자루도 바쳐 본 적이 없었을 것이다. 그러나 이런 인간들에게도 가끔 이러한 돌발적인 감정과 생각들이 갑자기 밖으로 불쑥 튀어나오는 일도 있는 법이다.

　앞에서 나는 표도르가 갑자기 후줄근해졌다고 이미 말했지만 그의 용모도 근래에 와서 이 사내가 그때까지 살아온 인생의 특징과 본질을 뚜렷하게 나타내고 있었다. 언제나 거만하고 의심하는 듯이 사람을 얕보는 작은 눈밑에는 흐물흐물한 길다란 살주머니가 늘어졌고, 작고 살찐 얼굴에는 긴 주름살들이 깊숙이 패여 있었다. 뾰쪽한 턱 아래로는 흡사 돈주머니 같은 길쭉하고 큼직한 살이 늘어져 있었는데, 바로 이것이 그의 얼굴 전체에 징그럽고 음란한 인상을 주고 있었다. 게다가 탐욕스러운 커다란 입의 호색적인 두꺼운 입술이 옆으로 찢어져있고 그 입술 사이로 거의 다 썩어버린 시커먼 이빨 조각들이 들여다보였는데, 그가 무슨 이야기를 할 때마다 그 입에서 침이 이리저리 튀었다. 그는 항상 자기 얼굴을 농담거리로 삼기 좋아했지만, 그렇다고 자신의 용모를 싫어하고 있는 것 같지는 않았다. 특히 그는 그리 크지는 않으나 매우 높고 묘하게 꼬부라진 매부리코를 가리키며 가끔 말하곤 했다.

　"이게 바로 진짜 로마인의 코라는 거야. 요것이 내 목의 혹과 한짝이 되어 쇠퇴기에 있던 고대 로마 귀족들의 모습을 그대로 나타내고 있거든……"

　아무래도 그는 이 코가 자랑스러운 모양이었다.

　어머니의 무덤을 찾은 뒤 얼마 안 되어 알료샤는 느닷없이 자기는 수도원에 들어가고 싶으며, 수도원측에서도 수습 수사로 받아들여 주기로 약속했다고 아버지에게 말했다. 그리고 이것은 자기의 간절한 소원이니 아버지로서 기쁜 마음으로 보내주기 바란다고 설명했다. 벌써부터 노인은 그 수도원에서 정진하고 있는 조시마 장로가 '얌전떼기' 자기 아들한테 깊은 감화를 주고 있다는 것을 알고 있었다.

"그 장로야 물론 누구보다 성실한 수사지."

뭔가 생각에 잠긴 얼굴로 묵묵히 알료샤의 말을 듣고 나서 그는 이렇게 말문을 열었다.

"흠, 그러니까 우리 얌전떼기가 거기 들어가고 싶단 말이렷다."

거나하게 취해 갑자기 히죽거리며 웃기 시작했다. 그것은 너무 주정꾼답게 느슨하면서도 어딘가 교활하고 능청스런 느낌을 주는 웃음이었다.

"흠, 나도 결국은 네가 이렇게 되리라는 걸 예감하고 있었다. 믿지 않을지도 모르지만 넌 역시 내가 생각했던 길을 가려는 게로구나. 어쨌든 좋아. 너는 2천 루블의 재산을 가지고 있으니, 그걸 지참금으로 가져가면 되겠구먼. 그렇지만 나도 사랑하는 자식을 그냥 모른 체할 수는 없으니까, 필요하다면 거기서 내라는 돈은 당장이라도 기부할 생각이다. 하지만 내라는 소리가 없으면 굳이 자진해서 갖다 바칠 필요는 없지. 안 그러냐? 하긴 네가 돈을 쓰는 씀씀이는 새가 먹는 모이 정도니까, 고작해야 일주일에 낱알 두어 개쯤이면 될 거야…… 흠, 그런데 이건 알고 있니? 어느 수도원 부근 산기슭에 마을이 하나 있는데. 하긴 모두 알고 있는 일이지만, 그 마을엔 소위 '수사 마누라'들만 살고 있지. 아마 한 서른 명쯤 될 거다.…… 나도 한번 가본 적이 있지만, 거긴 또 거기대로 별미라는 게 있더군. 다시 말해 온갖 여자들이 다 있단 말이다. 그런데 국수주의인 것이 옥에 티야. 프랑스 계집이 하나도 없다는 거지. 수사놈들은 돈이 많으니까 프랑스 계집쯤은 얼마든지 불러올 수 있을 텐데 말이다. 소문만 퍼지면 아마 금세 몰려올걸. 하지만 이곳 수도원에는 아무것도 없어! 그 수사놈 마누라 따윈 아직 하나도 없으니까. 그런데 수사들은 한 200명쯤 있단 말이야, 그들이야 참 깨끗한 사람들이지. 번뇌를 끊은 자들이니까, 그건 나도……

흠, 그래, 넌 수도원에 들어가겠다 이거지? 그렇지만 알료샤야, 그럼 난 섭섭해서 어쩐다지? 넌 곧이듣지 않겠지만 그래도 난 너를 사랑하고 있거든…… 어쨌든 마침 잘됐다. 너는 우리 같은 죄인들을 위해서 기도해 줄 테지? 우린 정말 이 세상 바닥에서 너무나 많은 죄를 졌으니까 말이다. 나는 언젠가 누가 과연 나를 위해 기도해 줄까? 그럴 사람이 이 세상에 정말 있을까? 늘 생각해 왔단다. 애야, 정말 난 이런 방면에서는 아주 캄캄 절벽이란다. 왜, 곧이들리지가 않니? 이건 진심이다. 그렇지만 내가 아무리 못난 바보라도 생각만은 줄곧

하고 있지. 아니, 밤낮으로 그것만 생각하고 있는 건 아니니까, 줄곧이 아니라 이따금 생각한다는 편이 옳겠군. 어쨌든 내가 죽은 뒤에는 틀림없이 악마들이 나를 갈고리에 꿰어서 지옥으로 끌고 갈 거야.

그래서 의문인데, 악마들은 그 갈고리가 도대체 어디서 났을까? 무엇으로 만들었고? 쇠로 만들었을까? 그렇다면 어디서 그것을 만들지? 지옥에도 무슨 대장간 같은 게 있을까? 수도원에 있는 수도사들은 지옥에도 무슨 천장이 있다고 생각하는 모양이더라. 그렇지만 난 지옥이 있다는 건 믿지만, 그 천장만큼은 아무래도 없는 게 낫다는 생각이 들어. 천장같은 건 없는 것이 좀더 우아하고 지적이지. 즉 루터파 같은 느낌이 들 테니까.

천장이 있건 없건 마찬가지가 아니냐고? 아니야, 바로 그점이 문제라니까! 만일 천장이 없다면, 갈고리 같은 것도 없는 것이 당연해. 그리고 또 갈고리도 없다면 모든 것이 뒤죽박죽이 되어 버리고 말지. 그러면 누가 나를 갈고리에 꿰어 지옥으로 데리고 간다지? 나같은 놈을 지옥으로 끌고 가지 않는다는 건, 만약 그렇다면 진실은 어디에 있는 거지? Il faudrait les inventer(갈고리는 꼭 만들어야 해). 특별히 나를 위해 일부러라도 만들어 내어야 해. 단지 나 한 사람만을 위해서. 알료샤야, 넌 자세히 모르겠지만, 나야말로 정말 구원받을 수 없는 인간이니까!"

"그렇지만 지옥에 갈고리 같은 건 없어요"

알료샤는 아버지를 찬찬히 바라보면서 진지한 얼굴로 조용히 말했다.

"암, 그렇고말고. 그저 갈고리의 그림자가 있을 뿐이지. 나도 잘 알고 있어. 어느 프랑스 사람이 지옥을 그렇게 묘사했지. J'ai vu l'ombre d'un cocher, qui avec l'ombre d'une brosse frottait l'ombre d'un carosse(나는 솔 그림자로 마차의 그림자를 청소하고 있는 마부의 그림자를 보았노라.)고 했던가?

그런데 애야, 넌 어떻게 갈고리가 없다는 걸 알았니? 그렇지만 앞으로 수도사들과 같이 지내게 되면 너도 생각이 달라질걸. 어쨌든 어서 그곳에 가서 진리를 찾아 보려무나! 그런 다음 나한테 와서 얘기를 좀 해다오. 저세상이 어떤 곳인지 좀더 분명히 알게 되면 거기에 가도 한결 쉬울 게 아니냐. 그리고 이 집에서 주정뱅이 애비나 못된 계집들과 함께 있는 것보다는 수도원에 가서 그들과 같이 지내는 게 너에게 훨씬 더 좋을 게다……

하기는 천사처럼 순결한 너를 유혹할 수 있는 건 세상에 하나도 없겠지만.

거기서도 아무도 너를 건드리지는 못할 거야. 그래서 나도 안심하고 허락하는 거다. 아직 너의 영혼은 악마에게 죄다 먹혀 버리지는 않았으니, 한동안은 열에 들떠 있다가 언젠가 흥분이 식으면 다시 원래의 너로 돌아오겠지. 그러면 집으로 돌아오너라. 나는 기다리고 있겠다. 이 세상에서 나를 비난하지 않는 사람은 오직 너 하나뿐이라는 걸 나는 느끼고 있단다. 귀여운 내 아들아, 난 정말 그렇게 느끼고 있어. 어떻게 내가 그걸 느끼지 않을 수가 있겠니!"

그러고 나서 표도르는 흑흑 흐느껴 울기 시작했다. 그는 감상적이 되어 있었다. 그는 입은 험악하지만 감상적이기도 했다.

5 장로들

아마 독자들 중에는 이 알료샤라는 청년이 병적이고 광신적인 성격이며, 발육이 좋지 않은 몽상가이며 보잘것 없고 허약한 남자였을 거라고 생각할 사람도 있을지 모른다. 그러나 알료샤는 이와는 정반대로 그 무렵 늘씬한 체구에 불그레한 뺨과 맑은 눈동자를 가진, 터질 것처럼 건강한 열아홉 살 청년이었다.

뛰어나게 아름다운 용모, 중키에 균형잡힌 몸매, 밤색 머리카락에 갸름한 계란형 얼굴, 사이가 먼 두 눈이 짙은 잿빛으로 빛나는, 무척 사려깊고 온화한 청년으로 보였다. 하기야 어떤 사람들은 그의 뺨이 불그스름하다는 것이 결코 광신자나 신비주의자가 아니라는 증거는 될 수 없다고 말할지도 모르지만, 나에게는 오히려 알료샤야말로 누구보다 현실주의자였다고 생각된다. 그렇다, 물론 그는 수도원에 들어간 뒤 종교적 기적이라는 것을 믿고 있었지만, 원래 현실주의자는 기적이라는 것에 현혹되는 일은 없다는 것이 내 생각이다.

현실주의자를 신앙으로 이끄는 것은 기적이 아니다. 진정한 현실주의자이면서 아무런 종교도 믿지 않는 사람은, 자기가 기적을 믿지 않는 힘과 능력을 지니고 있다고 생각한다. 실제로 기적이 자기 눈앞에 부정할 수 없는 사실로 나타나게 되면 현실주의자는 그것을 인정하기보다 자신의 눈을 의심하려 든다. 또 설사 그 사실을 인정한다 하더라도 그는 그것을 자기가 아직까지 모르고 있던 자연계의 한 현상일 뿐이라고 받아들인다.

그러므로 현실주의자에게는 기적이 신앙을 낳는 것이 아니라, 신앙이 기적을 낳는 것이다. 현실주의자가 일단 신앙을 갖게 되면, 바로 그 현실주의 때문에 눈앞의 기적을 부정할 수 없게 된다. 일찍이 사도 도마는 제 눈으로 직접 보기 전에는 그리스도의 부활을 믿지 않겠다고 했으나, 실제로 예수의 모습을 보고 나서는 감격하여 '오오, 주여, 오오 하느님!'하고 부르짖었던 것이다. 그러면 그를 믿게 한 것은 과연 기적이었을까? 아니, 그렇지 않다. 그는 스스로가 원했기 때문에 믿음을 갖게 된 것이 틀림없다. 아마도 '보지 않고는 믿지 않겠다' 말했을 때, 마음속 깊은 곳에서는 이미 부활을 믿고 있었는지도 모른다.

혹시 어떤 사람들은 알료샤가 우둔하고 발육이 늦은 청년이었을 거라느니 또는 중학교도 제대로 나오지 못했다느니 하고 험담하는 사람도 있을 것이다. 그가 중학교를 졸업하지 않은 것은 사실이지만, 어리석고 우둔한 인간이라고 말하는 것은 커다란 편견이다.

나는 다만 이미 앞에서 한 말을 다시 한번 되풀이할 뿐이다. 그가 수도승의 세계에 들어서게 된 것은 그 길만이 그의 마음에 깊은 감동을 주었기 때문이며, 암흑으로부터 광명으로의 탈출을 갈망하는 그의 영혼에 그것 외에 이상적인 귀결은 없다는 것을 깨달았기 때문이다. 또 한 가지 덧붙인다면 그가 어떤 면에서는 우리나라의 근대적 청년, 즉 부정을 싫어하고 진실이 존재하는 것을 믿으며, 또 그것을 추구하는 청년이며, 일단 진실을 믿으면 전심전력을 다해 그 진리를 신봉한 나머지 이를 실천하기 위해서는 자기의 모든 것, 심지어는 생명까지 기꺼이 바치려는 염원에 불타는 청년의 하나라는 점이다.

그러나 불행하게도 이런 청년들은 생명을 버리는 편이 대체로 다른 어떠한 희생보다 쉬운 것이라는 사실을 이해하지 못하고 있다. 예를 들면 비록 그들이 자기네 목표인 진리와 그 실천을 위해 스스로 선택한 것이라고는 하지만(가령 그것으로 자기의 능력을 열 배로 늘릴 수 있다 하더라도), 젊음으로 넘치는 청년 시절의 5, 6년을 오직 어렵고 따분한 학습이나 연구에 바친다는 것은 대부분의 보통 청년들에게는 종종 감당할 수 없는 희생이라는 것을 모르고 있다.

알료샤 또한 자기의 진리를 하루 빨리 성취시키려는 열망을 가진 것은 다른 청년들과 다를 바 없었지만, 단지 그는 모든 사람들과는 정반대의 길을 택했을 뿐이었다. 그는 진지하고 깊은 사색을 통하여 영생과 신이 확실히 존재한다는 것을 확신하게 되자마자 거의 본능적으로 자기 자신에게 이렇게 말했다.

'나는 영생을 위해 살고 싶다. 어중간한 타협 따위는 결코 용납하지 않으련다!'

이와 꼭 같은 논리로, 만약 그가 영생과 신은 없는 것이라고 단정했다면, 그는 역시 곧장 무신론자나 사회주의자가 되고 말았을 것이다(그것은 사회주의가 단순히 노동 문제나 소위 제 4계급의 문제에 그치는 것이 아니라, 무신론의 현대적 해석에 관한 문제이며, 지상에서 하늘에 도달하기 위해서가 아니라 하늘을 지상으로 끌어내리기 위해 쌓은 바벨 탑에 관한 문제이기 때문이다).

알료샤에게는 이전과 같이 살아간다는 것이 기이하게 보였고 이제는 불가능한 것으로까지 생각되었다. 성경 말씀에 '너희가 완전하기를 원할진대, 너희가 가진 모든 것을 가난한 자에게 나누어 주고 나를 따를지니라' 이런 구절이 있다. 알료샤는 마음속으로 바로 그렇게 생각했던 것이다.

'나는 모든 것 대신에 2루블만 내고, 주예수를 따르는 대신 그저 미사에만 참석하는 것만으로는 도저히 견딜 수 없다.'

아마 어린 시절에 관한 추억 속에는 가끔 어머니가 그를 미사에 데리고 다녔던 이 고장 수도원에 관한 아련한 기억이 고이 그대로 간직되어 있었으리라. 또는 그의 병든 어머니가 소리를 지르면서 두 손으로 그를 안아 성상 앞으로 내밀던 그때 비스듬히 비쳐들었던 저녁 햇살이 그의 마음속에서 작용했는지도 모른다. 어쩌면 생각에 잠긴 듯한 그가 그 당시에 우리 고장으로 돌아온 것은 '모든 것인가, 아니면 역시 2루블인가'를 확인하고 싶어서였을 수도 있다. 그리고 이 수도원에서 그는 그 장로를 만났다……

그 장로란 앞에서 내가 이미 말한 조시마 장로를 말한다. 여기서 나는 우리나라 수도원에서의 '장로'라는 것이 대체로 어떤 것인지 몇마디 설명해 둘 필요를 느낀다. 유감스럽게도 나는 이 방면에 대해 그다지 잘 알지는 못하지만, 그러나 피상적인 설명이나마 간단히 해보기로 하겠다.

우선 전문가들이나 식자들의 주장에 의하면 장로와 장로 제도가 우리나라 수도원에 나타나기 시작한 것은 아주 최근의 일로 아직 100년도 채 못되지만 동방의 정교국가들, 특히 시나이와 아토스에서는 벌써 천여 년 전부터 있던 제도라고 한다. 실은 고대 러시아 시대에도 장로 제도가 있었을 것이다. 틀림없이 있었을 것인데, 타타르 족의 침공이라든가, 16, 17세기의 내란시대, 또는 콘스탄티노플 함락 뒤 동방과의 교류가 두절되는 등 수많은 국난을 거치는 동안 저절로 자취를 감추고 따라서 장로도 사라지고 말았다는 주장도 있다.

이 제도가 우리나라에서 부활한 것은 18세기 말이며, 그것은 위대한 고행자로 불렸던 파이시 벨리치코프스키와 그의 제자들이 노력한 결과였다. 그러나 그 뒤 100년이 지난 오늘날에도 장로 제도는 몇몇 수도원에서 밖에 볼 수 없을뿐더러 때로는 러시아에서 전례가 없는 제도라 하여 박해를 받기도 했다. 우리 러시아에서 이 제도가 특히 융성했던 것은 유명한 코젤리스카야 오프치나 수도원에서였다. 언제 누구에 의해 이 제도가 우리 마을의 수도원에도 도입되었는지 확실히는 알 수 없지만, 이젠 여기서도 장로가 이미 3대째나 계속되어 조시마 장로는 그중 맨 마지막 장로였다. 그런 그도 이미 노쇠하여 임종이 가까워 있었는데, 그의 대(代)를 이을 만한 뚜렷한 사람이 없었다.

그것은 이 수도원으로서는 매우 중대한 문제였다. 왜냐하면 이 수도원에는 그 무렵 이렇다 하게 내세울 만한 것이 하나도 없었기 때문이다. 성자의 유체(遺體)도 없었고, 기적을 일으키는 성상이 있는 것도 아니고, 국가의 역사와 관련된 빛나는 전통이 있는 것도 아니었다. 또한 역사적인 위업을 이룩한 적도 없고 조국에 대해 길이 남겨질 공훈을 세운 일도 없었다. 이 수도원이 융성하여 러시아 전국에 이름을 떨치게 된 것은 오직 이 장로들 덕분이었다. 러시아의 방방곡곡 수천 리나 되는 먼 지방에서까지 수많은 순례자들이 장로를 만나 설교를 듣기 위해 떼지어 몰려온 것이다.

그러면 장로란 대체 무엇일까? 장로란 다른 사람의 영혼과 의지를 자기의 영혼과 의지 속에 받아들이는 사람을 말한다. 가령 일단 장로를 선출하게 되면 사람들은 자신의 의지를 버리고 그것을 장로에게 바치며, 그 가르침에 절대적으로 복종하고 모든 사심을 버려야 한다. 이 길을 가려고 결심한 자는 극기(克己)와 자아 정복의 긴 시련을 거쳐 이러한 고행과 무서운 인생 수업을 자진하여 받아들이고, 또한 복종의 생활을 통하여 최종적으로는 완전한 자유, 즉 자기 자신으로부터 벗어날 수 있는 참된 자유를 얻게 된다. 이렇게 함으로써 자기의 참모습을 발견하지 못한 채 일생을 헛되이 보내 버리는 많은 다른 사람들과 같은 운명에 빠지는 것을 피할 수 있는 것이다.

이 장로 제도는 이론에서 생겨난 것이 아니라 이미 천 년 이상의 시험을 거쳐 동방정교회에서 창설된 것이다. 또한 장로에 대한 의무도 우리 러시아 수도원에서 늘 볼 수 있었던 일반적 '복종'과는 성격이 다르다. 그것은 장로에게 복종하는 사람의 끊임없는 참회이며, 명령하는 자와 따르는 자 사이의 유대는 결코 끊을 수 없는 것이다.

예를 들면 이런 이야기가 있다. 기독교 초기에 있었던 일인데, 어느 수습 수사가 장로의 명령을 이행하지 않은 채 시리아에 있던 수도원을 버리고 이집트로 떠났다고 한다. 거기서 그는 오랫동안 여러 가지 위대한 고난을 겪고 난 뒤 마침내 혹독한 고문을 이겨내고 순교자로서 죽음을 당하게 되었다. 교회에서는 곧 그를 성자로 받들어 장례식을 거행하게 되었는데, 장례식에서 보좌 신부가 '믿지 않는 자는 물러갈지어다!'(정식으로 세례를 받지 못한 사람은 나가게 되어 있음)라는 경문을 외자 그 순교자의 관은 그 자리에서 굴러 떨어져 교회 밖으로 튕겨나가고 말았다. 이 일이 세 번이나 꼭같이 되풀이되었다. 마침내 사람들은 이 순교자가 일찍이 복종의 서약을 깨뜨리고 장로의 곁을 떠났기 때문에 그 장로의 용서가 없이는 아무리 위대한 공적을 쌓았더라도 죄가 용서되지 않는다는 사실을 알게 되었다. 그래서 그 장로가 불려와 복종의 서약을 풀어 주고 나서야 가까스로 장례식을 거행할 수 있었다는 것이다.

이것은 물론 옛 전설에 지나지 않는다. 그러나 최근에도 다음과 같은 일이 있었다. 우리와 동시대인인 어떤 수도사가 아토스에서 수행을 하고 있었는데 그는 그곳을 자기의 성지이자 조용한 은둔처로 정하고 마음속 깊이 사랑하고 있었다. 그런데 그의 장로가 갑자기 명령하기를 이 아토스를 떠나 성지순례를 하러 우선 예루살렘으로 갔다가 다시 러시아로 돌아와서 북쪽의 시베리아로 가라는 것이었다. '네가 있을 곳은 여기가 아니라 그곳'이라는 것이다.

비탄에 잠겨 있던 그 수도사는 콘스탄티노플에 있는 대주교에게 달려가서 그 명령을 취소시켜 달라고 애원했다. 그러나 대주교는 일단 장로에 의해 그러한 책무가 부여되었다면, 자기는 물론 이 세상에서 그것을 취소해 줄 수 있는 사람은 그 장로 외에는 아무도 없다, 책무에서 제자를 풀어줄 수 있는 힘을 가진 자는 이 지상에 단 한 사람, 그것을 명령한 장로뿐이라고 대답했다.

이처럼 장로에게는 어떤 경우에는 거의 상상할 수 없을 정도로 무한한 힘이 주어져 있었다. 우리나라 대부분의 수도원에서 장로 제도가 처음에 거의 박해에 가까운 대접을 받았던 것도 바로 이 때문이다. 그런 한편 장로들은 곧 민중으로부터 깊은 존경을 받기 시작했다. 예를 들면 평민이거나 명사이거나를 막론하고 모두 수도원의 장로에게 몰려와서 그 발 앞에 몸을 던지며 마음속의 회의와 번민, 그리고 자기들이 범한 죄를 참회하고 충고와 설교를 애걸했다.

이것을 보고 장로를 반대하는 사람들은 장로들이 고해성사를 제멋대로 경솔하게 더럽히고 있다고 비난을 퍼붓기도 했지만, 수도사나 일반 신도들이 장로에게 자기의 마음을 허심탄회하게 털어놓는 것을 꼭 고해성사라고 보는 것은 좀 곤란하다. 결국 장로 제도는 그대로 유지되어 러시아의 수도원에 서서히 뿌리내리기 시작했다.

그렇지만 노예 상태에서의 자유와 도덕적 자기 완성을 향해 인간을 정신적으로 새로 태어나게 하는 수단으로서 이 제도는 이미 천여 년의 시험을 거쳐 오긴 했지만, 경우에 따라서는 양날의 칼이 될 수 있는 것도 사실이다. 그래서 어떤 사람은 완전히 극기와 겸손으로 인도하지 않고 반대로 가장 악마적인 오만, 즉 자유가 아닌 속박으로 이끌 수도 있다.

조시마 장로는 예순 다섯 살이었다. 그는 어느 지주의 집안에서 태어나 젊었을 때는 군대에 들어가 한때 카프카스에서 초급 장교로 복무한 적도 있었다. 그가 자기 영혼이 지니고 있는 어떤 특별한 자질로 해서 알료샤에게 깊은 감명을 주었다는 점은 의심할 여지가 없다.

장로는 알료샤를 몹시 총애하여 자기 암자에 함께 기거하도록 허락했다. 그러나 그렇다고 해서 알료샤가 비록 수도원 생활은 하고 있었지만, 완전히 구속을 받는 처지는 아니었다는 점은 여기서 미리 밝혀두어야 하겠다. 즉, 알료샤는 마음대로 어디든 외출할 수 있었고, 며칠씩 수도원에 돌아가지 않아도 괜찮았다. 그가 수도복을 입고 있는 것도 사실은 수도원 안에서 남들과 다른 옷을 입고 있는 것이 싫어서 자발적으로 그렇게 한 것이었다. 물론 그는 이 옷을 입고 다니는 것을 무척 좋아했다.

장로의 주위에서 늘 감돌고 있는 그러한 힘과 영광은 알료샤의 젊은이다운 상상력에 강한 자극을 준 것 같았다. 과거 몇 년 동안 자기의 심정을 고백하고, 또 위로와 충고의 말을 듣기 위해 조시마 장로를 찾아온 사람은 헤아릴 수 없이 많았다고 한다. 장로는 오랜 세월을 두고 이런 사람들의 고해와 하소연을 밤낮 들어왔기 때문에 이제는 자기를 처음 찾아오는 사람이라도 얼굴만 보고 그 사람이 무슨 일로 찾아왔는지, 무엇을 필요로 하는지, 또 어떤 고뇌와 죄책감에 시달리고 있는지까지 훤히 짐작할 수 있을 정도로 예민한 통찰력을 지니게 되었다. 그래서 찾아온 사람이 미처 말을 꺼내기도 전에 그 마음의 비밀을 알아맞춰 그를 놀라게하고 당황하게 하여 거의 두려움을 느끼게 하기도 했다.

이것은 알료샤가 거의 매번 느끼는 일이었지만, 장로와 은밀한 이야기를 나누려고 찾아오는 사람들은 거의 다 처음엔 공포와 불안을 품고 장로의 방으로 들어가지만, 나올 때는 그 어둡던 얼굴이 행복한 모습으로 바뀌어 밝고 기쁜 표정을 띠고 있었다. 알료샤는 장로가 일부러 엄숙한 얼굴을 짓지 않고 늘 한결같이 유쾌한 태도로 사람들을 대하는 점에도 깊은 감명을 받았다.

수도사들의 말에 의하면 장로는 죄많은 사람, 그중에도 가장 죄가 많은 사람을 누구보다도 사랑하고 진심으로 돌봐주었다. 수도사들 중에는 장로가 만년에 들어선 뒤에도 그를 증오하고 시기하는 자들도 있었다. 그러나 지금은 그 수가 아주 적게 줄어들었고 장로를 공공연하게 비난하는 소리도 들리지 않게 되었다. 그러나 몇 안 되는 그런 사람들 중에는 수도원 안에서 상당히 유력한 주요 인물들도 있었다. 가령 최고참 수도사 가운데 한 사람은 힘든 고행을 실천하고 있는 위대한 단식수행자였다.

그러나 역시 절대 다수는 조시마 장로를 지지하고 있었고, 그들의 대부분이 모든 열정을 기울여 진심으로 그를 사랑하고 있었다. 그중에는 거의 광신적으로 장로를 흠모하는 자도 있었다. 그런 자들은 공공연하게 주장하지는 않지만 은근히 장로야말로 성인이라고 단정하고 머지 않아 장로가 세상을 떠날 때는 반드시 기적이 일어나 가까운 시일 안에 이 수도원에 위대한 영광이 찾아올 것이라고 기대하고 있었다.

알료샤 또한 장로가 기적을 일으킬 수 있다는 능력을 믿어 의심치 않았는데, 그것은 옛날 순교자의 관이 교회에서 튕겨나갔다는 이야기를 굳게 믿는 것과 꼭 같은 믿음이었다. 그는 수많은 사람들이 병든 자식과 친척들을 데리고 와서 장로에게 안수 기도를 베풀어 달라고 애원하는 것을 보았다. 그들은 얼마 안 있어서(어떤 사람은 바로 그 다음날) 다시 찾아와 눈물을 흘리며 장로 앞에 엎드려 병을 고쳐 준 은혜에 감사하는 것이었다. 알료샤에게는 정말 장로가 병을 고쳐 준 것인지, 아니면 병이 자연적으로 낫게 된 것인지 의문을 품는다는 것은 있을 수도 없는 일이었다. 그것은 그가 스승의 영적인 힘을 전적으로 신뢰하고 있었기 때문이다. 그는 스승의 명예를 마치 자기의 승리처럼 생각하였다. 알료샤의 가슴이 설레며 온 몸에서 광채가 나는 것처럼 환하게 빛나는 것은 바로 이런 때였다. 장로를 만나 축복을 받으려고 전국 각지에서 몰려온 순례자들이 암자 문 앞에 무리지어 기다리고 있다. 그곳에 장로가 모습을 드러낸다. 순례자들은 장로 앞에 몸을 던지고 눈물을 흘리면서 장로의 발과 장로가 서 있는 땅에 입을 맞추며 울부짖는다. 아낙네들은 자식을 그의 앞으로 내밀기도 하고 마귀 들린 병자들을 끌고 다가가기도 한다. 그러면 장로는 그들과 이야기를 나누고 간단한 기도와 축복을 내린 뒤 돌려보내는 것이다.

최근에 와서 장로는 병이 악화되어 암자 밖으로 나오기가 힘들 정도로 몸이 쇠약해질 때가 가끔 있었다. 이럴 때면 순례자들은 그가 밖으로 나올 수 있게 될 때까지 며칠이고 수도원 안에서 기다리고 있는 것이 보통이었다. 무엇 때문에 그들이 장로를 그토록 사랑하는지, 무엇 때문에 그들이 장로의 얼굴을 보자마자 기쁨의 눈물을 흘리며 그 앞에 엎드리는지 알료샤는 털끝만큼도 의문을 가져본 적이 없었다.

오오, 그는 너무나도 잘 알고 있었다. 노고와 슬픔, 그리고 무엇보다 어느 세상에나 변함없는 부정과, 자신뿐만 아니라 온 인류의 끊임없는 죄과에 고통받고 있는 영혼의 평화를 위해선 성인이나 성물(聖物)의 모습을 직접 보고 그 앞에 엎드려 경배하는 것보다 더 큰 희망과 위안은 없다는 것을……

'설사 우리가 죄악과 거짓과 유혹에 시달리고 있어도 이 세상 어느 곳엔가는 반드시 거룩하고도 지고한 사람이 있다. 그러므로 그분에겐 진리가 있고, 그분이라면 진리가 무엇인지 알고 있을 것이다. 그렇다면 진리는 세상에서 사라져 가고 있는 것이 아니라 언젠가는 우리에게도 찾아와서 하느님의 말씀대로 온누리를 다스리게 될 날이 반드시 오고야 말 것이다.'

알료샤는 민중이 이렇게 느끼고, 이렇게 믿고 있다는 것을 알고 있었다. 그리고 조시마 장로야말로 그들이 생각하는 그 성인이며, 하느님의 진리의 수호자라고 믿어 의심치 않았다. 그것은 감격의 눈물을 흘리는 농부들이나 자식을 장로 앞으로 내미는 병든 아낙네들이 가지는 믿음과 다름없는 신앙이었다.

그리고 장로가 세상을 떠날 때는 이 수도원에 더 없이 커다란 영광이 찾아오리라는 확신이 알료샤의 마음을 지배하고 있었다. 그 생각은 어쩌면 수도원에 있는 다른 누구보다도 강했을지 모른다. 최근에 와서는 그 어떤 심오하고 불꽃과도 같은 환희의 예감이 그의 마음속에서 더욱더 타오르고 있었다. 그 장로가 그래도 역시 한 사람의 인간에 지나지 않는다는 사실에도 알료샤는 조금도 흔들리지 않았다.

'누가 뭐라 해도 이분은 성인이야! 이분의 가슴속에는 모든 사람을 갱생시키는 비결이, 그리고 이 세상에 진리를 가져다 주는 힘이 숨어 있으니까. 그리고 언젠가는 누구나 모두 다 거룩하게 되어 서로 사랑하게 될 거고, 부자도, 가난한 사람도, 높은 사람도, 비천한 사람도 모두 똑같은 하느님의 자녀가 되어 비로소 이 세상에 진정한 그리스도의 왕국을 실현하게 되는 것이지……'

이것이 바로 알료샤가 마음속으로 항상 꿈꾸고 있는 세계였다.

그때까지 전혀 모르고 있었던 두 형이 돌아왔다는 사실은 알료샤에게 깊은 인상을 준 것 같다. 큰형 드미트리가 둘째형 이반보다 나중에 돌아왔지만 그는 자기 친형인 이반보다 이복형인 드미트리와 먼저 친해졌다.

그는 둘째형 이반이 어떤 사람인지 무척 궁금했지만, 이반이 돌아온 지도 벌써 두 달이나 되어 그동안 여러 번 만났으면서도 왜 그런지 두 사람은 좀처럼 친밀해질 수가 없었다. 알료샤는 원래 말수가 적은 편인 데다 뭔가를 기대하고 있는 듯하면서도 수줍어하는 데가 있었고, 흥미로운 듯이 이반은 처음에는 알료샤가 느낄 수 있을 정도로 오랫동안 동생의 얼굴을 흥미로운 듯이 바라보았으나 그 이후로는 거의 알료샤에게 무관심했다.

알료샤는 그러한 형의 태도에 조금 당황했지만, 이내 형의 차가운 태도를 두 사람의 나이차와 특히 두사람이 받은 교육 때문일 것이라고 생각했다. 그러면서도 다른 한편으로는 형이 자기에게 호기심도 흥미도 표시하지 않는 것은 어쩌면 자기가 전혀 알 수 없는 다른 이유에서인지도 모른다고 생각했다. 즉, 자기 형 이반은 어떤 마음속의 중요한 문제에 몰두해 있어서, 아니면 필시 몹시 어려운 목표를 향해 모든 정열을 기울이고 있기 때문에 자기 같은 사람을 아랑곳할 여유가 없는지 모른다, 그것이 아마 자기에게 덤덤하게 대하는 유일한 원인일 것이라는 생각이 드는 것이었다.

또한 알료샤는 형의 그러한 태도 속에는 자기 같은 우둔한 수습 수사에 대한 유식한 무신론자의 경멸감이 숨어 있지 않은지 생각해 보기도 했다. 그는 자기 형이 무신론자라는 사실을 잘 알고 있었다. 또 설사 그렇다손치더라도 알료샤로서는 그것으로 화를 내는 일은 없었지만 그는 자신도 잘 알 수 없는 막연한 불안감을 느끼면서 형이 자기에게 다가오기를 기다리고 있었다.

큰형 드미트리는 이반을 깊이 존경하고 있어서 이반에 관해서는 언제나 일종의 특별한 감동이 섞인 음성으로 이야기하곤 했다. 알료샤는 드미트리로부터 최근 그들 두 형 사이를 그처럼 강한 유대감으로 이어준 어떤 중대한 사건의 자초지종을 듣게 되었다. 이반에 대한 드미트리의 열광적인 평가가 알료샤의 눈에 특이하게 비친 것은 그 밖에도 까닭이 있었다. 그것은 드미트리가 이반에 비해 거의 아무 교육도 받지 못하기도 했지만, 두 사람을 나란히 비교하면 인품이나 성격으로 보아 이들처럼 서로 닮지 않은 사람은 어디 가서도 찾아볼 수 없을 정도로 극단적인 대조를 이루고 있었기 때문이다.

바로 이러한 때에 조시마 장로의 암자에서 이 뒤숭숭한 가족의 모임, 아니 그보다는 가족회의가 열려 알료샤에게 비상한 정신적 영향을 미치게 된다.

그러나 이 가족회의의 명목은 사실 상당히 수상쩍은 것이었다. 그무렵 재산 정리와 상속 문제를 둘러싼 드미트리와 아버지 표도르 사이의 불화는 이미 한계에 도달한 것처럼 보였다. 두사람의 관계는 악화되어 더 이상 견딜 수 없는 상태가 되었던 것이다. 그래서 먼저 표도르가 선수를 쳐서 농담 비슷하게 한번 조시마 장로의 암자에서 같이 모이는 게 어떠냐고 말을 꺼낸 모양이었다. 물론 장로에게 직접 중재를 요청하는 것은 아니었으나 어쨌든 좀더 확실하게 타협을 볼 수 있을 것 같았고, 또 장로의 지위와 품격으로 해서 화해 분위기가 조성되는 효과가 있을지도 모른다는 희망도 곁들여져 있었다.

드미트리는 그때까지 장로라는 사람을 만나거나 얼굴을 본 적도 없었으므로 이것은 분명히 아버지가 장로를 전면에 내세워 자신을 위협하려는 음모라고 생각했다. 그러나 그가 요즘 아버지에 대해 너무 지나치게 과격한 언동을 해온 것이 마음에 걸려 아버지의 제안을 그대로 받아들이기로 했던 것이다. 여기서 미리 말해 두지만, 그는 이반처럼 아버지의 집에서 살지 않고 우리 읍내 반대쪽 끝에서 따로 살고 있었다.

그런데 그 무렵 마침 우리 고장에 와 있던 표트르 미우소프가 이 제안에 특별한 흥미를 나타냈다. 사오십년대의 자유주의자자, 자유 사상가이며, 또한 무신론자인 그는 요즘 따분한 일상 생활 때문인지, 아니면 그저 심심풀이를 위해선지 몰라도 이 일에 느닷없이 개입하고 나선 것이다. 그는 갑자기 수도원과 '성인'이 보고 싶어 견딜 수가 없었다. 아직까지도 그는 이 수도원을 상대로 소유지 경계선, 벌목권, 어업권 문제 등을 둘러싸고 오랫동안 소송이 끊이지 않았기 때문에, 이 싸움을 어떻게든 원만히 해결할 수 없을지, 직접 수도원장을 만나 얘기하고 싶다는 구실로, 서둘러 이 기회를 이용하기로 한 것이다. 그런 유익한 뜻을 가진 방문자라면 물론 수도원 측에서도 단순한 구경꾼보다는 훨씬 우호적으로 맞아 줄 것이었다.

이 모든 것을 고려하여 최근 병 때문에 일반 방문객의 면회를 사절하고 암자에서 한 걸음도 나오지 않고 있는 장로에게 수도원 내부에서 무언가의 압력이 있었을지도 모른다. 결국 장로도 이들을 만나기로 승낙하여 이미 날짜까지 결정되었다.

"나를 그 사람들의 재판관으로 만든 건 누구 짓이지?"

그는 알료샤에게 미소를 띠며 이렇게 말했을 뿐이었다.

알료샤는 이 모임에 관한 사실을 알고 무척 당황했다. 이 추잡한 재산 다툼에 관계가 있는 사람들 가운데 이번 모임을 진지하게 받아들이고 있는 사람은 맏형 드미트리뿐이며 나머지 사람들은 모두 장로를 한번 심심풀이로 모욕해 보겠다는 경박한 생각을 가지고 모이는 것인지도 모른다고 알료샤는 생각하고 있었다. 작은 형 이반과 미우소프는 아마도 무례한 구경꾼의 호기심에서 이 모임에 참석할 것이고, 아버지는 아버지대로 무슨 어릿광대 짓을 한바탕 늘어놓을 작정으로 있는 것이 분명했다.

알료샤는 아직 그런 말을 비치지는 않았지만, 자기 아버지의 성격을 너무나도 잘 알고 있었던 것이다.

다시 한번 되풀이하지만, 그는 남들이 생각하는 것처럼 그렇게 단순하고 순박한 청년은 아니었다. 그는 무거운 심정으로 약속된 그날을 기다렸다. 물론 그는 어떻게 하면 자기 가족간의 불화를 해결할 수 있을까 하고 마음속으로 항상 애태우고 있었다.

그러나 그보다는 장로에 대한 걱정이 앞서고 있었다. 특히 장로의 명예에 모욕이 가해지는 않을지 몹시 걱정되었다. 미우소프가 은근히 무례한 태도로 조롱하거나, 박식한 이반이 자못 멸시하는 것처럼 도중에 이야기를 중단해 버리는 광경이 유난히 생생하게 눈 앞에 떠올랐다.

그는 장로에게 수도원에 올지도 모르는 사람들에 대해 얘기하고 미리 경고해 둘까도 생각했으나, 아무 말도 하지 않기로 마음을 고쳐먹었다. 다만 이들이 만나기로 한 바로 그 전날 맏형 드미트리에게 사람을 보내 자기는 형을 진심으로 사랑하고 있으며 약속한 일이 지켜지기를 기대하고 있다고 전했을 뿐이었다. 드미트리는 동생과 아무 약속도 한 일이 없어 약간 의아했으나 아무튼 자기는 아무리 비열한 수작을 보게 되더라도 자신을 억제하는 데 최선을 다할 생각이며, 또한 자기는 장로와 이반을 깊이 존경하고 있지만 아무래도 이 모임은 자기에 대한 함정이 아니면 불순한 의도를 가진 어릿광대 극이 틀림 없다고 쓴 답장을 보내왔다.

'그렇지만 나는 차라리 입을 다물었으면 다물었지 네가 존경하는 그 거룩한 분에 대해 무례한 짓은 안하겠다고 굳게 약속하마'

드미트리는 이렇게 자기의 편지를 끝맺고 있었다. 그러나 이 편지도 알료샤를 안심시키지는 못했다.

제2편 빗나간 모임

1 수도원에 도착하다

구름 한 점 없이 맑게 갠 따뜻하고 화창한 날씨, 때는 8월 하순이었다. 장로와의 면회는 늦은 미사가 끝난 직후인 11시 반경으로 정해져 있었다. 그러나 이날 모이기로 한 사람들은 미사에는 참석하지 않고 다 끝나갈 무렵에야 도착했다.

그들은 마차 두 대에 나누어 타고 왔는데, 먼저 표트르 미우소프가 첫 번째 마차로 도착했다. 그는 두 마리의 비싼 말이 끄는 멋진 마차를 타고 표트르 칼가노프라는 먼 친척뻘 되는 스무 살 가량의 청년을 함께 데리고 왔다. 이 청년은 대학교에 들어갈 준비를 하고 있었는데, 어떤 사정으로 잠시 동안 미우소프의 집에 머물고 있었다. 미우소프는 이왕 대학에 갈 생각이라면 자기와 함께 취리히나 예나로 가서 대학 과정을 마치라고 권하고 있었으나 이 청년은 아직 결정을 못 내리고 있었다.

그는 생각을 깊이 하는 타입인 듯 늘 어딘지 방심하고 있는 듯한 데가 있었다. 그는 용모가 산뜻하고 체격도 좋았으며, 키도 꽤 큰 편이었다. 그의 시선은 가끔 이상할 정도로 한군데 오랫동안 머물러 있을 때가 있었다. 방심하기 쉬운 사람에게서 흔히 볼 수 있는 일이지만, 그는 남의 얼굴을 한참 동안이나 바라보면서도 실제는 아무것도 보고 있지 않았다. 그는 말수가 적고 사람을 대하는 태도가 몹시 어색했지만, 누구와 단둘이 있을 때는 갑자기 수다스러워지고 느닷없이 흥분하여 때로는 영문도 모르게 깔깔대고 웃어대기도 했다. 그러나 이러한 활기찬 태도는 그것이 돌발적으로 나타나는 것과 똑같이 사라질 때도 순식간에 자취를 감춰 버리고 말았다. 그는 멋쟁이라 해도 좋을 만큼 항상 옷차림을 깔끔하게 하고 다녔다. 그는 자기 앞으로 이미 상당한 재산을 가지고 있었으며, 앞으로는 그보다 훨씬 더 많은 유산을 상속받기로 되어 있었다. 그는 알료샤와 친구 사이였다.

표도르 카라마조프는 아들 이반과 함께 미우소프의 마차보다 훨씬 뒤에 처져서 허여멀건한 색의 늙은 두 말이 끄는 낡아빠진 커다란 전세마차를 타고 나타났다. 드미트리는 그 전날 밤에 미리 시간을 알려 주었는데도 아직 나타나지 않고 있었다.

방문객 일행은 수도원 울타리옆에 있는 여관집 빈터에 마차를 세워 두고 걸어서 수도원 정문으로 들어갔다. 표도르를 제외한 나머지 세 사람은 아직 한번도 수도원이란 곳을 구경해 본 적이 없는 것 같았다. 특히 미우소프 같은 사람은 그럭저럭 30년 동안이나 교회에 나가지 않고 있었다. 그는 짐짓 서슴없는 태도로 조금은 호기심을 느끼는 듯이 주위를 둘러보았다. 그러나 관찰력이 날카로운 그의 눈에는 수도원 안에 들어선 다음에도 평범한 성당 건물과 그 부속 건물 외에는 아무것도 볼 것이 없었다.

맨 마지막으로 성당을 나온 한떼의 신도들이 모자를 벗고 성호를 그으면서 그들 옆을 지나갔다. 이들 농부들 틈에는 다른 고장에서 온 상류 계급 부인 두어명과 늙은 장군 한 사람이 섞여 있었는데, 이 사람들은 모두 여관에 묵고 있었다.

거지들이 이내 새로운 방문자 일행을 둘러쌌지만, 아무도 적선하려고 하지 않았다. 다만 칼가노프만이 지갑에서 10코페이카 은화 한 닢을 꺼냈으나, 어찌된 셈인지 갑자기 허둥거리면서 황급히 한 여자에게 돈을 쥐어 주며 빠르게 말했다.

"똑같이 나눠 가져요."

이 일에 대해 그들 일행 중에서 뭐라고 말한 사람은 아무도 없었으므로 사실 그는 그토록 당황할 필요가 조금도 없었는데, 생각이 거기에 미치자 그는 더욱 허둥거렸다.

그런데 기묘한 일이었다. 사실 그들에게는 수도원측에서 마중을 나와 마땅히 어느 정도의 경의를 표하는 것이 정상이었다. 왜냐하면 이들 중 한 사람은 바로 얼마 전에 천 루블이라는 많은 돈을 기부했고, 또 한 사람은 꽤 부유하고 매우 교양 있는 지주로서 하천의 어업권에 관한 소송 결과에 따라서는 수도원 안에 있는 모든 사람들이 부분적으로 그 인물이 원하는 대로 해야 했기 때문이다.

그런데도 그들을 정식으로 맞이하러 나온 사람은 아무도 없었다. 미우소프는 성당 주위에 있는 묘석을 물끄러미 바라보면서 '이런 거룩한 곳에 묻히기 위해서 사람들이 갖다 바친 권리금도 아마 적지는 않을걸' 하고 말하려다가 그냥 입을 다물어 버렸다. 자유주의자다운 극히 당연한 냉소가 그의 마음속에서 거의 분노로 변해가고 있었던 것이다.

"젠장, 이건 어느 놈한테 물어 봐야 할지 도무지 알 수가 없잖아……. 이러다간 공연히 시간만 잡아먹겠는걸."

그는 혼잣말처럼 중얼거렸다.

이때 갑자기 헐렁한 여름 외투를 걸친 나이 지긋한 대머리 신사가 연방 눈웃음을 치며 그들에게 다가왔다. 그는 모자를 약간 추켜올리는 시늉을 하며 묘하게 달콤한 목소리로 자기는 툴라 현에서 온 막시모프라는 지주라고 누구에게랄 것도 없이 자기 소개를 했다. 그러고는 곧 일행을 돕겠다고 자청하고 나섰다.

"조시마 장로께서는 암자에서 조용히 거처하고 계십니다. 수도원에서 한 400걸음쯤 떨어져 있는 호젓한 암자지요. 저기 저 조그마한 숲을 지나서…… 에 또…… 그 숲을 지나가지고……."

"숲을 지나간다는 건 나도 알고 있어요."

표도르가 대꾸했다.

"그런데 길을 통 알 수가 없어요. 와 본 지가 하도 오래 되어서."

"저 문으로 나가서 곧장 숲을 질러가면 됩니다. 바로 저 숲입니다. 나도 실은…… 괜찮으시다면 내가 안내해 드리지요…… 이쪽으로 오세요, 이쪽으로……."

그들은 문을 지나서 숲 속을 걷기 시작했다. 나이가 육십 전후로 보이는 이 막시모프라는 지주는 비상한 호기심을 가지고 일행을 자세히 살피면서 걷는다기보다 그들 옆에서 종종 걸음을 치고 있었다. 그의 두 눈은 어딘지 모르게 번들거린다는 느낌이 있었다.

"우리는 사적인 용무가 있어 장로를 찾아 가는 길입니다."

미우소프가 위엄 있는 어조로 말했다.

"다시 말하면 '면회'를 허락받고 가는 거지요. 그러니까 길을 안내해 주시는 건 고맙지만, 우리하고 같이 안에 들어갈 수는 없습니다."

"아닙니다, 난 벌써 다녀왔습니다. 벌써 다녀오는 길이에요. '정말 완전무결한 기사(Un chevalier parfait!)라고 밖에 표현할 수 없는 분이더군요!'"

지주는 그렇게 말하더니 허공을 향해 손가락을 탁 튕겼다.

"누가 기사란 말입니까?"

미우소프가 물었다.

"장로님 말입니다. 그 거룩하신 장로님 말예요……. 그분은 이 수도원의 명예이며 영광이지요. 조시마 장로님…… 이분으로 말할 것 같으면……."

그러나 그의 횡설수설은 마침 그때 그들을 뒤쫓아온 젊은 수도사에 의해 중단되었다. 두건을 쓰고 얼굴이 몹시 여위고 파리해 보이는 자그마한 수도사였다. 표도르와 미우소프는 걸음을 멈췄다. 수도사는 허리를 깊이 숙여 정중하게 절을 한 다음 이렇게 말했다.

"암자에 가서 장로님을 뵌 다음에 원장님께서 여러분을 점심 식사에 초대하신답니다. 늦어도 1시까지는 원장님이 계신 곳으로 와주시기 바랍니다. 그리고 막시모프 씨도 함께……"

그는 막시모프 쪽을 돌아보았다.

"그럼요, 기꺼이 가고말고요!"

초대받은 것을 무척 기뻐하면서 표도르가 소리쳤다.

"꼭 가겠습니다. 우린 여기서 서로 점잖게 행동하기로 약속했거든요……. 그런데 미우소프 씨, 당신도 같이 가실거지요?"

"왜 안 가겠어요! 내가 여기 온 건 수도원의 모든 관습을 견학하기 위해선데. 그런데 카라마조프 씨, 단지 곤란한 것은 바로 당신 같은 사람과 동행이란 점이지요."

"그런데 드미트리가 아직 안 나타나는구먼……."

"그가 오지 않는다면 그보다 고마운 일은 없을 텐데. 이런 서투른 연극은 난 질색이니까. 더구나 당신이 함께인 날은. 어쨌든 점심 초대는 기꺼이 수락하겠다고 원장님께 전해 주시오."

미우소프는 수도사를 돌아보며 말했다.

"아니, 저에게 여러분을 장로님께 안내해 드리라고 분부하셨습니다."

수도사가 대답했다.

"그럼, 난 원장님한테 가겠어요. 이 길로 곧장 원장님에게."

막시모프가 혀짤배기 소리로 말했다.

"원장님께선 지금 좀 바쁘십니다. 그렇지만 뭐, 좋을 대로 하십시오."

수도사는 애매하게 말했다.

"거 참, 어수선한 양반이군."

미우소프는 지주 막시모프가 수도원 쪽으로 서둘러 가는 것을 보고 들으라는 듯이 말했다.

"꼭 폰 존(창녀들에게 피살된 희생자) 같은 사람이구면."

불쑥 표도르가 한마디 했다.

"그래 겨우 끌어다 맞춘 게 그거요? 저 사람이 글쎄 어디가 폰 존을 닮았다는 거요? 도대체 폰 존을 실제로 본 적이 있기나 합니까?"

"사진을 봤지요. 얼굴이 닮은 건 아니고 뭐라 설명하기는 어렵지만……. 틀림없는 또 하나의 폰 존입니다. 나는 항상 관상만 보면 대뜸 알아낼 수 있지요."

"그야 그렇겠지. 당신은 그런 데 도통한 사람이니까……. 그건 그렇고 카라마조프 씨, 방금 자기 입으로 점잖게 행동하기로 약속했다고 한 말을 잊지 마시오. 다시 한번 말해두지만 부디 자중하시오. 여기까지 와서 당신이 그 광대놀음을 시작한다해도 난 거기에 장단맞춰 줄 생각은 털끝만큼도 없으니까……."

그는 수도사를 돌아보며 덧붙였다.

"참 처치 곤란한 사람이거든요. 난 이 사람과 함께 점잖은 분들을 찾아가기가 정말 송구할 지경입니다."

파리하고 핏기 없는 수도사의 입술에 잠깐 동안 뭔가 의미있는 교활한 듯한 미소가 스쳐갔다. 그러나 그는 아무 대꾸도 하지 않았다. 아무말도 하지 않는 것이 자신의 위엄을 유지하기 위한 것임은 너무나 명백했다. 미우소프는 더욱더 눈살을 찌푸렸다.

'염병할 놈의 자식들 같으니! 그래 몇백년을 다듬고 다듬은 낯짝이 겨우 고거란 말이냐? 뱃속에는 위선과 거짓으로 꽉 차 있는 주제에……'

그런 생각이 그의 뇌리에 떠올랐다.

"아, 이게 바로 암자로군. 이제 다 왔군요!"

표도르가 소리쳤다.

"그런데 울타리가 있고 문이 닫혀 있어."

그는 문 위와 문 좌우에 그려져 있는 성상을 향해 크게 성호를 긋기 시작했다.

"로마에 가면 로마법을 따라야지. 이 암자에선 스물 다섯 명의 성자들이 서로 상대편 얼굴만 노려보면서 양배추만 먹고 산다더군. 또 여자는 한사람도 이 문을 들어선 사람이 없다는거죠. 이건 좀 생각해 볼 문제 같아요. 그건 어디까지나 사실인 모양이니까……. 그런데 듣자하니 장로님은 부인들도 만나고 있다고 하던데, 이건 무슨 얘긴가요?"

그는 느닷없이 수도사에게 화살을 돌렸다.

"평민 여성들은 지금도 저기 보이는 복도 옆에 누워서 기다리고들 계십니다. 그리고 상류 계급 부인들을 위해서 복도 옆에, 하기는 담장 밖이지만 조그만 방을 두 개 지어 두었지요. 저기 보이는 것이 바로 그 방의 창문들이랍니다. 장로님께서는 건강이 좋으실 때 암자에서 저 방으로 통하게 된 복도를 지나 부인들을 만나 보십니다. 즉, 면회는 어디까지나 담밖에서 하는 거지요. 지금도 하리코프 현을 소유한 지주의 부인인 호흘라코바라는 부인이 병약한 따님을 데리고 와서 기다리고 있지요. 아마 장로님께서 만나주시겠다고 약속하신 거겠지요. 그렇지만 장로님 자신이 요즘 무척 쇠약해지셔서 사람들을 만나는 것도 힘드실 지경이니까요."

"그러니까 암자에서 부인들 방으로 통하는 무슨 비밀통로가 있다는 말씀이군요. 아니 신부님, 내가 뭐 나쁜 뜻으로 그렇게 말한 것은 아닙니다. 그렇지만 아토스산에 있는 수도원에서는 여성방문객은커녕 닭이든 칠면조이든 송아지이든, 여성, 즉 암컷 말입니다, 혹시 들으신 적이 있으신지 몰라도 암컷 생물은 일절 얼씬도 못하게 되어 있다던데요……."

"이거 봐요, 카라마조프 씨, 정말 그러시면 당신을 남겨두고 난 돌아가 버리겠소! 미리 말해 두지만 내가 없으면 당신은 당장 여기서 쫓겨나게 될걸."

"그렇다고 내가 뭐 당신을 방해한 건 없지않소, 미우소프 씨. 아, 저걸 좀 보시구려." 그는 암자의 담장안으로 들어서면서 소리쳤다. "정말 여기 사람들은 모두 장미꽃 동산에서 살고 있는 모양이군요!"

사실 장미꽃이 피는 철은 아니었지만 보기드문 아름다운 가을 꽃들이, 더이상 들어찰 데가 없을 정도로 가득히 들어서서 소담스레 피어 있었다. 아마 상당히 경험이 풍부한 사람이 꽃들을 가꾼 듯 싶었다. 꽃밭이 교회담장 안쪽과 무덤 사이에 단장되어 있었다. 장로가 살고 있는, 정면에 복도가 딸린 조그만 목조 단층집 역시 온통 가을 꽃으로 둘러싸여 있었다.

"먼젓번 바르소노피 장로님 때도 이런 꽃밭들이 있었던가요? 그분은 아름다운 것이라면 무작정 싫어하셨다고들 하던데. 심지어는 젊은 부인들한테 달려들어 지팡이로 마구 후려갈겼다는 말까지 있었으니까요……."

표도르는 현관 앞 층계를 오르며 불쑥 이렇게 지껄여댔다.

"사실 바르소노피 장로님은 가끔 유로지비(바보 성자)처럼 보일 때도 있었지만, 터무니없이 지어낸 이야기도 많습니다. 그분이 누굴 때려 주다니, 그게 어디 있을 법한 일입니까." 수도사가 대꾸했다. "그럼 여러분, 여기서 잠깐만 기다려 주세요! 들어가서 말씀드리고 오겠습니다."

"카라마조프씨, 마지막 약속이니 잘들어 두시오. 제발 좀 점잖게 굴기로 합시다. 그렇지 않으면 내게도 생각이 있으니까."

미우소프가 그 사이를 이용하여 다시 한번 소곤거렸다.

"당신이 이처럼 걱정하다니 그것 참 모를 일이로군요." 표도르는 빈정거리는 투로 말을 받았다. "혹시 죄를 많이 져서 무서워진 건 아닌가요? 장로님은 첫눈에 벌써 무슨 일로 찾아왔는지 알아맞힌다고들 말하니까……. 그런데 당신 같은 진보파 파리 신사가 어리석은 사람들의 말을 그렇게 믿고 있다니 정말 놀라자빠질 지경이로군요!"

그러나 미우소프는 미처 이 조롱 섞인 말에 대답할 여유가 없었다. 곧 들어오라는 전갈이 왔기 때문이었다. 그는 약간 화가 난 채 안으로 들어갔다.

'정말 이러다간 내가 또 짜증을 내고 언쟁을 하게 되는지도 몰라……. 남들의 시선도 아랑곳하지 않고 괜히 흥분하게 되면 결국 망신을 당하게 되고 말 거야.'

이러한 생각이 그의 머릿속에 퍼뜩 떠올랐다.

2 늙은 어릿광대

그들이 방안으로 들어간 것은 연락을 받고 장로가 자기 침실에서 나온 것과 거의 동시였다. 암자에는 이미 두 사람의 수사 신부가 그들보다 먼저 와서 장로가 나오기를 기다리고 있었다. 한 사람은 도서 담당 신부였고, 또 한 사람은 매우 학식이 높다는 평판을 듣는 파이시 신부로서 이 사람은 그리 늙은 편은 아니지만 건강이 매우 좋지 않았다.

이들 외에도 스물 두어 살쯤 된 사복 차림의 청년 한 사람이 한쪽 구석에

서서(그는 내내 그렇게 서 있었다) 장로가 나오기를 기다리고 있었는데, 신학자 지망생으로서 신학교를 나온 이 청년은 어떤 이유에서인지 이 수도원과 수도 사들의 극진한 보호를 받고 있었다. 그는 상당히 키가 크고 광대뼈가 툭 불거진 시원스런 얼굴에 총명하고 신중해 보이는 갈색의 가느다란 눈을 가지고 있었다. 그의 얼굴은 한없이 공손하면서도 아첨의 기색을 찾아볼 수 없는 단정한 표정을 띠고 있었다. 그는 방안으로 들어오는 손님에게 고개 숙여 인사하는 것조차 삼가하고 있는 것 같았는데, 자기는 어디까지나 남에게 예속된 신분이므로 결코 손님들과 대등하게 어울릴 자격이 없다고 믿는 모양이었다.

조시마 장로는 알료샤와 또 한 명의 수습수사를 데리고 나타났다. 두 수사 신부는 얼른 일어나 코가 땅에 닿도록 절을 하고 성호를 그은 뒤 장로의 손에 입을 맞추었다. 장로는 그들을 축복해 주고 나서 방금 그들이 한 것처럼 경건한 태도로 일일이 허리 굽혀 답례하고는 그들에게 자기를 위한 축복을 청했다. 이러한 모든 격식은 단지 판에 박힌 일상 관례처럼 보이지 않고 오히려 감동을 자아낼만큼 아주 엄숙한 느낌을 주었다. 그러나 미우소프에게는 이러한 모든 짓들이 짐짓 장엄한 체하려는 수작들로만 보였다.

그때 그는 일행의 맨 앞에 서 있었다. 그는 장로를 만났을 때 취해야 할 행동을 어제 저녁에 미리 생각해두었다. 즉 자기의 사상이나 주의가 어떻든간에 단순히 예절을 지킨다는 뜻에서(여기서 모두 그렇게들 하고 있으니까) 장로에게 다가가 축복을 청하거나 장로의 손에 입을 맞출 필요까지는 없지만, 적어도 성호를 긋는 정도는 해야 한다고. 그러나 지금 이 수사 신부들이 절을 하고 입을 맞추는 꼴을 보고선 당장 생각이 달라지고 말았다. 그래서 그는 엄숙하고 진지한 표정으로 일반 사회에서 하는 식으로 정중하게 고개 숙여 인사하고 그냥 의자 있는 곳으로 물러가 버렸다.

표도르도 반쯤 조롱을 담아서 미우소프가 한 것을 흉내내어 원숭이처럼 똑같은 동작을 했다. 이반은 매우 정중하고 공손한 태도로 절을 했지만 그도 두 손을 바지 옆에 착 붙이는 정도였고, 칼가노프는 어찌나 당황하였던지 그 절마저도 제대로 하지 못했다. 장로는 축복을 하려고 쳐들었던 손을 내리고 다시 한번 절을 한 다음 모두에게 자리에 앉기를 권했다. 알료샤는 수치스러운 생각에 그만 얼굴이 화끈 달아올랐다. 그의 불길한 예감이 맞아들어가기 시작했던 것이다.

조시마 장로는 가죽을 씌운 구식 마호가니소파에 앉으면서 두 사람의 신부를 제외한 나머지 손님들을 맞은편 벽쪽에 놓인 가죽이 닳아빠진 네 개의 마호가니 의자에 나란히 앉게 했다.

두 신부는 그 양쪽에 한 사람은 문 옆에 또 한 사람은 창문 옆에 자리를 잡고 앉았다. 신학생과 알료샤, 그리고 수습 수사는 그대로 서 있었다.

암자 안은 몹시 좁고 어딘지 초라해 보였다. 가구와 집기도 모두 허름하고 값싼 것들인데, 그것도 최소한으로 필요한 것들뿐이었다. 창문턱에는 화분이 두 개 놓여 있고, 방 한쪽 벽에는 여러 폭의 성화가 걸려 있는데, 그중 하나인 커다란 성모상은 아마 정교회 분리 훨씬 이전에 그려진 그림 같아 보였다. 성상 앞에는 작은 등불이 하나 켜져 있었다.

성모상 주위에는 번쩍거리는 금속 틀에 들어 있는 성상이 두 개 있고, 또 그 옆으로는 어딘지 부자연스러운 지천사상과 사기로 만든 달걀, 가톨릭 십자가를 안고 있는 비탄의 성모(Mater dolorosa)상, 그리고 지난 수세기에 걸쳐 이탈리아 옛 거장들이 그린 판화 몇 개가 장식되어 있었다. 이런 세련되고 값비싼 판화 옆에는 극히 서민적인 러시아 석판화가 눈길을 끌고 있었는데, 이것들은 성도나 순교자, 성인 등을 그린 것으로 단 몇 푼만 주면 당장 어디서나 살 수 있는 것들이었다. 그 밖에 맞은쪽에는 과거와 현대 러시아 주교들의 초상화를 그린 석판화가 나란히 걸려 있었다.

미우소프는 그러한 온갖 '형식주의'를 재빨리 훑어보고 나서 장로에게 시선을 돌렸다. 그는 자기의 관찰력을 지나치게 자신하는 약점을 가지고 있었다. 그러나 그의 나이 이미 오십이라는 점을 감안한다면 그리 탓할 바가 못 되는지도 모른다. 사실 이만한 연령이 되고 확고한 생활 기반을 가진 속세의 똑똑한 신사들은 때로는 자신의 뜻에 반해 항상 자기 자신을 높이 평가하게 되기 때문이다.

처음 본 순간부터 그는 조시마 장로가 마음에 들지 않았다. 사실 장로의 얼굴에는 미우소프를 제외한 다른 사람들에게도 호감을 줄 만한 점은 별로 없었다. 장로는 키가 작고, 등이 굽었으며, 특히 두 다리에 맥이 하나도 없어서 아직 예순 다섯 살밖에 안 됐는데도 병 때문에 적어도 10년은 더 늙어 보였다. 전체적으로 비쩍 마른 얼굴에는 잔주름이 그물처럼 퍼져 있었고, 특히 눈언저리가 더욱 심했다. 눈은 그리 크지 않고 밝은색을 띠고 있는데 마치 반짝이는 구슬처럼 생기 발랄하게 빛나고 있었다. 허옇게 센 머리카락은 관자놀이 옆에만 조금 남아 있고, 턱에는 듬성듬성한 수염이 세모꼴을 이루었고, 이따금 엷은 미소를 짓는 두 입술은 마치 두 개의 가느다란 끈처럼 얄팍했다. 코는 높은 편은 아니지만 새처럼 끝이 뾰족했다.

미우소프는 머릿속으로 언뜻 생각했다.

'여러 가지로 보아 고약하고 얕으며 거만한 영감쟁이임에 틀림없어!'

대체로 그는 몹시 비위가 상한 것 같았다.

이야기를 시작하게 만든 것은 벽에 걸린 괘종시계였다. 이 작은 싸구려 벽시계가 방정맞은 소리로 '땡 땡 땡' 정확하게 열두 번을 친 것이다.

"약속한 시간이군요." 표도르가 불쑥 말문을 열었다. "한데 제 아들 드미트리가 아직 오지 않는군요. 신성하신 장로님(알료샤는 이 '신성하신 장로님'이란 말에 온몸이 오싹해지는 것을 느꼈다), 아들을 대신하여 제가 감히 사과를 올리는 바입니다! 제 자신으로 말할 것 같으면 항상 시계처럼 정확한 사람이어서 1분 1초도 어긴 적이 없습죠. 왜냐하면 저는 시간을 엄수하는 것이 이른바 제왕의 예의라고 생각하니까요……."

"하지만 당신이 설마 제왕이라는 건 아니겠지!"

참다못한 미우소프가 얼른 말꼬리를 가로챘다.

"그럼요, 그럼. 난 임금님이 아닙니다. 하지만 미우소프 씨, 당신이 끼어들지 않아도 그 정도는 나도 알고 있어요. 장로님, 전 언제나 이런 엉뚱한 소리를 지껄이는 버릇이 있습니다!" 그는 갑자기 감정에 북받친 듯이 소리쳤다. "보시다시피 전 정말 진짜 어릿광대올시다. 저는 항상 이런 식으로 자기 소개를 하거든요. 정말 한심한 버릇이죠! 하지만 이런 덜 떨어진 수작을 늘어놓게 되는 것도 제 딴에는 어떤 목적이 있기 때문이랍니다. 무슨 목적인고 하니, 될 수 있는 대로 사람들을 웃겨서 호감을 얻고 싶은 목적 말입니다. 사람은 역시 유쾌하게 지낼 필요가 있지 않을까요? 그렇지 않습니까?

그러니까 7년쯤 전 일인데 그때 몇몇 장사치들과 함께 먼 데 있는 어느 조그만 도시에 갔던 적이 있습니다. 사업상의 일로 말이지요. 우린 그곳의 경찰서장을 찾아갔습니다. 부탁할 일이 있어서 한턱내려고 했던 거죠. 그런데 그 경찰서장이란 자가 나오는 걸 보니 뚱뚱하고 깐깐해 보이는데다 머리털이 노란 것이 여간 감때사납게 보이지 않더군요. 이런 사람이 가장 위험한 타입의 남자지요. 그런 자들은 어김없이 신경질적이거든요. 그래서 세상살이에 익숙한 남자답게 일부러 허물없는 태도로 이렇게 말했지요.

'서장(이스프라브니크)님, 부디 저희의 나프라브니크가 되어 주시기 바랍니다.'

'나프라브니크라니 그게 무슨 말이오?'

그가 묻더군요. 엄격한 얼굴로 가만히 응시하고 서 있는 걸 보고 대뜸 이거 일이 틀렸구나 하고 깨달았습니다.

'전 그저 분위기전환을 위해 농담을 했을뿐입니다. 왜 전국에 유명한 오케스트라 지휘자인 그 나프라브니크 있지 않습니까. 우리의 사업도 별탈없이 잘 풀리려면 그런 지휘자가 필요하다는 말씀입니다.'

이렇게 그럴 듯하게 늘어놓으며 슬슬 달래 보려고 했지요. 그럴 듯하지 않아요? 그런데 서장은 '미안하지만 나는 어디까지나 이스프라브니크요. 경찰서장의 직명을 웃음거리를 만드는 건 당치 않아요!' 하고 홱 돌아서 나가 버립디다. 저는 그 뒤를 쫓아가면서 소리쳤습니다. '맞습니다, 맞아요! 당신은 나프라브니크가아니라 이스프라브니크예요!' 그러자 '아니오, 당신이 일단 그 말을 한 이상 난 어디까지나 나프라브니크요' 하고 끝내 막무가내더군요. 그렇게 되어 우리의 일은 죄다 틀어져 버리고 말았지요. 저는 항상 이꼴이랍니다. 이 서비스 정신 때문에 항상 봉변만 당한다니까요. 이것도 꽤 오래된 얘깁니다만 한번은 어느 행세깨나 하는 인물에게 '사모님께선 간지럼을 잘 타신다죠?'하고 말해버렸지 뭡니까? 사실은 정조관념을 얘기한 것인데 말하자면 도덕적으로 예민하다는 말을 이렇게 둘러댄 거지요. 그랬더니 그분은 난데없이 이렇게 말하는 겁니다.

'그럼 자네는 우리 마누라를 간질러 줘봤단 말인가?' 하고 반문하는 게 아닙니까. 저는 그만 참지 못하고 좀 놀려줘야겠다 생각하고 '네, 간질러 드렸습죠' 했더니, 그분은 당장 저를 간질러대기 시작했습니다…… 하도 오래 전의 일이라서 이젠 말하기 창피하다는 생각도 어지간히 가셨습니다만. 이렇게 전 항상 어리석은 일만 저지른다니까요!"

"지금도 당신은 그런 짓을 하고 있는 거요."

미우소프가 씹어 뱉는 듯한 목소리로 중얼거렸다.

"아마 그럴지도 모르죠! 하지만 미우소프 씨, 나도 그건 알고 있습니다. 말을 시작하는 순간 그걸 느꼈으니까요. 그리고 당신이 꼭 무슨 참견을 하리라는 것도 알고 있었구요. 그런데 말씀입니다만 장로님, 저는 제 농담이 별로 안 먹혀들어가는 걸 알게 되면 두 볼 안쪽이 바짝 말라 잇몸에 짝 달라붙어서 마치 경련이 일어난 것같은 느낌이 들거든요. 이건 제가 젊어서 어느 귀족 댁에서 눈칫밥을 얻어먹을 때부터 생긴 버릇이지요.

저는 이 세상에 태어나면서부터 줄곧 어릿광대였지요. 말하자면 유로지비와 비슷한 것이겠지요. 장로님, 제 몸속에는 아마 마귀란 놈이 하나 들어앉아 있는 것 같습니다. 그렇지만 이놈도 그리 대단한 마귀 녀석은 아닌 모양입니다. 좀더 그럴 듯한 마귀라면 저 같은 사람한테 붙어 있지는 않을 테니까요. 하기는 미우소프 씨 내가 보기엔 당신도 그 마귀가 골라잡을 만큼 대단한 사람은 아닌 것 같구다만. 그런데 장로님, 전 믿고 있습니다, 하느님을 믿고 있단 말씀이에요! 조금 전에는 의심하고 있었지만 지금은 이렇게 조용히 앉아서 위대한 말씀을 기다리고 있습니다.

장로님, 저는 프랑스 철학자 디드로의 경우와 꼭 같습니다. 신성하신 장로님께선 예카테리나 여왕 폐하 시대에 디드로가 플라톤 주교를 찾아 갔던 일화를 알고 계시겠죠? 그는 들어가자마자 '하느님은 없다'고 선언했습니다. 그러자 주교는 손가락으로 하늘을 가리키며 대답했습니다. '미치광이가 자기 마음속에 하느님은 없다고 하는도다!' 그러자 디드로는 당장 대주교의 발 앞에 엎드려 외쳤습니다. '믿습니다, 세례도 받겠습니다!' 그리하여 그는 그 자리에서 세례를 받았지요. 그때 다쉬코바 공작 부인이 대모(代母)가 되고 포촘킨이 대부가 되어 주었는데······."

"이봐요, 카라마조프 씨, 거짓말 좀 작작 하구료! 자기가 허튼 수작을 하고 있다는 건, 그리고 지금 그 엉터리 얘기가 새빨간 거짓말이라는 건 누구보다 당신이 더 잘 알 텐데, 왜 자꾸 그런 못난 짓을 하고 있는 거요?"

미우소프가 완전히 자제력을 잃고 떨리는 목소리로 이렇게 말했다.

"이것이 엉터리라는 건 알고 있습니다!" 표도르는 흥분한 목소리로 소리쳤다. "그러나 여러분, 그 대신 이번엔 진실을 말씀드리죠. 위대하신 장로님, 제가 방금 거짓말을 한 걸 용서해 주십시오. 맨 마지막에 디드로가 세례를 받았다고 한 얘긴 처음엔 전혀 머릿속에 없었는데 방금 지껄이고 있는 동안에 제가 꾸며낸 말입니다. 이야기를 재미있게 하느라고 그만 그렇게 되었습죠. 미우소프 씨, 내가 우스꽝스러운 짓을 하는 건 좀더 잘보이고 싶기 때문이지요. 그러나 어떤 때는 무엇 때문인지 잘 모르고 하는 경우도 있긴 있어요. 한데 그 디드로 얘기에 나오는 '미치광이가 자기 마음 속에……' 어쩌고 한 말은 내가 젊어서 이집 저집 식객으로 떠돌아다닐 때 여러 지주들한테서 스무 번도 더 들어 본 얘기예요. 미우소프 씨, 당신 숙모인 마브라 포미니쉬나도 무슨 이야기 끝에 그런말을 합디다. 그 사람들은 모두 무신론자 디드로가 주교인 플라톤을 찾아가서 하느님이 있느냐 없느냐에 대해 논쟁을 벌였다고 아직까지도 믿고 있지요."

미우소프는 더 이상 참을 수가 없어 자기도 모르게 벌떡 일어났다. 그는 분노에 사로잡힌 자신이 우스꽝스럽다는 것도 의식하고 있었다. 사실 지금 일어난 일은 이 암자에선 상상도 못할 일이었다. 사오십 년 동안 대대의 장로 때부터 이 암자에는 매일같이 많은 방문객이 몰려왔지만 그들은 모두 신앙심 깊은 경건한 사람들뿐이었다. 장로와의 면회를 허락 받은 사람들은 한결같이 자기가 큰 은혜를 입은 것을 알고 대부분 면회가 끝날 때까지 무릎을 꿇고 앉아 일어날 생각조차 못할 정도였다. 왕후귀족들과 학자, 또는 단순한 호기심이나 어떤 목적이 있어 찾아오는 자유사상가들까지도(여러 명이 한꺼번에 만나든 혼자서 만나든) 장로에 대하여 깊은 존경과 예의를 갖추고 대하는 것을 무엇보다 중요한 의무로 알고 있었다. 더구나 이곳에서는 돈 같은 것은 받지 않으며 한쪽에는 사랑과 자비가, 또 한쪽에서는 회개가, 그리고 자기 영혼의 어떤 어려운 문제나 인생의 난관을 극복하고 해결하려는 간절한 소망이 있을 뿐이었다. 그러므로 방금 표도르가 장소를 분간하지 못하고 느닷없이 저지른 한바탕 어릿광대 짓은 이 자리에 있던 사람들 중 몇 사람에게는 당황과 경악을 불러일으키기에 충분한 것이었다. 두 신부는 비록 얼굴 표정 하나 바꾸지 않고 장로의 말이 떨어지기를 기다리고 있었으나, 아무래도 미우소프처럼 당장 자리를 박차고 일어나고 싶은 눈치였다.

알료샤는 당장이라도 울음을 터뜨릴 것 같은 얼굴로 고개를 푹 숙이고 서 있었다. 그는 무엇보다 자기 형 이반의 태도를 이해할 수가 없었다. 이반만이 아버지에 대해 영향력을 행사할 수 있는 유일한 사람이었으므로, 알료샤는 어서 자기 형이 아버지의 어릿광대 놀음을 제지하여 주기를 기다리고 있었다. 그러나 이반은 눈을 아래로 내리깔고서 꼼짝도 하지 않고 의자에 앉은 채, 자기와는 아무 관계도 없다는 듯이 오히려 흥미까지 느끼며 사태가 돌아가는 것을 관망하고 있는 눈치였다. 알료샤는 친구라고 해도 좋을 만큼 친하게 지내고 있는 라키친(신학생)까지 쳐다볼 용기가 나지 않았다. 이 수도원 안에서 그의 속마음을 잘 알고 있는 사람은 알료샤 혼자뿐이었다.

"죄송합니다." 미우소프가 장로를 향해 입을 열었다. "장로님께서는 이 수치스러운 연극에 저도 한패가 아닌가 생각하실지 모르지만, 실은 아무리 카라마조프 씨 같은 사람도 이처럼 존귀한 분을 방문할 때는 자기가 지켜야 할 예의쯤은 알고 있을 거라고 믿었던 것이 잘못이었습니다. 정말 저런 사람과 함께 찾아온 것을 사죄하게 될 줄은 정말 꿈에도 몰랐습니다."

미우소프는 말끝을 채 맺지도 못하고 어쩔 줄 몰라하며 밖으로 나가려고 했다.

"걱정하지 마십시오."

장로가 허약한 다리로 몸을 일으키며 미우소프의 두 손을 잡아 다시 의자에 앉혔다.

"진정하십시오. 당신께 특별히 나의 손님이 되어 주기를 간청합니다."

그는 고개를 숙이고 나서 다시 자기 자리에 가서 앉았다.

"위대하신 장로님, 부디 말씀해 주십시오. 제가 너무 흥분해 기분을 상하게 해드린 건 아닌지요?"

표도르는 의자 양쪽 손잡이를 움켜잡고 대답 여하에 따라서는 여기서 나가기라도 하겠다는 태세로 갑자기 소리쳤다.

"당신도 마음을 가라앉히시고, 제발 어렵게 생각하지 마십시오." 장로는 달래듯이 그에게 말했다. "어렵게 여기지 마시고 내집처럼 편하게 생각해 주십시오. 그리고 무엇보다 중요한 것은 자기자신을 부끄럽게 여겨서는 안된다는 것입니다. 모든 원인은 바로 그 수치심에 있는 것이니까요."

"내 집처럼 여기라고요? 그럼 제 본 모습으로 돌아가란 말씀인가요? 그건 정말 너무나 황송한 처사입니다. 하지만 정히 그러시다면 기꺼이 따르기로 하지요. 그렇지만 장로님, 저더러 본 모습으로 돌아가라고 부추기지는 말아 주십시오, 위험하니까요! 저는 도저히 그럴 수 없습니다. 장로님의 안전을 위해서 말씀드리는 겁니다. 설령 다른 사람들이 저를 아무리 헐뜯더라도 다른 일은 어떻게 될지 전혀 알 수 없으니까요. 이건, 미우소프 씨, 바로 당신을 두고 하는 말입니다. 하지만 장로님, 감히 말씀드리지만, 장로님께는 보시는 바와 같이 환희를 느끼고 있을 따름입니다."

그는 벌떡 일어서서 두 손을 위로 쳐들고 이렇게 소리쳤다.

"'그대를 잉태한 태(胎)에 그대를 기른 젖에 복이 있도다. 특히 그 젖꼭지에 복이 있도다!' 장로님께선 지금 '자기 자신을 부끄럽게 여겨서는 안 된다, 모든 원인은 바로 거기 있으니까' 이렇게 저에게 주의를 주셨지만, 그 말씀이야말로 저라는 인간의 뱃속을 훤히 꿰뚫어 본 말씀입니다. 바로 그렇습니다. 저는 사람들과 섞이면 항상 제가 저속한 존재이고 모든 사람이 저를 어릿광대로만 취급하고 있다는 생각이 듭니다. 그래서 저는 오냐, 그럼 정말 어릿광대 노릇을 해주마. 누가 뭐래도 하나도 두렵지 않다. 너희도 모두 나보다 더 저속한 놈들이니까! 하고 생각했습니다. 그래서 저는 진짜 어릿광대가 되었지요. 장로님, 저는 수치심에서 태어난 어릿광대입니다. 제가 이렇게 말을 함부로 하는 것도 모두 의심많은 성질 때문입니다. 만일 지금이라도 사람들이 저를 가장 친절하고 똑똑한 사람으로 대해주기만 한다면, 그걸 제가 믿을 수만 있다면, 아아, 그땐 저도 누구보다 선량한 사람이될 수 있으련만!...... 아아, 선생님." 그는 별안간 무릎을 꿇었다. "어떻게 하면 저는 영생을 얻을 수가 있겠습니까?"

과연 그가 지금 연극을 하고 있는지, 아니면 정말 감동을 느껴 그렇게 말하고 있는 것인지 분간하기가 몹시 어려웠다.

장로는 그를 올려다보면서 미소를 지으며 단호하게 말했다.

"어떻게 해야 하는지는 벌써부터 스스로 알고 있을 것입니다. 그만한 정도의 지혜는 당신에게 얼마든지 있으니까요. 술에 취하지 말고, 언행을 조심하십시오. 음욕에 빠지지 말것이며, 특히 돈을 숭배하지 마십시오. 우선 당신의 술집 문부터 닫으십시오. 모두 닫지 못하겠으면 먼저 서너 곳만이라도 닫으십시오. 그러나 가장 중요한 것은 절로 거짓말을 하지 않는 것입니다."

"디드로 얘기 말씀입니까?"

"아니, 디드로 얘기가 아닙니다. 중요한 것은 자기 자신에게 거짓말을 하지 않는 것입니다. 자기에게 거짓말을 하고 자기의 거짓말에 귀를 기울이는 사람은 결코 자기 속에서도 또 다른 사람 가운데서도 이미 진실을 구별할 수 없게 됩니다. 결국 그 사람은 자기 자신에게나 남에게나 존중심을 잃어버리고 맙니다. 아무도 존경하지 않으면 사랑을 잃게 되고 사랑이 없어지면 자신을 기쁘게 하고 기분을 달래려고 자연히 저속한 쾌락과 정욕에 매달리게 되어 나중에는 짐승 같은 악덕도 꺼리지 않게 되는 것입니다. 이것은 모두 자기와 남들에게 항상 거짓말을 하는 데 원인이 있습니다.

자기 자신에게 거짓말을 하는 사람은 누구보다 화를 잘내는 법입니다. 화를 내는 것은 때로는 유쾌한 일이니까요. 그렇지 않습니까? 그 사람은 누가 자기를 모욕하는 것이 아니라 자기 스스로 모욕을 생각해 내고, 또한 그런 생각을 합리화하기 위해 거짓말을 하고 그럴듯하게 과장한다는 것을 뻔히 알고 있습니다. 또 상대의 말꼬리를 붙잡아 트집을 잡기도 하고 바늘만한 일을 크게 떠벌리기도 하지요. 그러면서도 자기 쪽에서 벌컥 화를 냅니다. 속이 후련해질 때까지, 더 큰 만족감을 얻을 때가지 화를 내지요. 결국은 그러다가 상대방에게 진짜 적의를 품게 되는 것입니다. 자, 그러지 말고 일어나 앉으십시오. 그것도 역시 거짓 몸짓이니까."

"오오, 거룩하신 분이시여! 제발 손에 입맞추도록 해주십시오."

표도르는 벌떡 일어나서 장로의 여원 손등에 재빨리 키스를 했다.

"정말 지당하신 말씀입니다. 화를 내는 것은 확실히 기분 좋은 일입니다. 정말 옳은 말씀을 하셨습니다. 저는 아직까지 그런 이야기를 한 번도 들은 적이 없어서요. 정말로 저는 한평생 남에게 화를 내는 것을 재미있어 했지요. 일종의 외관, 겉모습을 위해 화를 냈던 것입니다. 화를 내는 것은 사실 유쾌할 뿐만 아니라 때로는 멋있기까지 한 것이니까요! 장로님께서도 이 '멋있다'는 말은 그만 빠뜨리셨더군요. 이 표현은 제 수첩에 적어 두어야겠습니다! 저는 정말 거짓말만 해왔습니다. 지금까지 하루도 한시도 거짓말을 하지 않은 적이 없습니다. 진실로 거짓은 거짓의 아버지올시다! 아니 잠깐, 아무래도 '거짓의 아버지'는 아니었던 것 같다는 생각도 드는군요. 전 이렇게 항상 성경 구절을 혼동하고 있어서…… 하기야 뭐 거짓의 아들이라 해도 상관없지만. 다만, 천사님, 디드로 얘기 정도라면 가끔 용서해 주실 수 있으시겠지요? 디드로는 그리 해롭지 않으니까 말씀입니다. 하지만 다른 거짓말은 모두 해로울테지요.

위대하신 장로님, 깜박 잊을 뻔했는데 한 가지 여쭈어 보겠습니다. 이건 벌써 재작년부터 꼭 여기 한번 와서 물어 보려고 했던 것입니다만…… 미우소프 씨, 이번 만큼은 가만 있어요! 저 사람을 좀 말려 주시기 바랍니다. 위대하신 장로님, 그럼 말씀드리지요. 《순교자 열전》이란 책에 정말 이런 이야기가 있는지요? 즉 어떤 성자가 신앙을 지키기 위해 갖은 박해를 받은 다음 결국 목이 잘리게 되었는데, 그때 그 성자는 벌떡 일어나서 자기 머리를 주워들고 '경건하게 입맞췄다'고 합니다. 그것도 두손으로 안고 한참이나 걸어가면서 말이지요. '경건하게 입을 맞췄다'는 것이 정말일까요? 어떻게 생각하십니까, 장로님?"

"아니, 그건 사실이 아닙니다."

장로는 대답했다.

《순교자 열전》에는 그런 이야기가 한 군데도 없습니다. 혹시 어느 성인에 대해 그런 얘기가 적혀있는지 아십니까?"

도서 담당 신부가 물었다.

"어느 성인인지는 저도 모르겠는걸요. 정말 모릅니다. 저도 남한테 꼼짝없이 속은 얘기니까요! 이건 다른 사람한테서 들은 얘기입니다. 그런데 대체 누가 그런 말을 했는지 아십니까? 바로 여기 있는 미우소프 씨입니다. 아까 저의 그 디드로 얘기에 그렇게 화를 냈던 이분이 바로 그 얘기를 한 장본인입죠!"

"절대로 난 당신한테 그런 얘길 한 적이 없소. 언제는 내가 당신하고 말상대나 했습니까?"

"분명히 나에게 그 이야기를 한건 아니지요. 하지만 여러 사람 앞에서 당신이 그 얘기를 할 때 나도 그 자리에 있었어요. 그러니까 4년이 채 못되었을 거예요. 내가 이 말을 끄집어낸 건 당신의 그 맹랑한 이야기가 나의 신앙을 송두리째 흔들어 놓았기 때문입니다. 미우소프 씨 당신은 그때 꿈에도 몰랐겠지만, 난 그 얘길 듣고 심한 충격을 받고 집으로 돌아왔거든요. 난 그 뒤부터 더욱 더 신앙에 의혹이 가기 시작했지요. 그래요, 미우소프 씨, 당신이야말로 나를 이렇게 타락시킨 원인이에요. 거기 비하면 디드로 얘기 같은 건 아무것도 아니지요!"

표도르는 비장한 표정으로 씩씩거렸지만 누가 봐도 그가 또다시 광대짓을 시작했다는 것은 분명한 일이었다. 미우소프는 어쨌든 가슴이 뜨끔해진 모양이었다.

"당치도 않은 소리……. 말 같지도 않게……." 그는 중얼거렸다. "어쩌다가 내가 그런 소릴 한 적이 있는지도 모르지만…… 하여간 내가 당신한테 한 얘긴 아니오. 나도 남한테서 들은 얘기니까. 파리에 있을 때 어느 프랑스 사람한테 들었는데, 러시아에는 《순교자 열전》에 그런 이야기가 있어서 미사 때 그걸 낭독한다고 하더군요……. 그 사람은 아주 유명한 학자로서 러시아에 관한 각종 통계를 전문적으로 연구했고, 또 러시아에서 오랫동안 살았지요. 나 자신은 《순교자 열전》을 읽은 적이 없습니다……. 또 이제와서 읽어 볼 생각도 없지만 좌우간 그런 얘긴 식사 때 잠깐 할 수도 있는 이야기가 아니오? 그때 우린 식사 중이었으니까……."

"흥, 당신은 그때 식사를 하고 있었지만 난 그 때문에 신앙을 잃었단 말입니다!"

표도르가 조롱하듯이 말했다.

"도대체 당신 신앙 따위 내가 알게 뭐요!"

미우소프는 이렇게 고함을 치다가 문득 자신을 억제하며 경멸 어린 어조로 이렇게 덧붙였다.

"당신은 그저 아무나 닥치는대로 시비를 거는구먼."

장로는 갑자기 자리에서 일어섰다.

"여러분, 잠깐만 실례해야 하겠습니다."

그는 모두를 둘러보았다.

"여러분보다 먼저 오신 손님들이 있어서 잠깐 나갔다 오겠습니다. 그런데 카라마조프 씨 아무래도 거짓말을 하지 말아야 하겠어요."

장로는 웃는 얼굴로 표도르를 향해 덧붙였다.

그는 밖으로 걸어나갔고 알료샤와 신학생이 그를 부축하기 위해 뒤쫓아 달려나갔다. 알료샤는 숨을 할딱거리고 있었다. 그는 이 자리를 빠져나가게 된 것이 기뻤고, 장로가 조금도 언짢은 기색을 보이지 않고 유쾌한 얼굴을 하고 있는 것도 기뻤다. 장로는 자기를 기다리고 있는 사람들을 축복해주기 위해 복도 쪽으로 걸어나갔다. 그러나 표도르가 암자 문턱에서 그를 붙들어 세웠다.

"거룩하신 분이시여!"

그는 감격한 음성으로 소리쳤다.

"당신의 손에 다시 한번 입을 맞추도록 해주십시오! 아니, 장로님과 함께라면 얼마든지 이야기를 나눌 수 있을 것 같습니다. 괜찮으시다면 같이 살아도 좋구요! 장로님께선 제가 밤낮 거짓말만 하고 우스갯짓만 한다고 생각하십니까? 그렇지 않습니다. 아까는 그저 당신을 한번 시험해 보려고 일부러 그랬던 겁니다. 어떻게 하면 장로님과 친해 볼 수 없을까 하고요! 장로님의 자존심 옆

자리에 저의 이 겸손한 마음을 용납하실 여유가 있을까요? 당신은 누구와도 얘기가 통하는 분이라는 증명서를 써드리지요! 그렇지만 이젠 그만 입을 다물겠습니다. 끝까지 입을 봉하고 있겠어요. 제 자리에 앉아서 아무 소리도 하지 않겠어요. 자, 미우소프 씨, 이젠 당신이 말할 차례예요! 이젠 당신이 주역을 맡으라는 얘깁니다. 단 10분 동안만입니다."

3 믿음을 가진 시골 아낙네들

수도원을 에워싸는 벽 바깥쪽에 이어 지은 목조 회랑 아래쪽에는 이미 20여 명의 시골 아낙네들이 몰려와 있었다. 이제 장로가 곧 나온다는 전갈을 받고 가슴을 두근거리며 기다리고 있는 것이었다.

상류 부인들만 사용하는 별실에서 장로를 기다리고 있던 여지주 호흘라코바 부인 일행도 회랑으로 나와 있었다. 그들은 모녀 단 두 사람이었는데, 어머니인 호흘라코바 부인은 아직 젊고, 부유한 귀부인으로 항상 우아한 옷차림을 하고 있었다. 약간 창백해 보이는 얼굴은 무척 사랑스러웠고 거의 새카만 눈동자는 생기 있게 반짝거리고 있었다. 나이는 이제 겨우 서른 세 살 될까말까 한데 남편이 죽은 지 이미 5년이나 지나 있었다. 열 네 살된 딸은 가엾게도 소아마비에 걸려 벌써 반 년 동안이나 걸어다니지 못하고 바퀴 달린 좁고 긴 의자를 타고 이리저리 실려 다니고 있었다. 귀엽게 생긴 얼굴은 병 때문에 약간 파리해 보였으나 무척 쾌활한 표정이었고, 속 눈썹이 길다란 큼직한 눈에서는 새까만 눈동자가 장난꾸러기 같은 빛을 띠고 반짝반짝 빛나고 있었다.

어머니는 봄부터 딸을 데리고 외국으로 휴양을 떠날 계획이었으나, 영지 정리 문제로 한여름이 지나도록 출발을 못하고 있었다. 이 모녀가 이 고장에 온 것은 벌써 일주일 전인데 당초에는 순례가 목표가 아니라 여기에 볼일이 있었기 때문이었다. 이들은 사흘 전에 장로를 벌써 한 번 만나보았는데 이날 또 불쑥 찾아온 것이었다. 이들은 장로가 이젠 아무도 변화할 수 없다는 것을 알고도 갑자기 이곳을 찾아와 다시 한번 '위대하신 치유자를 뵈올 수 있는 영광'을 베풀어 달라고 애원했던 것이다.

장로가 나오기를 기다리는 동안 어머니는 딸의 바퀴의자 옆에 놓인 걸상에 앉아 있었다. 그녀에게서 두어 걸음 떨어진 곳에는 한 늙은 수도사가 서 있었는데 이 사람은 이 수도원에 있는 사람이 아니라 먼 북방의 어느 이름 없는 수도원에서 찾아온 수도사였다. 그도 역시 조시마 장로에게서 축복을 받기 위해 찾아온 것이었다.

그러나 밖으로 나온 장로는 이 별실을 그대로 지나 곧장 시골아낙네들이 기다리고 있는 회랑 쪽으로 걸어나갔다. 농촌 아낙네들은 회랑에서 마당으로 내려가는 낮은 계단 아래쪽으로 모여들었다. 장로는 계단 맨 위에서 걸음을 멈추고 어깨에 영대(領帶)를 걸치고 자기 앞에 몰려든 여인들을 축복하기 시작했다. 그의 앞으로 사람들에게 두 손을 붙들린 채 한 미친 여자가 끌려나왔다. 이 여자는 장로를 보자마자 갑자기 발작이라도 일으킨 것처럼 딸꾹질을 하더니 온몸을 뒤틀며 괴상한 비명을 지르기 시작했다. 장로가 여인의 머리 위에 영대자락을 얹고 위에서 몸을 구부려 몇 마디 간단한 기도문을 외자 병자는 당장 평온을 회복하여 잠잠해졌다.

지금은 어떤지 모르겠지만, 내가 어렸을 때는 마을이나 수도원 같은 데서 가끔 이런 미친 여자를 보기도 하고 그들에 관한 이야기를 듣기도 했다. 그녀들을 미사 때 데리고 오면 처음에는 성당이 떠나갈 듯이 날카로운 비명을 지르기도 하고 개처럼 울부짖기도 했으나, 성체가 운반되고 빵과 포도주가 있는 곳에 끌려나오면 금세 발작이 멎고 병자는 한동안 평온을 회복하곤 했다. 이러한 광경은 어린아이인 나에게 무척 놀라움과 감명을 안겨 주었다.

그러나 이미 그 무렵 내가 이 문제를 캐묻게 되자 마을의 지주나 특히 학교 선생님들은 그것을 일종의 꾀병이라고 설명해 주었다. 즉 시골 아낙네들이 일을 하기가 싫어서 그런 흉내를 곧잘 내는데 적당한 방법으로 엄격하게 다루기만 하면 당장 고칠 수 있다고 하면서 몇 가지 실례까지 들어 보였다.

그러나 그 뒤 나는 전문적 의학자들로부터 그 병이 결코 꾀병이 아니라 우리 러시아에서만 볼 수 있는 무서운 부인병의 일종이란 말을 듣고 다시 한번 놀랐다. 이것은 우리 러시아 농촌 여성들의 비참한 운명을 그대로 말해주는 병으로 아무런 의약적 혜택도 받지못한 채 잘못된 방법으로 난산을 치른 산모가 잠깐 쉬어보지도 못하고 너무나 빨리 과격하고 힘든 노동에 시달리게 되는 것이 이 병의 주요 원인이다. 이 밖에도 연약한 여자의 본성으로는 견디기 힘든 일반적인 사실, 즉 하소연할 데 없는 슬픔이 폭력 같은 것들 때문에 이 병에 걸리게 되는 경우도 있다.

고함을 지르며 미쳐 날뛰는 병자를 신부가 있는 곳으로 끌고 가자마자 광증이 낫게 되는 신비로운 일도(실은 그것이 꾀병이 아니면 '교권파'들이 꾸며낸 속임수라고 나에게 설명해 준 사람들이 있긴 하지만), 역시 아주 자연스럽게 일어나는 현상이라고 보는 것이 타당할 것이다. 병자를 신부 앞으로 끌고 가는 아낙네들은 물론 그 환자 자신도 이렇게 성체성사(聖體聖事)를 받으러 나가 성체 앞에 배례하게 되면 병자를 사로잡고 있던 마귀가 도저히 견뎌내지 못하고 도망가게 된다고 무슨 확고한 진리처럼 굳게 믿어왔다. 그러므로 병이 반드시 나을 것이라는 신념과 또한 그러한 기적이 곧 일어나리라는 기대감이, 성체 앞에 배례하는 순간, 그 신경병 환자나 정신병 환자의 육체 안에서 조직 구석구석에 미치는 경련과 같은 작용을 일으킨 것이고(당연히 일어났을 것이다), 이렇게 해서 기적은 순간적으로 실현되는 것이다. 지금 여기에도 이와 꼭 같은 일이 장로가 환자의 머리에 영대 자락을 얹는 순간에 일어났던 것이다.

장로 앞에 모여 있던 대부분의 여인들은 그 한순간의 효과가 일깨운 감동과 환희로 인해 눈물을 흘리고 있었다. 또 어떤 여자들은 장로의 옷자락에 입을 맞추려고 앞다투어 앞으로 나가고, 다른 아낙네들은 울음섞인 목소리로 넋두리를 늘어놓기도 했다. 장로는 이 모든 여인들을 축복해 주고 그중 몇몇 사람과는 이야기를 주고받았다. 그 미친 여자를 장로는 그전부터 알고 있었다. 수도원에서 겨우 6km쯤 떨어진 그리 멀지 않은 마을에 살고 있는 여자로 전에도 한 번 이곳에 온 적이 있었던 것이다.

"저기 멀리서 온 사람도 있군!"

장로는 어떤 한 중년 여인을 가리켰다. 아직 그리 늙지는 않았지만 몸이 깡마르고, 햇볕에 그을렸다기 보다 얼굴 전체가 거무칙칙하게 타버린 여자였다. 그 여인은 무릎을 꿇은 채 꼼짝도 하지 않고 장로를 바라보고 있었다. 그녀의 시선에는 어딘가 황홀경에 빠진 것 같은 기색이 엿보였다.

"네, 먼 곳에서 왔습니다, 장로님, 아주 먼 곳에서……. 여기서 300km나 떨어진 곳에서 왔어요, 장로님! 정말 먼 곳에서 왔답니다."

여인은 한 손으로 턱을 괸 채 머리를 연방 흔들어대면서 노래하듯이 목청을 돋우어 대답했다. 그것은 눈물로 하소연하는 듯한 말투였다.

민중에게는 끝까지 참고 삼켜 버리는 말없는 슬픔이 있는 법이다. 그러나 반대로 밖으로 터져나오는 슬픔도 있어서 일단 이 슬픔이 눈물과 함께 밖으로 터져나오면 금세 통곡으로 변하고 만다. 이것은 특히 여자들에게 많다. 그러나 이것이 말없는 슬픔보다 더 견디기 쉬운 것은 아니다. 통곡으로 치유받을 때는 그야말로 더 큰 고통을 받고 가슴이 찢어지는 듯한 슬픔에 의해서이다. 이러한 슬픔은 더이상 위로를 원하지 않고 치유될 수 없다는 생각에서 생기는 것이다. 통곡은 끊임없이 상처를 자극하려는 욕구에 불과한 것이다.

"상인계급에 속한 분인가요?"

살피는 듯한 눈길로 여인을 찬찬히 바라보았다.

"읍내에 사는 사람입니다, 장로님. 처음엔 농사꾼이었는데, 읍내로 이사를 가서 살고있습니다. 장로님, 장로님 소문을 듣고서 장로님을 뵈려고 여기까지 왔습니다. 소문을 듣고서…… 어린 아들 놈을 장사지내고 나서 순례길에 올랐지요. 수도원을 세 군데나 가보았지만 모두들 '나스타샤, 거길 가보도록 해요' 이렇게 가르쳐 주더군요. 즉 이곳의 장로님한테로요. 어제는 여관에서 자고 오늘 이렇게 찾아왔습니다."

"무엇 때문에 울고 있나요?"

"죽은 아들이 불쌍해서 그럽니다, 장로님. 세살짜리 사내아이지요, 세 살에서 꼭 석 달이 모자라는 아입니다. 그 아이 때문에 괴로워하고 있답니다. 장로님, 바로 그 아이 때문에 말씀예요. 그앤 단 하나 남아 있던 아들이었지요. 저와 니카타 사이에는 아이가 모두 넷 있었는데 모두 서서 걸을 수 있게 되기 전에 죽고 말았습니다. 장로님, 이젠 하나도 없답니다. 처음 세 아이를 묻을 때만해도 그렇게 불쌍한 생각은 들지 않았는데 이 막내 아이를 묻은 뒤부터는 아무래도 잊을 수가 없습니다. 전 지금도 그애가 제 앞에서 놀고 있는 것만 같은 생각이 듭니다. 그앤 한시도 제 마음을 떠나지를 않아요. 그애가 입던 속옷만 봐도, 저고리를 봐도, 신을 봐도 금세 눈물이 솟구치지요. 저는 그애가 남겨 두고 간 물건들을 하나하나 늘어놓고 한바탕 목을 놓아 운답니다. 그래서 제 남편 니키타에게 순례를 떠나게 해달라고 말했지요. 남편은 마차를 부리고 있지만, 저흰 그리 궁색한 형편은 아닙니다. 저희 소유의 마차를 부리고 있으니까요. 말도 마차도 모두 우리 것이랍니다.

그렇지만 그게 다 무슨 소용이 있나요? 니키타는 제가 없으면 술을 마시기 시작합니다. 전부터 그랬으니까. 아마 지금도 마시고 있을 거예요. 제가 조금만 한눈을 팔면 그인 당장 무너져 버리고 말지요. 그렇지만 지금은 남편이 어찌 됐건 알바 아니예요. 집을 떠난 지도 벌써 석 달째나 됩니다. 이젠 모든 걸 다 잊어버리고 말았어요. 또 생각하기도 싫고요. 이제 와서 그 사람과 같이 살아본들 무엇하겠어요? 이제 저는 남편과 인연을 끊었습니다, 모든 것과 인연을 끊어 버리고 말았지요. 전 우리집과 재산도 두번 다시 생각하기도 싫습니다. 제 마음속엔 이제 아무것도 없어요!"

"그런데 말이지요, 아기 엄마." 장로가 말했다. "옛날에 어느 훌륭하신 성자께서 당신처럼 아들 때문에 성당을 찾아와서 울고 있는 한 어머니를 보았어요. 그 어머니도 역시 하느님이 데려가신 단 하나의 아들 생각에 슬퍼서 울고 있었지요. 성자께서는 여인에게 말씀하셨소. '너는 아이들이 하느님 앞에서 얼마나 깜찍하게 놀고 있는지 알고 있느냐? 하늘나라에서는 어린 아이들만큼 두려워하지 않는 사람은 하나도 없느니라. 아이들은 하느님께 이런 말까지 하지. '하느님께옵서 우리에게 세상의 삶을 주시고 우리가 세상을 미처 구경도 하기 전에 다시 불러들이셨으니, 우리에게 천사의 지위를 주사이다' 이렇게 때를 써서 그들은 모두 천사가 되었느니라. 그러니 울지 말고 기뻐하도록 하여라. 그대의 아들도 지금 하느님 옆에서 수많은 천사들과 함께 있으니.' 이렇게 성자께서는 슬픔에 잠긴 어머니를 타이르셨다 하오. 그분은 위대하신 성자시니까 결코 거짓말은 안 하셨을 게요. 그러니까 당신의 아이도 지금쯤 하느님 앞에 서서 즐겁게 뛰놀며 어머니를 위해 기도하고 있으리다……. 자, 그러니 이제 기쁨의 눈물을 흘리도록 하시오."

여인은 한 손으로 턱을 괴고 고개를 숙인 채 장로의 말을 듣고 있었다. 그녀는 깊이 한숨을 내쉬었다.

"니키타도 장로님과 똑같은 말을 하면서 저를 위로하려 했었지요. '바보처럼 울긴 왜 울어! 그애는 지금 하느님 곁에서 천사들과 함께 노래를 부르고 있을 텐데……' 남편은 저한테 그렇게 말했지만 자기도 역시 울고 있더군요. 제가 우는 것과 똑같이 말입니다. '여보, 나도 그건 알아요. 그애가 하느님 곁에 말고 또 어디에 있겠수! 그렇지만 지금 우리 곁에 그 아이가 있는 건 아니잖아요? 전에는 우리 옆에 그 아이가 있었는데 말이에요!' 저는 이렇게 말했습니다. 어쨌든 그애를 한 번만이라도, 단 한 번만이라도 볼 수 있다면! 아니 옆에까지 가서 보지 않아도 좋아요. 한쪽 구석에 숨어서, 아무 얘기도 하지 않고, 그저 잠깐 얼굴만 쳐다볼 수 있다면 한이 없을 거예요. 마당에서 놀다가 들어와서 그 가냘픈 목소리로 '엄마, 어디 있어?'하던 그 목소리를 꼭 한 번만 들어보고 싶습니다, 그저 꼭 한 번만. 정말로 꼭 한 번만 그 조그맣고 귀여운 발로 방안을 콩콩 뛰어다니던 소리를 들었으면 좋겠습니다. 그전에는 곧잘 그렇게 달려들어와 엄마를 놀래주고 나서 깔깔대고 웃곤 했지요. 아아, 하다못해 한번이라도 그 발 소리를 듣고 싶군요. 정말 듣고 싶어 미칠 지경이랍니다. 하지만 장로님, 그애는 가버렸습니다. 이제는 없어요, 이젠 영원히 그애의 목소리를 들을 수 없게 되었습니다! 여기 이렇게 허리띠는 두고갔지만 소중한 그 아인 이제 없습니다. 이젠 영영 그앨 볼 수도 없고 목소리도 들을 수 없습니다……."

여인은 품속에서 자기 아들이 쓰던 술장식이 달린 조그만 허리띠를 꺼냈다. 그리고 그 허리띠를 보자마자 손가락으로 얼굴을 가리고 후들후들 떨면서 흐느껴 울기 시작했다. 그 손가락 사이로 눈물이 샘물처럼 쉬지 않고 흘러내렸다.

장로가 다시 입을 열었다. "그렇지만 그건 말이오, 옛날에 '라헬이 그 자식들 생각에 슬피 울었으되 마침내 위안을 얻지 못하였으니 이는 오로지 그들이 죽고 없음이니라' 고한과 같은 것이오. 그것은 무릇 어머니 된 자가 이 지상에서 겪어야 할 시련이지요. 그러니 위안을 얻고자 생각해서는 안 되고, 위안을 얻어서도 안 됩니다. 위안을 구하지 말고 그냥 우시오. 그리고 울 때마다 당신의 아들이 하느님의 천사가 되어 당신을 보고 있다는 것을 생각하시오. 당신이 흘리는 눈물을 보고 기뻐하면서 그것을 하느님께 손가락으로 가리키고 있는 것이오. 앞으로도 오랫동안 어머니로서의 슬픔을 겪어야 하겠지만 나중엔 그것이 잔잔한 기쁨이 되어 줄 것이오. 그때는 쓰디쓴 눈물도 마음을 깨끗하게 하고 죄를 씻어 주는 고요한 감동과 정화의 눈물로 바뀌게 되리다. 당신 아들의 영혼을 위해 기도드리지요. 이름은 무엇이었소?"

"알렉세이입니다, 장로님."

"그거 참 귀여운 이름이오. 하느님의 사도 알렉세이님의 이름에서 따온 것인가요?"

"네, 장로님. 바로 하느님의 사도 알렉세이님한테서 따왔습니다!"

"참으로 귀한 아이로군요! 내 기도를 드리리다. 그리고 기도를 드릴 때마다 당신의 슬픔에 대한 말도 잊지 않으리다. 당신 남편의 건강을 위해서도 기도를 드리기로 하지요. 다만 당신이 남편을 홀로 내버려두는 건 좋은 일이 아니라오. 어서 집으로 돌아가서 남편을 위로해 드리시오. 당신의 아들도 당신이 아버지를 버린 것을 알면 무척 슬퍼하리다. 왜 당신은 아들의 저 세상에서의 행복을 해치려 합니까? 그애는 살아 있어요. 영혼은 영원히 사는 것이니까요. 집에는 없어도 눈에 보이지 않는 모습으로 항상 당신 옆에 있지요. 그런데 당신이 그 집을 버리고 나와 있으면 그애가 집으로 찾아올 리도 없지 않겠소? 아버지, 어머니가 같이 살고 있지 않으면 그앤 도대체 누구를 찾아가겠소? 당신은 지금 아들의 꿈을 꾸고 괴로워하고 있지만, 집으로 돌아가면 그땐 그애가 평화로운 꿈을 보내 줄 것이오. 자, 남편에게로 돌아가시오. 지금 당장 떠나시오."

"가겠습니다, 장로님. 말씀대로 지금 당장 집으로 돌아가겠어요. 정말 장로님은 제 마음을 완전히 이해해 주셨습니다. 아아, 니키타, 나의 니키타 당신은 지금도 나를 기다리고 있겠죠!"

여인은 다시 하소연을 늘어놓으려고 했다. 그러나 장로는 이미 순례자의 행색이 아닌 평복 차림의 어느 노파에게로 향하고 있었다.

노파의 시선에서 무슨 고민이 있어서 하소연하기 위해 달려왔다는 것을 알수 있었다. 노파는 자기가 어느 하사관의 과부이며 읍내에서 아주 가까운 곳에 살고 있다고 말했다. 아들 바센카는 육군 병참부 소속으로 시베리아의 이르쿠츠크로 전출되어 간 뒤 편지가 두 번 왔고, 지금까지 1년이 되도록 아무 소식도 없다고 했다. 노파는 아들의 소식을 수소문해 보기도 했지만 사실은 어디를 가야 아들의 소식을 정확히 알 수 있는지도 모르고 있었다.

"얼마 전에 돈 많은 상인 마누라 스테파니다 베드랴기나가 이런 말을 합디다. '프로호로브나 할멈, 차라리 아들 이름을 적어가지고 성당에 가서 공양을 드려 봐요. 그러면 아들의 영혼이 고향을 그리워하게 되어 꼭 편지가 올 거예요. 이건 벌써 여러 번 시험해본 거니까 반드시 효험이 있을 겁니다.' 하지만 제겐 어쩐지 긴가민가하는 생각이 들어서…… 장로님, 그게 정말일까요, 아니면 거짓말일까요? 그렇게 해봐도 좋을까요?"

"터무니없는 소리요. 그런 것을 묻는 것조차 부끄러운 일이오. 멀쩡하게 살아 있는 사람의 영혼을, 더구나 그 어머니가 공양을 드리다니 그게 어디 있을 법한 얘기요? 그건 굿이나 푸닥거리처럼 대죄에 속하는 일이오! 하긴 당신이 몰라서 그런 생각을 했다니 용서를 받을 수는 있지요. 항상 우리를 돌보시고 보호해주시는 성모님께 아들의 무탈을 위해 기도하는 것이 좋겠소. 그리고 당신의 어리석은 생각을 용서해 주십사고 함께 빌어 두시오. 프로호로브나 할멈, 내가 한 마디만 더 해두겠는데 할멈의 아들은 이제 곧 돌아오든가, 아니면 소식을 전해 올 것이 틀림없소. 그저 그렇게만 알고 있어요. 자 그러니 이젠 안심하고 돌아가시오. 당신의 아들은 살아 있어요, 틀림없어요."

"친절하신 장로님, 부디 당신에게 신의 축복이 내리시기를! 우리를 위해, 우리의 죄를 위해 기도해 주시는 우리의 은인이신 장로님!"

그러나 장로는 군중 틈에서 자기를 뚫어지게 바라보고 있는 어느 젊은 여인을 보았다. 완전히 쇠약한 모습으로 결핵을 앓고 있는 성싶은 그 여인은 무언가 바라고 있는 듯한 눈으로 말없이 장로를 바라보고 있었으나, 장로 앞에 나서기를 두려워하는 기색이었다.

"댁은 무슨 일로 왔지요?"

"장로님, 저의 영혼을 구해 주세요."

젊은 여인은 낮은 소리로 침착하게 입을 열면서 장로의 발 앞에 무릎을 꿇고 엎드렸다.

"저는 죄를 지었습니다, 장로님, 제가 저지른 죄가 무서워서요."

장로가 층계 맨 아래 계단에 걸터앉자 여인은 여전히 무릎을 꿇은 채 장로 앞으로 다가갔다.

"전 3년 전에 과부가 되었지요."

여인은 떨림이 멈추지 않는 듯 거의 속삭이듯 말문을 열었다.

"정말 힘든 부부생활이었어요. 남편은 노인이었는데 저를 몹시 학대했답니다. 그러다가 남편은 병이 나서 자리에 눕게 되었는데, 그를 보고 있자니까, 문득 저 사람이 병이 나아 다시 일어나게 되면 어떡하나, 하는 생각이 들었어요. 그때 제 마음속에 그 무서운 생각이 떠올랐어요."

"잠깐만!"

장로는 그녀를 제지하고 나서 여인의 입에 귀를 바싹 갖다대었다. 여인은 나지막한 소리로 말을 계속했기 때문에 거의 아무 말도 알아들을 수가 없었다. 이야기는 곧 끝났다.

"3년째라구?"

"네, 3년째입니다. 처음엔 그리 잘 몰랐는데 요즘 몸에 병이 들고부터는 자꾸 그 생각이 나서 견딜 수가 없어요."

"멀리서 오셨나요?"

"여기서 500㎞쯤 됩니다."

"참회는 했소?"

"했습니다, 두 번이나 했습니다."

"성체성사는 받았겠죠?"

"네, 받았어요, 전 무서워요, 죽는 것이 정말 무섭습니다."

"아무것도 두려워할 필요없어요. 두려워하지도 말고 상심하지도 마시오. 속죄하는 마음만 잃지 않는다면 하느님은 모든 것을 용서해 주시리다. 진심으로 회개하는데도 용서받지 못할 죄는 이 세상에 하나도 없지요. 다함이 없는 하느님의 사랑을 말라 버리게 할 만큼 큰 죄를 인간이 저지르게 하실리가 없으니까요. 하느님의 사랑을 능가하는 죄가 과연 있을 수 있겠소? 그러니 두려움을 버리고 끊임없이 회개하는 데만 마음을 쓰도록 하시오. 믿으시오. 하느님께서는 상상도 못할 만큼 당신을 사랑하고 계십니다. 당신이 아무리 죄에 물들고 죄악에 빠져 있더라도 하느님은 사랑해 주십니다. 하늘에선 올바른 열 사람보다 한 사람의 회개하는 죄인을 더 사랑하신다는 말씀이 예전부터 있지 않소? 이제 두려움을 버리고 돌아가시오. 사람들의 말 때문에 상심하지 말고 모욕을 받더라도 꾹 참으시오. 죽은 남편이 당신을 학대했던 것을 진심으로 용서하고 그 사람과 화해하도록 하시오. 진심으로 회개하면 사랑이 생기고 그 사랑이 생겼을 때 이미 당신은 하느님의 자녀가 된 것이오. 사랑은 모든 것을 감싸 주고 모든 것을 구원해 주는 것이오. 당신과 똑같은 죄인인 나도 당신에게 감동하고 당신을 측은히 여기고 있는데 하물며 하느님께선 어떠하시겠소? 사랑이란 무한히 값진 것이어서 이 세상 전부를 살 수도 있는 것이오. 사랑은 비단 자기의 죄뿐 아니라 남의 죄까지 보상할 수 있어요. 이젠 그만 두려움을 버리고 돌아가시오."

장로는 여인을 위해 성호를 세 번 긋고 나서 자기의 목에 걸려 있던 조그만 성상을 끌러 여인의 목에 걸어 주었다. 여인은 말없이 머리가 땅에 닿도록 절을 했다. 장로는 자리에서 가볍게 일어나 갓난애를 안고 있는 어떤 건강한 아낙네를 기쁜듯이 바라보았다.

"비셰고리에서 왔습니다, 장로님."

"그래도 여기서 6㎞가 넘죠? 어린것을 데리고 오느라 고생했겠소. 그래 무슨 일이지요?"

"장로님을 그저 한번 뵙고 싶어서 왔답니다. 전에도 몇 번 왔었는데 기억하시는지요? 저를 잊으셨다면 기억력이 과히 안 좋으신 것 같군요. 장로님께서 앓고 계시다고들 하길래 직접 뵈려고 왔지요. 하지만 이렇게 직접 보니까 앓으시기는커녕 앞으로 20년은 더 사실 것 같군요, 정말이에요. 부디 건강하세요. 장로님을 위해 기도하는 사람들이 얼마나 많은데 장로님이 앓으신다면 말이 되나요?"

"모두 고마우신 말씀이오."

"그런데 조금 부탁이 있어요. 여기 60코페이카가 있는데 이걸 장로님께서 저보다 가난한 사람한테 좀 전해 주세요. 이리로 오면서 전 장로님께선 이 돈이 필요한 사람을 알고 계실 테니까 그렇게 부탁드려야겠다고 생각했지요."

"정말 고맙고도 갸륵한 일이오. 참으로 친절하고 좋은 분이군요. 당신이 좋아졌어요. 뜻대로 해드리리다. 그런데 그 아기는 딸이오?"

"네, 장로님, 딸입니다. 리자베타라고 하지요."

"하느님께서 당신 모녀를, 당신과 어린 딸 리자베타를 함께 축복해 주시기를 빌겠소. 당신은 내 마음에 기쁨을 주었어요. 여러분, 모두 안녕히 돌아가시오. 사랑하는 형제들이여, 잘들 가십시오!"

4 믿음이 부족한 귀부인

장로와 평민의 대화와 축복하는 장로의 모습을 조용히 바라보고 있던 여지주는 말없이 눈물을 흘리며 손수건으로 눈물을 닦고 있었다. 이 상류부인은 지극히 감상적인 사람으로 여러 가지 면에서 더할 수 없이 선량한 성격을 가지고 있었다. 드디어 장로가 그쪽으로 돌아서자 귀부인은 감격한 태도로 그를 맞이했다.

"방금 있었던 그 감동적인 광경을 보고 도저히 감정을 억제할 수가 없어서……"

그녀는 흥분 때문에 말을 제대로 잇지 못했다.

"아아, 사람들이 장로님을 얼마나 사랑하고 있는지 이제야 비로소 알 것 같군요. 저도 또한 그 사람들을 사랑하고 있고, 사랑하고 싶습니다. 네, 사랑하지 않을 수가 없어요. 이토록 순박하고 신앙심 깊은 우리 러시아 사람들을 어떻게 사랑하지 않을 수 있겠어요!"

"따님의 건강은 좀 어떤가요? 다시 한번 나와 함께 이야기를 나누고 싶다고 했나요?"

"그럼요, 막 떼를 썼답니다. 만나 주실 때까지 사흘이고 나흘이고 간에 장로님의 방 창문 아래서 무릎을 꿇고 기다릴 각오였으니까요. 그런데 오늘 온 것은 장로님께 말로는 못다할 감사의 말씀을 드리러 온 길이랍니다. 우리 리자의 병을 완전히 고쳐 주셨으니까요. 지난 목요일 장로님이 저 애의 머리에 손을 얹고 기도해 주신 뒤로 정말 병이 감쪽같이 나아 버리고 말았어요. 그래서 우리 모녀는 장로님의 손에 입맞추고 감사와 존경의 뜻을 전하기 위해 이렇게 달려온 거예요."

"병이 나았다니요? 따님은 저렇게 바퀴의자에 누워 있지 않습니까?"

"하지만 밤의 경련은 완전히 나았답니다. 지난 목요일부터 벌써 이틀이 되었습니다." 귀부인은 들뜬 어조로 재빨리 말을 늘어놓았다. "그뿐 아니라 다리도 한결 튼튼해졌답니다. 오늘 아침에는 저애가 아주 상쾌한 기분으로 일어났습니다. 간밤에 단잠을 푹 잘 수 있었기 때문이지요. 저 혈색 좋은 뺨과 반짝거리는 눈을 좀 보세요! 밤낮 투정만 부리던 애가 지금은 저렇게 명랑하고 행복하게 웃고 있지 않아요? 아, 글쎄 오늘 아침엔 일으켜세워 달라고 어찌나 졸라대는지 혼이 났지요. 아무것도 붙들지 않고 혼자서 1분 동안이나 서 있었다니까요! 보름쯤 뒤엔 카드리유춤을 출거라면서 저와 내기를 하자는군요. 하도 신기해서 여기 읍내 의사인 게르첸시투베 선생께 보였더니 그분은 어깨를 치켜올리면서 이렇게 말하는 거예요. '정말 놀라운 일이군요. 무어라 설명할 길이 없습니다' 이런데도 장로님은 저희가 찾아와서 감사의 말씀을 드리는 걸 귀찮게 여기시겠어요? 얘, 리즈(리자의 프랑스식 발음)야, 어서 감사합니다 하고 인사를 드리렴!"

리즈의 장난기 있는 귀여운 얼굴이 갑자기 진지해지더니 의자에서 가능한 한 몸을 일으키고 장로를 바라보며 손을 합장했다. 그러나 도저히 참지 못하겠다는 듯이 갑자기 깔깔대고 웃기 시작했다.

"저 사람 땜에 그러는 거예요, 저 사람 땜에!"

리즈는 웃음을 터뜨린 것에 스스로 화를 내는 자못 어린애다운 표정으로, 장로 바로 뒤에 서 있는 알료샤를 가리켰다.

이때 알료샤의 얼굴을 본 사람이면 누구나 그 순간 그의 얼굴이 새빨개진 것을 놓치지 않았을 것이다. 그의 눈동자가 반짝 빛났으나 이내 고개를 숙이고 말았다.

"저 앤 당신한테 전할 편지를 가지고 왔답니다, 알렉세이 카라마조프 씨. 그래 요즘은 어떠세요?"

부인은 화려한 장갑을 낀 손을 불쑥 그의 앞으로 내밀며 말했다. 장로는 알료샤에게 몸을 돌리고 그의 얼굴을 주의깊게 바라보았다. 알료샤는 리즈에게 가까이 가서, 어딘지 기묘하고 어색한 미소를 지으면서 손을 내밀었다. 리즈는 갑자기 새침한 얼굴을 했다.

"카테리나씨가 이걸 좀 전해 달래요"

그녀는 조그만 쪽지 하나를 내밀었다.

"될 수 있는 대로 속히 자기한테 좀 와달라고 하던데요, 무슨 일이 있어도 꼭 좀 들러 달라고."

"그 사람이 나더러 와달라고? 그분이 나를 부르다니……. 대체 무슨 일일까?"

알료샤는 몹시 어리둥절한 기색으로 중얼거렸다. 그의 얼굴에 대뜸 근심의 빛이 떠올랐다.

"드미트리씨와 관계되는 일이겠지요. 요사이 일어난 여러가지 일들에 대해……"

어머니가 재빨리 말을 받았다.

"카테리나는 무슨 중대한 결심을 했다나봐요. 그런데 그보다 앞서 당신을 좀 만나보고 싶다는 거예요. 왜냐고요? 왜 그러는지는 나도 몰라요. 어쨌든 한시라도 속히 당신을 만나고 싶어하더군요. 물론 가보시겠죠? 이건 그리스교적인 감정이 원하는 일이니까."

"전 그분을 한 번밖엔 뵌 일이 없어서……"

여전히 당혹한 기색으로 알료샤가 말했다.

"그 사람은 정말 비길 데 없이 고결한 성품을 가진 아가씨지요! 그 사람이 겪어온 고통만 보더라도……. 그 여자가 여태까지 얼마나 많은 고통을 겪어왔는지, 그리고 지금도 얼마나 큰 고통을 견디어 내고 있는지 한번 생각을 해보세요! 그리고 앞으로 또 어떤 일들이 그 여자를 기다리고 있는지 생각해보시란 말이에요…… 정말 생각만 해도 끔찍해요, 정말 무서운 일이에요!"

"그럼 가보도록 하죠."

알료샤는 수수께끼같은 짤막한 편지 사연을 쭉 훑어보고 나서 말했다. 편지에는 그저 꼭 좀 들러 달라는 간곡한 부탁 외에는 다른 아무 말도 없었다.

"오오, 그건 정말 친절하고 훌륭한 일이죠!"

리즈는 갑자기 온몸에 생기를 띠며 소리쳤다.

"난 당신이 수도를 하는 도중이니까 절대로 거기에 가지 않을 거라고 엄마한테 말했거든요. 당신은 정말 훌륭한 분이군요! 당신이 훌륭하시다는 건 그전부터 생각했었지만, 이렇게 직접 그것을 확신하게 되니 정말 기뻐요!"

"리즈!"

어머니는 나무라는 듯한 목소리로 딸을 불렀으나 이내 미소를 짓고 말았다.

"카라마조프 씨, 당신은 우릴 아주 잊어버리신 모양이군요. 요즘엔 우리집에 전혀 안 들르시니, 그래도 우리 리즈는 당신하고 같이 있을 때가 제일 즐겁다고 벌써 두 번이나 내게 얘기했답니다."

알료샤는 아래로 내리깔았던 눈을 들고 또다시 얼굴을 붉히더니 갑자기 자기도 왜 그런지 모르면서 희미하게 미소짓고 말았다. 그러나 장로는 이미 그를 보지 않고 있었다. 앞에서도 말한 것처럼 리즈 옆에서 기다리고 있던 다른 지방 수도사와 이야기를 시작했던 것이다.

이 사람은 일반적인 수사, 즉 평민출신의 수도자로 단순하고도 확고한 세계관을 지닌 반면 완고한 신자 같아 보였다. 그는 먼 북방 오브도르스크 지방의 성 실리베스트르 수도원에서 왔는데 그 수도원에는 수도사가 모두 해서 아홉 명밖에 되지 않는다고 했다. 장로는 그를 축복해 주고 나서 언제든지 암자로 자기를 찾아오라고 말했다.

"장로님께서는 정말 어떻게 그런 일을 행하실 수 있습니까?"

이 수도사는 갑자기 추궁하는 듯한 위엄 있는 태도로 리즈를 가리키며 물었다. 그것은 리즈를 치료한 일에 관해서 묻는 말이었다.

"그 일에 대해선 아직 말할 시기가 아니지요. 병세가 조금 좋아진 것을 완쾌했다고 말하는 것은 시기 상조니까요. 게다가 무슨 다른 원인이 있었는지도 모르는 일이 아닙니까? 하여튼 병이 조금이라도 나아졌다면 그것은 오직 하느님의 뜻일 뿐 다른 누구의 힘도 아닙니다. 하느님께선 모든 일을 주관하고 계시니까요. 그럼 또 들러 주시기 바랍니다."

그는 수도사에게 이렇게 덧붙였다.

"그렇지만 늘 앓고 있는 형편이라 찾아오시는 손님들을 다 만나뵐 수는 없지요. 이젠 제 여명도 얼마남지 않았다는 걸 알고 있습니다."

"그게 무슨 말씀입니까! 하느님께선 결코 장로님을 우리에게서 뺏어가지 않으실 거예요. 장로님은 아직도 오래오래 사실 겁니다."

소녀의 어머니가 외쳤다.

"그리고 대관절 어디가 아프시다는 거예요? 이처럼 건강하고 쾌활하고 행복해 보이시는 분이!"

"사실 오늘은 전에없이 무척 유쾌합니다만 이것도 잠시뿐이지요. 나는 내 병에 대해 잘 알고 있습니다. 내가 그토록 행복해 보인다면 그것보다 나를 기쁘게 해주는 것은 없겠지요. 사람은 행복하기 위해 태어난 존재이기 때문입니다. 또 참으로 행복한 사람이라면 '나는 하느님의 뜻대로 이 세상을 살았다'고 당당하게 말할 수 있기 때문입니다. 역사상의 모든 의인, 성자, 순교자들은 모두 행복한 사람들이었지요!"

"정말 좋은 말씀입니다! 얼마나 용감하고 고상한 말씀인지요!"

부인은 소리쳤다.

"장로님의 말씀은 그야말로 사람의 폐부를 찌르는 말씀이군요. 하지만 그 행복이란 대체 어디에 있는 것일까요? 또 감히 자기는 행복하다고 말할 수 있는 사람이 누가 있겠어요? 아아, 장로님께선 오늘 정말 친절하시게도 우리를 다시 한번 만나 주셨습니다. 그래서 지난번에 용기가 없어서 미처 말씀드리지 못한 것을 오늘 꼭 말씀드리고 싶어요. 제가 괴로워하고 있는 일을 모두 들어주세요. 오래 전부터 심각하게 고민하고 있는 일이 있답니다! 용서하세요, 제가 고민하고 있는 일은……"

그녀는 이렇게 말하면서 격렬한 흥분에 사로잡혀 장로에게 두 손 모아 합장했다.

"무슨 고민입니까?"

"제가 고민하고 있는 것은……불신(不信)입니다."

"하느님에 대한 불신인가요?"

"아니, 그게 아닙니다. 그건 감히 생각지도 못할 일입니다. 제가 믿지 못하는 것은 내세입니다. 아무도 이 수수께끼에 대해서 명확한 대답을 해주는 사람이 없어요. 들어 주세요, 장로님께선 사람의 병을 고쳐 주시고 또 사람의 영혼을 누구보다도 잘 아시는 분이지만 그렇다고 제 말을 완전히 믿어 달라고 하지는 않겠어요. 그렇지만 제가 지금 경솔한 생각으로 이런 말씀을 여쭙는 건 절대로 아니라는 걸 이해해 주세요. 솔직히 말씀드리면 저는 지금 내세에 대한 생각 때문에 공포와 의혹에 빠져 있답니다. 하지만 지금까지는 누구에게 이 심경을 호소하겠다는 생각조차 감히 못하고 있었어요. 이제야 겨우 용기를 내어 장로님께서 여쭈어 봐야겠다고 생각했지요. 아아, 저는 걱정돼요. 장로님께서는 앞으로 저를 어떤 여자로 생각하실지요!"

그녀는 철썩 소리가 나게 손뼉을 마주쳤다.

"내가 당신을 어떻게 생각하는가 하는 점은 걱정하지 마십시오. 나는 당신의 고민이 성실한 것이라고 확신하고 있으니까."

"아아, 정말 고마우셔라! 저는 이따금 눈을 감고 이런 생각을 한답니다. 인간의 신앙심은 과연 어디서 생긴 것일까 하고요. 어떤 사람들은 신앙이란 무서운 자연현상에 대한 공포심에서 나온 것일뿐 내세니 뭐니 하는 것은 없다고 주장합니다. 하지만 저는 자꾸만 이런 생각이 들지요. 즉 일생 동안 아무리 믿음을 가지고 살았더라도 죽으면 다 그만이 아니냐? 죽는 그 순간에 모든 것은 다 무(無)로 돌아가고 어느 작가의 말처럼 '사람은 간 데 없고 잡초만 무성할 뿐'이 아니냐고요. 이건 정말 무서운 일입니다. 어떻게 하면 믿음을 다시 찾을 수 있을까요?

저는 아주 어렸을 때 멋도 모르고 기계적인 믿음을 가졌던 일밖에 없으니까 말입니다. 대체 무엇으로 그것을 확신할 수 있겠어요? 저는 장로님 발밑에 엎드려 이 문제에 대한 해답을 얻으려고 왔습니다. 만일 이번 기회를 놓친다면 정말 저는 죽는 날까지 해답을 얻지 못하고 말 거예요! 어떻게 하면 내세를 증명할 수 있을까요? 어떻게 해야 확신을 가질 수 있겠습니까? 아아, 저는 정말 불행한 사람입니다! 아무리 주위를 둘러보아도 이런 문제로 괴로워하는 사람은 아무도 없거든요. 그런데 유독 저 혼자만 이 생각을 견디지 못하고 이렇게 죽을 것처럼 괴로워하고 있답니다. 정말 괴롭습니다, 죽도록 괴로워요!"

"그야 물론 괴로운 일이지요. 그것을 증명할 수가 없으니까요. 그렇지만 신념을 얻을 수는 있습니다."

"어떻게요? 무슨 방법으로?"

"실천적인 사랑을 쌓음으로써 얻을 수 있습니다. 당신의 이웃에게 실천적인 사랑을 베풀도록 끊임없이 노력해 보십시오. 그러면 그 사랑의 노력이 열매를 맺음에 따라 신이 실재하는 것도, 영혼이 불멸하리라는 것도 확신하게 될 것입니다. 더구나 사람들을 사랑함에 있어 자신을 완전히 희생할 수 있게 되면 그때야말로 확고부동한 믿음을 지니게 되어 그 어떠한 의혹에도 사로잡히지 않게 되지요. 이것은 경험이 증명하는 사실입니다."

"실천적 사랑이라구요? 그건 또 하나의 어려운 문제예요! 네, 어렵고말고요. 저는 가끔 모든 재산을 버리고 차라리 간호사가 되어 버릴까 하는 생각을 한답니다. 여기있는 저 리즈까지 버리고 말이에요! 그만큼 인류애에 불타고 있어요. 눈을 감고 그런 공상을 하고 있노라면 어떤 억제할 수 없는 새로운 힘을 느낍니다. 그 어떤 끔찍한 상처나 종기도 조금도 겁나지 않아요. 저는 기꺼이 제 손으로 고름을 닦아 주고 붕대를 바꿔 줄 용의가 있어요. 그리고 고통에 신음하는 사람들 곁에서 정성껏 그들을 간호해 주고 싶어요. 그들의 상처에 얼마든지 입을 맞출 수 있을만큼요……."

"당신이 그런 공상을 한다는것 자체가 이미 그것으로 충분하고 훌륭한 일입니다. 그러다보면 실제로 진실한 선행을 쌓을 기회가 오게 되는 법이지요."

"하지만 제가 그런 생활을 과연 얼마나 견뎌 낼 수 있을까요?"

부인은 열에 들떠 거의 무아지경으로 말을 계속했다.

"그것이 가장 중요한 문제예요! 여러 가지 생각 중에서도 이 문제가 가장 저를 괴롭힌답니다. 저는 눈을 감고 스스로 이렇게 물어 보지요. 너는 그런 생활을 오래 견뎌 낼 자신이 있니? 네가 일껏 상처를 씻어 준 그 환자가 감사의 뜻을 표시하지 않는다면, 아니 감사는커녕 인류애에서 우러난 너의 봉사 활동을 존중하지도 않고 오히려 짜증과 욕설로 대하고 나아가 무리한 요구를 하거나 웃사람에게 너에 대한 불평을 호소한다면(사실 심한 고통을 당하는 사람들은 가끔 그럴 수도 있으니까), 그때 너는 과연 어떻게 할까? 그런 상태에서도 과연 너의 사랑이 계속된다고 단언할 수 있느냐?…… 그리고 마침내 저는 몸을 부르르 떨면서 이런 결론에 도달한답니다. 만약 저의 '실천적인' 인류애를 당장 얼어붙게 만드는 것이 있다면 그건 오직 하나, 배은망덕한 행위 밖에 없을 거라고요. 요컨대 저는 마치 일당을 바라고 일하는 노동자들이나 마찬가지이지요. 저는 즉각적인 대가를, 즉 저에 대한 찬사와 사랑이라는 보답을 원하고 있으니까요. 그러한 보답 없이는 저는 누구도 사랑할 수가 없어요!"

부인은 더할 수 없이 진지한 자책에 사로잡혀 이렇게 말을 맺고는 도전적인 결연한 태도로 장로를 쳐다보았다.

"어떤 의사 한 분이 그와 꼭 같은 얘기를 들려준 적이 있습니다. 퍽 오래 전의 일입니다만."

장로가 말했다.

"그 의사는 나이도 지긋하고 누가 보아도 현명한 사람이었는데 지금 그와 비슷한 말을 솔직하게 들려주었지요. 물론 그것은 농담삼아 한 말이었지만 그냥 단순한 농담으로 넘겨 버릴 수 없는 얘기였지요. 그는 이렇게 말했습니다. '나는 인류애에 불타고 있다. 그런데 스스로 놀랄 일은 내가 인류 전체를 사랑할수록 인간 하나하나에 대한 사랑은 오히려 점점 더 사라진다는 사실이다. 공상 속에서는 지극히 열정적으로 인류에 대한 봉사를 꿈꾸어 보기도 하고 또 필요에 따라서는 실제로 인류를 위해 십자가에 못박힐 수도 있을 것 같은 심정이지만, 그러면서도 나는 그 어떤 사람과도 단 이틀 동안을 같은 방에서 지낼 수가 없다. 이건 실제로 경험해 보아 잘 아는 일이지만, 누군가 내 가까이 있으면 이내 그 사람의 개성이 나의 자존심을 억누르고 자유를 속박하고 만다. 나는 아무리 좋은 사람이라도 하루만 같이 있으면 상대를 미워하게 될지도 모른다. 그 사람은 식사를 너무 오래 한다든가, 감기에 걸려 코를 자꾸 훌쩍거린다든가 하는 하찮은 이유 때문에.

또 이런 말도 하더군요. 나는 누가 조금이라도 나를 건드리기만 하면 그 사람과 당장에 적이 되고만다. 그럼에도 불구하고 하나하나의 인간을 증오하면 할수록 인류 전체에 대한 사랑은 더욱 뜨겁게 타오르곤 한다.' 대강 이런 뜻의 이야기였지요."

"그럼 어떻게 해야 할까요? 그런 경우엔 정말 어떻게 해야 좋지요? 결국 절망에 빠지는 수밖에 없지 않겠어요?"

"그렇지는 않지요, 당신이 그런 이유로 가슴 아파한다는 사실로 이미 충분합니다. 다만 당신이 할 수 있는 일을 하시면 됩니다. 그러면 그만한 보답은 있을 겁니다. 당신이 그만큼 심각하게 자기 자신을 깨달을 수 있었다는 것만 해도 이미 많은 일을 한 셈이지요. 그렇지만 지금 자신의 성실함을 칭찬받기 위해서 말한 것이라면 그것은 실천적인 사랑에 아무 성과도 거두지 못할 것입니다. 당신의 사랑은 오직 공상 속에서만 살아 있을 뿐 당신의 인생은 마치 환영처럼 스쳐가 버리고 말겠지요. 그렇게 되면 내세에 대한 생각도 잊어버리고 마침내 자기도 모르게 자신에게 안주해 버리게 될 것입니다."

"장로님은 저를 깨우쳐 주셨습니다! 저는 장로님이 지금 말씀하시는 순간, 제가 배은망덕은 결코 견딜 수 없다고 한 말이 장로님의 말씀대로 오직 성실성을 과시하여 칭찬을 받기 위한 것이었다는 사실을 깨달았어요. 장로님은 제가 어떤 사람인지 가르쳐 주셨습니다. 저를 꿰뚫어보시고 저에게 저의 정체를 설명해 주셨어요!"

"진정으로 하는 말인가요? 그것이 진심이라면 나도 당신이 성실하고 선량한 마음씨를 가진 분이라는 것을 믿을 수 있습니다. 당신은 진지한 분이고 선량한 마음을 지닌 분입니다. 당장 행복을 얻지는 못하더라도 언제나 자기가 옳은 길을 걷고 있다는 자각을 가지고 그 길에서 벗어나지 않도록 노력하십시오. 중요한 것은 거짓을 피해야 한다는 것입니다. 모든 종류의 거짓 특히 자기자신에 대한 거짓을 범하지 말아야지요. 자기가 지금 거짓을 행하고 있지 않은지 한시간마다, 아니 일분마다 반성해 보십시오. 또 한 가지 피해야 할 것은 증오심입니다. 자기에 대해서든 남들에 대해서든 일체 미워하지 마십시오. 스스로 추악하다고 느껴지더라도 그것을 느끼는 것만으로도 정화될 테니까요. 두려움 또한 피해야 합니다. 물론 두려움이란 온갖 거짓의 결과이긴 하지만.

그리고 사랑을 실천함에 자기의 소심한 마음을 결코 탓해서는 안 됩니다. 그때 설사 자기가 잘못한 일이 있더라도 그다지 두려워할 필요는 없습니다. 당신에게 위안이 될 얘기를 들려드리지 못하는 건 유감입니다만, 사실 실천적인 사랑이란 공상 속의 사랑과는 달리 무척이나 엄연하고 가혹한 것이지요. 공상적인 사랑은 모든 사람의 칭찬을 받기 위해 그 자리에서 만족할 만큼 성과를 거두기를 바라기 때문에 조금이라도 빨리 성취하여 마치 무대 위의 연극처럼 모든 사람의 주목을 끌려고 하는 것입니다. 그리하여 남들의 주목과 찬사를 받고 싶다는 일념에서 생명까지 내던지겠다고 나서게 되고 말지요.

그렇지만 실천적인 사랑은 다릅니다. 그것은 묵묵한 노동과 인내일 뿐이며 어떤 사람들에게는 하나의 훌륭한 학문일 수도 있습니다. 여기서 미리 말해두지만 실천적인 사랑이란 아무리 애써도 좀처럼 목표에 이르지도 않고 오히려 목표에서 점점 더 멀어지는 듯한 느낌이 들게 되지요. 그렇지만 그 사실을 깨닫고 깜짝 놀라 자신을 돌아보는 순간, 바로 그 순간에, 다시 한번 말하지만 우리는 이미 목표에 도달한 자신을 발견하게 되는 것입니다. 그때는 비로소 우리를 사랑하시고 남몰래 이끌어 주신 하느님의 기적적인 힘을 자기 안에서 똑똑히 깨닫게 됩니다. 그럼, 이만 실례하겠습니다. 안에서 기다리는 분들이 있기 때문에 더 이야기할 시간이 없군요. 부디 조심해서 돌아가시기 바랍니다."

부인은 울고 있었다.

"리즈, 리즈를, 제발 우리 리즈를 축복해 주세요! 이애를 축복해 주세요!"

그녀는 벌떡 일어났다.

"이 아가씨는 축복을 받을 자격이 없어요. 아까부터 내내 장난만 하고 있으니까."

장로는 농담섞인 소리로 말했다.

"왜 자꾸 알렉세이를 놀려대고 있지?"

정말 리즈는 줄곧 장난에 정신이 팔려있었다. 그녀는 이미 전부터, 즉 지난 번에 만났을 때부터 알료샤가 자기를 보면 몹시 당황하여 될 수 있으면 눈을 마주치지 않으려 한다는 것을 눈치채고 있었다. 그녀는 짐짓 딴 데를 보는 척하고 있다가 재빨리 그의 시선을 붙들기도 하고 일부러 뚫어지게 그의 얼굴을 쳐다보면서 기다렸다. 그러면 알료샤가 그녀의 집요한 시선을 견디지 못하고 저항할 수 없는 힘에 굴복하여 그녀를 힐끗 쳐다보면 리즈는 마치 승리자인 양 미소지으며 그의 시선을 똑바로 받는 것이었다.

알료샤는 더욱더 당황하여 화가 났다. 나중에는 그녀한테서 완전히 얼굴을 돌리고 장로의 등 뒤에 숨어버렸다. 그러나 이내 억제할 수 없는 호기심에 이끌려 아직도 그녀가 자기를 바라보고 있는지 어떤지 다시 얼굴을 내민다. 그러다가 그는 리즈가 바퀴의자에서 몸을 잔뜩 앞으로 내밀고 자기가 다시 쳐다볼 때만 기다리고 있는 모습을 발견했다. 리즈는 또 그와 시선이 마주치게 되자 그만 참지 못하고 큰 소리로 깔깔 웃어댔다. 그래서 이번에는 장로도 그냥 모른 척 할 수가 없었던 것이다.

"왜 이 사람을 그렇게 무안 주는 거지, 응? 장난꾸러기 아가씨!"

뜻밖에도 리즈는 얼굴을 확 붉혔다. 두 눈이 반짝하더니 갑자기 심각하고 진지한 얼굴이 되었다. 그녀는 화가 난 듯이 신경질적으로 불평을 늘어놓기 시작했다.

"하지만 저 사람은 왜 모든 걸 잊어버렸죠? 내가 어릴 땐 나를 안고 함께 놀아주기도 했는데 말예요. 또 우리집에 와서 나한테 책읽기를 가르쳐준 일도 있다는 걸 장로님은 아세요? 2년 전에 여기 들어올 때만 해도 자기는 언제까지나 나를 잊지 않겠다고, 우린 영원한 친구라고 말했어요! 그런데 지금 나를 저렇게 무서워하고 있으니 내가 자길 잡아먹기나 하는 줄 아는 모양이죠? 왜 자기는 나한테 가까이 오려고 하지 않지요? 어째서 나하고는 말도 안 하려고 할까요?

무엇 때문에 우리집에 놀러 오지도 않을까요? 장로님이 나다니지 못하게 하시기 때문인가요? 그렇지만 자유롭게 나다니고 있다는 걸 우린 벌써 다 알고 있답니다. 우리가 저이를 부르는 건 실례이니까 자기 쪽에서 먼저 찾아와야 할 게 아녜요? 우리를 아주 잊어버린 게 아니라면 말이죠. 하긴 지금 수도를 하고 있는 몸이니까! 그런데 장로님은 왜 저 사람한테 저렇게 기다란 옷을 입히셨을까요? 급히 뛰어가다간 금방 넘어져 버리고 말겠네요!"

그리고 나서 그녀는 참지 못하고 손으로 얼굴을 가리고 자지러질 듯이 웃음을 터뜨렸다. 늘 그렇듯이 숨돌릴 여유도 없이 발작적으로 치밀어올라 온몸을 흔들면서 제대로 웃음소리조차 내지 못하는 그러한 웃음이었다.

장로는 빙긋이 웃음을 머금은 채 그녀의 말을 다 듣고 나자 인자한 태도로 그녀를 축복해 주었다. 그런데 장로의 손에 입을 맞추면서 그녀는 갑자기 장로의 손에 얼굴을 묻으며 울음을 터뜨리고 말았다.

"제발 저한테 화를 내진 말아 주세요! 난 정말 어리석고 보잘것없는 계집애예요……. 알료샤가 옳아요. 나처럼 시시한 아이한테 놀러 오고싶지 않은 것은 어쩌면 당연한 일일 거예요. 당연한 일이고말고요!"

"내가 꼭 들르라고 말해주마."

장로는 단언했다.

5 아멘, 아멘!

장로가 암자를 비운 시간은 약 25분 동안이었다. 이미 12시 반이 지났는데도 이 모임을 계획한 주인공인 드미트리는 아직까지 나타나지 않고 있었다. 그러나 그에 대해서는 모두 잊고들 있었는지 장로가 다시 암자 안에 들어섰을 무렵에는 매우 활발한 대화가 진행되고 있었다.

이 대화에서 중심이 되고 있는 사람은 누구보다도 이반 카라마조프와 두 명의 수사 신부였다. 미우소프 역시 이 대화에 끼어들려고 열심인 것 같았으나 그는 이번에도 운이 좋지 않았다. 어느새 그는 대화의 보조역으로 밀려나 버렸고, 이제는 그의 말에 제대로 대꾸하는 사람조차 별로 없는 형편이었으므로, 이 본격적인 분위기는 그의 가슴속에 쌓이고 쌓였던 울분을 더욱 부채질하는 결과가 되었다. 요컨대 그는 전에도 이반과 지식면에서 얼마간 서로 겨루어 본 적이 있지만 이반이 자기를 약간 깔보는 듯한 태도로 대하는 것을 보자 아무래도 뱃속이 편치 않았던 것이다.

'나는 적어도 지금까지는 유럽의 모든 선진적 활동의 정점에 서 있었다. 그런데 이 새 세대의 풋내기가 감히 나를 무시하려 들다니!'

그는 속으로 이렇게 생각하고 있었다.

한편 표도르는 아까 입을 다물고 있겠다고 약속한대로 정말 한동안 가만히 앉아 있었다. 하지만 그는 미우소프가 안절부절못하는 모습을 무척 재미있다는 듯이 입가에 노골적인 비웃음을 띠며 관찰하고 있었다. 그는 아까부터 미우소프에게 복수를 해야겠다고 벼르고 있던 참이라 이런 기회를 놓치고 싶지 않았다. 결국 참지 못하고 옆에 있는 미우소프의 어깨에 얼굴을 가까이 대고 귓속말로 한번 약을 올려 주었다.

"당신이 아까 그 정중한 작별을 고하고나서도 즉시 돌아가지 않고 여기 이런 예의없는 친구들과 함께 남아 있는 이유가 뭘까요. 그건 당신이 아까 아주 납작해졌다는 걸 스스로 인정했기 때문에 어떻게 해서든지 이들의 콧대를 한번 꺾어 주자는 속셈 때문이 아닙니까? 이렇게 된 이상 당신의 그 탁월한 지혜를 뽐내 보이기 전에는 그냥 돌아갈 수가 없게 된거지요."

"왜 또 이러시오? 농담마시오. 난 금방 돌아갈 생각이니까……."

"딴 사람이 죄다 가버린 다음에 돌아간다는 말이겠지요?"

표도르는 다시 한번 콕 쏘아 주었다. 바로 그때 장로가 돌아왔다.

토론은 잠시 중단되었다. 그러나 장로는 자기 자리로 돌아가 앉아 어서 계속하라는 듯이 자애로운 표정으로 모두를 둘러보았다. 장로의 얼굴 표정 하나하나를 훤히 알고 있는 알료샤는 장로가 지금 몹시 피곤하며 간신히 버티고 있다는 것을 분명히 알 수 있었다. 더욱이 최근에 와서는 병 때문에 몸이 극도로 쇠약해져서 졸도를 하는 경우가 가끔 있었는데 지금 장로의 얼굴에는 졸도를 일으키기 전에 나타나는 창백한 빛이 떠올라 있었고 입술도 파리해 보였다. 그런데도 장로는 분명코 이 모임을 해산시키고 싶지는 않은 눈치였다. 아니, 오히려 그에겐 어떤 목적이 있는 것 같았다. 그렇다면 그 목적은 과연 무엇일까? 알료샤는 주의깊게 그를 관찰하고 있었다.

"이분이 쓰신 매우 흥미있는 논문에 관해 얘기하고 있던 참입니다."

도서 담당인 이오시프 신부가 이반을 가리키며 장로에게 말했다.

"여러 가지 새로운 견해가 피력되었습니다만 아무래도 이념이 애매해서……. 이분은 어느 성직자가 쓴 교회의 사회 재판과 그 권한이 미치는 범위에 관한 책에 대해 잡지 논문 형식으로 반론한 것입니다만……."

"유감스럽게도 그 논문을 직접 읽지는 못했습니다만 이야기는 들은 적이 있지요."

장로는 쏘는 듯한 눈빛으로 이반을 응시하면서 대꾸했다.

"이분의 관점은 아주 흥미롭습니다."

도서 담당 신부는 말을 계속했다.

"아마 교회의 사회 재판에 관한 문제에 대해, 국가로부터의 교회 분리를 전적으로 부정하고 있는 것 같더군요."

"그건 흥미있는 문제로군요. 대체 어떤 의미로 그렇게 주장하시는지?"

장로는 이반에게 물었다.

이반은 장로의 질문에 대답하기 시작했으나, 그 태도는 알료샤가 엊저녁부터 걱정했듯이 은근히 상대를 무시하는 듯한 어조가 아니라 어디까지나 겸손하고 조심스러우며 상대를 배려한 것으로서 추호도 무슨 저의가 있는 것 같지는 않아 보였다.

"저는 교회와 국가라는 두 가지 상이한 요소의 결합은 영원히 계속될 것이라는 불합리한 주장에 반대하는 입장에서 출발했습니다. 물론 이것은 불가능한 일일뿐더러, 이와 같은 결합이 이루어지면 정상적인 상태는커녕 다소나마 만족스런 상태로도 이끌 수가 없는 것입니다. 그것은 그 근본 바탕에 허위가 숨어있기 때문입니다. 이를테면 재판이라는 문제를 놓고 볼 때 제가 보기엔 국가와 교회간의 타협이란 그 완전하고 순수한 본질에서 보아 전혀 불가능한 일입니다. 제가 반론한 그 성직자는 교회는 국가 안에서 확고부동한 지위를 차지하고 있다고 주장했습니다만 저는 그 반대로 교회야말로 그 자체 속에 국가 전체를 포함하여야 한다고 주장했습니다. 즉 교회가 국가의 일부분으로 그칠 것이 아니라 스스로 국가 속에 뛰어들어야 한다는 것입니다. 비록 지금은 그 것이 불가능하더라도 본질적으로 국가는 그리스도교 사회의 발전을 위한 직접적이고도 가장 중요한 목적으로 제시되어야 한다고 반론했던 것입니다."

"전적으로 옳은 말씀입니다!"

말수가 적고 학식이 깊은 파이시 신부가 약간 신경질적으로 잘라 말했다.

"그건 순전히 교황 절대권론이로군요!"

미우소프는 따분해 못 듣겠다는 듯이 다리를 바꿔 포개면서 불쑥 참견을 했다.

"뭐라구요? 우리나라엔 교황이 없지 않습니까?"

이오시프 신부는 대뜸 쏘아주고 나서 다시 장로 쪽을 보고 말을 계속했다. "그런데 이분은 자기의 논적인 그 성직자의 다음과 같은 '기본적이고 본질적인 명제'에 대해 대답하고 있음에 유의할 필요가 있습니다. 그 명제란 첫째, 사회의 어떠한 단체도 그 구성원의 시민적·정치적 권리를 지배할 권리를 손에 넣을 수 없으며, 또 손에 넣어서도 안 된다. 둘째, 형법·민법상의 재판권은 교회에 속해서는 안 되며 그것은 신에 시설로서의, 또는 종교적 목적을 가진 인간 단체로서의 교회의 본질과는 결코 조화될 수 없다. 마지막으로 교회는 이 세상에 세워진 왕국이 아니다라는 것인데……."

"성직자로서는 도저히 말할 수 없는 궤변입니다!"

파이시 신부가 끝내 참지 못하고 이야기를 가로채더니 이반을 돌아보며 말했다.

"나도 당신이 반박하신 바 있는 그 책을 읽어 보았습니다만. 교회는 이 세상에 세워진 왕국이 아니라는 그 성직자의 말엔 정말 깜짝 놀라 버렸지요. 만약 교회가 이 세상에 세워진 왕국이 아니라면 결국 지상에는 교회가 결코 존재할 수 없다는 뜻이 아닙니까? 성경에 쓰어진 '이 세상 것이 아니다'라는 말은 결코 그런 뜻이 아닙니다. 정말 어이없는 궤변이지요. 우리의 주 예수 그리스도께서는 바로 이 지상에 교회를 세우기 위해 오신 것입니다. '이 세상의 것'이 아니라는 것은 하늘나라를 일컫는 것이며 하늘나라에 임하기 위해서는 지상에 굳건히 세워진 교회를 통하는 길밖에 없습니다. 이런 의미에서 지금 같은 세속적 궤변은 참으로 용납하기 어렵습니다. 교회야말로 이 세상에 군림하도록 정해진 지상의 왕국이며, 또한 마지막에 가서는 온 세계의 왕국으로써 군림할 수 있어야 합니다. 이것은 바로 하느님과의 약속입니다……."

거기까지 말한 그는 문득 스스로를 억제하는 듯 입을 다물어 버리고 말았다. 이반은 겸손한 태도로 그의 말을 끝까지 다 듣고 나서 다시 침착하고 솔직한 태도로 장로를 향해 아까 하던 말을 계속했다.

"제 논문의 요지는 다음과 같은 것입니다. 고대 즉 그리스도교 초창기 이후 3세기 동안 그리스도교는 이 지상에 단순히 하나의 교회로서 나타났을 뿐이며, 말하자면 단순한 교회에 지나지 않았습니다. 그러나 이교 국가인 로마 제국이 그리스도교 국가가 되기를 원했을 때, 필연적으로 이런 일이 일어난 것입니다. 다시 말해 로마는 비록 그리스도교 국가가 되기는 했지만 그 국가 체제 속에 교회를 포함시켰을 뿐, 국가 자체는 여전히 이교도적인 체질을 유지하고 있었던 것입니다. 실은 지극히 필연적으로 그렇게 될 수밖에 없었지요.

그것은 로마의 국가 목적이라든가, 기초라든가 하는 것을 생각해 볼 때, 로마에는 정말 너무나도 많은 이교적인 문명과 학문의 유물이 그대로 남아 있었기 때문입니다. 한편 교회는, 국가에 편입되면서 자신이 서 있는 초석에서 자신의 기반을 조금도 양보할 수 없었습니다. 일단 하느님에 의하여 제시되고 지시받은 확고부동한 목적을 오로지 추구할 수 있었을 뿐입니다. 그 목적중에서도 가장 중요한 것은 고대 이교 국가들을 포함한 온 세계를 교회로 바꿔버리는 일이었습니다. 그렇다면 미래의 목적 또한 그와 같은 것이어야 하지 않겠습니까? 즉 내가 반박을 가한 그 성직자의 말처럼 교회는 모든 사회 단체나 종교적 목적을 가진 사람들의 단체로서 국가 속에서 일정한 지위를 가지려고 할 것이 아니라 반대로 지상의 모든 국가가 나중에는 모두 교회로 바뀌어야 하며, 교회 자체로 바뀜으로써 결국은 교회와 양립할 수 없는 모든 목적을 배제하는 길 밖에 없습니다.

그것은 위대한 국가로서의 명예나 영광을 빼앗는 것도 아니며, 국가의 위엄을 손상시키는 것도 아닙니다. 아니, 오히려 국가를 이교적인 허위의 길에서 구출하여 영원하고도 유일한 참된 길로 국가를 인도해 주는 것이겠지요.

그러므로 《교회의 사회 재판 원리》라는 책의 저자가 이 원리를 탐구하고 제안하면서 그것이 지금 같이 불안하고 죄많은 시대에서는 아직 없어서는 안 되는 일시적인 타협이며, 그 이상의 것은 아니라고 보았다면 그의 말에도 일리는 있습니다. 그러나 국가와 교회의 결합은 영원한 것이라는 원칙의 제창자인 그 저자가 아까 이오시프 신부께서 일부 열거한 바 있는 그런 명제를 확고부동한 원칙이라고 굳이 주장한다면, 그것은 곧 교회에 반기를 들고 교회의 확고하고도 영원히 불변하는 신성한 사명을 정면으로 부정하는 것과 똑같은 것입니다. 이상 말씀드린 것이 제 논문의 요지이지요."

"즉 요약해 말씀드리자면"

파이시 신부가 말 한마디 한마디에 힘을 주면서 다시 입을 열었다.

"19세기에 와서 지극히 명료해진 다른 이론에 의할 것 같으면 하등한 것이 고등한 종(種)으로 진화하는 것처럼 교회는 국가로 변질되어 이윽고 그 안에서 소멸하여 과학이라든가, 시대정신이라든가, 문명에 자리를 양보해야 한다는 것입니다. 만일 교회가 그것을 거부한다면 국가는 그 대가로서 그 일부분의 땅을 교회에 떼어 줄지도 모르지만 거기에는 반드시 감시가 따르게 된다는 주장이지요. 이것은 지금 유럽 어디서나 유행되고 있는 현상입니다. 그러나우리 러시아 사람이 알고 기대하는 바로는 하등한 종이 고등한 종으로 진화하는 것처럼 교회가 국가로 변질해야 하는 것은 아닙니다. 오히려 반대로 국가가 궁극적으로는 교회로 바뀌어야 한다는 얘기입니다. 아멘, 아멘!"

"솔직하게 말해 그 말씀을 듣고 보니 저도 조금 안심이 되는 것 같군요."

미우소프가 또 다리를 다시꼬면서 냉소를 띠었다.

"하지만 제가 보기엔 그것은 아득한 뒷날 가령 그리스도가 이 땅에 재림하실 무렵에나 이루어질 공상인 것 같은데요…… 하긴 그런 것은 아무래도 좋습니다. 어쨌든 그건 전쟁, 외교관, 은행, 이런 것들이 세상에서 없어질 날을 꿈꾸는 아름다운 공상이니까요. 유토피아를 꿈꾸다니 어딘가 사회주의를 닮은 것 같기도 합니다만, 그걸 모르고 저는 너무 심각하게 생각한 나머지 이제부터는 교회가 형사사건의 재판권을 맡아 가지고 태형이나 유형은 물론 심지어 사형까지 선고하게 되는 것이 아닌가 하고도 생각했으니까요."

"그렇지만 지금 당장 교회가 사회 재판을 맡게 된다고 하더라도 결코 사형이나 유형을 선고하는 일은 없을 것입니다. 왜냐하면 그렇게 되면 범죄 자체나 범죄에 대한 생각도 반드시 바뀔 테니까요. 물론 당장에 그렇게 변한다는 것이 아니라 조금씩 그렇게 변해 간다는 뜻이지요. 그렇지만 그것도 그렇게 오래 걸리지는 않을 겁니다……."

이반이 눈 하나 깜빡하지 않고 태연하게 단언했다.

"그거 진담으로 하는 말이오?"

미우소프는 이반의 얼굴을 지긋이 바라보았다.

"만일 교회가 모든 것을 포섭하게 된다해도 교회는 범죄자나 반항적인자들이라면 파문하겠지만 대번에 목을 베려고 하지는 않을 겁니다. 그런데 파문을 당한 사람들은 대체 어디로 가야 할까요? 그렇게 되면 그 사람은 오늘날과 마찬가지로 인간 세계에서 버림을 받을뿐 아니라, 그리스도에게서도 떠나야 하지 않겠습니까? 즉 그들은 죄를 범함으로써 인간 사회뿐 아니라 교회에 대해서도 반기를 드는 셈이 되고 말지요. 현재도 물론 엄격한 의미에서 그런 경향이 있긴 합니다만 아직 명백히 알려져 있는 사실은 아닙니다. 그렇기 때문에 오늘날 범죄자들의 양심은 쉽사리 스스로 자신과 타협해 버립니다. 그들은 '내가 도둑질을 한 건 사실이지만, 어디까지나 교회를 반대하고 그리스도를 적으로 돌린 것은 아니지…….' 이렇게 중얼거리고 있지요. 그렇지만 교회가 국가를 대신하게 된다면 그때는 이 지상의 모든 교회를 부정하지 않는 한 결코 그런 말은 할 수 없게 되겠지요. 다시 말해서 '이 세상 놈들은 모두 악당이다, 모두가 그릇된 길을 걷고 있으며 모든 교회는 가짜다. 올바른 그리스도교 교회는, 살인자이며 도둑놈인 나 혼자뿐이다' 이렇게는 쉽게 말하지 못할 것이란 말입니다. 이건 좀처럼 있을 수 없는 특별한 상황이나 무슨 대단한 조건들이 있어야만 말할 수 있는 것이니까요.

한편 범죄에 대한 교회자체의 견해 역시 지금과 같은 이교적인 태도를 바꾸어야 하지 않겠습니까? 가령 오늘날 사회를 보호하기 위하여 채택되고 있는 방법들 즉, 병든 사지(四肢)를 기계적으로 잘라 버리는 따위의 방법에서, 추호도 거짓없이, 인간의 재생이라는 이념, 부활과 구원에 대한 숭고한 이상을 향해 변모해야 하지 않을까요?"

"뭐가 도대체 어떻다는 말이오? 난 도무지 종잡을 수가 없군요."

미우소프가 또 끼어들었다.

"또 무슨 꿈 같은 공상 이야기를 하는 모양인데 난 뭐가 뭔지 도대체 이해할 수가 없단 말이오. 도대체 파문이라니, 그래 파문이 어떻게 되었다는 말인가요? 카라마조프 씨, 당신은 지금 단순히 공리공론을 늘어놓고 있는 것 같은

데……"

"아니, 사정은 지금도 마찬가지라고 생각합니다."

장로가 별안간 입을 열었다. 그 자리에 있던 모든 사람들의 시선이 일제히 장로의 얼굴로 쏠렸다.

"만약 지금 그리스도교가 없다면 범죄자들의 악행을 저지할 수 없게 되고 나중에 죄인에게 가해지는 형벌도 사라지게 되어 버립니다. 즉, 방금 이분이 말씀하신 것처럼 대체로 인간의 공포심을 자극할 뿐 아무런 효과도 없는 기계적인 형벌을 말하는 것은 아닙니다. 내가 말하는 것은 참된 형벌입니다. 즉 유일하게 효과가 있음은 물론 범죄자에게 두려움과 뉘우침을 주어 양심의 자각을 일깨워 주는 유일한 형벌 말입니다."

"실례지만 그건 무슨 뜻입니까? 설명해주시겠습니까?"

미우소프는 솟아오르는 호기심을 억제하지 못하고 이렇게 물었다.

"즉 이런 말입니다."

장로는 설명하기 시작했다.

"징역형이라는 것은 전에는 채찍질까지 가하는 경우도 있었지만 그런 방법으로는 아무도 올바른 길로 이끌 수 없습니다. 이런 방법으로는 범죄자에게 공포심을 주지 못하기 때문에 범죄자의 수를 줄이기는커녕 더욱 늘리는 결과밖에 되지 않습니다. 이건 무엇보다도 중요한 사실인데, 아마 당신도 이 점에는 동의하지 않을 수 없을 겁니다. 사회에 해독을 끼치는 자를 기계적으로 격리하여 멀리 유형을 보낸다 하더라도 또 다른 범죄자가, 어쩌면 그 곱이나 되는 새로운 범죄자가 금세 나타나게 됩니다. 그러므로 이런 방법으로는 사회를 전혀 보호할 수 없습니다.

만일 현대에 있어서도 사회를 보호하고 범죄자를 교도하여 새로운 인간으로 갱생시킬 수 있는 것이 있다면 그것은 역시 죄인의 양심 속에 살아 있는 그리스도의 계율뿐일 것입니다. 범죄자는 자기가 그리스도교 사회의 아들이며, 교회의 자녀임을 자각할 때 비로소 사회자체, 곧 교회에 대한 자신의 죄를 깨닫게 됩니다. 따라서 현대의 범죄자는 오직 교회에 대해서만 자신의 죄를 의식하는 것이지 결코 자기를 형벌에 처한 국가에 대하여 죄책감을 느끼고 있는 것은 아닙니다.

그런데 만일 재판의 권한이 교회라고 하는 그리스도교 사회에 속해 있다고 한다면 그때 국가는 사회는 과연 어떤 사람을 파문에서 풀어주고 어떤 사람을 교회의 품안에 받아들여야 할지 잘 알고 있음이 분명합니다. 그렇지만, 지금 교회는 실제로 효력있는 어떤 재판권도 가지고 있지 않으며, 다만 도의적인 비판을 가할 권리만 보유하고 있는터이므로 사실은 범죄자에게 효력있는 징벌로부터 스스로 멀어져 있는 셈이 됩니다. 교회는 그들을 파문하지 않고 아버지로서 설교를 하고 있을 뿐이며 단순히 감시하고 있을 뿐이니까요. 뿐만 아니라 죄를 범한 사람에게는 그리스도교와의 관계를 끊지 않도록 노력하고 있는 정도입니다. 범죄자를 교회의 의식이나 성찬식 같은 데 참석할 수 있도록 해주며, 희사금과 물품 따위도 나눠 줌으로써 죄인이라기보다는 포로로 다루고 있습니다.

그래도 그리스도교 사회인 교회까지 그들을 배척하고 외면해 버린다면 그들은 과연 어떻게 되겠습니까? 그건 정말 생각만 해도 무서운 일입니다. 만약 우리 교회가 국법에 의해 죄인이 벌을 받을 때마다 그에게 즉각 파문을 선고한다면 그는 대체 어떻게 되겠습니까? 적어도 우리 러시아의 죄인에게는 아마 그보다 더 큰 절망은 없을 것입니다. 우리 러시아의 죄인들은 아직까지도 신앙을 간직하고 있으니까 말입니다. 그런데도 교회가 그들을 파문해 버린다면 그때 정말 무슨 일이 생길지 아무도 장담할 수 없습니다. 어쩌면 최후의 희망을 잃은 죄인의 마음속에서 신앙의 등불이 아주 꺼져 버리고 말지도 모릅니다. 그렇게 되면 어떻게 해야 할까요? 그렇지만 다행히도 교회는 자애로운 어머니처럼 효력이 있는 형벌을 스스로 피하고 있습니다. 그렇지 않아도 죄인은 법에 의해 지나치게 가혹한 벌을 받고 있으니까요. 아무리 죄인이라도 믿고 의지할 데가 단 한 군데쯤은 있어야 하지 않겠습니까?

교회가 처벌을 피하고 있는 중요한 이유는 교회의 재판이야말로 진리를 지닌 최후의 재판이며 유일한 재판이기 때문입니다. 비록 일시적인 타협이라 할지라도 그 결과, 본질적으로나 정신적으로나 다른 어떠한 재판과도 도저히 결합할 수 없기 때문입니다. 외국의 범죄자들은 잘못을 뉘우치는 자가 매우 드물다고 들었습니다만, 이것은 현대의 교육이 범죄를 범죄라고 가르치지 않고 오히려 부당한 압박에 대한 항거라는 사상을 강조한 데 그 원인이 있겠지요.

사회는 절대 권력을 가지고 범죄자를 완전히 기계적으로 자기 테두리 밖으로 추방해 버립니다. 그리고 그 추방에 증오까지 보태고 있습니다(적어도 유럽에선 모두 그렇게 말하고 있습니다). 자기네 동포인 그 사람에 대한 증오와 무관심, 그 다음엔 망각이 따르게 마련입니다.

이리하여 마침내 이러한 모든 과정이 교회측으로부터 아무런 동정도 받지 못하는 가운데서 유유히 진행되고 있습니다. 왜냐하면 유럽에서는 진정한 교회는 이미 하나도 남아 있지 않고 다만 성직자라는 사람들과 웅장한 교회 건물만이 남아 있을 뿐이기 때문입니다. 그곳에서는 교회 자체가 이미 오래 전부터 교회라는 하등한 종(種)에서 국가라는 고등한 종으로 이행하여 그 속에서 완전히 소멸해 버리려고 노력하고 있는 형편이지요. 적어도 루터파 교회가 득세한 나라들의 형편은 그렇다는 생각이 듭니다.

로마는 이미 천여 년 이상이나 교회보다 국가를 더 높이 내세웠기 때문에 범죄자들도 자기가 교회의 아들이란 의식이 없었으며, 따라서 추방을 받게 되면 이내 절망의 구렁텅이에 빠져들고 맙니다. 또 나중에 사회에 복귀하게 되더라도 대부분 무서운 증오심을 품고 돌아오기 때문에 사회 자체가 그로부터 멀어지게 되어 버립니다. 그 결과가 과연 어떤 것이었을지 우리는 넉넉히 짐작할 수 있습니다.

사람들은 우리나라도 이와 마찬가지라고 생각할지도 모르지만 실로 문제는 여기에 있습니다. 우리 러시아에는 확립된 재판제도 외에 교회가 있고 그 교회는 범죄자를 소중한 자식으로 생각하여 어떤 경우에도 그들과의 교섭을 끊지 않고 있습니다. 뿐만 아니라, 아직은 단순한 공상에 불과하여 아무런 실행도 하지 못하고 있지만 비록 마음속에서나마 미래의 이상적인 형태인 교회 재판이라는 관념이 훌륭히 보존되고 있고, 범죄자들 자신이 영혼의 본능에 의해 그것을 똑똑히 인지하고 있다는 점입니다.

지금까지 여러분이 하신 말씀도 틀린 것이 아닙니다. 만일 교회 재판이란 것이 정말로 실현되어 완전한 능력을 발휘할 수 있을 때가 된다면, 즉 사회 전체가 교회만 바라보게 될 때가 온다면, 교회 재판이 범죄자를 회개시킴에 있어 과거와는 비교도 되지 않을 만큼 큰 힘을 가지게 될 뿐 아니라 어쩌면 범죄 자체도 놀랄 만큼 줄어들지도 모릅니다. 또한 교회도 범죄의 미래나 미래의 범죄에 관해 지금과는 전혀 다른 관념을 갖게 될 것이 틀림없습니다. 추방된 자는 다시 불러들이고 나쁜 마음을 먹는 자에게는 미리 경고를 주며, 또한 타락한 자는 다시 갱생의 길을 걷도록 인도해줄 수 있을 것입니다."

장로는 여기서 가볍게 미소를 지었다.

"현재 기독교 사회는 아직도 준비를 갖추지 못하고 있어 다만 일곱사람의 의로운 사람들 위에 서 있을 뿐입니다. 그러나 아주 쇠퇴해 버린 것은 아니므로 아직도 거의 이교적인 집단인 사회가 전세계에 군림하는 단일한 교회로 완전히 변모할 것이라는 기대를 품은 채 굳세게 존립하고 있는 것입니다. 이것은 반드시 실현되도록 정해진 것이니까 비록 이 세상에 종말이 와도 반드시 이루어지고야 말것입니다. 오오, 그렇게 이루어지이다. 아멘! 그리고 그것이 실현되는 시간이나 기한에 대해 염려할 필요는 조금도 없습니다. 시간이나 기한의 비밀은 하느님의 예지와 선견과 사랑 속에 숨어 있는 것이니까요. 또한 인간의 생각으로 볼 때는 아득히 먼 훗날의 일로 될지도 모르지만 하느님이 정하신 바에 의하면 이미 그 실현의 문턱에까지 와 있는지도 모릅니다. 오오, 그렇게 이루어지이다. 아멘, 아멘!"

"아멘, 아멘!"

파이시 신부가 엄숙하고도 경건한 어조로 따라 되뇌었다.

"기묘하군, 정말 기묘하단 말이야!"

미우소프는 별로 흥분한 것 같지는 않았지만 마음속의 분노를 억제할 수 없는 듯한 기색으로 이렇게 중얼거렸다.

"무엇이 그렇게 기묘하다는 말씀이신가요?"

이오시프 신부가 조심스런 말투로 물어 보았다.

"그렇지만 이건 도대체 뭡니까?"

둑이 터진 것처럼 미우소프가 갑자기 소리쳤다.

"지상의 국가를 배제하고 교회가 국가의 자리에 올라선다니 이건 교황 절대권론이 아니라 초(超) 교황 절대권론이 아닙니까? 아마 이런 건 교황 그레고리오 7세조차 꿈에도 생각지 못한 일일 겁니다!"

"당신은 정반대로 해석하고 계시는 모양이군요!"

파이시 신부가 엄격한 어조로 대답했다.

"교회가 국가로 변하는 것이 아닙니다. 이 점을 똑똑히 알아 두십시오. 그것은 로마이고 로마의 꿈입니다. 이것이야말로 악마의 세 번째 유혹이지요. 지금 이야기는 국가가 교회로 변모한다는 것입니다. 즉 정반대의 뜻이지요. 국가가 교회의 위치에까지 올라가서 온 세계의 교회가 되는 것입니다. 그러므로 이것은 교황 절대권론과도 로마와도, 또한 당신의 해석과도 정반대 것으로서, 이것이야말로 이 지상의 러시아 정교의 위대한 사명입니다. 그리고 이 별은 동방에서부터 빛나기 시작할 것입니다."

미우소프는 당당한 태도로 침묵을 지키고 있었다. 그 모습에는 드높은 자존심이 넘쳐 흐르고 있었고 입가에는 상대를 깔보는 듯한 미소가 떠올랐다.

알료샤는 격렬한 심장의 고동을 느끼면서 모든 과정을 지켜보고 있었다. 지금 여기서 진행된 대화는 그를 완전히 동요시키고 말았던 것이다. 그는 문득 라키친을 바라보았다. 라키친은 여전히 방문 옆에 서서 꼼짝도 하지 않은 채 열심히 귀를 기울이며 눈을 아래로 깔고 주의깊게 관찰하고 있었다. 그러나 두 뺨이 벌겋게 달아오른 것으로 보아 그도 역시 자기 못지않게 흥분해 있다는 것을 알 수 있었다. 알료샤는 그가 무엇 때문에 그처럼 흥분하고 있는지 잘 알고 있었다.

"실례지만 여러분께 조그만 일화 한 가지를 소개하고 싶은데요."

미우소프가 갑자기 유달리 엄숙하고 의미심장한 태도로 입을 열었다.

"12월 혁명 직후 파리에서 있었던 일입니다만, 저는 어느날 저의 친지인 동시에 매우 중요한 지위에 있는 정치가 한 사람을 방문한 적이 있습니다. 그 집에서 우연히 매우 흥미로운 인물과 대면하게 되었지요. 이 사람은 경찰관이었는데 그냥 말단 형사가 아니라 말하자면 비밀경찰의 우두머리로 나름대로 상당히 유력한 지위에 있는 인물이었습니다. 저는 문득 호기심이 솟아서 기회를 엿보아 그 사람과 이야기를 시작했습니다.

그런데 이 사람은 집 주인인 정치가를 손님으로서 방문한 것이 아니라, 말하자면 부하로서 상관에게 보고를 드리러 온 처지였으므로 그 정치가가 저를 대하는 태도를 보고는 다소 솔직하고 호의적인 태도로 저를 대해 주더군요(물론 어느 정도까지였지요). 즉 솔직하다기보다는 예의바르다고 하는 편이 더 낫겠지요. 프랑스 사람들이란 워낙 친절한데다가 더욱이 제가 외국인이라는 걸 알자 더욱 그렇게 나온 것이겠지요.

어쨌든 저는 그 사람의 말을 아주 잘 이해할 수 있었습니다. 화제가 그 당시 경찰의 박해를 받고 있던 사회주의 혁명가들에게 미쳤을 때 갑자기 그는 매우 흥미있는 말을 한마디 던졌습니다. 여기서 가장 흥미있는 지적만 말씀드리기로 하지요. 그는 이렇게 말했습니다. '사실 우리는 사회주의적 무정부주의자니 무신론자니 혁명가니 하는 자들은 그다지 대수롭게 여기지 않고 있습니다. 우리는 그들을 줄곧 감시하고 있으므로 그들이 무슨 짓을 하고 있는지 죄다 알고 있으니까요. 그런데 그들 사이엔 비록 일부이지만 조금 색다른 친구들이 섞여 있지요. 그것은 하느님을 믿는 엄연한 그리스도교도이자 동시에 사회주의를 신봉하고 있는 자들입니다. 우리가 가장 경계하고 있는 것은 바로 이런 자들이지요. 이들은 정말 무서운 사람들입니다. 즉 그리스도교도인 사회주의자는 무신론자인 사회주의자보다 무서운 존재라는 말이지요…….' 저는 그 당시 이 말을 듣고 깊은 충격을 받았는데 지금 여러분이 하시는 말씀을 듣고 있노라니 어쩐지 그때 생각이 나는군요……."

"결국 당신은 그 말을 우리에게 적용하여, 우리를 사회주의자로 보신다는 말이겠지요?"

파이시 신부가 단도직입적으로 물었다.

그러나 미우소프가 대꾸할 말을 찾는 사이에 갑자기 방문이 벌컥 열리더니 상당히 지각한 드미트리 표도로비치가 안으로 들어왔다. 사람들은 그에 대한 생각을 이미 잊고 있었으므로 그의 돌연한 출현에 그들은 일종의 한 순간 놀라움까지 느꼈을 정도다.

6 어떻게 이런 사람이 태어났을까!

드미트리 카라마조프는 보통 키에 인상좋은 용모를 지닌 스물 여덟 살의 청년이었지만 나이보다 훨씬 더 늙어 보였다. 한눈에 그가 근육이 잘 발달한 뛰어난 체력의 소유자라는 것을 알아볼 수 있었으나 그의 얼굴에는 어딘가 병적인 요소가 떠올라 있었다. 얼굴은 수척하고 두 볼이 음푹하게 꺼져 들어가 있었으며, 안색은 건강하지 않은 누런 빛을 띠고 있었다.

조금 튀어나온 커다란 검은 두 눈은 강철처럼 완고함을 띠고 있었으나 어딘가 침착성이 없어 보였다. 흥분에 들떠 열띤 어조로 이야기하고 있을 때도 그의 시선은 마음속 상태와는 달리 그 순간과는 어울리지 않는 생소한 표정을 하고 있었다.

"그 친구는 도대체 무슨 생각을 하고 있는지 통 모르겠단 말이야……."

그와 이야기를 나눠 본 사람들은 가끔 이렇게 말하곤 했다. 사람들은 그의 두 눈에 깊은 생각에 잠긴 것처럼 음산한 빛이 어린 것을 바라보고 있다가 갑자기 그의 입에서 폭소가 터져나오는 것을 보고 깜짝 놀라는 경우가 종종 있었다. 그 웃음은 그의 눈이 가장 우울한 빛을 띠고 있는 바로 그 순간에도 머릿속에는 유쾌하고 장난기 있는 생각으로 가득 차 있다는 것을 말해주고 있었다.

그러나, 그의 얼굴에 약간 병적인 표정이 떠올라있는 것은 그의 방탕한 생활을 생각해 보면 곧 이해가 가는 일이었다. 사실 그를 불안으로 내모는 지극히 무질서한 생활 태도에 대해 모든 사람이 직접 보기도 하고 듣기도 해서 잘 알고들 있었기 때문이다. 최근에 와서는 그러한 생활에 아주 빠져 있다시피 한 상태였다. 또한 재산 문제를 둘러싸고 아버지와 다투기 시작한 이후로는 그가 걸핏하면 화를 잘 내게 되었다는 사실도 모두 알고 있어서 그 일에 대한 몇 가지 소문이 온 마을에 퍼져 있는 형편이었다. 물론 그는 원래 신경질적이고 성급한 성격이어서 우리 고장의 치안판사인 세묜 카찰리니코프가 언젠가 무슨 모임에서 적절히 평한 바와 같이 '단편적이고 비뚤어진 머리'의 소유자였다.

그런 그가 단정하게 단추를 채운 프록코트를 입고 검은 장갑을 끼고 손에는 실크햇을 든 채 그야말로 한 군데도 흠잡을 데 없는 깔끔한 복장으로 방안에 들어선 것이다. 그는 전역한지 얼마 안 되는 군인답게 콧수염만 기른 채 턱수염은 깨끗이 면도를 하고 있었다. 갈색 머리카락은 짧게 깎아 올렸으나 살쩍은 어쩐 일인지 깨끗이 빗질을 하고 있었고 군대식으로 걷는 성큼성큼한 걸음걸이는 보기에도 무척 절도 있게 보였다. 그는 문턱을 넘어서자 걸음을 멈추고 좌중을 한번 돌아본 다음 그 방의 주인으로 보이는 장로 앞으로 걸어갔다. 그는 장로에게 허리 굽혀 절하고 나서 축복을 청했고, 장로는 자리에서 일어나 그를 축복해 주었다. 드미트리는 경건하게 입을 맞추고 나서 몹시 흥분한 기색으로 거의 초조함을 감추려고도 하지 않고 입을 열었다.

"오랫동안 기다리시게 해서 정말 죄송합니다. 아버지가 저한테 보낸 스메르자코프란 하인이 1시 정각이라고 전해 주었기 때문에……. 두 번이나 물어 보았으나 두 번 다 1시라고 분명히 대답하기에 그만……."

"염려하지 마십시오."

장로가 그의 말을 제지했다.

"뭐 조금 늦었을 뿐이니 괜찮습니다."

"정말 감사합니다. 친절하신 말씀을 해주실 줄은 저도 짐작했습니다만."

퉁명한 투로 그렇게 말한 드미트리는 다시 한번 허리를 굽혔다. 그러고는 홱 몸을 돌려 자기 아버지 쪽을 향해 방금 장로에게 한 것과 마찬가지로 공손히 허리 굽혀 절을 했다. 이 인사는 틀림없이 그가 여러 모로 생각해 본 끝에 자기에게는 선량한 의도와 공경심을 표시할 의무가 있다고 진심으로 생각하여 결정한 것이 분명했다. 표도르는 아들의 뜻하지 않은 행동에 한순간 당황한 것 같았으나 곧 자기도 벌떡 의자에서 일어나더니 아들이 한 것과 똑같은 정중한 태도로 드미트리에게 인사를 했다.

표도르 얼굴이 갑자기 험악하게 일그러져 적의가 선명하게 떠올랐다.

드미트리는 그 자리에 있는 다른 사람들에게도 묵묵히 눈인사를 보내고 나서 시원스런 걸음걸이로 창가로 가 파이시 신부 옆에 꼭 하나 남아 있던 빈 의자에 앉았다. 그리고 의자에서 몸을 내밀어 자기의 출현으로 중단되었던 대화에 귀를 기울일 자세를 취했다.

드미트리가 나타남으로써 허비된 시간은 2분도 안 되었으므로 대화는 당연히 다시 계속되어야 했으나, 미우소프는 파이시 신부의 성급하고 날카로운 질문에 답변할 필요가 없다고 생각했다.

"그 문제는 더이상 논하지 않는 것이 좋다고 여겨집니다만."

미우소프는 능란하고 약간 거만 말투로 입을 열었다.

"어쨌든 그건 상당히 미묘한 문제니까요. 그보다는 이반 군이 이쪽을 보며 웃고 있는데, 여기에 대해 무슨 좋은 의견을 가지신 것 같으니 그의 이야기를 들어보는 것이 어떨까요."

"뭐 약간의 감상 외에 특별히 말씀드릴 건 없군요."

이반이 냉큼 대답했다.

"다름 아니라 유럽의 자유주의, 아니 우리 러시아의 자유주의적 딜레탕티즘만해도 대체로 오래 전부터 사회주의의 최종 결론과 그리스도교의 그것을 종종 혼동하는 경향이 있습니다. 물론 이런 야만적인 결론이 그 특질을 명백하게 보여주는 셈입니다. 그런데 지금 그 말씀을 듣고 보니 사회주의와 그리스도를 혼동하고 있는 사람은 비단 자유주의자나 딜레탕트뿐만 아니라 헌병도 한 몫 하고 있는 모양이군요, 하긴 어디까지나 외국의 헌병들 이야깁니다만. 어쨌든 미우소프 선생이 방금 말씀하신 파리에서의 에피소드는 제법 흥미로운 데가 있습니다."

"어쨌든 이 문제는 여기서 끝내주시기를 다시 한번 부탁드립니다."

미우소프는 반복했다.

"그 대신 여러분, 이번에는 제가 이반 군에 관한 매우 흥미롭고 의미심장한 에피소드를 한 가지 소개할까 합니다. 바로 너더댓새 전에 있었던 일입니다만 이반 군은 주로 이 고장 부인들이 모인 어떤 자리에서 당당하게 이렇게 선언했지요.

즉 이 세상에는 자신과 같은 인간에 대한 사랑을 강요하는 것은 아무것도 없으며 '사람은 사람을 사랑해야 한다'는 자연계의 법칙이 있는 것도 아니다, 만일 이 지상에 사랑이란 것이 존재해 왔다고 한다면 그것은 자연계의 법칙에 의한 것이 아니라 사람이 자신의 영생을 믿어왔기 때문이라는 것이었지요. 또한 이반 군은 거기에 덧붙여 설명하기를 바로 이 점에 자연의 모든 법칙이 있으며, 그래서 인류가 이 영생에 대한 신앙을 버린다면 이 세상에서 사랑은 영영 없어져 버릴뿐만 아니라 이 세상을 살아가는 데 필요한 모든 생명력조차 소멸해 버린다고 했습니다. 그뿐 아니라 그렇게 되면 이미 부도덕이란 관념은 존재할 수 없게 되어 모든 악행, 심지어 사람을 잡아먹는 일까지 허용될 것이라고 했습니다.

아니, 그것도 부족하여 이반 군은 예컨대 현대의 우리와 같은 신앙심 없는 무리들은 이미 신도 영생도 믿지 않고 있으므로 자연의 도덕률은 여태까지의 종교적인 규범과는 정반대로 즉각 바꾸는 것이라고 결론을 내렸습니다. 또한 거의 악행을 범할 정도의 이기주의는 인간에게 허용될 뿐 아니라 그 입장에서는 가장 필요불가결하고도 합리적인, 그리고 가장 이상적인 귀결로 인정받아야 할 것이라는 것입니다. 그러니 여러분, 이제까지의 역설로 미루어 보아 우리의 친애하는 기인이며 역설가인 이반 군이 내세우고 있는, 또한 앞으로 내세우려고 하는 주장들이 과연 어떤 것들인지 충분히 짐작할 수 있을 것입니다."

"잠깐만!"

뜻밖에도 드미트리가 커다란 목소리로 끼어들었다.

"제가 잘못 알아듣지 않았나 해서 묻는 말입니다만 '모든 무신론자들의 입장에서 보자면 악행이란 것은 허용되어야 하며, 가장 필요불가결하고 합리적인 행위로 인정되어야 한다!'는 것이지요? 그런 말이군요. 아닙니까?"

"바로 그런 뜻입니다."

파이시 신부가 대답했다.

"잘 알았습니다."

이렇게 말하고 나서 드미트리는 입을 다물어 버렸다. 그것은 그가 방금 대화에 끼어들었을 때와 마찬가지로 느닷없는 태도였으므로 모두 호기심 어린 눈으로 그를 쳐다보았다.

"그래 당신은 정말로 인간이 영생에 대한 신앙을 잃으면 그런 결과가 올 것이라고 생각합니까?"

장로가 불쑥 이반에게 물었다.

"네, 저는 그렇게 주장했지요. 영생이 없어진다면 선도 자취를 감출 것이라고."

"그렇게 믿고 있다면 당신은 지극히 행복한 사람이거나 아니면 아주 불행한 사람일 거요!"

"어째서 불행하다는 겁니까?"

이반은 엷은 미소를 지으며 물었다.

"당신은 십중팔구 자기 영혼의 불멸은 물론 자기 손으로 쓴 교회 문제에 관한 주장도 전혀 믿지 않고 있기 때문입니다."

"하긴 그게 옳은 말씀인지도 모릅니다! 하지만 저는 처음부터 농담으로 한 말은 아니었지요……."

이반은 그렇게 이상한 고백을 하면서 얼굴을 붉혔다.

"물론 농담이 아니라는 것은 진심일 거요. 그 사상은 아직 당신의 마음속에서 완전히 해결을 못 보고 있으니까요. 그러나 엄청난 재난을 당한 사람은 너무나도 절망한 나머지 때로는 그 절망에 스스로 위안을 느낄 때도 있는 법이지요. 지금의 당신도 이와 마찬가지라고 생각됩니다. 자신의 변증법을 자신도 믿지 못하여 절망한 나머지 잡지에다 논문을 쓰고 사교계에 나가 토론을 하면서 그것으로 위안을 얻고 있지요. 이 문제는 당신의 마음속에서 아직 해결을 보지 못하고 있는데 바로 거기에 당신의 커다란 비극이 있는 것입니다. 왜냐하면 이 문제는 끊임없이 해결을 요구하며 당신을 괴롭히고 있기 때문이지요……."

"그러나 그 문제를 과연 제 마음속에서 해결할 수 있을까요. 긍정적인 방향으로 말입니다."

이반은 뭔가 설명하기 어려운 미소를 띤채 장로의 얼굴을 바라보며 기묘한 질문을 계속했다.

"긍정적으로 해결할 수 없다면 부정적인 방향으로도 결코 해결되지 않을 겁니다! 그것이 당신 마음의 본질이라는 것은 아마 스스로 잘 알고 있겠지요. 바로 그 점에 당신의 고뇌가 있는 것입니다. 그러나 이러한 고뇌를 고뇌로 삼을 수 있는 최고의 마음을 주신 조물주께 감사드리시오. '높은 것에 마음을 두고 높은 것을 구하라. 우리의 모든 것은 하늘 위에 있음이니라.' 부디 하느님께서 당신이 이 세상에 있는 동안에 마음속 고뇌를 해결할 수 있도록 당신의 앞길에 축복을 내려주시기를!"

장로는 곧 한 손을 들어 이반을 향해 성호를 그으려고 했다. 그러나 이반이 먼저 벌떡 일어나 장로 앞으로 가서 축복을 받고 그 손에 입을 맞춘 다음 아무 말도 하지 않고 다시 제자리로 돌아갔다. 그 얼굴은 엄숙하고도 진지했다.

그의 동작과 약간 예상을 뒤엎은 장로와의 대화 내용은 불가사의하고도 엄숙한 그 무엇이 있어서 그 자리에 있던 사람들에게 적지않은 놀라움을 주었기 때문에 모두 잠시 동안 묵묵히 입을 다물고 있었다. 알료샤의 얼굴에는 거의 두려움에 가까운 표정이 떠올랐다. 미우소프는 갑자기 어깨를 흠칫했고, 동시에 표도르가 느닷없이 의자에서 벌떡 일어났다.

"가장 거룩하고 신성하신 장로님!"

그는 이반을 손가락으로 가리키며 소리쳤다.

"이 아이는 제 아들입니다. 저의 피와 살을 나눈 아들, 가장 사랑하는 저의 육신이지요! 이 아이는 말하자면 제가 가장 존경해 마지않는 카를 모어라고 할 수 있지요. 그리고 방금 들어온 저기 저 드미트리로 말할 것 같으면 장로님께 공정한 판결을 의뢰한 장본인이기도 합니다만 가장 존경할 수 없는 인물, 즉 프란츠 모어입니다! 둘 다 실러의 《군도(群盜)》에 나오는 인물입니다만, 이렇게 되고 보니 저는 자연히 영주 모르 백작이 되는 셈이로군요! 잘 판단하셔서 우릴 구해주시기 바랍니다. 우리에겐 기도의 말씀뿐 아니라 장로님의 예언도 필요합니다!"

"그런 어리석은 소릴 하면 안 됩니다. 더구나 자기 가족을 모욕하는 태도는 옳지 않은 일이지요."

장로는 꺼져들어가는 듯한 가느다란 소리로 말했다. 그는 시간이 지나감에 따라 점점 더 피로를 느끼고 눈에 띄게 기운을 잃어가는 것 같았다.

"얼토당토않은 어릿광대 짓입니다! 여기 오기 전부터 이럴 줄 짐작했지요!"

드미트리는 이렇게 소리치면서 분연히 자리를 박차고 일어 섰다.

"용서하십시오, 장로님."

그는 장로 쪽으로 돌아섰다.

"저는 제대로 교육을 받지 못한 놈이어서 당신을 어떻게 불러야 하는지도 잘 모르지만 어쨌든 당신은 속은 것입니다. 이 자리에 이렇게 모이도록 허락하시다니 정말 너무나도 선량하신 분이로군요. 아버지에게 필요한 것은 오직 추문뿐입니다. 무엇을 위한 추문인지는 아마 자신만이 알고 있는 일이겠지요. 아버지는 항상 자기 나름대로의 꿍꿍이속이 있으니까요. 그렇지만 이번 경우엔 저도 그 속셈을 대강 짐작할 수 있을 것 같습니다……."

"모두 한패가 되어 나 한 사람만 나쁜 놈으로 만들고 있는 거요, 모두가!"

이번엔 표도르가 지지 않겠다는 듯이 소리쳤다.

"여기 이 미우소프 씨도 마찬가지지요. 그도 나를 비난했어요! 미우소프씨, 당신도 나를 비난하지 않았소?"

그는 자기 말을 가로챌 생각도 없는 미우소프에게 느닷없이 대들었다.

"당신은 내가 자식들의 돈을 장화 속에 감추고 몽땅 가로채 버렸다고 욕하고 돌아다니지만, 뭐 이 고장엔 재판소 하나 없는 줄 아시오? 재판소에 가보면, 드미트리, 네가 쓴 영수증이며 편지며 계약서 따위를 조사해서 원래 원금이 얼마이며 네가 돈을 얼마나 썼고 얼마나 남아 있는지 정확하게 계산해 줄게다!

그런데 미우소프 씨는 그러고 돌아다니면서도 재판이라면 딱 질색을 하거든요. 그 이유가 과연 무엇인지 아십니까? 그건 미우소프 씨가 드미트리와는 친척간이 되기 때문입니다. 그래서 모두들 한패거리가 되어 나한테 덤벼들고 있지만 모든 것을 셈해 보면 오히려 드미트리가 나한데 빚을 지고 있어요. 그것도 적은 액수가 아니라 수천 루블이나 되는 엄청난 돈이랍니다. 난 여기에 관한 모든 증거 서류를 가지고 있거든요! 저 녀석은 워낙 방탕하기로 온 동네에 소문이 난 놈이지요! 전에 근무하던 고장에서는 어떤 착실한 아가씨를 후려내느라고 일이천 루블이나 되는 돈을 아무렇지도 않게 뿌려 버린 적도 있지요.

"이봐, 드미트리, 난 네가 쉬쉬하고 있는 일을 죄다 알고 있단 말이야! 또 증거도 얼마든지 있고…… 위대하신 장로님, 아마 곧이 안 들으실지도 모르지만 저 녀석이 반해서 달라붙었던 여자는 지체도 재산도 있는 고상한 양가집 규수였습니다. 그 아가씨는 다년간 군대 생활에서 무훈을 세우고 성(聖) 안나 십자훈장까지 받은 어느 대령의 딸인데, 저 녀석은 감히 자기 상관의 딸인 그 아가씨에게 청혼을 하여 상대방의 명예를 더럽혔던 것이지요.

그 처녀는 나중에 고아가 되고 결국은 저 녀석의 약혼자가 되어 지금은 이 고장에 와서 살고 있습니다. 그런데 말입니다, 저 녀석은 그런 분에 넘치는 약혼녀가 버젓이 있는데도 불구하고 이 고장에 사는 어떤 매력 있는 여자의 뒤꽁무니를 쫓아다니고 있거든요. 그렇지만 그 여자는 비록 어느 존경할 만한 인물과 내연관계에 있기는 하지만 정처나 다름없습니다. 독립심이 매우 강한 성격이어서 누가 뭐라 해도 절대로 넘어가지 않는 난공불락의 성, 절개가 곧은 여자지요. 암, 그렇고말고요! 여러 신부님들, 그 여잔 정말 절개가 곧은 여자예요. 그런데 저 드미트리란 녀석은 이 난공불락의 요새를 황금 열쇠로 열어볼 배짱으로 나한데서 돈을 빼앗아 내기 위해 기를 쓰고 덤벼드는 것이랍니다. 그동안에 저 녀석이 그 여자한테 들이민 돈만 해도 수천 루블이나 되지요. 닥치는대로 빚을 얻고 있는 것도 그것 때문인데 그런데 저 녀석이 도대체 누구한테서 그 돈을 우려내고 있는지 아십니까? 어때, 드미트리, 그걸 말해도 괜찮겠니?"

"그만하세요!"

드미트리는 꽥 소리를 질렀다.

"내가 여기서 나갈 때까지는 참으시지요. 내 앞에서 그 고귀한 아가씨를 더럽히는 말은 입에 담지도 마세요. 아버지 같은 남자가 그 아가씨의 일을 입에 올린 것만 해도 본인에게는 더할 수 없는 모욕이니까…… 난 절대로 용서할 수 없어요!"

그는 숨을 거칠게 몰아쉬었다.

"미차, 얘 미차야!"

표도르는 억지로 눈물을 짜내면서 구슬픈 목소리로 소리쳤다.

"그럼 널 낳아준 애비가 너를 축복해 준 것도 어떻게 되는 거냐? 만일 내가 너를 저주한다면 그때는 어떻게 되겠니, 응?"

"파렴치한 위선자 같으니!"

드미트리는 미친 듯이 부르짖었다.

"저것이 애비한테, 자기 애비한테 하는 말입니다! 그러니 내가 자기 애비가 아닌 딴 사람이었다면 무슨 짓을 당했을까요! 여러분, 제 이야기를 들어 보세요. 비록 가난하나마 마땅히 존경을 받아야만 할 퇴역 대위 한 사람이 있습니다. 불의의 사고로 군에서 물러나기는 했지만 무슨 군법회의 같은 데 회부된 적도 없으므로 명예만큼은 조금도 더럽혀지지 않은 사람입니다. 지금은 많은 부양 가족을 먹여 살리기 위해 온갖 고생을 겪고 있는 처지이긴 합니다만. 그런데 바로 이 드미트리 녀석이 3주일 전쯤 어느 술집에서 이 사람의 턱수염을 잡아끌고 한길 복판에 자빠뜨리고는 많은 행인들이 보는 앞에서 개패듯이 두들겨 주었단 말입니다. 그것은 이 사람이 어느 사소한 사건에 비밀리에 나의 대리인 노릇을 했다는 이유 때문이었지요."

"그건 거짓말입니다! 겉으로는 그렇게 말할 수도 있겠지만 내용은 모두 새빨간 거짓말이죠!"

드미트리는 끓어오르는 분노로 온몸을 부들부들 떨었다.

"아버지! 나의 행위에 대해 변명은 하지 않겠어요. 여기 계신 분들 앞에서 모두 고백하겠습니다. 그때 내가 그 대위에게 야수와 같은 행동을 한 것은 사실이지만 지금은 후회하고 있습니다. 내가 왜 그런 짐승 같은 분노를 폭발시켰는지 몹시 유감스럽게 생각하고 있어요.

그러나 아버지의 대리인인 그 대위는 방금 아버지가 매력 있는 여자라고 말한 그 사람을 찾아가서 당신의 부탁이라며 이런 제안을 했지요. 그 내용은 내가 더이상 재산 문제로 시끄럽게 굴면 내가 아버지에게 써드린 어음을 그 여자에게 넘겨 주어 소송을 제기하여 나를 감옥에 처넣으라고 말입니다.

아버지는 방금 내가 그 여자에게 반했다고 비난을 퍼부었지만 사실은 바로 아버지가 그 여자에게 나를 유혹하라고 충동질을 했지요! 이건 그 여자가 직접 나한테 해준 얘깁니다. 아버지를 비웃으면서 왜 아버지란 사람이 아들을 감옥에 집어넣으려고 하느냐? 이건 질투 때문입니다. 즉 자기가 그 여자한테 반하여 흑심을 품었기 때문이지요. 이것도 죄다 알고 있습니다. 당사자가 깔깔 대고 웃으면서 모두 얘기해 주었으니까요, 아시겠습니까? 아버지를 비웃으면서 나한테 그 얘기를 들려주더라는 말예요.

어떻습니까, 신부님들. 이것이 저 사람의, 방탕한 아들을 꾸짖는 아버지의 정체입니다! 여기 모이신 여러분, 제가 아까 화를 낸 것을 용서해 주십시오. 저는 저 교활한 노인이 여러분을 이 자리에 청한 것은 단지 추문을 일으키기 위해서였다는 것을 미리 짐작하고 있었습니다. 그렇지만 저는 혹시라도 아버지가 저에게 용서의 손길을 내밀지도 모른다는 생각으로 여기에 나왔던 것입니다. 만일 그렇게 나온다면 저도 모두 포기하고 깨끗한 마음으로 용서를 빌겠다는 심정이었지요. 그런데도 아버지는 나 한 사람뿐 아니라 내가 너무나 존경하는 나머지 감히 입에 올리는 것도 삼가는 그 고결한 아가씨까지 모욕했습니다. 이렇게 된 이상 저도 저 사람이 아무리 아버지라도 그 교활한 간계를 폭로하기로 결심한 것입니다……."

그는 더 이상 말을 잇지 못했다. 두 눈에서는 불똥이 튀는 것 같고 숨을 쉬는 것조차 힘든 것 같았다. 암자에 모인 사람들은 모두 흥분하기 시작했다. 장로 한 사람을 제외하고는 모두가 불안에 휩싸인 채 자리에서 일어났다. 두 사람의 신부는 엄격한 얼굴로 노려보면서 장로의 말을 기다리고 있었다.

장로는 이미 완전히 창백한 얼굴로 앉아 있었지만 동요 때문이 아니라 그의 병으로 인한 쇠약 때문이었다. 그의 입가에는 애원하는 듯한 미소가 떠올라 있었다. 그는 가끔 분노에 사로잡힌 사람들을 제지하려는 것처럼 한쪽 손을 쳐들어 보였다. 물론 이러한 손짓 하나만으로도 어수선한 분위기를 가라앉히는 데 충분한 것이었지만, 장로 자신도 아직 납득이 안 가는 미진한 것이 있는 것처럼, 또 마치 기다리는 것처럼 가만히 시선을 고정하고 있었다. 마침내 미우소프는 자기가 결정적으로 무시당하고 모욕당했다는 사실을 깨달은 것 같았다.

"이런 추태가 벌어진 책임은 우리 모두에게 있습니다!"

그는 격앙된 목소리로 입을 열었다.

"사실 저는 여기로 오면서도 이 정도일 줄은 예상하지 못했지요, 물론 저와 같이 온 사람이 어떤 사람들이라는 것은 잘 알고 있었습니다만……. 어쨌든 이런 일은 당장 끝장을 내야 합니다! 장로님, 제가 지금 폭로된 사건에 관해 그렇게 자세한 내용은 모르고 있었다는 것을 믿어 주십시오. 저는 정말 그런 소문은 믿고 싶지도 않았습니다. 지금 이 자리에서 처음으로 알게 된 일이지요……

아버지가 더러운 계집 하나 때문에 아들을 질투하고, 또 그런 창녀와 어울려 자기 아들을 감옥에 집어넣으려 했다니, 저는 정말 이런 내용도 모르고 억지로 같이 따라왔습니다. 저는 속았던 것입니다. 이 자리에서 여러분께 분명히 말씀드립니다만, 저 역시 여러분과 마찬가지로 속았던 것입니다!"

"드미트리!" 갑자기 표도르가 딴 사람 같은 목소리로 소리쳤다. "만약 네가 내 자식만 아니라면 나는 당장 이 자리에서 결투를 신청했을 것이다! 무기는 권총, 거리는 세 걸음…… 손수건으로 눈을 가리고…… 눈을 가리고 쏘는 결투 말이다!"

그는 발을 구르며 악을 썼다.

한평생을 어릿광대 짓으로 보낸 늙은 거짓말쟁이에게도 흥분 끝에 정말로 몸을 떨며 분노의 눈물을 흘리는 진실된 순간이 있는 법이다. 물론 그 순간에도(아니면 불과 1초 뒤에는) 속으로는 다음과 같은 말을 속삭일지도 모른다. '이 거짓투성이의 파렴치한 늙은이야, 넌 또 거짓말을 하고 있어. 네가 아무리 신성한 분노라느니 신성한 분노의 순간이라느니 하고 떠벌려 봤자 너는 지금도 역시 어릿광대가 아니냐'

드미트리는 경멸에 가득 찬 눈초리로 아버지를 노려보면서 눈살을 잔뜩 찌푸리더니, 낮고 침착한 목소리로 입을 열었다.

"나는, 나는 말입니다…… 마음이 천사같은 약혼녀와 같이 고향으로 돌아오면 늙은 아버지를 봉양할 작정이었습니다. 그러나 막상 돌아와 보니 아버지란 사람은 방탕한 호색가에다 비열하기 짝이 없는 희극배우였어요!"

"결투다, 결투!" 노인은 또다시 헐떡거리며 말 한마디 한마디마다 침을 튀기면서 고함을 지르기 시작했다. "그런데 이보시오 미우소프 씨, 잘 들어 두시오. 당신이 지금 대담하게도 창녀니 뭐니 하고 부른 그 여자보다 더 고상하고 품위 있는 사람은, 아시겠소? 그보다 더 고귀하고 순결한 여자는 아마 당신네 족보를 샅샅이 뒤져 봐도 아마 한 사람도 없을 거요. 과거에도 없었고 지금도 역시 없을 거란 말이오! 그리고 드미트리, 네놈만 해도 자기 약혼녀한테서 그 '창녀' 한테 옮겨붙는 걸 보면, 네놈의 약혼녀가 그 여자의 발가락에 낀 때만큼도 가치가 없다고 선언한 게 아니냐 말이다! 이쯤되면 그 창녀의 매력도 여간 대단한 게 아닌 모양이로구나, 응? 안 그러냐?"

"부끄러운 줄 아시오!"

갑자기 이오시프 신부의 입에서 고함소리가 터져나왔다.

"이런 수치스럽고 창피한 꼴이 어디 있담!"

여태까지 한마디도 거들지 않았던 칼가노프까지 얼굴이 새빨갛게 되어 소년다운 흥분에 떨리는 목소리로 불쑥 소리쳤다.

"어떻게 이런 사람이 태어났을까!"

극도의 분노로 거의 앞뒤를 분간하지 못하고 어쩐 일인지 어깨를 잔뜩 치켜올려 등을 거의 새우등처럼 구부린 드미트리가 허탈한 목소리로 신음하듯이 중얼거렸다.

"아니, 저 사람에게 더이상 대지(大地)를 더럽히는 말을 하도록 허용해도 되는지 말씀 좀 해보십시오."

그는 한 손으로 노인을 가리키면서 모두의 얼굴을 둘러보았다. 느리고 또박또박한 목소리였다.

"저것 좀 보라니까! 신부님들, 지금 저 소릴 들으셨습니까? 제 애비를 죽이려드는 저놈의 얘기를?"

이러더니 표도르는 이번엔 이오시프 신부에게 대들었다.

"이것이 바로 부끄러운 줄 알라는 당신의 말씀에 대한 대답입니다! 수치란 대체 뭐 말라죽은 겁니까? 그 '창녀'는, 그 '더러운 계집'은 어쩌면 여기서 도를 닦고 있는 당신네 수도사들보다는 더 신성한 사람일지도 몰라요! 물론 그 여자는 어렸을 때 환경 탓으로 잠깐 타락했던 적이 있는지도 모르지만, 그 대신 '많은 사람'을 사랑했단 말입니다. 많은 사람을 사랑한 자는 그리스도께서도 용서하시지 않았겠습니까?"

"그리스도께선 그런 사랑 때문에 용서하신 것이 아닙니다!"

온화하기로 유명한 이오시프 신부도 역시 참지 못하고 소리쳤다.

"천만의 말씀! 바로 그런 사랑 때문입니다. 그런 사랑! 신부님들, 그리스도께선 그런 사랑을 가상히 여기셨던 것입니다. 당신들은 여기서 매일 양배추만 먹으면서 도를 닦고 있으니까 그것으로 자신들은 올바른 인간이라고 생각하겠지요! 그리고 고작해야 하루에 민물 고기나 한 마리 먹고는 그 민물고기로 하느님을 매수할 수 있다고 생각하고 있어요!"

"무슨 그런 망언을! 어떻게 하느님을 매수할 수 있단 말인가!"

암자 안 여기저기서 동시에 목소리들이 끓어올랐다.

그러나 추악하기 짝이 없는 한편의 희극으로 치달았던 이 소동은 전혀 뜻밖의 일로 중단되고 말았다. 갑자기 장로가 자리에서 일어선 것이다. 장로의 건강에 대한 걱정과 사람들에 대한 공포감 때문에 거의 얼이 빠져 있던 알료샤는 엉겁결에나마 장로의 손을 잡아 간신히 부축해 드릴 수가 있었다. 장로는 드미트리 쪽을 향하여 걸음을 옮기더니 그 앞에 이르자 갑자기 무릎을 꿇고 엎드렸다. 알료샤는 처음엔 장로가 기운이 없어서 쓰러진 줄만 알았으나 그것이 아니었다. 무릎을 꿇은 장로는 드미트리의 발을 향해 공손히 절을 했다. 그것은 이마가 방바닥에 닿을 정도로 정중하고도 격식에 맞는 절이었던 것이다. 알료샤는 너무나도 놀라서 장로가 다시 몸을 일으킬 때도 그를 부축할 생각을 하지 못하고 있었다. 장로의 입가에는 보일 듯 말 듯한 힘없는 미소가 떠올라 있었다.

"용서하시오! 모든 것을 용서하시오!"

그는 이렇게 되풀이하여 말하면서 주위의 모든 손님들에게 고개를 숙였다.

드미트리는 호되게 머리를 얻어맞은 사람처럼 한참 동안 꼼짝도 하지 않고 그 자리에 우뚝 서 있었다. 내 발 앞에 꿇어 엎드리다니 어찌된 일일까? 갑자기 그는 "아아, 하느님!" 하고 소리를 지르더니 두 손으로 얼굴을 가리고 곧장 밖으로 달려나가 버렸다. 나머지 손님들도 당황한 나머지 주인에게 인사를 하는 것조차 잊어버리고 드미트리의 뒤를 따라 한꺼번에 몰려나가 버렸다. 축복을 받기 위해 다시 장로에게로 다가간 사람은 두 명의 수사 신부였다.

"발에다 대고 절을 한 건 도대체 무엇 때문일까요? 분명히 무슨 의미심장한 뜻이 있을텐데."

무엇 때문인지 갑자기 얌전해진 표도르가 다시 이야기를 꺼내 볼 셈으로 불쑥 그렇게 말했으나 역시 누군가에게 말을 걸 용기는 없었다. 그들은 이때 암자 울타리를 막 벗어난 참이었다.

"난 정신 병원이나 정신 병자들에 대해서는 그만 입을 다물겠소." 미우소프가 벌컥 화를 내며 말했다. "그 대신 난 당신들과는 상종하지 않을 테니까 그리 아시오. 카라마조프 씨, 앞으론 절대로! 그런데 아까 그 수도사가 보이지 않는군……."

그러나 아까 그 수도사, 그러니까 수도원장의 점심 초대를 전달했던 그 수도사는 일행을 기다리게 만들지는 않았다. 그들이 암자 앞 계단을 내려서자마자 그때까지 그 자리에 기다리고 있었던 것처럼 곧 그들 앞에 나타난 것이다.

"수사님, 죄송한 말씀이지만 원장님께 초대에 응하지 못하게 되었다고 말씀 드려 주시겠습니까? 갑자기 피치 못할 사정이 생겨서 말이지요. 아울러 이 미우소프를 대신하여 원장님께 대한 깊은 존경의 뜻도 전해 주십시오. 물론 본 인으로서는 초대에 응하고 싶은 생각이 굴뚝 같습니다만……"

미우소프는 안절부절 못하며 수도사에게 말했다.

"그 피치 못할 사정이란 바로 나 때문입니다." 표도르가 냉큼 그의 말을 가로 챘다. "수사님, 아시겠어요? 미우소프 씨는 나 같은 사람하고 같이 있기가 싫 어서 그런 소리를 하는 거랍니다. 나만 없다면 당장 얼씨구나 하고 초대에 응 했을 거예요. 그렇지만 미우소프 씨, 뭐 너무 그럴 건 없으니까 어서 가보도록 하시오. 원장님한테 가서 실컷 얻어먹고 오시라니까요. 정말 사양해야 할 사 람은 당신이 아니라 나 같은 사람이지요. 난 돌아가겠어요. 얼른 꺼져 드리지 요…… 식사는 집에서 할 거니까…… 여기서는 나도 별 볼일 없는 사람이거든. 그렇지 않아요? 나의 가장 가까운 친척인 미우소프 씨?"

"나는 당신의 친척이 아닐뿐더러 지금까지 당신을 친척이라고 생각해 본 적 이 단 한 번도 없소. 당신은 정말 비열한 사람이로군!"

"그건 당신의 약을 올려 주려고 일부러 한 소리지요, 당신은 친척이라는 말 을 제일 싫어하니까. 그렇지만 당신이 아무리 아니라고 우겨 본댔자 당신은 분 명히 내 친척인 것을 난들 어쩌겠소? 교회의 달력을 꺼내 놓고 모년 모월 모일 에 어떻게 해서 당신이 내 친척이 되었는지 증명해 보여드릴까? 그런데 참 애 이반, 너도 남고 싶으면 남아도 좋아, 내가 나중에 마차를 보내 줄 테니. 그렇 지만 미우소프 씨, 딴 사람은 몰라도 당신만큼은 꼭 원장님한테 가보는 게 예 의가 될 겁니다. 아까 저기서 나하고 둘이 떠들어댄 것을 사과드릴 필요가 있 을 테니까 말이지요……"

"아니, 정말로 먼저 돌아가겠다는 말이오? 설마 거짓말은 아니겠지?"

"미우소프 씨, 내가 방금 그런 짓을 하고도 무슨 염치로 식사 대접을 받을 수 있겠소? 너무 흥분하다 보니 그만 그런 실수가 나온 것이지요. 여러분, 용 서하십시오, 너무 흥분해서 저지른 일이니까. 그렇지 않아도 충격을 받았습니 다, 정말 부끄럽기도 하고요. 그렇지만 이 세상엔 마케도니아의 알렉산드로스 대왕 같은 마음을 지닌 사람도 있는가 하면, 반면에 피델코의 강아지 같은 심장을 가진 사람도 있는 법입니다. 내가 바로 피델코의 강아지 같은 심장을 가진 사람입니다. 완전히 겁을 먹고 아주 조그맣게 오그라들어 버렸으니까요! 내가 아까와 같은 추태를 부리고 나서 어떻게 감히 수도원의 음식을 축낼 수 있겠어요? 부끄러워서 그런 짓은 못하겠습니다. 자, 그럼 난 이만 실례하겠어요!"

'지긋지긋한 놈! 또 속이려는 것은 아닐 테지?'

미우소프는 멀어져 가는 어릿광대의 뒷모습을 미심쩍게 바라보면서 깊은 생각에 잠겨 걸음을 멈추었다. 표도르가 뒤돌아다보더니 미우소프가 자기를 바라보고 있는 것을 보자 손으로 키스를 보냈다.

"그래 자네도 원장한테 갈 생각인가?"

미우소프는 떠듬떠듬 이반에게 물었다.

"안 가긴 왜 안 가요? 더구나 나는 어제 원장님한테 특별히 꼭 와달라는 초대를 받았습니다."

"사실 유감스러운 일이긴 하지만 나도 하는 수 없이 그 지긋지긋한 오찬에 꼭 참석해야 할 입장이지."

미우소프는 옆에 수도사가 듣고 있는 것도 아랑곳하지 않고 입맛이 쓰다는 듯이 투덜대며 말을 계속했다.

"먼저 우리가 여기 와서 난장판을 벌인 데 대해 용서를 빌고, 또 우리가 그 장본인이 아니란 점을 설명할 필요가 있지 않을까?"

"그렇죠, 우리가 장본인이 아니라는 점은 해명해 둘 필요가 있지요. 더구나 아버지도 안계시니까……."

"아니 또 아버지 애길 꺼내나? 그 사람이 왔다가는 오찬이고 뭐고 모두 작살이 나고 말걸!"

그럭저럭 그들은 오찬에 참석하러 계속 걸음을 옮겼다. 수도사는 묵묵히 이야기를 듣고만 있었다. 작은 숲속을 거의 빠져나왔을 때에야 그는 원장님이 벌써부터 그들을 기다리고 있으며 이미 30분이나 예정이 늦어지고 있다는 말을 했을 뿐이었다. 이 말에는 아무도 대꾸하지 않았다. 미우소프는 미워죽겠다는 듯이 이반의 얼굴을 흘겨보았다.

'마치 아무 일도 없었다는 듯이 태연하게 식사를 하러 간다 그 말이지? 저것이 철면피와 카라마조프식 양심이라는거군!'

7 야심에 불타는 신학생

알료샤는 장로를 침실로 부축해 가서 침대 위에 앉혔다. 그곳은 꼭 필요한 물건들만 있는 아주 작은 방으로, 좁다란 철제 침대 위에는 요 대신 담요가 한 장 깔려 있을 뿐이었다. 방 한쪽 구석 성화 앞에 놓인 성서대 위에는 십자가와 성경책이 놓여 있었다. 장로는 힘없이 침대에 걸터앉았는데 눈은 이상하게 빛나고 있었지만 숨결은 몹시 헐떡거리고 있었다. 이윽고 그는 무엇인가 골똘히 생각하는 듯 알료샤를 지그시 바라보았다.

"이젠 그만 가보려무나. 내 옆에는 포르피리 한 사람만 있으면 되니까 어서 그리 가보도록 해라. 너는 거기에 있어야 하니까⋯⋯. 원장님한테 가서 식사가 끝날 때까지 시중을 들어 드려라."

"여기 그냥 남아 있게 해주세요."

알료샤는 애원하는 목소리로 입을 열었다.

"너는 그곳에 더욱 필요한 사람이야. 거기는 평화가 없을 테니 말이다. 시중을 들고 있는 동안 다소나마 도움이 될 수도 있겠지. 또 소동이 일어나기 시작하거든 곧 기도문을 외워라. 아들아(장로는 그를 이렇게 부르기를 좋아했다), 앞으로도 여기는 네가 있을 곳이 아니란다. 이 점을 잘 기억해 두어야 한다. 내가 하느님의 부름을 받고 나면 너는 곧 이 수도원을 떠나야 한다. 아주 떠나버리라는 말이다."

알료샤는 흠칫 놀랐다.

"왜 그러니? 이곳은 결코 네가 있을 곳이 못된다. 세속에서의 큰 수행을 위해 축복을 내려주마. 너는 앞으로 많은 경험을 해야 하고, 또 아마 결혼도 해야 할 게다. 네가 다시 이곳으로 돌아올 때까지는 앞으로 온갖 고난을 겪어야 하고, 또 해야 할 일도 많이 있을게다. 나는 너를 믿고 있기 때문에 속세로 내보내는 거란다. 너는 언제나 그리스도와 함께 있으니까 네가 그리스도를 지켜 드리면 그리스도께서도 너를 지켜 주실 게다. 물론 커다란 슬픔을 맛보게 될 때도 있겠지만, 그 슬픔 속에서 너는 행복할 것이다. '슬픔 속에서 행복을 찾아라' 이것이 너에게 주는 나의 유언이다. 열심히 일하거라, 내가 지금 한 말을 앞으로 마음속 깊이 새겨 두어야 한다. 너하고 이야기할 기회가 또 있기는 하겠지만, 나의 생명은 이제 며칠은커녕 시간으로 헤아릴 수 있을 만큼 시시각각 다가오고 있으니 하는 말이다."

알료샤의 얼굴에는 또다시 커다란 동요의 빛이 떠올랐다. 입술 언저리가 바르르 떨렸다.

"또 왜 그러니?" 장로는 인자한 미소를 지었다. "속세의 사람들은 눈물로 죽은 자를 보내지만 여기 있는 우리는 하느님의 부름을 받은 사람을 기쁨으로 환송해야 하느니라. 기뻐하며 기도를 드려야 하는 법이다. 자, 이젠 그만 나를 혼자 있도록 해다오. 기도를 드려야 하니, 어서 가보아라. 가서 형님들 곁에 있어 드려야지. 어느 한 사람이 아니라 두 형님의 곁에 말이다."

장로는 손을 들어 알료샤를 향해 성호를 그었다. 알료샤는 그냥 그 자리에 남아 있고 싶었으나 끝내 장로의 말을 거역할 수가 없었다. 그는 또 자기 형 드미트리 앞에 무릎을 꿇고 깊이 절을 한 이유가 무엇이냐고 장로에게 묻고 싶은 생각이 간절했으나(또 하마터면 그 말이 입밖에 나올 뻔하기까지 했지만) 차마 물어 볼 용기가 나지 않았다. 만일 장로가 얘기해 주어도 괜찮다고 생각한다면 그가 묻지 않아도 먼저 설명해 주리라는 것을 그는 잘 알고 있었기 때문이다. 그런데도 장로가 아무 말도 없는 걸 보면 분명히 그 이야기를 하지 않을 생각인 것 같았다. 장로가 절을 했다는 사실은 알료샤에게 무서운 충격을 주었다. 그는 그 절에는 무언가 신비롭고도 무서운 의미가 담겨 있을 거라고 믿어 의심치 않았다.

수도원장의 오찬 시간에 늦지 않기 위해(물론 시중을 들러 가는 것이었지만) 급히 암자 울타리까지 달려나왔을 때 갑자기 알료샤는 가슴이 죄어드는 듯한 아픔을 느끼고 그 자리에 우뚝 멈춰 섰다. 불현듯 장로가 스스로 죽음을 예언하던 말이 다시 한번 그의 귓전에서 들려오는 것 같았기 때문이다. 장로의 예언은, 특히 그렇게 정확하게 말한 예언은 반드시 실현되고야 말 것이라고 알료샤는 맹목적으로 믿고 있었다.

그분이 돌아가시면 자기는 어떻게 될 것인가? 이제 그분의 얼굴을 뵐 수 없고 그분의 음성을 들을 수 없다면 어떻게 해야 한단 말인가? 장로는 자기에게 울지 말고 곧 수도원을 떠나라고 명령하지 않았는가?…… 아아 알료샤는 정말 오랫동안 이런 고독감을 느껴 본 적이 없었다. 그는 수도원과 암자 사이에 있는 작은 숲 길을 급히 가로질러 걸으면서도 이러한 무서운 상념들 때문에 가슴이 터질 것 같아 도저히 견딜 수가 없었다.

그는 길 양쪽에 울창하게 서 있는 수백 년 묵은 소나무 숲을 바라보기 시작했다. 숲속의 길은 그리 길지 않아서 겨우 5백 걸음 정도밖에 되지 않았다. 이 시간에는 도중에 사람을 만나는 경우는 거의 드물었다. 그런데 길 첫 모퉁이를 돌아서자마자 갑자기 모습이 눈앞에 나타났다. 라키친은 누군가를 기다리고 있었던 것 같았다.

"내가 오는 걸 기다리고 있었던 거 아니야?"

알료샤는 그와 걸음을 나란히 하면서 물어 보았다.

"그래 맞았어." 라키친은 멋적은 듯이 빙긋 웃었다. "원장님한테 급히 가는 길이지? 원장님이 손님들한테 점심 대접을 한다는 걸 난 다 알고 있어. 대주교님과 파하토프 장군 일행이 여기를 방문했던 이래로. 이만큼 성대한 오찬을 차린 것은 오늘이 처음일 거야. 나는 거기 가지 않지만 자네는 가서 소스라도 쳐드리지 그래. 그런데 알렉세이, 한 가지만 대답해 주게. 아까 그 예언은 대체 무슨 뜻이지? 사실 그걸 묻고 싶었거든."

"무슨 예언?"

"자네 형 드미트리한테 머리가 바닥에 닿도록 절하신 거 말이야. 이마가 마루에 쿵 하고 부딪치지 않았나!"

"조시마 장로님 얘긴가?"

"그래, 조시마 장로님 말이야."

"뭐, 이마가 쿵 했다구?"

"하, 그만 내가 실언을 했나보군! 하지만 그런 소릴 했다고 뭐 큰일이야 날라구! 어쨌든 그건 도대체 무슨 의미지?"

"미샤(라키친의 애칭), 그건 나도 잘 모르겠어."

"그럼 자네한테도 아무 설명을 안 해주신 모양이로군. 그럴 줄 알았지! 이상할 건 하나도 없어. 아무래도 늘 하던 대로 허세 같은 거였어. 그것도 장로님이 일부러 꾸민 연극이란 말일세! 두고 봐, 이제 읍내에 깔린 광신자들이 당장 그 얘길 가지고 콩이니 팥이니 떠들어대기 시작할 테니. 얼마 안 가면은 읍내에 그 소문이 쫙 퍼질 거야. '대체 그건 무슨 뜻일까?' 하고 말이지. 그렇지만 내가 보기에도 그 노인은 정말 사물을 꿰뚫어보는 눈이 있어. 범죄의 냄새를 맡아 냈으니까. 자네 집안에선 아무래도 냄새가 나고 있어."

"범죄라니, 그건 무슨 소린가?"

라키친은 무슨 말인지 끝까지 말해 버리고 싶은 눈치였다.

"자네 집안에서 일어날 범죄 말일세. 그 범죄가 자네 형들과 돈 많은 아버지 사이에서 반드시 일어나게 될거야. 그래서 조시마 장로는 혹시 그런 일이 생길 경우를 대비해서 마룻바닥에 이마를 부딪혔던 거야. 나중에 정말 범죄가 발생하게 되면 사람들이 '아, 과연 그 거룩하신 장로님이 예언하신 그대로구나' 하고 혀를 내두르게 할 속셈으로. 사실 말이지 이마를 마루에 쿵 부딪치는 것이 무슨 놈의 예언이란 말인가! 그래도 세상 사람들은 거기에 무슨 상징적인 뜻이 있다느니 비유적인 뜻이 있다느니 하고 지껄여댈 뿐 아니라, 범행을 미리 알았고 범인도 사전에 지적했다고 떠들썩하게 장로를 찬양하며 기억에 담아 둘 거라는 계산이지. 소위 유로지파라는 자들이 하는 짓은 다 그래.

가령 술집에 대고 성호를 긋고 성당에 대고는 돌을 던진다든가 하는 짓들처럼 자네의 장로도 신심깊은 사람에겐 몽둥이를 휘두르고 살인자에겐 발에다 절을 한다는 그 말이네."

"범행이니 살인자니 하는 말은 도대체 누굴 두고 하는 말인가? 도대체 무슨 뜻이지?"

알료샤가 못박힌 듯이 그 자리에 우뚝 멈춰서자 라키친도 걸음을 멈췄다.

"누구냐고? 그래 정말 모른단 말인가? 내기를 해도 좋네만 자네도 분명 그런 생각을 해 봤을 거야. 이거 얘기가 점점 재미있어지는군. 여보게 알료샤, 자넨 언제나 태도가 애매하긴 하지만 그 대신 거짓말은 절대로 안 하는 성미니까 한 가지만 물어 보겠어. 자네는 그런 생각을 해 본 적이 있나, 없나, 응?"

"생각해 본 적 있지."

알료샤는 나지막한 소리로 대답했다. 이 대답에는 라키친도 조금 놀라는 것 같았다.

"설마! 정말로 자네도 그런 일을 생각해 보았다는 거야?"

그는 자기도 모르게 소리쳤다.

"나는……. 뭐 꼭 그런 생각을 했다는 게 아니라." 알료샤는 중얼거렸다. "지금 자네가 자꾸 그런 이상한 얘기를 하니까 나도 그런 생각을 한 적이 정말 있었던 것 같은 기분이 들었을 뿐이지."

"그거봐, 내가 뭐라고 했나! 자넨 정말 분명히 얘기 했어. 그래 자넨 오늘 아버지와 미차를 보고 범죄를 생각했단 말이지? 그럼 내가 잘못 본 게 아니었던 가보지?"

"아니, 잠깐 기다리게." 알료샤는 불안한 듯이 말을 가로챘다. "그런데 자넨 어떤 근거로 그런 생각을 하게 되었지? 아니, 그보다도 왜 자네가 그런 일에 그토록 관심을 갖고 있는지 그것부터 말해 보게."

"그 두 가지 질문은 서로 아무 관련이 없는 것이긴 하지만 당연히 물어 볼 수 있는 질문이지. 그럼 따로따로 대답하겠는데 먼저 무슨 근거로 내가 그런 생각을 하게 되었느냐 하면, 그건 내가 오늘 자네 형 드미트리 씨의 있는 그대로의 모습을 보고 한 눈에 이해할 수 있었기 때문이지. 그런데 어떤 한 가지 특징에서 드미트리 씨의 모든 것이 한꺼번에 파악되더군. 그렇게 고결하면서도 여자를 좋아하는 남자에게는 결코 넘어서는 안 될 선이 있어. 만약 그렇지 않으면 그 사람은 자기 아버지도 찔러죽일 수 있거든. 자네 아버지 역시 술주정 뱅이에다 가히 탕아라고 할 만한 사람이라 매사에 절도라는 것을 모르고 있단 말일세. 그러니 두 사람이 모두 자기를 억제할 수 없게 되면 함께 시궁창에 풍덩……"

"아니야, 미샤, 그렇지 않아. 단지 그런 이유뿐이라면 안심이야. 결코 그렇게 는 되지 않을 테니까."

"아니라면 왜 자넨 그렇게 몸을 떨고 있지? 자넨 그런 일에 대해 잘 알고 있나? 그는 분명히 정직한 사람이지만, 미챠 말일세(그는 어리석지만 정직하니까), 그렇지만 동시에 색골이거든—이것이 그에 대한 정의이고 그의 마음속에 있는 본질이지—그건 아버지로부터 야비하고도 음탕한 성격을 그대로 물려받았어. 하지만 알료샤, 난 자네한테만은 정말 놀라지 않을 수 없어. 자넨 어쩌면 그렇게 순진할 수가 있단 말인가? 자네 역시 카라마조프 집안 사람임엔 틀림 없을텐데! 자네 집안에는 호색이라는 염증이 지독하게 퍼져 있는데 말이야. 어쨌든 그 호색한 삼인조는 지금 서로서로 뒤를 쫓고 있는 형국이거든. 저마다 장화 안에 칼을 숨기고 말이야. 말하자면 세 사람이 서로 이마를 맞대고 으르 렁거리기 시작했어. 어쩌면 자네가 그 네 번째 인물이 될지도 모르지."

"자넨 그 여자를 잘못 알고 있군……. 드미트리는 그 여잘 경멸하고 있어."

"그루센카 말이지? 아니야, 알료샤 경멸하고 있는 게 아니야. 그가 자기 약혼 녀를 버려 두고 공공연히 그 여자에게 달라붙은 이상, 경멸하는 게 아니야. 거 기에는 현재의 자네로선 이해할 수 없는 그 무엇이 있어, 알겠나? 사내가 말이 야, 무언가의 아름다움, 여자의 육체라든가, 아니면 그 육체의 일부분도 좋아

(이건 호색한이 아니면 모르지만), 일단 거기에 빠지면 그땐 자기 부모고 자식이고 다 버리고 나중엔 러시아고 조국이고 죄다 팔아먹게 되지. 정직한 자도 도둑질을 하게 되고, 온순한 자도 살인을 하게 되며, 성실한 자도 배신을 밥먹듯이 해치운다는 말일세.

그래서 일찍이 시인 푸시킨도 작품에서 여자의 귀여운 발을 찬양했거든. 물론 그것을 소리 높여 찬양하지 않는 사람들이라도 누구든 아름다운 발을 보면 당장에 온몸이 찌르르 해지는 법이지. 물론 꼭 발만이 그렇다는 얘긴 아니고……. 하여튼 드미트리가 그루셴카를 경멸하고 있다고 해도 그런 면에서는 아무 쓸모가 없지. 한편으론 경멸하면서도 다른 한편으론 도저히 그 여자를 떠날 수 없는 경우가 흔히 있으니까.”

“나도 알아.”

알료샤가 불쑥 중얼거렸다.

“뭐, 안다구? 그렇게 실토하는 걸 보니 정말 뭘 좀 알긴 아는 모양이군.” 라키친은 짓궂게 이죽거렸다. “더구나 그건 무심코 지껄인 말이기 때문에 더욱 진실한 고백이지. 그러니까 그 고백은 더욱 가치가 있어. 즉 자넨 그런 얘기를 이미 알고 있고 그런 일에 대해 생각해 본 적도 있다는 말이지? 섹스에 대해서 말이야. 허참, 난 그런 줄도 모르고 자넬 그저 순진한 청년이라고만 생각하고 있었군! 이봐 알료샤, 자네는 얌전한 남자이고 장차 성인군자가 될 사람이라고 난 생각해. 하지만 자넨 점잖은 얼굴을 하고 있으면서도 뭐든지 다 생각하고, 뭐든지 다 알고 있군 그래! 순진무구하면서도 그런 방면에 깊은 조예가 있단 말이지?

하긴 난 벌써부터 자네를 관찰해 왔지만 자넨 역시 카라마조프, 진짜 카라마조프야. 이쯤 되면 혈통이니 유전이니 하는 얘기도 결코 무시할 수가 없지. 아버지에게서는 호색적인 성격을, 어머니에게선 유로지피의 소질을 그대로 물려받은 셈이니까. 아니 왜 그렇게 떨고 있지? 내가 아픈 데를 찔러서 그래? 그런데 말이야, 그 그루셴카가 나한테 무슨 부탁을 했는지 알고 있나? ‘그 사람을(즉 자네를) 꼭 좀 데려와요. 내가 그 사람의 멋없는 법복을 벗겨버릴 테니까.’ 그렇게 자네를 꼭 좀 데려오라고 아주 신신당부를 하더군. 그래서 생각해 보았지. 그 여자는 자네한테 왜 그토록 흥미를 느끼고 있는걸까? 하여간 그 여자도 보통내기는 아니야!”

"난 안 간다고 분명히 전해 주게." 알료샤는 가볍게 쓴 웃음을 지었다. "어쨌든 미하일, 아까, 하던 얘기나 계속해 주게. 내 상각은 나중에 말해줄 테니까."

"뭐 뻔한 소리니까 얘기하고 말고 할 건덕지도 없군. 만약 자네의 몸속에까지 호색적인 피가 흐르고 있다면 같은 뱃속에서 나온 자네 형 이반은 또 어떻겠나? 그 사람도 역시 카라마조프의 아들이니까. 요컨대 호색과 물욕과 유로지비, 여기에 자네 카라마조프 집안의 모든 문제가 뿌리내리고 있거든. 자네 형 이반도 사실은 무신론자이면서도 도무지 이해할 수 없는 어리석은 동기에서 잡지에다 무슨 신학에 관한 논문을 쓰고 있지. 그것이 비열한 짓이라는 건 누구보다 자기 자신이 잘 알고 있어. 자네 형 이반 말이야.

또 자기 형인 드미트리의 약혼녀를 슬쩍 가로채려고 하고 있는데 아마 잘될 거야. 당사자인 드미트리가 은근히 부추기고 있는 형편이니까. 드미트리는 한시 바삐 그루센카한테 달려가고 싶은 생각뿐이라 자기 약혼녀를 이반한테 떠넘기려는 속셈이지. 더욱이 그 모든 것을 자기의 고상하고 욕심없는 인품 때문이라고 하니! 그래, 모두가 하나같이 파멸의 운명을 지닌 인간들이지! 모두 자기가 비열하다는 것을 알면서도 그 비열함 속으로 스스로 뛰어들고 있으니, 이쯤되면 도대체 뭐가 뭔지 알 수가 없단 말이야. 얘길 더 들어 보게. 지금 드미트리에게 훼방을 놓고 있는 게 바로 그 영감, 즉 자네의 아버지인데 그 영감은 요즘 그루센카한테 홀딱 반해서 군침을 질질 흘리고 있거든! 아까 암자에서 그런 추태를 부린 것도 사실은 그 여자 때문이야. 미우소프가 그 여자를 보고 감히 창녀니 뭐니 하고 성질을 건드렸으니까 말이지. 좌우간 발정한 수코양이라니까! 그루센카로 말하면 전에 그 영감이 경영하던 술집에서 돈을 받고 이런저런 암거래를 도와줬을 뿐인데, 요즘와서 돌아가는 꼴을 눈치채고 갑자기 눈이 뒤집혀 그 다음부턴 영감 쪽에서 추근거리기 시작했지. 물론 말도 안되는 일이어서 결국 아버지와 아들은 같은 길에서 박치기를 하게 된 거야.

그런데 그루센카는 아직까지 태도를 분명히 하지 않고 양쪽에 다 꼬리를 흔들고 있거든? 어느 쪽이 더 유리할지 아직은 좀 두고 보자는 거야. 영감한테서는 돈을 좀 우려낼 수가 있지만 그 대신 자기를 본부인으로 맞아들일 것 같지도 않거니와 나중엔 점점 더 구두쇠가 되어 아주 주머니 끈을 졸라맬 위험성이 있으니까. 그렇게 보면 돈 한푼 없는 드미트리에게도 취할 점이 있었더란 말일세. 비록 돈은 없지만 대신 결혼은 할 수 있을 테니까. 암, 결혼은 할 수 있지! 돈 많고 귀족이고, 미모까지 겸비한 대령의 딸 카체리나를 버리고, 한때 삼소노프라는 야비하고 방탕한 늙은 상인의 첩노릇을 하던 그루센카하고 정식으로 결혼하겠다는 거라! 그러니 이와 같은 여러 가지 상황으로 보아 무슨 범죄가 발생할 가능성이 있는 충돌이 일어난다 해도 이상할 것 하나도 없지. 자네 형 이반이 기다리고 있는 것이 바로 이거야. 만사가 뜻대로 되어 자기는 사모하던 카체리나 뿐 아니라 6만 루블이나 되는 지참금까지 꼴깍 삼킬 수 있으니 알몸뚱이 하나밖에 없는 처지로선 횡재가 아닌가!

그런데 그런 일이 드미트리를 모욕하는 일이 아니라 오히려 대단한 은혜를 베풀어 주는 셈이 된다는 건 주목할 만한 사실이지. 이건 내가 확실히 알고 있는 일이지만 지난 주에 드미트리는 어느 술집에서 계집들과 잔뜩 취해 가지고 자기는 카체리나를 아내로 맞이할 자격이 없지만 이반에게는 충분한 자격이 있다고 공공연히 떠들었거든.

물론 카체리나로서도 이반처럼 매력 있는 남성을 결국에 가서는 거절하지 못하게 될 거야. 벌써부터 두 형제 사이에 끼여 갈팡질팡하고 있으니까. 그건 그렇고, 도대체 이반이 자네 식구들을 어떻게 구워삶았길래 모두들 그를 그토록 숭배하고 있나? 그렇지만 그는 자네들을 비웃고 있어. 오냐, 어서 딸기를 사오려무나, 난 가만히 앉아서 그냥 먹어만 줄 테니……, 하고 말이지."

"자넨 어디서 그런 걸 모두 알았나? 그처럼 자신 있게 얘길 할 수 있는 이유가 뭔가?"

알료샤는 눈살을 찌푸리며 날카롭게 물었다.

"그런데 왜 자넨 그렇게 물어 놓고 내 대답을 듣기도 전에 두려워하고 있는 거지? 그건 속으로 내 말이 사실이란걸 시인하고 있다는 증거 아냐?"

"자넨 이반이 마음에 안 드는 모양이지만 이반은 결코 돈 따위에 마음이 쏠리는 사람이 아니야."

"그래? 그렇다면 카체리나의 미모에는 어떨까? 하긴 6만 루블이란 지참금이 크긴 크지만 이 일엔 돈만 문제 되는 것은 아니지."

"이반은 좀더 고상한 뜻을 가지고 있어. 아무리 많은 돈이라도 결코 그를 유혹하진 못할 거야. 이반이 구하고 있는 것은 돈이나 안락이 아니라 어쩌면 고뇌일지도 몰라."

"또 예언 이야긴가? 정말 자네들은 귀족처럼 구는군!"

"이거 봐 미하일, 이반은 폭풍 같은 영혼을 가졌고 이성은 어떤 문제에 사로잡혀 있어. 비록 아직 미완성이지만 그의 사상은 위대해. 이반 형은 수백만금을 얻기보다는 자기 사상의 완성을 추구하고 있는 사람들 중의 하나야."

"그건 소위 문학적 표절이라는 걸세, 자넨 장로가 한 말을 그대로 인용한 데지나지 않으니까. 하여튼 이반이 자네들한테 대단한 수수께끼를 던져 준 건사실이구먼!"

라키친은 분명히 악의를 품은 소리로 외쳤다. 입술은 비뚤어지고 안색까지 창백해졌다.

"하지만 그 수수께끼란 것도 조금만 냉정히 생각해 보면 일고의 가치도 없는 것이라는 걸 알 수 있지. 그가 쓴 논문도 별게 아냐. 최근에 그가 발표한 한심한 이론 들어봤나? 또 아까 그 사람이 '영생이 없다면 선도 없으므로, 무슨짓이든 다 허용된다' 고! 그때 자네 형 드미트리는 '잘 기억해 두겠다'고 소리치더군. 비열한 인간에겐 그야말로 귀가 솔깃해질 이론이거든. 지나친 소리군. 비열한 인간이 아니라 어리석은 인간, 즉 '설명할 수 없는 심오한 사상'에 빠진 떠벌이 중학생이라고나 할까……. 한마디로 허풍쟁이지. 그렇지만 그 본질은 결국 '한편으론 그것을 인정하지 않을 수 없고 다른 한편으로도 역시 인정할 수밖에 없다는 거지. 요컨대 그 이론은 비열이라는 한마디로 요약할 수 있어! 인류는 영혼 불멸을 믿지 않더라도 결국 선을 위해 살아갈 수 있는 힘을 자기안에서 스스로 발견하고 말 거야! 인류는 자유에 대한 사랑, 평등에 대한 사랑, 형제애 속에서 말이야!"

라키친은 자제심을 잃을 만큼 흥분에 들떠 있었다. 그러나 다음 순간 무슨생각을 했는지 그는 입을 꾹 다물어 버렸다.

"이제 이런 얘긴 그만두기로 하지." 그는 입이 더욱더 일그러진 미소를 지으면서 말했다. "아니, 자네 왜 웃고 있나? 날 속물이라고 생각하는 거지, 응?"

"아니야, 자네가 속물이라는 생각은 한 번도 해본적 없어. 자넨 머리가 영리해, 하지만……. 아니, 그만두세. 그저 무심코 웃었을 뿐이니까. 미하일, 자네가그렇게 흥분하는 기분 나도 잘 알아 자네 얘기를 듣는 동안 자네 자신이 카체리나한테 마음이 있는 거라고 생각했어. 사실은 전부터 혹시 그런 게 아닐까의심하고 있었지. 그래서 자네는 이반 형을 싫어하고 있는 거라고. 어때, 자넨그를 질투하고 있지?"

"왜 지참금에도 질투하고 있다는 소린 하지 않나?"

"아니, 난 돈 얘긴 하지 않았어. 자넬 모욕하고 싶은 생각은 없으니까."

"자네 말이니까 그대로 믿어 두지. 하지만 자네나 자네 형 이반이 어떻게 되든 난 관심없어! 자네들은 몰라. 비단 카체리나씨 문제가 아니라도 난 이반을 좋아할 수 없다는 걸. 내가 어떻게 이반을 좋아할 수 있겠어? 난 그런 사람은 딱 질색이야! 저쪽에서 먼저 내 험담을 하는 판이니 나도 그를 헐뜯을 권리가 있는 셈이지."

"나는 형이 자네 얘기를 하는 것을 한 번도 못 들었는데? 좋은 일이건 나쁜 일이건 간에 도대체 자네 얘기는 한 번도 한 적이 없거든."

"그렇지만 내가 듣기로 그 사람이 엊그제 카체리나 씨 집에서 내 흉을 실컷 늘어놓았다던데? 그렇다면 그가 자기 말마따나 하인 근성이 몸에 밴 이 라키친에게 얼마나 많은 관심을 갖고 있는지 짐작할 수 있지. 도대체 누가 누구를 질투하는 건지 모를 일이라니까!

나에 관해서 늘어놓은 그의 견해란 것이 또 걸작이지. 만약에 라키친, 즉 내가 머지않아 이 수도원 원장이 되겠다는 야심을 버리고 수도사 노릇을 포기한다면, 그때엔 반드시 페테르부르크로 가서 큰 잡지사에 들어갈거라는 거야. 거기서 한 10년쯤 평론을 쓰다가 나중엔 그 잡지사를 몽땅 집어삼켜 버린다는 거지. 그 다음엔 잡지 발행인으로서 행세를 하게 되는데 그 잡지는 틀림없이 자유주의에다 무신론을 약간 가미한 성격이 될 거라나? 즉 우매한 대중을 현혹하기 위하여 사회주의적 색채를 약간 띤 잡지를 만들되 그 대신 귀만큼은 빳빳이 세워서 적이거나 자기편이거나를 막론하고 한시도 경계를 게을리하지 않는다는 거야.

결국 내 출세가도의 종착점은 자네 형이 예언한 바에 의하면 다음과 같은 것이라네. 즉 잡지의 예약금을 받아 자기 은행 당좌에 집어넣고, 유대인이나 누군가의 지도 아래 그것을 최대한으로 운용하여 재산을 불린다는 거지. 그런 짓은 잡지의 사회주의적 성격과는 무관한 일일 테니까 말이야. 그리하여 페테르부르크에 커다란 빌딩을 지은 다음, 그리로 편집부를 옮기고 나머지 방들은 모두 세를 놓는다는 거야. 그리고 그 빌딩의 위치까지 지적했는데 그 위치란 현재 도시 계획에 들어 있는 새 다리, 네바 강을 가로질러 리테이나야 거리와 비보르그지구를 연결하는 노비 카멘누이 다리 바로 옆이라고 하더군……."

"저런, 저런! 그런데 미샤, 어쩌면 그 얘긴 하나도 틀림없이 그대로 실현될지도 모르지."

알료샤는 그만 참지를 못하고 유쾌한 듯이 웃으면서 이렇게 소리쳤다.

"알렉세이, 이젠 자네까지 빈정대는 건가, 응?"

"아니, 아니, 농담이야. 용서하게. 실은 전혀 다른 생각을 하고 있었거든. 대체 누가 자네한테 그렇게 자세하게 말해줬을까 하고 말이지. 자넨 누구한테 들었나? 이반이 그 말을 할 때 자네가 그 자리에 있었을 리도 없을 테고."

"그때 난 없었지만 드미트리가 있었거든, 난 바로 드미트리가 그 얘길 하는 걸 들었으니 그가 나에게 얘기해 준 것과 마찬가지인 셈이지. 남한테 말하는 걸 우연히 엿들은 것이긴 하지만 말야. 사실은 그루셴카 집에 갔다가 드미트리가 찾아와 옆방에서 얘기하는 걸 죄다 들었다네. 그동안 난 그 여자의 침실에 갇혀 있었지……."

"아, 참 그랬지! 난 자네가 그루셴카의 친척이라는 걸 깜빡 잊고 있었어……."

"뭐 친척이라구? 그루셴카와 내가 친척이란 말이지?" 라키친은 갑자기 얼굴을 확 붉히면서 버럭 소리를 질렀다. "여보게, 자네 정신이 있나 없나? 머리가 어떻게 된 게 아냐?"

"왜 그래? 그럼 친척이 아니었나? 난 그렇게 들었는데……."

"어디서 그 따위 소릴 들었지? 맙소사, 자네 카라마조프 집 사람들은 자기 집안이 무슨 유서 깊은 귀족의 후예나 되는 것 같이 행세하지만, 자네 아버지만 해도 남의 집 부엌구석에서 찬밥술이나 얻어먹으려고 어릿광대 짓을 하고 들아다니지 않나 말야! 하기야 자네 귀족님들 생각에는 나 같은 사제의 아들쯤은 발톱의 때 만도 못한 존재이겠지만, 그렇게 사람을 재미삼아 놀려먹는 건 그만둬줘. 알렉세이, 나한테도 명예라는게 있으니까! 내가 그루셴카하고 친척이라니, 그래 내가 그런 창녀하고 친척같이 보이나? 정말 너무 사람을 괄시하지 말게!"

라키친은 화가 머리끝까지 치민 모양이었다.

"제발 용서하게. 난 정말 자네가 이렇게 화를 낼 줄은 몰랐어. 그런데 왜 그 여자가 창녀라는 건가? 정말로 그런 여잔가?" 알료샤는 갑자기 얼굴을 확 붉혔다. "또 그 얘길 해서 안됐지만 사실 난 자네가 정말 그 여자의 친척이라고 들었거든. 또 자네만 해도 그루셴카네 집에 자주 가긴 하지만 절대로 연애 관계는 없다고 말하지 않았나? 자네가 그 여자를 그렇게 경멸하고 있을 줄 꿈에도 몰랐다니까! 그런데 그루셴카는 정말 그런 여자일까?"

"내가 그 여자를 찾아갈 때는 그럴 만한 무슨 이유가 있었기 때문이지. 그렇지만 자네한테는 더이상 얘기하고 싶지도 않아. 친척으로 말하자면 자네 아버지나 형님이 곧 자네를 그 여자의 친척으로 만들어 줄 걸? 내가 아니라 자네를 말이야. 자, 이제 다 왔군. 자넨 주방 쪽으로 들어가는 게 좋을 거야.

저런! 아니 저건 무슨 일일까? 우리가 너무 늦게 왔나? 하지만 오찬이 이렇게 빨리 끝날 리가 없을 텐데? 혹시 카라마조프네 일당이 또 난동을 부린 게 아닐까? 아마 틀림없이 그럴 거야. 저건 자네 아버지 아닌가. 그 뒤로 이반도 따라나오는군. 원장이 있는 데서 뛰어나온 모양이야. 저기 계단 위에서 이시도르 신부가 뭐라 소리치고 있어. 자네 아버지도 손을 내저으며 뭐라고 마주 소리를 지르고 있는걸. 아마 욕설을 퍼붓는 모양이야. 저런, 저기 미우소프도 마차를 타고 돌아가네. 보이나? 마차가 달리기 시작했어. 막시모프인가 하는 지주도 달려가…… 틀림없이 소동이 벌어진 거야! 물론 식사도 못했을 거고 설마 원장님을 두들겨 준 건 아니겠지? 아니면 저 사람들이 당했나? 오히려 그게 더 당연하지만!"

라키친이 호들갑을 떠는 것도 무리가 아니었다. 정말 실로 보도 듣도 못한 터무니 없는 추태가 벌어졌던 것이다. 그것은 모두 어떤 '영감(靈感)'이 그 원인이었다.

8 추태

미우소프와 이반 카라마조프가 수도원장의 방에 들어섰을 때, 근본은 성실하고 섬세한 사람인 미우소프의 내부에 갑자기 미묘한 감정 변화가 일어나, 자기가 화를 낸 일에 대해 부끄러운 생각이 들었다. 아까 장로의 암자에서 자기가 표도르 같은 인간 쓰레기와 마찬가지로 똑같이 화를 내고 이성을 잃었던 일이 몹시 후회되었다. '적어도 신부들에게는 아무 잘못도 없지.' 그는 수도원장이 사는 건물 계단을 올라가면서 문득 그렇게 생각했다. '만일 여기 있는 수도사들도 점잖은 사람들이라면 나도 그들에게 좀더 친근하고 상냥하고 정중한 태도를 보여주는 게 좋지 않을까? 더구나 수도원장인 니콜라이 신부는 귀족 출신이라고 들었으니까. 그러니 논쟁 따위는 그만두고 슬슬 맞장구나 쳐주면서 좋게 넘어가기로 하자. 그리고…… 마지막에 가서 내가 그 이솝영감, 어릿광대, 피에로와 결코 한패거리가 아니라, 나 역시 자기들이나 마찬가지로 재수없이 그 영감한테 걸려든 사람이라는 걸 알려 주도록 하자.'

그는 현재 소송에 걸려 있는 벌목권과 어업권(그게 과연 어디에 있는지 자기 자신도 모르지만)을 당장 오늘 이 순간부터 깨끗이 포기하겠다고까지 생각했다. 그리고 실제로 아무 값어치도 없는 이런 권리를 가지고 이 수도원을 상대로 제기했던 일체의 소송을 취하하기로 결심했다.

이와 같은 기특한 결심은 그들이 수도원장의 식당 안에 들어섰을 때 더욱 굳어졌다. 하긴 이 건물 안에는 방이 단 두 개밖에 없었으므로 특별히 식당이라고 할 만한 것은 따로 없었다. 물론 장로의 암자에 비하면 훨씬 넓고 편리한 방이었지만 응접세트는 마호가니 나무에 가죽을 씌운, 1820년대에 유행했던 구식 물건들이었다. 마룻바닥은 칠이 되어 있지 않은 대신 청결한 광택이 은은하게 났고 창가에는 진귀한 꽃들이 한아름 꽂혀 있었다.

물론 이 순간 가장 화려한 것은 방 한가운데 차려 놓은 호화로운 식탁이라는 것은 말할 필요도 없었다. 하기는 이 경우, 상대적으로 그렇다는 얘기다. 식탁과 그릇은 청결하게 모두 반짝반짝 빛나고 있었다. 잘 구워진 세 가지 빵에 포도주 두 병, 수도원에서 생산되는 맛좋은 꿀이 두 병, 그리고 이 수도원의 특산품으로 유명한 크바스(엿기름, 보리, 호밀 따위로 만든 러시아 맥주)를 담은 커다란 유리 항아리가 하나 놓여 있었다. 다만 보드카는 보이지 않았다.

나중에 라키친이 말한 바에 의하면 이날 오찬에는 요리가 다섯 가지나 준비되어 있었다고 한다. 그것은 철갑상어 수프에 생선을 넣은 피로시키, 특별한 조리법으로 만든 생선찜, 연어 너비튀김, 그 다음엔 과일을 넣은 아이스크림과 설탕에 절인 과일, 마지막으로 블랑망제 등이었다. 이것은 모두 라키친이 궁금증을 참을 수가 없어서 안면이 있는 수도원장의 요리사한테서 얻어낸 정보였다. 그는 어디에나 연줄이 있기 때문에 어디서나 쉽게 정보를 얻을 수 있었다.

그는 질투심이 많고 침착하지 못한 사람이었다. 자기의 뛰어난 재능을 충분히 인식하고 있었으나 자만심으로 인해 그것을 신경질적으로 과시하는 면이 있었다. 그는 자기가 장차 어떤 경영자가 되리라는 것을 나름대로 잘 알고 있었다. 그렇지만 정직한 사람은 아니었다. 가까운 친구인 알료샤는 그가 그 점을 전혀 자각하지 못한다는 게 괴로웠다. 라키친은 단지 책상 위에 놓인 남의 돈을 집어가지 않는 것만으로 자기가 더없이 정직한 사람이라고 생각했다. 그쯤되면 알료샤뿐만 아니라 누구도 손쓸 방법이 없었다.

라키친은 아직 신분이 낮아서 끼어들 수 없었지만 이 오찬에는 수도원 측에서도 이오시프 신부와 파이시 신부 그리고 또 한 사람의 수사 신부가 초대를 받았다. 이들은 미우소프와 갈가노프, 그리고 이반으로 구성된 손님 일행이 방안에 들어왔을 때는 이미 수도원장의 식당에 먼저 와서 기다리고 있었다. 이 밖에도 아까 암자로 가는 길을 안내했던 지주 막시모프도 한쪽 구석에 끼어 있었다.

수도원장은 손님들을 맞이하기 위해 방 한가운데로 걸어나왔는데 그는 키가 크고 마른 편이면서도 아직 정정한 노인이었다. 검은 머리에 희끗희끗 백발이 섞이고 길쭉한 얼굴에는 음울한 위엄이 가득 차 있었다. 그가 손님 한 사람 한 사람에게 조용히 머리를 숙여 인사하자 손님들은 축복을 받기 위해 그 앞으로 다가갔다. 미우소프는 손에 입을 맞추려다가 원장이 마침 손을 거두는 바람에 실패하고 말았지만, 이반과 갈가노프는 서민들이 하는 식으로 아주 소박하게 손에 입을 맞춤으로써 충분한 축복을 받을 수 있었다.

"신부님, 먼저 깊은 사과의 말씀을 드려야겠습니다."

미우소프는 흰 이를 드러내 보이며 붙임성 있게 입을 열었으나 그래도 어딘지 거드름을 피우는 듯한 정중한 어조였다.

"원장님께서 초대해 주신 우리 일행 표도르 카라마조프 씨와 함께 오지 못한 것을 몹시 유감으로 생각합니다. 표도르 씨는 사정이 있어서 원장님의 초대를 사양할 수밖에 없었지요. 실은 아까 조시마 장로님의 암자에서 자기 아들과 불행한 집안 싸움을 벌인 끝에 그만 흥분하여 그곳에서는 해서는 안될…… 한마디로 말해 매우 점잖지 못한 말을 몇마디 입 밖에 내고 말았습니다……. 이 일에 대해서는 이미 원장님께서도(여기서 그는 두 신부를 슬쩍 훔쳐보았다) 들으신 바가 계실 줄로 압니다만. 아무튼 당사자로서는 이 일에 대해 자신의 잘못을 인정하고 진심으로 후회하는 동시에 부끄러움을 감추지 못하고, 결국 저와 자기 아들인 이반 씨에게 진심어린 사죄와 유감, 그리고 참회의 뜻을 원장님께 전해 달라고 부탁하더군요. 간단히 말씀드리자면 그 사람은 차후에 모든 것을 보상할 각오는 물론이려니와, 원장님의 축복을 구하면서 그 사건에 대해서는 잊어 주시기를 바라고 있습니다……"

미우소프는 여기서 입을 다물었다. 이 장황한 인사의 마지막 대사를 마치자 그는 스스로 완전히 만족하여 조금전까지 그의 가슴속에 맺혀 있던 울분은 흔적도 없이 사라져 버리고 말았다. 그는 또다시 진심으로 인류간의 형제애를 느끼게 되었던 것이다. 수도원장은 위엄있는 표정으로 그의 말을 끝까지 다 듣고 나서 가볍게 고개 숙이며 대답했다.

"이곳에 못 오신 분에 대해서는 진심으로 유감스럽게 생각합니다. 식사라도 함께 나누노라면 우리가 그분을 사랑하는 것처럼 그분도 우리를 사랑하게 될지도 모르는 것을. 자, 그럼 여러분, 식사를 시작하시죠."

원장은 성상 앞에 서서 감사의 기도를 드리기 시작했다. 모두 엄숙하게 머리를 숙였다. 특히 막시모프는 각별히 경건한 마음으로 두 손을 모으고 다른 사람보다 더욱 몸을 내밀었다.

표도르가 마지막 어릿광대극을 연출하기 위해 나타난 것은 바로 이때였다. 여기서 미리 말해 두지만 그는 사실 정말로 집에 돌아갈 생각이었다. 장로의 암자에서 그처럼 추악한 언동을 감행한 이상 아무 일도 없었던 것처럼 수도원장의 오찬에 참석할 수는 없다고 생각했던 것도 사실이었다. 그러나 그것은 자신의 행동을 부끄럽게 여기고 진심으로 뉘우쳤기 때문은 결코 아니었다. 아니, 어쩌면 정반대였을지도 모른다. 아무튼 그는 오찬에 참석하는 것은 실례라 생각하여 집으로 가려고 결심했다.

그러나 그의 고물마차가 여관 현관 앞에 도착하여 막 마차에 오르려던 순간, 그는 갑자기 동작을 멈췄다. 아까 장로 앞에서 자기가 내뱉었던 말이 문득 생각났던 것이다.

'저는 사람들 앞에 나설 때는 항상 저 자신이 비열한 놈으로 생각됩니다. 또 모두들 저를 어릿광대로 취급하고 있다는 생각이 들지요. 그래서 저는 오냐, 그렇다면 정말 어릿광대가 되어 주마, 너희 의견 따윈 무섭지 않다. 모두가 나보다 더 비열한 놈들이니까.'

그러자 갑자기 그는 자신이 저지른 추태에 대해 거꾸로 그들에게 복수를 해줘야겠다는 생각이 들었다. 또 언젠가 누군가가 그에게 사람을 왜 그렇게 미워하느냐고 묻던 때의 일도 떠올랐다. 그때 그는 어릿광대답게 파렴치한 태도로 이렇게 대답했다.

"사실은 그가 나한테 나쁜 짓을 한 게 아니라 내가 그 사람에게 비열한 짓을 했지요."

그때의 일이 생각나자 표도르는 잠시 생각에 잠기면서 심술궂게 씩 웃었다. 그의 눈이 갑자기 빛을 발하기 시작하고 입술까지 부르르 떨렸다.

'이왕 버린 몸이니 어디 가는 데까진 가봐야지!'

그는 결심했다. 이 순간에 그의 마음속 깊이 숨겨져 있던 감정은 아마 이런 말로 표현할 수가 있을 것이다.

'이제 어차피 내 명예를 회복할 길은 없어졌다. 그렇다면 저들의 얼굴에 실컷 침이나 뱉어주자. 저들이 어떻게 생각하든 내 알 바 아니니까!'

그는 마부에게 기다리라고 말해 놓고 부리나케 수도원으로 되돌아가 곧장 수도원장이 있는 건물로 달려갔다. 이제부터 자신이 무슨 짓을 하려는지는 자신도 몰랐으나 어쨌든 이미 누구도 자신을 말릴 수 없으며, 누가 조금만 건드리면 당장 최악의 추태를 연출하여 마지막 선을 넘어버리리라는 것을 스스로 잘 알고 있었다. 다만 그것은 단순히 추악한 행위일뿐, 무슨 법적인 처벌을 받을 수 있는 범죄행위 같은 것은 결코 아니었다. 그는 후자의 경우 그 점에 대해서는 언제나 적당한 순간에 자기를 억제할 수 있었고 때로는 스스로도 감탄할 정도였던 것이다.

그가 수도원장의 식당에 나타난 것은 기도가 끝나고 나서 사람들이 막 식탁에 앉으려 하던 바로 그때였다. 그는 문턱 위에 서서 대담무쌍하게 그들의 눈을 노려보면서 좌중을 한번 쓰윽 훑어본 다음 한바탕 킬킬대고 웃어젖혔다.

"모두 내가 돌아간 줄 알았겠지만, 보시다시피 난 여기 있는걸!"

그는 식당이 떠나가도록 소리쳤다.

한순간 사람들은 넋을 잃은 듯이 우두커니 그의 얼굴만 바라보고 있었다. 그러나 이내 그들은 이제부터 구역질이 나는 추악한 사건이 한바탕 벌어질 것이라는 사실을 직감했다. 미우소프는 그토록 온화하던 기분이 무섭도록 흉악한 기분으로 바뀌어 버렸다. 그의 가슴속에서 자취를 감추었던 모든 것이 한꺼번에 되돌아와 다시 고개를 쳐들기 시작한 것이다.

"안 되겠어, 이젠 정말 참을 수 없어!" 그는 소리쳤다. "도저히 안 되겠어! 절대로 못 참아!"

온몸의 피가 머리로 치솟았다. 혀도 제대로 돌아가지 않았으나 그런 건 아무래도 상관없었다. 그는 모자를 움켜쥐었다.

"안 되긴 대체 뭐가 안 된다고 그러슈?" 표도르가 소리쳤다. "도저히 안 되는 건 뭐고, 또 절대로 못 참는 것은 뭐요? 그런데 원장님, 들어가도 되겠습니까? 저를 손님으로 맞아 주시겠어요?"

"진심으로 환영합니다." 원장은 표도르에게 대답한 뒤 이렇게 덧붙였다. "여러분, 진심으로 한 말씀 올리겠습니다만 일시적인 감정은 잊으시고 이 변변치 않은 오찬이나마 함께 드시면서 하느님께 기도하여 사랑과 가족 같은 화목한 분위기 속에 하나로 융합되기를……."

"아니, 안 됩니다. 그건 도저히 불가능한 일입니다."

미우소프가 정신 나간 사람처럼 소리쳤다.

"미우소프 씨가 불가능하다면 저 역시 불가능하니 그럼 저도 갈랍니다. 이제부터는 미우소프 씨를 그림자처럼 따라 다닐 겁니다. 미우소프 씨, 돌아가시지요. 나도 돌아갈 테니까. 만약 당신이 여기 남으면 나도 남겠소. 원장님, 방금 원장님께서 가족같은 화목한 분위기라고 하신 말에 저 사람은 가슴이 뜨끔한 모양입니다. 원래 저 사람은 나를 자기의 친척으로 인정하지 않는 사람이니까요! 그렇지 않소, 폰 존? 저기 서 있는 사람이 바로 폰 존이지요, 안녕하시오, 폰 존?"

"그건……. 저한테 하시는 말씀인가요?"

어리둥절해진 지주 막시모프가 중얼거렸다.

"물론 당신이지! 당신이 아니면 대체 누구겠소? 설마 원장님께서 폰 존일 리는 없으니까!"

"하지만 저도 폰 존이 아닙니다. 막시모프라고 합니다."

"아냐, 당신은 폰 존이오. 신부님, 대체 폰 존이 누구인지 아십니까? 어떤 살인사건의 주인공으로 그 사람이 살해된 것은 어느 음탕한 집에서였지요. 이곳에서는 그런 곳을 그렇게 부르시는 것 같더군요. 어쨌든 그는 나이도 지긋한 사람이었는데 그런 집에서 돈을 뺏기고 살해된 다음 궤짝 속에 밀봉되어 페테르부르크에서 모스크바까지 화물 열차로 운반되었습니다. 그런데 궤짝에 못을 박을 때 창녀들이 노래를 부르고 구슬리(러시아 악기)도 켜면서 한바탕 신나게 놀았다더군요. 바로 그 폰 존이 여기 있는 이 남자입니다. 죽은 자가 무덤에서 다시 살아나온 거지요. 그렇지 않소, 폰 존?"

"그게 무슨 소리요? 왜 또 그런 이상한 얘기를 하는 거요?"

신부들 사이에서 이런 말이 들려 왔다.

"가자!"

미우소프가 칼가노프에게 소리쳤다.

"잠깐 기다려 주시오." 표도르는 방 안으로 한 걸음 걸어들어가서 쉿소리 같은 목소리로 그를 제지했다. "할말은 다 한 다음에 가야 하겠소. 저기 암자에서는 내가 민물고기 얘길 끄집어냈다고 해서 모두 나를 무례한 놈이라고 나무라더군요. 내 친척뻘 되는 미우소프 씨는 말을 하는 데도 '진실함보다는 고상함(plus de noblesse que de sincérité)'을 더 좋아하는 모양이지만 난 반대로 이야기 속에 '고상함보다는 진실함'이 있는 것을 더 높이 평가하니까 내겐 고상함(noblesse) 따위는 개에게나 줘 버려야 할 거지요! 안 그렇소, 폰 존?

실례입니다만 원장님, 나는 어릿광대로서 광대놀음을 좋아하긴 하지만 그래도 명예를 존중하는 남자이니까 분명히 말씀드리고 싶습니다. 그렇습니다. 어디까지나 명예를 존중하는 남자이지만, 미우소프 씨는 가슴속에 억눌려 짜부라진 자존심밖엔 아무것도 없거든요. 하여간 오늘 내가 여기 온 것도 어쩌면 상황을 한번 보고 분명히 말씀드리기 위한 것이었는지도 모릅니다. 내 아들인 알렉세이가 여기서 신세를 지고 있는데 그 애비 되는 사람으로서 아들의 장래가 무척 염려됩니다. 염려되는 게 당연하지요!

나는 여기 와서 내내 광대짓을 하면서 가만히 보고 듣고 했지만 이제부터 내 광대놀음의 마지막 장면을 보여드리고 싶습니다. 그런데 지금 우리나라의 형편은 어떻습니까? 무너질 것은 이미 죄다 무너져 버렸습니다. 한번 무너진 것은 영원히 다시 일어날 수 없습니다. 정말 한심한 상태올시다! 나는 다시 일어나고 싶습니다. 신부님들, 나는 여러분에게 분개를 느끼고 있습니다.

고해라는 것은 절대로 비밀을 엄수해야 하는데도 불구하고—그렇다면 나역시 경건하게 그 앞에 엎드려 감사드릴 용의가 있습니다만—아까 저 암자에서 보니 모두 무릎을 꿇고 자기가 지은 죄를 큰 소리로 아뢰고 있는 판국이니 대체 이게 무슨 짓입니까! 그래 소리내어 고해를 하는 것이 과연 옳은 일일까요? 고해는 귓속말로 해야 한다는 것은 신부님들이 정해 주신 하나의 법칙입니다. 또 그래야만 비밀이 지켜지는 것입니다. 옛날부터 고해는 그런 방법으로 내려왔습니다. 그런데 어떻게 많은 사람들 앞에서 나는 이런 죄를 지었습다 하고 말할 수가 있겠습니까? 아시겠어요, 때로는 부끄러워서 입밖에 내지 못할 말도 있을 텐데 말이지요. 그거야말로 추태가 아니고 무엇이겠습니까! 정말이지 여기서 당신네 신부님들과 같이 지내다가는 난 틀림없이 편신 교도(鞭身教徒=광신적고행자)가 되어 버리고 말 겁니다. 나는 언제든지 기회만 오면 종무원(宗務院)에 고발장을 쓰고 내 자식인 알렉세이를 집으로 데려가겠습니다……."

　여기서 몇 가지 주의를 환기해 둘 일이 있다. 표도르는 세상에서 떠도는 풍문을 누구보다 먼저 듣고 있었다. 어느때인가 장로에 대한(비단 이 수도원뿐 아니라 장로 제도를 채택하고 있는 다른 수도원도 마찬가지였지만) 악의에 찬 소문이 나돌아 나중에는 대주교의 귀에까지 들어간 일이 있었다. 그것은 장로가 지나치게 존경을 받아 수도원장의 위엄이 땅에 떨어졌다느니, 특히 장로들이 참회의 기밀을 악용하고 있다느니 하는 내용들이었다. 그러나 이런 비난들은 전혀 근거 없는 것들이어서 결국 이 고장에서도 다른 고장에서도 모두 슬그머니 자취를 감추고 말았다. 그런데 지금 흥분한 표도르를 사로잡아 어딘지도 모르는 더러운 구렁텅이 속으로 끌고 들어가려는 되지 못한 악마가 이 낡아빠진 비난을 그의 귀에 속삭였던 것이다. 표도르 자신은 이 비난이 지니는 의미를 이해할 수도 없었고 더구나 그것을 논리정연하게 제대로 표현하는 것은 불가능한 일이었다. 게다가 오늘 장로의 암자에서 큰 소리로 참회를 한 사람은 아무도 없었으므로 표도르가 그런 장면을 결코 보았을 리가 없었다. 지금 그는 어쩌다 기억에 떠오른 옛 소문을 그저 나오는 대로 지껄인데 불과했으므로 이야기를 끝낸 순간 자기 자신도 엉터리없는 말을 했다는 사실을 곧 깨달았다. 그러나 그는 자기가 한 말이 결코 터무니없는 소리가 아니라는 점을 상대에게보다는 자기 자신에게 증명해 보이고 싶은 생각이 들었다.

　그는 앞으로 한마디라도 더 지껄이면 지껄일수록 이미 말한 허튼 소리에 또다른 허튼수작을 덧붙이게 될 뿐이라는 사실을 뻔히 알고 있었으나, 이미 스스로 억제할 수가 없어서 마침내 벼랑에서 뛰어내리고 만 것이다.

　"이게 무슨 망신이람!"

　미우소프가 버럭 소리를 질렀다.

　"실례입니다만." 수도원장이 불쑥 입을 열었다. "옛부터 전해 오는 말에 이런 말이 있습니다. '사람들이 나에게 온갖 비난을 퍼붓고 나중에는 고약한 악담까지 하는지라, 내가 이 말을 듣고 나 자신에게 이르기를, 이는 허영에 들뜬 내 영혼을 고치려고 그리스도께서 보내 주신 선물이니라.' 이와 같이 지금 우리도 귀중한 손님이신 당신에게 감사를 드리는 바입니다!"

그렇게 말하고 나서 그는 표도르에게 정중히 허리를 굽혔다.

"쯧 쯧 쯧, 내 이럴 줄 알았지. 그건 위선에다 케케묵은 문구예요! 케케묵은 문구에 케케묵은 제스처! 구린내나는 거짓말에 상투적인 그 절이라니! 그따위 절쯤은 나도 다 알고 있답니다! 실러의 《군도》에 나오는 '입술에는 키스를, 심장에는 단검을'이라는 말이 바로 그거지요. 나는 말입니다 신부님들, 거짓말은 질색이오. 난 진실을 원하니까.

그렇지만 진실은 민물고기나 먹는 데만 있는 것이 아닙니다. 아까 암자에서 분명히 밝힌 것도 바로 그겁니다! 신부님들은 무엇 때문에 그토록 수행에 정진하는 겁니까? 어째서 정진에 대해 천국에서의 보상을 바라는 것인가요? 정말 그런 보상이 있다면 단식일쯤은 나도 수행에 정진하겠습니다. 못씁니다, 못써요! 신부님들, 수도원에 틀어박혀 남들이 갖다바치는 빵으로 배를 채우며 천당에 갈 생각이나 하고 있지 말고, 속세에 나가 선행을 하고 사회에 공헌이 되는 일을 좀 하시라구요, 하긴 그러는 편이 훨씬 더 어려운 일이긴 하겠지만서도. 원장님, 어떻습니까? 나도 제법 얘길 잘 하지요? 그건 그렇고 대체 여긴 무슨 요리가 나왔을꼬?"

그렇게 말하면서 그는 식탁으로 다가갔다.

"오래 묵은 포트와인에다 옐리세예프 형제 상회에서 만든 벌꿀술이라……. 신부님들도 보통 미식가가 아니신걸! 민물 고기만 자시는 줄 알았더니 그게 아니로구먼요! 신부님들 식탁에 술병을 다 늘어놓다니, 하 하 하! 그런데 이런 걸 모두 여기 갖다 준 사람은 대체 누구일까요? 이건 러시아의 근면한 노동자와 농민들이 그 못이 박힌 손으로 일해서 번 몇 푼 안 되는 돈을, 자기 가족이나 국가의 요구는 뒤로 미루고 이곳에 가져온 것이란 말입니다! 신부님들, 당신들은 백성의 고혈을 빨아먹고 있어요!"

"이건 명예훼손입니다!"

이오시프 신부가 말했다. 파이시 신부는 의연히 침묵을 지키고 있었다. 미우소프는 방에서 뛰쳐나갔고 갈가노프가 그 뒤를 따랐다.

"그럼 신부님들, 나도 미우소프 씨의 뒤를 따라가겠습니다. 앞으로는 이곳에 절대로 안 올 거요. 제발 와 주십사고 애걸복걸해도 안 온다니까요! 내가 천 루블이나 되는 돈을 기부했으니까 또 돈을 내놓지나 않을까 하고 눈이 왕방울만 해서 기다릴 테지만, 하 하 하! 그래 봐야 헛수곱니다. 이제는 한푼도 없어요! 나는 덧없이 흘러간 나의 청춘과 내가 여태까지 받아온 모든 굴욕에 대해 복수를 하는 겁니다!" 그는 스스로 꾸며낸 감정의 발작에 못 이겨 주먹으로 식탁을 꽝 내리쳤다. "이 수도원은 내 생애에 있어서는 뜻깊은 곳이오! 이 수도원 때문에 쓰디쓴 눈물도 많이 흘렸다오! 내 여편네가 하느님에게 미쳐서 나를 돌아보지 않게 된 것도 모두 당신들 때문이었소. 일곱 번의 교회회의에서 나를 저주하고 온갖 허튼 소문을 퍼뜨린 것도 당신들 짓이었지. 이제 그만하면 되었소, 신부님들! 지금은 자유주의 시대, 기선과 철도의 세기란 말이오. 앞으로는 천 루블은 커녕 100루블, 아니 단돈 100코페이카도 내 손에서 긁어내지 못할 테니 그리 아시오!"

여기서 또 한 가지 사실을 지적해 두어야하겠다. 이 수도원이 그의 생애에서 뭔가 특별한 의미를 가진 적은 한 번도 없었고, 이 수도원 때문에 그가 쓰디쓴 눈물을 흘려 본 적도 전혀 없었다. 그러나 그는 스스로 짜낸 눈물에 감동한 나머지 한순간 자기도 그것이 사실인 것 같은 기분을 느꼈을뿐더러 하마터면 실제로 감격의 눈물까지 흘릴 뻔했던 것이다. 그러나 동시에 이제는 퇴장할 때가 되었다는 것도 그는 느끼고 있었다. 수도원장은 그의 악의에 가득 찬 거짓말에 대해 머리를 숙여 보이고 다시 깨우쳐주는 듯한 태도로 입을 열었다.

"이런 말씀도 있습니다. '그대에게 가해지는 모욕을 기쁨으로 참아 내고, 그대를 모욕하는 자를 미워하지 말 것이며, 또한 부질없는 증오에 사로잡히지 말지니라.' 그래서 우리 또한 그렇게 행하고 있습니다."

"쯧 쯧 쯧, 또 입에 발린 소릴 하는구려! 그건 다 잠꼬대 같은 말이오! 신부님들, 기껏해야 위선자인 주제에 난 갈 테니까. 그리고 내 아들 알렉세이는 아버지의 권한으로 오늘부터 영원히 데려가 버리겠소. 내 존경하는 아들 이반아, 너도 나를 따라서 같이 돌아갈거지? 그리고 폰 존, 당신도 여기 남아 있을 필요는 없소! 당장 읍내에 있는 우리집으로 오도록 하시오. 우리집이 더 재미있을 거요. 고작해야 1km도 안 되는 거리니까. 곰팡내 나는 수도원 기름 대신 양념 국물을 바른 새끼돼지를 대접할 테니 같이 식사를 합시다. 코냑에 리큐어도 주지, 아껴두었던 딸기술 말이야. 이봐, 폰 존, 이런 행운을 놓쳐서야 쓰 겠나?"

그는 연방 제스처를 써가며 소리치면서 식당 밖으로 나갔다. 아까 라키친이 그를 발견하고 알료샤에게 알려 준 것은 바로 그때였다.

"알렉세이!" 자기 아들을 발견하고 아버지가 멀리서 소리쳐 불렀다. "오늘 안 으로 당장 집에 돌아오너라. 베개랑 이불이랑 몽땅 싸가지고 와! 터럭 한 오라 기라도 여기 남겨 두면 안 된다!"

알료샤는 못박힌 듯이 그 자리에 우뚝 서서 묵묵히 이 광경을 지켜보았다. 마침내 표도르는 마차 속으로 기어들어갔고 이반도 알료샤는 본체만체 시큰 둥하게 입을 다문 채 마차에 오르려 하고 있었다.

그러나 이날의 에피소드에 마침표를 찍는, 거의 믿을 수 없는 촌극이 여기 서도 벌어졌다. 어느샌가 마차의 발판 앞에 지주 막시모프가 허겁지겁 달려들 었던 것이다. 그는 표도르를 놓치지 않으려고 기를 쓰고 달려온 모양으로 숨 을 헐떡거리고 있었다. 라키친과 알료샤는 그가 달려가는 모습을 바라보았다. 그는 발판 앞에 이르자 마차가 떠날까봐 당황한 나머지 이반이 아직 한쪽 발 을 걸치고 있는 발판 위에 덥석 자기 발을 올려놓았다. 그러고는 마차 안으로 뛰어들려고 했다.

"나도 좀 태워 주시오!"

그가 마차에 뛰어들면서 소리쳤다. 한없이 밝은 웃음소리를 내며 희색이 가 득찬 그의 얼굴에는 하늘이 무너져도 따라가고야 말겠다는 표정이 나타나 있 었다.

"그래 내가 아까 뭐랬소?" 표도르는 의기양양해서 소리쳤다 "폰 존! 당신은 역시 무덤에서 살아나온 진짜 폰 존이야! 그런데 거기선 어떻게 빠져나왔수? 거기서 어떻게 폰 존 식의 솜씨를 발휘했는지는 모르겠지만, 아무튼 차려 놓 은 음식을 버려 두고 빠져나오다니 당신도 얼굴에 보통 철판을 깐 게 아니로 군! 내 낯가죽도 꽤 두꺼운 편이지만, 당신한테는 도저히 당해 내지 못하겠는 걸! 자, 이리 안으로 들어오시구려. 어서 뛰어들라니까! 애, 이반, 태워주어라, 재미있을 테니까. 발밑에라도 쪼그리고 앉아 있으라고 해. 그래도 되겠지요, 폰 존? 아니면 마부 옆자리에 올라타든지. 좋아, 마부석에 오르시오, 폰 존!"

그러나 이때 이미 마차 안에 앉아 있던 이반이 갑자기 손을 뻗어 막시모프의 가슴을 힘껏 밀쳐 버렸다. 막시모프는 비틀비틀 2m 가량 뒤로 튕겨났다. 그가 고꾸라지지 않은 것은 단지 우연이었다.

"가자!"

이반은 지긋지긋하다는 듯이 마부에게 소리쳤다.

"아니, 너 왜 그러니? 왜 저 사람을 밀쳐버렸지?"

표도르가 소리쳤으나 마차는 이미 달리고 있었다. 이반은 아무 대꾸도 하지 않았다.

"정말 괴상한 녀석이로구나!" 표도르는 2분쯤 가만히 있다가 아들의 얼굴을 곁눈질하며 다시 입을 열었다. "오늘 수도원에 모두 모이자고 꾸민 사람도 너고, 딴 사람들을 부추기고 너 자신도 적극 찬성해 놓고 이제 와서 무엇 때문에 화를 내는 거냐, 응?"

"말 같지 않은 소린 그만 두세요. 이젠 좀 쉴 때도 된 것 같은데."

이반이 팩 쏘아붙였다.

표도르는 다시 2분 가량 입을 다물고 없었다.

"이럴 땐 코냑을 마시는 게 좋아."

그는 짐짓 점잖게 한마디 했다. 그러나 이반은 대답하지 않았다.

"집에 가거든 너도 한잔 들어라."

이반은 여전히 대꾸가 없었다.

표도르는 다시 2분쯤 기다렸다.

"어쨌든 알료샤 녀석은 아무래도 수도원에서 데려와야겠다! 너한텐 그리 유쾌한 일이 아니겠지만 말이야. 진심으로 존경하는 칼 폰 모어군!"

이반은 경멸하는 듯이 어깨를 으쓱하고는 얼굴을 돌려 창밖을 바라보기 시작했다. 그때부터 집에 도착할 때까지 두 사람은 서로 한마디도 하지 않았다.

제3편 음탕한 사람들

1 하인 방에서

표도르 카라마조프의 집은 읍내 중심부에서 꽤 멀리 떨어져 있었으나 아주 변두리는 아니었다. 꽤 낡은 건물이긴 했지만 겉보기엔 제법 산뜻한 느낌을 주는 단층집으로 다락방이 딸려 있었고, 사방의 벽은 전부 회색칠을 했으며 지붕은 빨간 페인트 칠을 한 함석으로 되어 있었다. 그러나 꽤 오래 전에 세워졌다고는 하지만 아직은 튼튼하고 아늑한 집이었다.

집안에는 광과 벽장, 그리고 조금 엉뚱한 곳에 붙어 있는 계단이 상당히 많았으며 쥐도 꽤 많은 편이었다. 그러나 표도르는 쥐에 대해서는 별로 신경을 쓰지 않았다. '밤에 집안에 혼자 있을 때 적적하지 않아 좋다'는 것이었다. 사실 그는 밤이 되면 꼭 하인들을 바깥채로 내보내고 자기 혼자 안채에서 지내는 습관이 있었다. 마당 건너편에 있는 바깥채는 아주 튼튼하고 큼지막한 건물이었다. 그런데 표도르는 안채에도 부엌이 있음에도 불구하고 꼭 이 바깥채에서 음식을 만들도록 하고 있었다. 그가 음식 만드는 냄새를 아주 싫어했기 때문에 사시사철 마당을 거쳐 안채로 음식을 날라야 했다. 본래 이 집은 대가족이 살도록 지어졌기 때문에 안채나 바깥채나 모두 지금의 5배의 사람들이 충분히 살 수 있을 만큼 넓었다. 그런데도 이 이야기의 무대가 되었던 당시 집안에는 표도르와 이반, 그리고 바깥채에 하인 세 사람이 살고 있을 뿐이었다. 하인들이란 그리고리 영감과 그의 마누라인 마르파 할멈, 그리고 아주 젊은 스메르자코프라는 요리사인데, 이 세 사람에 대해서는 좀 더 자세히 소개해 둘 필요가 있을 것 같다.

그리고 그리고리 쿠투조프 영감에 대해서는 이미 앞에서도 어느 정도 설명한 적이 있다. 그는 일단 자기가 옳다고 생각한 것은(터무니없이 비논리적일 때도 있지만) 무슨 일이 있더라도 끝끝내 해치우고야 마는 고집불통 영감으로서, 요컨대 돈으로는 살 수 없는 결벽증이라고 할 만큼 정직한 하인이었다. 그의 아내인 마르파 이그나치예브나도 한평생 남편의 뜻에 무조건 복종해 온 순박한 노파이지만 잔소리가 심하고 남편에게 바가지를 긁는 버릇이 있었다. 저 농노 해방 때의 일을 예로 들자면, 마르파는 우리도 이젠 카라마조프 댁 하인 노릇을 그만두고 모스크바로 가서 구멍가게라도 하나 내자고 남편에게 성가시게 졸라대었다(그들에겐 저축해 둔 돈이 조금 있었다). 그러나 그리고리는 이 말을 즉석에서 물리쳐 버리고 말았다. 그 이유는 '여편네들이란 부끄러움을 모르는 족속'들이어서 밤낮 거짓말만 한다는 것과, 하인이란 주인이 어떤 인물이든 절대로 그 밑을 떠나지 않는 것이 '의무'라는 것이었다.

"임자는 도대체 의무라는 게 뭔지 알고나 있어?"

그는 마르파 할멈에게 물었다.

"그건 나도 안다우. 그렇지만 영감, 이 집에 남아 있는 것이 왜 우리 의무란 말유?"

마르파 할멈도 지지 않고 대꾸했다.

"아무것도 모르면 입이나 닥쳐."

결국 이렇게 해서 그들은 주인 곁을 떠나지 않았다. 표도르는 이들 내외에게 급료를 조금씩 지불해 주고 있었으나 그리고리는 급료보다도 자기가 주인에 대해 확고한 영향력을 지닌 인물이라는 점에 스스로 만족하고 있었다. 사실 완고하고 교활한 어릿광대인 주인 표도르는 자기 말마따나 인생의 '어떤 면'에 대해서는 확고부동한 의지력을 가지고 있었으나 '다른 면'에 대해서는 스스로도 놀랄 만큼 우유부단한 사람이었다. 그는 이 다른 면이 어떤 것인지 스스로 잘 알고 있었고 그런 만큼 몹시 두려워하기도 했다. 이런 일에 대해서는 언제나 날카로운 경계가 필요했으므로 누구든지 충실한 인간이 옆에 붙어 있지 않으면 마음을 놓을 수가 없었다. 이 점에서 그리고리는 더할 바 없이 충실한 하인이었다. 표도르는 여태까지 살아오는 동안 남한테 얻어맞은 적이 한두 번이 아니었으며 때로는 맞아죽을 뻔한 경우도 여러 번 있었다. 그럴 때마다 나타나서 그를 구해 준 사람이 바로 그리고리였다. 물론 구원을 받은 다음 표도르는 번번이 그리고리로부터 한바탕 설교를 들어야 하긴 했지만 말이다.

단지 얻어맞는 일뿐이라면 표도르도 그다지 두려워하지는 않았으리라. 그러나 때로는 맞는 것 이상으로 숭고하고 미묘하며 훨씬 복잡한 사태가 가끔 일어나, 그럴 때마다 표도르는 막연하나마 자기 주위에 충성스런 사람이 하나 있었으면 하는 욕구를 느껴 왔다. 이러한 심리 상태는 거의 병적인 것으로서, 끝없이 타락하고 색욕에서는 마치 독벌레처럼 잔인한 표도르도 술에 취했을 때는 자기 마음속 깊이 생리적으로 전해오는 영적인 공포와 도덕면에서의 강한 불안을 느끼고 있었다.

그는 가끔 "그런 때는 내 영혼이 목구멍 속에서 파르르 떨고 있는 것 같기만 하다니까" 이렇게 말하곤 했다. 바로 그런 순간에 그는 자기 옆에 충실하고 신뢰할 수 있는 인간이—같은 방이 아니라 바깥채에라도 좋으니 그저 가까운 곳에 있어 주기를 바랐다. 자기와는 전혀 다른 타락하지 않은 사람, 자기의 온갖 추잡한 행위와 비밀을 목격하고도 충성심에서 너그럽게 눈감아 주는 사람, 또한 자기를 꾸짖거나 매도하거나 위협하지 않고 필요한 경우엔 자기를 보호해 줄 수 있는 사람. 그러나 대체 누구로부터? 누군지 정체를 알 수 없는, 그러나 무섭고도 위험한 인간으로부터이다. 간단히 말하자면 자기와는 다른 부류의 인간이면서도 허물없이 대할 수 있는 오랜 친구가 필요했던 것이다.

참을 수 없이 마음이 괴로울 때면 그 친구를 불러 그저 얼굴을 바라보거나 쓸데없는 농담을 지껄이는 것만으로도 충분하다. 그가 자기에게 화를 내지 않으면 마음이 한결 가벼워지고, 그가 만약 화를 낸다면 그때는 조금 실망할 뿐이다.

매우 드문 일이긴 하지만 표도르는 한밤중에 바깥채로 나가 그리고리를 깨워 안으로 들어오라고 이르는 때도 몇 번 있었다. 그리고리가 안채에 나타나면 그는 허튼 수작을 잠깐 하거나 엉뚱한 야유나 농담을 하고는 돌려보내기도 한다. 늙은 하인을 보내고 난 다음 그는 퉤퉤 하고 침을 뱉고는 자리에 눕는다. 그리고 나면 눕기가 무섭게 그는 마치 성자처럼 조용히 깊은 잠에 빠져들어갈 수 있는 것이다.

이와 비슷한 일은 알료샤가 집으로 돌아왔을 때도 표도르의 마음속에 일어났다. 알료샤는 같이 살아서 모든 것을 죄다 보면서도 결코 '비난하지 않는다'는 점에서 그의 심장을 '콱 찔렀던' 것이다. 게다가 알료샤는 그가 아직 한 번도 누구한테서 겪어 보지 못한 정다운 태도를 보여주었다. 즉 알료샤는 이 노인에 대해 조금도 경멸하는 빛을 보이지 않았을 뿐만 아니라, 아버지로서의 자격도 없는 그에게 한결같이 상냥하고 자연스럽고 소박한 애정을 표시해 주었던 것이다. 알료샤의 이러한 태도는 여태까지 가정다운 가정 생활을 해본 적이 없는 늙은 한량이며 주로 '추악한 것'만을 사랑해 온 표도르에게는 전혀 뜻밖의 선물이었다. 그렇기 때문에 알료샤가 수도원으로 들어가 버리자 그는 그때까지 관심조차 없었던 것에 대해 조금이나마 이해하게 되었음을 인정했던 것이다.

늙은 하인 그리고리가 주인의 전처이며 드미트리의 생모인 아델라이다를 그토록 미워하면서도 후처인 불쌍한 '미친 여자' 소피아는 끝까지 두둔했다는 이야기는 이미 첫머리에서 언급한 바가 있다. 그는 소피아에 대해 나쁘게 말하거나 경솔한 언사를 하는 사람들을 모조리 혼내 주었을 뿐 아니라 이 문제로 주인 표도르에게 대들어 싸운 적도 여러 번이었다. 이 불행한 마님에 대한 그의 동정은 세월이 흐를수록 더욱더 숭고한 것이 되어 이미 20년이나 지난 지금도 누가 소피아에 대해 트릿한 소리를 했다가는 당장 그리고리로부터 무안을 당했을 것이었다. 그리고리는 무척 냉정하고 의젓하고 과묵한 사람으로 어쩌다가 입을 열 때에도 한마디 한마디 무게가 있고 신중한 편이었다. 그러므로 그가 순종적이고 얌전한 자기 아내를 사랑하고 있는지 어떤지 겉으로 보아서는 절대로 알 수 없었다. 그러나 사실 그는 아내를 진심으로 사랑하고 있었고, 아내쪽도 물론 그런 사실을 잘 알고 있었다.

그의 아내 마르파는 결코 우둔하지 않았을 뿐 아니라 어쩌면 남편보다 현명한 여자인지도 모른다. 적어도 살림을 꾸려가는 면에 있어서만큼은 그보다 훨씬 더 실속이 있었다. 그러나 그녀는 처음으로 그와 부부가 되었을 때부터 모든 일에 불평이나 말대꾸 한번 하지 않고 남편에게 복종하며 정신적으로 자기보다 뛰어나다는 것을 인정하고 무작정 그를 존경했다. 이 내외가 일생을 해로하면서도 불가피한 일상 생활사를 제외하고는 서로 말을 주고받는 일이 매우 드물었다는 점은 주목할 만한 일이다. 그리고리는 자기의 일이나 근심거리에 대해서는 늘 엄숙한 태도로 자기 혼자서만 생각하는 성격이었으므로, 마르파는 남편이 자기의 충고나 간섭을 필요로 하지 않는다는 것을 일찌감치 깨닫고 있었다. 그녀는 자기가 침묵을 지킴으로써 오히려 남편이 자기를 영리한 여자로 평가하고있다는 사실을 잘 알고 있었다. 그리고리는 평생 아내를 때린 적이 없었지만 단 한 번 가벼운 손찌검을 한 적은 있었다. 그것은 표도르가 아델라이다와 결혼하던 해에 있었던 일로서, 그 무렵 아직 농노였던 마을 처녀들과 아낙네들이 이 지주 댁에 불려 와서 노래를 부르고 춤을 춘 일이 있었다.

'푸른 목장에서'란 노래가 시작되었을 때, 당시만 해도 아직 새색시였던 마르파가 노래하는 여자들 앞으로 뛰어나가더 좀 색다른 몸짓으로 '러시아춤'을 추기 시작했다. 그것은 보통 아낙네들이 추는 시골 춤이 아니라, 그녀가 부유한 미우소프 댁에 하녀로 있었을 때 모스크바에서 초빙해 온 무용 선생에게 배워 그 집의 사설 극장 무대에서 추던 소위 신식춤이었다. 그리고리는 아내가 춤을 다 추도록 말없이 바라보고만 있었으나, 1시간쯤 뒤에 집으로 들아오자 아내의 머리카락을 가볍게 잡아당기며 혼을 내주었다. 그가 아내에게 손을 댄 것은 이것이 처음이자 마지막이었고 마르파도 그 이후로는 아예 춤 같은 것은 출 생각도 하지 않게 되었다.

그들에겐 자식 복이 없었다. 아기가 하나 생기기는 했으나 이내 죽어 버리고 말았다. 그리고리는 몹시 어린애를 좋아했으며 그런 태도를 별로 감추려고도 하지 않았다. 즉 자기 입으로도 그렇게 말하고 있었던 것이다. 아델라이다가 집을 뛰쳐나가 버리자 그는 세 살난 드미트리를 맡아 손수 코도 닦아 주고 머리도 빗겨 주며 거의 1년 넘게 돌봐 주었다. 그 뒤에도 이반과 알료샤를 맡아 길렀는데 이 때문에 따귀까지 얻어맞게 되었다는 것은 이미 이야기한 바 있다. 그러나 정작 자기 자식의 재미를 본 것은 어미 뱃속에 들어 있을 동안뿐이었다.

막상 세상에 나온 아기를 보자 그의 기대는 놀라움과 슬픔으로 변하고 말았다. 그 아이는 아들이긴 했지만 그 대신 육손이였던 것이다. 그것을 본 그리고리는 상심한 나머지 아기가 세례를 받는 날까지 말 한마디 하지 않고 내내 정원에만 나가 있었다. 마침 봄철이어서 그는 사흘 동안 계속해서 묵묵히 정원에 있는 채소밭을 갈기만 했다. 사흘째 되던 날 아기는 세례를 받을 예정이었는데, 그동안 그리고리는 무언가 마음속으로 결심한 바가 있는 것 같았다. 신부가 와서 세례 준비를 마치고 손님들도 모여와서 이윽고 대부가 될 표도르까지 나타났을 때, 그리고리는 안으로 돌아오자마자 다짜고짜 "이 아이에게는 세례를 줄 필요가 없다"고 선언했다. 물론 큰 소리로 그렇게 말한 것은 아니고 더듬더듬 간신히 말한 뒤 흐릿한 눈으로 신부의 얼굴을 물끄러미 쳐다보았을 뿐이었다.

"아니, 왜?"

신부는 경쾌한 놀라움을 나타내며 물었다.

"이 애는…… 이무기니까요……"

그리고리가 중얼거리듯이 대답했다.

"이무기? 대체 이무기가 뭐요?"

그리고리는 잠시 동안 말이 없었다.

"자연의 혼란이 일어났단 말입니다……"

그는 몹시 애매한 말을 몹시 단호한 어조로 중얼거린 뒤 이 일에 대해 더 이상 말하고 싶지 않은 눈치였다.

모두 한바탕 웃었고 물론 이 불행한 아기의 세례 의식은 예정대로 진행되었다. 그리고리는 성수반(聖水盤) 옆에 선 채 열심히 기도를 드렸다. 끝끝내 그는 아기에 대한 의견을 고집했으나 그렇다고 해서 남들이 하는 일을 굳이 막으려고도 하지 않았다. 이 온전치 못한 아기가 살아 있던 2주일 동안 그는 아기의 얼굴을 들여다보는 일도 없이 내내 밖에만 나가 있었다.

그러나 보름 뒤에 이 아기가 아구창으로 죽고 나자 그는 자기 손으로 아기를 관 속에 눕히고 깊은 슬픔에 잠겨 그 관을 굽어보았다. 그리고 그리 깊지 않은 흙구덩이에 관을 묻고 나서 그는 무릎을 꿇고 아기의 무덤을 향해 머리가 땅에 닿도록 절을 했다. 그 뒤 오랜 세월이 흐르는 동안 그는 자기의 죽은 아기에 대한 이야기를 한 번도 한 적이 없었다. 마르파 또한 남편 앞에서는 아기의 이야기를 꺼내지 않았고 간혹 남편이 없는 자리에서 '갓난애'에 대한 말을 할 때도 소곤소곤 귓속말로 했다. 마르파의 말에 의하면 그리고리는 그애를 묻고 난 다음부터 종교적인 것에 몰두하게 되어 《순교자 열전》을 탐독하게 되었다는 것이다. 대개 크고 둥근 은테 안경을 쓰고 혼자서 눈으로만 읽었는데, 사순절 같은 때를 제외하고는 소리내어 읽는 경우는 매우 드물었다. 그는 구약 성경의 〈욥기〉를 즐겨 읽었고 어디선가 '하느님의 거룩한 사제인 성 이사크 시린의 잠언집과 설교집 따위를 구해다가 여러 해를 두고 꾸준히 읽었다. 그러나 그 안에 쓰여 있는 내용은 거의 하나도 이해하지 못한 것이나 다름없었다. 그러나 그는 이해할 수 없었기 때문에 더욱더 그 책을 소중히 여기고 사랑했는지도 모른다. 최근에 와서는 편신교(鞭身敎)의 교리에 귀를 기울이기 시작해서 깊은 충격을 받은 모양이었으나 굳이 이 새로운 종파로 전향할 생각은 없는 것 같았다. 물론 그가 이렇게 종교 서적을 통해 쌓아올린 지식 덕분에 그의 풍모가 전보다 더욱 엄숙해진 것은 말할 필요도 없다.

아마 그리고리에게는 원래부터 신비주의 경향이 있었는지도 모른다. 그런데 마치 주문이라도 한 것처럼 육손이의 출생과 죽음이라는 사건과 거의 동시에 또 하나의 해괴망측한 사건이 일어나, 그가 나중에 말한 것처럼 그의 마음속에 '낙인'을 찍어 놓았다. 그것은 육손이를 매장한 바로 그날 밤에 일어났다.

한밤중에 마르파는 갓난아기의 울음소리 같은 것을 듣고 문득 잠이 깨었다. 그녀는 깜짝 놀라 남편을 깨웠다. 그리고리는 한참 동안 가만히 듣고 있더니, 그것은 갓난아기의 울음소리가 아니라 사람의 신음소리, 그것도 '여자'의 신음소리 같다고 했다. 그는 자리에서 일어나 옷을 주워 입었다. 제법 따스한 5월의 밤이었다. 현관 층계로 나와 귀를 기울여 들어보니 신음소리는 분명히 정원쪽에서 들려오고 있었다. 그러나 정원은 밤이 되면 안쪽에서 자물쇠를 채우지만 정원 둘레에는 높고 견고한 울타리가 쳐져 있어서 그 문을 열지 않고는 정원 안에 들어갈 수가 없었다.

그리고리는 일단 방으로 돌아와서 초롱에 불을 켠 다음 정원 문의 열쇠를 집어들었다. 그리고 나서는 마르파가 겁에 질린 목소리로 죽은 아기가 울면서 자꾸 자기를 부르는 것 같다고 히스테릭하게 떨고 있는 꼴을 본 체도 하지 않고 말없이 정원으로 나갔다. 그는 신음소리가 샛문 가까이 있는 정원 한구석의 목욕탕에서 들려오고 있으며 틀림없는 여자의 신음소리라는 것을 알았다. 목욕탕 문을 열었을 때, 그리고리는 눈앞에 벌어진 그 무서운 광경을 보고 그만 말뚝처럼 그 자리에 우뚝 서버리고 말았다. 그것은 읍내를 쏘다니며 리자베타 스메르자시차야(악취를 풍기는 여자라는 뜻)라는 별명으로 불리는 백치처녀가 이 집 목욕탕에 기어들어 막 어린애를 낳은 순간이었기 때문이다. 아기는 어머니 옆에 누워 있었고 산모는 아기 옆에서 죽어가고 있었다. 그녀는 아무 말도 하지 못했다. 원래 말을 할 수 없었기 때문이다. 그렇지만 이 사건에 대해서는 따로 특별한 설명이 필요할 것 같다.

2 리자베타 스메르자시차야

여기에는 그리고리를 깊이 뒤흔든 어떤 특수한 사정이 있었다. 그것은 그가 전부터 품어 온 매우 불쾌하고 추악한 의혹을 명백한 사실로 확인시켰다. 리자베타 스메르자시차야는 몹시 키가 작은 여자여서, 그녀가 죽은 다음에도 이 읍내의 신앙심 깊은 노파들이 "글쎄 키가 140cm도 못되는 꼬마였다니까요!"

하고 자못 감탄스러운 투로 속삭일 정도였다. 갓 스무 살이 된 그녀의 건강하고 혈색 좋은 얼굴은 얼빠진 표정을 하고 있었다. 온순한 눈동자는 늘 한곳을 뚫어지게 쳐다보고 있어서 약간 불쾌한 느낌을 주었다.

그녀는 여름이건 겨울이건 언제나 삼베옷 하나만 걸치고 밤낮 맨발로 돌아다녔다. 그녀의 놀랄만큼 새카만 머리카락은 양털처럼 곱슬곱슬해서 마치 커다란 모자를 쓴 것 같았고 그 위에는 언제나 진흙탕이나 맨땅 위에서 자는 탓으로 가랑잎이나 대패밥, 나뭇가지, 검불 따위가 붙어 있었다. 그녀의 아버지는 술로 가산을 탕진하고 병까지 걸려 집 한 칸 없이 막장사를 하며 돌아다니던 일리야란 사람이었는데, 읍내의 어느 부유한 상인 집에서 몇 해 전부터 고용인처럼 얹혀 살고 있었다. 그녀의 어머니는 벌써 오래 전에 죽고 없었다. 밤낮 병을 앓고 있기 때문에 몹시 신경질이 된 일리야는 딸이 집에 돌아올 때마다 사정없이 때려서 내쫓곤 했다.

그렇지만 그녀는 유로지비라 하여 어디를 가나 대접을 받았기 때문에 아버지한테 들르는 일은 거의 없었다. 일리야의 주인과 일리야 자신을 비롯하여 읍내의 인정 많은 상인과 마누라들은 늘 속옷만 걸치고 다니는 리자베타에게 보다 인간다운 옷차림을 해주려고 겨울이 오면 누군가가 꼭 양털 외투를 입혀 주고 장화를 신겨 주려고 시도했다. 그러나 리자베타는 그들이 하는 대로 가만히 있다가도 혼자만 있게 되면, 성당 문 앞 같은 데 가서 모처럼 얻어입은 모자니 외투니 치마니 장화니 하는 것들을 모조리 벗어던지고는, 그전처럼 속옷 차림에 맨발로 가버리는 것이었다.

언젠가 우리 현의 신임 지사가 순시차 우리 읍에 왔다가 우연히 리자베타의 모습을 보고 좋은 감정이 크게 상한 적이 있었다. 지사는 보고를 받고 그녀가 역시 유로지비라는 것을 알긴 했으나, 그래도 젊은 처녀가 속옷 바람으로 거리에 나돌아다닌다는 것은 풍기상 도저히 용납할 수 없으므로 앞으로는 절대 이런 일이 없도록 하라고 지시를 내렸다. 그러나 지사가 돌아가자마자 리자베타는 다시 먼저처럼 방치된 상태로 돌아갔다.

마침내 그녀의 아버지도 세상을 떠나게 되자 사람들은 고아가 된 그녀에게 더욱 친절하게 대해 주었다. 사실 모든 사람으로부터 사랑을 받고 있어서 사내아이들, 특히 한창 못된 장난을 일삼는 초등학생들도 그녀를 못살게 굴거나 하지는 않았다. 그녀가 낯선 집에 불쑥 들어서도 쫓아내는 사람은 아무도 없었고, 오히려 모두들 귀여워하며 그녀의 손에 동전을 쥐어 주곤 했다. 그러나 그녀는 돈이 생기면 성당이나 교도소에 가지고 가서 자선함에 넣어 버렸다. 시장 거리에서 둥근 빵이나 흰 빵을 얻어도 그것을 그냥 가지고 다니다가 아무나 처음 만나는 어린애에게 주어 버리지 않으면 지나가는 부자집 마나님을 불러 세워 주어 버렸다. 그러면 그 마나님도 기쁜 마음으로 그것을 받는 것이었다. 리자베타 자신은 딱딱한 검은 빵과 물밖에 먹지 않았다.

그녀는 아무데고 큰 상점 안에 들어가 한참씩 앉아 있을 때가 있는데, 주인은 그녀 앞에 아무리 값진 상품과 돈이 놓여 있어도 조금도 경계하지 않았다. 그녀 앞에 몇 천 루블이나 되는 돈이 쌓여 있어도 단 1코페이카도 없어지지 않는다는 것을 잘 알고 있기 때문이었다. 교회에 가는 일은 거의 없었고, 밤이 되면 성당 현관이나 남의 집 울타리를 넘어가 채소밭에서 잠을 잤다(우리 읍내엔 아직까지도 담장보다는 생나무 울타리를 한 집이 더 많다). 그래도 겨울에는 평소 일주일에 한 번쯤 찾아가던 자기 집(정확히 말해서 자기 아버지의 주인 집이지만)에 매일 밤 늦게 와서 현관이나 마구간에서 잠을 자고 아침이 되면 또 가버렸다.

사람들은 그녀가 이런 생활을 끄떡없이 견뎌 내는 것을 보고 모두 놀랐지만 그녀에겐 이미 습관이 되어서 아무렇지도 않은 것 같았다. 사실 그녀는 키는 작았을망정 몸은 여간 튼튼한 편이 아니었다. 우리 고장의 유지들 가운데는 그녀가 이런 생활을 하는 것은 일종의 자존심 때문이라고 제법 아는 척하는 사람들도 있긴 했지만 그것은 아무래도 앞뒤가 맞지않는 의견이었다. 말 한마디 제대로 못하고 가끔 이상하게 혀를 굴리며 웅얼거릴 뿐인 그녀가 자존심 같은 것을 가졌을 리가 없기 때문이었다.

꽤 오래 된 일이지만 한 번은 이런일이 있었다. 9월 어느 날 보름달이 뜬 밝고 따뜻한 밤이었다. 우리 고장에선 너무 늦은 감이 있는 이슥한 시간에 술집에서 거나하게 취한 대여섯 명의 사내들이 '뒷길'로 해서 집으로 돌아가고 있었다. 골목 양쪽에는 생나무 울타리가 이어지고 있었고, 울타리 너머에는 근처 집들의 채소밭이 펼쳐져 있었다. 이 골목길을 계속해 나가면 더러운 시궁창 위에 다리가 놓여 있는 곳으로 곧장 통하게 된다.

그들은 그 생나무 울타리 옆 쐐기풀과 우엉이 무성한 곳에서 리자베타가 잠들어 있는 것을 발견했다. 술기운이 오른 이 신사들은 걸음을 멈추고 서서 그녀를 내려다보며 킬킬대면서 입에서 나오는 대로 음담패설을 늘어놓기 시작했다. 그러자 문득 한 사람의 머릿속에 당치도 않은 기발한 생각이 떠올랐다.

"누구든 이 짐승이나 다름 없는 천치를 한 사람의 여자로 다룰 수 있는 사람이 있을까? 지금 당장 이 자리에서……"

이 말을 듣고서는 한다하는 놈팡이 신사들도 모두 눈살을 찌푸리고 고개를 저으면서 그것은 불가능한 일이라고 대답했다. 그런데 일행 중에 끼어 있던 표도르가 불쑥 앞으로 뛰어나오더니 그것은 얼마든지 가능한 일일뿐더러 일종의 독특한 재미까지 있을거라고 주장했다.

이 무렵의 표도르는 사실 어릿광대 노릇을 자청하고 나서서 사람들을 웃기는 것을 취미로 삼고 있었다. 물론 겉으로는 이들과 맞먹고 어울리는 것 같았지만, 사실은 심부름꾼 노릇을 하는 데 불과했다. 더구나 이 일이 있었던 무렵에는 첫 번째 아내인 아델라이다가 페테르부르크에서 죽었다는 소식을 듣고 모자에 상장(喪章)을 달고 다닐 때인데도 온갖 추잡한 짓은 도맡아하고 돌아다녔기 때문에, 이 고장의 소문난 난봉꾼들조차 설레설레 고개를 내저을 지경이었다.

표도르의 이 뜻하지 않은 주장에 그들은 모두 웃음을 터뜨렸다. 그러자 어떤 사람이 표도르에게 그렇다면 지금 당장 그것을 증명해 보이는 게 어떠냐고 부추기기 시작했다. 물론 다른 일행은 생각만 해도 추잡한 일이라는 듯이 모두들 침을 퉤퉤 뱉었지만 흥겨운 기분만큼은 여전했다. 그렇게들 한참 시시덕거리고 나서 그들은 결국 그곳을 떠나 제각기 집으로 돌아갔다. 표도르도 훗날 그때 그들과 함께 분명히 그곳을 떠났다고 성호까지 그으며 맹세했고, 또 어쩌면 그 말이 정말인지도 모르지만, 그 일에 대해서는 누구 하나 확실히 알고 있는 사람이 없었고 또한 알 수도 없는 노릇이었다. 아무튼 그로부터 대여섯 달 뒤에 마을 사람들은 리자베타의 배가 불러졌다고 몹시들 격분해서 수군거리기 시작했다. 그리고 범인이 누구인지 조사해 보기도 했으나 별 효과는 없었다. 그런데 난데없이 리자베타를 건드린 것은 바로 표도르라는 소문이 떠돌기 시작한 것이다. 이 소문의 출처는 전혀 알 길이 없었다.

그때의 난봉꾼 일행 중 아직까지 읍내에 남아 있는 사람은 단 한 사람뿐이었는데, 그는 이미 나이 찬 딸들을 거느린 어엿한 가장으로서 사회적으로도 오등관(五等官)이라는 상당한 지위에 있었기 때문에 설사 그런 일이 있었다 하더라도 결코 입을 가볍게 놀릴 사람은 아니었다. 그 밖의 다섯 사람은 벌써 오래 전에 다른 지방으로 이사를 가고 없었다.

그러나 소문은 똑바로 표도르를 지목했고, 지금까지도 그 혐의는 그대로 남아 있다. 물론 표도르도 이런 소문에 대해 강하게 항의하려 들지도 않았다. 그것은 하찮은 장사꾼이나 마을 사람들 상대로 이러쿵저러쿵 변명할 필요가 없다고 생각했기 때문이었다. 사실 그 당시 그는 몹시 거만해져서 비록 어릿광대 노릇을 하더라도 관리나 귀족들이 아니면 상대도 하지 않고 있었다.

그리고리가 주인을 위해 있는 힘을 다해 분연히 일어선 것은 바로 이때였다. 그는 단순히 이와 같은 비방으로부터 주인을 보호하려 했을 뿐만 아니라, 그 소문을 일소하기 위해 스스로 나서서 싸움을 걸고 언쟁을 벌이기까지 했다.

"그야 잘못은 그 난장이 계집 쪽에 있지."

그는 자신만만한 투로 말하곤 했다. 그리고 범인은 바로 '집게손 카르프'라는 것이었다. 이 '집게손 카르프'란 이 고장에서는 모르는 사람이 없는 흉악한 죄수로 감옥에서 탈출하여 우리 고장에 숨어있던 자였다.

이러한 추리는 그런대로 그럴싸했다. 사람들은 그 자가 그해 초가을, 바로 그날 밤을 전후하여 밤거리에 나타나서 행인을 세 사람이나 습격하여 강도짓을 했다는 사실을 알고 있었던 것이다.

그러나 이런 일들은 이 가련한 유로지비에 대한 사람들의 동정심을 빼앗아 가기는커녕 사람들은 그전보다 더욱 그녀를 보살펴 주고 감싸 주게 되었다. 그 중에도 콘드라치예브나라고 하는 어느 부유한 상인의 미망인은 4월말에 일찌감치 리자베타를 자기 집에 데려다 놓고 해산할 때까지 밖에 나다니지 못하게 했다.

물론 그 집 사람들은 리자베타에 대해 주의와 감시를 게을리하지 않았지만, 해산하기 바로 전날 밤 리자베타는 콘트라치예브나의 집을 몰래 빠져나가 표도르의 집 마당에 나타났던 것이다. 그녀가 어떻게 해서 만삭의 몸으로 그렇게 높고 튼튼한 울타리를 넘을 수 있었는지는 아직까지도 수수께끼로 남아 있다. 어떤 사람은 누가 거기에 '옮겨다' 주었을 것이라고 했고 또 어떤 사람은 '악마가 그리로 인도해 주었을 것'이라고 주장하기도 했다. 그러나 가장 타당성 있는 추측은 물론 알 수 없는 일이기는 하지만 지극히 자연스럽게 이루어진 것이라는 주장이다. 즉 리자베타는 평소에도 채소밭에서 잠을 자기 위해 남의 집 울타리를 곧잘 넘어다녔으니까, 그날 밤도 몸에 해로운 줄 알면서 표도르네 울타리를 기를 쓰고 기어 올라가 뛰어내렸으리라는 것이었다.

그리고리는 마르파한테 달려가 리자베타를 돌봐 주라고 이르고 나서 마침 근처에 살고 있는 산파를 부르러 뛰어갔다. 갓난애는 목숨을 건질 수 있었으나 리자베타는 새벽녘에 결국 숨을 거두고 말았다. 그리고리는 갓난애를 안고 집으로 돌아오자 아내의 무릎 위에 억지로 떠맡기듯이 아기를 내려놓았다.

"하느님의 자식인 고아는 누구에게나 친척이 되는 거요. 우리 내외에겐 더욱 그렇지. 이 아기는 마귀 새끼와 천사 같은 어미 사이에서 태어났지만 실은 죽은 우리 아기가 자기 대신 보내 준 애요. 그러니 맡아서 기르도록 하고 앞으로는 눈물을 짜지 말구려."

그렇게 해서 마르파는 아기를 맡아 기르게 되었다. 파벨이라는 이름으로 세례도 받고 부칭(父稱)은 누가 말을 한 것도 아닌데 저절로 표도로비치라고 불리게 되었다. 표도르는 리자베타의 일은 극구 부인하면서도, 이 일에 대해서는 굳이 반대하지 않고 오히려 재미있게 생각하는 듯한 태도였다. 사람들도 표도르가 어린애를 맡게 된 것을 흡족하게 생각했다. 나중에 표도르는 어머니의 별명인 스메르자시차야에서 따온 스메르자코프라는 성까지 지어 주었다.

이 이야기가 시작될 무렵 그리고리 영감 내외와 함께 별채에서 살고 있던 표도르의 두 번째 하인은 바로 이 스메르자코프였던 것이다.

그는 이 집의 요리사로 일하고 있었다. 이 스메르자코프에 대해서도 몇 가지 특별히 얘기해야 할 것이 있긴 하지만, 별로 대단치도 않은 하인들 이야기로 독자를 너무 괴롭히기도 미안한 일이거니와 또 스메르자코프에 대해서는 이야기가 진행됨에 따라 자연히 언급하게 될 것이므로 여기서는 일단 다음 이야기로 넘어가기로 한다.

3 열렬한 마음의 고백―시의 형식으로

알료샤는 아버지가 수도원을 떠나며 마차 안에서 커다랗게 자기에게 소리친 말을 듣고 잠시 동안 어리둥절해서 그 자리에 서 있었다. 그러나 언제까지나 그렇게 기둥처럼 서 있을 수도 없는 노릇이어서 그는 불안한 가슴을 억제하면서 곧 수도원장의 주방으로 달려가 아버지가 식당에서 무슨 짓을 저질렀는지 자세히 알아 보았다. 그러고 나서 걷고 있는 동안 지금까지 자기를 괴롭혀 온 문제들에 대한 해결책이 떠오를지도 모른다는 막연한 기대를 품고 읍내 쪽으로 걸음을 옮겼다.

미리 말해 두거니와, 그는 '베개니 이불이니 몽땅 싸가지고 오라'는 아버지의 명령을 그리 대수롭게 여기지 않고 있었다. 그것은 아버지가 남들에게 들리도록 큰 소리로 그렇게 명령한 것은 다만 일시적인 '감흥' 때문으로, 말하자면 무대 효과를 더욱 높이기 위한 것에 불과하다는 것을 뻔히 알고 있었기 때문이다. 이와 비슷한 사건으로 이 고장 어느 상인이 자기의 명명일 잔치에서 술에 잔뜩 취해 보드카를 더 내오지 않는다고 손님들 앞에서 접시와 세간을 마구 부수고 아내의 옷가지를 발기발기 찢다 못해 자기 집 유리창까지 깨부순 일이 있었는데 이것도 아버지의 경우처럼 과장된 연기였다. 이 상인이 다음날 술에서 깨자 자기가 깨뜨린 접시와 찻잔들을 몹시 아까워 한 것은 말할 것도 없다.

그러니까 아버지도 내일이면, 아니 어쩌면 오늘중에라도 자기더러 다시 수도원으로 가라고 할지 모른다고 알료샤는 생각했다. 아버지가 다른 사람도 아닌 자기에게 욕을 보일 리는 없다고 굳게 믿고 있었다. 그는 이 세상에서 자기를 모욕하려는 사람은 하나도 없으며 아예 그런 마음을 일으킬 수 없다고 믿어왔다. 이것은 그에게 어떤 증명도 필요하지 않은 확고한 공리(公理)였으며, 이런 면에서 볼 때 그는 자기의 목표를 향해 조금도 흔들리지 않고 앞으로 전진해나갈 수 있었다.

그러나 그때 그의 마음속에는 이와는 전혀 다른 공포가 맴돌고 있었으며, 그것은 자기 자신도 잘 설명할 수 없는 것이었기에 더욱 두렵게만 느껴졌다. 그것은 다름 아닌 여자에 대한 두려움, 즉 아까 호흘라코바 부인 편에, 무슨 용무가 있는지 모르지만 꼭 자기에게 와달라고 편지를 써보낸 카체리나에 대한 공포였다. 그녀의 요청과 반드시 가야 한다는 사정이 그의 마음속에 당장 무거운 부담을 안겨줬던 것이다. 그 두려움은 그뒤 수도원과 수도원장의 식당 등에서 일어난 여러가지 소동에도 불구하고 아침 나절 내내 시간이 지날수록 더욱 심하게 그를 괴롭혀 왔다. 그가 두려워한 것은 그녀가 무슨 말을 할지 또 자기가 뭐라고 대답해야 할지 몰라서도 아니고, 또 그녀가 여자이기 때문에 겁을 먹은 것도 아니었다. 그는 어려서부터 수도원에 들어올 때까지 줄곧 여자들 틈에서 자라왔기 때문에 여자에 대해 잘 모르기는 했지만 그렇다고 무턱대고 무서워하지는 않았다. 그가 두려워한 것은 바로 카체리나 자신이었다.

그는 어쩐지 처음 본 순간부터 그 여자가 무서웠다. 그가 그녀를 본 것은 고 작 한두 번이나 많아도 세 번쯤에 불과했고, 더구나 어쩌다가 우연히 몇 마디 나눈 것뿐이었다.

그가 기억하는 카체리나는 무척 미인이면서 자존심이 아주 강하며 위압적 인 데가 있는 여자였다. 그러나 그를 괴롭힌 것은 그녀의 아름다움이 아니라 그것과는 다른 어떤 것이었다. 그리하여 자신이 품고 있는 두려움을 설명할 수 가 없어서 그 공포감은 더욱 커져갔던 것이다. 그 여성이 더할 수없이 고귀한 목적을 가지고 있다는 것은 알료샤도 알고 있었다. 그 목적이란 자기에게 죄 를 저지른 드미트리를 구원하려는 것이었는데, 그것은 오로지 그녀가 지닌 정 의감 때문이었다. 알료샤는 그녀의 아름답고 관대한 마음씨를 인정해야 한다 는 걸 알면서도 그녀의 집이 가까워짐에 따라 점점 더 서늘한 공포를 느끼게 되었던 것이다.

카체리나와 아주 가까운 사이인 둘째형 이반은 아직 그녀의 집에 와 있지 않을 것이라고 알료샤는 생각했다. 아마 이반은 지금 아버지와 함께 집에 있 을 것이다. 그리고 드미트리도 틀림없이 거기에 없을 것이라는 예감이 들었다. 그렇다면 그는 카체리나와 단 둘이서만 이야기하게 될 것이다. 그는 이 숙명적 인 만남에 앞서 먼저 맏형 드미트리를 잠깐만이라도 만나보고 싶었다. 그녀가 보낸 편지를 꺼내 보여주지 않더라도 몇 마디 정도는 얘기를 나눌 수 있을 것 이다. 그러나 드미트리는 멀리 읍내 저쪽 끝에 살고 있었고 또 지금 집에 있을 것 같지도 않았다. 그는 약 1분쯤 그 자리에 서서 망설이다가 마침내 마음을 정하고, 습관처럼 재빠르게 성호를 긋고 씨익 웃으면서 단호한 걸음걸이로 그 무서운 여자의 집을 향해 걷기 시작했다.

그녀의 집은 잘 알고 있었다. 그러나 볼쇼이 거리를 지나 광장을 거쳐 가게 되면 상당히 돌아가는 셈이 된다. 작은 읍내이기는 하지만 집들이 띄엄띄엄 떨 어져 있어서 자칫하다가는 아주 먼 길을 돌게 되는 수가 있었다. 또 아버지도 아까 한 명령을 기억하고 자기를 기다리고 있을지도 몰랐다. 아버지를 기다리 지 않게 하기 위해서는 될 수 있는 대로 빨리 다녀와야 했다. 결국 궁리 끝에 알료샤는 뒷길로 해서 똑바로 질러가기로 결심했다. 그는 읍내의 지름길을 손 바닥처럼 훤히 알고 있었다. 그러나 뒷길이라 해도 길 다운 길은 거의 없고, 낡 은 울타리를 따라 가다 때로는 남의 집 담장을 넘기도 하고 마당을 가로지르기도 해야 하는데, 남의 집이라고는 하지만 모두 안면이 있어서 서로 인사를 나누는 사이이기도 했다.

어쨌든 이 지름길 덕분에 큰길까지 나오는 데는 시간이 절반밖에 걸리지 않았다. 그런데 중간에 아버지의 집 바로 옆을 지나야 하는 곳이 한 군데 있었다. 그것은 아버지네 바로 옆집 정원인데 그 집은 창문이 네 개 달린 기울어져가는 작은 집이었다. 알료샤가 알기로는 이 집 주인은 우리 읍내 사람으로 다리가 불편한 노파인데 딸과 단둘이 살고 있었다. 노파의 딸은 최근까지 페테르부르크에서 주로 장군 댁 같은 데서만 하녀노릇을 한 덕분에 촌티가 싹 가신 여자였는데 어머니의 병 때문에 1년 전부터 고향에 돌아와 살면서 세련된 옷을 입고 간들거리며 다니고 있었다. 그런데 이 모녀는 무서운 가난에 빠지게 되어 옆집 카라마조프네 집 부엌으로 매일같이 수프와 빵을 얻으러 다녔고, 마르파도 싫은 내색하지 않고 이들에게 먹을 것을 나누어 주곤 했다. 그런데 이 집 딸은 남의 집에 음식을 구걸하러 다니면서도 자기의 옷은 한 가지도 팔 생각을 안 했는데, 그녀가 가진 옷 중에는 귀부인의 야회복처럼 터무니없이 치맛자락이 기다란 것도 한 벌 있었다. 물론 이 마지막 부분은 읍내 사정에 대해서는 모르는 것이 없는 라키친한테서 우연히 들은 적이 있었다. 물론 알료샤는 그 말을 듣자마자 곧 한쪽 귀로 흘려 버리고 말았지만, 지금 그 집 정원에 이르자 문득 그 치렁치렁한 치마 생각이 나서 깊은 생각에 잠겼던 머리를 번쩍 들었다. 거기서 그는 전혀 생각지도 않았던 사람과 불쑥 마주치게 되었다.

옆집 정원 울타리 안에서 맏형 드미트리가 뭔가에 올라서서 몸을 잔뜩 앞으로 내민 채 알료샤를 향해 자기에게 오라고 필사적으로 손짓을 하고 있었다. 혹시 누가 들을까봐 소리치기는 고사하고 말하는 것조차 두려워하는 기색이었다. 알료샤는 곧 울타리 옆으로 달려갔다.

"네가 마침 이쪽을 보았으니 다행이다. 하마터면 소리를 칠 뻔했으니까." 드미트리는 반가운 듯이 재빨리 속삭였다. "이쪽으로 넘어오렴! 어서! 아아, 난 네가 와주어서 얼마나 기쁜지 모르겠다. 안그래도 방금 네 생각을 하고 있었지······."

반갑기는 알료샤도 마찬가지였지만 어떻게 울타리를 넘어가야 할지 몰라 잠깐 머뭇거렸다. 그러자 미차가 억센 팔로 그의 팔꿈치를 잡아 주어 알료샤는 기다란 수도복자락을 걷어올리고 마을의 장난꾸러기들처럼 날쌘 동작으로 울타리를 훌쩍 뛰어넘었다.

"자, 됐어! 그럼 가자!"

미챠의 입가에 자못 흡족한 듯한 속삭임이 흘러나왔다.

"어딜 가요?"

알료샤도 덩달아 속삭이면서 주위를 한바퀴 둘러보았다. 그 텅 빈 정원 안에는 자기들 두 사람밖에 없었다. 정원은 무척 작았으나 그래도 그들이 서 있는 곳에서 주인 노파의 집까지는 50보 이상이나 떨어져 있었다.

"아무도 없는데 왜 소곤소곤 말하죠?"

"왜 소곤소곤 말하느냐고? 내가 그랬단 말이지? 빌어먹을." 드미트리가 갑자기 큰 소리를 질렀다. "그래 왜 목소리를 죽였느냐 그 말이지? 헌데 너도 지금 보다시피 사람은 가끔 저도 모를 이상한 짓을 할 때가 있다. 난 지금 여기 숨어서 남의 비밀을 감시하고 있단다. 자세한 건 나중에 설명하겠지만 이것은 비밀이라는 생각이 앞서 그만 공연히 그런 바보짓을 하게 되고 말았구나. 그럴 필요도 없는데 목소리를 죽이고. 자, 저기 저쪽으로 가자! 갈 때까진 가만히 있어야 한다. 너한테 키스라도 해주고 싶은 심정이다!

　　지극히 높은 곳에 영광,
　　내 마음 높은 곳에 영광!⋯⋯

난 네가 오기 직전까지 여기 앉아서 이 구절을 되풀이해 읊고 있었지⋯⋯"

정원은 1 헥타르 남짓한 넓이로 사과나무, 떡갈나무, 보리수, 자작나무 같은 정원수들이 사방의 울타리를 따라 빙 돌아가며 심어져 있었다. 가운데는 텅 빈 풀밭이었는데 이 풀밭에서 여름이면 200kg 남짓한 건초를 거두어들였다. 노파는 봄이 되면 이 정원을 단돈 몇 루블에 남에게 빌려주고 있었는데 자두나 살구나무, 딸기밭 따위는 모두 울타리 옆에 있고 최근에 만든 채소밭은 주인 집 바로 옆에 있었다.

드미트리는 그 집에서 제일 멀리 떨어진 으슥한 구석으로 동생을 데리고 갔다. 그러자 거기에는 빽빽하게 들어선 보리수, 자두나무, 말오줌나무, 까치밥나무, 라일락 같은 고목과 잡초들 사이로 하도 낡아서 지붕이 기울어지고 녹색 빛깔마저 거무스름하게 퇴색된 정자의 잔해 같은 것이 하나 눈앞에 나타났다.

사방의 벽에 격자창이 나 있는 그 정자는 완전히 검게 그을려 있었고 지붕은 겨우 비를 막을 수는 있을 정도였다. 이 정자가 언제 세워졌는지는 알 수 없으나 소문에 의하면 약 50년 전에 이 집 주인이었던 알렉산드르 폰 슈미트라는 퇴역 중령이 지었다고 한다. 그러나 지금은 건물 전체가 완전히 낡아서 마루가 썩어 모든 판자가 흔들거리고 기둥에서는 퀴퀴한 곰팡내가 풍기고 있었다. 정자에는 바닥에 고정시켜 놓은 녹색 나무 탁자가 하나 있었고 그 둘레에 아직도 사람이 앉을 만한 녹색 벤치가 몇 개 놓여 있었다. 알료샤는 아까부터 형이 몹시 들떠 있는 것을 눈치채고 있었는데 정자에 들어가 보니 역시 탁자 위에 반쯤 마신 코냑 술병과 유리잔이 놓여 있었다.

"이건 코냑이지!" 미차는 껄껄 웃었다. "네 표정을 보니 '또 술타령이야?' 하는 얼굴이구나. 하지만 환상을 믿으면 못써.

> 허황되고 거짓된 무리를 믿지 마라,
> 또한 마음속 의혹을 버릴지니…….

(네크라소프의 시)

나는 말이다, 술타령을 하는 게 아니라 네 친구인 라키친인가 하는 돼지 새끼 말마따나 술을 '즐기고' 있는 거란다. 그놈은 나중에 오등관이 되면 술을 '즐긴다'느니 어쩌니 하면서 떠벌리고 다닐 걸. 자 앉아라, 알료샤. 난 말이다. 너를 내 가슴속에 꼭 껴안아 보고 싶구나. 으스러지도록 이 세상에서 내가…… 정말로…… 진심으로…… 잘 들어 둬, 알겠니? 정말로 사랑하는 사람은 너 하나밖에 없어!"

드미트리는 맨 마지막에 가서는 거의 무아지경에서 말했다.

"너 하나밖에…… 아니 또 한사람, 어떤 '더러운 계집'한테 반하긴 했지. 그 때문에 난 신세를 망쳐 버렸지만. 그렇지만 반했다고 해서 꼭 사랑한다는 건 아니야. 미워하면서도 반할 수는 있으니까. 잘 들어 둬라! 이제부터 잠시 즐겁게 얘기하자꾸나. 어서 이 탁자 앞에 앉으렴. 그러면 나는 네 옆에 앉아 네 얼굴을 바라보면서 모든 것을 죄다 얘기해 줄 테니. 넌 그저 가만히 앉아서 듣고만 있으면 돼. 너한테 모든 것을 죄다 얘기해 줄 때가 된 것 같다. 그렇지만 내 생각으론 여기선 역시 조그만 소리로 얘기해야 할 것 같구나. 왜냐하면 여기는…… 여기는 말이지…… 혹시 누가 엿듣고 있는지도 모르지 않니?

하여튼 모든 것을 죄다 설명해주마 앞으로 일어날 일까지 죄다. 그런데 무엇 때문에 너를 이토록 만나고 싶어했는지 아니? 내가 여기에 닻을 내린지 벌써 닷새나 된단다. 그동안 내가 너를 줄곧 기다리고 있었던 것은 정말 무엇 때문이었을까? 그건 오로지 너한테만 모든 것을 털어놓고 싶었기 때문이지. 왜냐하면 그럴 필요가 있었으니까, 네가 필요했으니까. 난 내일이면 구름 위에서 굴러 떨어져 여태까지의 인생에 종말을 고하고 동시에 새로운 인생을 시작하게 될 테니까 말이다. 혹시 너는 꿈에서라도 산꼭대기에서 분화구 속으로 떨어져 본 적이 있니? 그런데 지금 나는 꿈속에서가 아니라 생생한 현실 속에서 그렇게 떨어지고 있는 중이거든. 하지만 난 두렵지 않으니까 너도 두려워할 필요가 없다. 아니 두렵기는 하지만 그게 나한테는 기분좋은 일이니까, 아니 기분 좋은 것도 아니야. 이건 환희라는 것이다…… 제기랄, 어쨌든 같은 일이야. 강하든, 약하든, 여자같든, 그 정신은 다를 게 없어! 그런데 이건 정말 자연을 찬미해야겠구나. 어떠냐, 저 밝은 햇빛과 저 맑은 하늘, 푸르른 나무 잎사귀들, 아직도 한여름 같기만 한 이 고요한 날 오후 3시의 이 조용함이라니! 그런데 지금 넌 어디로 가는 길이었지?"

"아버지한테. 그렇지만 그전에 카체리나 씨의 집에 먼저 들를 생각이었죠."

"그 여자와 아버지한테? 너를 왜 이곳에 불렀는지 아니? 내가 너를 그렇게 만나고 싶어한 것은 무엇 때문일까? 그야말로 지푸라기라도 잡는 심정으로 너를 원하고 너를 갈망하고 있었던 것은 바로 너를 아버지와 그 여자, 카체리나 한테 보내서 그 두 사람과 모두 인연을 끊고 싶었기 때문이지. 천사를 사자로 보내서 말이야. 하기야 아무나 보낼 수도 있지만 이런 일엔 역시 천사가 적임이니까. 그런데 그 천사가 안그래도 그 두 사람한테 가는 길이었다는 말이지?"

"정말 나를 보낼 생각이었나요?"

알료샤의 얼굴에는 문득 고통스러운 표정이 떠올랐다.

"가만 있거라. 그러니까 넌 그걸 벌써부터 알고 있었던 거야. 내가 보기엔 너는 대번에 모든 걸 이해해버린 것 같구나. 어쨌든 잠깐 동안만 가만히 입을 다물고 있으렴. 뭐, 상심할 것도 없고 눈물을 흘릴 필요도 없는 일이야!"

드미트리는 자리에서 일어나더니 손가락을 이마에 대고 잠시 무엇인가 생각했다.

"그 여자가 너를 부른 모양이구나! 무슨 편지 같은 것이 와서 지금 그 여자 집에 가는 거지? 네가 먼저 그 여자 집에 찾아갈 이유는 없을 테니 말이다."

"여기 편지가 있어요."

알료샤가 주머니에서 편지를 꺼내 주자 미차는 얼른 그 편지를 훑어보았다.

"그래서 네가 마침 뒷길로 해서 온 거구나! 오오, 하느님! 동생을 뒷길로 가게 해서 나를 만나게 해주신 은혜에 감사하나이다! 이건 마치 늙은 멍텅구리 어부한테 황금물고기가 걸려들었다는 옛날 얘기하고 똑같구나. 알료샤, 알겠으니. 잘 들어라, 이제 내가 너한테 죄다 얘기해 줄 테니. 그렇지 않아도 어차피 누구에겐가 꼭 해야할 얘기니까 말이다. 하늘의 천사에게는 이미 다 말해두었지만 땅 위의 천사에게도 얘기해 둘 필요가 있어. 땅 위의 천사는 바로 너니까. 그러니 내 얘기를 잘 듣고, 잘 생각해서 나를 용서해 주려무나…… 나는 누구보다도 고결한 사람한테서 용서를 받고 싶으니까.

그런데 말이다, 알료샤야, 가령 어떤 두 사람이 갑자기 이 세상 모든 것과 인연을 끊고 전혀 다른 미지의 세계로 날아가버린다면…… 아니, 적어도 그중 한 사람이 그 전에, 다시말해 아주 영영 날아가거나 죽어 버리기 전에 다른 한 사람을 찾아가 자신을 위해 이러이러한 일을 해달라고, 임종시에나 할 수 있는 부탁을 한다면, 그 사람은 그 청을 들어줄 수 있을까? 그들이 가령 친구나 형제 사이라면 말이야."

"나 같으면 들어주겠어요. 하지만 그게 뭔지 빨리 말해 주세요."

알료샤가 말했다.

"빨리 말하라구?…… 흠, 헌데 알료샤, 뭐 그리 서두르지 않아도 돼. 넌 지금 몹시 초조하고 불안한 모양이로구나. 하지만 지금은 서두를 필요가 조금도 없단다. 이제 세계는 새로운 궤도로 접어들었으니까.

애, 알료샤, 네가 이 황홀한 경지를 깨닫지 못하고 있는 게 못내 유감스럽구나! 그런데 내가 지금 자기 동생에게 무슨 바보 같은 소리를 하고 있담! 아무 것도 깨닫지 못하고 있다니, 너를 상대로! 왜 내가 이런 바보같은 소리를 하고 있는지 모르겠구나.

　　인간이여, 고결하여라!

(괴테의 시)

이건 누구의 시였더라?"

알료샤는 좀 더 기다려 봐야겠다고 마음을 정했다. 어쩌면 자기가 지금 해야 할 의무는 사실은 여기에 있는지도 모른다고 느꼈기 때문이다. 미차는 탁자 위에 손으로 턱을 괸 채 잠시 동안 생각에 잠겼다. 두 사람 다 말이 없었다.

"알료샤." 미차가 입을 열었다. "너만은 비웃지 않을 테지! 나는 나의 참회를…… 쉴러의 《환희의 송가》로 시작하고 싶었다……

'환희에 부치는 노래'로 말이야! 그렇지만 난 그저 '환희에 부치는 노래'라는 말밖에는 독일어를 모른단다. 내가 지금 술에 취해 횡설수설한다고 생각하지는 마라. 난 전혀 취하지 않았어. 여기 코냑이 있긴 하지만 취하려면 적어도 두 병은 마셔야 하니까……

　　새빨간 얼굴의 실레노스는,
　　비틀비틀 나귀 등을 타고……

그렇지만 난 반의 반 병도 마시지 않았고 실레노스도 아니야. 실레노스가 아니라 아마 실론(굳세고 강한 사람이라는 뜻)이라고 해야 할 거다. 왜냐하면 중대한 결단을 내렸으니까 말이야. 뭐, 지금의 허튼소리는 용서해다오. 너는 오늘 허튼소리뿐 아니라 그 밖에도 많은 것을 용서해 주어야 할 게다.

그렇다고 너무 걱정할 건 없어. 난 쓸데없는 말을 늘어놓으려는 게 아니라 중대한 얘기를 하려는 거니까. 이제 곧 본론에 들어가마. 그리 오래 걸리지는 않을 거야. 가만 있자, 그런데 그 시가 어떻게 이어지더라?……"

그는 머리를 들고 잠시 생각하더니 정열적인 태도로 읊기 시작했다.

　　동굴 속에 사는 벌거벗은 야만인은
　　겁먹은 듯 바위 굴 속에 숨어 버리고
　　광야를 떠도는 유목의 무리
　　기름진 들판을 황폐하게 만들더니
　　숲속에는 창과 활을 든
　　수많은 사냥꾼들이 휩쓰는구나……
　　슬프도다, 파도에 이리저리 밀려서

적막한 바닷가에 버려진 죽음의 모습이여!……

올림포스의 산꼭대기에서
어머니 데메테르가 땅에 내려와
잃어버린 딸 페르세포네를 찾아 헤맬 적에
거친 세상, 반기어 맞는 이 하나 없고
여신은 몸둘 곳을 몰라라.
신들을 경배하는 신전은 없고
어디를 둘러봐도 성소를 지키는 사람 하나 보이지 않는구나.

들의 과일, 달콤한 포도송이도
잔칫상 위에 보이지 않고
피에 젖은 제단 위에서
희생의 고깃덩이만이 연기되어 사라지나니
어디를 가도 어디를 보아도
여신의 서글픈 눈길이 향하는 곳엔
치욕의 구렁텅이에 빠져 있는
죄 많은 인간의 처참한 몰골뿐이라!

미차의 가슴속에서 갑자기 흐느낌 소리가 터져나왔다. 그는 알료샤의 손을 꼭 붙잡았다.

"들었니, 동생아. 치욕, 끝없는 치욕의 구렁텅이란 말이다. 난 지금 이 치욕의 구렁텅이에 빠져 있어. 정말 인간이란 이 세상에서 무서우리만치 많은 고통과 재앙을 겪어야 한단다! 하지만 나를 장교 견장을 달고 코냑이나 마시며 방탕에 젖어 수치를 모르는 잡놈이라고 생각하진 말아 다오! 난 요즘 밤낮으로 이 치욕에 빠진 인간에 대한 생각뿐이란다. 내가 거짓말을 하고 있는 게 아니라면 말이다. 이제와서 거짓말을 하거나 허풍을 치고 싶지는 않다. 내가 거짓말을 하고 있는 게 아니라면 말이다. 내가 그런 치욕에 빠진 인간을 생각하는 것은 나 자신이 바로 그런 인간이기 때문이지.

치욕의 구렁텅이에서도
　　굳세게 일어나려거든
　　태고적부터의 어머니인 대지와
　　영원히 한 몸으로 이어질지어다.

　그렇지만 어떻게 하면 내가 대지와 영원히 한 몸으로 결합할 수 있느냐가 문제야. 나는 대지와 입맞추지도 않고 대지의 가슴을 두드리지도 않으니 말이다. 내가 어떻게 농부나 목동이 될 수 있을까? 나는 지금 이렇게 살아가면서도 내가 과연 악취나 오욕 속으로 들어가고 있는지, 아니면 광명과 환희를 향하고 있는 것인지 도무지 모르고 있거든. 바로 여기에 나의 불행이 있지. 내겐 이 세상 모두가 수수께끼니까! 나는 옛날 방탕한 생활을 하며 깊은 치욕 속에 빠져 있을 때(하긴 한평생 그런 생활로 일관해 왔지만) 언제나 데메테르 여신과 인간을 노래한 이 시를 읽곤 했어. 그렇다면 그 시가 나를 옳은 길로 인도해 주었을까?

　천만에! 그런 일은 한 번도 없었어. 그건 내가 카라마조프이기 때문이지. 이왕 나락에 뛰어들 바에는 그야말로 곧장 거꾸로 떨어지는거야. 또 이런 부끄러운 생활에 빠져 있는 것에 일종의 만족까지 느끼고, 나아가서는 이런 생활이 나에게는 아름다운 일이라고까지 느끼기 때문이란다.

　바로 그런 오욕 속에서도 불쑥 하느님을 찬미하기 시작하지…… 저는 저주받을 비열한 놈이지만 하느님의 옷자락에 입맞추게 해주십시오, 비록 제가 악마의 뒤를 따라가기는 하지만 그래도 역시 하느님의 아들이올시다, 저는 하느님을 사랑합니다, 이 환희가 없으면, 그때는 세상도 성립될 수 없고 존재할 수도 없습니다…… 하고 말이야.

　　하느님의 어린 양들의 영혼을
　　촉촉히 적셔 주는 영원한 환희여!
　　그대는 은밀한 발효의 힘으로
　　생명의 술잔에 불을 붙인다.
　　풀잎 하나조차 빛을 향하게 하고
　　어두운 카오스를 태양으로 키워

점성가들도 헤아릴 수 없는
무한한 우주에 가득 채우셨도다.

자연의 풍요한 품속에서, 환희여!
살아 있는 모든 만물은 그대를 마시고
모든 피조물, 모든 백성들은
그대가 이끄는 대로 그 뒤를 따른다.
그대는 불행할 때 친구들을 주고
포도주와 꽃다발을 안겨 주나니
벌레들에겐 색욕을 내리고……
그리하여 천사는 하느님 앞에 서리라.

그렇지만 시는 이제 지긋지긋하구나! 자꾸 눈물이 샘솟는구나, 나를 잠시 동안 울게 내버려두렴, 이런 어리석은 짓을 하면 모두 나를 비웃겠지만 너만은 그러지 않겠지. 그런데 너도 눈시울이 벌겋게 되지 않았느냐? 하여튼 이제 시는 그만두자. 지금부턴 '벌레'에 대한 얘기를 해주마. 하느님께서 색욕이란 걸 보내 주신 그 벌레의 얘기를.

벌레들에겐 색욕을!

알겠니, 동생아. 내가 바로 그 벌레다. 이 시는 특별히 나를 두고 노래한 거니까. 그리고 우리 카라마조프 집안 사람들은 모두 이런 벌레들이었거든. 그러니 천사같은 네 속에도 이 벌레가 살고 있으면서 네 핏속에 폭풍을 일으키고 있는 거란다. 그건 폭풍이야, 왜냐? 폭풍같은 색욕이니까! 아니, 폭풍보다 더하지…… 아름다움이란 정말 무서운 것이다! 왜 무서우냐 하면 뭐라고 정의할 수 없기 때문이고, 정의할 수 없는 이유는 하느님이 수수께끼만 던져 주셨기 때문이지.

아름다움 속에는 강의 양 기슭이 하나로 달라 붙어 버려서 모든 모순이 한 덩어리가 되어 있어. 난 말이다, 알료샤, 학식은 전혀 없는 놈이지만 이 문제에 관해서만은 여러 모로 곰곰 생각해 본 적이 있지. 이 세상에는 헤아릴 수 없을 만큼 많은 신비와 수수께끼가 도사리고 있어서 언제나 우리 인간들을 괴롭히고 있단다. 이 수수께끼를 풀라는 건 마치 옷을 적시지 않고 물속에 들어갔다가 나오라는 거나 마찬가지야.

아름다움이라! 또 한 가지 내가 참을 수 없는 것은, 더할 수 없이 고결한 마음과 뛰어난 지성을 지닌 인간이 마돈나의 이상을 품고 출발했다가도 나중에 가서는 소돔의 이상으로 끝나 버리고 마는 것이야. 그러나 그보다 더 무서운 게 있지. 그것은 이미 소돔의 마음을 품고 있는 남자가 마음속으로는 마돈나의 이상을 부정하지 못하고 오히려 순진무구한 개구쟁이 시절처럼 마돈나의 이상에 가슴을 불태우고 있다는 사실이야. 아아, 인간의 마음은 넓어, 너무 넓어. 그래서 난 조금 좁혔으면 좋겠다는 생각이 들거든. 이래 가지곤 도대체 뭐가 뭔지 알 수가 없으니까! 그래, 이성의 눈으론 더없이 치욕적인 것이 마음의 눈에는 비할 데 없는 아름다움으로 비치거든.

소돔에는 아름다움이 있는 것일까? 믿어도 좋을 거야. 대부분의 인간은 바로 소돔에야말로 아름다움이 있다고 생각한다는 것을. 너는 이 비밀을 알고 있었니? 무서운 것은 아름다움이란 단순히 무서울뿐만 아니라 신비롭기까지 하다는 사실이야. 아름다움 속에서는 악마와 신이 서로 싸우고 있고, 그 싸움터가 바로 인간의 마음속이지. 하지만, 사람이란 언제나 자기의 아픈 곳만 가지고 얘기하게 마련이란다. 자, 이제부터 본론으로 들어가기로 하자.”

4 열렬한 마음의 고백−에피소드 형식으로

“난 거기 있을 때 무척 방탕한 생활을 했었지. 아까 아버지는 내가 처녀들을 꾀기 위해 수천 루블을 뿌렸다고 했지만 그건 돼지 같은 공상이고, 사실 그런 일은 한 번도 없었단다. 또 설사 있었다 하더라도 ‘그런 일’만을 위해서라면 돈 같은 건 한푼도 필요 없지. 돈이란 내게 하나의 액세서리이고 영혼의 열기이며, 소도구에 지나지 않으니까. 오늘은 귀족 따님이 나의 애인이었다가 내일이면 거리의 천한 계집이 그 자리를 대신했어. 난 그 양쪽 여자들을 모두 즐겁게 해주었지. 노래니, 춤이니, 집시 처녀들이니 하며 흥청망청 돈을 뿌려대었거든. 물론 필요한 경우에는 돈을 쥐어 주었지. 왜냐하면 그 여자들은 돈을 받으니까, 이건 거짓말이 아니야. 여자들은 돈을 받으면 무척 좋아하고 또 감사하게 생각하기 마련이야. 나와 놀아난 여자들 중에는 귀부인들도 있었는데, 물론 모두가 그랬다는 건 아니지만 가끔 그렇고 그런 일들이 있었어.

그렇지만 내가 좋아한 것은 언제나 뒷골목이었지. 큰 길 뒤에 있는 좁고 꼬불꼬불하고 캄캄하고 구질구질한 뒷골목들 말이야. 거기에는 언제나 모험이 있고, 뜻하지 않은 일들이 있고, 또 쓰레기통에 장미가 피어 있거든. 알료샤, 이건 비유적으로 하는 말이다. 내가 있던 그 읍내엔 실제로 '그런' 뒷골목이 있었던 건 아니고 다만 도덕적인 의미로서의 뒷골목이 있었을 따름이지. 그렇지만 네가 나 같은 사람이라면 그 뒷골목이란 것이 무엇을 의미하는 건지 이해할 수 있을 거야.

나는 방탕을 사랑하고, 방탕의 치욕을 사랑하고, 방탕의 잔인성까지도 사랑했어. 이래도 과연 내가 빈대가 아니라고 할 수 있겠니? 더러운 해충이 아니라고 할 수 있을까? 아무리 그래 봤자 나는 역시 카라마조프가 아니겠니! 한번은 이런 일이 있었어. 어느 겨울날 온 읍내가 총 출동해서 일곱 대의 마차에 나누어 타고 소풍을 갔는데, 나는 어두운 마차 안에서 옆에 앉은 처녀의 손을 잡고 강제로 키스해 버렸지. 아주 귀엽고 온순하고 가냘프게 생긴 아가씨로 어떤 관리의 딸이었어. 처녀는 어둠 속에서 내가 온갖 짓을 해도 가만히 있더구나. 아마 자기 딴엔 내가 그 다음날이라도 당장 자기 집으로 찾아와서 청혼이라도 할 줄 알았던 모양이지? 사실 나는 좋은 신랑감으로 모두들 인정하고 있었으니까.

그렇지만 난 그 뒤 다섯 달 동안이나 그 처녀에게 말 한마디는 고사하고 그 반쪽도 말을 걸지 않았어. 무도회 같은 곳에 가면—거기서는 걸핏하면 무도회가 열렸지—그 처녀는 홀 한쪽 구석에 틀어박혀 내 일거일동을 유심히 쏘아보고 있었어. 그 눈동자가 조용한 분노를 담고 이글거리고 있는 것을 알 수 있었지. 하지만 이런 장난은 내 마음속에서 살고 있는 벌레의 더러운 욕정을 어느 정도 만족시켜 주었을 뿐이었어. 그 처녀는 다섯 달 뒤에 어느 관리와 결혼해서 그곳을 떠나고 말았지. 나를 원망했겠지만 그러면서도 여전히 나를 사랑했던 것이 틀림없어…… 지금 두 사람은 행복하게 잘 살고 있는 모양이더라만.

그런데 여기서 분명히 말해 두지만 난 그 처녀에 대해서는 누구한테 얘기한 적도 없고 그 처녀의 명예를 더럽힐 만한 소문도 내지 않았어. 비록 비열한 욕망에 사로잡혀 그 비열함을 사랑하고도 있지만 나는 결코 파렴치한 인간이 아니야. 아니, 너 또 얼굴이 빨개졌구나? 눈빛도 심상치 않고? 너한테 이런 추잡한 얘기는 그만 하는 게 좋겠군. 하기는 이런 건 무슨 대단한 얘깃거리도 못 되지. 기껏해야 폴 드 콕(프랑스의 소설가)식의 서론에 불과하니까 말이다. 그런데 그 잔인한 벌레는 점점 더 크게 자라서 내 마음을 완전히 점령하고 말았거든.

그 당시의 추억을 모아 놓으면 아마 한 권의 훌륭한 앨범이 될 수 있을 거야. 오, 하느님, 그 귀여운 아가씨들을 축복해 주시옵소서! 나는 여자들과 갈라서게 될 때도 결코 다투거나 하지는 않았지. 그 처녀들의 비밀을 어디까지나 감싸 주고 한번도 이상한 소문을 낸 적이 없었으니까. 그래, 그래, 이젠 그런 얘긴 그만두기로 하자. 너도 내가 이 따위 쓸데없는 수작이나 늘어놓으려고 너를 이리 데려온 걸로 생각하는 건 아니겠지? 물론 아니고 말고! 지금부터는 좀 더 진지한 이야기를 들려주지. 그렇지만 내가 이런 얘기를 하면서도 부끄러운 기색은커녕 오히려 신이 난다는 듯한 표정을 한다고 해서 너무 이상하게 생각하지는 마라."

"내가 얼굴을 붉힌다고 그러는 거죠?" 알료샤가 대꾸했다. "형님이 그런 얘기를 한다거나 그런 과거를 지녔기 때문에 그러는 게 아녜요. 그건 나 역시 형님과 조금도 다름없는 사람이라고 느꼈기 때문이지요."

"허어, 네가? 그건 좀 지나친 말이구나."

"아니, 과장된 말이 아니예요." 알료샤는 열심히 이야기했다. 아무래도 그는 오래 전부터 그런 생각을 해왔던 것 같았다. "우리는 같은 계단 위에 서 있는 거예요. 단지 내가 가장 아랫계단에 서 있다고 한다면 형님은 더 위에 한 열세 계단 쯤에 서 있는 게 다를 뿐이죠. 나는 단지 그렇게 생각하고 있어요. 결국은 모두 마찬가지라고…… 맨 아랫계단에 발을 걸치면 언젠가는 반드시 맨 윗계단까지 올라가게 되고 말 테니까."

"그럼 아예 발을 내딛지 말아야 한다는 거니?"

"할 수만 있다면 그래야죠."

"그럼 너는 내딛지 않을 수 있겠구나?"

"글쎄, 그렇게 할 수는 없을 것 같아요."

"그만, 그만, 내 동생아, 더 이상 말하지 말려무나! 아아, 난 지금 네 손에 입을 맞춰주고 싶단다! 이를테면 감격의 키스를…… 그런데 그 그루센카란 악당년은 제법 사람을 알아볼 줄 알거든. 언젠가 나한테 너를 꼭 잡아먹고야 말겠다고 장담을 한 적이 있으니까…… 자, 이젠 그만두자. 쉬파리가 들끓는 더러운 들판으로부터 나의 비극으로 무대를 옮겨 보자. 하기는 이쪽 무대 역시 쉬파리가 날고 온갖 오물이 가득찬 것이긴 하지만, 어쨌든 이런 얘기란다. 아까 아버지가 말하길 내가 순진무구한 아가씨를 꾀어 냈다느니 어쨌느니 하고 말했지만 사실 이번의 나의 비극에는 그 비슷한 사건이 있긴 있었지. 하지만 그건 꼭 한 번 있었던 일이고 실제로는 성립되지도 않았어. 그 영감은 내 비밀은 하나도 모르면서 그저 짐작으로 얼렁뚱땅 때려잡았을 뿐이니까. 나는 아직까지 한 번도 누구에게 이 얘기를 한 적이 없어. 지금 너한테 처음으로 말하는 거란다. 물론 이반은 제외하고. 이반은 모든 걸 알고 있어. 벌써 오래 전부터 알고 있지. 그렇지만 이반은 마치 묘비같은 사람이니까……"

"이반이? 뭐, 묘비라고요?"

"입이 무겁다는 말이지."

알료샤는 모든 주의력을 다해 귀를 기울이고 있었다.

"나는 그때 포병 대대의 주력부대에서 근무하고 있었어. 신참 소위이긴 했지만 이건 장교가 아니라 유형수나 마찬가지로 밤낮 감시를 받는 처지였지. 하지만 그 고장 사람들은 나를 굉장히 환대해 주었어. 내가 돈을 물쓰듯 하는 걸 보고 아마 나를 갑부의 아들쯤으로 생각했던 모양이지? 하긴 나 자신도 내가 부자라고 생각하고 있었으니까 말이야. 하지만 돈 말고도 내가 사람들의 마음에 드는 점이 무언가 있긴 있었을 거야. 모두 나한테 설레설레 고개를 내저으면서도 정말은 나를 좋아하고들 있었으니까.

그런데 우리 대대장으로 있던 늙은 중령이 어쩐 일인지 나를 못마땅하게 여기기 시작했지. 그래서 기회만 있으면 나를 혼내주려고 벼르고 있었지만, 나로 말하면 뒷줄이 든든한 데다가 그 고장 사람들이 모두 내 편이었기 때문에 결국은 트집을 잡지 못하더군. 하긴 나도 잘못하긴 했어. 도무지 응분의 존경을 표시하려고 하지 않았으니까. 지나치게 뻣뻣하게 굴었다고나 할까.

그런데 사실은 이 완고한 늙은이는 그리 나쁜 사람이 아니라 무척 호인이어서 무엇보다 손님 접대하기를 즐겨했었지. 그는 두 번 장가를 갔다가 두 번 다 홀아비가 된 억세게 재수 없는 노인인데 서민 출신인 전처 소생으로 딸 하나를 데리고 있었어. 이 딸도 아주 서민적인 아가씨인데 내가 거기 있을 당시만 해도 스물 너덧이나 먹고도 시집을 못 가서, 죽은 어머니의 동생과 함께 아버지 집에서 살고 있었지. 그 이모라는 여자는 순박한 여자로 말수가 적은 편인데 조카딸, 즉 중령의 맏딸은 소박하긴 마찬가지였지만 그 대신 무척 활달한 성격이었어.

대체로 나는 추억에 대해선 아름답게 표현하는 편이긴 하지만 사실 그 처녀만큼 성격이 좋은 아가씨는 아직까지 한 번도 못 보았거든. 이름은 아가피야 이바노브나라고 했고 굉장히 러시아 적인 아가씨였어. 키도 훌쩍 크고 체격도 좋고 통통한 데다 눈이 굉장히 아름다웠지. 뭐 얼굴은 그저 그런 편이었지만. 두어 번 혼담이 있다가 깨져 버려서 노처녀로 있었지만 여전히 명랑함은 잃지 않고 있었어. 나는 이 처녀와 아주 가까운 사이가 되었는데 이상한 관계는 아니었어, 절대로. 그저 친구로서 깨끗한 교제를 했을 뿐이니까. 나는 가끔 여자들과 친구로서 그야말로 깨끗이 사귄 적도 있거든. 그런데 나는 이 처녀한테 지금 생각해도 가슴이 뜨끔할 정도로 노골적인 얘기를 하곤 했는데 이 여자는 그저 깔깔거리며 웃기만 하더군!

여자들이란 대체로 그런 이야기를 즐기는 경향이 있는데다 아가피야는 진짜 숫처녀였으니까 더욱 흥미진진하게 들었을 거야. 그 여자에게 흠이 있다면 아무리 좋게 보아도 좋은 집안의 규수 같은 인상을 찾아볼 수 없었다는 점이지. 아가피야는 이모와 함께 아버지 집에 살고 있었지만 왜 그런지 항상 자기를 낮추려 했고 또 남들처럼 사교계에 나가 사람들과 제대로 교제하려 들지도 않았지. 바느질 솜씨가 훌륭해서 사람들의 칭찬도 많이 받았고 일거리 부탁도 끊이지 않았는데 말이야. 정말 재능이 있었지만 그런 부탁을 받고 일을 해주면서도 상대가 먼저 돈을 내놓는 경우를 제외하고는 굳이 대가를 바라지도 않았단다.

그런데 아버지인 중령은 딸과는 영 딴판인 사람이었지. 그는 그 고장에서 손꼽히는 명사였으니까 호화로운 생활을 하면서, 하루가 멀다 하고 만찬회니, 무도회니 하는 것들을 열어 그 지방 사람들을 초대하곤 했지. 내가 그곳에 도착하여 대대에 배속되었을 무렵의 일인데 중령의 둘째딸이 곧 페테르부르크에서 돌아온다고 온 마을 사람들이 만나면 모두 그 얘기들만 하고 있더군. 뛰어난 미모를 가진 아가씨로 수도에 있는 어느 귀족 여학교를 졸업하고 아버지한테 돌아온다는 거야. 이 둘째딸이 바로 카체리나 이바노브나로, 후처 소생이었지! 그 후처라는 사람은 이미 고인이 되었지만, 원래 어느 유명한 장군의 딸이었다고 하더군. 그렇지만 믿을 만한 소식통에 의하면, 중령과 결혼할 때 지참금은 한푼도 못 가지고 왔으며, 그저 명문 태생이라는 간판밖에는 아무것도 없었던 모양이더라. 앞으로 유산을 상속받을 가능성은 있었는지 몰라도 어쨌든 시집 올 때 수중에는 무일푼이었다지. 그런데 그 여학교 출신 아가씨가 돌아오자—사실은 아주 돌아온 것이 아니고 그저 잠깐 다니러 온 것 뿐이지만—온 마을이 떠들썩해져서 마치 죽음에서 소생한 것 같았어. 그 고장의 대표적 귀부인들—그래 봐야 장군 부인 둘과 대령부인 하나였지만—을 비롯하여 모든 사교계 사람들이 이 아가씨에게 비상한 관심을 가지고 떠받들기 시작하더군. 아가씨를 환영한답시고 무도회나 야유회가 있을 때마다 마치 여왕처럼 대접하고, 불쌍한 여자 가정 교사를 돕는다는 핑계로 그녀를 연극 무대에 끌어내기도 하면서 야단법석들이더군.

내가 그런 건 아랑곳하지도 않고, 여전히 방탕한 생활을 계속하면서 온 마을이 떠들썩할 정도로 한바탕 소동을 일으킨 것이 바로 그 무렵이었어. 그래서 그런지 한번은, 포병 대대장 집에서 모임이 있을 때 이 아가씨가 나를 감정이라도 하는 것처럼 내 얼굴을 유심히 쳐다보구만. 나는 네까짓것 하고는 별로 흥미없다는 태도로 본체만체 그 옆으로 다가갈 생각도 하지 않았지. 내가 이 아가씨한테 접근한 것은 얼마 뒤 역시 어떤 파티에서였는데, 슬쩍 말을 걸어 보았더니 입술을 꼭 깨물고 쳐다보지도 않으면서 여간 멸시하는 태도가 아니었어. 그래서 나는 '오냐, 어디 한번 두고 보자!' 이렇게 속으로 결심했지.

사실 그때 나는 도무지 손댈 수가 없을 정도로 망나니였고, 그건 나도 잘 알고 있었으니까! 그렇지만 중요한 것은 이 '카차'라는 처녀가 순진한 여학교 출신이라는 데 있는 게 아니라 확고한 개성과 자존심을 지닌, 지성과 교양을 갖춘 여성인데 비해 나는 그런 점을 하나도 갖지 못했다는 것을 나 자신이 절감하고 있었다는 점이야. 너는 그때 내가 그 아가씨에게 감히 프러포즈할 생각이나 했을 것 같니? 천만에, 어림도 없지. 내가 두고 보자는 것은 단지 나처럼 훌륭한 남자를 몰라 보는 데 대해 무작정 복수를 하겠다는 생각뿐이었어. 그렇지만 한동안은 술과 유흥에 여념이 없어서 나중에는 중령이 나를 사흘 동안 영창에 집어넣기까지 했지.

아버지가 6천 루블을 보내 준 것은 바로 그 무렵인데 그것은 내가 정식으로 권리 포기증을 써주고 모든 것을 '청산'하자고 요구했기 때문이야. 하기는 그때만 해도 나는 정말 아무것도 모르고 있었어. 알겠니, 알료샤? 난 여기 올 때까지, 아니 바로 며칠 전까지, 아니 어쩌면 오늘까지도 아버지와의 금전 관계에 대해 아무것도 몰랐지. 그렇지만 그런 문제는 아무래도 상관없으니까 나중에 따로 말해 주기로 하지.

그런데 그 6천 루블을 받고 나서 나는 어떤 친구가 보낸 편지에서 우연히 아주 흥미로운 사실을 알게 되었어. 즉 우리 대대장인 중령이 공금 횡령 혐의로 상부의 주시를 받고 있다는 거야. 요컨대 반대파 사람들이 중령을 옭아넣으려고 꾸민 수작인데, 그 때문에 사단장이 직접 나와 검열까지 하면서 그를 심하게 압박하더니 결국 제대 명령을 내리더군. 여기서 자세한 내용은 말할 필요도 없지만 그에게 적이 있었다는 것은 사실이야. 그런 일이 생기자 중령과 중령의 가족을 대하는 마을 사람들의 태도가 차갑게 돌변했는데, 마치 썰물이 빠져나간 것처럼 아무도 가까이하려 들지 않더구나.

내가 행동을 개시한 것은 바로 이때였지. 나는 평소에 친하던 아가피야를 만나서 이렇게 말했어.

'아버님이 관리하고 계시던 공금 4천 5백 루블이 없어졌다던데 그게 정말입니까?'

'아니, 그게 무슨 말씀이세요? 전번에 장군님이 오셨을 땐 고스란히 다 있었는데……'

'그때는 있었지만 지금은 없다는 얘기지요.'

그러자 아가피야는 깜짝 놀라더군.

'사람 놀라게 하지 마세요. 대체 그건 누구에게서 들은 말이죠?'

'걱정하지 마십시오! 아직은 아무도 모르니까 나 하나만 입을 다물고 있으면 별일 없겠지요. 당신도 아시다시피 이런 문제에 대해서는 입이 무거운 사람이니까. 그렇지만 만일의 경우 일이 여의치 못하게 되면 아마 군법회의를 면할 수 없을걸요? 즉 당신 아버님이 그 4천 5백 루블인가 하는 돈을 갚지 못한다면 할 수 없이 늙은 나이에 일개 병졸로 강등될 거라는 말입니다. 그러니까 그땐 여학교를 졸업한 동생을 몰래 나한테 보내 주세요. 마침 집에서 부쳐온 돈이 있으니 한 4천 루블쯤은 빌려 줄 수 있거든요. 물론 신께 맹세코 비밀은 절대 보장해 드리기로 하고……'

'아아, 당신은 정말 비열한 사람이군요!─정말 이렇게 말하더라니까─비열하

고 추악한 악당이에요! 어떻게 그런 말을 할 수 있어요?'

그러더니 화가 머리 꼭대기까지 올라서 가버리더구나. 나는 짓궂게 그 뒤를 쫓아가면서 비밀은 절대 보장한다고 다시 한번 소리쳐 주었지. 미리 말해 두지만 아가피야와 그 이모라는 여자는 이 문제에 대해서는 천사처럼 순진했어. 그 두 여인은 거만하기 짝이 없는 카차를 진심으로 사랑해서 마치 하녀들처럼 자기 자신을 낮추면서 아끼고 섬겨 주었는데, 아가피야는 이 일을, 즉 우리가 주고 받은 이야기를 이내 동생한테 옮기고 말았지. 나는 나중에 이런 내막을 모두 알게 되었는데 아가피야는 아무것도 숨기지 않고 다 말해버린 모양이야. 내가 바로 그점을 노리고 있었다는 것은 말할 필요도 없지.

그러자 갑자기 신임 대대장인 소령이 부임해 와서 사무인계가 시작되었어. 늙은 중령은 갑자기 병으로 쓰러져 꼼짝하지 못한다면서 이틀 밤낮을 집에서 두문불출한채 도무지 공금을 인계할 생각을 안 하더군. 군의관인 크라프첸코까지 틀림없는 병이라고 증언했지. 그렇지만 나만은 전부터 모든 걸 알고 있었어.

그 돈은 지난 4년 동안 사령관의 검열이 끝나기만 하면 으레 얼마 동안씩 자취를 감추는 구조로 되어 있었던 거야. 사실은 중령이 어떤 신용 있는 상인에게 이 돈을 빌려주고 이자를 먹었던 건데, 그건 우리 고장에 사는 트리포노프라는 홀아비 영감이었어. 이 상인은 금테 안경을 쓰고 수염을 기른 사람으로 중령이 빌려준 돈으로 장날을 따라다니며 한 차례 장사를 하고 돌아오면 꼭꼭 돈을 돌려 주었는데 거기에는 물론 이자와 선물이 따르게 마련이었지.

그런데 이번 만큼은 이 상인이 어찌된 셈인지 장사가 끝났는데도 돈을 돌려 주지 않은 거야―나는 이 사실을 트리포노프의 상속인으로 되어 있는 망나니 아들녀석에게서 우연히 들었어―그래서 중령이 헐레벌떡 달려가니까 그 대답이 '댁한테서 아무것도 받은 적이 없고, 받을 리도 없지 않습니까? 하더라는군. 완전히 닭 잡아먹고 오리발 내미는 격이었어. 중령은 그만 머리를 싸매고 자리에 눕게 되었어. 어느 날 여자들 셋이서 얼음 찜질이니 뭐니 야단법석을 떨고 있는데 갑자기 연락병이 장부와 명령서를 가지고 들이닥쳤지 뭐냐. '귀관은 두 시간 이내에 반드시 공금을 반납할 것' 이런 명령서였지. 그는 서명을 하고―장부에 서명 한 것을 나중에 나도 본 적이 있어―자리에서 일어나 군복을 입겠다면서 자기 방으로 가더니, 2연발 엽총에 화약을 채우고 군용 총알을 장전한 다음 오른쪽 장화를 벗고 총구를 가슴에 댄 채 발가락으로 방아쇠를 더듬기 시작했어. 그런데 마침 그때 그전부터 내 말을 듣고 경계를 게을리 하지 않고 있던 아가피야가 아버지의 침실에 다가갔다가 절묘한 순간에 그걸 목격한 거야. 그녀는 후닥닥 달려들어 아버지를 뒤에서 꽉 부둥켜 안았어. 총은 천장을 향해 발사되어 아무도 다친 사람은 없었지만, 이내 사람들이 달려와서 중령을 붙들고 총을 빼앗는다, 꼼짝 못하게 두 손을 붙잡는다, 해서 한바탕 소동을 벌였지. 그렇지만 이건 죄다 나중에 알게 된 일이고, 바로 그때 나는 집에서 외출 준비를 하고 있었어. 마침 해질 무렵이었는데 옷을 갈아 입고 머리를 빗고 손수건을 목에 두르고 프록코트를 집어들고서 막 나서려는 판인데, 갑자기 문이 열리면서 내 방 앞에 카체리나가 우뚝 서 있지 않겠니!

세상에는 정말 이상한 경우도 있긴 있는 모양이지. 그 아가씨가 내 집으로 들어오는 걸 길에서 본 사람은 희한하게 한 사람도 없었어. 그래서 마을에서는 끝까지 이 일에 대해 아무도 몰랐지. 나는 관리 미망인 두 사람이 사는 집에서 하숙을 하고 있었는데 둘 다 늙어빠진 할머니들로서 내게 여러 가지로 잘해 주었어. 내 말이라면 무엇이든지 잘 들어주는 이 점잖은 할머니들은 이일에 대해서도 내 부탁을 지켜 쇠통을 채운 것처럼 입을 꼭 다물고 있었거든. 물론 나는 카체리나가 찾아온 이유를 당장에 알아챘지. 그녀는 방안에 들어서자마자 내 얼굴을 똑바로 쳐다보았는데 그 새까만 눈동자에는 대담하리만치 결연한 빛이 서려 있더구나. 그렇지만 입술과 그 언저리에는 역시 망설임의 표정이 떠올라 있었어.

'언니한테서 들었는데 내가 스스로 당신을 찾아오면 4천 5백 루블을 주실 거라고 해서…… 왔어요. 돈을 주세요!'

무척 힘들었을거야. 겨우 그렇게 말하더니 목이 꽉 멘 듯 겁이라도 먹은 것처럼 입을 다물어 버렸는데 입술 언저리가 가늘게 떨리고 있더군. 얘, 알료샤, 너 듣고 있니, 아니면 자고 있는 거니, 응?"

"미차 형, 알고 있어요. 형님이 지금 진실을 얘기하고 있다는 것 정도는요."

알료샤는 흥분된 음성으로 대답했다.

"암, 진실이고말고. 모든 진실을 털어놓자면 있는 그대로 하나도 보태지 않고 얘기해야 할 테니까 나 자신을 두둔하는 말은 하지 않겠어. 그런데 그 순간에 맨 처음 내 머릿속에 떠오른 것은 역시 카라마조프적인 생각이었지. 알료샤, 난 전에 지네한테 물려 보름 동안이나 고열이 나면서 심하게 앓았던 적이 있는데, 이번에도 바로 그 지네란 놈이 갑자기 내 심장을 꽉 물어뜯는 것 같은 느낌이 들지 않겠니. 알료샤, 넌 그 지네라는 징그러운 독충을 알고 있니? 이번에는 내가 그 아가씨를 아래 위로 훑어볼 차례였지. 너도 그 여자를 본 적이 있겠지만, 정말 미인이더구나. 그렇지만 그때 그 여자의 아름다움은 지금과는 좀 다른 것이었지. 그녀가 그때 그토록 아름답게 보였던 건, 바로 이런 거였어.

그 아가씨가 더할 바 없이 고결한 존재임에 비해 나 자신은 비열하기 짝이 없는 남자였어. 그 아가씨는 아버지를 위해 자기 자신을 희생하려는 타고난 너그러운 정신을 지니고 있는 반면, 나로 말하자면 그야말로 빈대나 다름없는 인간이었지. 그런데 그 순간에는 그 여자의 '모든 것'이, 정신이나 육체나 모든 것이 바로 그 비열하기 짝이 없는 빈대의 손아귀에 들어 있었거든. 그녀의 몸매가 선명하게 눈에 들어오더군. 너에게는 아무것도 숨기지 않겠어. 그 비열한 생각, 그 독충 같은 생각이 내 심장을 너무나도 아프게 쥐어잡아 괴로운 나머지 당장이라도 심장이 터져 버릴 것만 같았어. 마음의 갈등도 필요 없이 동정심 같은 건 내팽개치고 그저 빈대나 독거미처럼 무자비하게 꽉 깨물어 버리면 만사는 끝나는 것이라는 생각에 갑자기 숨통이 꽉 막혀 버리는 듯한 기분이더군.

그렇지만 말이다, 나는 이 일을 공정한 방법으로 처리하고 또 모든 비밀을 지키기 위해 그 이튿날 당장 청혼하러 갈 수도 있었어. 나는 더러운 욕정에 사로잡힌 놈이긴 하지만 근본은 성실한 인간이었으니까.

바로 그 순간, 누군가 불쑥 내 귀에 이렇게 속삭이는 것 같았어.

'그렇지만 네가 내일 청혼하러 간다 하더라도 저런 여자는 코빼기도 내비치지 않고 하인을 시켜 내쫓아 버릴게 틀림없어. 얼마든지 소문을 퍼뜨리고 다니려무나, 네까짓 놈 하나 누가 겁낼 줄 아느냐! 하는 배짱으로 말이야.'

나는 힐끔 아가씨의 얼굴을 쳐다보았어.

'마음의 목소리는 거짓말을 하지 않는다. 당연히 그렇게 나올 거야. 멱살이 잡혀 쫓겨날게 뻔하지.'

눈 앞에 있는 얼굴을 보면서 그런 생각이 퍼뜩 떠오르더군. 그러자 그 마음 속에서 독기 서린 복수심이 부글부글 끓어올라 갑자기 돼지나 짐승만도 못한 장사치처럼 가장 비열한 장난을 해보고 싶은 생각이 치밀어올랐어. 아가씨가 눈앞에 서 있는 동안 나는 코웃음치면서 장사치가 아니면 쓸 수 없는 말투로 상대를 가지고 놀고 싶은 충동을 금할 수가 없었지.

'아니, 4천 루블이라고요? 난 그저 농담으로 한 말인데 그걸 곧이 듣고 오셨군요? 아가씨, 너무 지레짐작을 하신 모양인데, 그저 100루블이나 200루블이면 혹시 몰라도 4천 루블이나 되는 거금을 이런 실속 없는 일에 척 내놓을 줄로 아셨다면 큰 오산이지요. 괜히 헛수고만 하셨군 그래!'

이렇게 말한다면 물론 나는 모든 것을 잃고 마는 거야. 아가씨는 틀림없이 뺑소니를 치고 말 테니까 말이다. 그렇지만 그 대신 나는 속시원히 복수를 해치울 수 있고, 그것으로 내가 받아온 모든 모욕을 단번에 청산하는 셈이 되거든. 어쨌든 나는 비록 평생토록 가슴을 치며 후회하는 한이 있더라도 그 당장에는 이 대사를 내뱉고 싶어 미칠 지경이었어! 곧이 들리지 않겠지만 나는 상대가 어떤 여자이든 그런 순간에 상대를 증오의 눈초리로 바라본 적은 한 번도 없었는데, 이때만큼은 그 여자를 3초, 아니 한 5초 가량 무서운 증오를 느끼면서 쏘아보고 있었지. 맹세해도 좋아.

그렇지만 그 증오야말로 사랑, 미칠 듯한 사랑과 머리카락 한 오라기의 차이밖에 없는 것이 아니겠니! 나는 창문으로 다가가서 얼어붙은 유리창에 이마를 대었어. 그때 이마가 마치 불덩어리처럼 뜨겁게 느껴지던 것이 지금도 생각나는구나. 하지만 아가씨를 그리 오랫동안 붙잡고 있었던 것은 아니니까 너무 걱정하지 마라. 나는 곧 몸을 돌려 책상으로 가서 5부 이자가 딸린 액면가 5천 루블짜리 무기명 채권을 꺼냈지―프랑스어 사전 속에 끼워두었거든―그리고 말없이 채권을 아가씨에게 보여준 다음 반으로 접어 내어주고 나서, 현관문을 직접 열어 주며 한 걸음 뒤로 물러나 더할수없이 정중하게 허리를 굽혔어. 이건 정말이야!

아가씨는 몸을 꿈틀하더니 잠시 백지장처럼 하얗게 질린 채 내 얼굴을 뚫어지게 응시하더군. 그러더니 아무 말도 없이, 발작적인 동작이 아니라 아주 조용하고 부드러운 동작으로 돌연 깊이 허리를 숙이더니 그대로 내 발 앞에 무릎을 꿇고 이마가 바닥에 닿도록 절을 했어. 여학생식의 절이 아니라 순 러시아식으로 말이야! 그러고는 후다닥 일어나서 뛰어가 버리고 말았어.

그때 나는 허리에 군도(軍刀)를 차고 있었는데 아가씨가 방을 나가 버리자 곧 칼을 뽑아들었지. 나는 당장 자살을 해버릴 생각이었는데 왜 그런지는 나도 몰랐어. 물론 그것은 어리석기 짝이 없는 행동이지만, 어쨌든 뛸듯이 기뻤던 게 틀림없어. 너는 사람이 어떤 감격에 사로잡히게 되면 자살까지 감행할 수 있다는 것을 이해하겠니? 그렇지만 나는 자살은 하지 않았어. 그저 칼날에 입을 맞추었을 뿐 군도를 다시 칼집에 꽂아 넣었지. 하긴 너에게 이런 얘기까지 할 필요는 없었던 것 같구나. 그러지 않아도 나는 내 마음속 갈등을 애기하면서 조금은 나 자신을 미화시킨 대목도 없지는 않으니까. 그렇지만 아무러면 어떠냐? 인간의 마음속에 숨어 있는 이런 간사한 무리들은 귀신이 몽땅 잡아가 버려야 해! 지금까지 말한 것이 나와 카체리나 사이에 있었던 '사건'의 전부란다. 그러니까 이젠 이 사실을 아는 사람은 이반과 너, 두 사람이 다야!"

드미트리 벌떡 일어서더니 몹시 흥분한 듯 앞으로 두어 걸음을 걸어갔다. 그리고 손수건을 꺼내 이마의 땀을 닦고 나서 다시 자리에 앉았는데 그것은 지금까지 앉았던 곳이 아니라 그 맞은편 벽쪽에 있는 벤치였다. 그래서 알료샤도 먼저와 방향을 바꿔 돌아앉아야 했다.

5 열렬한 마음의 고백-'나락으로 떨어지다'

"이제 사건의 전반 부분은 알게 된 셈이군요."

알료샤가 말했다.

"그렇지, 전반은 너도 안 셈이지. 말하자면 이건 하나의 드라마이고 무대는 저쪽이었어. 그리고 후반은 비극이고 그 무대는 바로 여기거든."

"하지만 그 후반에 대해서 나는 아직 아무것도 모르고 있는걸요."

"그럼 나는? 나는 그걸 알고 있다는 거냐?"

"잠깐만, 드미트리, 아무래도 중요한 사실 한 가지가 마음에 걸려요. 꼭 대답해 주셔야 해요. 형님은 정말 약혼을 하신거예요? 또 지금도 약혼 중인 거예요?"

"내가 약혼을 한 것은 그 일이 있은 직후가 아니라 그보다 석 달쯤 지난 뒤의 일이야. 그 일이 있은 바로 다음 날 나는 이것으로 사건은 깨끗이 끝났고, 뒷이야기는 있을 수 없다고 스스로 다짐했어. 이제와서 청혼하러 간다는 건 너무 비열한 짓이라는 생각이 들었기 때문이지. 그 여자도 그 뒤 한 달 반 이상 그 도시에 살면서도 나에 대해서는 도대체 말 한마디 없었어.

하긴 이런 일이 꼭 한 번 있긴 있었지. 그 여자가 나를 찾아왔던 그 이튿날 중령집 하녀가 남몰래 나를 찾아와서는 아무 말 없이 봉투 하나를 전해 주고 갔거든. 겉봉에는 아무개 앞이라고 주소가 쓰여져 있더구나. 뜯어 보니 전날 가져간 5천 루블짜리 채권의 거스름돈이 들어 있었어. 그녀가 필요했던 돈은 4천 5백루블이었으나 파는 데 200몇십 루블의 수수료가 든 모양이라서 내게 돌려 준 거스름 돈은 아마 260루블이었을 거야. 확실한 기억은 없지만 어쨌든 그 정도 액수였어. 봉투에 든 것은 돈뿐이고 편지나 메모, 또는 이렇다 할 한 줄의 설명도 없었지. 난 혹시 연필 자국이라도 없을까 하고 봉투를 샅샅이 뒤져 보았지만 역시 아무것도 없더군! 그래서 그 돈으로 또 술이다, 계집이다 하고 진탕 놀아났더니 신임 대대장인 소령도 결국 나에게 견책 처분을 내리고 말더구나.

그야 어쨌든, 중령이 공금을 깨끗이 반납하자 모두들 깜짝 놀라고 말았지. 그 돈이 중령의 손에 고스란히 남아 있으리라고는 아무도 예상하지 않았으니까 말이다.

그런데 그는 돈을 무사히 반환하기는 했지만 이내 병이 나서 20일쯤 누워 있다가 갑자기 뇌출혈을 일으켜 닷새 만에 그만 죽고 말았어. 미처 정식 제대 신고를 내기 전에 일어난 일이어서 장례식은 부대장(部隊葬)으로 거행되었는데 카체리나는 언니랑 이모와 함께 장례식이 끝난 지 닷새만에 모스크바로 떠나 버렸어. 그런데 떠나기 직전, 출발 당일에 가서야 나는 조그만 하늘색 봉투를 하나 받았는데, 그때까지 나는 한 번도 그들을 만난 적이 없었고 또 전송 나갈 생각도 안 하고 있었거든. 봉투에는 얇은 종이가 들어 있었는데 연필로 쓴 글이 단 한 줄 '편지할 테니 기다려 주세요. K'라고 씌어 있더군. 그게 전부였어.

그 다음 일은 대충 설명하기로 하지. 모스크바에서 그 여자들의 생활은 마치 아라비안나이트에 나오는 이야기처럼 순식간에 꿈결같이 변해 버리고 말았어. 즉 카차의 중요한 친척인 장군 부인이 가장 가까운 상속인이었던 조카딸을 한꺼번에 둘씩이나 잃게 된 거야. 갑자기 천연두에 걸려 일주일 사이에 차례로 죽었다더군. 노부인은 이 일로 크게 상심하고 있던 차에 마침 카체리나가 들어오자 구세주나 만난 듯이 자기 친딸처럼 반가워하며 당장 유언장을 카차에게 유리하도록 고쳐 썼다는 거야. 뭐, 그건 말하자면 나중 일이고 우선 유언장에 명시된 유산 상속액과는 별도로 결혼 지참금조로 8만 루블이나 주면서 마음대로 써도 좋다고 했다더라. 나도 나중에 모스크바로 돌아가서 만나 보았지만 여간 히스테리가 심한 부인이 아니야.

어쨌든 나는 갑자기 4천 5백 루블을 우편으로 받고 나서 여우에라도 홀린 듯한 기분이었어. 물론 사정을 몰랐으니까.

그리고 그 사흘 뒤에는 약속했던 편지가 도착했지. 그 편지는 지금도 고이 간직하고 있지만 죽을 때도 관 속에 함께 들어가게 될거야. 어때, 보고싶니? 꼭 한번 읽어 보렴. 결혼을 신청해 온 편지야. 글쎄 그녀가 먼저 청혼을 해왔다니까!

'당신을 죽도록 사랑하고 있어요. 당신이 저를 사랑하지 않으셔도 상관없어요. 저의 남편이 되어만 주신다면 더는 아무것도 바라지 않아요. 그렇지만 당신이 무슨 행동을 해도 결코 구속하진 않을 테니까 너무 겁을 먹을 필요는 없습니다. 당신의 가구(家具)가 되겠어요. 당신이 밟고 다닐 양탄자가 되어도 좋아요! 당신을 영원히 사랑하겠어요. 또한 당신을 당신 자신으로부터 구해 드리고 싶어요……'

아아, 알료샤, 나의 이 누추하고 천박한 언어로는 도저히 그 편지를 그대로 옮길 재주가 없구나! 이 천박한 말투를 여간해선 고칠 수가 없으니까. 그 편지 내용은 지금 이 순간 내 가슴속에 비수처럼 꽂혀 있단다. 그러니 지금의 내가 어떻게 마음이 편할 수 있겠니? 너는 지금 내 마음이 편할 거라고 생각하니? 나는 당장 답장을 써 보냈어—어쨌든 그때 나 자신이 직접 모스크바에 갈 형편은 못되었으니까—난 마냥 눈물을 흘리며 편지를 썼지. 나는 어떤 일을 영원히 부끄럽게 생각하고 있다고. 즉 그 답장에다가 당신은 지금 거액의 지참금을 가진 부자 아가씨인데 비해 나는 한낱 가난뱅이 장교에 불과하다는 등 그만 돈 이야기를 써버린 거지! 그런 얘기는 하지 말아야 했는데 쓰다 보니 어쩌다가 그렇게 되어 버리고 말았어. 그래서 모스크바에 있는 이반에게도 여섯 장이나 되는 만리장서의 편지를 써보내어 앞뒤 사정을 자세히 설명하고 한번 카차를 찾아가 봐달라고 부탁했지. 그런데 알료샤, 왜 그렇게 자꾸 내 얼굴을 빤히 쳐다보는 거지? 어쨌든 그렇게 해서 이반은 그녀에게 홀딱 반하게 되고 만 거야. 그리고 지금도 반해 있지. 난 그걸 알고 있어. 하기야 너 같은 보통 사람들 눈에는 내가 형편없이 어리석은 짓을 한 것처럼 보이겠지만, 이제 이 시점에서는 그 어리석음만이 우리 모두를 구해 주는 것이란다! 정말 그래 너는 그녀가 이반을 얼마나 존경하고 우러러보는지 모른다는 거냐? 누구든 이반과 나를 비교해본다면 절대로 나 따위를 사랑할 여자는 없을 테니까 말이다. 더구나 내가 여기 온 다음에 그런 불미스런 일까지 일어나지 않았니?"

"하지만 그 여자가 사랑하는 대상은 형님 같은 사람이지 결코 이반 같은 사람은 아닐 거예요."

"그녀는 나를 사랑하는 것이 아니라 자기의 선행을 사랑하고 있는 거야."

드미트리가 불쑥 중얼거린 말에서는 거의 증오조차 느껴졌다. 그는 이내 껄껄 웃었지만 다음 순간, 그의 눈에서는 갑자기 이상한 빛이 번쩍거렸다. 그는 얼굴을 붉히면서 주먹으로 탁자를 힘껏 내리쳤다.

"알료샤, 이건 거짓말이 아니야!"

그는 자기 자신에 대해 무서우리만치 진지해진 나머지 분노에 사로잡혀 소리쳤다.

"네가 믿어 주건 말건 나는 신성하신 하느님의 이름으로, 주 예수 그리스도의 이름으로 진실을 말할 뿐이다. 방금 나는 카차의 고결한 마음씨를 비웃었지만 사실 나는 카차보다 수백만 배나 저열한 인간이라는 걸 나 스스로 잘 알고 있어! 카차의 그 훌륭한 마음은 천사처럼 성실한 것이야. 그런데 비극은 내가 그런 사실을 분명히 깨닫고 있다는 것에 있거든. 뭐 내가 약간 연설조로 얘기한다고 해서 안 될 건 없겠지? 내 말투가 약간 연설 비슷하게 된 것 같아서 하는 말이다. 그렇지만 난 지금 진지해. 정말 진지하다구!

이반이 지금 얼마나 저주스러운 눈길로 사실을 응시하고 있는지 나는 잘 알아! 하기야 그만한 지성의 소유자라면 더 말할 것도 없지. 그런데 실제로 선택받은 사람은 대체 누구냐? 선택된 사람은 바로 이 쓰레기 같은 인간, 이미 약혼까지 했으면서도 모두의 눈앞에서 추잡한 짓을 서슴지 않는 인간이 아니겠니? 자기 약혼녀가 빤히 보는 앞에서 그런 짐승 같은 짓을 하는 바로 이놈이란 말이다. 그런데도 내가 선택되고 이반은 거부당하고 말았거든. 왜 그런지 아니? 그건 그 여자가 단지 감사의 정 때문에 자기의 인생과 운명을 일부러 엉뚱한 방향으로 돌려 놓으려 했기 때문이야! 정말 어리석은 짓이지! 물론 여태까지 나는 이런 말을 이반에게 한번도 내비치지 않았고 이반 역시 내게 이런 이야기를 하기는커녕 암시조차 한 적이 없지만, 결국 자격 있는 자가 제자리를 차지하고 자격 없는 자는 영원히 뒷골목으로 사라지게 되는 것이 바로 세상의 법칙 아니겠니? 더러운 뒷골목, 그 남자가 좋아하고 그 남자에게 어울리는 뒷골목 말이다. 그 뒷골목에서 진흙탕과 악취 속에서 쾌락을 구하며 스스로 멸망의 길을 밟게 마련이지. 내가 너무 따분한 얘기를 늘어 놓은것 같군. 어쩐지 거짓말 같은 얘기를 줄줄 늘어놓아서 아무렇게나 하는 말처럼 들릴는지 모르지만, 정말 내가 말한 대로 실현되고 말 거야. 즉 나는 뒷골목 깊숙이 사라지고, 그녀는 이반과 결혼을 하게 될 것이고……"

"형님, 잠깐만." 알료샤는 극도의 불안에 사로잡힌 얼굴로 다시 말을 가로챘다. "아직도 나한테 중요한 것을 설명해 주지 않았어요. 분명히 형님은 약혼을 하셨죠? 두 사람이 약혼한 사이인 것만큼은 분명한 사실 아닙니까? 그렇다면 상대가 동의하지 않는 한 이쪽에서 일방적으로 파혼해 버릴 수는 없지 않아요?"

"그야 물론 난 정식으로 축복을 받은 약혼자지. 내가 그 뒤 모스크바에 갔을 때 성상 앞에서 의식을 갖추어 약혼식이 엄숙히 거행되었으니까. 아주 이상적인 형태로. 장군 부인이 우리 두 사람을 축복해 주었어. 그리고 카체리나에게도 이런 축하의 말을 하더군. 얘 너는 정말 참 좋은 신랑을 골랐구나, 난 이 사람이 좋은 사람이란걸 훤히 들여다 볼 수 있어, 하고 말이야. 그런데 어찌된 셈인지 이반은 장군 부인의 눈에 들지 않았던 것 같아. 그래서 이반에게는 축하의 말도 하지 않았지. 나는 모스크바에서 카체리나와 많은 이야기를 했어. 나 자신에 관한 모든 것을 털어놓았지. 허심탄회하게 있는 그대로, 진지하게. 카체리나는 내 얘기를 끝까지 귀담아 들어주었어.

　　그 얼굴엔 귀여운 당혹의 빛,
　　그러나 입에는 부드러운 위로의 말들이
　　……

　그래, 하긴 좀 강경한 말도 있기는 했지. 그녀는 즉시 앞으로는 행동을 고쳐야 한다는 어려운 약속을 나한테 요구했으니까 말이야. 나는 약속을 했어. 그런데……"

"그런데 어떻다는 거죠?"

"그런데 이렇게 나는 너를 불러서 여기로 데려왔거든. 바로 오늘이란 날짜를 잘 기억해두렴! 바로 오늘 나는 너를 카체리나에게 보내려는 거야……"

"무슨 일로?"

"나는 앞으로 절대 그 집에 가지 않겠다는 말을 대신 전해 다오."

"그런 말을 어떻게 할 수 있어요?"

"그러니까 나 대신 너를 보내려는 게 아니냐? 간다 하더라도 내 입으로야 어떻게 그런 말을 하겠니?"

"그럼 형님은 어디로 가실거죠?"

"뒷골목이지."

"그 그루셴카네 집에?" 알료샤는 손뼉을 치며 슬프게 말했다. "듣고 보니 라키친이 한 말이 사실이었군요? 나는 형님이 그저 두어 번 찾아다니다가 이젠 아주 발길을 끊은 줄만 알았는데."

"약혼한 몸으로 거길 다녔느냐고 묻는 거냐? 어떻게 그게 가능하겠니? 더구나 카체리나와 같은 약혼녀를 두고 모두가 보는 앞에서 나에게도 자존심이라는 게 있는데 말이다. 내가 그루셴카를 만나러 다닌다면 그 순간부터 나는 누구의 약혼자도 아니고 또 자존심을 지닌 인간도 아니게 되는 거야. 그 점은 나 자신도 잘 알고 있지. 그런데 왜 그런 눈으로 쳐다보고 있니? 사실은 처음엔 그 여자를 한방 때려 주려고 갔었단다. 아버지의 대리인인 그 이등 대위 녀석이 내 어음을 그루셴카에게 주어 나를 고소하라고 했다기에 갔던 거야. 요컨대 나한테 겁을 주어서 유산 문제에서 손을 떼도록 하려는 속셈이었지. 이게 근거가 있는 소문이란 건 나중에야 확인을 했지만, 어쨌든 나를 협박하겠다는 수작이 아니고 뭐겠니?

그래서 나는 그루셴카를 패주려고 살기등등해서 달려갔던 거야. 하긴 그전에도 몇 번 그 계집을 본 적은 있지만, 그땐 무심코 지나 버리고 말았으니까. 그 늙은 상인과 살았다는 얘기도 알고 있었다. 요즘엔 병이 들어서 골골하고 있는 형편인데 어쨌든 그루셴카에게 꽤 많은 돈을 남겨 주고 갈 모양이더라. 그 여자가 돈 버는 데 부쩍 맛을 들여서 고리 대금을 하고 있다는 것도, 또 돈에 관한 한 인정사정 없는 악질이란 말도 죄다 들어서 알고 있었어. 그래서 아무래도 한번 늘씬하게 패주어야겠다고 찾아간 거지. 그런데 거기까지는 좋았는데 결국 나는 그 여자 집에 그냥 눌러앉아 버리게 되고 말았거든. 벼락을 맞은 거지, 페스트에 걸려 버린 거야, 하여튼 그때 덜컥 걸려버린 병이 아직까지도 낫지 않고 있는 거란다. 물론 나도 이젠 모든 것이 끝장이 났다는 건 잘 알고 있지. 이젠 돌이키기에는 이미 때가 늦어 버렸어. 말하자면 운명의 사이클이 한 바퀴 돌아버린 거야.

이제 그쯤 설명했으니 너도 사정이 어떻게 된 것인지는 알았겠지? 바로 그런 때 뜻밖에도 거지나 다름없는 내 수중에 3천 루블이라는 거금이 갑자기 굴러 들어왔어. 그래서 나는 그루셴카를 데리고 여기서 25km쯤 떨어진 모크로예라는 마을로 놀러 갔지. 거기서 집시들을 부르고 그곳 농부들에게 샴페인을 돌렸어. 마을 농부들과 아낙네들, 계집 아이들 할것없이 모조리 불러 실컷 먹이면서 흥청망청 수천 루블의 돈을 뿌려 버렸거든. 사흘이 못 가서 다시 빈털터리가 되고 말았지만 어쨌든 그때 기분만큼은 마치 매라도 된 것 같더군. 그래서 그 매가 도대체 무엇을 손에 넣었냐고? 천만에, 아무것도 주려고 하지 않았다니까! 너는 혹시 곡선미라는 걸 아니? 그 사기꾼 그루셴카의 몸은 기막힌 곡선을 하고 있지. 그 곡선이 그 계집의 다리에도 있고, 발등에도 있고, 왼쪽 새끼발가락에도 나타나 있어. 그 새끼발가락의 곡선을 보고 난 거기에 키스를 했지. 그것뿐이야—정말 그것뿐이었다니까! 그 계집은 '당신은 거지예요. 그렇지만 원한다면 당신한테 시집을 갈 수도 있어요. 절대로 나를 때리지 않고 또 내가 무슨 짓을 해도 절대로 상관하지 않겠다고 맹세한다면 결혼해도 좋아요.' 하고 깔깔 웃어대더군. 지금도 그렇게 웃고 있어!"

드미트리는 거의 분노에 사로잡혀 자리를 박차고 일어섰다. 일어선 모습이 마치 술취한 사람같았다. 눈에 갑자기 핏발이 섰다.

"그럼 형님은 그 여자와 정말로 결혼할 생각인가요?"

"그 여자가 원한다면 당장에라도 하지. 그렇지만 원하지 않는다면 그냥 이대로 있을 테다. 나는 그 집의 문지기 노릇이라도 기꺼이 할 생각이니까. 그런데 애야, 알료샤"

그는 우뚝 멈춰서서 알료샤의 어깨를 불쑥 움켜잡고 흔들어대기 시작했다.

"너처럼 순진한 도련님은 잘 모르겠지만 모든 것이 잠꼬대야, 상상도 할 수 없는 잠꼬대야. 이것이 가장 큰 비극이지! 그렇지만 알료샤, 나는 비록 비열하고 헛된 욕망에 사로잡힌 인간인지는 모르지만, 하지만 이 드미트리 카라마조프는 좀도둑이나 날치기나 사기꾼으로 타락해 버릴 수는 없어. 하긴 내가 한 짓을 보면 그렇게도 말할 수 있겠지. 지금의 나는 역시 좀도둑이요 날치기요

사기꾼이니까!

그때 그루센카를 때려 주려고 찾아가던 그날 아침에 카체리나가 나를 부르더니 당분간 비밀을 지켜달라면서—무엇 때문이었는지는 모르지만 아마 무슨 사정이 있었겠지—지금 당장 현청(縣廳) 소재지에 가서 모스크바에 있는 이복 언니(아가피야)에게 3천 루블을 우편환으로 송금해 달라고 부탁하더군. 거기까지 일부러 가서 돈을 부치라는 것은 아마 이 고장 사람들에게 알리고 싶지 않았기 때문이었을 거야.

나는 그 3천 루블을 주머니에 넣은 채로 먼저 그루센카를 찾아 갔다가 그만 그 길로 모끄로예로 직행하게 되었던 거지. 나중에 나는 카체리나에게 부탁대로 돈을 부친 것처럼 말했지만, 돈을 맡긴 영수증은 보여주지도 않았어. 그저 돈은 틀림없이 송금했는데 영수증은 나중에 갖다 주마고 우물쭈물 해놓고서는 아직까지도 갖다 주지 않고 있는 거야. 그 일은 깜빡 잊어버리고 있는 것처럼 말이야. 그런데 너는 어떻게 생각하니? 그러니까 오늘 네가 카체리나를 찾아가면 이렇게 말하는 거야. '형님이 안부를 전하라더군요' 그러면 대뜸 아가씨는 '그런데 돈 애긴 없었던가요?' 하고 물어 볼 거야. 그때는 이렇게 대답해 다오. '형은 형편없는 호색한이고 감정을 억제할 줄 모르는 비열한 인간입니다. 그때 형은 당신의 그 돈을 죄다 써버리고 말았답니다. 비열한 동물이어서 자기 자신을 억제할 수 없었던 모양이죠'라고 말이야. 또 이렇게 한마디쯤 덧붙이는 것도 좋겠지. '그렇지만 형은 결코 도둑놈은 아닙니다. 그 3천 루블은 여기 있습니다. 돌려보내겠다고 합디다. 그러니 아가피야 아가씨에게 직접 송금하십시오. 형은 날더러 대신 사과의 말을 전해 달라고 하더군요'라고…… 아, 그러면 그 여자는 또 '그럼 돈은 지금 어디 있죠?' 하고 물어 볼 테지!"

"형님, 형님은 정말 불행한 사람이군요! 하지만 자기가 생각하는 것만큼 큰 불행은 아닐 거예요. 절망에 지면 안 돼요. 지면 안 된다구요!"

"뭐 너는 내가 그 3천 루블을 구하지 못해 당장 권총 자살이라도 할 줄로 여기는 모양이구나? 문제는 그거야, 난 자살따위는 하지 않아. 혹시 언젠가는 하게 될지도 모르지만 지금 당장은 안 돼. 이제부터 그루센카에게 가야해……이렇게 된 이상 갈 데까지 가보는 수밖에 없어!"

"거기가서 뭘 하지요?"

"그 여자의 남편이 되지. 그래서 남편 노릇을 하는 거야. 즉 애인이 찾아오면 얼른 다른 방으로 자리를 피해 주는 거지. 또 남자 친구들 구두에 묻은 흙도 털어 주고, 사모바르에 물도 끓여 주고 잔심부름도 해주고 말이다……”

“카체리나 씨는 모든 것을 이해해 줄 거예요.” 알료샤는 갑자기 엄숙한 태도로 말했다. “그분은 형님의 불행을 밑바닥까지 모두 이해하고 또 모든 것을 용서해 줄 거예요. 그 아가씨는 뛰어난 지성의 소유자니까 이 세상에서 형님보다 더 불행한 사람은 없다는 걸 잘 알고 있을 겁니다.”

“아니, 아마 아무것도 용서하지 않을걸.” 드미트리는 입을 벌리고 웃었다. “이런 일에는 제 아무리 관대한 여자라도 도저히 용서할 수 없는 그 무엇이 있단다. 그보다도 지금 가장 좋은 방법이 있다면 그게 무엇이겠니?”

“무엇 말인데요?”

“3천 루블을 갚는 것 말이야.”

“그렇지만 그 돈이 어디서 납니까? 아 참, 이렇게 하면 되겠군요. 내 몫으로 2천 루블이 있고 또 이반 형도 1천 루블쯤은 낼 수 있을 테니까 그 3천 루블로 갚아 주면 되겠군요.”

“그렇지만 그 돈이 언제 손에 들어오겠니? 더구나 너는 아직 성년이 되지 않았는데 말이다. 그건 그렇고, 어쨌든 오늘 너는 꼭 카체리나에게 가서 나 대신 작별 인사를 전해 줘야겠어. 돈을 갖고 가든 빈손으로 가든 말이다. 이젠 이 문제를 더이상 끌 수는 없는 노릇이니까. 그만큼 사정이 급박하게 되었거든. 내일이면 너무 늦어, 너무 늦다구. 그래서 난 먼저 너를 아버지한테 보낼 생각이야.”

“아버지한테?”

“그래. 카체리나에게 가기 전에 먼저 아버지한테 들러서 3천 루블만 달라고 말해 보렴.”

“그렇지만 형님, 아마 아버지는 안 주실 겁니다.”

“그야 물론 안 줄 테지. 하지만 알렉세이, 넌 절망이 어떤 것인지 알고 있니?”

“알아요.”

“그래서 말이다, 법적으로 따지자면 아버지는 나한테 아무 빚도 없겠지. 내가 모두 찾아 쓴 것으로 되어 있으니 말이다. 나도 그 점은 잘 알고 있어. 하지만 도덕적인 면에서 보자면 역시 아버지는 내게 빚이 있는 게 아니겠니? 우리 어머니의 돈 2만 8천 루블을 밑천으로 10만 이상이나 모았으니까. 그러니 그

본전 2만 8천 루블 중에서 3천 루블 정도는 나에게 줘도 괜찮지 않을까? 고작 3천 루블이야. 맏아들을 지옥에서 구출할 수 있을 뿐더러 자기 자신의 죄도 함께 용서받을 수 있는 거야! 너에게 약속한다만, 만일 그 3천 루블만 내 손에 쥐어 준다면 나는 모든 셈을 그것으로 청산하고 다시는 나에 관한 말은 아버지 귀에 하나도 들어가지 않게 할 작정이야. 아버지에게 마지막으로 아버지 노릇을 할 수 있는 기회를 주겠어. 가서 이것은 하느님이 주시는 기회라고 분명히 말해다오."

"형님, 아버지는 절대로 돈을 내놓지 않을걸요."

"그야 그럴 테지. 안 내놓을 게 뻔해. 더구나 지금은 더욱더. 그런데 말이다, 나는 이런 것도 알고 있지. 아버지는 요즘에, 아니 어제인지도 모르지만 그루센카가 농담이 아니라 정말로 나하고 결혼할지도 모른다는 사실을 분명히— 이 '분명히'란 말에 유의할 필요가 있어—알아챘단 말이거든. 자기도 그 암코양이년의 성질을 잘 알고 있으니까 안그래도 정신이 홱 돌아버릴 정도로 열을 올리고 있는 아버지가 나에게 돈을 주어 불에다 기름을 붓는 짓을 할 리가 있겠니?

그리고 애, 그보다 더 굉장한 일이 있단다. 아버지는 3천 루블을 은행에서 찾아다가 빳빳한 100루블 뭉치로 바꿔 가지고 커다란 봉투에 넣어 봉인을 다섯 군데나 해서 그 위에 빨간 끈을 십자로 묶은 것을 벌써 사오 일 전부터 준비해 가지고 있다는 사실을 나는 알고 있거든. 어때, 이만하면 나도 상당히 자세한 부분까지 알고 있지? 봉투 위에는 '나의 천사 그루센카에게. 만약 나에게 올 마음이 있다면' 이렇게 씌어 있다더군.

혼자서 몰래 이 글을 썼다니까 그런 돈이 아버지 방에 감춰져 있다는 건 하인 스메르자코프 외에는 아무도 모르고 있어. 아버지는 그 녀석의 정직함을 자기 자신만큼이나 믿고 있지. 그래서 아버지는 벌써 사날째나 혹시 그루센카가 그 돈을 받으러 오지나 않을까 하고 기다리고 있는 중이야. 그루센카에게 그 봉투 이야기를 슬쩍 비쳤더니 '가게 될지도 모른다'는 회답이 왔기 때문이지. 만일 정말로 그루센카가 영감을 찾아간다면 나는 그 여자와 결혼할 수 없게 되지 않겠니? 그러니까 너도 이제는 내가 왜 이런 데 진을 치고 앉아 있는지, 또 무엇을 감시하고 있는지 알 수 있겠지? 응?"

"그루센카를 지키고 있는 거군요."

"그래. 그런데 이 집 주인인 창녀들한테서 포마라는 자가 세들어 있거든. 그는 원래 이 고장 출신으로 전에 내가 있던 부대에 병졸로 근무한 적이 있어서 잘 아는 사이야. 그 친구는 낮에는 주로 메추리 사냥을 다니고 밤에는 이 집의 보초 노릇을 해서 생계를 유지하고 있지. 나는 이 친구의 방에 들어 있는데 이 친구나 집주인이나 내 비밀은 아무것도 모르고 있지. 다시 말해 내가 여기서 무엇을 감시하고 있는지에 대해선 전혀 눈치채지 못하고 있거든."

"결국 이 일을 아는 사람은 스메르자코프밖에 없군요?"

"그런 셈이지. 그 녀석은 만일 그루셴카가 영감을 찾아오면 곧 내게 알려 주기로 되어 있어."

"돈 봉투에 대해 알려 준 것도 스메르자코프인가요?"

"그래. 그렇지만 이건 절대 비밀이야. 이반도 돈에 대해서나 그 밖의 일에 대해 아무것도 모르고 있지. 지금 영감은 이반을 3, 4일 동안 체르마쉬냐에 보낼 예정이야. 거기 있는 영감의 숲을 8천 루블인가 얼마로 벌채하겠다는 작자가 나타났거든. 그래서 영감은 이반에게 '제발 날 도와주는 셈치고 나 대신 다녀와 주려무나' 하고 열심히 설득하고 있는 중이지. 그 이삼일 동안 이반이 없는 사이에 그루셴카를 집안으로 끌어들이려는 수작이거든."

"그러면 아버지는 오늘도 그루셴카가 오기를 기다리고 있는 겁니까?"

"그건 아니야. 아마 오늘은 오지 않을 거야. 짚이는 데가 있으니까. 오늘은 오지 않는게 확실해!" 드미트리는 갑자기 목소리를 높였다. "스메르자코프도 그점은 나와 같은 생각이지. 지금 아버지는 식당에서 이반과 술을 마시고 있거든. 그러니까 알료샤, 지금 그리로 가서 아버지에게 3천 루블만 달라고 부탁해 다오?"

"형님, 좀 진정하세요!"

알료샤는 자리에서 벌떡 일어나 극도로 흥분에 빠진 드미트리의 얼굴을 쳐다보면서 소리쳤다. 한순간 형이 갑자기 미쳐버린 것이 아닌가 생각이들었다.

"왜 그러니? 난 미치지 않았어." 드미트리는 침착하고 조용한 표정으로 동생의 얼굴을 응시하면서 말했다. "겁 먹지 마라. 지금 난 너를 아버지에게 보내려하고 있고 내가 지금 무슨 말을 하고 있는지도 나는 잘 알고 있어. 나는 기적을 믿는 거란다."

"기적을?"

"그래, 하느님의 섭리 말이야. 하느님은 지금 내 마음속을 잘 알고 계실 뿐 아니라 지금 절망으로 허우적거리고 있는 나를 훤히 내려다보고 계시거든. 그러니까 하느님께서 설마 무서운 사태가 벌어지도록 그냥 구경만 하고 계실 리는 없지 않겠니? 알료샤, 난 기적을 믿고 있어. 그러니 어서 갔다오렴!"

"그럼 다녀오지요. 형님은 여기서 기다리실 거지요?"

"그래, 기다리고말고. 아무래도 얘기하는데 시간이 좀 걸릴 테지. 아무래도 들어가자마자 돈얘기부터 꺼낼 수는 없는 노릇일 테고, 더구나 아버지는 지금 잔뜩 취해 있을 테니까 말이야. 기다리고 말고, 3시간이고, 4시간이고, 5시간이고, 아니 6시간 7시간라도! 그렇지만 이것만은 꼭 기억해 둬. 무슨 일이 있어도 오늘 안으로, 밤 12시라도 좋으니 꼭 카체리나에게 가야 한다는 거야. 돈을 갖고 가든 빈손으로 가든 어쨌든 꼭 찾아가야 한다. 그리고 '당신에게 작별 인사를 전하라고 하더군요' 하고 전해 다오. 네 입으로 꼭 '형님이 당신에게 작별 인사를 전하라고 하더군요'라고 말해야 한다."

"형님, 하지만 오늘이라도 그루센카 씨가 불쑥 나타나면 어떻게 하죠? 아니, 꼭 오늘이 아니라도 내일 모레 사이에 갑자기 여기 나타난다면 말이에요."

"그루센카가? 그 즉시 뛰어들어 훼방을 놓아야지."

"하지만 만약……"

"만약의 경우에는 그냥 죽여 버리지. 그런 꼴을 보고 어떻게 참으란 말이냐?"

"죽이다니, 누구를요?"

"영감을 죽여야지. 계집은 안 죽일 테야."

"형님 어떻게 그런 말을!"

"하긴 나도 잘 몰라. 어떻게 될지. 어쩌면 죽일지도 모르고 어쩌면 안 죽일지도 모르겠어. 내가 두려운 건 바로 그 순간에 아버지의 얼굴이 느닷없이 구역질나게 보이지 않을까 하는 점이야. 영감의 툭 불거진 결후, 코, 눈, 수치를 모르는 웃음을 보면 구역질이나 참을 수가 없어. 인간적으로 혐오감이 느껴진다구. 나는 바로 그것이 무섭단 말이다. 그것만큼은 도저히 참아낼 수 없을 것 같구나……"

"어쨌든 다녀오기로 하지요, 형님. 그런 무서운 일이 일어나지 않도록 하느님께서 잘 보살펴 주실 거라고 난 믿어요."

"그럼 난 여기 이대로 앉아서 기적이 일어나기를 기다리고 있기로 하지. 그러나 만일 일어나지 않는다면 그때는……"

알료샤는 슬픈 듯한 모습으로 아버지의 집을 향해 걸음을 옮겨 놓았다.

6 스메르자코프

알료샤가 갔을 때 아버지는 아직 식탁에 앉아 있었다. 이 집에는 식당이 따로 있었지만 식탁은 응접실에 차리는 것이 습관이었다.

응접실은 이 집에선 가장 큰 방으로 언뜻 보기엔 고가구로 꾸며져 있었다. 가구는 흰색의 매우 낡은 것으로 붉은 비단을 씌운 구식이었고 창문과 창문 사이의 벽에 걸린 거울도 테두리를 하얀 색으로 칠하고 금박을 입혀 구식으로 조각한 것이었다. 여기저기 벽지가 찢어진 하얀 벽에 걸려 있는 커다란 초상화 두 점이 눈길을 끌었는데 그중 하나는 30년 전에 이 지방 출신의 장군으로 현지사를 지낸 어떤 공작의 것이고 다른 하나는 역시 꽤 오래 전에 세상을 떠난 어느 대주교의 초상이었다.

방문 맞은편 구석에는 몇 개의 성상화가 놓여 있고 어두워지면 그 앞에 등불을 켜놓는데 그것은 신앙심 때문이 아니라 방안을 밝히기 위한 것이었다. 표도르는 새벽 3시나 4시가 되어서야 잠자리에 들었는데 그때까지 방안을 서성거리거나 안락의자에 기대앉아 생각에 잠기는 것이 습관처럼 되어 있었다.

하인들을 바깥채로 보낸 뒤 혼자 안채에서 자는 경우도 더러 있었지만, 보통은 스메르자코프가 그와 함께 방에 남아 있었다. 그가 자는 곳은 현관에 놓여있는 커다란 궤짝 위였다.

알료샤가 가보니 이미 저녁 식사는 끝나고 커피와 잼이 마련되어 있었다. 표도르는 식사 뒤에 단것을 안주로 코냑 마시는 것을 좋아했다. 이반도 식탁에 앉아 커피를 마시고 있었다. 그리고리와 스메르자코프가 식탁 옆에서 시중을 들고 있었는데 주인들이나 하인들이나 다같이 전에 없이 활기에 차 있었다. 표도르는 연방 너털웃음을 터뜨리며 농담을 던지고 있었다. 알료샤는 현관 입구에서 이미 귀에 익은 그 높은 웃음소리를 들고 그 웃음소리로 보아 아버지의 취기가 아직 얼근한 정도일 뿐 만취하지는 않았다는 것을 알 수 있었다.

"왔구나! 기다리고 있었다." 표도르는 알료샤를 보자 희색이 만면하여 소리쳤다. "자, 이리로 와서 같이 앉아 커피라도 한잔 하렴. 우유는 넣지 않았으니까 괜찮겠지. 따끈한 게 그만이거든. 넌 도를 닦는 중이니까 코냑은 권하지 않으마. 그래도 조금만 마셔 보겠니? 아니 너한테는 리큐어를 권하는 게 낫겠군. 아주 괜찮은 게 있단다. 스메르자코프, 네가 찬장에 가서 가져오너라, 두번째 선반 오른쪽에 있을 테니. 여기 열쇠 갖고 빨리!"

알료샤는 리큐어도 거절하려 했다.

"괜찮아, 네가 안 마셔도 우리가 들 테니까." 표도르는 함박웃음을 지으며 말했다. "가만있자, 너 저녁은 먹었니?"

"네, 먹었어요." 알료샤는 대답했으나 실은 수도원장의 주방에서 빵 한 조각과 크바스 한 잔을 마신 것밖에 없었다. "그렇지만 따끈한 커피라면 한잔 하고 싶은데요."

"좋아, 잘 생각했다! 커피라도 마시겠다니 다행이다. 어디, 데우지 않아도 될까? 아니 아직 끓고 있군. 이건 참 일급 커피야. 스메르자코프 커피라고 하지. 커피와 파이 솜씨에선 우리 스메르자코프가 그만이거든. 아참, 생선 수프도. 거짓말이 아니야. 너도 언제 한번 와서 생선 스프를 먹어 보렴. 다만 그땐 미리 기별을 하고 오너라. 그런데 가만 있자, 아까 내가 오전에 이불이랑 베개랑 죄다 싸가지고 오라고 했었는데, 그래 갖고 왔니? 하하하……"

"아니, 안 갖고 왔어요."

알료샤도 싱긋 웃으며 대답했다.

"하지만 아깐 놀랐지? 놀랐을 거야. 얘, 알료샤, 너를 모욕하는 일을 내가 어떻게 할 수 있겠니? 한데 이반, 이 녀석이 내 눈을 들여다보며 싱글싱글 웃으면 도저히 그냥 앉아 배길 수가 없구나. 속에서 웃음이 치밀어 올라와서 정말 견딜 수가 없구나! 귀여운 녀석 같으니! 알료샤, 너한테 아비로서의 축복을 해주마."

알료샤가 몸을 일으켰지만 표도르는 그 사이 벌써 마음이 변해 있었다.

"아니다, 됐다, 지금은 그냥 성호를 긋는 것만으로 해두자. 자, 이젠 됐으니 도로 앉아라. 그런데 네게 들려줄 얘깃거리가 있지. 네가 들으면 좋아할 얘기로선 안성마춤이지. 실컷 웃어 봐. 다름 아니라 우리 발람의 나귀(구약 〈민수기〉 22장)가 별안간 입을 열기 시작하지 않았겠니! 게다가 말도 어찌나 잘하는지 청산유수라니까!"

발람의 나귀라는 것은 하인 스메르자코프를 두고 하는 말이었다. 이제 겨우 스물 네댓밖에 안 된 청년인데도 사교성이라곤 전혀 찾아볼 수 없고 유달리 과묵한 사나이였다. 그것도 원래 내성적이거나 수줍어하기 때문이 아니라 오히려 그와는 반대로 성격이 오만하기 때문이었으며 모든 사람을 멸시하는 데가 있었다.

이 기회에 여기서 이 스메르자코프에 대해 몇 마디 설명해둘 필요가 있을 것 같다. 스메르자코프는 마르파와 그리고리 부부의 손에서 자랐으나, 그리고리의 말대로 '은혜라는 걸 전혀 모르고' 사람을 싫어하고 구석진 곳에 혼자 숨어서 세상을 엿보는 소년으로 성장했다. 어릴 때는 고양이의 목을 졸라 죽인 뒤 장례식 놀이를 하곤 했다. 그는 시트 자락을 상복 대신 걸치고 향로 비슷한 물건을 아무거나 골라 고양이 시체 위에서 휘두르며 노래를 불렀다. 이런 짓은 언제나 아무도 모르게 혼자 숨어서 했는데 한번은 그리고리가 발견하고 채찍으로 호되게 때려 준 일이 있었다. 그러자 그는 방구석에 틀어박혀 일주일 가량이나 눈을 흘기고 있었다.

"저 녀석은 우리를 좋아하지 않아, 저 괴물 녀석이 말이야." 그리고리는 마르파에게 말했다. "아니, 세상 사람들을 모두 미워하고 있는 게 분명해. 야, 네 녀석도 그래 사람이냐?" 이번엔 직접 스메르자코프에게 대놓고 말했다. "너는 사람의 새끼가 아니야, 목욕탕 증기 속에서 잘못 생겨난…… 그런 놈이란 말이다."

나중에 알게 되지만 스메르자코프는 그리고리의 이 말을 두고두고 뼈에 새기고 있었다. 그리고리는 그에게 글을 가르치고, 열 두 살 때부터는 성경 얘기도 가르쳐 보려 했지만 시도는 곧 실패로 끝나고 말았다. 두 번짼가 세 번째 공부 시간에 소년은 갑자기 히죽 웃고 말았던 것이다.

"뭣 때문에 웃는 거냐?"

그리고리는 안경너머로 그를 무섭게 노려보며 물었다.

"아무것도 아녜요. 하느님은 첫째 날에 세상을 만드시고, 넷째 날에야 해와 달과 별을 만드셨다는데, 그렇다면 첫째 날엔 대체 어디서 빛이 비쳤을까 해서요."

그리고리는 어안이 벙벙했다. 소년은 비웃 듯이 선생을 바라보았고 그 눈길에는 오만불손한 기미마저 엿보였다. 그리고리는 더이상 참을 수가 없어 갑자기 "여기서 비쳤다!" 고함을 지르며 느닷없이 제자의 뺨을 후려 갈겼다.

소년은 한마디 대꾸도 없이 그것을 감수했지만 또 다시 며칠 동안 방구석에 처박혀 버렸다. 그런데 그 뒤 일주일 만에 그의 일생을 통해 불치의 병이 되고 만 간질병의 발작이 처음으로 나타났다.

이런 소식을 전해 듣고 표도르는 소년에 대한 태도를 완전히 바꾸고 말았다. 그전까지만 해도 표도르는 소년에게 욕을 한 적도 없고 마주칠 적마다 1코페이카짜리 동전을 쥐어 주기도 하고 기분이 좋을 때면 식탁 위의 사탕 따위를 보내 주는 일도 있었지만, 대체로 소년에게 무관심한 태도로 일관해 왔다.

그러던 것이 간질병 증세가 나타났다는 말을 전해 듣자 별안간 부모처럼 관심을 나타내기 시작하여 즉시 의사까지 불러 치료하게 했던 것이다. 그러나 병은 완치가 힘들다는 것이 판명되었다. 발작은 평균 한 달에 한 번 정도였으나 그 시기는 불규칙했다. 발작의 정도도 일정하지 않아서 비교적 가벼울 때도 있고 몹시 심할 때도 있었다. 표도르는 그리고리를 불러 아이에게 절대로 체벌을 가하지 말도록 엄중히 타일렀고, 소년에게 안채에 있는 자기 방에 드나드는 것도 허용했다. 그리고 공부를 가르치는 것도 당분간 금지했다.

소년이 열다섯 살이 되던 어느날 표도르는 그가 책장 앞을 서성거리며 유리창을 통해 책들의 제목을 읽고 있는 것을 발견했다. 표도르는 백여 권이나 되는 제법 많은 장서가 있었지만 본인이 책을 읽는 것을 본 사람은 아무도 없었다. 그는 즉시 스메르자코프에게 책장 열쇠를 내주고 "자, 네 맘대로 읽어 봐라. 뜰안을 쏘다니는 것보다는 장서 관리나 하면서 책을 읽는 편이 좋을 게다. 우선 이걸 읽어 보렴" 하며 고골리의 《지카니카 근교 야화》를 뽑아주었다.

소년은 그 책을 읽으면서도 뭐가 불만인지 한 번도 웃지 않았을 뿐만 아니라 다 읽은 뒤에는 사뭇 얼굴까지 찌푸리는 것이었다.

"왜, 재밌지 않니?"

표도르가 물었다. 스메르자코프는 아무 대꾸도 안했다.

"바보 같으니, 어서 대답해 봐!"

"이 책엔 거짓말밖에 없는걸요."

스메르자코프는 엷은 웃음을 지으며 웅얼웅얼 말했다.

"멋대로하렴! 그게 바로 하인 근성이라는 거야. 가만 있자, 그럼 이건 어떠냐? 스마라그도프의 《세계사》지. 여기 씌어 있는 건 전부가 사실뿐이니 한번 읽어 봐."

그러나 스메르자코프는 스마라그도프를 10쪽도 읽지 않았다. 도대체 재미가 없었기 때문이다. 결국 책장문은 다시 닫히고 말았다. 얼마 뒤 마르파와 그리고리는 스메르자코프가 점점 지나칠 정도로 결벽스럽게 되어간다고 표도르에게 보고했다. 수프를 떠먹을 때도 수프 속에 무엇이 있기나 한 것처럼 숟가락으로 휘저어 보기도 하고, 등을 구부리고 한참 들여다보는가 하면 한 술 떠서 불빛에 비춰 보기도 한다는 것이었다.

"뭐 바퀴벌레라도 빠졌니?"

그리고리가 몇 번이나 물어 보았다.

"아마 파리겠죠."

마르파도 이렇게 한마디 했다.

갑작스런 결벽증에 걸린 청년은 한 번도 그런 얘기에 대답한 적은 없지만 빵이나 고기나 그 밖의 무슨 음식이든지 반드시 그런 짓을 되풀이했다. 포크로 빵조각을 집어 가지고는 마치 현미경이라도 들여다보는 듯 불빛에 비춰 보며 자세히 조사하다가 한참을 망설인 끝에 마음을 정하고 비로소 입에 넣는 것이었다.

"흥, 이건 뭐 귀족집 도련님보다 더하군 그래."

그리고리는 그것을 보면서 곧잘 이렇게 투덜거렸다. 표도르는 스메르자코프에게 이런 새로운 버릇이 생긴 것을 안 뒤 그를 요리사로 만들 작정을 하고는 요리 공부를 시키러 모스크바로 보냈다. 그래서 그는 몇 해 동안 조리법을 배우느라고 거기 가 있었는데, 돌아왔을 때는 몰라 보게 모습이 변해 있었다. 어찌된 일인지 이상할 정도로 늙어 보였고 나이에 어울리지 않게 주름살투성이가 된 데다 안색까지 누렇게 변한 것이, 흡사 거세파교도 같았다.

그러나 성격만은 모스크바에 가기 전과 마찬가지로 여전히 사람을 싫어하여 상대가 누구건 사귀려는 기색이 전혀 없었다. 나중에 들은 얘기로는 모스크바에 있을 때도 역시 그 모양으로 늘 말이 없었다고 했다. 모스크바라는 도시 자체도 그다지 그의 흥미를 끌지 못했던 모양인지 그는 모스크바에 대해서도 별로 아는 것이 없었다. 자기에게 직접적인 관련이 없는 것에는 전혀 주의를 하지 않았던 것이다. 극장에는 단 한 번 간 적이 있는데 그때도 말 한마디하지 않고 무엇 때문인지 불만스러운 얼굴로 돌아왔다고 한다.

그런 반면 모스크바에서 돌아왔을 때는 제법 훌륭한 옷차림을 하고 있었다.

새하얀 셔츠에 말쑥한 프록코트를 입고 하루에 두 번씩은 꼭 정성들여 옷에 솔질을 하는 것이었다. 송아지 가죽으로 만든 멋진 구두도 신고 있었는데 그 것을 영국제 고급 구두약으로 닦아 언제나 거울처럼 반짝거렸다.

요리사로서의 솜씨는 더할 나위 없었다. 표도르는 그에게 봉급을 주었는데 그는 급료의 전부를 옷차림과 포마드, 향수 따위에 써버리곤 했다. 그러나 그 는 여성도 남성과 마찬가지로 경멸하는 듯했고, 여성을 예의바르게 대하며 상 대가 거의 접근하지 못하도록 행동했다. 표도르는 그를 약간 다른 관점에서 바라보게 되었다. 그것은 다름이 아니라 그의 간질병 발작이 심해지면 마르파 가 대신 식사 준비를 했는데 그것이 도무지 표도르의 입맛에 맞지 않았기 때 문이다.

"그놈의 발작은 왜 점점 심해지는 건가?" 그는 새로운 요리사의 얼굴을 곁눈 으로 흘겨 보면서 말했다. "결혼이라도 하면 좀 나을 텐데. 어때, 내가 중매를 서볼까?"

그러나 스메르자코프는 분하다는 듯이 안색마저 창백해져서 대꾸도 하려 들지 않았다. 그러면 표도르도 하는 수 없다는 듯이 손을 한 번 내젓고는 그 에게서 물러나는 것이었다.

하지만 중요한 것은 표도르가 그의 정직성을 믿고 무엇을 가로채거나 훔치 는 일은 절대로 없다고 굳게 믿고 있었다는 사실이다. 언젠가 표도르는 술에 만취하여 무지개빛의 100루블짜리 지폐 3장을 정원의 진흙 속에 떨어뜨린 일 이 있었다. 이튿날에야 그걸 알고 당황하여 호주머니란 호주머니를 모조리 뒤 지다가 힐끗 책상 위를 보니 그 돈이 고스란히 놓여 있었다. 대체 어떻게 해서 여기 있을까?

알고보니 스메르자코프가 어제 주워서 거기다 갖다 놓았던 것이다.

"정말이지 난 너같이 정직한 놈은 별로 보지를 못했다."

표도르는 그렇게 말하며 그에게 10루블을 주었다.

그런데 여기서 알아두어야 할 것은 표도르는 이 청년의 정직성을 믿고 있었 을 뿐만 아니라 무슨 까닭에서인지 그를 사랑하고 있었다는 사실이다. 그런데 도 이 청년은 아직 풋내기인 주제에 다른 사람한테나 마찬가지로 표도르를 곁 눈질로 노려보며 자기 쪽에서 먼저 말을 거는 일이 거의 없었다. 그런 경우, 만 일 누가 그의 얼굴을 바라보며 도대체 이 청년은 무엇에 흥미를 느끼고 있으며 무슨 생각을 하고 있는지 알아내고자 해도 그 얼굴만 보아서는 도저히 해답을 얻을 수 없었을 것이다.

그런데 그는 집안에서나 뜰에서나 때로는 한길에서 가끔 우뚝 걸음을 멈추고 생각에 잠겨 10분 가량이나 그 자리에 서 있을 때도 있었다. 만일 관상가가 그의 얼굴을 자세히 관찰한다면 그는 무슨 생각을 하는 게 아니라 뭔가 명상에 잠겨 있을 뿐이라고 말했을 것이다.

화가 크람스코이의 작품 중에 〈명상하는 사람〉이라는 훌륭한 그림이 있다. 그 그림은 겨울 숲을 묘사한 것으로 한줄기 숲길에 다 떨어진 외투를 입고 짚신을 신은 한 농부가 외로이 서 있다. 호젓한 숲속에서 길을 잃고 고독 속에 혼자 우두커니 서서 무언가 골똘히 생각하고 있는 것 같지만 실은 아무것도 생각하지 않고 뭔가를 '명상'하고 있는 것이다. 만일 누가 그를 툭 친다면 그는 흠칫 놀라 마치 꿈에서 깨기라도 한 것처럼 어리둥절한 눈으로 상대를 쳐다볼 것이다.

하기야 곧 제정신이 들긴 하겠지만, 그렇게 서서 무슨 생각을 하고 있었느냐고 물어 보아도 아마 아무것도 기억해 내지 못할 것이다. 그렇지만 그가 명상 중에 받은 인상은 그의 가슴속 깊이 간직되어 그에게는 매우 소중한 것으로서 자기자신도 의식하지 못하는 가운데 하나씩 남몰래 쌓아 두게 된다.

무얼 하려고, 무엇 때문에 그러는지는 본인도 알지 못하는 가운데…… 이렇게 여러해 동안 그러한 인상들을 쌓아 모으다가 느닷없이 모든 것을 내던지고 방랑과 수행을 위해 예루살렘으로 떠날지도 모르고, 때로는 갑자기 고향 마을에 불을 지를지도 모르며, 어쩌면 그런 일들을 동시에 저지를지도 모른다. 민중 속에는 이런 식의 '명상하는 사람'이 꽤 많은데 스메르자코프도 필시 이런 '명상하는 사람' 중의 하나였을 것이다. 그래서 무엇 때문인지 자기 스스로도 자세히 알지 못한 채 그러한 인상들을 굶주린 사람처럼 모으고 있었음이 분명하다.

7 논쟁

그런데 이 발람의 나귀가 갑자기 말을 하기 시작한 것이다. 게다가 화제 또한 기묘한 것이었다. 아침 일찍이 루키야노프의 가게에 물건을 사러 갔던 그리고리가 가게 주인한테서 어느 러시아 병사에 관한 얘기를 들어 가지고 온 것이 화제의 발단이었다.

그 병사는 어딘가 먼 국경에서 아시아인들에게 포로로 잡혀, 그리스도교를 버리고 이슬람교로 개종하지 않으면 당장 처형하겠다는 협박을 받고도 끝내 자신의 신앙을 버리지 않고 수난을 택한 결과, 산 채로 가죽을 벗기우면서도 그리스도를 찬양하며 죽어갔다는 애기였다. 이 영웅적인 미담은 바로 그날 배달된 신문에도 실린 기사였는데 식사 때 그리고리가 그 애기를 꺼낸 것이다. 표도르는 식후에 디저트를 들 때는, 상대가 그리고리밖에 없더라도 잠시 재미있는 이야기를 나누는 것을 좋아했다. 더욱이 이날은 전에 없이 유쾌하고 편안한 기분을 즐기고 있었다. 코냑잔을 기울이며 그 이야기를 듣고 난 그는, 그런 병사는 즉시 성인으로 모셔야 하며 그 신성한 가죽은 어디 적당한 수도원에 보내야 할 것이라고 논평하며 이렇게 덧붙였다.

"그러면 참배자들이 몰려와서 기부금이 꽤 많이 들어올 거야."

그리고리는 표도르가 애기를 듣고 감동하기는커녕 여느때처럼 벌받을 소리를 뇌까리기 시작하는 것을 보고 얼굴을 찌푸렸다.

그런데 바로 이때 문 옆에 서 있던 스메르자코프가 무슨 생각에서인지 히죽히죽 웃기 시작했다. 그는 전에도 식사가 끝날 무렵엔 자주 식탁 가까이 와서 시중을 들었지만, 이반이 이 고장에 온 뒤로는 점심 식사 때는 거의 매일같이 얼굴을 내밀고 있었다.

"넌 뭐가 그리 우습냐?"

표도르는 스메르자코프의 웃음을 곧 눈치채고 이렇게 물어보았다. 물론 그 웃음은 그리고리에 대한 것이라고 표도르는 생각했다.

"예, 방금 그 이야기 말씀인데요." 스메르자코프는 뜻밖에도 커다란 목소리로 갑자기 말문을 열었다. "그 병사의 행동이 칭찬받아 마땅할 만큼 훌륭하다고 해도, 제 생각엔 그처럼 위급한 경우 그리스도의 이름과 자기의 세례를 부정한다 하더라도 조금도 죄가 되지 않을 것 같습니다. 그렇게해서라도 자기 목숨을 구할 수 있다면 앞으로 여러 가지 선행도 할 수 있을 것이고 또 선행을 몇 해고 계속하다 보면 자기의 비겁했던 행위도 보상할 수 있을 테니까요."

"어째서 죄가 안 된다는 거냐? 허튼 소리 작작해. 공연히 그런 소릴 하다가는 곧장 지옥에 끌려가서 지글지글 불고기 신세가 되고 말걸."

표도르가 얼른 말을 받았다.

알료샤가 방에 돌아온 것은 바로 이때였다. 앞에서도 말한 바와 같이 표도르는 알료샤가 온 것을 무척 반가워했다.

"너한테는 딱 알맞은 얘깃거리야!"

그는 재미있다는 듯이 킬킬거리며 그 이야기를 들려주려고 알료샤를 자리에 앉혔다.

"불고기라니 결코 그럴 리가 없습니다. 그런 말을 했다고 해서 그렇게 지옥에서 그런 벌을 받을 리는 없어요. 모든 걸 공정한 견지에서 본다면 말입니다."

스메르자코프는 진지한 어조로 대꾸했다.

"공정한 견지에서 보다니, 그건 또 무슨 소리냐?"

표도르는 무릎으로 알료샤를 툭툭 건드리며 더욱 유쾌한 표정으로 소리쳤다.

"비겁한 놈 같으니! 이게 바로 저놈의 본성이야!"

갑자기 그리고리가 내뱉듯 말했다. 그는 분연한 표정으로 스메르자코프의 눈을 노려보았다.

"비겁한 놈이란 말은 좀 두었다 하시지요. 그리고리 씨." 스메르자코프는 침착하게 반론에 나섰다. "그보다도 당신 스스로 판단해 보는 게 나을 겁니다. 만일 내가 그리스도교의 박해자들한테 붙잡혀 하느님의 이름을 저주하고 자기의 성스런 세례를 부정하도록 강요되었다고 하더라도 나는 나 자신의 이성에 따라 결정할 수 있는 완전한 권리를 가지고 있습니다. 그렇게 하는 것이 죄가 된다고는 할 수 없습니다."

"그건 벌써 좀 전에 한 말이 아니냐? 쓸데없는 소린 그만두고, 어서 그 이유를 설명해봐!"

이번엔 표도르가 소리쳤다.

"흥, 부엌데기 놈이!"

그리고리는 아니꼬운 듯이 중얼거렸다.

"부엌데기 놈이란 말도 좀 두었다 하시지요. 그렇게 욕만 할 게 아니라 좀 잘 생각해보세요, 그리고리 씨. 내가 박해자들에게 '그렇습니다. 나는 그리스도 교인이 아닙니다. 나는 나의 신을 저주합니다' 이렇게 말하면 나는 당장 하느님의 재판에 의해 특별히 저주받은 파문자(破門者)의 몸이 되어 이교도와 마찬가지로 신성한 교회로부터 아주 쫓겨나 버리게 되는 게 아닙니까? 그런 말을 입밖에 내는 그 순간에, 혹은 그리스도를 부정하려고 결심한 그 순간에, 즉 4분의 1초도 안 되는 그 짧은 순간에 나는 이미 파문을 당하고 마는 것이지요. 그렇게 생각하지 않습니까? 그리고리 씨!"

그는 자기가 한 얘기가 실은 표도르의 질문에 대한 답변에 지나지 않음을 스스로도 잘 알고 있으면서도 그리고리를 향해 이렇게 자못 만족한 듯이 대답했다. 마치 그리고리가 그런 질문을 꺼내기라도 한 것 같은 태도였다.

"애, 이반!" 갑자기 표도르가 불렀다. "네 귀 좀 빌리자꾸나. 저 녀석이 너한테 칭찬을 받고 싶어 저런 소릴 하는 모양이니 칭찬을 좀 해주렴."

이반은 아버지의 흥겨운 귓속말을 아주 심각한 표정으로 듣고 있었다.

"가만 있어, 스메르자코프, 넌 잠깐 입을 다물고 있어." 표도르는 또다시 소리쳤다. "이반, 한번 더 네 귀 좀 빌리자."

이반은 다시금 심각한 표정이 되어 아버지에게로 몸을 굽혔다.

"나는 알료샤와 마찬가지로 너를 사랑하고 있단다. 내가 너를 미워한다고는 생각지 마라. 어때, 코냑 한 잔 더 하겠니?"

"네, 그러지요."

'흥, 이 양반, 벌써 어지간히 취했군.'

이반은 속으로 생각하며 아버지의 얼굴을 뚫어지게 응시했다. 그는 동시에 비상한 호기심을 느끼며 스메르자코프를 관찰하고 있었다.

"지금 이 순간에도 너는 저주받은 파문자야." 느닷없이 그리고리가 소리를 질렀다. "그런데 너 같은 악당이 어떻게 감히 그런 돼먹지 못한 소리를 늘어놓는 거냐! 만약에 네가……."

"그만둬. 그리고리, 욕설은 그만두게!"

표도르가 말렸다.

"잠깐만 기다려 주십시오, 그리고리 씨. 아직 말이 안 끝났으니까 조금만 더 들어 보세요. 그러니까 내가 하느님께 저주를 받는 순간, 아시겠어요, 바로 그 최고의 순간에 나는 이미 이교도가 되어버리기 때문에 세례도 무효가 되고 따라서 아무런 책임도 질 필요가 없게 됩니다. 이건 이해하시겠어요?"

"야, 빨리 결론을 말해, 결론을!"

표도르는 맛있다는 듯이 술잔을 비우면서 이렇게 재촉했다.

"그래서 내가 이미 그리스도 교도가 아니라고 한다면 '너는 그리스도 교도냐 아니냐' 하고 박해자들이 협박했을 때 내가 '아니다'라고 말해도 나는 거짓말을 했다고는 할 수 없을 겁니다. 왜냐하면 내가 미처 입을 열기도 전에, '아니다'라고 대답하겠다는 생각만으로도 나는 이미 하느님한테서 그리스도교도로서의 자격을 박탈당했기 때문입니다. 따라서 내가 이미 그 자격을 박탈당해 버렸다면 저승에서 내가 그리스도를 버린 것에 대해 무엇을 근거로 어떠한 정의에 입각하여 이미 그리스도 교도가 아닌 나를 문책할 수 있겠느냐 그 말입니다. 아직 신앙을 버리기 전에 그렇게 생각하는 것만으로도 이미 먼저 받은 세례는 무효가 되어 버리니까요. 만약 내가 그리스도 교도가 아니라면 나는 그리스도를 배반할 수도 없어집니다. 내게는 이미 아무것도 배반할 것이 없으니까요.

그리고리 씨, 타타르인 같은 이교도가 혹시 천국에 간다 해도 왜 너는 그리스도 교도로 태어나지 못했느냐고 문책당할 리는 없지 않겠어요? 누구든지 소 한 마리에서 가죽을 두 장씩이나 얻을 수는 없다는 것쯤은 천국에서도 알고 있을 테니까, 그런 이유로 그 타타르인에게 벌을 줄 리는 만무합니다. 전지전능하신 하느님도 그 타타르인이 죽어서 심판에 나왔을 때, 이교도인 부모한테서 이교도인 자식이 태어나는 것은 당연하므로 태어난 본인에겐 아무런 잘못도 없다는 점을 고려하더라도 전혀 벌을 주지 않을 수는 없기 때문에, 벌을 주더라도 가장 가벼운 벌을 주는 데 그칠 겁니다. 그리고 아무리 하느님이라도 타타르인을 붙잡고 이 남자도 그리스도교도였다고 말할 수는 없을 게 아닙니까. 그렇게 말하면 전능하신 하느님께서 거짓말쟁이가 되어 버리니까요. 도대체 우주의 지배자이신 하느님이 단 한마디의 거짓말이라도 할 수가 있겠습니까?"

그리고리는 너무나 놀란 나머지 눈을 휘둥그레 뜨고 이 웅변가의 얼굴을 쳐다보고 있었다. 그는 지금 여기서 얘기하는 말들이 무슨 뜻인지 잘 이해할 수는 없었지만, 그래도 이 잠꼬대 같은 소리 중에 무언가 문득 짚이는 바가 있었던지 이마를 벽에다 부딪친 듯한 표정으로 그 자리에 우두커니 서 있었다. 표도르는 술잔을 비우고 한바탕 소리를 내어 웃어댔다.

"알료샤, 애, 알료샤, 들었니! 저 녀석 이만저만한 궤변가가 아니지? 그러고 보니, 이반, 저 녀석은 어디서 예수회 수도사들과 어울린 적이 있는 모양이지? 예끼, 젖비린내 나는 예수회 녀석, 대체 넌 누구한테서 그런 말을 배웠니? 아무래도 네 말은 죄다 헛소리야! 이 궤변가 녀석, 죄다 헛소리란 말이야, 헛소리! 여보게, 그리고리, 자네가 그렇게 기 죽을 건 없어. 저 녀석의 되지 못한 이론쯤은 우리가 당장에 여지없이 박살 내 버릴 테니. 그럼 어디 대답해 봐라, 이 나귀 녀석. 가령 네가 박해자들한테 취한 태도가 옳았다 치더라도 넌 역시 속으로 자기의 신앙을 부정한 순간 파문자가 된다고 하지 않니? 그래서 일단 네가 파문자가 되었다고 해서 지옥에서 네가 파문당한 것을 위로해 주기 위해 머리를 쓰다듬어 줄 거라고 생각하는 거냐? 응? 위대하신 예수회 선생!"

"마음속으로 신앙을 부정했던 것은 의심할 여지가 없지만, 그렇다고 해서 그 행동이 특별한 죄가 될 리는 없습니다. 혹시 죄가 된다 하더라도 아주 평범하고 사소한 죄에 불과하겠지요."

"뭐 아주 사소한 죄라고?"

"허튼 소리 좀 작작 해, 이 저주받을 놈 같으니!"

그리고리가 씨근덕거리며 소리쳤다.

"그리고리 씨, 자꾸만 그럴 게 아니라 잘 좀 생각해 보십시오." 승리는 자기 것임을 확신하고 패배한 상대를 가엾이 여기는 것 같은 태도로 스메르자코프는 담담하고 예의바르게 말을 계속했다. "잘 좀 생각해 보라니까요, 그리고리 씨. 왜 성경에도 씌어 있잖아요. 만약 사람이 조금만이라도, 그야말로 겨자씨 한 알만큼밖에 안 되는 믿음이라도 갖고 있으면 산을 향해 바다로 들어가라고 명령하면 산은 그 명이 떨어지기가 무섭게 주저없이 바닷속으로 들어갈 것이라고 말입니다. 그렇다면 그리고리 씨, 나는 믿음이 없는 놈이고 당신은 쉴 새없이 나를 매도할 정도로 훌륭한 믿음을 갖고 있다면, 어디 한번 시험삼아 저 산더러 바다로 들어가라고 명령해보십시오. 아니—여기서 바다는 너무 머니까—바다는 그만두고라도 하다못해 우리집 정원 뒤를 흐르는 저 냄새 나는 개천이라도 좋습니다. 아무리 소리질러해봐도 무엇 하나 꼼짝하지 않고 그냥 제자리에 있을 뿐임을 당신도 당장 알게 될 테니까요. 이것은 바로 당신 자신도 참다운 신앙이 없으면서 공연히 남에게 욕질만 하고 있다는 증거입니다. 하기야 생각해보면 이건 당신 한 사람뿐만이 아닙니다. 요즘 세상에서 가장 훌륭하다는 사람을 비롯하여 인간 쓰레기 같은 비천한 농부에 이르기까지 산을 바다로 옮겨 놓을 수 있는 사람은 아무도 없습니다. 이 넓은 세상에 단 한 사람 아니, 두 사람을 제외하고는 하지만 그 사람도 필시 이집트 같은 사막에 숨어서 도를 닦고 있을지 모르니 그 두 사람을 찾는 건 도저히 불가능할 겁니다. 만일 그 한두 사람 이외에는 모두가 믿음이 없는 자들이라 한다면 그토록 자비롭기 그지없는 하느님께서 사막에 숨어 사는 한두 명의 은둔자를 제외한 나머지 사람들, 그러니까 지상의 인류 전체를 거의 다 저주하여 한 사람도 남김없이 용서하지 않을 수 있겠느냐 말입니다. 그러니까 한 번쯤 하느님을 의심한 적이 있다 하더라도 회개의 눈물만 흘린다면 반드시 용서 받을 수 있을 것이라고 나는 기대합니다."

"잠깐." 감격한 듯이 표도르가 날카롭게 소리쳤다. "그러니까 너는 산을 바다로 움직일 수 있는 사람이 둘쯤은 있다고 생각한다는 거지? 애 이반, 잘 기억했다가 어디다 적어 두어라. 여기 진정한 러시아인이 있다고 말이다!"

"네, 말씀 잘하셨습니다. 이것은 신앙에 대한 러시아 민중 특유의 사고방식인데요."

이반은 만족스런 미소를 띠며 이렇게 동의했다.

"동감이란 말이지? 네가 동감이라면 틀림 없는거지! 알료샤, 너는 어떠냐, 그렇잖니? 온전한 러시아적 신앙이지?"

"아닙니다, 스메르자코프의 신앙은 전혀 러시아적인 것이 아닙니다."

알료샤는 정색을 하며 딱 잘라 말했다.

"아니, 나는 저 녀석의 신앙을 말하는 게 아니다. 그 특징, 즉 그 두 사람의 은둔자가 있다는 그 점만을 말하는 거야. 어떠냐, 그 점은 분명히 러시아적이지? 그렇지 않니?"

"예, 그 점은 온전히 러시아적입니다."

알료샤는 싱긋 웃으면서 대답했다.

"이봐, 나귀야. 네가 방금 한 말은 금화 한닢의 가치가 충분하니 당장 오늘 중으로 네게 주마. 그렇지만 그 밖의 말은 결국 헛소리야. 죄다 헛소리란 말이다. 잘 들어 봐, 이 바보 녀석아. 이 세상에서 우리 인간이 믿음을 갖지 못하는 건 경솔하기 때문인데 그건 우리에게 그럴 여유가 없기 때문이지. 우선 해야 할 일이 너무 많아. 둘째로, 하느님께서 시간을 너무 적게 주셨어. 하루를 겨우 스물 네 시간으로 정해 놓았으니 회개는커녕 잠을 잘 시간도 모자란단 말이야. 하지만 네가 박해자들 앞에서 하느님을 부정한 것은 신앙 외에는 아무것도 생각할 것이 없었을 때이고, 더욱이 자기의 신앙을 떳떳이 보여주어야 할 때였거든! 난 그렇다고 생각하는데 어때, 내 얘기가?"

"분명히 그렇기도 합니다만, 그래도 잘 좀 생각해 보십시오. 그리고리 씨, 그렇기 때문에 이쪽도 마음이 편해지는 거니까요. 만약 내가 그때 마땅히 인간으로서 가져야 할 참된 신앙을 갖고 있으면서도 자기 신앙을 위한 고통을 받아들이지 않고 이교도인 이슬람교로 쉽사리 개종한다면 확실히 죄가 될 겁니다. 하지만 반드시 수난에까지 이르지는 않겠지요. 왜냐하면 바로 그 순간에 눈앞의 산이 움직여서 박해자들을 깔아뭉개 버리라고 빌기만 하면, 산은 지체없이 움직여 무슨 벌레를 짓밟듯 놈들을 뭉개 버릴 것이고, 그러면 나는 아무일도 없었다는 듯이 하느님을 찬양하며 무사히 돌아올 수 있을 테니까요.

그러나 만일 그때 모든 것을 시도한 끝에 눈앞의 산을 향해 박해자들을 짓밟아 달라고 큰 소리로 외치고 또 외치는데도 산이 꼼짝도 않는다면 내가 어떻게 의심을 품지 않을 수 있겠습니까? 더욱이 목숨이 왔다갔다하는 그런 위급한 순간에 말입니다. 그렇지 않아도 천국에 가기란 힘들다는 사실을 알고 있는 터에—산이 내 말대로 움직여 주지 않는 걸 보면 천국에서는 내 믿음을 제대로 믿어주지 않는다는 얘기이고 따라서 저승에서도 그리 대단한 보상이 내게 있을 것 같지도 않으니까—내게 아무런 이익도 없는 일에 왜 내가 내 가죽까지 벗겨주어야 하느냐 그 말입니다.

이미 잔등 가죽의 절반쯤이나 벗겨져도 아무리 소리쳐 불러도 산이 움직여 주지 않습니다. 그대는 의심을 품는 정도가 아니라 공포 때문에 이성마저 잃을지 모릅니다. 그렇게 되면 무엇을 생각해서 판단한다는 것은 전혀 불가능하겠지요. 그렇다면 이승에서나 저승에서나 자기에게 별로 이로울 것도 없고 보상을 받을 수도 없음을 알게 된 바에야 자기의 살가죽이나마 소중히 간직해야겠다고 생각했기로서니 그것이 그렇게 대단한 죄가 된다는 겁니까? 그래서 나는 하느님의 자비심을 믿고 하느님은 틀림없이 모든 것을 용서해 주리라는 희망을 갖고 있다는 말입니다……"

8 코냑을 마시면서
논쟁은 끝났다. 그러나 그처럼 기분이 좋던 표도르가 논쟁이 끝날 무렵에는 웬일인지 갑자기 얼굴을 잔뜩 찌푸린 채 코냑을 홀짝 마셔 버렸다. 이 한 잔은 이미 과음으로 넘어가는 한잔이었다.

"야, 이제 너희는 나가 봐라, 예수회 놈들 같으니!" 그는 하인들에게 호통을 쳤다. "스메르자코프, 어서 물러가 있어. 약속한 금화도 이따 보내 줄 테니 나가 있으라구! 그리고리, 자네도 울상만 하고 있지 말고 어서 마르파한테 나가 보게. 자넬 위로해 주고 잠도 재워 줄 테니까. 빌어먹을 녀석들, 식후에 좀 조용히 지내지도 못하게 하는군."

그는 하인들이 방에서 나가자 입맛이 쓴 듯 뇌까렸다.

"스메르자코프가 요즘엔 식사 때마다 나타나는 걸 보니, 너한테 상당히 관심이 있는 모양인데 넌 어떻게 해서 그 녀석을 홀렸니?"

그는 이반을 향해 물었다.

"뭐 어떻게 한 것도 없습니다. 저 혼자 괜히 나를 존경하고 싶어진 모양이죠. 그 녀석은 어디까지나 비천한 하인놈이니까요, 하기야 때가 오면 전위적 육탄 (前衛的肉彈) 구실도 할 수 있는 위인이지만요."

"뭐, 육탄이라고?"

"때가 오면 좀 더 훌륭한 인물들이 나타나는 법이지만 저런 친구들도 있게 마련이지요. 먼저 저런 위인들이 나온 뒤에 좀 더 나은 인물이 뒤따라 나타나겠지요."

"그래, 그 '때'는 언제쯤일까?"

"봉화가 오를 때 바로 그때가 그 시기입니다. 그러나 봉화는 어쩌면 제대로 오르지도 못한 채 꺼질지도 모릅니다. 현재로서는 저런 부엌데기 같은 자들이 하는 말을 민중이 별로 들으려 않으니까요."

"그야 그렇겠구나. 하지만 저 발람의 나귀같은 놈이 무언가 자꾸만 생각한다는 건 하여튼 놀라운 일이야. 하기는 얼마나 제대로 생각하고 있는지는 모르지만."

"사상을 쌓아가고 있는 거겠죠."

이반은 히죽 웃었다.

"그런데 그 녀석은 다른 모든 사람들처럼 나를 싫어하고 있는 것 같단 말이야. 너는 그 녀석이 네 눈에는 존경하고 싶어하는 것처럼 보이는지 몰라도 너역시 싫어하긴 마찬가지야. 알료샤한테는 더욱 심하지, 녀석은 알료샤를 멸시하고 있어. 하지만 녀석의 손버릇이 나쁘지 않은 건 다행이야. 그리고 수다스럽지 않은 게 좋아. 원래 입이 무거워서 집안 내막을 밖에 나가 떠벌리고 다니는 법이 없거든. 파이 굽는 솜씨는 정말 대단하지 않니? 게다가 솔직하게 말해 모든 일에 대해 얄미울 정도로 빈틈이 없단 말이야. 이제 그 녀석 얘기는 그만두자. 사실 말이지, 얘기할 가치도 없는 인간 아니냐?"

"물론 그럴 가치도 없지요."

"그리고 그 녀석 마음속에 있는 생각 자체도 뭐 별것이겠니? 아무튼 러시아 농민들은 그저 두들겨 패주는 수밖엔 없다고 난 늘 주장하고 있지. 우리나라 농민이란 것들은 죄다 사기꾼 같은 놈들밖에 없으니 동정할 가치도 없어. 요새도 더러 매질을 하는 주인이 있는 건 다행한 일이야. 러시아의 땅이 반석처럼 단단한 건 자작나무 숲이 있기 때문인데 그 숲을 마구 베어 없애면 러시아 땅은 그야말로 방귀처럼 사라질걸. 나는 현명한 인간을 좋아해. 우린 너무 현명해서 농민들을 매질하는 것은 그만뒀는데도 놈들은 여전히 저희끼리 매질을 하고 있어. 하긴 그것도 괜찮은 일이지. 성경에도 '네가 헤아리는 방법으로 너도 헤아림을 받을지니라' 이런 구절이 있던가? 이를테면 인과응보라는 것이지. 내가 이 러시아를, 아니, 러시아 전체가 아니라 이런저런 악덕을 얼마나 미워하는지 너는 잘 모를 게다! 하지만 뭐 그것이 바로 러시아인 셈이지만. Tout cela cést de le cochonnerie(모든 것이 어리석기 짝이 없도다). 내가 좋아하는 게 무언지 알고 있니? 나는 위트를 좋아해."

"한 잔 또 드셨군요. 이젠 그만하는 게 좋을 것 같습니다."

"아니야, 딱 한 잔만 더하면 되니까. 그런데 너, 내 말을 가로채지 말고 가만 있거라. 언젠가 내가 모크로예 마을을 지나는 길에 어느 노인한테 그 문제를 물어 본 적이 있지. 그랬더니 노인은 '우린 계집애들에게 벌을 내리는 것만큼 즐거운 일이 없습니다. 매질은 총각들을 시키지요. 그러면 오늘 계집애를 때려주었던 총각 녀석은 다음날이면 그 처녀한테 장가를 들겠다고 성화입니다. 그래서 계집애들도 오히려 그런 벌을 좋아하는 형편이지요' 이러는 거야. 어떠냐, 이건 사드백작도 울고 갈 일 아니냐, 응? 아무튼 위트가 넘치는 것 만큼은 사실이야. 우리도 한번 구경가 볼까? 아니, 알료샤, 너 얼굴이 빨개졌구나. 뭐 부끄러워할 것 없어. 그런데 아까 수도원장의 오찬에 참석했을 때 수도사들에게 모끄로예의 계집애들 얘기를 해주지 못하게 유감천만이구나. 애, 알료샤, 아까는 내가 너희 수도원장에게 몹시 추태를 부렸지만 그렇다고 너무 화를 내지는 마라. 어쩌다 그만 짓궂은 생각이 떠오르는 바람에…… 만약 하느님이 정말 존

208 카라마조프 형제들

재하신다면 그야 물론 내가 나빴으니까 어떤 벌이라도 달게 받겠지만 반면에 하느님이 전혀 존재하지 않는다면 너희 신부 같은 자들은 과연 어떤 벌을 받아야 마땅하겠니? 그자들은 진보를 방해한 친구들이니까 목이 날아가는 벌로는 부족해! 너는 믿어 주겠지, 이반. 내 마음을 괴롭히고 있는 것이 바로 이 문제라는 것을. 아니야, 네 그 눈을 보면 나를 믿지 않는다는 것을 알 수 있어. 네 녀석은 세상 사람들의 말을 믿고 나를 어릿광대로만 생각하고 있어! 알료샤, 너는 내가 그저 어릿광대만은 아니라는 걸 믿어 주겠니?"

"예, 믿고말고요."

"네가 정말 그렇게 믿어주고 있다는 걸 나도 믿는다. 첫째 너는 나를 보는 눈이 진지하고 말하는 품이 성실하니까 말이야. 그러나 이반은 달라. 이반은 교만하지…… 그렇더라도 어쨌든 그놈의 수도원과는 아예 결판을 지어 버렸으면 속이 시원하겠다. 나는 러시아 전체에 퍼져 있는 그 신비주의를 싹 쓸어 버리고 싶어. 모든 어리석은 자들의 눈을 뜨게 해주기 위해서라도 그런 것들은 죄다 쓸어 버리고 수도원을 폐쇄하고 싶다니까! 그렇게 하면 굉장한 양의 금은(金銀)이 조폐국으로 쏟아져 들어갈 게다."

"그렇지만 구태여 폐쇄할 이유까진 없지 않겠습니까?"

이반이 물었다.

"좀더 빨리 진리가 세상을 환하게 비추도록 하자는 게 그 이유지."

"만일 진리가 환하게 비춘다면 아버지부터 먼저 알몸뚱이가 되고 수도원은 그 다음에 폐쇄해야 할걸요."

"흠, 내가 한 대 얻어 맞았군! 어쩌면 네 말이 옳을지도 모르겠다. 그러고 보니 나야말로 나귀였구나!" 표도르는 자기의 이마를 툭 치면서 갑자기 큰 소리로 외쳤다. "그렇다면 알료샤, 너의 수도원은 그냥 놔두기로 하지. 우리처럼 현명한 인간들은 따뜻한 방안에서 그저 유쾌하게 코냑이나 마시면 되는 거야. 애 이반, 이건 하느님께서 일부러 그렇게 마련해 놓은 게 아닐까? 이반, 말해 봐라. 하느님은 있는 거냐, 없는 거냐? 아니, 가만 있어. 대답은 분명하고 진지하게 해야 한다! 왜 또 웃는거냐?"

"아까 스메르자코프가 산을 움직일 수 있는 은둔자가 한두 사람은 있을 거라고 말한 자기 나름의 신앙에 대해 아버지가 꽤 재치있는 비판을 하셨던 것이 생각나서요."

"그럼 지금 내가 한 말도 그것과 비슷하단 말이냐?"

"아주 비슷하지요."

"그러고 보면 나도 결국은 러시아인이고, 나에게도 러시아적인 뭔가가 있는 셈이군. 그리고 너 같은 철학자에게도 그러한 뭔가가 있는 법이지. 원한다면 우리 내기를 할까? 내일이라도 그런 점을 찾아 낼 테니 두고 봐라. 그건 그렇고 어서 대답해봐. 도대체 하느님은 있는 거냐, 없는거냐? 단, 진지하게 대답해야 한다! 난 지금 진지하게 묻는 거니까."

"없습니다, 하느님은 없어요."

"알료샤, 너는 어때, 하느님은 있는 거냐?"

"하느님은 계십니다."

"이반, 그렇다면 불멸은 있는 것이냐? 어떤 것이든 아주 하찮고 조그마한, 티끌만한 불멸이라도 말이다."

"불멸이라는 것도 없습니다."

"전혀 없어?"

"전혀 없습니다."

"그렇다면 완전한 무라는 얘기냐? 어쩌면 무엇인가 있는 게 아닐까? 그래도 무엇인가 조금은 있지 않을까? 설마 아무것도 없지는 않겠지?"

"완전한 무입니다."

"알료샤, 너는 불멸이 있다고 생각하니?"

"있고말고요."

"하느님도 불멸도 다 있단 말이지?"

"하느님도 불멸도 다 있습니다. 바로 하느님 속에 불멸이 있으니까요."

"흠, 아무래도 이반의 말이 옳은 것 같은데. 아, 이러한 공상에 인간이 얼마나 많은 신앙을 바쳤고 얼마나 많은 정력을 허비했는지 생각만 해도 두렵구나! 게다가 그걸 수천 년 동안이나 반복하고 있으니 말이다! 인간을 이처럼 우롱하는 건 도대체 누구일까? 이반, 마지막으로 한 번만 더 분명하게 말해 다오. 하느님은 있느냐, 없느냐? 이건 마지막으로 묻는 거다!"

"마지막으로 대답해도 하느님은 없습니다."

"그럼 인간을 우롱하는 건 대체 누구란 말이냐, 이반?"

"아마 악마겠죠."

이반은 거기서 싱긋 웃었다.

"그럼 악마는 있겠구나?"

"아니, 악마도 없습니다."

"그거 유감인데, 제기랄! 그렇다면 맨 처음 하느님이란 걸 생각해 낸 놈을 어떻게 해주면 속이 후련할까? 백양나무에 목을 매달아 교수형을 시키는 것만으로는 성에 차지 않아."

"하느님이라는 걸 생각해 내지 않았다면 문명이란 것도 있을 턱이 없지요."

"없었을 거라고? 즉 하느님이란 게 없었다면 말이지?"

"그렇습니다. 아마 코냑도 없었을 겁니다. 아무래도 이젠 아버지한테서 코냑을 빼앗아야겠는데요?"

"아니, 가만 있어 봐, 한 잔만 더 하고 말테니까. 내가 알료샤의 기분을 상하게 했구나. 그렇다고 화를 내는 것은 아니겠지, 응? 내 귀여운 알료샤! 그렇지, 응?"

"화를 내다니요! 저는 아버지의 마음을 잘 알고 있는걸요. 아버지는 머리보다 마음씨가 훨씬 더 좋은 분입니다."

"머리보다 마음씨가 훨씬 더 좋다고? 아아, 누가 나한테 이런 말을 해줄까! 얘, 이반, 너도 알료샤를 사랑하니?"

"그럼요."

"사랑해 줘라(표도르는 몹시 취해 있었다). 얘, 알료샤, 난 오늘 너희 장로한테 너무 무례하게 굴었어. 하지만 정말로 난 흥분했단다. 그런데 그 장로는 퍽 위트가 있더구나. 이반, 네가 보기엔 어떠냐?"

"아마 그럴지도 모르지요."

"아니, 틀림없이 있고말고! 그자한테는 피롱(18세기 프랑스의 극작가)다운 데가 있어(Il y a du Piron là−dedans). 그자는 예수회, 그것도 러시아식 예수회지. 고상한 인간이란 으레 그런 거지만 억지로 성인(聖人) 시늉을 하고 마음에도 없는 연기를 해야 하는 자기의 신세에 속으로는 가끔 울화가 치밀 거야."

"그렇지만 장로님은 하느님을 믿고 계십니다."

"믿기는 뭘 믿어? 그래 너는 그걸 눈치채지 못하고 있었니? 그자는 제 입으로 그것을 모든 사람들에게 말하고 있어. 하긴 모든 사람들이 아니라, 자기를 찾아오는 현명한 사람들만을 상대로 하지만. 현지사(縣知事)인 슐리츠에겐

'Credo(나는 믿고 있습니다). 하지만 무엇을 믿고 있는지는 나 자신도 알 수 없습니다' 이렇게 노골적으로 단언했다는 거야."

"설마 그럴 리가 있을라구요?"

"아니, 그건 사실이야. 그래도 나는 그자를 존경해. 그에게는 뭔가 메피스토펠레스 같은 점, 아니 그보다는 레르몬토프의 《현대의 영웅》에 나오는 아르베닌인가 뭔가 하는 인물과 비슷한 데가 있어. 아니면…… 다시말해 그자는 호색적인 영감일 거야. 그래서 만일 나에게 딸이나 마누라가 있어 그에게 고해를 하러 간다면 나는 불안해서 안절부절못할 걸. 그 자가 대체 어떤 식으로 얘기를 풀어가는지 아니? 재작년인가 한번은 그자가 리큐어를 드는 다과회에 우릴 초대한 적이 있지. 리큐어는 부인네들이 선물로 갖고 오는데, 그때 그자가 옛날 얘기를 하는데 어찌나 웃기던지 하마터면 허리가 끊어질 뻔했어…… 특히 재미있었던 것은 자기가 몸이 약한 어떤 여자를 고쳐 주었다는 얘기야. '내가 다리만 아프지 않아도 여러분에게 재미있는 춤을 보여드리겠지만' 이런 말도 했지. 그래 그게 어떤 춤인지 아니? '나도 젊었을 땐 제법 놀아봤지요'라는 거야. 게다가 데미토프라는 상인한테서는 6만 루블을 꿀꺽해 버린 사실도 있지."

"예? 사기를 쳤다는 말인가요?"

"그 상인은 그자가 믿을 만한 분이라 생각해서 '내일 가택 수색이 있으니, 이걸 좀 보관해 주십시오' 부탁했지. 그래서 그 돈을 그자가 맡게 되었는데, 나중에 가서 하는 수작이 '그 돈은 우리 교회에 회사한 게 아닙니까' 이렇게 딴청을 부리더라나. 그래서 내가 그자에게 '너는 비열한 놈이다' 말해 줬지. 그랬더니 '나는 비열한 것이 아니라 도량이 넓을 따름이오' 이러는 거야…… 아니, 이건 그 자 얘기가 아닌지도 몰라…… 그래, 그건 다른 놈 얘기야. 그만 다른 사람과 혼동해 버렸군…… 내가 정신이 없구나. 자, 그럼 한 잔만 더 하고 그만둘까. 이반, 이젠 술병을 치우렴. 너는 내가 허튼 소릴 지껄이는데도 어째서 말리지 않았지? 그건 거짓말이오, 하고 왜 말해 주지 않았느냐 말이다."

"내가 말리지 않아도 아버지가 제풀에 그만두실 줄 알고……"

"거짓말 마라. 너는 내가 미워서 그랬지? 그저 미워서 말리지 않은 게 분명해. 너는 나를 멸시하고 있지? 나한테 와서 내 집에 얹혀 살고 있으면서도 너는 나를 멸시하고 있단 말이다."

"그렇다면 떠나도록 하겠습니다. 아버지는 지금 취하셨어요."

"나는 너한테 체르마쉬냐에 좀 갔다오라고…… 하루나 이틀 정도 다녀와 주기를 그렇게 부탁했는데 너는 아예 가볼 생각도 없지, 응?"

"정 그러시면 내일이라도 당장 갔다오죠."

"가긴 뭘 가. 너는 여기서 계속 나를 감시하고 싶은 거지! 그래서 가려 하지 않는 거지, 삐딱한 놈 같으니."

노인은 좀처럼 진정할 수가 없었다. 지금까지 얌전하게 마시고 있었지만 별안간 벌컥 화를 내며 기염을 토하지 않고는 배길 수 없을 만큼 취기가 올라 있었던 것이다.

"넌 왜 나를 노려보지? 뭐냐, 그 눈초리는 나를 노려보는 네 눈깔은 '흥, 그야말로 주정뱅이의 상판이로구나' 말하고 있어. 수상한 눈빛, 경멸하는 눈초리야. 네가 돌아온 건 필시 무슨 속셈이 있어서지. 봐라, 알료샤도 나를 보고 있지만 눈은 맑게 빛나고 있잖니. 알료샤는 나를 멸시하진 않아. 얘, 알렉세이, 이반을 좋아해선 안 된다……."

"형한테 화내지 마세요. 형을 더이상 모욕하지 말아 주세요!"

알료샤는 갑자기 애원하는 듯한 어조로 말했다.

"알았다, 알았어. 아, 머리가 막 쑤시는구나. 코냑을 치워라, 이반. 벌써 세 번이나 말했잖니!"

그는 잠시 생각하다가 갑자기 천천히 교활한 미소를 지었다.

"얘, 이반. 폐인이 다된 늙은이한테 화를 내진 마라. 네가 나를 싫어하는 건 잘 알고 있지만 그래도 화를 내진 말아 다오. 나는 본디 누구의 호감을 사는 틀린 놈 아니냐, 하지만 체르마쉬냐에는 제발 좀 다녀와 다오. 나도 뒤따라 선물을 갖고 갈 테니, 거기 가면 내가 전부터 점찍어 두었던 참한 계집에도 하나 보여주마. 아직은 맨발로 다니고 있겠지만, 뭐 맨발의 처녀라고 놀랄 것은 없지. 그리고 멸시해서도 안 돼, 그야말로 진흙 속의 진주라니까!"

이렇게 얘기하다 그는 자기 손에 가볍게 입을 맞추었다.

"나한테는"그는 대번에 술이 깨기라도 한 것처럼 갑자기 기운이 나서 자기가 가장 즐기는 화제로 옮겨갔다. "나한테는 말이다…… 하긴 젖비린내 나는 너희 애송이들은 쉽게 이해 못하겠지만, 내 인생에 못생긴 여자는 단 한 사람도 없었어. 이것은 내 신념이야! 이게 무슨 소린지 알아듣겠니? 어림도 없지.

너희 몸속에 흐르고 있는 건 피가 아니라 젖이거든 아직 솜털도 벗지 못했어! 내 신념에 따르면 어떤 여자라도 다른 여자한테서는 찾을 수 없는 아주 재미 있는 점이 있게 마련이거든. 그러나 그걸 찾아내는 방법을 알아야 되는 게 문 제야! 이건 재능에 속하는 문제지!

나한텐 못생긴 여자란 존재하지 않아. 여자라는 사실만으로도 벌써 반은 얻 고 들어가는 거니까…… 이걸 너희가 알 리 없지! 비록 팔리지 않는 노처녀라 할지라도 세상 놈팡이들이 얼마나 바보면 저런 여자를 여태껏 몰라 보고 저렇 게 늙도록 내버려 두었을까 하고 의아스럽게 생각되는 그 무언가를 발견할 수 가 있는 법이야.

맨발로 나돌아다니는 계집이나 못생긴 계집은 아예 처음부터 깜짝 놀라게 한 뒤에 접근할 필요가 있어. 어때, 너희는 이런 걸 몰랐겠지? 그런 계집들은 먼저 깜짝 놀라게 해서 '이렇게 훌륭한 분이 나같이 비천한 계집애를 사랑해 주시다니!' 할 정도로 놀랍고 부끄럽고 황홀한 기분으로 만들어 놓아야 하는 거야. 이 세상에 주인과 하인이 있다는 건 멋진 일 아니야? 그래서 바닥을 닦 는 계집이 있고 그것을 처음으로 쳐다봐주는 주인이 있는 거지. 인생의 행복 을 위해 필요한 건 바로 그것밖에 없어!

가만 있어, 알료샤. 나도 죽은 네 어미를 곧잘 놀래 주곤 했다. 하긴 방법이 좀 색다른 것이었지만. 여느 때는 다정한 말 한마디 건네지 않았지만, 그 반면 적당한 때가 오면 느닷없이 찬사를 늘어 놓으면서 네 어미 앞에 무릎까지 꿇 고 엉금엉금 기어다니기도 하고, 발에 키스를 해주기도 해서 결국 나중에는 아아, 그때 일이 눈에 선하구나, 언제나 네 어미를 웃기고 말았지. 큰소리는 아 니지만 짤막짤막 끊으며 신경질적으로 울리는 독특한 웃음소리였지. 그렇게 웃는 사람은 네 어미밖에 없었으니까. 그 웃음이 언제나 발작의 시초이고 이 튿날엔 반드시 귀신에 홀린 사람처럼 고래고래 고함을 지르기 시작한다는 것 을 나는 잘 알고 있었지. 그러니까 그 짤막짤막한 웃음도 기뻐서라기보다는 하나의 시늉에 가까웠지만 그래도 거짓으로나마 기뻐하는 것처럼 보였어. 어 떤 여자에게서나 그 나름의 매력을 발견하는 재능이란 바로 이걸 두고 하는 말이지.

한번은 벨랴에프스키라고 하는 돈 많고 잘생긴 남자가 이 동네에 와 있었는 데 그 자가 네 어미 꽁무니를 쫓아다니다 못해 나중엔 우리집까지 찾아오곤 했었어……. 그런데 그놈이 우리집에서, 더욱이 네 어미가 있는 데서 느닷없이 내 뺨을 철썩 때렸단 말이야. 그러자 여느 때는 양처럼 순하기만 하던 네 어미가 금세 나를 잡아먹기라도 할 듯이 맹렬한 기세로 내게 대들지 않겠니.

'당신은 지금 얻어맞았어요, 얻어맞은 거예요! 저런 사내한테 뺨을 얻어맞지 않았느냐 말예요! 당신은 저 사내한테 나를 팔아넘기려고 했죠? 내 눈앞에서 감히 당신한테 손을 대다니! 이젠 다시는 내 곁에 오지도 마세요! 자, 빨리 쫓아가서 당장 결투를 청하세요!'

이렇게 악을 쓰는 거야. 그래서 할 수 없이 나는 네 어미를 진정시키려고 곧 수도원으로 데리고 가서 신부들한테 설득을 부탁했지. 그렇지만 알료샤, 맹세코 미친 네 어미를 모욕한 적은 정말 없었다.

단 한 번, 정말 단 한 번 뿐이었다. 결혼 첫해였는데 그때 네 어미는 기도에 몹시 열중해 있었는데 성모 마리아 축일 같은 때는 기도에 방해가 된다고 나를 서재로 내쫓기 일쑤였어. 그래 나는 네 어미의 미신을 타파해야겠다고 생각했지.

'자, 여기 당신의 성상이 있지. 내가 그걸 꺼내서 어떻게 하나 똑똑히 보란 말이야. 당신은 이따위 물건이 무슨 기적이라도 가져오는 신성한 것으로 생각하는 모양이지만, 어디 내가 여기다 침을 뱉어 볼테니 잘 봐. 그래도 내게는 아무 탈이 없을걸!'

그랬더니 나를 잔뜩 노려보는 모습이 당장에 죽이기라도 할 것 같더구나. 그러나 내게는 덤벼들지 않고, 벌떡 일어나 손뼉을 한 번 딱 치더니 두 손으로 얼굴을 가리고 온몸을 후들후들 떨면서 그냥 방바닥에 쓰러져 기절하고 말았지……. 아니, 알료샤, 알료샤! 너 어떻게 된 거냐, 응? 대체 어떻게 된 거야?"

늙은이는 깜짝 놀라 자리에서 일어났다. 알료샤는 표도르가 자기 어머니 얘기를 꺼낼 때부터 조금씩 얼굴빛이 변하고 있었다. 얼굴은 빨갛게 달아오르고, 두 눈은 번쩍이며 입술은 경련하듯 떨고 있었다. 술취한 늙은이가 끝까지 아무것도 눈치채지 못하고 입에 거품을 문 채 계속 떠들어대고 있는 중에 갑자기 알료샤에게 기묘한 일이 일어난 것이다. 즉 방금 아버지가 얘기하던 바로 그 '미친 여자'와 똑같은 현상이 알료샤에게도 일어난 것이다. 그는 식탁에서 벌떡 일어나더니 방금 한 얘기대로 손뼉을 딱 치고 이내 두 손으로 얼굴을 가리더니 밑동을 금방 잘리기라도 한 것처럼 맥없이 의자 위에 쓰러져 버린 것이었다. 그러고는 갑자기 몸을 흔들며 소리없이 눈물을 흘리며 히스테리 발작으로, 온몸을 후들후들 떨고 있는 것이었다. 늙은이를 특히 놀라게 한 것은 이 모든 광경이 그의 어미와 너무나 흡사한 것이었다.

"이반, 이반! 빨리 물을 떠오너라. 제 어미와 아주 똑같구나! 그때도 저랬다니까! 애, 입으로 물을 뿜어 줘라. 나도 늘 그래 주곤 했는데. 제 어미 얘길 듣고, 제 어미 얘길 듣고 애가 그만……."

그는 이반에게 횡설수설 중얼거렸다.

"그렇지만 이 애 어머니는 제 어머니도 되는 게 아닙니까?"

울컥 치미는 분노와 모멸감을 이기지 못하고 이반은 내뱉듯 말해버렸다. 노인은 그의 눈초리에 놀라 흠칫 몸을 떨었다. 그러자 이때 노인의 머릿속에는 비록 짧은 순간이나마 알료샤의 어머니가 이반의 어머니이기도 하다는 당연한 생각이 쏙 빠져 나가 버린 듯한 기이한 착각이 일어났다.

"뭐, 네 어미가 어쨌다고?" 그는 무슨 소린지 도무지 알 수가 없다는 투로 중얼거렸다. "도대체 그게 무슨 소리냐? 넌 누구 어미 얘기를 하는 거지?…… 그래 이애 어미가…… 이런 염병할! 하긴 네 녀석의 어미도 되는군! 내 정신 좀 봐! 그전엔 내 정신이 이렇게 흐린 적이 없었는데…… 이반, 용서해라, 내가 그만……. 하 하 하!"

그는 거기서 입을 다물었다. 술취한 사람에게서 흔히 볼 수 있는 흐릿하고도 별 의미 없는 웃음이 그의 얼굴 전체에 퍼져갔다.

바로 그때, 문간방 쪽에서 우당탕퉁탕하는 요란한 소리와 함께 사나운 고함소리가 들리더니 방문이 확 열리면서 드미트리가 거실로 뛰어 들어왔다. 노인은 덜컥 겁이 나서 이반의 곁으로 달려갔다.

"난 죽는다, 죽어! 날 살려 다오. 제발 날 구해다오!"

노인은 이반의 프록코트 자락에 매달리며 이렇게 부르짖었다.

9 음탕한 사내들

드미트리의 뒤를 이어서 그리고리와 스메르자코프도 방안으로 뛰어들어왔다. 드미트리를 방안에 들여놓지 않기 위해서 아까 한바탕 그를 붙잡고 실랑이를 한 것은 바로 이 두 하인이었다(그들은 이미 며칠 전부터 주인 표도르에게서 그런 지시를 받고 있었던 것이다). 거실에 뛰어든 드미트리가 잠시 두리번거리며 주위를 살펴보고 있는 틈을 타서 그리고리는 재빨리 식탁 쪽으로 돌아가 안으로 통하는 맞은편 방문을 닫아버렸다. 그리고리는 '마지막 피 한방울까지' 바칠 각오가 되어 있는 모습으로 그 방문 앞을 사수하려는 듯이 두 팔을 벌리고 막아섰다. 이것을 보자 드미트리는 고함소리라기보다는 차라리 비명에 가까운 소리를 지르면서 미친 듯이 그리고리에게 덤벼들었다.

"그러고 보니 그년이 저기 있었구나. 저기다 숨겨 두었어! 비켜, 죽일 놈 같으니!"

그는 그리고리를 밀쳐내려 했으나 오히려 늙은 하인에게 떠밀려 버렸다. 화가 머리끝까지 치민 드미트리는 주먹을 번쩍 들더니 그리고리에게 힘껏 내리쳤다. 늙은 하인은 아랫도리를 잘리기라도 한 것처럼 맥없이 쓰러져 버렸다. 드미트리는 그 위를 뛰어넘어 방문을 박차고 안으로 들어갔다. 스메르자코프는 맞은편 구석에 있는 표도르 옆에 바싹붙어선 채 얼굴이 사색이 되어 후들후들 떨고 있었다.

"그년은 분명히 여기 있어!" 드미트리는 고래고래 소리쳤다. "그년이 방금 이 집을 향해 모퉁이를 돌아가는 걸 내 눈으로 똑똑히 보았으니까. 따라가 붙잡질 못했지만 틀림없어! 어디 있느냐, 어디 있느냐 말이야?"

'그년은 분명히 여기 있어!'라는 드미트리의 말이 표도르에게 형언하기 어려운 감정을 불러일으켰는지 그는 순식간에 모든 공포를 잊어버렸다.

"저놈 잡아라, 저놈을 잡아!"

표도르가 외치며 드미트리를 따라 침실로 돌진했다. 그러는 사이에 그리고리는 방바닥에서 일어났으나, 정신은 아직도 얼떨떨한 모양이었다. 이반과 알료샤도 아버지의 뒤를 따라 안으로 달려들어갔다. 방안에서 별안간 무엇이 방바닥에 떨어져 산산이 깨지는 소리가 들렸다. 대리석 받침대 위에 올려놓았던 커다란 유리 꽃병(그리 비싼 것은 아니었다)이었는데 드미트리가 옆으로 지나가다가 그걸 건드려 떨어뜨린 것이다.

"저놈 잡아라!" 노인은 소리쳤다. "빨리 저놈을 잡아 다오!"

그제야 겨우 뒤쫓아온 이반과 알료샤가 억지로 노인을 홀로 끌고 돌아왔다.

"도대체 뒤쫓아가면 어떡할 거예요! 정말 형의 손에 죽고 싶어 그러시는 거예요!"

이반은 화를 내며 아버지한테 소리쳤다.

"이반, 알료샤! 그루셴카는 여기 와 있다, 와 있어. 이리 들어오는 걸 저놈이 제눈으로 보았다고 했으니⋯⋯."

숨이 콱콱 막혀서 말이 제대로 나오지 않는 모양이었다. 설마 오늘은 그루셴카가 찾아오리라고는 생각도 못했으므로 그녀가 여기 와 있다는 뜻밖의 소리에 그는 금세 냉정을 잃어버렸다. 온몸을 후들후들 떨고 있는 모습이 흡사 발광한 사람 같았다.

"그렇지만 그 여자가 오지 않은 건 아버지 자신이 더 잘 알고 있지 않습니까!"

이반이 소리쳤다.

"아니지, 어쩌면 뒷문으로 몰래 숨어 들어왔는지도 몰라."

"그 문은 잠겨 있는걸요. 열쇠는 아버지가⋯⋯."

이때 별안간 드미트리가 다시 거실에 나타났다. 그는 지금 뒷문이 잠겨 있는 걸 보고온 것이다. 뒷문 열쇠는 실은 표도르 자신의 호주머니에 들어 있었을 뿐만 아니라 방이나 창문이 모두 잠겨 있었기 때문에 그루셴카가 기어들어오거나 빠져나갈 틈은 없었다.

"저놈을 잡아라!" 드미트리를 보자 표도르는 다시금 째지는 소리를 질렀다. "저놈은 내 침실에서 돈을 훔쳐 갖고 나왔을 거야!"

그는 이반의 손을 뿌리치고 드미트리에게 덤벼들었다.

그러나 드미트리는 두 손을 들어 노인의 관자놀이게에 조금 남은 머리카락을 움켜잡고 쿵 소리가 날 정도로 방바닥에 내동댕이쳤다. 그리고 나서도 발밑에 나둥그러진 아버지의 얼굴을 구둣발로 두어 번이나 걷어찼다. 노인은 숨이 넘어갈 듯이 비명을 질렀다. 이반은 형 드미트리만한 완력은 없었으나 두 팔로 형을 끌어안고 간신히 아버지한테서 떼어놓았다. 알료샤도 이반을 도와 큰 형을 앞에서 붙잡고, 있는 힘을 다해 말렸다.

"정신이 있소, 없소? 아버지를 죽일 작정이오?"

이반이 소리쳤다.

"자업자득이야!" 드미트리는 씨근덕거리며 외쳤다. "지금은 그냥 두지만 다시 와서 죽이고 말 테다. 아무도 나를 막진 못할 거야!"

"형님, 당장 여기서 나가 주십시오!"

알료샤가 위압적인 목소리로 말했다.

"알렉세이! 바른 대로 말해 다오. 너밖엔 믿을 사람이 없구나. 조금 전에 그년이 여기 왔니, 안 왔니? 그년이 골목길에서 울타리 옆을 따라 얼른 이쪽으로 숨어들어가는 걸 내 눈으로 보았기 때문에 하는 말이다. 내가 부르니까 달아나고 말았어……."

"정말로 여긴 오지 않았어요. 그 여자가 올지 모른다고 생각한 사람은 아무도 없었다구요!"

"그렇지만 분명히 내 눈으로 봤는데. 그렇다면 그년이 어디 있는지 당장 찾아내고 말테다……. 그럼 난 가겠다. 알렉세이! 일이 이렇게 됐으니 이 이솝 영감한테 돈 얘긴 아예 꺼낼 것도 없어. 어서 카체리나한테 가서 '형이 작별 인사를 전하라고 해서 왔습니다!'라고 말해 다오. 그리고 여기서 벌어진 장면도 자세히 얘기해 주렴."

그러는 사이에 이반과 그리고리는 노인을 안아서 안락의자에 앉혔다. 그의 얼굴은 피투성이가 되어 있었지만, 정신만은 잃지 않고 드미트리의 고함소리에 열심히 귀를 기울이고 있었다. 그는 아직도 그루셴카가 정말로 이 집 어느 구석에 숨어 있는 것 같은 생각이 드는 모양이었다. 드미트리는 밖으로 나가면서 그에게 증오에 찬 눈초리를 던지며 소리쳤다.

"당신 같은 늙은이에게 피를 흘리게 했다고 해서 난 조금도 후회하지 않소! 어서 달콤한 꿈이나 꾸시지. 하지만 영감, 조심하시오. 내게도 꿈은 있으니까. 나야말로 당신을 저주해 주겠어. 그리고 어차피 부자간의 인연은 이것으로 끝장이 났으니 그리 아시오……."

드미트리는 방에서 휙 나가 버렸다.

"그루셴카는 이 집안에 있어. 틀림없이 여기 와 있어! 스메르자코프, 애, 스메르자코프……."

노인은 손가락으로 스메르자코프를 가리키며 들릴 듯 말 듯한 쉰 목소리로 중얼거렸다.

"오지 않았어요. 글쎄, 여기 있을 리가 없지 않습니까! 정말 머리가 어찌 되신 모양이군!" 이반이 미운듯이 노인에게 쏘아붙였다. "아니, 기절해 버렸잖아! 물을 가져와, 수건도. 스메르자코프, 어서 빨리!"

스메르자코프는 물을 가지러 달려나갔다. 이윽고 사람들이 노인의 옷을 벗기고 침실로 안아다가 눕힌 뒤 머리에 물수건을 얹어 주었다. 코냑을 과음한

데다 격심한 충격과 타박상 때문에 축 늘어진 노인은 머리를 베개에 얹자마자 그대로 눈을 감고 의식을 잃어 버렸다. 이반과 알료샤는 거실로 돌아왔다. 스메르자코프는 깨진 꽃병 조각을 치우고 그리고리는 침울한 표정으로 눈을 내리감은 채 식탁 옆에 서 있었다.

"할아범도 어서 가서 눕고 머리에 냉수 찜질이라도 하는 게 어때요?" 알료샤가 그리고리에게 말했다. "아버진 우리가 남아 간호해 드릴 테니, 큰형에게 맞은 상처가 심하군요. 더구나 머리를 그렇게 맞았으니……."

"나한테 어쩌면 그렇게까지 할 수 있을까요!"

그리고리는 찌푸린 얼굴로 한마디 한마디 말했다.

"아버지한테는 어떻게 그렇게까지 할 수 있었겠어? 거기 비하면 할아범은 그래도 약과야."

이반이 못마땅하다는 듯이 입술을 일그러뜨렸다.

"어릴 땐 내 손으로 목욕까지 시켜 주었는데…… 어떻게 나에게."

그리고리는 계속 중얼거렸다.

"쳇, 내가 떼어놓지만 않았어도 아마 그대로 죽어 버렸을 거야. 그까짓 이솝 영감 하나쯤 해치우는 건 형한테 문제가 안 될 테니까!"

이반은 알료샤에게 속삭이듯 말했다.

"아니, 그걸 말이라고 하세요!"

알료샤는 소리쳤다.

"왜 못할 말을 했니?" 증오에 찬 얼굴을 찌푸린 채 여전히 음성을 낮추어 이반은 계속 말했다. "독사가 독사를 물어죽이는 꼴이지. 결국은 둘 다 그렇게 될 수밖에 없을 거야."

알료샤는 몸을 부르르 떨었다.

"그렇다고 물론 나로서는, 방금도 그랬지만 앞으로도 살인 사건이 일어나도록 방관하고 있지는 않을 거야. 알료샤, 넌 여기 있어라. 난 뜰에 나가 바람이나 좀 쐬고 올테니. 머리가 아프구나."

알료샤는 아버지가 있는 침실로 가서 한 시간 남짓 침대 머리맡의 가리개 밑에 앉아 있었다. 노인은 번쩍 눈을 뜨더니 한참 동안 말없이 알료샤의 얼굴을 바라보며, 기억을 더듬어 무언가를 생각해 내려고 애쓰는 것 같았다. 갑자기 그의 얼굴에 심상치 않은 흥분의 빛이 떠올랐다.

"알료샤." 노인은 걱정스러운 어조로 물었다. "이반은 어디 갔니?"

"머리가 아프다며 뜰에 나갔어요. 거기서 감시를 하고 있는 모양입니다."

"거울을 다오, 저쪽에 있는 저 거울 말이야."

알료샤가 서랍장 위에 놓여 있던 접이식 둥근 거울을 가져다 주자 노인은 거울을 자세히 들여다 보았다. 코가 꽤 부어오르고 왼쪽 눈썹 위쪽의 이마에 시퍼렇게 멍이 들어 있었다.

"이반은 뭐라고 하더냐? 알료샤, 내 아들이라곤 너 하나밖에 없다. 나는 이반이 무섭구나, 드미트리놈보다 더 무서워. 무섭지 않은 건 너뿐이야!"

"뭐, 이반을 무서워하실 건 없어요. 화를 내고 있기는 하지만 그래도 아버지를 지켜 줄 거예요."

"알료샤, 그래, 그놈은 어떻게 됐니? 곧장 그루센카한테 달려갔겠구나! 얘, 착한 것아, 제발 바른 대로 말해 주렴. 아까 그루센카가 정말 왔었니, 안 왔었니?"

"아무도 온 걸 본 사람이 없는걸요. 그건 착각일 거예요. 아무튼 절대로 온 적이 없어요!"

"그렇지만 미차 놈은 그루센카와 꼭 결혼을 할 작정이야, 결혼을!"

"그 여잔 형님과 결혼하지 않을 겁니다."

"하지 않구말구, 할 리가 없지! 하지 않을거야, 하지 않을거야, 절대로 할 리가 없지⋯⋯."

지금 그에게 이보다 더 반가운 말은 없다는 듯이 노인은 기쁨에 겨워 사뭇 몸을 떨기까지 했다. 그는 기쁨에 넘친 나머지 알료샤의 손을 덥석 잡아 자기 가슴에 꼭 갖다댔다. 그의 눈에는 눈물까지 글썽이고 있었다.

"아까 말한 성모상을 줄 테니 갖고 가거라. 수도원으로 다시 돌아가는 것도 허락하마⋯⋯. 아까 아침에 한 말은 모두 농담이었으니까 너무 섭섭하게 생각지 마라. 아, 골치가 아프구나. 알료샤, 알료샤, 내 마음이 좀 진정되게 제발 사실대로 이야기해다오!"

"또 그걸 물으시는 건가요? 그 여자가 왔었나, 안 왔었는지를?"

알료샤는 서글픈 어조로 말했다.

"아니, 그게 아니야. 그건 네 말을 믿겠다. 내가 말하려는 건 다름 아니라, 네가 그루센카한테 직접 찾아가든가 어떻게 하든가 해서 그녀가 나와 그놈 둘

중에 대체 누굴 택할 마음인가 될 수 있는 대로 빨리 알아오라는 말이다. 그 눈치를 네가 직접 확인해야 된다. 어때, 할 수 있겠니, 없겠니?"

"만나게 되면 물어 보겠습니다만……."

알료샤는 난처하다는 듯이 중얼거렸다.

"아니야, 그년이 너한테 바른 대로 대답해줄 리가 없어." 노인은 말을 가로챘다. "그년은 변덕쟁이니까 아마 다짜고짜 네게 달려들어 키스를 퍼부으며 난 당신하고 결혼할래요 하고 말할지도 모르지. 그년은 거짓말쟁이에다 수치를 모르는 계집이야. 그러니까 너는 그런 데 가선 안돼. 암, 안 되고말고!"

"어쨌든 제가 거기 가는 건 좋지 않을 것 같아요. 아버지, 가봤자 좋을리가 없어요."

"그 녀석이 너보고 어디를 다녀오라고 했지? 아까 달아나면서 '지금 곧 가거라' 하고 소리치던 것 같던데."

"카체리나 씨한테 갔다오라고 하더군요."

"돈 때문이겠지? 돈을 좀 빌리려고?"

"아니, 돈 때문에 갔다오라는 건 아닙니다."

"그 녀석은 돈이 없거든, 동전 한닢도 가진 게 없어. 그건 그렇고 알료샤, 오늘 밤은 누워서 곰곰이 생각이나 해볼 테니, 너는 이제 가봐라. 혹시 그루센카를 만나게 될지도 모르니까…… 그 대신 내일 아침엔 꼭 나한테 들러야 한다. 꼭 들러야 해, 내일 너한테 몇 마디 할 얘기가 있어 그런다. 그럼 내일 오겠지?"

"올게요."

"올 때는 내가 오라고 했단 말은 아무한테도 하지 말고 그냥 문병을 오는 것처럼 하고 오너라. 특히 이반한테는 아무 말도 해선 안 된다."

"알겠어요."

"그럼 가봐라, 네가 아까 내 편을 들어준 일은 죽을 때까지 잊지 않으마. 내일 너한테 해둘 말이 있다…… 하여튼 그 전에 좀 더 생각해 봐야겠다……."

"그런데 기분은 좀 어떠세요?"

"내일이면 일어날 수 있겠지. 내일은 어디 가봐야 할 데가 있어. 뭐, 괜찮아. 아무렇지도 않아. 아무렇지도 않다니까!"

뜰을 지나다가 알료샤는 대문 옆 벤치에 앉아 있는 이반을 만났다. 이반은 연필로 무언가 수첩에 적고 있었다. 알료샤는 아버지가 의식을 회복했다는 것과 자기에게 수도원으로 돌아가는 것을 허락했다는 것을 말해 주었다.

"알료샤, 내일 아침에 너를 좀 만났으면 하는데."

이반은 벤치에서 일어서며 부드럽게 입을 열었다. 이처럼 다정한 태도는 알료샤에게는 참으로 뜻밖의 일이었다.

"내일은 호흘라코바 부인한테 가봐야 합니다. 그리고 오늘 카체리나 씨를 만나지 못하면 내일이라도 거길 가봐야 할지 모르고……."

"그럼 지금 너는 카체리나 씨한테 가는 길이로구나! '마지막 작별 인사를 전하기 위한' 것이겠지?"

이반이 히죽 웃으며 말하자 알료샤는 조금 당황했다.

"아까 형이 고함을 지르던 것과 지금까지 있었던 일들로 봐서 대충 알 수 있을 것 같다. 드미트리가 너를 거기 보내는 것은 필시 그 여자한테…… 아마…… 간단하게 말해서, '마지막 인사'를 전해 달라는 것이겠지?"

"형님! 아버지와 큰형 사이의 이 끔찍한 사태는 대체 어떻게 결말이 날 것 같아요?"

알료샤는 소리치듯 말했다.

"어떻게 될지는 아무도 단정 못해. 틀림없이 아무 일 없이 흐지부지 끝날 거야. 그 계집은 짐승이야. 아무튼 늙은이는 집에 꼭 가둬 두고 드미트리는 절대로 집에 들이지 말아야 해."

"형님, 한 가지 물어 보고 싶은 게 있는데요. 어떤 사람이든지 다른 사람에게 너는 세상에 살 자격이 있고 너는 그럴 자격이 없다고 제멋대로 결정할 권리가 있을까요?"

"무엇 때문에 자격을 결정하느니 어떠니 하는 소리를 끄집어내는 거냐? 그런 경우는 자격 같은 게 문제가 아니라 그보다는 훨씬 자연스러운 원인에 의해 인간의 마음속에서 결정되는 법이지. 하지만 권리 그 자체로 보면 누구든 무엇을 희망할 권리는 다 갖고 있는 게 아니겠니?"

"그렇다고 다른 사람이 죽기를 바라는 희망을 말하는 건 아니겠죠?"

"다른 사람이 죽기를 바란대도 할 수 없는 일 아니냐! 모두 다 그렇게 살고 있는데, 아니 그보다는, 그렇게밖엔 살 줄 모르는데 구태여 자기 자신에게 거짓말을 할 필요는 없겠지. 네가 그런 질문을 하는 건 아까 내가 두 마리의 독사가 서로 물어죽이려하고 있다는 말을 했기 때문이지? 그렇다면 내가 물어 보고 싶은데, 나도 역시 드미트리처럼 저 이솝 노인의 피를 흘리게 하거나, 숨일 수 있다고 생각하니, 응?"

"무슨 소릴 하는 거예요, 이반. 그런 건 꿈에도 생각해 보지 않았어요! 나는 드미트리형도 그런 짓은 못 할 거라고 생각해요······."

"그렇게 말해 주니 고맙다." 이반은 문득 희미하게 웃었다. "잘 들어 둬라. 나는 언제나 아버지를 보호해 드릴 거야. 그렇지만 이 경우에도 나 자신의 희망 속에는 충분한 여유를 남겨두고 싶어. 그럼 내일 또 보자. 나를 너무 욕하거나 악당으로 생각하진 말아다오." 그는 미소를 지으며 덧붙였다.

그들은 전에 없이 굳은 악수를 나누었다. 알료샤는 형이 먼저 한 걸음 접근해 온 데는 이유가 있다, 아니 반드시 뭔가 의도가 있다고 느꼈다.

10 두 여자

알료샤는 아까 아버지 집에 들어갈 때보다도 더욱 암담하고 허탈한 심정으로 집을 나섰다. 머릿속은 이미 천 갈래 만 갈래로 흐트러져 버린 것만 같았다. 그러면서도 그 흐트러진 조각들을 다시 주워 모아 오늘 하루 동안 겪은 갖가지 고통과 모순 속에서 하나의 통일된 결론을 추리해 내는 것이 어쩐지 두려운 느낌마저 들었다.

그것은 일찍이 알료샤가 경험해 보지 못한 거의 불안에 가까운 느낌이었다. 가장 중요하고도 숙명적으로 해결할 수 없는 의문이 모든 것을 내려다보는 것처럼 가로막고 서 있었다. 그 무서운 여자를 둘러싼 아버지와 드미트리의 싸움은 과연 어떻게 끝날 것인가. 이제 알료샤 자신은 이 싸움의 목격자였다. 이미 자기는 현장에서 두 사람이 육박전을 벌이는 모습을 똑똑히 보지 않았는가. 하지만 불행한 인간, 정말로 무섭도록 불행한 사람은 큰형 드미트리 한 사람뿐이었다. 드미트리 앞에 무서운 불행이 기다리고 있다는 것은 의심할 여지도 없는 일이었다. 또한 이 사건에는 알료샤의 예상보다 훨씬 더 많은 인물들이 관련을 맺고 있는 것 같았다. 뭐가 뭔지 수수께끼 같은 느낌을 떨칠 수가 없었다. 작은형 이반은 알료샤가 원했던 대로 한발 그에게 다가왔지만 그는 이반의 이러한 접근에 오히려 일종의 불안을 느끼고 있었다.

그렇다면 그 두 여자들은 어떤가? 기묘하게도 알료샤는 아까 카체리나의 집을 향해 걷고 있을 때와는 반대로 지금은 아무 마음의 동요도 느끼지 않고 있었다. 뿐만 아니라 그녀에게 가기만 하면 어떤 적절한 해결책이라도 나올 것 같은 기대로 부지런히 걸음을 옮기고 있었다. 그렇지만 아까 드미트리가 부탁한 말을 그대로 그녀에게 전하는 일은 아까보다 더욱 어렵게 생각되었다. 드미트리는 그 3천 루블을 해결할 길이 거의 없게 된 지금 자신을 파렴치한 인간으로 느끼고 절망하고 있다. 그리고 어떠한 타락의 구렁텅이 앞에서도 주저없이 걸음을 내딛을 것이다. 게다가 드미트리는 방금 아버지 집에서 벌어진 소송까지도 카체리나에게 상세히 전해 달라고 부탁하지 않았던가?

알료샤가 카체리나의 집에 들어갔을 때는 이미 오후 7시를 지나서 사방에는 땅거미가 깔리기 시작하고 있었다. 카체리나는 볼쇼이 거리에 있는 굉장히 넓고 편리한 집을 빌려 쓰고 있는데 그녀가 이모 두 사람과 함께 살고 있다는 것도 알료샤는 알고 있었다.

두 이모 중 한 사람은 실은 이복 언니인 아가피야 이바노브나의 이모인데 이 부인은 카체리나가 여학교를 졸업하고 아버지에게 돌아왔을 때 아가피야와 같이 그녀의 시중을 들어주었던 바로 그 과묵한 여자였다. 또 한 사람의 이모는 형편없이 가난한 집안 출신이면서도 무척 새침하고 격식을 따지는 모스크바의 귀부인이었다. 그러나 소문에 의하면 이 두 사람은 카체리나의 말에는 무조건 복종하고 있었는데, 그렇게 조카딸의 시중을 드는 것은 오로지 세상에 대한 체면인 것 같았다. 카체리나가 어려워하는 사람이라고는 병 때문에 모스크바에 남아 있는 그녀의 은인 장군 부인 한 사람뿐으로 카체리나는 매주 두 통씩 이 장군 부인에게 자기의 생활을 상세하게 알리도록 되어 있었다.

알료샤가 현관에 들어서서 문을 열어 준 하녀에게 자기의 내방을 알리도록 부탁했을 때 이미 거실에서도 그가 온 것을 알고 있는 것 같았다(그가 오는 모습을 창문을 통해 보았는지도 모른다). 알료샤는 황급히 뛰어다니는 여자의 발소리와 옷자락 스치는 소리를 언뜻 들었다. 아마도 두세 명의 여자가 급히 다른 방으로 달려가는 것 같았다. 알료샤는 자기가 찾아온 것이 이 집안에 이토록 소동을 일으키게 될 줄은 몰랐기 때문에 내심 적지 않게 놀랐다.

그는 곧 집안으로 안내되었다. 그가 들어간 곳은 우아한 가구들로 맘껏 꾸민, 시골티가 전혀 나지 않는 큰 방으로, 여러 개의 소파와 안락의자, 크고 작은 탁자들이 비좁은 듯이 놓여 있었다. 벽에는 그림들이 걸려 있고 탁자마다 꽃병과 램프가 놓여 있는데 거기에 갖가지 꽃들이 꽂혀 있었으며 창가에는 커다란 어항까지 놓여 있었다. 이미 땅거미가 질 무렵이어서 방안은 어두컴컴했으나 알료샤는 방금까지 사람이 앉아 있었던 듯 소파 위에 부인용 비단 케이프가 걸쳐져 있는 것을 알아볼 수 있었다. 소파 앞 탁자 위에는 마시던 중인 코코아 잔 두 개와 비스킷, 그리고 푸른 건포도와 과자를 담은 유리 접시가 그냥 놓여 있었다. 누군가 먼저 온 손님이 있는 것이 분명했다. 알료샤는 자기 때문에 방해가 된 것을 깨닫고 미간을 조금 찌푸렸으나 바로 그때 방문에 드리운 두꺼운 커튼이 젖혀지더니 카체리나가 나타났다. 그녀는 기쁨에 넘치는 듯한 미소를 머금은 채 종종걸음으로 알료샤에게 다가와서 두 손을 내밀었다. 그 뒤를 따라 하녀 한 사람이 불을 밝힌 촛대 두 개를 들고 들어와서 탁자 위에 놓았다.

"이런 고마운 일! 드디어 와주셨군요! 오늘은 온종일 당신이 와주시도록 기도를 드리고 있었답니다. 자, 여기 앉으세요."

카체리나의 미모는 요전번에 만났을 때도 알료샤에게 깊은 인상을 준 적이 있었다. 그것은 카체리나의 열렬한 희망에 따라 20일쯤 전에 드미트리가 처음으로 그를 여기에 데리고 와서 소개해 주었을 때의 일이었다. 그러나 첫 대면에서는 두 사람이 직접 이야기를 나눌 기회가 별로 없었다. 알료샤가 무척 당황한 것을 알아챈 카체리나가 알료샤를 생각하여 주로 드미트리하고만 이야기를 했기 때문이다.

알료샤는 그들의 대화를 줄곧 묵묵히 들으면서 그동안 무척 많은 것을 관찰할 수 있었다. 그는 특히 이 자존심 강한 아가씨의 고압적인 태도와, 격의없이 말하지만 어딘지 모르게 느껴지는 오만함, 그리고 강한 자신감에 무엇보다 큰 놀라움을 느꼈다. 그가 받은 이러한 인상은 어디를 보아도 명백하며, 결코 자기가 과장하고 있는 것이 아니라고 알료샤는 생각했다.

그녀의 정열적인 검은 눈이 놀랄 만큼 아름답다는 것, 그리고 그 아름다운 눈이 그녀의 노르스름한 느낌이 드는 창백하고 갸름한 얼굴과 잘 조화를 이루고 있다고 그는 생각했다. 그녀의 입술 또한 우아한 곡선을 그리고 있어서 그의 형이 이 눈매나 입술에 매혹당했으리라는 것은 충분히 짐작할 수 있었으나, 그러한 아름다움 속에는 결코 오랫동안 사랑을 지속시킬 수 없는 무언가가 있었다. 이 방문이 있은 뒤에 드미트리가 자기의 약혼녀에 대해서 그가 받은 인상을 솔직이 말해 달라고 집요하게 졸랐을 때 알료샤는 자기가 받은 인상을 거의 그대로 털어 놓았다.

"그 사람과 함께라면 형님은 무척 행복하겠지요. 그렇지만 어쩌면 그 행복은 평화로운 행복이 아닐지도 몰라요……."

"맞았어, 바로 그거야. 그런 여자는 언제까지나 자기의 운명에 맞서려고 하니까. 그래서 너는 내가 그 여자를 영원히 사랑하지는 못할 거라고 생각한단 말이지?"

"아니, 어쩌면 영원히 사랑할지도 모르죠. 하지만 영원히 행복하진 못할 거예요."

알료샤는 그때 이런 의견을 말하면서 얼굴을 붉혔다. 아무리 형의 간청이기는 하지만 그런 '어리석은' 말을 입밖에 낸 것이 스스로도 화가 났던 것이다. 그런 말을 입밖에 낸 순간 자기부터가 어리석은 사람이라고 생각되었을 뿐만 아니라, 여자에 대해 어떤 의견을 제시한 것 자체가 몹시 부끄럽게 여겨졌기 때문이다.

이런 일이 있었기 때문에 그는 지금 자기에게 달려나온 카체리나의 어린애 같이 순진한 태도를 본 순간 먼젓번보다도 더욱 놀라고 말았다. 심지어 그때는 자기가 이 여자를 잘못 본 것이 아닌가 하는 생각조차 들 정도였다. 지금 그의 눈앞에 서 있는 그녀의 얼굴은 꾸밈없는 소박한 선량함과 솔직하고 성실한 표정으로 빛나고 있지 않은가. 전번에 그토록 그를 놀라게 한 '높은 자존심과 오만함' 대신 알료샤가 지금 그녀에게서 찾아볼 수 있는 것은 용감하고도 고결한 에너지와 어딘지 상쾌하고 강인한 신념이었다.

알료샤는 그녀의 얼굴을 보는 순간, 그리고 그녀의 몇 마디 말을 듣는 순간, 사랑하는 남자 때문에 그녀가 지금 놓여 있는 비극적인 입장은 그녀에게 이미 아무런 비밀도 아니라는 것을 직감했다. 그뿐 아니라 그녀는 이미 모든 사실을 하나에서 열까지 죄다 알고 있는지도 모른다. 그런데도 그녀의 얼굴은 미래에 대한 밝은 기대와 굳은 신념의 빛이 넘쳐 흐르고 있었기 때문에 알료샤는 자기가 그녀에 대해 그런 식으로 의식한 것이 무척 나쁜 짓으로 느껴졌다. 요컨대 그는 순식간에 그녀에게 정복당하고 매료되어 버린 것이다. 동시에 그는 그녀의 처음 몇 마디 말을 듣자마자 그녀가 지금 어떤 격심한 흥분, 그녀로서는 좀처럼 있을 수 없는 거의 열광이라고 할 수 있는 흥분에 사로잡혀 있다는 것을 알아챌 수 있었다.

"당신을 그토록 애타게 기다린 이유는 지금 나에게 모든 일을 숨김없이 말씀해 줄 사람은 오직 당신밖에 없기 때문이에요. 정말, 당신 말고는 단 한 사람도 없답니다!"

"제가 온 것은……" 알료샤는 더듬거리며 말했다. "형님의 심부름으로……."

"아, 그이가 보내서 오신 거군요! 나도 그럴 거라고 짐작은 하고 있었어요. 이젠 나도 모든 것을 다 알겠어요, 모두!" 카체리나는 갑자기 눈을 빛내며 외쳤다. "잠깐만 기다려 주세요, 알렉세이 씨, 왜 내가 그토록 당신을 기다리고 있었는지부터 말씀드릴 테니까. 아마 나는 당신보다도 훨씬 더 많은 것을 알고 있는지도 몰라요. 그러니까 당신한테서 무슨 소식을 듣자는 생각은 결코 아니랍니다. 나는 그저 당신이 최근에 그이에게서 어떤 인상을 받았는지, 그것을 알고 싶은 거예요. 그러니까 솔직하고 꾸밈없이, 대충이라도 좋으니까(네, 정말 대충이라도 상관없어요!) 말씀해 주셨으면 해요. 오늘 그이를 만났을 때 그이의 심적 상태는 어떻게 보셨는지요? 내가 그이한테서 직접 설명을 듣느니보다는 이렇게 당신한테 물어 보는 편이 좋을 것 같군요. 그이는 나한테 오고 싶어하지 않으니까요, 이젠 아셨죠? 내가 당신한테 원하는 게 무엇인지. 그리고 그이가 무슨 일로 당신을 여기에 보냈는지 간단히 추려서 말씀해 주세요. 난 그이가 틀림없이 당신을 보낼 거라고 짐작하고 있었어요."

"형님은 당신에게 인사를 전해 달라고 하더군요, 다시는 여기 오지 않겠다고 하면서…… 당신에게 작별 인사를 전해 달라고 부탁했습니다."

"작별 인사라구요? 그이가 그런 말을 하던가요? 정말 그렇게 말했단 말이죠?"

"그렇습니다."

"어쩌다가 아무렇게나 한 말이 아닐까요? 적당한 말이 생각나지 않았다든가 해서……."

"아니요, 형님은 당신에게 '작별 인사'를 꼭 전해 달라고 부탁했어요. 게다가 잊지 말도록 세 번씩이나 다짐을 했습니다."

카체리나의 얼굴이 붉게 물들기 시작했다.

"그렇다면 나를 좀 도와 주세요, 알렉세이 씨. 지금 나에게는 당신의 도움이 필요해요. 이제부터 내 생각을 말씀드릴 테니 내 생각이 옳은지 그른지 대답해주기만 하면 돼요. 만일 그이가 아무런 기색도 없이―특별히 그 말을 강조하지 않고—그저 어쩌다가 툭 내뱉은 말이라면 만사는 이미 끝장이 난 거지요! 그러나 그이가 그 말을 잊지 말라고 세 번씩이나 강조를 했다면, 그리고 꼭 '작별인사'를 전하라고 부탁했다면 아마도 그이는 그때 몹시 흥분해서 제정신이 아니었을지도 몰라요. 그런 결심을 하고 나서는, 자기의 그 결심이 무서워진 것이 틀림없어요! 단호한 걸음으로 내 곁에서 떠난 것이 아니라 가파른 내리막길을 그저 내닫는 대로 달려내려간 데 불과하니까요. 그 말을 특히 강조한 것도 단순한 허세 때문일 거라고 나는 생각해요!"

"그래요, 바로 그렇습니다!" 알료샤는 갑자기 열렬하게 소리쳤다. "지금은 나도 그런 생각이 드는군요."

"만일 그렇다면 아직도 그이는 가망이 있지요. 지금은 절망에 빠져 있지만 아직 그이를 구해 낼 수 있을 거예요. 그런데 참, 그이는 당신에게 혹시 돈 이야기를 하지 않던가요? 3천 루블에 관한 얘기를."

"물론 했습니다, 아마 형님에게 지금 가장 괴로운 문제가 바로 그 문제일 겁니다. 형님은 '이렇게 된 이상 명예고 뭐고 없다. 이젠 어떻게 되든 상관없어'라고 말하더군요." 알료샤는 열띤 어조로 대답했다. 어쩌면 형을 구원할 길이 생길지도 모른다는 희망이 그의 마음속에서 솟구쳐 오르는 것을 느꼈다. "그러면, 당신은 그 돈에 대해 알고 계셨습니까?" 그는 이렇게 덧붙이고는 입을 다물어 버렸다.

"벌써부터 알고 있었어요, 거의 알고 있었지요. 모스크바에 조회해 보니 돈이 도착하지 않았다고 하더군요. 그이는 돈을 부치지 않았던 거예요. 그렇지만 난 아무 내색도 하지 않았답니다. 지난 주에야 나는 그때 그이가 몹시 돈을 필요로 하고 있었다는 것과 지금도 돈 때문에 몹시 고통을 받고 있다는 사실을 알게 되었지요. 그래서 나는 이번 일로 한가지 목표를 세웠어요. 즉 그이가 결국은 누구에게 돌아가야 하는지 자신의 진실한 벗은 과연 누구인지를 스스로 깨닫게 하자고 말이에요.

그이는 내가 자기에게 가장 충실한 친구라는 사실을 믿으려고 하지 않거든요. 내가 어떤 인간인지를 보려하지 않고 단순히 여자라는 관점에서만 보고 있답니다. 그이가 그 3천 루블을 써버린 일을 부끄럽게 여기지 않고, 나를 대할 수 있도록 하려면 어떻게 해야 할지 나는 지난 일주일 내내 안타깝도록 생각해 보았어요. 세상 사람이나 자기 자신에 대해 부끄러움을 느끼는 건 몰라도, 나에게만은 그런 일로 수치감을 갖지 않도록 하고 싶은 거죠. 그이는 하느님에게는 부끄럼 없이 모든 것을 고백할 수 있잖아요?

내가 자기를 위해서라면 무슨 일이라도 견딜 수 있다는 건 왜 믿으려고 하지 않는 것일까요? 그이는 왜 내 마음을 몰라 줄까요? 어째서 그럴까요? 그런 일이 있었는데도 어째서 나의 심정을 이해하려 하지 않는 것일까요? 나는 무슨 방법을 써서라도 그이의 영혼을 구해 주고 싶어요. 내가 약혼녀라는 것 따위는 잊어 주었으면 좋겠어요.

그런데 그이는 나에 대한 자신의 명예만 걱정하고 있어요! 알렉세이 씨, 적어도 당신에게만은 두려워하지 않고 모든 것을 털어놓았잖아요? 어째서 아직도 나에게는 그럴 가치가 없는 것일까요?"

그녀는 마지막 말은 거의 울먹이는 목소리로 호소하듯이 말했다. 그녀의 눈에는 어느새 눈물이 가득 괴어 있었다.

"당신에게 꼭 전해야 할 얘기가 있습니다." 알료샤는 떨리는 음성으로 입을 열었다. "바로 조금 전에 아버지와 형님 사이에 벌어진 일입니다." 그는 오늘 아버지 집에서 일어난 일련의 사건을 처음부터 모두 얘기해 주었다. 돈 때문에 형이 자기를 아버지에게 보냈던 일, 갑자기 거기에 형이 나타나서 아버지에게 폭행을 가했던 일, 그리고 그 뒤에 형이 자기에게 또 한번 '작별 인사'를 전하러 가달라고 거듭 부탁했던 일을 죄다 들려주었다. "그런 다음에 형님은 그 여자에게 갔습니다." 그는 낮은 목소리로 덧붙여 말했다.

"그럼 당신은 내가 그 여자를 미워하고 있을 거라고 생각하시는군요? 아니, 아마 그이도 내가 그 여자를 미워할 줄 알고 있겠지요? 그렇지만 결국 그이는 그 여자와 결혼하지는 않을 걸요." 카체리나는 갑자기 신경질적인 웃음을 터뜨렸다. "카라마조프 집안 사람들이 그러한 정열을 언제까지나 계속해서 불태운다는 일이 과연 있을 수 있을까요? 그것은 정욕이지 사랑은 아니니까요. 형님은 그 여자와 결혼하지 않아요. 무엇보다 여자 쪽에서 형님하고 결혼할 수 없으니까요." 그녀는 또 한번 기묘한 웃음을 지었다.

"형님은 아마 결혼할 겁니다."

알료샤는 눈을 아래로 내리깔면서 슬픈 목소리로 중얼거렸다.

"결혼 같은 것은 절대로 하지 않는다니까요! 그 아가씨는 마치 천사 같은 사람이랍니다. 그걸 아세요? 당신은 알고 계실 거예요." 카체리나는 갑자기 이상

할 정도로 열에 들뜬 어조로 소리쳤다. "그 여자만큼 현실과 동떨어진 사람은 아마 없을 거예요. 난 그 여자가 얼마나 매혹적인지 알고 있어요. 하지만 그녀가 얼마나 착하고 성실하고 고상한 성품을 지닌 사람인지도 나는 잘 알고 있어요. 왜 그렇게 이상한 눈으로 쳐다보시죠, 알렉세이 씨? 내 말에 놀라신 것 같군요. 내 말이 믿어지지 않는가 보죠? 자, 아그라페나 씨!"

카체리나는 갑자기 옆방을 향해 누군가에게 큰 소리로 외쳤다.

"어서 이리로 나오세요, 귀여운 분이 여기 오셨어요! 알렉세이 씨 말이에요. 우리에 대해 모든 걸 알고 있는 분이지요. 어서 나와서 인사하세요."

"커튼 뒤에서 당신이 언제쯤 불러 주실까 하고 기다리고 있었답니다."

상냥하고 약간 달짝지근한 목소리가 들려왔다.

커튼이 들리면서 바로 그 그루센카가 생글생글 웃으면서 기쁜듯이 테이블로 다가왔다. 알료샤의 몸속에서 뭔가가 갑자기 경련하는 듯한 느낌이 들었다. 그의 시선은 그루센카에게 못박힌 채 좀처럼 움직이지 못하고 있었다. 이 여자가 바로 30분 전에 작은형 이반이 '짐승'이라고 했던 바로 그 무서운 여자였다.

그러나 지금 알료샤의 앞에 서 있는 사람은 얼핏보아 그저 평범하고 소박해 보이는 여자로서 선량하고 귀여운 모습을 하고 있을 뿐이었다. 그녀는 물론 예뻤으나 그것은 다른 미인들과 조금도 다를 바가 없는 '세상에 흔히 있는' 평범한 여자였다!

어쨌든 그녀가 무척 아름다운 것만큼은 사실이었으며, 많은 사내들로부터 열렬한 사랑을 받을 수 있는 러시아 미인이었다. 키도 꽤 컸지만 카체리나보다는 다소 작은 편이며(카체리나는 유난히 키가 컸다) 토실토실한 몸집과 부드럽고 조용한 동작은 그 목소리가 그렇듯이 세련되고 뭔가 특별히 꾸민듯한 달콤함을 느끼게 했다. 그녀는 카체리나의 힘차고 성큼성큼 걷는 걸음걸이와 달리 소리를 내지 않았다. 그녀의 발은 방바닥에 닿아도 전혀 소리가 나지 않았다. 그녀는 검정 비단 옷자락을 사각사각 스치면서 가벼운 몸짓으로 안락의자에 앉더니 역시 검은 색의 값비싼 숄로 거품처럼 희고 보드라운 목과 풍만한 어깨를 살포시 감쌌다.

나이는 스물 두살 가량인데 얼굴은 그 나이에 꼭 어울리는 것으로서, 투명하리만치 하얀 얼굴에 두 볼은 발그레한 홍조를 띠고 있었다. 얼굴이 약간 큰 듯하고 아래턱이 약간 앞으로 나와 있었고, 윗입술이 무척 얇은 반면 도톰하게 나온 아랫입술은 윗입술의 두 배나 되어 흡사 부어오른 것 같이 보였다.

그러나 풍성하게 물결치는 밤색 머리채와 검은 담비처럼 새까만 두 눈썹, 길다란 속눈썹과 매혹적인 잿빛을 띤 푸른 눈동자는 한마디로 훌륭하다고밖에는 달리 표현할 수가 없었다. 그것은 아무리 여자에게 무관심한 남자라도 축제나 혼잡한 인파 속에서 무심히 걷고 있다가 그녀에게 자연히 시선이 이끌려 우두커니 서서 오랫동안 그 아름다운 모습을 인상에 새겨 두지 않을 수 없는 그러한 미모였다.

그 얼굴에서 특히 알료샤의 마음을 가장 강하게 사로잡은 것은 그녀의 어린아이처럼 티없이 맑고 순진한 표정이었다. 그녀는 어린아이 같은 눈으로 어린아이처럼 뭔가를 기뻐하고 있었다. '기쁜 듯이' 탁자 앞으로 다가온 그녀의 모습은 마치 어린아이처럼 호기심을 참지 못하고 이제나 저제나 무슨 재미있는 일이 일어나기를 기대하고 있는 것 같았다. 그녀의 시선에 무언가 사람의 마음을 들뜨게 하는 것이 있었다. 알료샤도 그것을 느낄 수 있었다.

그 밖에도 뭔가 자신이 이해하지 못하는, 이해하고자 해도 이해할 수 없는 뭔가가 있었지만, 그가 아마 무의식적으로 느낀 것은 역시 그 부드러움과 조용함, 우아한 몸짓과 고양이처럼 조용한 움직임이었다.

그러면서도 당당하고 풍만한 육체로서 숄 밑으로 넓고 탐스러운 어깨와 싱싱하게 높이 솟아오른 젖가슴이 느껴졌다. 사실 이만한 육체라면 아마 밀로의 〈비너스 상〉을 구현할 수도 있으리라. 하긴 벌써 지금도 약간 과장된 비례 속에 예상되는 것이었다.

아마 러시아 여성의 아름다움을 연구한 사람이라면 그루셴카를 보고 다음과 같이 자신 있게 예언할 수 있을 것이다. 그 젊음에 넘치는 싱싱한 육체의 아름다움도 30세가 가까우면 이미 조화를 잃고 선도 무너져, 얼굴 피부는 늘어지고 눈꼬리와 이마에는 순식간에 잔주름이 그물처럼 생기고, 얼굴빛은 윤기를 잃은 나머지 불그스름하게 퇴색할지도 모른다고. 이것은 단적으로 말해 러시아 여성들에게서 특히 많이 볼 수 있는 소위 한순간의 덧없는 아름다움이라고.

하기야 이 순간에 알료샤가 그런 것을 생각하고 있었다는 것은 물론 아니다. 오히려 그는 그녀에게서 매력을 느낀것도 사실이지만, 내심 어딘가 불쾌한 기분을 느끼면서 묘하게 억울한 마음으로 자문하고 있었다. 그루셴카는 무엇 때문에 자연스럽게 말하지 않고 자꾸만 말꼬리를 길게 늘이는 것일까? 아마도 그녀는 그렇게 말끝을 길게 늘이며, 일부러 아양을 떠는 것을 특별한 매력으로 여기고 있는 것 같았다. 그러나 그것은 물론 천박한 습관으로 그녀가 별다른 교육을 받지 못했기 때문이기도 하고 어릴 적부터 예절에 대해 저속한 인식을 가져왔다는 증거이기도 했다. 알료샤는 그녀의 발음이나 억양이, 그녀의 어린아이처럼 순진하고 기쁨에 찬 얼굴 표정이라든가 고요하고도 온화한 눈빛과는 거의 양립할 수 없는 심한 부조화를 이루고 있다는 것을 느끼지 않을 수 없었다.

카체리나는 그녀를 알료샤 맞은쪽 안락의자에 앉게 한 다음 감격에 겨운 듯이 미소를 머금은 그 입술에 연거푸 서너 번 열렬한 키스를 퍼부었다. 마치 그녀에게 홀딱 반하기라도 한 것처럼.

"알렉세이 씨, 우리는 오늘 처음으로 만났어요." 카체리나는 도취한 어조로 말문을 열었다. "나는 이분을 알고 싶었어요. 만나보고 싶었답니다. 그래서 내가 먼저 찾아가 볼까 하는 생각도 했지요. 그런데 마침 이분이 내 마음을 알아채고 먼저 찾아와 주셨어요! 나는 이분과 얘기하면 모든 문제를 죄다 해결할 수 있을 거라고 확신했어요. 마음이 그렇게 예감하고 있었지요……. 모두들 그렇게 되지는 않을 거라고 했지만 나는 어쩐지 그럴 수 있을 거라 생각했고 결과적으로 내 예감은 적중한 셈이죠. 이분은 모든 것을 허심탄회하게 털어놓고 말해주었어요. 자기가 생각하는 것을 숨김없이 다 말해 주었다니까요. 이분은 천사처럼 이 집에 날아와서 우리에게 평화와 기쁨을 안겨 주었답니다."

"나 같은 여자도 결코 경멸하지 않으셨지요, 정말 훌륭하신 아가씨예요." 그루셴카는 여전히 그 즐거운 듯한 사랑스러운 미소를 지으면서 노래하듯이 천천히 말했다.

"농담으로라도 그런 말씀 마세요, 마법사처럼 매력적인 분을 내가 경멸하다니! 자, 어서 한 번 더 당신의 입술에 입맞추게 해주세요. 당신의 아랫입술은 통통하게 부어오른것 같지만 좀 더 부어 오르게 해야겠어요. 자, 한 번 더, 한 번 더……. 알렉세이 씨, 저 웃는 모습을 좀 보세요! 저 천사 같은 얼굴을 바라보면 저절로 마음이 명랑해지거든요."

알료샤는 얼굴을 붉히며 눈치채지 못할 정도로 가늘게 몸을 떨었다.

"아가씨는 이처럼 날 귀여워해 주시지만 어쩌면 난 그만한 자격이 없는 계집인지도 몰라요."

"자격이 없다니요! 이만한 분이 글쎄 자격이 없다구요?" 카체리나가 또다시 들뜬 어조로 소리쳤다. "알렉세이 씨, 이분은 정말로 현실과 동떨어진 사람이랍니다. 사실 제멋대로이긴 하지만 자존심이 강한, 무척 자존심이 강한 마음을 지녔죠. 이분은 정말 얼마나 고결하고 관대한 분인지 몰라요! 알렉세이 씨, 당신은 그걸 아세요? 이분은 그저 한때 불행했을 뿐이지요. 너무나도 일찍 보잘것없고 경박한 사내를 위해 모든 희생을 감수할 결심을 했답니다. 그 사람도 역시 장교였는데 이분은 그 남자를 사랑하게 되어 모든 것을 바치고 말았지요. 하긴 꽤 오래 전 일로서 한 5년쯤 옛날 이야기이긴 하지만, 그 남자는 이분을 버리고 글쎄 다른 여자와 결혼을 했다지 뭡니까. 그러고는 최근에 와서야 아내가 죽었으니 다시 이 고장으로 오겠다는 편지를 써 보냈답니다. 이분은 말이지요, 아시겠어요? 지금까지 그 사람 하나만을 사랑해 왔고, 또 지금 이 순간에도 오직 그 사람만을 사랑하고 있답니다. 그 사람이 돌아오면 그루셴카 씨도 다시 행복해질 수 있겠지요? 그렇지만 지나간 5년 동안은 그야말로 불행의 연속이었어요. 하지만 지금에 와서 이분을 꾸짖거나 그 관대한 마음씨를 칭찬해 줄 사람은 과연 누가 있겠어요. 그것은 지금 병석에 누워 있는 저 늙은 상인밖에 없지 않겠어요! 그 노인은 이분에겐 아버지나 친구, 아니면 보호자라고 하는 편이 나을 거예요. 이분이 사랑에 버림을 받고 고뇌와 절망에 빠져 있을 때 구세주처럼 나타났던 사람이 바로 그 노인이니까 말입니다. 이분은 그 당시 투신자살이라도 할 결심이었다는군요. 그러니까 그 노인은 이분의 생명을 구해 준 은인이 되는 셈이지요!"

"아가씨, 아가씨는 지금 열심히 저를 두둔해 주시지만 너무 서두르시는 것 같군요." 그루셴카가 먼저처럼 말꼬리를 길게 늘이면서 말했다.

"당신을 두둔하다니요? 그럴 이유가 어디 있어요? 그럴 권리가 나에게 있단 말이에요? 그루셴카 씨, 당신의 손에 키스하게 해 주세요. 이 작고 토실토실한 아름다운 손 좀 보세요! 알렉세이 씨, 아시겠어요! 이 손이 바로 나에게 행복을 가져다 주고 나를 소생케 해 준 손이랍니다. 내가 지금 이 손에, 이 손등에, 이 손바닥에 입을 맞추는 걸 봐주세요. 자, 이렇게, 이렇게! 또 이렇게!"

카체리나는 마치 도취된 것처럼 약간 도톰하게 생긴 그루셴카의 예쁜 손에 연거푸 세 번씩이나 키스를 했다. 그루셴카는 가만히 자기 손을 내맡긴 채 신경질적이면서도 리드미컬한 귀여운 웃음소리를 내면서 이 '친절한 아가씨'의 거동을 지켜보고 있었다. 그녀는 이렇게 자기 손에 입맞추게 하는 것이 참으로 기분이 좋은 것 같았다.

'너무 자기 기분에 도취된 것 같아.'

이런 생각이 문득 알료샤의 머릿속을 스쳐갔다. 그는 얼굴을 붉혔다. 두 여자가 그러는 동안 그의 마음은 줄곧 어떤 불안감 때문에 뒤숭숭해 있었다.

"아가씨, 알렉세이 씨 앞에서 이렇게 내 손에 입을 맞추시면 난 부끄러워서 어떻게 하죠?"

"내가 당신을 부끄럽게 하려고 이러는 줄 아세요?" 카체리나는 조금 의외라는 듯이 말했다. "아아, 당신은 내 심정을 몰라 주시는군요!"

"하지만 아가씨, 아가씨도 내 심정을 이해하지 못하고 계신 것 같은데요. 아마 나는 아가씨가 생각하는 것보다도 훨씬 더 나쁜 여자인지도 몰라요. 난 마음이 비뚤어진 데다가 또 고집불통이니까 말이지요. 저 불쌍한 드미트리 씨만 해도 나는 그저 장난 삼아 유혹해본 것에 지나지 않는 답니다."

"그렇지만 지금은 당신이 스스로 그이를 구해주려 하고 있잖아요! 나에게 그렇게 약속하셨지요? 당신은 오래 전부터 다른 사람을 사랑해 왔고, 지금 그 사람이 다시 당신에게 구혼하고 있다는 것을 솔직하게 알려서 드미트리를 꿈에서 깨어나게 하겠다고 말이에요."

"저런, 그게 아닌데요! 나는 그런 약속은 한 적이 없어요. 그건 아가씨 혼자서 한 애기지 내가 한 말은 아니예요."

"그럼 내가 잘못 생각하고 있었던 거군요." 카체리나는 얼굴빛이 약간 창백해져서 낮게 중얼거렸다. "그렇지만 당신은 분명히 그렇게……."

"천만에요, 아가씨, 나는 아무 약속도 하지 않았어요." 그루센카는 눈 하나 깜짝하지 않고 여전히 밝고 순진한 표정으로 말을 받았다. "이젠 아시겠지요, 아가씨. 아가씨에 비하면 내가 얼마나 비열한 변덕장이인지 말이에요. 나는 무슨 일이든지 마음만 내키면 당장 해치우고 마는 성미니까요. 아까는 내가 정말로 무슨 약속을 했는지도 모르지만, 지금 생각해 보니까 어쩌면 미차가 다시 좋아질 것 같은 마음이 드는군요. 그전에도 미차가 무척 마음에 들었던 때가 한 번 있었지요. 거의 한 시간 동안이나 계속 그이한테 홀딱 반해 있었다니까요! 그러니 어쩌면 지금 당장 집에 돌아가는 길로 우리집에서 함께 살자고 말할지도 모르죠……. 나는 원래부터 이렇게 변덕이 심한 계집이랍니다!"

"아까 당신은…… 그와는 전혀 다른 말을 했잖아요."

카체리나는 간신히 이렇게 중얼거렸다.

"아까는 아까고, 지금은 지금이죠! 나는 마음이 무척 약해서 그이가 나 때문에 얼마나 많은 괴로움을 겪었는지 생각하면 도저히! 이제 집에 돌아가서 갑자기 그이가 불쌍하다는 생각이 들면, 아, 그땐 난 정말 어떤 일을 할지 몰라요!"

"난 정말 이럴 줄은 꿈에도 몰랐어요……."

"아가씨, 나 같은 여자에 비하면 아가씨는 정말 얼마나 친절하고 훌륭한 분인지 몰라요. 나처럼 변덕 많고 못 돼먹은 계집은 보기도 싫어졌겠죠! 천사 같은 아가씨, 이번엔 아가씨의 손을 이리 좀 주세요." 그녀는 다정하게 말하면서 카체리나의 손을 공손히 잡았다. "자, 이번엔 내가 아가씨의 손을 잡고 아가씨가 아까 내게 해주신 것처럼 키스를 해드리죠. 아가씨는 아까 세 번 키스를 해주셨지만, 셈을 따지자면 아마 나는 303번쯤은 키스를 해드려야 할 거예요. 그게 당연한 일이 아닐까요? 그러고 나면 나는 하느님의 뜻대로 완전히 아가씨의 노예가 되어 무슨 일이든지 아가씨가 원하시는 대로 봉사하고 싶어질지도 모르지요. 무슨 약속이니 의논같은 것 하지 않아도 모든 것은 하느님이 정하신 대로 될 테니까요. 아이, 이 손은 정말! 정말 어쩜 요렇게도 예쁠까! 귀여운 아가씨, 나 같은 건 아가씨 발 밑에도 못 따라 갈 거예요!"

그루셴카는 정말 '빚을 갚는다'는 기묘한 목적을 위해 상대의 손을 천천히 자기 입으로 가져갔다. 카체리나는 손을 뿌리치지 않았다. 그녀는 한 가닥의 희망에 매달려 그루셴카가 마지막으로 말한 노예처럼 봉사하겠다는 매우 묘한 표현을 들으면서 긴장한 모습으로 그루셴카의 눈을 응시하고 있었다. 그러나 그루셴카의 눈속에는 여전히 신뢰에 가득찬 순진한 표정과 한결같이 명랑한 빛이 감돌고 있을 뿐이었다.

'어쩌면 이 여자는 지나칠 정도로 순진한 사람일지도 몰라.'

카체리나의 마음에 한 순간 희망의 빛이 스치고 지나갔다. 그루셴카는 아가씨의 예쁜 손에 못내 감동한 듯이 천천히 그 손을 입으로 가져갔으나, 입술 위에 닿으려는 바로 그 순간 갑자기 무슨 생각이 떠오른 듯이 2, 3초 가량 동작을 멈췄다.

"그런데 말이죠, 아가씨." 그녀는 아까보다 더욱 달콤하고 부드러운 목소리로 말꼬리를 끌었다. "모처럼 아가씨의 손을 잡긴 했지만 키스는 그만두는 게 좋겠군요." 그러고 나서 재미있어 못 견디겠다는 듯이 큭큭거리며 웃기 시작했다.

"좋도록 하세요…… 그런데 왜죠?"

카체리나는 흠칫 몸을 떨었다.

"어쨌든 이건 분명히 기억해 두셨으면 좋겠어요. 아가씨는 내 손에 입을 맞췄지만 난 결코 아가씨 손에 입을 맞추지 않았다는 걸."

그루셴카의 눈이 갑자기 번쩍거리면서 카체리나의 얼굴을 뚫어지게 쳐다보았다.

"건방진 것!" 퍼뜩 무엇인가 깨달은 듯 카체리나는 얼굴이 새빨갛게 되어 자리에서 벌떡 일어섰다. 그루셴카도 태연하게 몸을 일으켰다.

"이제 곧 미차한테 가서 얘기해 줘야겠군요, 아가씨는 내 손에 키스를 했지만 나는 하지 않았다고. 그이는 아마 재미있다고 한바탕 웃어댈걸요!"

"염치없는 계집 같으니, 어서 나가!"

"저런, 부끄럽지 않으세요? 아가씨! 아가씨 같은 분이 그런 상소리를 입에 올리다니! 정말 어울리지 않아요."

"썩 꺼져 버려, 이 창녀같은 년!"

카체리나는 울부짖었다. 그녀의 얼굴은 보기 흉하게 일그러진 채 파르르 떨렸다.

"뭐, 창녀라고 하셔도 괜찮아요. 그렇지만 그런 소릴 하는 아가씨 자신은 어떻지요? 아가씨도 돈이 탐나서 처녀의 몸으로 캄캄한 밤에 젊은 사내를 찾아가지 않았어요? 그 예쁜 얼굴을 팔러 가지 않았던 가요? 난 죄다 알고 있어요!"

카체리나는 소리를 지르며 그녀에게 왈칵 덤벼들었다. 알료샤는 있는 힘을 다해 그녀를 붙들었다.

"움직이지 마세요! 아무 말도 말고 상대하지 마십시오! 저 여자는 곧 돌아갈 거예요, 지금 당장 돌아갈 겁니다!"

이때 카체리나의 이모들과 하녀가 그녀의 고함소리를 듣고 방안으로 뛰어들어와 우르르 카체리나에게 달려갔다.

"그럼 이만 돌아가겠어요." 그루셴카는 외투를 집어들며 말했다. "알료샤 씨,

나 좀 데려다 줘요!"

"가세요, 제발 돌아가 주세요."

알료샤는 애원하듯이 두 손을 모으면서 말했다.

"알료샤 씨, 그러지 말고 좀 데려다 달라니까요, 네! 함께 가면서 아주 재미있는 얘기를 하나 들려드리죠! 내가 한바탕 연극을 한 건 모두 당신을 위해서예요. 그러니 나 좀 데려다 줘요. 그러면 아주 재미있게 해드릴 테니까."

알료샤는 주먹을 불끈 쥐고 등을 돌렸다. 그루셴카는 깔깔 웃어대면서 밖으로 달려나갔다.

카체리나는 미친듯이 흥분하여 숨을 어깨로 몰아쉬면서 흐느껴 울었다. 모두 어떻게 해야 좋을지 몰라 한동안 허둥대기만 했다.

"그래, 내가 뭐라고 하던!" 나이 많은 이모가 말했다. "그런 일은 애초부터 그만두라고 하지 않았니? 너는 너무 고집이 세서 탈이란 말야, 너무 무모한 짓을 했어! 너는 그런 부류의 계집들이 어떤지 잘 모르겠지만 아주 몹쓸 계집이라는 소문이 자자하더라……. 너는 너무 고집이 세어 탈이라니까!"

"그 여잔 호랑이예요!" 카체리나는 소리쳤다. "알렉세이 씨, 왜 나를 붙잡았어요? 당신만 아니었더라면 실컷 때려주었을 텐데! 실컷 때려 주고 말았을 텐데!"

카체리나는 알료샤 앞에서도 자기 자신을 억제하지 못했다, 아니 억제하고 싶지도 않았으리라.

"그런 년은 채찍으로 갈겨줘야 해요. 단두대 위로 끌어올려 모두가 보는 앞에서 목을 베어줘야 해요!"

알료샤는 자기도 모르게 문 있는 쪽으로 뒷걸음질을 쳤다.

"그런데 아아!" 카체리나는 두 손을 찰싹 때리면서 절규했다. "그이가, 그이가 그토록 수치를 모르는 사람이라니! 그이가 그 창녀한테 그 이야길 모두 했을 줄은 정말 몰랐어요! 그 저주해야 할, 아무리 저주해도 모자라는 그날의 일을! 뭐 '아가씨 역시 그 예쁜 얼굴을 팔러 가지 않았던가요?'라구! 그 여자는 그때의 일을 전부 알고 있어요! 알렉세이 씨, 당신의 형님은 정말 비열한 사람이군요!"

알료샤는 무언가 말하고 싶었으나 한마디도 나오지 않았다. 그는 가슴이 죄어오는 것 같은 아픔을 느꼈다.

"그만 돌아가 주세요, 알렉세이 씨. 나는 부끄럽고 또 무서워 죽겠어요! 내일…… 미안하지만 내일 한번만 더 와주세요. 제발 부탁입니다, 너무 나쁘게 생각지 말아 주세요. 이젠 앞으로 정말 어떻게 해야 좋을는지 나 자신도 모르겠군요!"

알료샤는 비틀거리듯이 그 집을 나와 한길로 나섰다. 그 역시 그녀와 마찬가지로 울고 싶은 심정이었다. 이때 카체리나의 하녀가 그의 뒤를 황급히 쫓아왔다.

"아가씨께서 이걸 전하는 것을 깜빡 잊으셨답니다. 호흘라코바 부인이 부탁한 편지인데, 아까 낮에 우리 아가씨한테 맡겨 놓았던 거예요."

알료샤는 거의 무의식 상태에서 그 조그만 장밋빛 봉투를 받아서 호주머니에 찔러넣었다.

11 짓밟힌 또 하나의 명예

마을에서 수도원까지는 기껏해야 1km밖에 되지 않았다. 알료샤는 그 시간에는 지나다니는 사람 하나 없는 밤길을 부지런히 걸어갔다. 이미 어두워져서 30보 앞은 분간하기조차 어려웠다. 절반쯤 되는 지점에 네거리가 하나 있는데 그 갈림길에 홀로 서 있는 버드나무 아래 사람 그림자 같은 것이 언뜻 보였다. 그 그림자는 알료샤가 삼거리에 다다르자마자 홱 덤벼들면서 벼락같이 소리쳤다.

"목숨이 아까우면 돈을 내놔!"

"아니, 형님이었군요!"

알료샤는 질겁을 하고 놀라다가 겨우 알아보고 입을 열었다.

"하 하 하! 놀랐니? 어디서 기다리면 좋을지 몰라 그녀의 집 앞에서 기다릴까 하는 생각도 했어. 그렇지만 그 집 앞은 길이 세 갈래로 갈라지니까 자칫하면 너를 놓칠지도 몰라 결국 여기서 기다리기로 했지. 수도원으로 가려면 누구나 이 길을 통해 가야 하니까 네가 반드시 여기를 지날 줄 알고 있었거든. 자, 어서 그 집에서 있었던 얘길 좀 해봐. 내 체면이 벌레처럼 납작해져도 괜찮으니, 어서 사실대로 얘기를 좀 해봐……. 아니, 그런데 너 왜 그러니?"

"아무것도 아녜요, 형님…… 너무 놀라서…… 아아, 드미트리! 바로 아까 아버지의 피를 보고 그만." 알료샤는 울음을 터뜨렸다. 아까부터 목구멍까지 치밀어올라와 있던 울음이 갑자기 터져나오고만 것이다. "까딱했으면 아버질 돌아가시게 할 뻔 해놓고…… 그렇게까지 아버지한테 저주를 퍼붓고도 금세 까맣게 잊어버리고…… 목숨이 아까우면 돈을 내놓으라고, 그런 장난을 치시다니!"

"대체 그게 어쨌다는 거냐! 불효막심하다는 얘기냐? 지금의 나에게 도저히 있을 수 없는 짓을 저질렀단 말이지?"

"아니요, 그런 뜻은 아니고…… 난 다만……."

"내 얘기를 들어 봐, 그리고 이 밤의 경치를 좀 보려무나, 이 음산한 밤의 모습을! 저 짙은 구름과 거칠게 불어오는 바람을 말이야. 여기 이 버드나무 아래 숨어서 너를 기다리고 있는 동안 문득 이런 생각이 들더구나. 더 이상 무엇을 망설이고 있느냐? 무엇을 더 기다리고 있느냐? 여기 버드나무 가지가 있지 않은가. 손수건도 있고 셔츠도 있으니 이걸 꼬아서 끈을 만드는 건 쉬운 일이고 게다가 바지엔 멜빵까지 달려 있겠다, 나 같은 비열한 인간이 구차하게 더 이상 이 대지를 더럽힐 필요가 어디 있느냐고 말이다. 이건 절대로 거짓말이 아냐.

그때 마침 네가 오는 발소리가 들려온 거야. 그러자 갑자기 내 머리 위에 뭔가가 갑자기 춤추며 내려 앉는 느낌이 들었어. 그렇다, 나에게도 이 세상에 사랑하는 사람이 있지 않은가, 저기 오는 사람이 바로 그 사람이다. 이 세상에서 내가 가장 사랑하는 사람, 세상에 단 하나밖에 없는 애인, 그 사람은 바로 저기 오는 내 동생이다! 이렇게 생각한 순간 나는 더욱 네가 사랑스럽게 여겨져서 무작정 너에게 달려들어 꼭 껴안아 주고 싶어졌어. 그런데 그 다음 순간 그럴 게 아니라 저 녀석을 한번 깜짝 놀라게 해줘야지. 그게 더 재미있을 거야 하는 바보 같은 생각이 문득 내 머리에 떠오르지 않겠니, 그래서 다짜고짜 '돈 내놔!' 하고 소리쳤던 거란다.

어쨌든 실없는 짓을 해서 미안하게 됐구나. 아까 한 짓은 어디까지나 장난이지만 지금 내 마음은 정말 진지하거든……. 하지만 그건 아무래도 상관없어. 그보다도 어서 그 집에 갔었던 얘기나 들려다오! 그래 그녀가 뭐라던? 내가 뒤로 벌렁 나자빠져도 좋으니까 솔직하게 얘기해봐. 사정 봐줄 생각은 말고 사실대로 말을 해봐! 아마 미친 듯이 화를 냈을 거야, 그렇지?"

"아니, 그러진 않았어요……. 그런 일은 절대로 없었어요. 형님, 거기서 나는…… 거기서 지금 난 그 두 사람을 다 만나고 오는 길입니다."

"두 사람이라니, 누구하고 누구 말이냐?"

"그루셴카가 카체리나 씨 집에 와 있었어요."

드미트리는 멍하니 서 있었다.

"말도 안 되지!" 그는 소리쳤다. "무슨 잠꼬대 같은 소리냐? 그루셴카가 그 집엘 가다니 그런 일이!"

알료샤는 자기가 카체리나의 집에 들어선 순간부터 일어난 일을 죄다 이야기했다. 그는 충분히 유창하고 조리 있게 설명하지는 못했으나, 중요한 말이나 동작은 정확하게 전달하고 자기가 받은 인상과 느낌을 한마디로 생생하게 표현하면서 그곳에서의 일을 명확하게 이야기했다. 이야기는 거의 10분 가량이나 계속되었다.

드미트리는 묵묵히 귀를 기울이면서 꼼짝도 하지 않은 채 알료샤의 얼굴만 뚫어지게 응시하고 있었다. 알료샤는 그가 모든 것을 알아채고 모든 사실을 정확하게 이해했음을 짐작할 수 있었다. 이야기가 진행됨에 따라 드미트리의 얼굴은 음울하다기보다 무서울 만큼 험악하게 변하고 있었다. 그는 미간을 좁히고 이를 악문 채 이야기를 듣고 있었는데, 꼼짝도 하지 않고 한 군데를 노려보는 그의 시선은 더욱 집요하게 무서운 표정으로 변해 가는 것 같았다. 그러나 갑자기 정말 뜻밖에도 그처럼 무서운 감정에 휩싸였던 얼굴이 이해할 수 없을 정도로 빨리 변하면서 입술이 크게 일그러지더니 드미트리는 별안간 폭소를 터뜨렸다. 그것은 정말 더 참을 수가 없어서 뱃속에서 터져 나오는 웃음이었다. 그는 글자 그대로 몸을 가누지 못할 만큼 웃어대느라 한참 동안 말도 제대로 하지 못했다.

"그래 끝내 그 손에 입을 맞추지 않았단 말이지. 끝내 키스를 하지 않고 그대로 달아나 버렸단 말이지. 하 하 하!"

드미트리는 마치 어떤 병적인 쾌감을 드러내면서 소리쳤다. 만일 그것이 그토록 솔직한 웃음이 아니었다면 분명 그것은 수치를 모르는 자의 웃음이었다고 할 수 있었을지도 모른다.

"그래서 그 아가씨께서 호랑이라고 고함을 쳤다고? 하긴 호랑이는 분명히 호랑이지! 그래, 단두대에 보내야 한다고? 그럼 당연히 그래야지! 그 점에 대해서는 나도 동감이야. 벌써 오래 전에 그렇게 해야했어! 그건 그렇고 알료샤, 단두대로 보내는 것도 좋지만 그러기 전에 먼저 병부터 고칠 필요가 있지 않을까? 그 수치를 모르는 여왕님의 마음이 어땠을지 나도 이해할 만해. 그 여자의 본성이, 그 여자의 정체가 바로 그 손 이야기에 나타나 있는 거야, 방탕한 여자의 본성 말이야! 그년은 이 세상에서 상상할 수 있는 모든 방탕한 여자들의 여왕이라구! 이건 일종의 환희라고 할 수 있어! 그래 그년은 곧장 자기 집으로 돌아가 버렸단 말이지? 그럼 나도 지금 당장 그리로 가야겠다. 알료샤, 제발 나를 욕하지 말아다오. 그년은 목을 졸라 죽여도 시원치 않을 년이라는 점에 대해서는 나도 이의가 없다니까."

"하지만 카체리나 아가씨는 어떻게 되지요?"

알료샤는 처량한 목소리로 소리쳤다.

"그녀의 심정도 이젠 잘 알 것 같아, 속속들이 알 수 있다니까. 이제야 그 여자를 완전히 알게 되었어! 이건 신대륙 발견보다 더욱 놀라운 발견이야. 세계 4대주의 발견, 아니 5대주였던가? 어쨌든 위대한 한 걸음이야! 그게 바로 여학교 출신의 카체리나지. 아버지를 구하기 위해 무서운 치욕이 기다릴지도 모르는 추잡한 난봉꾼 장교에게 달려왔던 그때의 여학생 바로 그대로거든! 그리고 이건 우리가 가지고 있는 무서운 자존심의 표현이기도 하지. 모험에 대한 욕구, 운명에 대한 도전, 무한에 대한 끝없는 도전이야.

그 이모가 말렸다고? 그래봬도 그 이모란 사람도 고집이 여간 아닐 텐데? 바로 모스크바에 있는 그 장군 부인의 친동생인데 한때는 언니보다도 더 거들먹거리더니, 남편이 공금을 쓴 죄로 토지와 재산을 죄다 몰수당한 다음부터는 콧대가 꺾여 버리고만 부인네지. 아직까지도 그냥 비굴한 태도를 취할 수밖에 없는 입장이긴 하겠지만. 그래 그 이모가 말렸는데도 카체리나는 들은 척도 안했단 말이지? '내가 정복하지 못할 건 세상에 아무것도 없어요. 모든 것을 내 뜻대로 할 수 있다니까요. 내가 마음만 먹는다면 그루셴카쯤은 얼마든지 꼼짝 못하게 할 자신이 있어요'라고 우겨댔을 거야. 그렇게 자신의 힘을 과신하고 자기 자신을 향해 허세를 부려 본 것이니 누구의 잘못도 아니지.

너는 그녀가 그루셴카의 손에 일부러 먼저 입을 맞춘데는 무슨 교활한 속셈이 있었을 거라고 생각하니? 천만의 말씀, 그 여자는 정말로, 정말로 그루셴카를 좋아했던 거야. 아니 그루셴카가 아니라 자신의 꿈, 자신의 환상에 반해 버렸던 거지. 왜냐하면 그루셴카는 그녀의 꿈과 망상에 부합되는 태도를 취할 것 같아 보였으니까 말이다. 그런데 알료샤, 너는 용케도 그 여자들한테서 도망쳐 왔구나. 거길 어떻게 빠져 나왔지? 그 수도복 자락을 펄럭거리면서 두 눈 꼭 감고 도망쳐 온거니? 하 하 하!"

"형님, 형님은 아무래도 카체리나 씨에게 얼마나 큰 상처를 주었는지 조금도 걱정하지 않는 것 같군요. 그때 그 일을 그루센카에게 얘기하지 말아야 했어요. 그루센카는 카체리나 씨에게 맞대놓고 이렇게 말했단 말이에요. '아가씨도 그 예쁜 얼굴을 팔러 밤중에 젊은 사내를 찾아 가지 않았던가요?' 형님, 이보다 더 큰 모욕이 어디 있겠어요?"

알료샤가 무엇보다도 괴롭게 생각한 점은, 물론 그럴 리는 없었지만 어쩐지 형이 카체리나가 모욕을 당한 데 대해 오히려 기뻐하고 있는 것이 아닌가하는 불안한 마음 때문이었다.

"아 참, 그랬지!"

드미트리는 잔뜩 얼굴을 찡그리며 별안간 손바닥으로 이마를 딱 때렸다. 그는 방금 알료샤에게서 카체리나가 모욕을 당했다는 거며, '당신 형은 비열한 사람이에요!'라고 소리쳤다는 얘기를 죄다 듣긴 했지만 이제야 비로소 그것이 생각난 것 같았다.

"당연한 일이지. 난 분명히 그 '저주받을 운명의 날'에 있었던 일을 그루센카에게 얘기했어. 그래, 맞아. 이제야 생각난다. 그건 바로 그때, 모크로예 마을에 갔을 때였어! 나는 술에 만취되어 있었고 집시들이 노래를 부르고 있었지……. 난 그때 울고 있었어. 울면서 눈앞에 떠오르는 카체리나의 모습을 향해 무릎을 꿇고 속죄의 기도를 드리고 있었어. 그루센카도 그것을 알고 있었지. 그녀는 그때 모든 것을 다 이해하고, 그래, 생각났다. 그녀도 함께 눈물을 흘려 주었어……. 그런데 젠장! 그래, 이렇게 될 수밖에 없지! 그때는 눈물을 흘리던 년이 이제 와서…… 이제 와서 가슴에 비수를 꽂다니! 계집이란 결국 그런 동물이야."

그는 시선을 아래로 떨군 채 잠시 생각에 잠겼다.

"그래, 난 비열한 놈이야! 어디를 봐도 내가 비열한 놈인 건 사실이지!" 그는 한참만에 어두운 목소리로 입을 열었다. "그때 내가 울었건, 울지 않았건 결과는 마찬가지야. 어차피 난 비열한 인간이니까! 사실이지. 카체리나에게 가거든 이렇게 전해 다오. 나를 비열한 놈이라고 불러서 마음이 풀린다면 나는 얼마든지, 어떤 욕이든지 달게 받겠다고! 그렇지만 이 얘긴 이제 그만두기로 하자,

더 이상 할 말이 없구나. 어쨌든 재밌는 얘기는 하나도 없으니까. 자, 그럼 너는 네 갈길을 가고 나는 내 갈길을 가는 거다. 이젠 마지막 순간이 올 때까지 만날 일이 없으니까. 자, 내 동생아, 잘 가거라!"

그는 알료샤의 손을 꼭 쥔 다음 여전히 고개를 숙이고 시선을 떨어뜨린 채 몸을 돌려 읍내 쪽을 향해 걸어가기 시작했다. 알료샤는 그가 이렇게 갑작스럽게 가버린 것이 믿어지지 않는 것처럼 멍하니 그의 뒷모습을 지켜보고 있었다.

"깜빡 잊었다, 알료샤. 나 너에게만 고백할 일이 또 하나 있어." 드미트리는 별안간 되돌아와서 말했다. "자, 나를 좀 보렴. 자세히 들여다봐라. 보이니? 여기 바로 여기에 무서우리만치 파렴치한 행위가 일어나고 있단다. 바로 여기에 말이야."

'바로 여기에'라고 말했을 때, 드미트리는 주먹으로 자신의 가슴을 두드렸다. 그것이 너무나 기묘한 동작이어서 어쩌면 주머니에 정말 그 파렴치가 숨어 있거나, 뭔가에 꿰어져 목에 걸려 있는 것 같은 느낌이 들었다.

드미트리는 정말 이상한 표정을 지으며 자기 앞가슴을 주먹으로 툭툭 쳐보였다. 그것은 꼭 파렴치한 그 무엇을 가슴 어딘가에, 속 주머니 속이나 목에 건 주머니 속 같은 데 깊숙이 감춰 둔 것 같은 태도였다.

"너도 이제 알았겠지만 나는 자타가 공인하는 비열한이야, 그러나 이 점만은 분명히 알아다오. 즉 내가 전에 무슨 짓을 했고, 지금 무슨 짓을 하고 있으며, 또 앞으로 무슨 짓을 저지르든 간에 지금 내가 이 가슴속에 갖고 있는 파렴치와 비교한다면 그것들은 아무것도 아니라는 것을 말이다! 그 파렴치는 지금 바로 이 순간에 여기 이 가슴에 대롱대롱 매달려 있어. 바로 여기 말이야, 실제로 여기서 그 파렴치가 일어나려 하고 있단다. 그리고 이 일어나려 하고 있는 파렴치보다 더한 것은 아무것도 없어. 하지만 난 이 파렴치를 손가락 하나로 완전히 멈추게 할 수 있어. 이 순간에 그걸 결행하느냐 마느냐는 순전히 내 마음 하나에 달려 있지. 바로 이 점을 기억해 달라는 거야! 하지만 결국은 내가 그걸 해치우게 될 거라고 생각하는 게 옳겠지. 아까 나는 너에게 모든 걸 죄다 얘기했지만 차마 이것만큼은 말할 수가 없었단다. 아무리 나라고 해도 그렇게까지 철면피는 못되었던 모양이지? 하기야 아직까지는 그것을 중지할 여유는 있어. 만일 그렇게 한다면 나는 당장 내일이라도 잃어버린 명예의 절반쯤은 되찾을 수 있겠지. 그렇지만 나는 이 파렴치한 계획을 그대로 밀고 나가게 될 거야. 너한데 미리 말하는 거란다. 그러니 앞으로 만일 무슨 사건이 생긴다면 너는 나의 증인이 되어 다오. 암흑, 파멸, 뭐 이런 거지! 아니, 때가 이르면 자연히 알게 될 테니까 지금은 아무것도 설명하지 않겠어. 악취가 풍기는 뒷골목과 세상에 둘도 없는 방탕한 여자라! 그럼 난 그리 가보겠어. 나를 위해서 기도할 것까진 없다. 난 그만한 가치가 없는 인간일뿐더러 그럴 필요도 없으니까. 암, 그럴 필요 전혀 없고말고! 자, 그럼 어서 가보렴!"

그는 이렇게 말하고 이번엔 정말로 가버리고 말았다. 알료샤는 수도원을 향해 천천히 걷기 시작했다.

'방금 형이 한 말은 대체 무슨 뜻일까? 앞으로 다시는 형을 만날 수 없게 될지 모른다는 것은 무슨 뜻일까?'

그는 형이 한 말을 이해할 수가 없었다.

'내일은 만사 제쳐놓고 꼭 형을 만나서 기어코 알아내야겠다. 도대체 그 말이 무슨 뜻인지!'

그는 수도원 옆쪽으로 돌아 솔밭을 가로질러 곧장 암자로 향했다. 이렇게 늦은 시간에는 아무도 암자에 들어갈 수 없는 규칙이 있었으나 그만은 예외였기 때문에 곧 문을 열어 주었다. 그는 장로의 방에 발을 들여놓는 순간 갑자기 가슴이 두근거렸다.

'왜 아까 나는 이 방을 떠났던가? 장로님은 또 무엇 때문에 나를 바깥 세상에 나가라고 하신 것일까? 이곳에는 정적과 거룩함으로 가득 차 있지만 속세에는 혼돈과 암흑뿐이어서, 일단 그곳에 발을 들여놓으면 곧장 길을 잃고 방황할 수밖에 없지 않은가……'

암자에는 수습 수사인 포르피리와 파이시 신부가 와 있었다. 파이시 신부는 오늘 내내 조시마 장로의 병세를 돌보기 위해서 한시간마다 드나들었던 것이다. 알료샤는 장로의 병세가 점점 더 악화되고 있다는 말을 듣고 가슴이 덜컥 내려앉았다. 매일 저녁 일과로 되어 있는 수도사들과의 간담회마저 오늘은 그만두었다는 것이다. 보통 때 같으면 저녁마다 예배가 끝난 뒤 취침 전에 수도사들이 장로의 방에 모여서 그날 하루 동안에 범한 죄과(罪過)며 죄스러운 망상이나 유혹, 또는 동료 사이에 있었던 말다툼까지 죄다 장로에게 소리내어 고해하는 것이 일과처럼 되어 있었다. 그중에는 무릎을 꿇고 참회하는 자도 있었다. 그러면 장로는 그것을 하나하나 해결해 주고, 화해시켜 주고 훈계를 내리기도 하며, 마지막으로 일일이 축복을 내린 다음 돌려보내는 것이었다. 이러한 수도사들 서로간의 '고해'에 대하여, 장로 제도를 반대하는 사람들은 그것을 성스러운 비밀 의식인 고해 성사의 세속화라고 맹렬히 비난을 퍼붓고 심지어는 그것을 신성 모독이라고까지 극언하는 사람들도 있었다.

수도사들의 이러한 고해는 결코 좋은 결과를 가져올 수 없을 뿐더러 오히려 이 때문에 죄에 물들지 않은 수도사까지 유혹으로 이끌게 된다고 교구장(敎區長) 앞으로 진정서를 제출했던 일까지 있었다. 그리고 수도사들 역시 장로의 암자에 매일 저녁 모이는 것을 부담으로 여기는 사람들이 많았다. 이들은 남들이 모두 가니까 자기도 할 수 없이 간다는 안이한 생각에서, 또는 자기 혼자만이 오만한 반란 분자란 소리를 듣는 것이 두려워서 어쩔 수 없이 모이는 사람들이었다. 또 소문에 의하면 수도사들 중에는 그날 저녁 고해 성사에 모이기 전에 미리 '나는 오늘 아침 자네한테 화를 내었다고 할 테니 자네도 적당히 맞장구를 쳐주게' 하는 식으로 서로 짜고 오는 경우까지 있다고 한다. 물론 이런 짓을 하는 이유는 자기가 고해할 차례가 되었을 때 얼른 넘겨 버릴 재료를 만들기 위한 것 때문이었으며, 알료샤 역시 간혹 이런 사람들이 실제로 있다는 것을 잘 알고 있었다. 또한 그는 장로가 관습에 따라 수도사들의 가족에게서 온 편지를 먼저 뜯어 보는 것에 대해서도 많은 불평이 있다는 것도 알고 있었다.

이러한 관습이나 제도, 혹은 의식들이 자발적인 복종과 지도를 받으려는 열성에 의하여 자유롭고 진지하게 이루어지고 있다고 겉으로는 말하지만 실제에 있어서는 이따금 매우 불성실하게 혹은 위선적으로 행해진 것도 사실이었다. 그렇지만 암자의 수도사들 중에서 나이 지긋하고 경험 많은 사람들은 여기에 대해 대체로 긍정적인 견해를 고수하고 있었다. 그것은 '진심으로 영혼의 구원을 위해 이 수도원에 들어온 사람이라면 이러한 의무와 복종이 실로 유익한 것이라는 데는 의심할 여지가 없다. 또한 반대로 그것을 고통으로 여기고 불평하는 사람들이라면 진실한 수도사라고 할 수 없다. 따라서 그들이 이 수도원에 들어온 것 자체가 이미 무의미하며 그들이 있어야 할 곳은 수도원이 아니라 속세이다. 그리고 악마나 죄악으로 자신을 지키기는 속세에서뿐 아니라 수도원 안에서도 역시 마찬가지로 어려운 일이기 때문에 죄악에 대하여는 추호도 관대해서는 안 된다'라는 견해였다.

"이젠 완전히 쇠약해져서 지금은 혼수상태에 빠져 계시단다." 파이시 신부는 알료샤를 축복해 주고 나서 귓속말로 말했다. "깨우기조차 힘든 형편이야. 하긴 그럴 필요가 없긴 하지만 말이다. 아까 장로님은 한 5분쯤 눈을 뜨시고 모든 수도사에게 축복을 전하면서 저녁때는 자기를 위해 기도해 달라고 부탁하셨지. 그리고 내일 다시 한번 더 성찬을 받고 싶다고 말씀하시고 나서 알렉세이, 네 이야기를 물으시더라. 이곳에서 아주 나갔느냐고 물으시기에 읍내에 잠깐 나갔다고 대답했더니 '그래서 나는 그애를 축복해 주었던 거야. 지금 그 아이가 있어야 할 곳은 속세니까 당분간 여기 머물러 있지 않는 편이 좋을 거야'라고 말씀하셨지. 진실로 사랑과 염려에 넘치는 말씀이었단다. 너는 그것이 얼마나 분에 넘치는 영광인지 알 수 있겠니? 그런데 장로님께서 너더러 당분간 속세에 나가서 지내라고 하신 것은 대체 무슨 뜻일까? 그건 분명코 너의 운명에 대해 무엇인가를 예견하셨기 때문일 거야! 그러나 알렉세이, 비록 네가 속세에 나간다 하더라도 그것은 어디까지나 장로님께서 너에게 내린 의무가 목적이지 결코 헛되이 경솔한 행동을 취하거나 속세의 향락을 취하라는 뜻이 아니라는 점을 명심해야 한다."

파이시 신부는 밖으로 나갔다. 알료샤는 장로가 비록 하루 이틀쯤은 더 연명할지 모르지만 이미 목숨이 오늘내일한다는 것을 잘 알고 있었다. 그래서 내일 아버지를 비롯해서 호흘라코바 모녀와 카체리나, 그리고 형 드미트리를 만나기로 이미 약속은 했지만 내일만큼은 하루 종일 수도원을 한 걸음도 떠나지 않고 장로가 운명할 때까지 그 옆에 붙어 있어야겠다고 굳게 결심했다. 그의 가슴은 조시마 장로에 대한 뜨거운 애정으로 불타오르기 시작했다.

이 세상에서 누구보다도 존경하는 분을, 더구나 임종의 자리에 남겨 둔 채 읍내에 나가 잠시나마 그분의 일을 까맣게 잊고 있었던 것에 대해 그는 새삼스럽게 괴로운 자책에 사로잡혔다. 장로의 침실로 들어가서 무릎을 꿇고 잠들어 있는 장로 쪽을 향해 이마가 땅에 닿도록 공손히 절을 했다. 장로는 미동도 하지 않고 거의 들릴락말락한 숨소리를 내면서 조용히 잠들어 있었으며 그의 얼굴은 더할 수 없이 평온해 보였다.

알료샤는 옆방으로 물러나와서 구두만 벗고 옷은 그대로 입은 채 가죽을 씌운 딱딱하고 좁은 가죽소파 위에 누웠다. 그것은 오늘 아침 장로가 손님들을 맞았던 바로 그 방으로 그는 벌써 오래 전부터 베개만 들고 와서 그 소파위에서 자고 있었다. 아까 낮에 아버지가 집으로 가져오라고 소리쳤던 그 이불은 오래 전부터 사용하지 않고 있었다. 그는 자기의 수도복을 벗어 그것을 담요 대신 덮고 잤다.

잠을 자기 전에 그는 갑자기 무릎을 꿇고 오랫동안 기도를 드렸다. 그 진실되고 열렬한 기도 속에서 그가 하느님께 기도한 것은 결코 자기 마음의 불안을 덜어주십사고 하는 것은 아니었다. 다만 그는 하느님께 영광을 드리고 하느님을 찬양하고 난 다음이면 언제나 그의 마음속에 찾아드는 기쁨에 찬 그 감동을 갈망했을 뿐이었다. 잠자리에 들기 전에 하는 그의 기도는 언제나 하느님에 대한 찬양으로 가득 차 있었으며, 그의 마음속에 깃드는 기쁨은 그에게 쾌적하고 평온한 꿈을 가져다 주었다.

그는 지금도 그러한 마음으로 기도를 드리고 있었는데 문득 주머니 속에서 뭔가 감촉이 느껴지는 것이 있었다. 그것은 아까 카체리나 이바노브나의 하녀가 한길까지 쫓아 나와서 그에게 전해 준 조그만 장밋빛 봉투였다. 그러나 그는 마음이 산란해진 가운데서도 끝까지 기도를 드렸다. 그리고 잠깐 망설이다가 봉투를 뜯었다. 봉투 속에는 프랑스어로 '리즈'라고 서명을 한 편지가 들어 있었다. 오늘 아침 장로 앞에서 알료샤를 마구 놀려 주었던 호흘라코바 부인의 어린 딸이었다.

알렉세이 씨, 지금 저는 아무도 모르게 엄마한테도 숨겨 가면서 이 편지를 쓰고 있어요. 물론 이것이 나쁜 일이라는 건 저도 잘 알지만 저의 가슴속에 생겨난 그 무엇을 당신에게 말하지 않고서는 단 하루도 살지 못할 것같아 펜을 들었어요. 그러니까 이 일은 그 시기가 오기 전까지는 누구에게도 알려져서는 안 돼요. 우리 두사람 외에는. 그렇지만 제가 말하고 싶은 것을 어떻게 당신에게 전하면 좋을까요? 종이는 결코 얼굴을 붉히지 않는다고 하지만 그건 새빨간 거짓말인 모양이지요? 종이도 지금 저와 같이 새빨갛게 되어 있으니 말이에요.

그리운 알료샤, 저는 당신을 사랑해요. 제가 아직 어렸을 때부터, 또 당신도 지금과는 아주 달랐던 모스크바 시절부터 저는 당신을 줄곧 사랑해왔답니다. 난 당신을 마음의 친구로 정했어요. 저는 당신과 한몸이 되어 나이를 먹으며 일생을 함께 마칠 거예요. 물론 여기엔 당신이 수도원을 나와 주어야 한다는 조건이 따르지만 말입니다. 우리의 나이가 아직 어리다면 법률이 정한 나이가 될 때까지 기다리면 되겠지요. 그때까지는 저도 반드시 병이 나아서 걸을 수도 있고 춤을 출 수도 있게 될 거예요. 이건 새삼스럽게 말할 필요도 없는 일이겠지만.

이만하면 제가 이 문제에 대해서 얼마나 신중하게 심사숙고했는지 알 수 있겠죠? 그렇지만 아직까지 알 수 없는 일이 꼭 한가지 있어요. 그건 당신이 이 편지를 읽고 어떻게 생각하실까 하는 바로 그 점이에요. 저는 밤낮 웃고 까불기를 좋아했고 오늘 아침만 해도 당신을 화나게 했으니 말이에요. 그렇지만 지금 저는 펜을 들기 전에 성모 마리아상 앞에 꿇어앉아서 진심으로 기도를 드렸답니다. 그리고 지금도 거의 울음이 터질 것 같은 심정으로 기도를 드리고 있어요.

저의 비밀은 이제 당신의 손으로 넘어가고 말았어요. 내일 당신이 오시면 나는 정말 당신을 어떻게 대해야 좋을까요? 아아, 알렉세이 씨, 당신의 얼굴을 보고 있다가 또 오늘 아침처럼 참지 못하고 바보같이 웃음을 터뜨리게 되면 어떻게 하죠? 아마 당신은 제가 남을 놀려대기나 좋아하는 개구쟁이니까 이 편지도 혹시 장난으로 쓴 게 아닐까 하고 의심하실 거예요. 그래서 부탁하는 건데요. 우리집에 오시면 제발 저를 똑바로 쳐다보지는 말아주세요. 당신과 눈이 마주치면 틀림없이 저는 또 웃음을 터뜨리고 말 테니까요. 더구나 당신은 그 기다란 수도복을 걸치고 있으니…… 정말 그런 생각을 하면 등에 식은땀이 난답니다. 그러니까 방에 들어오시거든 얼마 동안은 저를 보지 마시고 어머니나 창문 쪽으로 시선을 돌리도록 해주세요…….

저는 그만 당신에게 이렇게 사랑의 고백을 쓰고 말았군요. 아아, 정말 이런 일을 해도 좋을는지 모르겠어요. 알료샤, 이런 짓을 한다고 제발 경멸하지는 말아 주세요. 만일 무슨 어리석은 짓을 저질러 당신을 괴롭히게 된다면 부디 용서하시기 바랍니다. 이 편지로 해서 저의 비밀은 이제 당신 수중에 들어갔어요. 그리고 저의 명예는 어쩌면 영영 땅에 떨어졌을는지도 모르고요.

오늘은 틀림없이 울어버리고 말 것 같아요. 그럼 그 '두려운' 우리의 재회

때까지 안녕!

리즈

추신
알료샤, 무슨 일이 있어도 내일 꼭 와주셔야 해요!

알료샤는 놀라움을 느끼면서 편지를 읽었다. 그리고 다시 한번 되풀이해 읽어 보고는 잠시 생각에 잠겼다가 갑자기 고요하고도 감미로운 미소를 입가에 띠었다. 그러다가 그는 갑자기 웃는다는 것이 죄스러운 생각이 들어서 부르르 몸을 떨었다.

잠시 뒤에는 또다시 고요하고도 행복한 미소를 짓는 것이었다. 그는 천천히 편지를 봉투에 집어넣고 나서 성호를 그은 다음 자리에 누웠다. 이미 마음의 동요는 씻은 듯이 사라져 버리고 없었다.

"주여, 오늘 제가 만난 모든 사람을 불쌍히 여기시고 마음의 평안을 잃은 그들을 불안에서 구원해 주시옵소서. 그리고 그들을 올바른 길로 인도해 주옵소서. 모든 길은 주님의 손안에 있음을 믿사오니 그들에게 바른 길을 인도해 주시고 구원하여 주시옵소서! 주님의 사랑으로 이 모든 사람들에게 기쁨을 내려 주시옵소서!"

알료샤는 이렇게 중얼거리면서 다시 성호를 긋고 평온한 꿈속으로 빠져들어 갔다.

제2부

제4편 착란

1 페라폰트 신부

아침 일찍, 아직 완전히 날이 새기도 전에 알료샤는 일어나야 했다. 장로가 잠에서 깨어나 기력이 없으면서도 침대에서 안락의자로 옮기고 싶어 했기 때문이다. 의식도 아주 또렷해서 얼굴에 피로의 기색이 짙게 드러나 있으면서도 표정은 밝아 기분이 좋은 것처럼 보였다. 눈길도 즐겁고 다정스러워 보였다.

"어쩌면 오늘을 넘기지 못할지도 모르겠구나."

그는 알료샤에게 말했다. 그리고 그는 곧 고해를 하고 성찬을 받고 싶다고 했다. 장로의 고해 성사는 언제나 파이시 신부가 담당하고 있었다. 고해와 성찬이 끝나고 병자성사(病者聖事)가 거행되었다. 주교들이 모이기 시작해서 암자는 수도사들로 점점 가득차게 되었다.

그러는 사이에 해가 솟아올랐다. 식이 끝나자 장로는 모든 사람들과 이별을 고하고 싶다고 하면서 한 사람 한 사람에게 입을 맞췄다. 암자가 좁아서 먼저 온 사람은 뒤에 온 사람에게 자리를 내주려고 밖으로 나갔다. 알료샤는 다시 안락의자에 앉은 장로의 곁에 서 있었다.

장로는 힘이 다할 때까지 설교를 계속했다. 그의 목소리는 가늘었으나 아직도 상당히 힘이 있었다.

"나는 오랫동안 여러분에게 설교를 해왔습니다. 너무 여러 해 동안 큰 소리로 말을 해왔고 입을 열기만 하면 여러분에게 설교를 하는 것이 아주 습관처럼 되어 버렸어요. 그래서 지금처럼 기운이 없을 때도 말을 하는 것보다 입을 다물고 있는 편이 오히려 힘들 지경입니다."

그는 자기 주위에 모여든 사람들을 감개무량한 눈으로 둘러보면서 이렇게 농담까지 하는 것이었다.

이때 장로가 한 말을 알료샤는 나중에도 조금은 기억할 수 있었다. 어조도 정확했고 음성도 꽤 또렷했으나 이야기 자체는 그다지 조리 있는 것이 아니었다.

장로는 여러 가지 이야기를 했다. 필시 임종을 앞두고 생전에 못다한 말들을 다하고 다시 한번 자신의 생각을 모두 얘기해 두고 싶은 모양이었다. 그것도 단순히 교훈을 주기 위해서가 아니라 어떻게 해서든지 자기가 느끼는 환희와 법열을 모든 사람과 함께 나누고 죽기 전에 한 번 더 자기의 진정을 토로해야겠다는 간절한 바람을 느끼고 있었던 것이다.

"여러분, 서로 사랑하십시오." 장로는 설교를 시작했다(이것은 알료샤의 기억에 의한 것이다). "그리고 하느님의 백성들을 사랑하십시오. 우리가 여기 이 울타리 안에 은둔해 있다고 해서 그것만으로 속세에 있는 사람들보다 더 신성하다고 할 수는 없습니다. 아니, 오히려 여기에 온 사람은 누구나 여기에 와 있다는 그것만으로도 자기가 속세의 누구보다도, 그리고 이 지구상의 누구보다도 못하다는 것을 자각한 사람들이라고 할 수 있겠지요. 그러니까 수도사인 우리는 이 울타리 안에서 오래 살면 살수록 이 사실을 더욱더 뼈저리게 자각해야 합니다. 그렇지 않다면야 구태여 이런 곳에 올 필요가 없었을 테니까요. 자기가 속세의 누구보다도 못하다는 것뿐만 아니라 살아있는 모든 것들에 대해 죄가 있다는 것을, 모든 인류의 죄, 속세의 죄, 개인의 죄에 대해 책임이 있다는 것을 자각했을 때, 그때야 비로소 우리의 은둔 생활의 목적이 달성되는 것입니다.

그것은 우리 한 사람 한 사람이 이 지상의 모든 사람 모든 사물에 대해 죄가 있기 때문입니다. 더욱이 그것은 일반적인 속세의 죄악 때문에 그런 것이 아니라 우리 각 개인이 이 지상에 사는 모든 사람, 그 한 사람 한 사람에 대해 죄를 짓고 있기 때문입니다. 이 자각이야말로 수행을 하는 사람뿐만 아니라 지상의 모든 사람이 나아가야 할 길의 종착점인 것입니다. 수도사라고 해서 본질이 다른 인간은 아니며 다만 지상의 모든 사람이 당연히 그래야 하는 인간의 모습에 지나지 않습니다. 그렇게 되어야만 비로소 우리의 마음은 우주처럼 넓은, 싫증을 느낄 줄 모르는 영원한 사랑으로 충만될 것입니다. 그때에는 우리 한 사람 한 사람의 사랑으로 온 세계를 자기 것으로 할 수도 있을 것이고, 또한 그 눈물로 세계의 죄악을 죄다 씻어 버릴 수도 있을 것입니다.

우리는 누구나 자신의 마음을 감시하고 자기 마음에 참회하기를 게을리하지 말아야 하겠습니다. 자기의 죄를 두려워하지 마십시오. 비록 죄를 자각했다 하더라도 다만 그것을 회개하기만 하면 되는 것이며 결코 하느님 앞에 약속 같은 것을 해서는 안 됩니다. 거듭 말하거니와 교만한 태도를 버리시기 바랍니다. 작은 것에 대해서나 큰 것에 대해서나 교만하지 마십시오. 우리를 부정하는 자, 모욕하는 자, 비방하는 자, 그리고 우리를 중상하는 자도 미워해서는 안 됩니다. 무신론자, 악의 전도자, 유물론자들도 미워해서는 안 됩니다. 그들 중의 선량한 자들뿐만 아니라 악한 자들도 증오해서는 안 됩니다. 특히 오늘과 같은 시대에는 그런 사람들 가운데서도 선량한 사람이 많이 있으니까요. 그런 사람들을 위해서는 이렇게 기도하십시오.

'하느님, 아무도 기도해 줄 사람이 없는 모든 사람들, 하느님께 기도하려 하지 않는 사람들도 모두 구원해 주시옵소서.' 그리고 또 이렇게 기도하십시오. '하느님, 제가 이런 기도를 드리는 것은 결코 교만해서가 아닙니다. 왜냐하면 저는 누구보다 더러운 자이기 때문입니다'라고. 하느님의 백성들을 사랑하십시오. 그리하여 순진한 그 양떼를 이리한테 빼앗기지 않도록 하십시오. 게으름과 오만불손과 특히 탐욕에 빠져 졸고 있다가는 대번에 이리떼가 사방에서 몰려와 양떼를 가로채 갈 것입니다. 아무쪼록 게으름 피우지 말고 하느님의 복음을 사람들에게 전하도록 노력하십시오. 백성들한테서 재물을 거둬들이지 마십시오...... 금은 재화를 사랑하여 그것을 모아 가지고 있으면 안 됩니다...... 하느님을 믿고 신앙의 깃발을 꼭 붙잡고 그것을 높이 쳐드십시오......"

물론 장로의 말은 여기에 적은 것, 그리고 알료샤가 나중에 기록한 것보다는 훨씬 단편적인 것이었다. 장로는 이따금 기운을 모으기 위해 말을 멈추고 숨을 몰아쉬곤 했지만 그래도 깊은 환희에 충만되어 있는 듯이 보였다. 사람들은 모두 감동에 싸여 그의 말에 귀를 기울이고 있었으나 대부분의 사람들은 그 말에 놀라움을 금하지 못했고 또한 그 말에서 일종의 애매함 같은 것을 느끼고 있었다. 물론 이때 장로가 한 말 뜻을 되새겨 보게 된 것은 훨씬 뒤의 일이었지만.

알료샤는 잠깐 암자 밖으로 나왔을 때, 암자 안팎에 모여 있는 수도사들 사이에 충만된 흥분과 기대를 보고 몹시 놀라지 않을 수 없었다. 그 기대는 어떤 사람들에게는 거의 불안으로 가득한 것이었으나 다른 몇몇 사람들에게는 더없이 환한 기쁨으로 넘치고 있었다. 누구나 장로가 죽으면 곧 일어날 어떤 위대한 기적을 기다리고 있었던 것이다. 그 기대는 어떤 면에서는 거의 무분별에 가까운 것이었지만 그런대로 가장 엄격한 늙은 수도사들까지 거기서 벗어나지 못하고 있었으며 누구보다 엄숙한 얼굴을 하고 있는 것은 바로 파이시 신부였다.

알료샤가 암자에서 밖으로 나온 것은 방금 시내에서 돌아온 라키친이 어떤 수도사를 통해 몰래 그를 불러냈기 때문이었다. 그는 알료샤 앞으로 보내는 호흘라코바 부인의 기묘한 편지를 갖고 왔던 것이다. 호흘라코바 부인은 알료샤에게 이런 경우를 위해 일부러 준비한 것 같은 흥미로운 소식을 전해 왔다.

그것은 다름 아니라 어제 장로를 만나 축복을 받으러 왔던 신앙심 깊은 평민 여성들 가운데 하나이며 이 고을에 사는, 하사관의 아내인 프로호로브나에 관한 것이었다. 이 노파는 장로에게 자기 아들 바센카가 일 때문에 멀리 시베리아의 이르쿠츠크로 갔는데 벌써 1년 동안이나 소식이 없으니 죽은 것으로 하여 교회에서 명복을 비는 게 어떻겠느냐고 물었다.

여기에 대해 장로는 엄격한 어조로 그런 것은 무당이 하는 짓이나 마찬가지니 절대로 안 될 말이라고 대답했다. 그러나 노파가 그런 말을 한 것은 무식한 탓이라 하여 더 이상 나무라지 않고(호흘라코바 부인의 편지에 의하면) '마치 앞 일을 환하게 내다보는 것처럼' 다시 말을 이어 "당신 아들 바센카는 살아 있소. 이제 곧 어머니에게 돌아오든가 아니면 편지라도 보내올 거요. 그러니 집에 돌아가 기다려 보시오." 이렇게 노파를 위로해 주었다.

'그런데 어떤 일이 일어났는지 아세요?' 호흘라코바 부인은 몹시 흥분된 투로 쓰고 있었다. '예언은 글자 그대로 아니 그 이상으로 실현되었어요!' 즉 노파가 집에 돌아가자마자 기다리고 기다리던 시베리아로부터 편지가 도착했던 것이다. 뿐만 아니라 바센카가 도중에 예카테린부르크에서 어머니에게 보낸 그 편지에는 자기는 지금 어떤 관리와 동행하여 러시아로 돌아가는 길이므로 이 편지가 도착한 뒤 3주일만 지나면 '어머니를 끌어안아 드릴 수 있겠지요'라고 씌어 있었다. 호흘라코바 부인은 알료샤에게 새로 실현된 이 예언의 기적을 수도원장을 비롯하여 모든 수도사들에게 즉시 전해 달라고 열렬히 간청하면서 '이건 모든 분들에게 알려야 하는 일입니다!'라는 감격의 말로 편지를 끝맺고 있었다. 이 편지는 몹시 서둘러 쓴 모양으로 그 한 줄 한 줄에 편지를 쓴 사람의 흥분이 그대로 나타나 있었다. 그러나 알료샤는 그것을 수도사들에게 알릴 필요가 전혀 없었다. 그들은 이미 그 얘기를 다 알고 있었기 때문이다. 라키친은 알료샤를 불러내 달라고 부탁한 수도사에게 또 한 가지 부탁의 말을 했다.

"파이시 신부님에게 제가, 즉 라키친이 잠깐 전할 말씀이 있다고 말해 주세요. 이건 아주 중대한 일이어서 한시도 지체할 수가 없다구요. 그리고 저의 이 무례에 대해서는 거듭 용서를 빈다고 말해 주십시오."

그런데 그 수도사는 알료샤를 불러 내기 전에 먼저 파이시 신부에게 라키친의 말을 전했기 때문에 알료샤는 다시 제자리로 돌아가서 파이시 신부에게 그 편지를 참고자료로서 전하기만 하면 되었다. 그러나 좀처럼 남의 말을 믿지 않는 이 엄격한 신부도 미간을 좁히며 그 '기적'의 보고를 읽고 나자 자기 마음속에 솟구치는 감격을 억제할 수가 없었다. 그의 눈은 번쩍거리고 입술에는 갑자기 감동에 찬 엄숙한 미소가 떠올랐다.

"그렇지만 그것이 전부일 리는 없어!"

그는 중얼거렸다.

"그것이 전부일 리는 없지, 우린 그보다 더 커다란 일을 보게 될 거야!"

주위에 둘러서 있던 수도사들이 말을 받았다. 그러나 파이시 신부는 또다시 미간을 모으고 어쨌든 당분간 이 일에 대해서 아무 말도 말아 달라고 모두에게 자숙을 당부했다.

"좀더 사실이 분명하게 확인될 때까지는 입밖에 내지 말아 주십시오. 세상에는 무책임한 소문이 많을 뿐더러 이번 일도 그저 하나의 우연일지도 모르니까요."

그는 나중에 문제가 되지 않도록 조심스럽게 이렇게 덧붙였다.

그러나 자기 자신도 그런 변명을 거의 믿지 않고 있다는 것은 옆에서 듣고 있던 사람들에게도 뻔한 일이었다.

물론 이 '기적'은 삽시간에 온 수도원에 퍼지고 미사에 참여하려고 수도원에 온 많은 사람들에게도 알려졌다.

그런데 이 기적의 실현에 누구보다도 깊은 충격을 받은 것은 어제 먼 북방의 도시 오브도르스크의 성 실리베스트르 수도원에서 온 수도사인 것 같았다.

이 사람은 어제 호흘라코바 부인 옆에서 장로에게 인사를 드리고는 장로가 '병을 고쳐 준' 부인의 딸을 가리키면서 "어떻게 감히 그런 일을 하십니까?" 하고 장로한테 따지듯이 물었던 바로 그 수도사였다.

요컨대 그가 지금 그 어떤 의혹 속에 빠져들어 도대체 무엇을 믿어야 할지 자기 자신도 알 수 없게 되어버린 것이다. 실은 엊저녁에 양봉장 뒤에 외따로 떨어져 있는 암자로 페라폰트 신부를 방문했는데, 거기서 받은 거의 두려움에 가까운 강렬한 인상 때문에 그는 형언할 수 없는 마음의 동요를 느꼈던 것이다. 이 수도원에서 제일 고령인 페라폰트 신부는 금욕과 침묵의 수행을 계속해 온 위대한 인물일 뿐만 아니라 앞에서도 말한 바와 같이 조시마 장로 및 장로 제도의 반대자였는데, 그는 장로 제도가 유해하고도 경박한 새 제도라는 견해를 갖고 있었다.

그는 침묵의 수행자였으므로 거의 누구와도 말을 하는 일이 없었으나, 장로 제도의 반대자로서는 지극히 위험한 인물이었다. 그가 위험한 인물인 중요한 이유는 수도원 내의 많은 수도사들이 그에게 전적으로 감화되어 있을 뿐더러, 수도원을 방문하는 일반 민간인들 가운데에도 동조자가 꽤 많았기 때문이다. 그들은 그가 이른바 '유로지비'임에 틀림없다는 것을 인정하면서도 그를 위대한 신앙인, 위대한 수행자로서 존경하는 사람들이 무척 많았다. 또한 그보다 중요한 이유는 '유로지비'라는 점이 오히려 사람들의 마음을 매혹하고 있었던 것이다.

이 페라폰트 신부는 조시마 장로의 암자에는 한 번도 간 적이 없었다. 그는 같은 경내에 살고 있기는 했지만 이곳의 규칙 같은 것에는 별로 구애받지 않고 있었다. 그것은 역시 그가 정말로 유로지비처럼 행동하고 있었기 때문이다. 그는 이미 일흔 다섯이 다 된 고령이면서도 수도원 양봉장 뒤쪽에 있는 허물어져 가는 낡은 목조 암자에서 기거하고 있었다. 그 암자는 먼 옛날, 다시 말해 지난 세기(18세기)에 백 다섯살까지 장수했다는, 역시 금욕과 침묵의 위대한 수행자였던 이오나 신부를 위해 세워진 것이었다. 이오나 신부의 행적에 대해서는 오늘날까지도 이 수도원이나 인근 지방에 여러 가지 흥미로운 일화가 전해지고 있었다.

페라폰트 신부가 오랜 염원이 이루어져서 이 호젓한 암자에 들게 된 것은 거의 7년전 일이었다. 그것은 말이 좋아 암자지 그저 흔히 볼 수 있는 오두막 집에 지나지 않았지만, 그래도 어딘지 조그마한 예배당과 흡사한 데가 있었다. 그도 그럴 것이 거기에는 신도들이 기증한 성화들이 즐비하게 놓여 있었고,

그 앞에는 역시 누군가가 기증한 제단용 등불이 항상 꺼지지 않고 켜져 있었기 때문이다. 그래서 페라폰트 신부는 마치 이 성화와 등불을 지키기 위해 예배당지기로 임명된 격이었다. 소문에 의하면(그것은 사실이기도 했지만) 그는 사흘에 2푼트(약 800그램) 정도의 빵밖엔 먹지 않았다. 이 빵을 암자 바로 옆에 있는 양봉장에 살고 있는 꿀벌지기가 사흘에 한 번씩 날라다 주곤 했지만 자기를 위해 그런 심부름을 해주는 꿀벌지기들한테도 페라폰트 신부는 좀처럼 말을 거는 일이 없었다. 이렇게 날라다 주는 빵 4푼트(2푼트씩 두 번)와, 일요일마다 저녁 미사 뒤에 수도원장이 규칙적으로 보내 주는 성찬용 떡만이 일주일 동안 그가 먹는 음식의 전부였다. 하기야 물론 날마다 대접에 한가득 새물을 떠다 주긴 했지만. 그는 미사 때도 거의 나타나지 않았다.

어떤 때는 무릎을 꿇은 채 옆에서 무슨 일이 있든 본체만체하고 온종일 기도만 드리고 앉아 있는 그의 모습이 방문객들의 눈에 뜨일 때도 있었다. 어쩌다 방문객들과 말을 주고받는 일이 있어도 그의 말은 간단하고 단편적이며 기묘한데다가 무척 무뚝뚝하기까지 했다. 하기는 매우 드문 일이기는 했지만 그가 방문객들과 오랫동안 이야기하는 일도 간혹 있기는 했다. 그러나 그런 경우에는 으레 상대에게 커다란 수수께끼가 될 만한 괴상한 말을 반드시 한마디씩 던지곤 했는데 나중에 아무리 간청을 해도 그 뜻을 설명해 주지 않았다.

그는 사제가 아닌 보통 수도사에 지나지 않았다. 이것은 아주 무지한 사람들 사이에서만 떠도는 얘기지만 참으로 괴이한 소문이 돌고 있었다. 즉 페라폰트 신부는 하늘의 정령들과 소통하고 있어서 언제나 정령만을 상대로 하여 말하고 있기 때문에 지상의 인간에게는 침묵을 지키고 있다는 것이었다.

오브도르스크에서 온 수도사는 양봉장에 도착하여 역시 입이 무겁고 까다로운 성격의 수도사인 꿀벌지기에게서 길을 알아가지고 페라폰트 신부가 거처하고 있는 암자 쪽으로 걸음을 옮겼다.

"어쩌면 먼 곳에서 일부러 찾아온 사람이라 해서 말을 하실는지도 모르지만 또 어쩌면 전혀 상대도 해주지 않을지도 모릅니다."

꿀벌지기는 그에게 그렇게 일러 주었다. 뒤에 본인이 한 말에 따르면 이 북방의 수도사는 격심한 불안을 느끼며 조심조심 암자로 다가갔다고 한다. 때는 이미 꽤 늦은 시간이었다. 페라폰트 신부는 마침 그때 암자 문 앞에 놓인 낮은 의자에 걸터앉아 있었다. 머리 위에는 커다란 느릅나무 고목이 가볍게 흔들리고 있었고 밤의 냉기가 빠르게 다가오고 있었다. 오브도르스크의 수도사는 위대한 성인의 발밑에 엎드려 축복을 청했다.

"자네는 나도 같이 엎드리기를 바라는 건가?" 페라폰트 신부가 말했다. "일어나게!"

수도사는 일어났다.

"서로 축복을 해주었으니 이리 와 앉게, 그래 어디서 왔나?"

이 북방의 가련한 수도사를 무엇보다 놀라게 한 것은 페라폰트 신부가 단식에 가까울 정도로 참으로 금욕적인 생활을 하고 있을뿐만 아니라 그처럼 나이가 많은데도 불구하고 겉보기엔 아직도 원기왕성한 노인으로 보인 점이었다. 척추가 똑바르고 허리는 조금도 굽지 않았고 얼굴이 여위기는 했으나 아직 싱싱하고 건강해 보였다. 그의 몸에 아직도 상당한 체력이 남아 있다는 것은 의심할 여지도 없었다. 체격 또한 젊은이처럼 늠름했다. 나이가 그처럼 많은데도 불구하고 머리카락은 아직 백발이 그리 많지 않았고, 젊었을 때는 검은 빛이었던 털이 머리와 턱에 아직 풍성하게 자라고 있었다. 커다란 잿빛 눈은 광채를 발하고 있었지만, 흠칫 놀랄만큼 지나치게 튀어나와 있었다. 그는 모음 O에 악센트를 붙여 발음하는 북부 지방 사투리를 썼다. 예전에 죄수 옷감이란 명칭으로 통하던 올이 성긴 천으로 지은 불그스름한 농부의 외투를 걸치고 굵은 새끼줄을 띠삼아 허리에 두르고 있었지만 목에서 가슴까지는 알몸 그대로였다. 몇 달째 갈아입지 않아서 새까맣게 때가 묻은 두꺼운 삼베 셔츠가 외투 사이로 슬쩍 보였다. 소문에 의하면 그는 외투 밑에 12km나 되는 쇳덩어리를 차고 있다는 것이다. 맨발에는 형체조차 분간할 수 없을 만큼 닳아 빠진 신을 걸치고 있었다.

"오브도르스크의 성 실베르스트라는 조그만 수도원에서 왔습니다."

수도사는 조금 겁먹은 듯한 그러나 호기심어린 눈을 빛내며 은둔자의 모습을 관찰하면서 공손한 태도로 대답했다.

"실베르스트르라면 나도 전에 가본 적이 있지. 얼마동안 신세를 지기까지 했으니까. 그래 실베르스트는 잘 있나?"

수도사는 조금 어리둥절했다.

"자네들은 참 어리석은 인간들이야! 그런데 단식일은 어떻게들 지키고 있나?"

"저희 식사는 예전부터 내려오는 수도원 규칙을 그대로 따르고 있습니다. 즉 사순절 기간 중 월요일과 수요일, 금요일에는 전혀 식사 준비를 하지 않습니다. 화요일과 목요일엔 흰 빵에 꿀에 절인 과일, 산딸기, 양배추 절임, 그리고 오트 밀을 먹게 되어 있지요. 토요일엔 양배추 스프에 국수를 넣은 완두콩죽, 채소 죽이 나오는데 모두 식물성 기름이 들어 있습니다. 그리고 주일에는 수프에 마른생선과 죽이 곁들여 나옵니다. 고난 주간(부활절 전주간)이 되면 월요일부터 토요일 저녁까지 엿새 동안은 그야말로 물과 빵에 약간의 날채소뿐입니다만, 제1주에 대해 말씀드린 것처럼 그것도 제한이 있어서 날마다 먹을 수도 없게 되어 있습니다. 성 금요일(예수 수난일)에는 아무것도 입에 대지 않고, 성 토요일에도 역시 단식을 하다가 오후 3시가 지난 다음에야 비로소 약간의 빵과 물을 먹고 포도주 한 잔을 마십니다. 성 목요일에는 기름을 쓰지 않은 요리를 먹고 포도주를 마시든가 아니면 국물없이 마른 음식을 먹습니다. 왜냐하면 라오디케아 종교 회의에서도 '사순절 마지막 목요일을 신실하게 지키지 아니하면 사순절 재계를 전혀 지키지 아니한 것과 같다'고 결정되었기 때문입니다. 이상이 저희의 방법이올시다. 그렇지만 신부님, 당신과 비교하면 이런 것쯤 아무것도 아닙니다." 수도사는 조금 자신이 붙은 어조로 말을 이었다. "당신은 일년 내내 심지어는 부활절에도 빵과 물밖에 드시지 않을 뿐만 아니라, 저희가 이틀 동안 먹을 빵을 당신은 일주일 동안의 양식으로 삼고 계신다니 말입니다. 참으로 그 위대하신 고행에는 정말 놀라지 않을 수 없습니다."

"자네 버섯 먹을 줄 아나?"

페라폰트 신부는 불쑥 물었다. 그는 '버' 음을 거의 '허'에 가깝게 발음했다.

"버섯 말씀입니까?"

수도사는 어안이 벙벙하여 이렇게 반문했다.

"음, 그래. 나는 그 자들이 먹는 빵 같은 것은 거절해 버릴 생각이야. 그런 건 조금도 필요 없으니까. 숲속에 들어가도 버섯과 산딸기를 먹고 연명할 수 있는데도 여기 있는 자들은 도무지 빵에 미련을 버리지 못하거든. 말하자면 마귀와 손을 끊지 못하고 있는 거야. 요즈음은 부정한 녀석들이 나타나서 그렇게까지 금식할 필요는 없다고 주둥이를 놀리고 있지만 녀석들의 그런 생각이야말로 교만하고 부정한 사고 방식이지."

"네, 정말 옳으신 말씀입니다."

수도사는 탄식조로 말했다.

"한데 자네는 그자들에게서 마귀를 보았나?"

페라폰트 신부는 물었다.

"그자들이라니 누구 말씀인가요?"

수도사는 조심스런 어조로 물었다.

"나는 지난해 오순절에 수도원장한테 가보고는 그 뒤론 한 번도 가지 않았네. 내가 마귀를 본 건 바로 그때였어. 가슴에 들러붙어 법의 속에 숨어서 뿔만 내밀고 있는 놈이 있는가 하면 호주머니 속에서 살그머니 내다보면서 두리번거리는 놈도 있더군. 눈치가 빠른 놈들이라 나를 무서워하고 있는 거야. 어떤 놈은 뱃속으로 기어들어가서 그 더러운 뱃속에 아주 자리를 잡고 들어앉아 있는가 하면 또 어떤 놈은 목을 휘어감고 대롱대롱 매달려 있는데 본인은 그것도 모르고 여기저기 마귀 새끼를 데리고 다니더라니까!"

"신부님께서 그걸 직접 보셨단 말씀인가요?"

수도사가 물었다.

"보았다지 않나! 내 눈은 속이지 못해. 내가 원장실에서 나오려니까 마귀 한 마리가 나를 피해 얼른 문 뒤에 숨는 것이 보이더군. 키가 1미터는 실히 될 만큼 큼직한 놈이야. 굵고 기다란 다갈색 꼬리가 달려 있었는데 마침 그 꼬리 끝이 문틈으로 비죽 나와 있지 않겠나? 나도 그리 우둔한 인간은 아닌지라 느닷없이 방문을 쾅 닫아 그놈의 꼬리를 문틈에 끼워 버렸지. 그랬더니 깽깽 비명을 올리며 빠져나가려고 버둥거리는 놈을 내가 십자가를 들고 성호를 세 번 그으니까 짓밟힌 거미새끼처럼 그 자리에 납작하게 뻗어 버리더군. 지금쯤 한쪽 구석에서 악취를 발산하면서 썩고 있을 테지만, 그자들은 그걸 보지도 못하고 냄새를 맡지도 못하는 모양이더군. 그 뒤 나는 1년이 넘도록 다시는 가보지 않았네. 먼 데서 왔다니 자네한테만 하는 말이네만……."

"거 참 무서운 말씀이십니다! 그건 그렇고 신부님."

수도사는 점점 대담해져서 말했다.

"신부님에 관한 놀라운 소문이 먼 곳까지 퍼져 있는데 그게 사실입니까? 신부님은 끊임없이 정령과 관계를 맺고 계시다더군요?"

"이따금 날아온다네."

"날아온다니, 어떤 모습으로?"

"새의 모습이지."

"그러니까 비둘기 모양의 정령이로군요?"

"정령일 때도 있고, 천사일 때도 있지. 천사일 경우에는 다른 새의 모습을 하고 내려오는 수도 있다네. 어떤 때는 제비, 어떤 때는 방울새, 또 어떤 때는 참새 모습으로."

"참새를 보고 어떻게 그걸 알아보십니까?"

"말을 하니까."

"말을 하다니, 도대체 어떤 말입니까?"

"인간의 말이지."

"무슨 말을 합니까?"

"오늘은 이런 말을 해주더군, 이제 곧 바보녀석이 하나 찾아와서 어리석은 질문을 할 것이라고 말이야. 자넨 정말 알려고 하는 것이 많군."

"참으로 무서운 말씀입니다. 신부님!"

수도사는 고개를 저었다. 그러나 그 겁먹은 두 눈에는 불신의 빛이 나타나 있었다.

"한데 자네 이 나무가 보이나?"

잠시 말을 끊었다가 페라폰트 신부는 이렇게 물었다.

"보이고말고요, 신부님."

"자네 눈엔 느릅나무로 보일 테지만 내 눈엔 다른 모습으로 보인다네."

"어떤 모습으로 보인다는 말씀이십니까?"

수도사는 허망한 기대를 품으며 잠시 입을 다물고 대답을 기다렸다.

"이런 일은 흔히 밤에 일어나지. 자네 저기 가지가 두 개 뻗어 있는 게 보이나? 밤이 되면 저 가지가 마치 그리스도께서 손을 뻗어 그 손으로 나를 찾고 계신 것 같이 보인단 말일세. 너무나 똑똑히 보이기 때문에 후들후들 몸이 떨릴 지경이야. 두려워, 참말로 두려워!"

"그게 정말 그리스도라면 두려워할 건 조금도 없지 않겠습니까?"

"나를 붙잡아 하늘로 데리고 가실 테니까."

"산 채로 말씀인가요?"

"성령에 안겨 엘리야(히브리의 예언자)의 영광과 함께 말이야. 그런 말을 들어본 적이 없나? 나를 팔에 안으시고 그대로 데려가 버리실걸세……."

이런 이야기를 나누고 난 뒤 오브도르스크의 수도사는 자기에게 지정된 수도사 방으로 돌아왔다. 그는 적지않은 당혹감을 느끼긴 했지만 그래도 그의 마음은 조시마 장로보다는 페라폰트 신부에게 더욱 기울어져 있었다.

오브도르스크의 수도사는 무엇보다 단식을 중요하게 생각하는 사람이었으므로 페라폰트 신부처럼 위대한 수행자라면 '기적'을 직접 본다고 해도 특별히 이상하게 여길 일은 아니라고 생각했던 것이다. 신부의 말은 물론 터무니없는 소리인 것 같기도 했지만 오히려 그런 말 속에 어떤 오묘한 뜻이 숨어 있는지도 모르는 일이었다. 더욱이 유로지비라고 불리는 사람들은 모두가 그보다 훨씬 괴상한 언동을 하고 있지 않은가. 문에 꼬리가 낀 마귀의 이야기 같은 것은 비유로서가 아니라 사실 그대로 기꺼이 믿고 싶은 심정이었다. 게다가 그는 훨씬 전부터 그때까지 말로만 들었던 이 수도원의 장로 제도에 관하여 강한 편견을 품고 있었기 때문에 다른 사람들의 견해에 좇아 무조건 유해한 새 제도라고 단정하고 있었다.

이 수도원에서 하루를 머무는 동안 그는 장로 제도를 반대하는 몇몇 경솔한 수도사들이 뒤에서 수군거리는 불평불만을 재빨리 알아챘다. 더욱이 그는 원래가 모든 일에 호기심이 강해서 수도사이면서도 부지런히 돌아다니면서 아무 데나 얼굴을 들이미는 데가 있었다. 조시마 장로가 일으킨 새로운 '기적'에 관한 놀라운 소식에 그가 격심한 심적 동요를 느낀 것도 실은 이 때문이었다.

뒤에 가서 알료샤는 호기심 많은 오브도르스크의 수도사가 장로의 암자 안팎에 모여든 수도사들 사이를 왔다갔다하면서 여기저기 머리를 들이밀고는 사람들이 하는 얘기에 귀를 기울이는가 하면 아무에게나 무엇을 묻고 돌아가던 일이 생각났다. 그러나 그때는 별로 주의를 기울이지 않았고 나중에 가서야 모든 것을 떠올렸던 것이다.

하기는 그런 사람한테 관심을 기울일 여유가 그 당시에는 없었다. 조시마 장로는 다시 피로를 느껴 침대에 돌아가 누웠으나 눈을 감으려다 갑자기 생각이 나서 알료샤를 불러 달라고 했다. 알료샤는 이내 달려왔다. 이미 장로 옆에는 파이시 신부와 이오시프 신부, 그리고 수습 수사인 포르피리밖에 없었다. 장로는 피로한 눈을 뜨고 물끄러미 알료샤의 얼굴을 쳐다보고 있다가 불쑥 이렇게 물었다.

"집안 사람들이 널 기다리고 있겠지?"

알료샤는 머뭇거렸다.

"가봐야 하지 않겠니? 오늘 누구와 만나기로 약속했겠지?"

"약속했습니다……. 아버지하고……. 형님들하고……. 그리고 또 딴 사람들하고……."

"그렇겠지, 약속대로 가보도록 해라. 뭐 슬퍼할 건 없어. 나는 네가 있는 자리에서 이 세상에서의 마지막 말을 하고 난 뒤에야 죽어도 죽을 테니까. 애야, 마지막 말은 너한테 할 것이다. 유언으로 너한테 남겨 주려는 거다, 왜냐하면 너는 나를 사랑하고 있기 때문이지. 그러니까 지금은 마음놓고 약속한 사람들에게 갔다오너라."

알료샤는 그 자리를 떠나기가 마음이 아팠지만 즉시 그의 말에 복종했다.

그러나 장로가 이 세상에서의 마지막 말, 더욱이 자신에 대한 유언을 들려주겠다고 한 약속은 그의 가슴을 환희에 떨게 했다.

그는 시내에 나가 볼일을 보고 한시 바삐 되돌아오기 위해 서둘러 그 자리를 떠났다.

바로 그때 파이시 신부가 그에게 축복의 말을 해주었는데 그 말은 알료샤에게 뜻하지 않은 강렬한 감명을 주었다. 그것은 두 사람이 장로의 방에서 밖으로 나온 뒤의 일이었다.

"네가 깊이 명심해 두어야 할 일이 있다." 파이시 신부는 아무런 서론도 없이 갑자기 말하기 시작했다. "속세의 학문은 이미 하나의 커다란 세력이 되어 성서에 약속된 모든 것을 해부해 버렸다. 특히 지난 세기에는 그것이 현저해졌지. 속세의 학자들에 의해 무자비하게 분석된 결과 여태까지 신성시되던 모든 것이 그림자도 없이 소멸되어 버렸다. 그러나 그들은 부분의 해명만을 서둘렀기 때문에 중요한 전체를 미처 보지 못했던 거야. 왜 그렇게 눈들이 멀었는지 참으로 놀라지 않을 수 없어. 그런데 그 전체는 옛날이나 마찬가지로 그들의 눈앞에 미동도 않고 버티고 서 있어서 지옥의 문, 즉 죽음의 힘도 그걸 정복할 수 없는 거야.

그것은 1천900년이라는 오랜 세월 동안 존재했고 지금도 개개인의 마음의 움직임과 대중의 움직임 속에 살아 있어. 아니 그것은 모든 것을 파괴한 그 무신론자들의 영혼의 움직임 속에서도 전과 마찬가지로 엄연히 생존을 계속하

고 있어! 왜냐하면 그리스도교를 부정하고 그리스도교에 반기를 쳐든 사람들
조차도 그 본질에서는 그리스도와 똑같은 얼굴을 하고 같은 인간으로 머물러
있으니까. 그리고 그들의 지혜도, 그들의 정열도, 일찍이 그리스도가 보여준 모
습 이상으로 인간과 인간의 존엄에 어울리는 최고의 모습을 창조해 내지 못했
기 때문이지. 하기는 그런 시도가 전혀 없었던 것은 아니지만, 결과는 언제나
추한 것에 지나지 않았어. 알료샤, 이 점은 특히 잘 기억해 두어야 한다. 왜냐
하면 너는 이제 곧 세상을 떠나실 장로님의 분부에 따라 속세로 나가야 할 몸
이니까. 앞으로 이 위대한 날을 떠올릴 때면 너를 내보내며, 내가 너에게 진심
으로 한 이 말을 너는 기억해 주리라 믿는다. 내가 이런 말을 하는 것은, 너는
아직도 어린데 세상의 유혹은 너무나 강해서 너의 힘만으로는 좀처럼 감당하
기 어렵기 때문이야. 자, 그럼 잘 다녀오너라. 집없는 아이야."

이렇게 말하고 파이시 신부는 그를 축복해주었다. 수도원 문을 나서며 이
뜻하지 않은 말을 되씹던 알료샤는 문득 여태까지 자기에게 그처럼 엄하기만
했던 이 신부가 실은 자기를 열렬히 사랑해 주는 새로운 지도자라는 것을 깨
달았다. 혹시 조시마 장로가 죽음을 앞두고 유언으로 이 사람에게 자기를 부
탁하지 않았나 하는 생각까지 들었다.

'어쩌면 두 분 사이에 실제로 그런 이야기가 오갔는지도 모른다'

알료샤는 문득 그렇게 생각했다. 방금 자기에게 들려준 뜻하지 않은 학문적
고찰, 이 고찰야말로 파이시 신부의 마음에 타오르는 정열을 증명하는 것이
었다.

그는 되도록 빨리 알료샤의 젊은 두뇌를 세상의 유혹과 싸울 수 있도록 무
장시키고, 장로의 유언에 의해 자기에게 맡겨진 이 젊은 영혼을 위해 더할 수
없이 견고한 울타리를 둘러쳐 주려는 것이 틀림없었다.

2 아버지의 집에서

알료샤는 제일 먼저 아버지 집으로 갔다. 집에 거의 다왔을 때 그는 어제
아버지가 이반의 눈에 뜨이지 않게 살그머니 들어오라고 몇 번이나 다짐하던
말을 떠올렸다.

'왜 그러시는 걸까?'

알료샤는 이제야 갑자기 이상하다는 생각이 들었다.

'아버지가 나에게만 하실 말씀이 있더라도 내가 몰래 들어가야만 할 것까지는 없을 텐데? 어제 무언가 다른 말을 하시려다가 너무 흥분해서 미처 그 말을 못하신 게 분명해.'

그래도 마르파 할멈이 그에게 대문을 열어 주며(그리고리는 몸이 좋지 않아 딴채에 누워 있었다) 이반은 벌써 두 시간 전에 외출했다고 말했을 때는 어쩐지 무척 다행이라는 생각이 들었다.

"그럼 아버지는?"

"일어나셔서 커피를 드시고 계십니다."

마르파 할멈은 묘하게 퉁명스럽게 대답했다.

알료샤는 안으로 들어갔다. 노인은 슬리퍼를 신고 낡은 가운을 걸친 채 탁자에 혼자 앉아서, 무료한 시간을 보내기 위해서인지 별로 마음이 내키지 않는 얼굴로 몇장의 영수증을 뒤적거리고 있었다. 그는 이 넓은 집에 혼자 있었다(스메르자코프 역시 시장에 장을 보러 가고 없었다). 그는 그 영수증에도 정신이 팔려 있는 것은 아니었다.

그는 아침 일찍 일어나서 기력을 회복한 듯이 움직이고 있었지만, 그래도 피곤에 지친 쇠약한 기색은 숨길 수가 없었다. 하룻밤 사이에 커다란 자주빛 멍이 생긴 이마에는 붉은 천이 감겨 있었다. 콧등 역시 하룻밤 사이 무섭게 부어올라 그리 눈에 뜨이지는 않았지만 조그마한 반점이 여기저기 나타나 있었는데 그것이 얼굴 전체에 무언가 적의에 찬 초조한 표정을 부여하고 있었다. 노인 자신도 이것을 알고 있었으므로 알료샤가 들어왔을 때도 몹시 못마땅한 눈초리로 힐끗 바라보았다.

"냉커피야." 그는 찢는 듯한 목소리로 말했다. "그러나 굳이 권하지는 않겠다, 나는 오늘 금육재(禁肉齋)를 지키는 뜻에서 생선 수프 한 가지만 먹기로 했기 때문에 아무도 식사에 부르지 않기로 했지. 그래, 무슨 일로 왔니?"

"잠깐 문안을 드리려고요."

알료샤가 대답했다.

"음, 어제 내가 너더러 집으로 오라고 했지……. 그러나 그건 실없는 소리였어. 공연한 걱정을 하게 했구나. 하긴 나도 네가 곧 찾아오리라고는 생각하고 있었지만 말이야……."

그는 노골적인 적의를 드러내 보이며 이렇게 말했다. 그 사이에 그는 의자에서 일어나, 아무래도 마음에 걸린다는 듯이 거울 앞으로 가서(아침부터 거의 마흔 네 번쯤은 되었을 것이다) 자기 코를 들여다보았다. 그러고는 이마에 두른 붉은 붕대를 보기 좋도록 고쳐맸다.

"붉은 붕대가 좋아, 흰 건 병원 냄새가 나거든." 그는 약간 설교하는 어조로 말했다. "그래 수도원은 별일 없니? 너의 장로는 좀 어떠냐?"

"매우 위독하세요. 어쩌면 오늘을 넘기시지 못할 것 같아요."

알료샤가 대답했지만 아버지는 별로 귀담아 듣는 것 같지 않았고 자기가 물어본 것조차 벌써 잊어버린 모양이었다.

"이반은 나가고 없다." 그는 불쑥 말했다. "그 녀석은 어떻게 해서든 미챠의 색시를 가로채 보려고 기를 쓰고 있어. 그 녀석이 여기 있는 건 그 때문이지."

그는 입을 실룩거리며 말하고는 알료샤의 얼굴을 바라보았다.

"이반 형이 자기 입으로 정말 그런 말을 했나요?"

알료샤가 물었다.

"암 말하고말고, 벌써 꽤 오래 되었다. 너는 어떻게 생각하니, 그런 말을 한 지가 벌써 3주일은 되었어. 설마 몰래 나를 죽이려고 그 녀석이 이 집에 온 건 아닐 테지. 그렇다면 도대체 무엇하러 왔겠니?"

"아버지! 무슨 말씀을 그렇게 하세요?"

알료샤는 몹시 당황한 기색으로 소리쳤다.

"그 녀석은 나한테 돈을 내놓으란 소린 하지 않아. 어차피 나한테선 동전 한 닢 긁어 내지 못하겠지만. 난 말이다, 알렉세이, 이 세상에서 되도록이면 오래 오래 살고 싶다. 이 점은 너도 알아 두기 바란다. 그래서 내게는 단돈 한푼이라도 소중한 거야. 오래 살면 살수록 돈은 더욱더 필요하게 될 테니까."

그는 누런 여름용 삼베로 만든 때문은 헐렁한 가운 호주머니에 두 손을 찔러넣고 이 구석에서 저 구석으로 방안을 거닐면서 말을 계속했다.

"누가 뭐라 해도 난 이제 쉰 다섯밖에 안 되었으니까 아직은 사내 구실을 할 수 있고 또 앞으로 적어도 20년은 사내로서 현역에 남고 싶다. 하지만 아무래도 나이가 나이니까 점점 꼬락서니가 초라해질 수밖에. 그렇게 되면 계집들이 자진해서 나한테 달라붙을 리는 만무하지. 그때 필요한 게 바로 돈이야. 그래서 나는 지금 되도록 많은 돈을 모으려고 애쓰는 거야. 이건 물론 나 한 사람을 위해서 하는 일이지. 알겠니? 귀여운 알렉세이, 이 점도 잘 알아 두어라. 나는 끝까지 추악한 모습으로 살고 싶단 말이다. 이 점은 잘 기억해 두는 게 좋을 거야. 그 추악함에 더욱더 달콤한 즐거움이 있거든.

모두 추악한 세계를 욕하고 있지만, 실은 누구나가 다 그 안에 살고 있지 않느냐 말이다. 다만 딴 놈들은 뒷구멍에서 그런 생활을 하고 있는 데 비해 나는 그걸 공공연하게 하고 있다는 게 다를 뿐이야. 그런데 나의 솔직한 태도를 가지고 그 더러운 놈들은 나를 공격하고 있지. 애, 알렉세이, 나는 네가 그토록 좋아하는 그 천국에는 가고 싶지도 않다. 이 점도 잘 기억해 다오. 설령 천국이 있다손치더라도 의젓한 인간이 그런 데 간다는 건 도대체 어울리지가 않아! 내가 생각하기엔 일단 눈을 감고 잠들어 버리면 다시는 깨어나지 못한다는 것뿐이야. 그것 이외에는 아무것도 없어. 기어이 하고 싶다면 내 명복을 빌어 줘도 좋고 그럴 생각이 없다면 안 해줘도 상관없어. 이것이 내 철학이다. 이반 녀석 어제는 여기서 곧잘 지껄이더라. 하긴 나나 그 녀석이나 다 취해 있었지만 말이다. 이반은 단순한 허풍쟁이일뿐 이렇다 할 학식이 있는 건 아니야. 도대체 특별히 교육이라는 걸 받아 본일이 없는 녀석이니까. 아무 말 않고 남의 얼굴을 바라보며 그저 웃고만 있지……. 그 녀석은 그걸로 한몫 보고 있는 거야."

알료샤는 말없이 듣고만 있었다.

"왜 녀석은 나하고 말하려 들지 않을까? 간혹 말을 한다 해도 공연히 거드름만 피우거든. 못된 녀석 같으니라구! 나는 하려고만 생각하면 지금 당장에라도 그루센카하고 결혼할 수 있어. 돈만 가지고 있으면 무엇이든 원하는 걸 가질 수 있으니까. 이반 녀석은 실은 그게 두려워서 내가 결혼하지 못하도록 감시하고 있지. 그리고 미차에게 그루센카와의 결혼을 부추기고 있는 것도 그것 때문이고, 그렇게 해서 나를 그루센카한테서 멀리 떼어놓으려는 속셈이야. 흥, 내가 그루센카와 결혼하지 않으면 자기한테 돈이라도 남겨 줄 것으로 아는 모양이지! 그리고 또 한편으로는 미차가 그루센카와 결혼하면 돈 많은 형의 약혼녀는 자기가 차지하려는 뱃속이지. 그 녀석은 바로 그걸 노리고 있는 거란다. 이반 녀석은 정말 비열한 놈이라니까!"

"몹시 흥분하고 계신 것 같군요. 아마 어제 일 때문에 그럴 거예요. 가서 좀 누워 계시는 게 좋지 않을까요?"

알료샤가 말했다.

"그래 네가 그런 말을 해도" 이제야 비로소 머리에 떠오르기라도 한 것처럼 노인은 갑자기 이렇게 말했다. "나는 괘씸하다는 생각이 조금도 들지 않아. 그러나 이반이 만일 그런 말을 했다면 나는 틀림없이 화가 났을거야. 너와 말을 하고 있을 때만은 언제나 마음이 누그러지는구나. 본디 구제할 수 없이 못된 인간이지만 말이야."

"못된 사람이 아니라 비뚤어진 사람이겠죠."

알료샤는 싱긋 웃었다.

"한데 나는 오늘 그 강도놈을, 그 미차놈을 당장 감옥에 처넣어 버릴까 생각했지만 아직도 결정을 내리지 못하고 있단다. 그야 물론 유행을 좇는 요즘 세상에서는 이미 부모 같은 건 미신 덩어리처럼 여기게 되었지만, 아무리 세상이 개화되었기로서니 늙은 아비의 머리를 움켜쥐고 구둣발로 얼굴을 걷어차서, 마룻바닥에 동댕이쳐도 괜찮다는 법은 없겠지! 그것도 바로 제 애비 집에서 말이다! 그러고는 다시 와서 아주 숨통을 끊어버리고 말겠다고 증인이 있는 앞에서 호통을 치니, 그래 세상에 이럴 수가 있는거니? 내가 하려고만 든다면 어제 일만 가지고도 당장에 그놈을 감옥에 처넣을 수 있어."

"그럼 형을 고발하실 생각은 없단 말씀이군요? 그렇죠, 네?"

"이반이 말리더구나. 하긴 그까짓 이반 녀석이 한 말 때문은 아니지만 실은 내게도 생각이 있어서……." 이렇게 말하며 그는 알료샤에게 몸을 굽히고 무슨 비밀이야기라도 하는 것처럼 목소리를 낮추었다. "가령 내가 그 악당놈을 감옥에 처넣었다고 하자. 내가 그놈을 감옥에 넣었다는 소식을 들으면, 그 계집은 곧장 그놈한테 달려갈 거야. 그러나 그놈이 이 약한 노인한테 손찌검을 해서 반쯤 죽여 놓았다는 말을 들으면 아마 그놈을 뿌리치고 나를 위로하러 오겠지. 인간에게는 대개 그런 성질이 있어서 뭐든지 반대로만 하려고 하는 법이니까. 나는 그 계집을 구석구석까지 훤히 꿰뚫고 있거든! 한데 어떠냐, 코냑이라도 좀 마시지 않겠니? 그 차가운 커피에 코냑을 4분의 1쯤 타면 아주 별미란다."

"아니 필요없습니다. 나는 이 빵이나 가지고 가겠습니다." 알료샤는 3코페이카짜리 프랑스 빵을 집어 수도복 호주머니에 넣었다. "아버지도 이제 코냑은 그만드시는 게 좋을 것 같군요." 알료샤는 노인의 얼굴을 들여다보면서 걱정스런 어조로 충고했다.

"네 말이 옳다, 공연히 신경만 날카롭게 할 뿐이지 마음을 가라앉혀 주진 않으니까. 하지만 꼭 한 잔만…… 찬장에 있는 것을……." 그는 열쇠를 꺼내 찬장을 열더니 유리잔에 술을 따라 단숨에 들이켠 다음 찬장문을 닫고 열쇠를 다시 호주머니에 넣었다. "이거면 됐어, 한 잔쯤 했다 해서 죽지는 않을 테지."

"왠지 갑자기 훨씬 상냥해지셨군요."

알료샤는 미소를 지었다.

"음! 나는 코냑을 마시지 않아도 네가 좋아. 그렇지만 상대가 악당일 때는 나도 악당이 되는 거야. 이반 놈은 체르마시냐에 가려고 하지 않는데, 왜 그런지 아니? 혹시 그루셴카가 오면, 내가 많은 돈을 주지 않을까 하고 그걸 염탐할 필요가 있기 때문이지. 어째서 모두 그런 악당 놈들만 모였을까! 그래, 나는 이반 같은 놈은 아들로 생각하지 않아. 도대체 어디에서 그런 게 나왔을까? 그 녀석은 우리하곤 아주 딴판이거든. 그런데도 내가 무슨 유산이라도 남겨 줄 것으로 아는 모양이지? 하지만 나는 유서 같은 건 아예 남기지 않을 생각이야. 너희도 이 점을 잘 알아두는 게 좋을 게다. 미차 같은 놈은 바퀴벌레 밟듯 짓밟아 버리고 말 테다! 나는 밤중에 곧잘 슬리퍼로 검은 바퀴벌레를 짓밟아 주곤 하지. 발을 대기만 하면 우직 소리를 내며 터져 버리거든. 너의 미차도 곧 우직 소리를 내게 될 게다.

내가 너의 미차라고 한 것도 네가 그놈을 사랑하고 있기 때문이야. 하긴 네가 그놈을 사랑한다 해도 나는 하나도 두렵지 않다. 만일 이반이 그놈을 사랑한다면 나도 나 자신을 위해 약간 걱정이 되는지도 모르지만. 그러나 이반은 아무도 사랑하지 않아. 이반은 우리하곤 다른 인종이니까. 이반 같은 인간은 우리와는 종류가 달라. 그건 말하자면 공중에 떠오른 티끌같은 것이지……. 바람이 불면 사라져 버리는 티끌……. 내가 어제 너더러 오늘 꼭 와달라고 말한 건 바로 그때 문득 바보 같은 생각이 떠올랐기 때문이었다. 다름이 아니라 너를 통해 미차 놈의 생각을 탐지하려 했던 거야. 만일 내가 지금 그놈에게 천이나 2천 루블 정도를 나누어 주면 그 더러운 거지 놈은 여기서 완전히 꺼져 버리는데 동의할까? 적어도 앞으로 5년쯤, 아니 35년쯤이면 더욱 좋겠지만……. 물론 그루셴카는 두고 가는 거야. 그 계집과는 깨끗이 손을 끊어야해. 어때, 그놈이 들어줄까?"

"제가…… 제가 형한테 한번 물어 보죠……." 알료샤는 중얼거리듯 말했다.

"3천 루블이라면 아마 형도 어쩌면……."

"바보 같은 소리! 그런 건 물어 볼 필요도 없어! 물어보지마! 이젠 나도 생각이 달라졌으니까. 어제 잠깐 그런 어리석은 생각이 떠올랐다는 것뿐이야. 그놈한테는 동전 한닢도 줄 수 없어. 내 돈이 필요한 사람은 바로 나란 말이야!" 노인은 손을 내저었다. "그러지 않아도 그런 놈은 벌레처럼 짓밟아 주고 말 작정이야. 그놈한텐 그런 말 하지 마라. 했다가는 또 행여나 하고 기대할지 모르니까. 그리고 너도 이젠 여기 있어 봐야 소용없으니 어서 가봐라. 이건 그놈의 약혼녀 카체리나 얘긴데, 그놈은 어떻게 해서든지 내 눈에 보이지 않게 숨기려고만 들거든. 도대체 그 여자는 미차 놈과 결혼할 생각일까 아닐까? 어제 너는 그 집에 갔었지?"

"그 사람은 무슨 일이 있어도 형을 포기하지 않을 거예요."

"대체로 마음씨 착한 아가씨들이란 으레 건달 같은 놈팡이를 좋아하게 마련이거든! 내 말해 두지만, 얼굴이 창백한 그런 종류의 아가씨만큼 처치곤란한 것도 없어. 거기에 비하면…… 아니 이 얘긴 그만두자. 만일 내게 그놈만한 젊음이 있고, 그놈 나이 때의 내 얼굴이 있다면 그야말로 나도 그놈 못지않게 계집들을 울려 줄 텐데…… 내 나이가 스물 여덟 살이었을 때엔 지금 그놈보다는 훨씬 미남이었거든! 암 그렇고말고, 그깐 놈은 사기꾼에 지나지 않아! 좌우간 그루센카만큼은 머리가 두 쪽이 나더라도 양보하지 않을 테야. 절대로 안 되지, 안 돼…… 내 어디 그놈을 그냥 두나 봐라!" 이 마지막 말을 하면서 그는 또 미친 사람처럼 흥분했다. "너도 이젠 가봐라, 오늘은 여기 있어 봐야 소용없을 테니." 그는 퉁명하게 말을 내뱉었다.

알료샤는 작별 인사를 하려고 가까이 다가가서 아버지의 어깨에 입을 맞췄다.

"무엇 때문에 이런 짓을 하는 거냐?" 노인은 조금 놀라는 눈치였다. "앞으로 나를 만나러 올 텐데, 아니면 이게 마지막이라는 게냐?"

"아뇨, 그런 뜻이 아니라 그저 왠지……."

"뭐 나도 별다른 뜻으로 한 말은 아니야. 그저 묘하게……." 노인은 알료샤의 얼굴을 바라보았다. "애야, 잠깐만" 그는 알료샤의 등에 대고 소리쳤다. "생선 스프나 먹으러 일간 다시 오너라. 내가 생선 스프를 특별히 만들어 줄테니까, 오늘 같은 것이 아니라 특제 스프를 말이야. 알겠니, 꼭 와야 한다! 옳지, 그래 내일이 좋겠군. 내일 꼭 오너라!"

이렇게 말하고는 알료샤가 문밖으로 사라지자마자 찬장으로 달려가 코냑을 반 잔쯤 따라서 단숨에 마셔 버렸다.

"이젠 정말 그만 해야겠군!" 그는 꿀꺽 군침을 삼키고 다시 찬장을 잠근 다음 열쇠를 호주머니에 넣었다. 그리고 침실로 가서 맥없이 침대에 몸을 던지더니 그대로 잠이 들어 버렸다.

3 초등학생들과 함께

'아버지가 그루셴카 이야기를 묻지 않으셔서 천만다행이었어.'

알료샤는 알료샤대로 아버지 집을 나와 호흘라코바 부인 집을 향해 걸어가면서 가슴을 쓸어내렸다.

'그 얘길 물어 보면 별 도리 없이 어제 그루셴카와 만났던 일을 얘기하지 않을 수 없었을 텐데.'

알료샤는 아버지와 형, 그 두 원수가 하룻밤 사이에 새로 기운을 회복하여 새날이 오자 다시금 마음이 돌처럼 굳어져 버린 것을 가슴 아프게 생각했다.

'아버지가 잔뜩 흥분하여 적개심에 불타고 있는 걸 보니, 필시 어떤 생각에 사로잡혀 있는 게 분명해. 그런데 큰형 드미트리는? 드미트리 역시 어젯밤에 기운을 되찾아 마찬가지로 초조하게 증오심을 불태우고 있을 거야. 그리고 속으로 뭔가 열심히 궁리하고 있겠지……. 어쨌든 무슨 일이 있어도 오늘 중으로 꼭 형님을 찾아내야만 하는데…….'

그러나 알료샤는 이런 생각에 오래 골몰할 수가 없었다. 도중에 뜻하지 않은 사건이 일어났던 것이다. 그것은 겉보기엔 그리 대수로운 일이 아니지만 그에게는 깊은 충격을 주었다.

개천 하나를 사이에 두고(읍내는 종횡으로 뻗은 무수한 개천으로 그물처럼 연결되어 있었다) 큰거리와 평행으로 뻗어 있는 미하일로프 거리로 나가려고 광장을 지나 골목길로 접어들었을 때, 그는 조그만 다릿목에 모여 서 있는 한 떼의 초등학교 학생들을 발견했다. 모두가 아홉살에서 열두 살까지의 어린애들로 마침 학교에서 집으로 돌아가는 길인지 등에 란도셀을 멘 아이도 있고 가죽 가방을 어깨에 맨 아이도 있었다. 짧은 재킷을 입은 아이도 있고, 외투를 입은 아이도 있고, 또 어떤 아이는 돈 많은 부모를 가진 응석받이들이 특히 좋아하는 발목부분에 주름이 잡힌 긴 장화를 신고 있었다. 이 한 떼의 초등학생들은 무엇을 의논하고 있는지 열심히 재잘거리고 있었다.

알료샤는 어린애들 옆을 무심하게 그냥 지나가 버리지 못하는 성격이었다. 그것은 모스크바에 있을 때부터의 습관으로 특히 좋아하는 건 역시 서너 살짜리 어린애들이지만 열두 살된 초등학생들도 그는 무척 좋아했다. 그래서 지금도 여러 가지 걱정거리가 있음에도 불구하고 그는 갑자기 아이들한테 달려가서 그들의 대화에 끼어들고 싶어졌다.

가까이 다가가면서 생기 발랄한 장밋빛 얼굴을 들여다보다가 그는 문득 아이들이 손에 손에 돌을 한두 개씩 쥐고 있는 것을 발견했다. 개천 건너편, 이 아이들이 있는 곳에서 30보 가량 떨어진 울타리 옆에 사내아이가 또 하나 서 있었는데 역시 어깨에서 옆으로 가방을 멘 초등학생이었다. 키를 보니 기껏해야 열 살이나 되었을까, 얼굴빛은 병적으로 창백하고 새까만 눈이 반짝이고 있었다. 그 아이는 이쪽에 있는 여섯 명의 초등학생들을 주의깊게 살피고 있었다. 그들은 모두 같은 학교의 동무들로 방금 학교 문을 함께 나왔지만 지금은 서로 으르렁거리고 있는 모양이었다. 알료샤는 검은 재킷을 입은 혈색이 좋은 아이한테 다가가서 말을 걸었다. 곱슬곱슬한 금발의 소년이었다.

"내가 너희처럼 책가방을 메고 다닐 때는 모두 가방이 왼쪽으로 오게 메고 다녔지. 오른손으로 얼른 책을 꺼낼 수 있게 말이야. 그런데 너는 오른쪽에 오게 가방을 메었구나. 그래도 불편하지 않니?"

알료샤는 일부러 접근하기 위한 기교 같은 걸 전혀 부리지 않고 대뜸 이러한 실제적인 화제를 가지고 말을 걸었다. 하기는 어른이 어린애, 특히 여러 명의 어린이 모두에게 신뢰를 얻는 데는 이런 방법이 최고일 것이다. 진지한 태도로 어디까지나 대등한 입장에서 시작하는 것이 무엇보다 필요한 것이다. 알료샤는 본능적으로 그것을 터득하고 있었다.

"저앤 왼손잡인걸요."

활발하고 건강해 보이는 열한 살쯤 난 다른 소년이 얼른 대답했다. 나머지 다섯 아이들은 알료샤를 뚫어지게 바라보고 있었다.

"저앤 돌을 던질 때도 왼손으로 던져요." 또 다른 소년이 말했다.

바로 그때였다. 돌멩이 하나가 이쪽으로 휙 날아오더니 왼손잡이 소년을 가볍게 스쳤다. 빗나가기는 했지만 제법 능숙하고 당찬 돌팔매질이었다. 그것을 던진 것은 개천 건너편에 있는 소년이었다.

"스무로프, 한 대 까줘라, 까줘!"

소년들이 외쳤다. 스무로프라고 불린 왼손잡이 소년은 그렇지 않아도 기다리고 있었다는 듯이 건너편 소년을 향해 재빨리 돌을 던졌다. 그러나 그 돌은 빗나가서 땅에 떨어졌다. 그러자 건너편 소년은 이쪽을 향해 얼른 돌을 또 한 개 던졌다. 이번에는 직접 알료샤를 겨냥한 것으로, 명중하여 꽤 세게 그의 어깨를 때렸다. 그 소년의 호주머니에는 미리 준비해 둔 돌이 가득 들어 있는 것 같았다. 외투 주머니가 불룩한 것이 30보 가량 떨어진 이쪽에서도 알아 볼 수 있을 정도였다.

"저 자식은 아저씨를 겨냥했어요. 일부러 당신을 겨누고 던지는 거예요. 아저씨는 카라마조프니까요, 카라마조프!" 아이들은 깔깔 웃어대면서 소리쳤다. "자! 이번에는 우리 모두 한꺼번에 던지자, 한꺼번에! 자 던져!"

여섯 개의 돌이 한꺼번에 이쪽에서 날아갔다. 그 가운데 한 개가 저쪽 소년의 머리에 맞았다. 소년은 그 자리에 쓰러졌지만 다시 벌떡 일어나더니 이쪽 아이들을 상대로 맹렬히 응전하기 시작했다. 양쪽에서 쉴 새 없이 돌이 날아가고 날아왔다. 이쪽 아이들도 호주머니에 돌을 가득 준비해 가지고 있었던 것이다.

"얘들아, 이게 무슨 짓이냐! 부끄럽지도 않니! 여섯이서 하나와 싸우다니, 저 애를 죽일 셈이냐?"

알료샤는 소리쳤다.

그는 앞으로 달려나가 자기 몸으로 저쪽 소년을 보호하려고 날아드는 돌 앞에 방패처럼 막아섰다. 서너 명의 아이가 잠시 돌 던지는 손을 멈췄다.

"저자식이 먼저 싸움을 걸었는데요, 뭐!" 빨간 셔츠를 입은 소년이 신경질적으로 외쳤다. "아주 비겁한 놈이에요. 아까 교실에서 크라소트킨을 칼로 찔러 피까지 나게 했는 걸요. 크라소트킨은 선생님한테 일러바치기 싫어서 그냥 놔 뒀지만, 저런 놈은 단단히 혼을 내줘야 해요."

"왜 그랬을까? 너희가 먼저 저애를 놀려 준 모양이구나?"

"앗, 저 녀석이 또 아저씨 등에 돌을 던지네요! 저 자식은 아저씨가 누구인지 알고 있는가봐요."

아이들이 소리쳤다.

"저 자식은 지금 우리가 아니라 아저씨한테 돌을 던지고 있어요. 하지만 어느 쪽이든 상관없어, 자! 또 던진다. 스무로프, 이번엔 맞혀야 해!"

그래서 다시 돌팔매질이 시작되었는데 이번에는 장난이 아니었다. 마침내 돌 한 개가 저쪽 소년의 가슴팍에 명중했다. 소년은 비명을 지르며 울음을 터뜨리더니 미하일로프 거리를 향해 언덕길을 달리기 시작했다. 그걸 보고 이쪽 아이들은 일제히 놀려댔다.

"하하하, 겁이 나서 도망치는구나! 수세미 같은 자식!"

"카라마조프 씨, 저 자식이 얼마나 비겁한지 아저씬 아직 몰라요. 죽여도 시원찮은 놈이지요."

재킷을 입은 소년이 눈을 번쩍이면서 말했다. 나이가 가장 많아 보이는 아이였다.

"어떤 앤데?" 알료샤가 물었다. "고자질이라도 한 거니?"

소년들은 비웃는 듯한 웃음을 띠면서 서로 쳐다보았다.

"아저씨도 미하일로프 거리 쪽으로 가는 길이죠?" 재킷을 입은 소년이 다시 말했다. "그럼 어서 저 자식을 쫓아가 보세요. 가지 않고 저기 서서 아저씨를 쳐다보고 있네요."

"아저씨를 보고 있어요! 아저씨를 보고 있어요!"

다른 아이들도 소리쳤다.

"가서 저 자식한테 물어 보세요. 너는 너덜너덜한 목욕탕 수세미를 좋아한다지? 하고 말이에요. 꼭 그렇게 물어야 해요. 아셨죠?"

아이들은 또 한바탕 웃어 댔다. 알료샤는 아이들의 얼굴을, 아이들은 알료샤의 얼굴을 바라보았다.

"가지 마세요, 그 자식이 무슨 짓을 할지 몰라요."

스무로프가 경고하듯이 말했다.

"얘들아, 나는 수세미니 뭐니 하는 건 묻지않겠어. 너희가 그걸 가지고 그 애를 놀려주는 모양이니까. 그 대신 어째서 너희가 그 애를 그렇게 미워하는지 그걸 직접 그 애한테 물어 봐야겠다."

"물어 보세요, 어서 물어 보세요."

아이들은 또 웃어댔다. 알료샤는 다리를 건너 울타리 옆 언덕길을 따라 곧장 외톨이 소년을 향해 걸어 올라갔다.

"조심하세요!" 등 뒤에서 아이들이 소리쳤다. "아저씨라고 그 자식이 무서워할 줄 아세요? 숨겨둔 칼을 꺼내서 느닷없이 찌를지도 몰라요……. 크라소트킨을 찌른 것처럼."

소년은 그 자리에 꼼짝 않고 서서 알료샤가 다가오기를 기다리고 있었다. 알료샤의 눈앞에 서 있는 그 아이는 기껏해야 아홉 살밖에 안 된 허약하고 키가 작은 소년이었다. 창백하고 갸름한 얼굴이지만 크고 검은 눈이 증오에 찬 표정으로 이쪽을 응시하고 있었다.

낡아 빠진 헌 외투 사이로 볼썽사납게 팔다리가 비져나올 것 같은 모습이었다. 소매 끝으로 팔목이 맨살을 드러내고 있었다. 바지 오른쪽 무릎은 커다란 헝겊 조각을 대고 기웠고 오른쪽 장화는 엄지발가락 부분에 구멍이 뚫려서 그 자리를 잉크로 칠한 흔적이 보였다. 불룩한 외투 양쪽 호주머니에는 돌이 가득 들어 있었다. 알료샤는 두어 걸음 앞에 멈춰 서서 무언가 묻고 싶은 얼굴로 소년을 바라보았다. 소년은 알료샤의 눈빛을 보고 자기를 때리려는 것이 아니라는 것을 눈치채고 조금 누그러진 태도로 먼저 입을 열었다.

"저 자식들은 여섯이나 되고 난 혼자지만, 혼자서도 다 해치울 수 있어."

소년은 눈을 번쩍거리면서 말했다.

"그렇지만 지금 한 대 맞지 않았니? 몹시 아팠을 텐데."

알료샤가 말했다.

"나도 스무로프 놈의 대가리를 맞혀 줬는걸!" 소년이 소리쳤다.

"저애들한테서 들었는데, 너는 나를 알고 있고, 뭔가 이유가 있어서 나한테 돌을 던졌다면서?"

소년은 가라앉은 표정으로 그의 얼굴을 쳐다보았다.

"나는 너를 모르는데 너는 정말 나를 알고 있니?"

알료샤는 거듭 물었다.

"귀찮게 굴지 마요!"

소년은 발끈 성을 내며 소리쳤다. 그러나 여전히 무언가를 기다리는 듯 그 자리를 움직이지도 않고 다시금 적의를 품은 눈을 번뜩이고 있었다.

"알았다, 그럼 난 가겠다." 알료샤는 말했다. "그렇지만 나는 네가 누군지도 모르고 또 너를 놀리려는 것도 아니야. 저애들은 너를 어떻게 놀려주면 되는지 가르쳐 주었지만 나는 너를 곯려 줄 생각은 조금도 없으니까. 그럼 잘 가

거라."

"수도사라면서 비단 옷이나 입고 돌아다니구 뭐야?"

소년은 여전히 적의를 품은 도전적인 눈초리로 알료샤의 뒷모습을 지켜보며 이렇게 외치고는 이번엔 알료샤가 꼭 달려들 줄 알았는지 얼른 방어 태세를 취했다. 그러나 알료샤는 얼굴을 돌려 소년 쪽을 한 번 바라보고는 그냥 발길을 돌렸다. 그가 세 걸음도 채 내딛기 전에 소년이 던진 돌이 그의 등을 세차게 때렸다. 그 돌은 소년의 호주머니에 들어 있는 돌가운데서 가장 큰 것이었다.

"그렇게 뒤에서 공격하는 법이 어디 있니? 저쪽 애들이 네가 언제나 느닷없이 달려든다고 하더니 그게 사실인가보구나?"

알료샤는 뒤를 돌아보며 말했다. 그러나 소년은 악에 받쳐 미친듯이 알료샤를 향해 돌을 던졌다. 이번엔 얼굴을 겨누었지만 알료샤가 재빨리 피했기 때문에 돌은 팔꿈치에 맞았다.

"애, 넌 부끄럽지도 않니? 내가 너한테 뭘 잘못했다는 거냐?"

그는 소리쳤다.

소년은 이번에야말로 알료샤가 틀림없이 자기에게 덤벼들려니 생각하고 말없이 몸을 도사리고 있었다. 그러나 이번에도 알료샤가 가만히 있는 것을 보자 소년은 화가 머리끝까지 치밀어올라 마치 한 마리의 짐승처럼 오히려 자기 쪽에서 먼저 달려들었다. 그리고는 알료샤가 미처 몸을 피할 사이도 없이 두 손으로 그의 왼손을 붙잡더니 가운뎃 손가락을 꽉 깨문 채 10초 가량이나 놓아 주지 않았다. 알료샤는 있는 힘을 다하여 손가락을 빼려고 애를 썼으나 너무 아파서 그만 비명을 지르고 말았다. 소년은 손가락을 놓아 주고 얼른 뒤로 물러나서 아까와 같은 간격을 두고 마주섰다.

알료샤의 손가락은, 손톱 바로 밑을 이빨이 뼈에 닿을 만큼 깊이 물려서 피가 줄줄 흘렀다. 알료샤는 손수건을 꺼내 상처를 동여맸다. 그러느라고 거의 1분 가량이 걸렸지만 소년은 꼼짝 않고 서서 기다리고 있었다. 이윽고 알료샤는 그쪽으로 부드러운 시선을 들었다.

"이제 됐지?" 그는 말했다. "하지만 어지간히 물었구나. 그래 이것으로 직성이 좀 풀렸니? 그럼 이젠 말해 보렴. 내가 대체 너한테 무슨 짓을 했다는 거냐?"

소년은 놀란 눈으로 그의 얼굴을 쳐다보았다.

"나는 네가 누군지도 모르고, 너를 만난 것도 오늘이 처음이야" 알료샤는 여전히 침착한 어조로 말을 계속했다. "내가 아무래도 너에게 뭔가 잘못한 것이 있나 보구나. 그렇지 않다면 네가 나한테 이렇게까지 할 리가 없을테니. 그러니까 내가 무슨 짓을 했는지, 너한테 무슨 잘못을 저질렀는지 그걸 말해 달란 말이야."

대답 대신 소년은 별안간 큰 소리로 울음을 터뜨리더니 알료샤한테서 달아났다.

알료샤는 그 뒤를 따라 미하일로프 거리쪽으로 천천히 걸어갔다.

그리고 뒤도 돌아보지 않고, 아마도 엉엉 울면서 멀리 달려가고 있는 소년의 뒷모습을 한참 동안 지켜보았다.

그는 시간이 나는 대로 반드시 그 소년을 찾아내어 이 이상한 수수께끼를 꼭 풀어야겠다고 생각했다. 그러나 지금은 그럴 때가 아니었다.

4 호흘라코바 부인의 집에서

알료샤는 곧 호흘라코바 부인집에 도착했다. 그 집은 부인의 소유로 되어 있는 2층 석조 가옥이었는데 우리 읍내에서도 손꼽히는 호화주택이었다. 호흘라코바 부인은 다른 현(縣)에 있는 자기 영지가 아니면 자신의 집이 있는 모스크바에서 대부분의 시간을 보냈다. 이 마을에도 대대로 내려오는 집이 있었고 또 이 지방에 있는 영지로 말하면 그녀가 소유한 세 군데 영지 가운데 가장 컸지만, 그녀가 이 마을에 오는 것은 여태까지 아주 드문 일이었다. 그녀는 문간방까지 달려나와 알료샤를 맞아들였다.

"받으셨어요? 새로운 기적에 대해서 적어보낸 내 편지, 받으셨겠죠?"

부인은 흥분한 기색으로 빠르게 얘기했다.

"네, 받아 보았습니다."

"모든 사람들에게 알렸나요? 모든 사람들에게 그걸 보여 주었나요? 그 분은 불쌍한 어머니에게 아들을 돌려보내 주셨답니다!"

"장로님께선 오늘 중으로 돌아가실지 모릅니다."

알료샤가 말했다.

"네, 나도 들었어요, 알고 있어요. 아아, 정말 나는 당신과 얘기하고 싶어요!

당신 아니면 누구 딴 사람하고라도 이 모든 일에 대해 얘기하고 싶었어요! 아니, 아무래도 당신이라야만 해요! 그렇지만 다시는 장로님을 뵈올 길이 없으니 유감천만이군요! 온 마을 사람들이 모두 흥분해서 뭔가를 기대하고 있답니다. 그건 그렇고, 카체리나 씨가 지금 여기에 와있는 걸 아세요?"

"그래요? 그거 마침 잘되었군요!" 알료샤는 소리쳤다. "그럼 댁에서 그분을 만나봐야하겠습니다. 그분은 오늘 꼭 자기한테 와달라고 어제 저한테 신신당부를 했으니까요."

"그건 나도 알고 있어요, 모든 걸 다 알고 있죠. 어제 그 집에서 일어난 일에 대해서도 자세히 들었어요. 그리고 그 더러운 계집의 간사한 행동도 다 들었죠. C'est tragique!(정말 비극이에요!) 만약 내가 그런 꼴을 당했다면 무슨 일을 저질렀을지 몰라요! 하지만 당신 형님도 어쩌면 그럴 수가 있어요? 아니 참, 알렉세이 씨, 내가 깜빡 잊고 있었군요. 실은 지금 저기 형님도 와 있어요. 어제의 그 무서운 형님이 아니라 둘째형님 이반 씨가 저기서 지금 그 아가씨와 얘기를 하고 있어요. 그런데 그것이 또 굉장히 심각한 대화거든요…… 지금 두 사람 사이에서 무슨 일이 일어나고 있는지 아마 당신은 도저히 믿을 수 없을 거예요. 정말 무서운 일이에요.

그야말로 일종의 착란이라니까요! 좀처럼 믿을 수 없는 무서운 이야기죠. 두 사람이 다 무엇 때문인지도 모르면서 자기 자신을 파멸로 이끌려 하고 있거든요. 글쎄, 그들 자신도 그것을 잘 알고 있으면서 그것을 즐기고 있는 눈치라니까요. 나는 당신을 얼마나 기다렸는지 몰라요. 목이 빠지게 기다렸지요! 저런 일을 나는 그냥 보아 넘길 수가 없거든요. 여기에 대해서는 곧 자세히 말씀드리겠지만 지금은 다른 얘기부터 해야겠어요. 그것이 가장 중요한 일이니까요. 아아, 내가 어쩌자고 이것이 가장 중요한 일이라는 것조차 잊고 있었을까! 다름 아니라 도대체 뭣 때문에 우리 리즈는 히스테리만 일으키는 걸까요? 당신이 오셨다는 말을 듣기가 무섭게 벌써 히스테리부터 일으키지 않겠어요!"

"Maman(엄마)! 지금 히스테리를 일으키고 있는 건 내가 아니고 엄마예요."

갑자기 옆방으로 통하는 문틈 사이로 리즈의 지저귀는 듯한 목소리가 들려왔다. 문틈은 조금밖에 벌어져 있지 않았으나 발작적이고, 억지로 참는 것 같은 그 목소리는 당장이라도 웃음이 터져나오려는 것을 필사적으로 참고 있는 듯한 느낌이었다. 알료샤는 곧 그 문틈을 알아챘다. 리즈는 틀림없이 그 바퀴

의자에 앉아서 저 문틈으로 이쪽을 내다보고 있을거라고 생각했지만 그것까지는 그도 확인할 수가 없었다.

"당연하지 뭐냐, 리즈야…… 네가 그렇게 변덕을 부리는데 난들 어찌 히스테리를 안 일으키겠니! 그렇지만 알렉세이 씨, 저앤 몸이 몹시 좋지 않아요. 간밤엔 밤새도록 열이 높아 끙끙 앓는 소릴 했다니까요. 빨리 날이 새서 게르첸시투베 선생이 와주기만을 얼마나 기다렸는지 모른답니다. 그런데 선생님은 아무 말씀도 해주지 않고, 그저 좀 더 기다려 봐야겠다는 거예요! 이 게르첸시투베 선생은 올 때마다 언제나 '글쎄요, 뭐라고 말할 수가 없군요 아직은' 이런 말밖엔 하지 못한다니까요. 그건 그렇고, 당신이 우리집으로 오고 있다는 걸 알자, 저애는 곧 고함을 지르며 발작을 일으켰답니다. 그러고는 전에 자기 방이 었던 이 방으로 자리를 옮겨 달라고 사뭇 야단하지 않겠어요!"

"엄마, 나는 알렉세이 씨가 우리집에 온다는 건 전혀 모르고 있었어요. 내가 이 방에 오고 싶어 한 건 그것 때문이 아니에요."

"또 거짓말을 하는구나, 리즈. 율리야가 달려들어와서 알렉세이 씨가 이리로 오고 있다고 너한테 보고하지 않았니! 그앨 파수꾼으로 세워 둔 건 바로 네가 아니냐?"

"엄만, 왜 그런 얼토당토 않은 말만 하시죠? 명예를 회복하기 위해 좀더 그럴 듯한 말을 하시고 싶으면 거기 계시는 알렉세이 씨한테 이렇게 말해 보세요. '어제 그토록 조롱을 당하고도 아무렇지도 않은 듯이 오늘 우리집에 찾아 온 것 한 가지만으로도 당신이 얼마나 얼빠진 사람인지를 증명하고 있지 않느냐?'고 말이에요."

"리즈, 말이 지나친 것 같구나, 미리 말해두지만 너 그러다가는 나한테 혼날 줄 알아라. 대체 누가 이분을 조롱한다는 거냐? 나는 이분이 와주셔서 얼마나 기쁜지 모르겠는데. 나한텐 지금 이분이 필요해. 절대로 없어서는 안 될 분이야. 아아, 알렉세이 씨, 정말 난처해 죽겠어요!"

"엄마, 갑자기 그건 또 무슨 말씀이세요?"

"갑자기고 뭐고, 리즈. 너의 변덕과 그 침착지 못한 언동도 그렇고, 너의 발병과 밤새도록 계속된 그 무서운 고열, 그리고 언제나 답답하기만 한 게르첸시투베! 언제까지나 한결같이 그 모양 그 꼴인 게르첸시투베! 하지만 가장 견딜 수 없는 건 도대체 끝이 없다는 거야, 언제 끝날지 알 수가 없어! 게다가 결국은 그런 기적까지 일어나지 않았니! 아참, 알렉세이 씨, 그 기적이 나를 얼마나 놀라게 하고 감동시켰는지 모른답니다! 게다가 지금 저쪽 객실에서는 차마 내 눈으로 볼 수 없는 비극이 벌어지고 있거든요. 당신한테 미리 말해 드리지만 나는 도저히 그것을 감당할 수가 없어요. 그러나 어쩌면 비극이 아니라 희극이 일어나고 있는 건지도 모르죠. 그건 그렇고, 조시마 장로님은 내일까지 연명하실까요. 네? 연명하실 수 있을까요? 아아, 정말 내가 왜 이럴까! 이렇게 눈만 감으면 모든 게 다 무의미하고 부질없다는 걸 알면서도 말이에요!"

"제가 한 가지 청이 있는데요." 갑자기 알료샤는 부인의 말을 가로챘다. "손가락을 싸맬 만한 깨끗한 헝겊을 좀 주실 수 없을까요? 손가락을 몹시 다쳤는데 자꾸 욱신거리는군요."

알료샤는 아까 소년한테 물린 손가락을 끌러 보았다. 손수건엔 검붉은 피가 잔뜩 배어있었다.

호흘라코바 부인은 비명을 지르며 눈을 찔끔 감았다.

"어머, 어디서 다치셨어요? 끔찍도 해라!"

이때 문틈으로 엿보고 있던 리즈가 알료샤의 손가락을 보자마자 휙 문을 열어젖혔다.

"들어오세요, 이리 들어오세요." 리즈는 물어뜯을 것처럼 명령조로 소리쳤다. "그런 쓸데없는 소리나 주고 받을 때가 아니에요! 그렇게 다치고도 왜 아무 소리도 하지 않고 멍청히 서 계셨어요? 하마터면 피를 많이 흘려 죽을 뻔했잖아요. 도대체 어디서 이런 상처를 입으셨어요? 도대체 무슨 일이 있었던 거예요? 무엇보다 물이 있어야겠어. 물을 가져와요. 물! 상처를 씻어야 하니까. 아니 그것보다 냉수에 가만히 손을 담그고 있는 편이 좋을 거예요. 그렇게 하고 있으면 아픔이 사라지거든요. 그런 다음 꼭 누르는 거예요. 빨리, 빨리 물을 갖다 줘요, 엄마! 양치질용 컵에다…… 빨리 갖다 달라니까요!"

그녀는 신경질적으로 소리쳤다. 그녀는 어찌 할 바를 모르고 허둥거리고 있었다. 알료샤의 상처에 몹시 충격을 받은 모양이었다.

"게르첸시투베 선생을 부르러 보낼까?"

호흘라코바 부인이 소리쳤다.

"엄마는 내가 죽는 꼴을 보려고 그러세요? 게르첸시투베가 와봐야 '글쎄요.'란 말밖에 더 하겠어요? 물, 물! 엄마! 제발 좀 엄마가 가서 율리야를 재촉해 주세요. 그앤 어디서 딴짓하느라 불러도 빨리 오는 법이 없다니까요! 빨리요, 엄마! 그렇게 꾸물거리시면 난 죽어요!"

"아니예요, 별일 아닙니다!"

알료샤는 그들 모녀가 호들갑을 떠는 데 깜짝 놀라 이렇게 소리쳤다.

율리야가 물을 떠가지고 달려왔다. 알료샤는 그 물에 손가락을 담갔다.

"엄마, 붕대! 붕대 좀 가져오세요! 그리고 상처에 바르는 걸죽한 물약 있죠? 냄새가 지독한……. 이름이 뭐였더라? 아무튼 우리집에 그 약이 있어요……. 엄만 그 약이 어디에 있는지 아시죠? 아이 참, 엄마, 침실 오른쪽 약장이에요. 거기 그 약병과 붕대가 있어요."

"리즈, 내 곧 가져올 테니 진정해라. 그렇게까지 걱정할 건 없어. 알렉세이 씨를 좀 보렴. 저렇게 다치고도 꿈쩍 않고 참고 있잖니! 알렉세이 씨, 그런데 어디서 그렇게 다쳤어요?"

호흘라코바 부인은 황급히 나갔다. 그것이 리즈가 노리던 것이었다.

"먼저 이것부터 대답해 주세요." 리즈는 빠르게 말했다. "어디서 이렇게 다치셨어요? 먼저 그걸 듣고 나서 당신한테 딴 이야기를 해야 하니까, 어서 대답하세요!"

알료샤는 부인이 되돌아올 때까지의 시간이 리즈에게 얼마나 소중한 것인지 헤아리고 되도록 이런저런 이야기는 생략하고 아까 그 초등학생과의 수수께끼 같은 만남을 간단명료하게 설명했다. 이야기를 다 듣고 난 리즈는 어이가 없다는 듯이 손뼉을 딱 쳤다.

"아니, 그래도 되는 거예요? 그런 옷까지 입고 있으면서 그따위 코흘리개들과 어울려도 괜찮단 말이에요!" 그녀는 마치 자기가 알료샤에 대해 무슨 권리라도 있는 것처럼 화난 목소리로 외쳤다. "그런 짓을 하는 걸 보니 당신도 어린애군요! 세상에서 가장 어린애! 그렇지만 그 괘씸한 꼬마녀석에 관한 일은 어떻게든지 꼭 알아내야 해요. 그러고 나서 그걸 나한테 죄다 들려주세요. 거기엔 반드시 무슨 곡절이 있을 테니까요. 자, 그럼 다음 이야기로 넘어가기 전에 먼저 물어 볼 일이 있어요. 알렉세이 씨, 상처가 아프실 텐데 나하고 부질없는 이야기를 좀 하실 수 있겠어요? 물론 부질없는 이야기이긴 하지만, 그래도 어디까지나 진지한 태도로 말해야 해요."

"그럼요, 지금은 그리 아픈 것 같지도 않습니다."

"그건 손가락을 찬 물에 담그고 있으니까 그럴 거예요. 이젠 물을 갈아야겠군요. 곧 미지근해질 테니까. 율리야, 얼른 지하실에 가서 얼음을 꺼내 물과 함께 다른 컵에 담아 가지고 와! 이젠 저애도 나가 버렸으니 할 이야기를 해야겠군요. 알렉세이 씨, 어제 내가 당신에게 보낸 그 편지 지금 당장 돌려 주세요. 지금 당장요. 엄마가 곧 돌아오실는지 모르니까요. 나도……."

"그 편지는 지금 가지고 있지 않은데요."

"거짓말 마세요, 분명히 갖고 계실 거예요. 하긴 나도 당신이 그렇게 대답하실 줄 알았어요. 그 호주머니에 있죠? 어째서 그런 바보짓을 했을까 하고 밤새껏 후회했어요. 자 어서 돌려 주세요, 빨리 돌려 달라니까요!"

"그 편지는 정말로 수도원에 두고 왔습니다."

"아마 당신은 내 그 어리석은 편지를 읽고 틀림없이 나를 철없는 계집애라고 생각했을 거예요! 그런 바보같은 농담을 쓴 데 대해서는 당신한테 미안하기 짝이 없지만 편지만은 꼭 돌려 주세요. 지금 정말 안 가지고 계시면, 오늘 중으로 꼭 갖다 주세요. 꼭 갖다 주셔야 해요, 네?"

"오늘 중으로는 안 되겠는데요, 수도원에 돌아가면 앞으로 이삼 일, 아니 나흘은 여기에 올 수 없을 겁니다. 조시마 장로께서……."

"나흘이라니, 그걸 말이라고 하세요! 당신은 내 편지를 보고 한바탕 웃으셨겠죠?"

"아니 조금도 웃지 않았습니다."

"어째서?"

"당신의 말을 전적으로 믿었기 때문이죠."

"당신은 나를 모욕하시려는 거군요!"

"천만에, 나는 그 편지를 읽고 즉시 이렇게 생각했어요. 정말로 이 편지에 씌어 있는 대로 될 것이라고……. 왜냐하면 조시마 장로님께서 돌아가시면 나는 곧 수도원에서 나오기로 되어 있거든요. 그렇게 되면 나는 다시 학교에 돌아가서 학업을 끝마칠 생각입니다. 그리고 법정 연령에 달하면 우리 결혼합시다. 나는 언제까지나 당신을 사랑할 거예요. 아직 충분히 생각할 여유는 없었지만 나는 당신보다 더 좋은 아내를 얻을 수 없을 거라고 생각했어요. 조시마 장로님도 나더러 결혼을 하라고 권하셨으니까요."

"그렇지만 나는 의자를 타고 끌려다녀야 하는 몸인걸요."

리즈는 두 볼을 발그레하게 물들이면서 웃었다.

"내 손으로 의자를 밀고 다니겠습니다. 하지만 그때까지는 틀림없이 완쾌될 거예요."

"머리가 어떻게 된 모양이군요." 리즈는 신경질적으로 말했다. "그런 농담을 진담으로 알고 별안간 얼토당토 않은 말을 하시니 말예요! 아, 저기 엄마가 오시네요. 마침 잘 오시는군요. 엄마, 엄만 왜 그렇게 동작이 느려요! 이렇게 꾸물거리면 어떡해요? 율리야는 벌써 저렇게 얼음을 가져오는데!"

"애, 리즈, 제발 좀 조용히 하렴, 그렇게 소리만 빽빽 지르지 말고. 나는 그 소리만 들어도 그만…… 네가 딴 데다 붕대를 처박아 두었으니 난들 할 수 없잖니!…… 그걸 찾아내느라고 얼마나 애를 먹었는지 모른다……. 아무래도 네가 일부러 그렇게 감춰둔 것 같구나."

"그렇지만 이분이 손가락을 물려 가지고 올 줄 어떻게 알 수 있겠어요? 하긴 그걸 미리 알았더라면 정말 일부러 그랬을지도 모르지만 말예요. 엄마도 이젠 말솜씨가 대단해지셨네요."

"그래 내 말솜씨가 대단해졌다고 하자. 그런데 리즈, 알렉세이 씨의 손가락에 대해서나, 그 밖의 모든 일에 대해서나, 너는 도대체 왜 그렇게 어쩔 줄 모르고 흥분하는 거니! 아아, 알렉세이 씨, 나를 괴롭히는 것은 한두가지가 아니에요, 게르첸시투베 씨와 뭐고, 이것저것 모든 것이 한꺼번에 나를 괴롭히고 있답니다. 정말 견딜 수가 없어요!"

"그만두세요, 엄마, 게르첸시투베 씨 이야기는 듣기도 싫어요." 리즈는 재미있다는 듯이 웃었다. "그보다도 붕대와 약을 빨리 주세요, 알렉세이 씨, 이건 보통 초산연이에요. 이제야 이름이 생각나는군요. 그냥 단순한 습포액이지만 아주 잘 듣는 약이에요. 그런데 엄마, 이분은 여기 오는 길에 조그만 어린애하고 싸움을 했다지 않겠어요? 그래서 그 꼬마녀석한테 깨물렸다는 거예요. 어린애와 싸우다니 이분 역시 어린앤 것 맞죠? 그런 어린애가 과연 결혼을 할 수 있을까요, 엄마? 그런데도 이분은 결혼할 생각이래요. 이분이 남편 노릇을 한다고 생각해 보세요. 엄마, 우습잖아요? 아니, 끔찍하지 않아요?"

리즈는 장난스런 눈으로 알료샤를 바라보며 거의 발작적으로 깔깔거리며 웃어대는 것이었다.

"결혼이라니, 리즈, 무엇 때문에 그런 엉뚱한 소릴 하는 거냐! 그런 소릴 지껄이고 있을 때가 아냐……. 알렉세이씨는 어쩌면 광견병에 걸렸을지도 모르잖니!"

"원 엄마두, 광견병에 걸리는 어린애도 있어요?"

"왜 없어? 사람을 아주 바보로 만들려는구나! 혹시 네가 말하는 그 애가 미친 개한테 물려 광견병에 걸렸다면 옆에 있는 사람을 닥치는대로 물 게 아니냐? 그런데 알렉세이 씨, 리즈가 붕대를 참 잘 감아 드렸군요. 나도 그렇게 모양 있게 감지는 못할 거예요. 아직도 아픈가요?"

"이젠 그리 아프지 않습니다."

"혹시 물이 무섭지 않으세요?"

리즈가 물었다.

"애 리즈, 이제 좀 입을 다물고 있어! 내가 그만 엉겁결에 광견병 이야길 했더니 너도 대뜸 그런 바보 같은 소릴 하는구나. 그보다도 알렉세이 씨, 카체리나 씨는 당신이 여기 와 있다는 말을 듣기가 무섭게 나한테 와서 빨리 당신을 만나고 싶다면서……."

"엄마두 참! 그 방에 가시려거든 엄마 혼자 가세요. 이분은 지금 갈 수 없어요. 저렇게 아파하는데 어떻게 가겠어요!"

"이젠 조금도 아프지 않습니다. 얼마든지 갈 수 있어요."

알료샤가 말했다.

"어머! 가버리시겠다고요? 정말이에요?"

"하는 수 없잖아요? 하지만 저쪽에서 볼일을 보고 다시 이리로 돌아올 테니까. 그때는 당신이 만족할 만큼 얼마든지 이야기를 할 수 있을 텐데요. 나는 지금 한시 바삐 카체리나 아가씨를 만나봐야겠습니다. 무슨 일이 있어도 오늘은 될 수 있는 대로 빨리 수도원에 돌아가야 하니까요."

"엄마, 빨리 이분을 데리고 가세요. 알렉세이 씨, 카체리나 씨를 만난 뒤에 억지로 나한테 들를 필요는 없어요. 곧장 수도원으로 돌아가세요. 당신이 가야 할 곳은 역시 거기니까요. 나는 잠을 좀 자야겠어요. 간밤에 한숨도 자지 못했거든요!"

"애, 리즈, 그건 물론 농담으로 하는 말이겠지? 그렇지만 정말 네가 한숨 자주었으면 좋겠구나!"

"도무지 모르겠군요, 내가 뭘 잘못했는지……. 그럼 3분만 더 여기에 있겠습니다. 아니, 5분도 괜찮아요."

알료샤가 중얼거리듯 말했다.

"5분도라고요? 엄마 빨리 데리고 가시라니까요! 이 사람은 도깨비예요, 도깨비!"

"리즈, 너 미쳤니? 자 갑시다, 알렉세이 씨. 저 애가 오늘은 변덕이 너무 심하군요. 그냥 내버려두는 게 좋겠어요. 아, 알렉세이 씨 신경이 과민한 여자를 상대하는 것처럼 어려운 일도 아마 없을 거예요. 하지만 저 애는 당신 같은 사람과 함께 있으니까 정말로 졸음이 왔는지도 모르죠. 어쨌든 그렇게 빨리 저 애를 졸립게 해주어 정말 고마워요!"

"엄마도 이젠 제법 애교가 있는 말을 하시네요. 그런 뜻에서 엄마한테 키스를 해드리죠."

"그럼 나도 너한테 키스해 주마, 리즈. 그런데 알렉세이 씨."

알료샤와 함께 방안에서 나오며 부인은 무슨 대단한 비밀이라도 말하듯 빠른 소리로 소곤거렸다.

"나는 당신한테 암시를 주거나 내 손으로 연극의 막을 살짝 올려서 보여 주고 싶지는 않아요. 그러나 저기 들어가시면 무슨 일이 벌어지고 있는지 당신 눈으로 직접 볼 수 있을 거예요. 정말 어처구니없는 일이에요. 그야말로 현실과 동떨어진 희극이죠. 그 아가씨는 당신의 둘째형 이반 표도로비치를 사랑하고 있으면서도 아니야, 내가 사랑하는 사람은 드미트리 씨야 하고 필사적으로 우기고 있거든요. 그러니 이게 어디 예삿일인가요? 나도 당신과 함께 들어가서 쫓겨나지만 않는다면 끝까지 앉아 지켜보겠어요."

5 객실에서의 착란

그러나 객실에서의 대화는 이미 끝나가고 있었다. 카체리나는 의연한 태도였지만 몹시 흥분해 있었다. 알료샤와 호흘라코바 부인이 방안에 들어섰을 때 이반은 막 돌아가려고 자리에서 일어서는 참이었다. 그의 얼굴은 조금 창백한 것 같았다.

알료샤는 불안한 듯이 형을 바라보았다. 그것은 지금 알료샤에게 하나의 의혹이, 언제부터인가 그를 괴롭혀 온 하나의 불안스런 수수께끼가 풀리려 하고 있었기 때문이다. 벌써 달포 전부터 그는 여러 사람들로부터 둘째형 이반이 카체리나한테 반한 나머지 정말로 미차로부터 그녀를 '가로챌' 속셈이라는 소문을 몇 번이나 듣고 있었다. 그러나 바로 최근까지만 해도 알료샤에게는 이 소문이 도저히 있을 수 없는 해괴한 것으로 생각되었다. 그러나 한편으로는 그래도 몹시 불안했던 것만은 사실이었다.

그는 두 형을 몹시 사랑하고 있었으므로 두 사람의 이런 연적 관계가 견딜수 없이 두려웠다.

그런데 어제 뜻밖에도 드미트리가 자기는 이반이 라이벌로 등장하는 것을 오히려 기쁘게 생각하고 있으며 그것이 여러 가지 점에서 자기에게 도움이 된다고 솔직하게 말했던 것이다. 어째서 도움이 된다는 것일까? 그루센카와 결혼하는 데? 그러나 그것은 자포자기에서 오는 자학이라고밖에 생각되지 않았다.

알료샤는 또한 어제 저녁까지도 카체리나 역시 오로지 드미트리만을 열렬하게 사랑하고 있다 굳게 믿고 있었다. 하기는 그 믿음도 어제 저녁까지밖에 계속되지 못했지만. 뿐만 아니라 아무래도 그녀가 이반과 같은 타입의 남자를 사랑할 리는 없으며, 그 사랑이 비록 기이하게 보일지는 몰라도 어쨌든 있는 그대로의 드미트리를 사랑하고 있는 것만은 틀림없다고 생각했던 것이다.

그러던 것이 어제 그루센카와의 장면을 목격하자 문득 다른 생각이 그의 머릿속에 떠올랐다. 방금 호흘라코바 부인의 입에서 나온 '일종의 착란'이란 말에 그는 거의 전율을 느꼈던 것이다. 왜냐하면 그는 이날 새벽녘에 반쯤 잠이 깨어, 저도 모르게 "착란이야, 착란이야!" 이렇게 소리질렀던 것이다. 아마도 그것은 꿈을 꾸면서 대답한 말이었는지 모른다. 그는 밤새도록 카체리나 집에서 벌어졌던 그 무서운 소동을 그대로 꿈에 본 것이었다.

그래서 지금 호흘라코바 부인이 자신 있게 딱 잘라서 한 말, 즉 카체리나는 사실 이반을 사랑하고 있으면서도 어떤 감정의 착란 때문에, 일부러 자기 자신을 기만하고 있으며 아버지의 명예를 구해 준 데 대한 감사를 표시하기 위한 사랑으로 스스로를 괴롭히고 있을 뿐이라는 말은 그에게는 놀라운 해석이었다.

'그렇다, 어쩌면 그 말에 모든 진실이 포함되어 있는지도 모른다!'

그러나 만일 그것이 사실이라면 이반의 입장은 어떻게 되는 것일까? 알료샤가 일종의 본능에 의해 직감한 것은 카체리나와 같은 성격의 여성은 상대방인 남성을 정복하지 않고는 견디지 못하는데 그녀가 정복할 수 있는 것은 드미트리와 같은 남성이지 결코 이반과 같은 남성이 아니라는 점이었다. 왜냐하면 '비록 오랜 시간이 걸릴지는 몰라도' 드미트리 같으면 결국은 '자기 자신의 행복을 위해' 그녀 앞에 무릎을 꿇을 수도 있지만(이것은 오히려 알료샤가 바라는 바였다), 이반은 결코 그녀 앞에 굴복할 수도 없으려니와 설사 굴복한다 하더라도 그 굴복이 그에게 행복을 갖다 줄 리는 없을 것이기 때문이다.

언젠가부터 알료샤는 무의식중에 이반에 대하여 이러한 고정관념을 품고 있었다. 그러한 생각과 마음의 동요가 지금 객실에 발을 들여놓은 순간 그의 머릿속에 퍼뜩 떠올랐다가 사라졌다.

그리고 또 '만일 카체리나가 두 형 가운데 어느 쪽도 사랑하고 있지 않다면?' 하는 생각이 억제할 수 없는 힘으로 그의 머리에 떠올랐다. 여기서 특히 지적해 두지만 알료샤는 자기의 이런 생각을 부끄럽게 여기고 지난 한 달 동안 이런 생각이 떠오를 때마다 자기 자신을 꾸짖어왔다. '내가 과연 사랑이니 여성이니 하는 것에 대해 무엇을 안단 말인가? 어떻게 내가 감히 이런 결론을 내릴 수가 있는가?' 그는 이런 생각이나 억측을 하고 난 뒤에는 반드시 이렇게 자기 자신을 책망하곤 했다.

그렇다고 해서 그 문제를 전혀 생각하지 않는건 불가능한 일이었다. 알료샤는 이제 두 형의 운명에서 이 라이벌 관계는 너무나 중대한 문제이며, 너무나 많은 일들이 그 결과에 달려 있다는 것을 본능적으로 알고 있었던 것이다. '두 마리의 독사가 서로 잡아먹으려고 하는 거야.' 어제 이반은 아버지와 드미트리를 두고 홧김에 이런 말까지 했다. 그렇다면 이반의 눈으로 볼 때 드미트리는 독사인 것이며 어쩌면 벌써 오래 전부터 독사라고 생각해 왔는지도 모른다. 그것은 이반이 카체리나를 처음 만났을 때부터의 일은 아닐까?

물론 그 말은 이반이 어제 무심코 입밖에 낸 것이겠지만 무심코 나온 말이기 때문에 더욱 중대한 뜻을 지니고 있는 것이다. 만일 그렇다면 어떻게 화해할 수 있단 말인가. 화해는커녕 카라마조프 집안에 이러한 증오와 적의의 새로운 도화선이 나타날 뿐이 아닌가? 그러나 알료샤에게 가장 절실한 문제는 두 형 중에서 도대체 누구를 동정해야 하는가, 그 한 사람 한 사람의 무엇을 동정할 것인가 하는 점이었다.

그는 두 형을 똑같이 사랑하고 있었으나 이 무서운 모순 속에서 그들 한 사람 한 사람을 위해 도대체 무엇을 바라면 좋단 말인가? 아마 이러한 혼돈 속에 빠지면 누구든지 어찌할 바를 모르게 되지만 알료샤의 마음은 역시 애매모호한 불안을 견딜 수가 없었다. 왜냐하면 그의 사랑은 언제나 실천적인 성격을 띠고 있었기 때문이다.

소극적인 사랑은 그에겐 불가능한 것이었다. 일단 누구를 사랑하게 되면 그는 지체없이 그 사람에게 구원의 손길을 뻗쳐야만 했다. 그러기 위해서는 확고한 목표를 설정하고 상대에게 무엇이 필요하며 어떻게 해주어야 옳은가를 정확히 알아야 했다. 그리하여 그 목표가 확실하다는 것에 자신이 생기면 당연히 어느 한쪽을 도와주어야 하는 것이다.

그런데 지금은 어디를 보아도 확고한 목적은 보이지 않고 모든 것이 애매하고 혼돈되어 있을 뿐이었다. 게다가 방금 '착란'이란 말이 던져졌다! 그러나 이 착란이란 말조차 대체 어떻게 이해하면 좋단 말인가? 이 혼돈 속에서 그는 중요한 이 한마디조차 이해할 수가 없었다.

카체리나는 알료샤가 들어온 것을 보자 돌아가려고 이미 자리에서 일어선 이반에게 기쁜 듯이 얼른 말을 걸었다.

"잠깐만! 잠깐만 기다려 주세요! 나는 진심으로 내가 신뢰하고 있는 이분의 의견을 듣고 싶어요. 그리고 부인께서도 여기에 그냥 남아 계세요."

그녀는 호흘라코바 부인에게도 이렇게 덧붙였다. 부인은 그 맞은편에 이반과 나란히 자리를 잡고 앉았다.

"이 자리에 계신 분들은 모두 나의 친구들입니다. 내가 이 세상에서 얻은 절친한 친구들뿐입니다."

카체리나는 열성적인 태도로 입을 열었다. 그 목소리에서 거짓없는 고뇌의 눈물이 느껴졌기 때문에 알료샤의 마음은 다시금 그녀에게 쏠리지 않을 수 없었다.

"알렉세이 씨, 당신은 어제 있었던 그…… 무서운 장면을 직접 목격하셨지요? 그리고 그때 내가 어떻게 행동했는지 알고 계실 겁니다. 이반 씨, 당신은 보지 못했지만 이분은 죄다 보았어요. 어제 이분이 나를 어떻게 생각했는지 모르겠지만 다만 한 가지 내가 알고 있는 것은 오늘 지금 이 자리에서 그러한 일이 다시 되풀이된다 하더라도, 나는 필시 어제와 똑같은 행동을 했을 것이라는 점이에요. 그럼요, 생각도 같고, 하는 말도 같고, 행동도 똑같이.

내가 취한 몇가지 행동을 기억하시겠죠? 알렉세이 씨, 당신은 어제 나의 행동 가운데 하나를 제지해 주시기까지 하셨으니까요……." 이렇게 말하면서 그녀는 얼굴을 붉혔고 눈은 눈물로 반짝이기 시작했다. "분명히 말씀드리지만 알렉세이 씨, 나는 그 어떤 것과도 타협할 수 없는 성격이에요, 알렉세이 씨, 나는 이렇게 된 지금 내가 그이를 정말 사랑하고 있는지 어쩐지 그것조차 알 수가 없어요. 지금 나는 그이가 '불쌍하게' 느껴져요. 이것은 사랑의 증거로서는 그리 탐탁한 것이 못됩니다. 만약 내가 그이를 사랑한다면, 또 한결같이 사랑하고 있다면, 지금은 그이를 가엾이 여기기보다는 반대로 그이를 증오하게 되었을 테니까요……."

그녀의 음성은 떨려나오고, 속눈썹에는 눈물이 반짝이기 시작했다.

알료샤는 가슴이 덜컥 내려앉는 것을 느꼈다.

'이 아가씨는 정직하고 성실한 사람이야. 그리고…… 그리고 이 사람은 이제 드미트리를 사랑하지 않는 것이다!'

"그래요! 바로 그거예요!"

호흘라코바 부인이 소리쳤다.

"잠깐만 기다려 주세요, 호흘라코바 부인. 나는 아직 중요한 점을 말하지 않았으니까요. 간밤에 내가 결심한 것을 아직 이야기하지 않았어요. 어쩌면 나의 결심은 나에게는 정말 무서운 것일지도 모르지만 나는 무슨 일이 있어도 한평생 이 결심만은 절대로 바꾸지 않을 것이라는 예감이 드는군요. 또 틀림없이 그렇게 할 거예요. 이반 씨는 친절하고 관대하고 언제나 변함없는 나의 의논 상대이며, 인간의 심리를 깊이 통찰할 수 있는 분으로 세상에 둘도 없는 나의 친구입니다. 그런 이반 씨도 나의 생각에 전적으로 찬성하시고 내 결심을 칭찬해 주셨어요……. 이분은 모든 것을 다 알고 계십니다."

"그렇습니다, 나는 찬성했어요."

낮으면서도 확고한 목소리로 이반이 말했다.

"그렇지만 나는 알료샤한테서도, (어머 용서하세요, 알렉세이 씨. 알료샤라고 마구 불러서 미안합니다.) 알렉세이 씨한테서도 지금 나의 두 친구가 있는 자리에서 내 생각이 옳은지 어떤지 의견을 듣고 싶어요. 나는 전부터 본능적으로 이런 예감이 들어요. 당신이, 나의 사랑하는 동생 알료샤가, (당신은 정말로 나의 귀여운 동생인걸요.)" 그녀는 뜨겁게 달아오른 손으로 그의 차가운 손을 잡고 흥분한 어조로 계속했다. "나의 고뇌가 아무리 크더라도 당신의 결단과 당신의 격려가 내 마음에 평안을 줄거라고 나는 전부터 느끼고 있어요. 당신의 말을 듣고 있노라면 내 마음은 가라앉고 평온한 기분을 느끼게 되거든요. 그런 예감이 들어요!"

"나한테 무엇을 물으실지 잘 모르겠습니다만," 알료샤는 얼굴을 붉히며 말했다. "내가 알고 있는 것은 다만 내가 당신을 사랑한다는 것, 그리고 이 순간 나 자신보다도 당신의 행복을 더욱 원하고 있다는 것뿐입니다! 그렇지만 그런 문제에 대해선 아무것도 모릅니다." 그는 무엇 때문인지 황급히 그렇게 덧붙였다.

"이런 문제에서는 알렉세이 씨, 이런 문제에서 지금 무엇보다도 중요한 것은 명예와 의무예요. 그리고 또 한 가지 뭐라고 하면 좋을까, 그래요, 더 고상한 무엇이에요. 어쩌면 의무 그 자체보다 더욱 고상한 것일지도 몰라요. 내 마음이, 그러한 억제할 수 없는 감정이 있다는 것을 속삭이고 있고 그 감정이 나를 억제할 수 없는 힘으로 이끌어가고 있어요. 그러나 모든 것은 결국 이렇게 요약할 수 있겠죠. 나는 이미 결심했으니까요. 비록 그이가 그…… 창녀(그녀는 여기서 말투가 갑자기 엄숙해졌다), 그래요, 무슨 일이 있어도 절대로 용서할 수 없는 그 여자와 결혼하더라도 나는 여전히 그이를 버리지 않을 생각입니다! 오늘 이 순간부터 나는 무슨 일이 있어도, 절대로 그이를 버리지 않을 거예요!"

그녀는 어딘지 모르게 강요당한 느낌의, 발작적이고 생기없는 기쁨에 사로잡혀 그렇게 말했다.

"그렇다고 해서 그이의 뒤를 쫓아다니거나 쉴새없이 그이의 눈앞에 얼씬거려 그이를 괴롭힐 생각은 없습니다. 아니 그이가 원한다면 나는 오히려 어디로든지 딴 고장으로 떠나겠습니다. 그 대신 나는 한평생 죽는 날까지 성실하게 그이를 지켜보겠어요. 그이가 그 여자와 결혼하여 불행해진다면—물론 내일 당장이라도 그렇게 될 테지만—그때는 서슴지 않고 나한테 오면 되겠죠. 그러면 그이는 거기서 진정한 친구, 진정한 누이를 발견하게 될 겁니다……. 그것은 물론 그저 단순한 누이에 지나지 않고 영원히 그대로 있을 뿐이지만 결국은 그이도 깨닫게 될 거예요. 그 누이가 자신의 일생을 희생하면서까지 자기를 사랑하고 있는 진정한 누이동생이라는 것을요. 나는 반드시 이 목적을 이루고야 말겠어요! 최후에는 나를 인정하고, 아무것도 부끄러워 하지 않고 모든 것을 나에게 다 드러내도록 만들고야 말겠어요."

그녀는 극도의 흥분 속에서 소리쳤다.

"나는 그이의 신(神)이 될 것이고, 그이는 그 신에게 기도를 드리게 될 거예요. 이것은 그이가 나를 배신함으로써 내가 어제와 같은 일을 겪어야 했던 데 대한 최소한의 대가니까요. 비록 그이는 신의를 지키지 않고 나를 배신했지만 나는 한평생 신의를 지키고 그이에게 한 약속을 충실히 이행한다는 것을, 그이의 눈으로 똑똑히 보게 하려는 거예요. 그래서 나는……. 그이의 행복을 위해—아니면 뭐라고 하면 좋을까요—오로지 손이 되고 발이 되겠어요, 도구가 되고 기계가 되겠어요. 죽을 때까지 변함없이! 나는 일생을 통해 바로 이것을 그이에게 보여주려는 거예요! 이것이 나의 결심입니다. 이반 씨도 이 결심에 대해서는 대찬성이지요."

그녀는 숨을 헐떡이고 있었다. 그녀로서는 좀 더 위엄 있게 좀 더 능숙하고 자연스럽게 자기 생각을 표현하고 싶었겠지만, 결과는 너무나 성급하고 너무나 노골적인 얘기가 되고 말았다. 분노가 아직도 젊은 혈기 때문에 지나치게 감정적인 것 같기도 했고 한편으로는 어제의 분노가 아직도 계속되고 있거나 자존심을 유지하고 싶다는 바람도 적지않게 들어 있는 것 같기도 했다. 그녀 자신도 그 점을 충분히 느끼고 있었다.

그녀의 얼굴이 갑자기 흐려지고 눈빛 또한 어두워졌다.

알료샤는 그러한 변화를 금세 눈치챘다. 그의 가슴속에서는 그녀에 대한 동정이 일시에 뭉클 솟아올랐다. 바로 이때 그의 형 이반이 불쑥 끼어들었다.

"나는 다만 내 생각을 말한 것뿐입니다. 다른 여성의 입에서 그런 말이 나왔다면 억지로 꾸며댄 병적인 것이라고 생각할 수도 있겠지요. 그러나 당신의 경우는 다르지요. 다른 여성이라면 옳지 않았겠지만, 당신의 경우는 어디까지나 정당한 것입니다. 그것을 어떻게 설명하면 좋을지 나도 잘 모르겠군요. 다만 내가 알 수 있는 것은, 당신이 매우 진지하다는 것, 따라서 당신은 어디까지나 정당하다는 것뿐입니다……."

"하지만 그것은 이 한순간뿐이죠. 그렇다면 이 순간이란 대체 무엇을 말하는 것일까요? 이 순간이 의미하는건 단지 어제 받은 그 모욕 정도일걸요."

호흘라코바 부인이 참지 못하고 끼어들었다. 그녀는 될 수 있는 대로 이 대화에 끼어들지 않기로 결심하고 있었던 모양이었으나 끝내 참지 못하고 표현하고만 그 생각은 참으로 맞는 말이었다.

"그렇습니다, 옳은 말씀이에요." 이반은 자기 말을 가로챈 데 기분이 상했는지 갑자기 퉁명스런 어조로 부인의 말을 막았다. "물론 이것이 다른 여성이었다면 이 순간은 단지 어제 받은 인상의 계속에 불과하겠지만, 카체리나 씨와 같은 성격의 여성에게는 이 순간이 평생토록 계속될 겁니다. 즉 다른 사람에게는 단순한 약속에 지나지 않는 것도 카체리나에게는 영원한 의미를 지니고 있는 거죠. 비록 그것이 참을 수 없이 고통스러운 의무라 하더라도 말입니다. 이분은 평생을 그 의무를 다했다는 기분만을 위안으로 삼고 살아가겠지요! 카체리나 씨, 한동안은, 자신의 감정이나 그러한 헌신적인 행위, 또는 자신의 비애 그 괴로움도 점점 가벼워지고 자신의 생활도 언젠가는 자신이 영원히 완수한 의연하고 자랑스러운 목적을 만족스러운 마음으로 바라보는 날들로 변해 갈 겁니다. 사실 그 목적이라는 것은 어떤 의미에서는 자랑스러운 것이기도 하고, 설령 절망적인 데가 있어도 역시 자신이 정복한 것에는 틀림없기 때문이지요. 그리고 그 의식은 마침내 당신에게 더 이상 바랄 수 없는 만족을 주어 그 밖의 모든 고통을 잊게 할 것입니다……."

그는 무엇인가 악의를 품은 것 같은 어조로 이렇게 단언했다. 어쩌면 그는 자신의 의도, 즉 일부러 냉소적인 어조를 감출 마음조차 없었던 것이리라.

"오, 그건 당치도 않은 말이에요!"

호흘라코바 부인이 또다시 소리쳤다.

"알렉세이 씨, 당신의 의견을 좀 말씀해 주세요. 당신이 무슨 말씀을 하실지 궁금해 죽겠군요!"

카체리나는 이렇게 외치더니 갑자기 눈물을 주르르 흘렸다. 알료샤가 벌떡 소파에서 일어났다.

"아니, 아무것도 아네요, 괜찮아요!" 카체리나는 울면서 말을 계속했다. "간밤에 잠을 못 잤더니 좀 혼란스러워요. 그렇지만 당신이나 당신의 형님 같은 친구가 곁에 있어주시니 한결 마음이 든든하군요. 당신들 두 분은 결코 나를 버리지 않으시리라는 걸 나는 알고 있으니까요……."

"유감스럽게도 나는 아마 내일이라도 모스크바로 출발하게 될 것 같습니다. 그래서 당신과는 당분간 작별해야 합니다. 정말 유감이지만 변경할 수 없는 일입니다……."

이반은 뜻밖의 말을 했다.

"내일 모스크바로 떠나신다구요?" 별안간 카체리나의 얼굴이 일그러졌다.
"하지만……. 하지만, 마침 잘 됐군요!" 그녀는 순식간에 완전히 달라진 목소리
로 소리쳤다. 그리고 눈물 역시 흔적도 없이 사라지고 없었다.

눈깜짝할 사이에 그녀에게 일어난 이 무서운 변화는 알료샤를 몹시 놀라게
했다. 조금전까지도 일종의 착란에 빠져 눈물짓던, 보기에도 가련한 소녀가 별
안간 자신을 완전히 통제하여 뭔가 좋은 소식이라도 들은 것처럼 기뻐하고 있
는 여성으로 변한 것이다.

"뭐, 당신과 헤어지는 것이 잘 됐다는 뜻은 절대로 아녜요. 하긴 새삼스럽게
말할 필요도 없는 얘기지만."

그녀는 갑자기 사교적인 상냥한 미소를 지으면서 설명하기 시작했다.

"당신같이 이해심 많은 친구가 설마 그렇게 생각하실 리는 없겠죠. 당신을
잃는다는 건 나에게는 더없는 불행이니까요." 그녀는 느닷없이 이반에게 달려
들어 그의 두 손을 열정적으로 움켜쥐었다. "내가 잘됐다고 말한 것은 당신이
모스크바에 가시면 지금 내가 처해 있는 입장과, 내가 겪고 있는 무서운 일을
우리 이모님과 아가피야 언니에게 개인적으로 직접 전해 주실 수 있겠기에 한
말이랍니다. 하지만 아가피야 언니에게는 사실 그대로를 숨김없이 전해 주셔도
좋지만, 이모님에게는 당신의 재량에 따라 적당히 얘기해 주세요. 당신이라면
그렇게 해주실 수 있을 거예요. 내가 이 무서운 사연을 어떻게 적어 보내면 좋
을까 하고 엊저녁과 오늘 아침 내내 얼마나 괴로워했는지 아마 당신은 상상도
못할 거예요……. 원래 이런 일을 편지로 전한다는 건 도저히 불가능한 일이니
까요……. 하지만 이젠 편지 쓰기가 한결 수월해진 것 같군요. 당신이 이모님
과 언니를 직접 만나서 잘 설명해 주실 테니까 말입니다. 정말 잘됐어요, 그렇
지만 이건 어디까지나 지금 말한 그런 뜻에서 잘됐다는 것뿐이에요. 거듭 말
씀드리지만 나에게는 당신이 누구와도 바꿀 수 없는 소중한 분이라는 것을 믿
어 주세요. 그럼 난 곧 돌아가서 편지를 써야겠어요."

그녀는 그렇게 느닷없이 말을 마치고 방에서 나가려는 듯이 한 걸음 앞으로
내디뎠다.

"그럼 알료샤는? 당신이 꼭 듣고 싶다던 알렉세이 씨의 의견은 듣지도 않
고요?"

호흘라코바 부인이 소리쳤다. 그 말투에는 어딘가 화난 듯한 기색이 들어 있었다.

"나는 결코 잊은 게 아녜요." 카체리나는 걸음을 멈췄다. "그런데 부인께서는 왜 이런 때 그렇게 가시돋친듯이 말하시는 거죠?" 카체리나는 불쾌한 듯이 비난을 담아 쏘아붙였다. "나는 내 입으로 말한 것은 어김없이 실행합니다. 난 이분의 의견을 꼭 듣고 싶어요. 뿐만 아니라 이분의 결단이 필요해요. 나는 이분이 말하는 대로 실행할 생각이에요. 알렉세이 씨, 내가 당신의 말을 얼마나 듣고 싶어하고 있는지…… 아니, 왜 그러시죠?"

"나는 이런 일은 한번도 생각해 본 적이 없습니다. 나로서는 상상조차 할 수 없는 일이에요!"

알료샤는 서글픈 목소리로 소리쳤다.

"대체 무엇을 상상도 못했다는 말씀이죠?"

"형님이 모스크바로 간다고 하고 당신은 당신대로 잘된 일이라고 하고! 그래요, 당신은 일부러 그렇게 말한 거예요! 그러고는 이내 변명을 하셨지요. 친구를 잃는다는 것은 더없는 불행이라고. 하지만 그건 당신이 일부러 연극을 해보인 거예요…… 마치 희극 배우처럼 연극을 하신 거예요!"

"연극이라고요? 어째서요? 대체 무슨 뜻이죠?"

카체리나는 몹시 놀란 듯이 얼굴을 붉히고 눈살을 찌푸리면서 이렇게 소리쳤다.

"당신이 형님 같은 친구를 잃는 것은 유감이라고 아무리 말해도, 역시 형님이 이곳을 떠나는 것은 기쁘다고 본인에게 주장하고 있는 겁니다."

알료샤는 어쩐 일인지 숨을 헐떡거리면서 말했다. 그는 탁자 앞에 선 채 앉으려고도 하지 않았다.

"무슨 말을 하시는 거예요? 그건 대체 무슨 뜻인지……."

"하긴 나 자신도 잘 모르겠습니다만 무언가 눈 앞이 환하게 밝아진 것 같은 느낌이 들어서…… 잘 표현할 수 있을지 모르겠지만, 그래도 역시 해야 할 말은 모두 해야겠습니다." 알료샤는 여전히 떨리는 듯한 목소리로 띄엄띄엄 말을 이었다. "눈앞이 밝아졌다는 것은 어쩌면 당신은 드미트리 형님을 처음부터 전혀 사랑하지 않았는지도 모른다는 생각입니다. 또 드미트리 형님 역시 당신을 사랑했던 것이 아니라…… 처음부터 그저 존경하고 있었을 뿐인지도 모릅니다. 내가 지금 어떻게 감히 이런 대담한 말을 할 수 있는지 정말 나 스스로도 이상할 지경입니다만, 그래도 누구든 한 사람쯤은 진실을 말하는 사람이 있어야 하지 않겠습니까……. 여기선 아무도 진실을 말하려는 사람이 없으니 말입니다."

"진실이라니 그건 무슨 말이죠?"

카체리나는 부르짖었다. 그 목소리에는 어딘가 히스테리컬한 울림이 섞여 있었다.

"그럼 말씀드리죠." 알료샤는 될 대로 되라는 심정으로 중얼거렸다. "지금 곧 드미트리를 부르십시오. 아니, 내가 찾아 내겠습니다. 그리고 큰형님이 여기 오시면 당신의 손을 잡고 그 다음엔 이반 형님의 손을 잡아 당신들 두 사람의 손을 서로 맞잡게 하는 겁니다. 왜냐하면 당신은 이반 형님을 사랑하고 있으면서도 이반 형님에게 고통을 주고 있기 때문입니다. 드미트리에 대한 당신의 사랑은 일종의 착란입니다……. 그것은 진정한 사랑이 아닙니다……. 왜냐하면 당신은 억지로 자기 자신을 설득하여……."

여기서 알료샤는 갑자기 말을 끊고 입을 닫아 버렸다.

"당신은…… 뭐랄까…… 그래요, 햇병아리 유로지비, 당신은 그 이상의 아무 것도 아네요."

카체리나는 내뱉듯이 말했다. 얼굴은 새파랗게 질려있고 입술은 분노로 일그러져 있었다. 이반도 커다란 소리로 웃으며 자리에서 일어났다. 그의 손엔 모자가 쥐어져 있었다.

"틀렸어, 알료샤."

그는 여태껏 알료샤가 한 번도 본 일이 없는 표정으로 이렇게 말했다. 그것은 청년다운 성실성과 억제할 수 없는 강렬한 감정에 넘치는 표정이었다.

"카체리나 씨는 결코 나를 사랑한 일이 없어! 물론 나는 한 번도 사랑을 입밖에 내서 고백한 적은 없지만 내가 자기를 사랑하고 있다는 것은 처음부터 잘 알고 있었지. 그걸 알고 있었지만 나를 사랑할 수는 없었어. 아니, 도대체 나는 이 사람의 친구였던 적도 없었으니까. 정말 단 하루도 없었어. 자존심이 강한 여성에게 나 같은 놈의 우정이 필요할 리가 없지. 이 사람이 나를 가까이하고 있었던 것은 순전히 복수를 위해서였어. 이 사람은 드미트리와 처음으로 만난 그때부터 드미트리한테서 끊임없이 받아온 굴욕에 대한 복수를 나에게 하고 있었던 거야. 사실 두 사람의 첫 만남 그 자체가 이 사람의 가슴에 굴욕을 남겼으니까. 이 사람은 바로 그런 마음을 지닌 사람이야! 도대체 나는 이 사람한테서 형에 대한 자신의 마음밖엔 아무것도 들은 것이 없었으니까.

카체리나 씨, 나는 이곳을 떠나겠습니다. 당신이 진정으로 사랑하는 사람은 드미트리 형 한 사람뿐입니다. 뿐만아니라 당신의 사랑은 굴욕이 깊으면 깊을수록 더욱더 강해질 뿐입니다. 그것이 당신의 일종의 착란이기도 하지요. 당신은 있는 그대로의 형을 사랑하고 있는 것이고 당신을 모욕하는 형을 사랑하는 것입니다. 만일 형이 성실한 남자로 변한다면 당신은 당장 사랑이 식어 형을 버리고 말겠지요.

당신은 언제나 자기 헌신적인 행위를 끊임없이 확인하고 형의 불성실을 책망하기 위해 형이라는 사람이 필요한 것인지도 모릅니다. 이것은 모두가 당신의 자존심에 기인하는 거죠. 물론 거기에는 굴욕과 모욕 등 여러 가지가 있겠지만 어쨌든 이 모든 것은 자존심에서 나온 것입니다...... 나는 너무나 젊었고 또 당신을 너무나 사랑했습니다. 하긴 이런 말은 당신에게 할 필요가 없는 것이겠지요. 그저 말없이 당신 곁을 떠나 버리는 편이 나 자신의 품위도 지킬 수 있거니와 당신한테도 굴욕을 주지 않게 될 테니까요. 그 점은 나도 잘 알고 있습니다. 그러나 나는 멀리 떠나 버리고 다시는 돌아오지 않을 것이며, 이것이 당신과의 영원한 이별입니다...... 이젠 나도 이런 착란을 상대하는 건 그만두고 싶습니다. 더 이상은 말할 수가 없군요, 할말은 다 해버렸으니까요. 안녕히 계십시오, 카체리나 씨! 나는 당신보다 백 배나 혹독한 벌을 받고 있으니까 내게 화를 내지는 마세요. 이제는 영원히 당신을 만날 수 없다는 것만으로도 나에게는 더할 수 없이 가혹한 형벌이니까...... 그럼 안녕히 계십시오. 악수는 필요 없습니다. 당신은 너무나 의식적으로 나를 괴롭혔기 때문에 지금은 당신을 용서할 마음이 없군요, 나중에는 용서하겠지만. 지금은 악수를 청하고 싶지도 않습니다.

"Den Dank, Dame, begehr ich nicht.(고맙습니다, 부인, 아무것도 바라지 않습니다.)"

그는 일그러진 미소를 띠면서 이렇게 덧붙였다. 이반은 그 한마디로 자기도 실러의 시를 암송할 정도로 많이 읽었다는 것을 은연중에 증명한 셈이다. 그 전 같으면 알료샤는 도저히 그것을 믿을 수 없었을 것이다. 이반은 집 주인인 호흘라코바 부인한테조차 아무런 인사도 하지 않은 채 방에서 나가 버렸다.

알료샤는 두 손을 탁 쳤다.

"형님!" 그는 망연자실한 채 이반의 등 뒤에 대고 소리쳤다. "돌아와요, 이반! 아아, 안돼, 형은 이제 절대로 돌아오지 않을 거야! 이건 모두 내탓이야, 내 잘못이야. 내가 공연한 애길 하는 바람에! 형의 말에는 악의가 들어 있었어, 그건 안 돼. 부당하고 악의에 찬 말이었어……. 형은 다시 이리로 돌아와야 해, 다시 돌아와야 해……"

알료샤는 거의 광란 상태에 빠져 부르짖고 있었다.

카체리나는 갑자기 옆방으로 나가 버렸다.

"당신한텐 아무 잘못도 없어요, 당신은 천사처럼 훌륭하게 행동했으니까요." 호흘라코바 부인은 빠른 말로 열심히 알료샤에게 속삭였다. "내가 어떻게 해서든지 이반 씨가 떠나지 않도록 노력해 보지요……."

부인의 얼굴에 기쁨의 빛이 넘치는 것을 보자 알료샤는 더욱 슬퍼졌다. 그러나 바로 이때 카체리나가 황급히 돌아왔다. 그녀의 손에는 무지개빛을 한 100루블짜리 지폐 두 장이 쥐어져 있었다.

"실은 당신에게 좀 어려운 부탁이 있어요, 알렉세이 씨."

그녀는 알료샤를 정면으로 마주보며 말했다. 마치 아무 일도 없었다는 듯한 고요하고 침착한 어조였다. "아마 일주일이나 되었을까요? 드미트리 씨가 흥분 끝에 점잖지 못한, 참으로 창피한 일을 저질렀답니다. 정말 추악하다고 할 수밖에 없는 끔찍한 행동이었어요.

이 읍내엔 좋지 못한 장소, 다시 말해 선술집이 한 군데 있는데 거기서 그이가 바로 그 퇴역 장교를 만났다는 거예요. 언젠가 당신 아버님께서 무슨 사건과 관련하여 대리인으로 내세웠던 그 퇴역 대위 말이에요. 그런데 무엇 때문인지는 모르지만 그이가 그 퇴역 대위한테 무척 화가 나서 그 사람의 턱수염을 움켜쥐고 여럿이 보고 있는 데서 한길로 끌고나와 한참 동안이나 그런 모욕적인 모습으로 끌고 다녔다는 겁니다.

소문을 들으니 그 대위한테는 초등학교에 다니는 어린 아들이 있는데 이애가 그 장면을 보고는 끝까지 아버지 곁에 붙어다니며 엉엉 울면서 아버지 대신 용서를 빌기도 하고 아무나 붙잡고 아버지를 도와달라고 애걸하기도 했답니다. 그렇지만 모두 웃기만 하고 상대도 해주지 않았다고 해요.

미안한 말이지만 알렉세이 씨, 나는 그이가 저지른 그 수치스런 행위를 떠올릴 때마다 분노가 치밀어서…… 그런 짓은 분노에 사로잡힌 드미트리 씨가 아니면 할 수 없는 잔인한 행위지요! 더 이상은 말 못하겠군요. 도저히 할 수 있는 얘기가…… 말이 잘 안 나와요.

그래서 봉변을 당한 사람에 대해서 알아봤더니 무척 가난한 사람이라고 하더군요. 이름은 스네기료프라고 하는데 군대에서 무슨 잘못을 저질러 파면된 모양이지만 그 얘기는 당신한테 할 수 없어요. 그 사람은 지금 불행한 가족을, 병든 아이들과 실성한 아내를 거느리고 이루 말할 수 없는 빈곤 속에서 허덕이고 있답니다.

꽤 오래 전부터 이 고장에 와 살면서 한때는 무슨 서기 노릇을 한 일도 있지만 요즘은 수입이 딱 끊어져 버렸다는 거예요. 나는 당신을 염두에 두고…… 그래서 생각했어요……. 왜 얘기가 이렇게 자꾸 헛갈릴까? 하여튼 당신에게 한 가지 부탁드리고 싶은 게 있어요. 당신은 정말 친절한 분이니까, 그 사람을 찾아가서 어떻게 해서든지 적당한 구실을 붙여 그 집에, 즉 그 대위 집에 들어가서 아, 내가 왜 이렇게 횡설수설하는 걸까요? 들어가면 상대의 기분을 상하지 않도록 조심스럽게, 이건 당신이 아니면 안 되는 일이지만(이 말에 알료샤는 얼굴을 붉혔다), 이 돈을 전해 주시면 고맙겠어요. 여기에 200루블이 있어요. 아마 받아 줄거라고 생각해요, 즉 받도록 당신이 설득해 주셔야겠어요……. 그렇게 해주시면 안될까요, 네?

그렇지만 이건 고소를 취하시키기 위한—그 사람은 고소를 제기할 모양이니까—보상금은 아녜요. 그저 위로의 표시로 내가, 드미트리의 약혼자인 내가 그 사람을 도우려는 성의 표시로 보내는 것이지 장본인인 그이가 보내는 것은 결코 아니니까……. 어쨌든 당신이라면 원만히 처리하실 줄 믿어요……. 내가 직접 찾아가도 좋지만 나보다는 당신이 훨씬 잘 처리해 주실 것 같아서 부탁드리는 거예요. 그 사람은 오조르나야 거리에 있는 칼므이코바라는 여자의 집에 세들어 있다고 해요. 알렉세이 씨, 제발 나를 위해 이 일을 맡아 주세요. 그럼 이만 실례하겠어요. 조금 피곤하군요. 그럼……."

그녀는 재빨리 몸을 돌려 또다시 커튼 뒤로 사라져 버렸다. 그래서 알료샤는 하고 싶던 말을 결국 한마디도 못하고 말았다. 사실 그는 자신을 꾸짖든 용서를 빌든, 가슴에 가득찬 것을 몇 마디라도 하고 싶었고, 그렇게 하지 않고는 이 방에서 나가고 싶지 않았다. 그러나 호흘라코바 부인이 그의 손을 잡고 밖으로 데리고 나갔다.

현관홀에 나오자 부인은 아까처럼 다시 그를 멈춰 세웠다.

"자존심이 강한 여자가 지금 자기 자신과 싸우고 있는 거예요. 그렇지만 저만큼 친절하고 아름답고 너그러운 아가씨도 세상에 없을 거예요!" 호흘라코바 부인은 속삭이는 듯한 어조로 탄성을 질렀다. "나는 정말 저 아가씨가 좋아요! 어떤 땐 견딜 수 없을 만큼 좋다니까요! 나는 지금 모든 것이 다 기뻐요! 알렉세이 씨, 당신은 모르시겠지만 실은 우리 모두, 즉 나와 저 아가씨의 두 이모, 심지어 우리 리즈까지 모두가 지난 한 달 동안 오직 한 가지 일만을 바라고 있었답니다, 기도까지 하면서요. 제발 카체리나 씨가, 자신의 존재를 인정하려하지 않을 뿐만 아니라 자신을 털끝만큼도 사랑하고 있지 않은 당신의 큰형 드미트리씨와 헤어지고 세상의 누구보다도 그 아가씨를 사랑하는 교양있고 훌륭한 청년인 이반 씨와 결혼하게 되기를 말이지요. 우린 거기에 대해 여러 가지 음모를 꿨답니다. 내가 여기에 계속해서 머물러 있는 것도 어쩌면 그 일 때문인지도 몰라요."

"그렇지만 그 아가씨는 또다시 모욕을 당하고 눈물을 흘리지 않았습니까!"
알료샤가 소리쳤다.

"여자의 눈물 같은 것은 믿지 마세요. 알렉세이 씨, 이런 경우에 나는 언제나 여자 편이 아니라 남자 편을 들기로 했어요."

"엄마, 엄마는 그분한테 나쁜 것을 가르쳐서 타락시키려는군요!"
리즈의 날카로운 목소리가 방문 저쪽에서 들려왔다.

"아닙니다, 이것은 모두가 나에게 원인이 있어요. 내가 정말 잘못한 겁니다!"
알료샤는 자기의 행위에 대한 괴로운 수치심에 사로잡혀 두 손으로 얼굴을 가리며 처량한 심정으로 같은 말을 되풀이했다.

"아니 오히려 정반대예요. 당신의 행위는 천사와 같았어요. 그야말로 천사였어요, 천사! 나는 천 번, 만 번이라도 이 말을 되풀이할 용의가 있어요."

"엄마, 뭐가 천사와 같은 행위라는 거죠?"
또다시 리즈의 목소리가 들려왔다.

"나는 그 장면을 보면서 문득 이런 생각이 들었습니다." 리즈의 목소리 따윈 귀에 들리지도 않는다는 듯이 알료샤는 자기 말을 계속했다. "그 사람은 이반을 사랑하고 있다고 말입니다. 그래서 그만 그런 어리석은 소리를 했던 거예요…… 그렇지만 대체 앞으로 어떻게 될까요?"

"그건 누구 얘기예요, 네? 누구 얘기냐 말예요?" 리즈가 외쳤다. "엄마, 엄마는 정말 날 말려 죽일 작정인가봐. 내가 묻는데도 아무 대답도 안해 주시고."

이때 하녀가 달려들어왔다.

"카체리나 아가씨가 몹시 편찮으신가봐요…… 마구 몸부림을 치면서 울고 계십니다…… 히스테리 발작이 일어난 것 같아요."

"무슨 일이에요?" 리즈가 몹시 걱정스러운 듯이 이렇게 소리쳤다. "엄마, 히스테리는 그분보다 내가 일으킬 것 같아요!"

"리즈! 제발 그렇게 빽빽 소리를 지르지 말아 다오. 그 소릴 들으면 난 금방 숨이 넘어갈 것 같으니까. 너는 아직 어리니까 어른들이 하는 일을 죄다 알 필요는 없어. 내 곧 갔다와서 너한테 말해도 괜찮은 건 죄다 이야기해 줄 테니까. 아, 이거 참 야단이군! 그래, 간다, 곧 간다니까! 히스테리를 일으켰다는 건 좋은 징조예요. 알렉세이 씨, 저 아가씨가 히스테리를 일으킨건 정말 잘된 일이라구요. 오히려 그래야만 하는 것이니까요. 나는 이런 경우엔 언제나 여성의 적이 된답니다. 히스테리니 여자의 눈물이니 하는 건 질색이거든요.

애 율리야! 얼른 가서 내가 곧 간다고 전해라. 그건 그렇고, 이반 씨가 아까 그런 식으로 여기서 나가 버린 것은 카체리나 아가씨에게 책임이 있어요. 이반 씨는 떠나지 않을 겁니다. 애 리즈, 제발 소리 좀 지르지 마라! 아니, 소릴지르고 있는 것은 네가 아니고 나였구나! 엄마를 용서하렴. 하지만 나는 너무 기뻐서 어쩔 줄을 모르겠구나! 알렉세이 씨, 당신도 느끼셨는지 모르겠지만 아까 이반 씨가 여기서 나갈 때의 그 젊음에 넘치는 늠름한 태도, 모든 것을 다 고백하고 나서 주저없이 나가버린 그 태도는 정말 훌륭했어요! 나는 그저 지극히 유식한 학자라고만 생각했는데, 뜻밖에도 그처럼 열정적이고 솔직하게, 순진할 정도로 젊은이다운 태도로 얘기하지 않겠어요! 그 멋지고 훌륭한 태도는 당신과 똑같더라니까요…… 그리고 그 독일 시 한 구절을 읊는 대목에서는 정말 당신과 흡사했어요. 아, 이젠 저쪽에 가봐야겠어요. 빨리 가야해요. 알렉세이 씨, 당신도 지금 부탁받은 일을 빨리 해치우고 얼른 이리로 돌아오세요. 애 리즈, 너 뭔가 볼일이 있지 않았니? 제발 알렉세이 씨를 오래 붙잡진 마라. 1분이라도 지체하게 되면 안 돼. 어차피 너에게 곧 돌아오실 테니까……."

호흘라코바 부인은 그제서야 카체리나에게 달려갔다. 알료샤는 나가기 전에 리즈의 방문을 열려고 했다.

"안 돼요!" 리즈가 소리를 빽 질렀다. "지금은 절대로 안 돼요! 문밖에서 그냥 말하세요. 그런데 어떻게 했기에 당신은 천사란 말을 듣게 되었죠? 내가 알고 싶은 것은 그것뿐이에요."

"어리석기 짝이 없는 짓을 했기 때문이죠. 그럼 리즈, 나는 가보겠습니다."

"그렇게 돌아가는 법이 어디 있어요!"

리즈가 소리쳤다.

"리즈, 난 지금 죽고 싶을 만큼 슬퍼요! 곧 돌아오겠지만, 정말 슬픈 일이 있다니까요!"

이렇게 말하고 그는 밖으로 달려나갔다.

6 오두막집에서의 착란

사실 그는 지금 죽고 싶을 만큼 슬펐다. 그 슬픔은 지금까지 그가 좀처럼 경험하지 못한 것이었다.

그는 공연한 말을 입밖에 내어 그만 어리석은 짓을 저지르고 말았던 것이다. 게다가 그것은 남녀간의 사랑에 관한 문제가 아닌가!

'도대체 내가 무엇을 안단 말인가? 그런 문제에 대해 내가 무엇을 이해할 수 있단 말인가?'

그는 얼굴을 붉히면서 마음속으로 그 질문을 거듭 되풀이하고 있었다.

'부끄러운 것쯤은 문제가 아니야, 부끄러움을 느끼는 건 당연한 벌이니까. 무엇보다 곤란한 것은 나 때문에 새로운 불행이 일어날 것이라는 거야. 장로님은 우리 집안의 화해와 결속을 위해 나를 내보내지 않았던가. 이런 식으로해서 어떻게 결속할 수 있단 말인가?'

여기서 문득 그는 자기가 두 사람의 손을 맞잡게 하려던 일을 떠올렸다. 그러자 또다시 참을 수 없을 만큼 부끄러운 생각이 들었다.

'이 모든 것이 나로서는 진심으로 한 일이긴 하지만 앞으로는 좀 더 현명하게 행동할 필요가 있어.'

그는 그렇게 결론을 내렸다. 그러나 그 결론에도 만족한 미소를 지을 수는 없었다.

카체리나가 찾아가 달라고 부탁한 곳은 오조르나야 거리였는데, 사실은 큰 형 드미트리도 오조르나야에서 멀지 않은 뒷골목에 살고 있었다. 알료샤는 퇴역 대위의 집에 가기 전에 역시 먼저 형한테 들러 봐야겠다고 결심했다.

그러면서도 어쩐지 형이 집에 없을거라는 예감이 들었다. 어쩌면 형은 일부러 자기를 피하여 이제부터 어딘가로 자취를 감춰버릴 우려도 있었지만 무슨 일이 있더라도 형을 찾아내야만 했다. 시간이 얼마 없었다. 더욱이 임종이 가까운 장로에 대한 생각이 수도원을 나섰을 때부터 한시도 그의 머리에서 떠나지 않고 있었다.

카체리나의 부탁과 관련하여 무척 그의 흥미를 끄는 일이 한 가지 있었다. 그것은 대위의 아들인 어린 초등학교 학생이 엉엉 울면서 자기 아버지 옆을 뛰어다녔다는 얘기였다. 카체리나로부터 처음 그 말을 들었을 때 알료샤의 머리에는 어떤 생각이 문득 떠올랐다. 그것은 아까 "내가 너한테 무슨 짓을 했다는 거냐?"고 따져 물었을 때 느닷없이 자기의 손가락을 깨문 아이가 바로 그 대위의 아들이 아닌가 하는 생각이었다.

알료샤는 어째서인지는 자신도 알 수 없었지만 그것이 거의 틀림없다는 확신을 가졌다. 이렇게 딴 생각에 정신이 팔려 있노라니 한결 마음이 가벼워져 자기가 방금 저지른 '잘못'만 뉘우치며 자신을 괴롭히고 있을 게 아니라 자기가 할 일만 잘하면 그만이며, 나머지는 운에 맡기기로 마음을 정했다. 그렇게 생각하니 훨씬 기운이 났다. 드미트리 형이 사는 뒷길로 접어들었을 때, 그는 배가 고픈 것을 느끼고 아까 아버지에게서 얻어온 빵을 호주머니에서 꺼내 먹으며 걸어갔다. 뱃속에서 힘이 솟아나는 것 같았다.

드미트리는 집에 없었다. 그 집 사람들, 즉 늙은 소목장이 부부와 그 아들이 이상한 눈초리로 알료샤를 훑어보았다.

"벌써 사흘째나 들어오시지 않습니다. 혹시 어디로 가버리셨는지도 모르겠군요."

노인은 알료샤가 캐묻는 말에 이렇게 대답했다. 알료샤는 노인이 미리 지시받은 대로 대답하고 있다는 것을 알아챘다.

"그럼 그루셴카에게 가 있는 게 아닐까요? 아니면 또 포마 씨 집에 숨어 있는 걸까요?"

알료샤가 일부러 노골적으로 넘겨짚자 그들은 이내 겁을 먹은 얼굴로 알료샤를 바라보았다.

'그러고 보니 모두 형님을 좋아하여 형님 편을 들어주고 있는 모양이군.' 알료샤는 속으로 생각했다. '어쨌든 그건 반가운 일이야.'

마침내 그는 오조르나야에 있는 칼므이코바라는 사람의 집을 찾아냈다. 한길 쪽으로 창문이 세 개밖에 없는 다 쓰러져가는 오막살이집이었다. 집 앞에는 지저분한 마당이 있고, 그 한가운데 암소 한 마리가 홀로 서 있었다. 입구는 마당에서 현관으로 통하는 구조로 되어 있었다. 현관으로 들어가서 왼쪽으로는 주인 노파와 딸이 함께 살고 있었다. 딸 역시 이미 할머니가 다 된 여자였는데 둘 다 귀가 먼 것 같았다. 퇴역 대위에 대해 몇 번이나 되풀이해서 물었더니 한참만에 그중 하나가 자기네 셋방에 든 사람을 찾는가 보다 눈치를 채고 현관 맞은편에 있는 초라한 문을 가리켰다. 대위네 셋방은 실제로 헛간이나 다름없었다. 알료샤는 문을 열려고 쇠로 된 손잡이에 손을 대려다가 문 안쪽이 이상할 만큼 고요한 데 흠칫 놀랐다. 그는 카체리나의 말을 통해서 대위가 처자를 거느린 사람이라는 것을 알고 있었던 것이다.

'모두 자고 있나? 아니면 내가 온 기척을 알고 문이 열리기를 기다리고 있는 것인지도 모르지. 어쨌든 우선 문을 두드리는 게 좋겠군.'

이렇게 생각하고 그는 문을 두드렸다. 한참만에야 안에서 대답하는 소리가 들렸다. 10초 가량은 걸렸을 것이다.

"거 누구요?"

누군가의 몹시 화난 듯한 고함소리가 울려 나왔다.

알료샤는 문을 열고 안으로 들어갔다. 생각보다 넓기는 했지만 너저분한 가재 도구며 사람들로 뒤죽박죽이 되어 발 디딜 틈이 없었다. 왼쪽으로 커다란 러시아식 난로가 있고 그 난로에서 왼쪽 창문까지 방안을 가로질러 빨랫줄이 매여 있는데 빨랫줄에는 갖가지 누더기가 걸려 있었다.

왼쪽과 오른쪽 벽 밑에는 털실로 짠 담요가 덮인 침대가 하나씩 놓여 있었다. 왼쪽 침대에는 옥양목을 씌운 베개 네 개가 크기에 따라 가지런히 쌓여 있었으나 오른쪽 침대에는 아주 조그만 베개가 하나 보일 뿐이었다. 그리고 맞은편 구석에는 역시 엇비슷이 매어 놓은 줄에 커튼인지 홑이불인지를 쳐서 작게 칸막이를 해놓았다. 이 칸막이 뒤에도 한쪽 옆으로 벤치에 의자를 맞붙여 만든 침대가 살짝 눈에 띄었다. 아무 칠도 하지 않아 볼품없는 네모난 나무 식탁은 원래 맞은편 구석에 있던 것을 가운데 창문 옆으로 옮겨 놓은 것 같았다.

곰팡이가 낀 것처럼 푸르스름한 유리를 넉 장씩 넣은 창문은 셋 다 뿌옇게 흐려 있는데다 꽉 닫혀 있어서 방안은 숨이 막힐 듯 답답하고 어둠침침했다. 식탁 위에는 먹다 남은 달걀 부침이 들어 있는 프라이팬이며 먹다 만 빵조각 따위가 아무렇게나 널려 있고 아직도 몇 방울 남은 '지상의 행복'(보드카) 병까지 놓여 있었다.

왼쪽 침대 옆에 놓인 의자에는 포플린 원피스를 입은 어딘지 품위 있어 보이는 부인이 앉아 있었는데 얼굴이 몹시 여위고 낯빛은 누르스름했다. 이상할 정도로 푹 꺼진 두 볼은 그녀가 환자라는 것을 한 눈에 말해 주고 있었다. 그러나 알료샤를 무엇보다 놀라게 한 것은 이 가련한 부인의 눈빛, 무언가를 묻고 싶어하는 것 같은, 그러면서도 터무니없이 거만해 보이는 눈빛이었다.

그러나 부인은 자기 쪽에서는 입을 떼려 하지 않고 알료샤가 이 집 주인과 이야기하고 있는 동안 여전히 의혹에 찬 거만한 표정이 어린 커다란 갈색 눈으로 두 사람을 번갈아 바라보고 있었다.

이 부인과 나란히 왼쪽 창가에 숱이 적은 갈색 머리에 얼굴이 좀 못생긴 젊은 처녀가 서 있었는데 초라해 보이기는 했으나 제법 깨끗한 옷차림을 하고 있었다. 그녀는 방안에 들어온 알료샤를 경계하는 듯한 눈초리로 훑어보았다.

오른쪽 침대 옆에도 또 한 여자가 앉아 있었다. 등이 굽은 이 여자 또한 스무 살쯤 되어 보이는 젊은 처녀였지만 얼른 보기에도 참으로 비참해 보였다. 뒤에 알료샤가 들은 바에 의하면 이 처녀는 다리를 못 쓰는 앉은뱅이라는 것이었다. 방 한쪽 구석 침대와 벽 사이에 그녀의 목발이 세워져 있었다. 이 가엾은 처녀의, 눈이 부실 만큼 아름답고 선량한 눈이 말할 수 없이 온화하고 상냥한 표정을 띠며 알료샤를 바라보고 있었다. 식탁 앞에는 마흔 대여섯 가량 된 남자가 앉아서 남은 달걀부침을 먹고 있었다. 키는 그리 크지 않고 여위고 빈약한 체격의 사내였는데 머리카락은 불그스름하고 다 떨어진 수세미를 연상시키는 성긴 턱수염 역시 불그스름한 빛이었다. 나중에 깨달은 거지만 이 '수세미'란 말이 무엇 때문인지 그를 보자마자 알료샤의 머리에 퍼뜩 떠올랐던 것이다. 방안에는 이 사람 말고는 남자가 없는 것으로 보아 방금 "거 누구요!" 하고 소리를 지른 것은 바로 이 사람이었음이 분명했다. 그러나 알료샤가 방안에 들어서자 그는 앉았던 자리에서 후닥닥 일어나 구멍이 숭숭 뚫린 냅킨으로 황급히 입술을 닦으면서 알료샤 앞으로 달려나왔다.

"수도사가 동냥을 하러 왔나본데, 번지수를 잘못 알고 찾아왔군요!"

왼쪽 구석에 서있던 처녀가 커다란 소리로 말했다. 그러나 알료샤에게로 달려온 남자는 그녀 쪽으로 홱 돌아서며 이상스레 흥분한 기색으로 대꾸했다.

"아니다, 바르바라, 그건 네가 잘못 생각했다! 그러면 제가 한가지 여쭈어 보겠습니다만," 그는 다시 알료샤한테 몸을 돌렸다. "대관절 무슨 일로 이렇게 누추한 곳에 오셨는지요?"

알료샤는 주의깊게 상대를 바라보았다. 이 남자를 만난 것은 이번이 처음이었다. 그에겐 어딘지 딱딱하고 성급하며 신경질적인 데가 있었다. 방금 술을 한 잔 한 것은 틀림이 없는 것 같은데 그렇다고 취해 있는 것은 아니었다. 그 얼굴은 어쩐지 매우 뻔뻔스러우면서도 동시에(그것이 매우 기묘했지만) 어딘가 겁먹은 듯한 표정을 띠고 있었다. 이를테면 오랫동안 굴욕을 참고 견디어 온 남자가 지금 갑자기 일어서서 자기의 존재를 과시하려 드는 사람 같기도 했고, 아니면 상대를 실컷 때려주고 싶지만 혹시 오히려 얻어맞지나 않을까 전전긍긍하고 있는 사람같이 보이기도 했다.

그가 하는 말투나 꽤 날카로운 목소리의 억양에서는 어딘가 미치광이 같은, 때로는 심술궂고 때로는 겁먹은 듯이 일정한 톤을 유지하지 못하는 이상한 우스꽝스러움이 느껴졌다. '누추한 곳' 운운했을 때도 그는 몸을 떨며 두 눈을 부릅뜨고 알료샤한테 바싹 다가서는 바람에 알료샤는 무의식중에 한 걸음 뒤로 물러서지 않을 수 없었다.

그는 낡아빠진 검은 무명 겉옷을 걸치고 있었는데 헝겊을 대고 너덕너덕 기운데다 여기저기 얼룩이 져 있었다. 바지는 굉장히 밝은 빛깔의 아주 얇은 체크무늬 천으로 만든 것인데 아마 요즘 세상에 그런 옷을 입고 다니는 사람은 아무도 없을 것이다. 게다가 바짓가랑이가 형편없이 구겨져 위로 말려 올라가는 바람에 어린애처럼 다리가 드러나 있었다.

"나는…… 알렉세이 카라마조프라는 사람입니다만……."

알료샤는 그의 질문에 대답할 양으로 이렇게 서두를 꺼냈다.

"그건 잘 알고 있습니다."

그는 얼른 말을 가로챘다. 남자는 새삼스럽게 자기 소개를 하지 않아도 찾아온 사람이 누구라는 것쯤은 이미 다 알고 있다는 것을 일깨워 주려고 즉각 말을 가로했다.

"제가 바로 스네기료프 대위란 사람입니다만, 그보다도 제가 여쭙고 싶은 것은 대체 무슨 일로 여길……."

"아니, 그저 잠깐 들렀을 뿐입니다. 실은 당신한테 한 가지 말씀드릴 일이 있는데…… 만약 괜찮으시다면……."

"그러시다면 여기 의자가 있으니 자리에 앉아 주시기 바랍니다. 이건 옛날 희극에 곧잘 나오는 대사지요, '자리에 앉아 주시기 바랍니다'라고 말입니다……."

이렇게 말하며 퇴역 대위는 재빠른 동작으로 빈 의자를 집어들더니(겉에 아무것도 씌우지 않은 시골풍의 딱딱한 나무의자였다) 그것을 거의 방 한가운데다 옮겨 놓았다. 그러고 나서 자기가 앉을 의자까지 갖다 놓은 다음 알료샤와 마주앉았는데 조금 전과 같이 너무 바싹 다가앉았기 때문에 무릎이 거의 맞닿을 지경이었다.

"제가 러시아 보병 2등 대위, 니콜라이 스네기료프입니다. 비록 잘못을 저질러 명예를 더럽히긴 했지만 2등 대위인 것만은 틀림없습니다. 그러나 스네기료프라기보다는 2등 대위 슬로보예르스프라고 하는 편이 더 적절하겠지요. 왜냐하면 인생의 후반기에 접어들면서부터 나는 언제나 슬로보예르스'(러시아에서 비굴에 가까운 경의를 표하는 접미사 S)를 붙여 말을 하게 되었으니까요. 인간이 몰락하게 되면 으레 입버릇처럼 그렇게 되게 마련이지요."

"그렇겠지요." 알료샤는 쓴 웃음을 지었다. "그런데 그 입버릇은 무의식중에 저절로 그렇게 되는 것입니까, 아니면 일부러 그러는 것입니까?"

"솔직히 말씀드려서 무의식중에 그렇게 됩니다. 이전에는 슬로보예르스를 붙여서 말해 본 적이 한 번도 없었는데, 어느날 갑자기 고꾸라졌다가 다시 일어났더니 어느새 슬로보예르스가 입에 붙어 버리더군요. 이건 인간의 힘으론 어쩔 수 없는 일인가 봅니다. 댁은 아마 현대의 문제에 대해서도 관심이 꽤 많으신 모양이군요. 하지만 어떻게 저같은 인간에게 호기심을 느끼게 되셨는지요? 손님 대접 같은 건 도저히 불가능한 환경에서 살고 있는 저 같은 놈에게 말입니다."

"다름 아니라, 나는…… 그 일 때문에 왔습니다."

"그 일 때문이라니요?"

대위는 성급히 말을 가로챘다.

"내 형님인 드미트리 카라마조프와 당신이 만났던 일 말입니다."

알료샤는 민망한 듯이 말했다.

"만났던 일이라니 대체 무슨 말씀이신지? 그럼 그 일을 두고 하시는 말씀인가요? 다시 말해서 그 수세미 사건, 목욕탕 수세미에 관한 사건 말인가요?"

그가 갑자기 앞으로 몸을 내미는 바람에 이번엔 정말로 무릎이 마주치고 말았다. 그러자 그의 입술이 뻣뻣하게 한 일자로 굳어지고 말았다.

"수세미라니, 그건 대체 무슨 말입니까?"

알료샤는 중얼거리듯이 물었다.

"아빠! 저 사람은 아빠한테 나를 일러바치려고 온 거예요!" 알료샤에게는 이미 귀에 익은 아까 그 소년의 목소리가 칸막이 커튼 뒤에서 들려왔다. "아까 내가 저 사람의 손가락을 깨물어 주었거든요!"

커튼이 걷혔다. 알료샤는 방 한쪽 구석 성상화 밑에 벤치와 의자를 맞붙여서 만들어 놓은 작은 침대 위에 아까 길에서 달려들었던 그 소년이 있는 것을 보았다. 소년은 아까 입었던 그 허술한 외투와 낡은 솜이불을 덮고 누워 있었다. 어디가 괴로운 듯, 번들거리는 그 눈빛으로 보아 몹시 열이 높은 것 같았다. 아까와는 달리 소년은 두려워하는 기색도 없이 알료샤를 노려보고 있었다. '여긴 우리집이니까 겁날 것 없다'는 표정이었다.

"뭐, 손가락을 깨물었다구?" 대위는 급히 의자에서 일어나며 말했다. "저애가 당신의 손가락을 깨물었습니까?"

"예, 그렇습니다. 아까 저 아이가 한길에서 다른 아이들과 서로 돌을 던지고 있더군요. 여섯 명이나 되는 아이들을 혼자서 상대하고 있었습니다. 그래서 내가 저 애한테 가까이 가려니까, 저 애가 나에게도 돌을 던지더군요. 두 번째 던진 돌이 내 머리에 맞았습니다. 그래서 내가 너한테 무얼 잘못했기에 그러느냐고 물어보았지요, 그랬더니 무엇 때문인지 느닷없이 달려들어 내 손가락을 사정없이 깨물더군요."

"지금 당장 벌을 주겠습니다! 당장 혼내 주겠어요!"

2등 대위는 벌떡 자리에서 일어났다.

"아닙니다, 나는 그걸 일러바치려고 여기 온 것은 아닙니다. 그저 그런 일이 있었다는 걸 얘기했을 뿐이죠……. 저 애가 그 일로 벌을 받는다면 내 마음이 몹시 편치않을 겁니다. 게다가 저 애는 지금 몹시 아픈 것 같군요……."

"그럼 제가 정말로 저 애를 때릴 줄 아셨습니까? 제가 저 일류샤를 당장 끌어내어 당신 앞에서 당신을 만족시키기 위해 두들겨 패줄 줄 아셨습니까? 당신은 내가 당장 그렇게 하는 것을 보고 싶다는 겁니까?" 대위는 금세 달려들기라도 할 듯이 알료샤 쪽으로 휙 몸을 돌리며 말했다. "물론 당신의 손가락에 대해서는 심히 유감스럽게 생각합니다, 그러나 우리 일류샤 놈을 혼내 주기 전에 당장 당신이 보는 앞에서 여기 있는 이 나이프로, 당신이 충분히 만족하실 수 있도록 제 자신의 손가락 네 개를 몽땅 잘라 버리는 게 어떻겠습니까? 손가락 네 개면 당신의 복수심을 만족시키기에 충분하리라고 생각합니다만, 설마 나머지 하나까지 자르라고 요구하지는 않으시겠지요?"

그는 숨이 막히기라도 한 듯이 갑자기 말을 끊었다. 그 얼굴은 근육 하나하나가 꿈틀거리며 경련을 일으켜 몹시 도전적으로 보였다. 그는 극도의 흥분 상태에 빠져 있었다.

"이제야 비로소 모든 사정을 알 수 있을 것 같군요." 알료샤는 여전히 자리에 앉은 채 슬픔 어린 조용한 어조로 대답했다. "그러고 보니 저 애는 착한 마음씨를 가진 아이로군요. 아버지인 당신을 사랑하기 때문에 그 아버지를 모욕한 원수의 동생이라는 생각에서 나한테 덤볐던 거예요……. 나는 이제야 비로소 그것을 알았습니다." 주저하면서 그는 그렇게 되풀이 해서 말했다. "그러나 우리 형 드미트리는 자기가 한 일을 후회하고 있습니다. 나는 그걸 잘 알고 있어요. 그래서 만일 형님이 이리로 당신을 찾아뵐 수 있다면, 아니, 가장 좋은 것은 같은 장소에서 당신을 다시 한번 만난다면 형님이 모든 사람이 보는 앞에서 당신에게 용서를 비는 거라고 생각합니다……. 만일 당신이 그것을 원하신다면 말입니다."

"그러니까 뭡니까, 남의 수염을 잡고 마구 끌고 다녔으면서도 나중에 용서를 빌기만 하면 그것으로 모든 건 끝나고 상대의 마음도 풀릴 거라는 말씀인가요?"

"아니, 천만의 말씀입니다. 그와는 반대로 형님은 당신이 원하신다면 무슨 일이든, 그야말로 무슨 일이든 다 할 겁니다!"

"그렇다면 당신의 형님한테 바로 그 술집, '수도(首都)'라는 이름의 술집입니다만, 그 술집에서든지 아니면 읍내의 네거리에서 제 앞에 무릎을 꿇으라고 하면 과연 무릎을 꿇을까요?"

"물론 무릎을 꿇을 것입니다."

"오, 참으로 감격스러운 말씀이군요. 너무나 감격하여 눈물이 나올 지경입니다. 제가 좀 감동을 잘하는 편이라. 그러면 저의 가족을 소개해 드리겠습니다. 여기 있는 것이 저의 가족입니다. 딸 둘과 아들 하나, 모두가 한배에서 난 제 자식들입니다. 제가 죽으면 도대체 누가 저애들을 귀여워해 주겠습니까? 제가 살아 있는 동안 저애들 말고 누가 저 같은 너절한 인간을 사랑해 주겠습니까? 이것은 저 같은 모든 인간들을 위해 하느님께서 베풀어 주신 위대한 은총입니다. 사실 저 같은 인간도 누구든 한 사람한테쯤은 사랑을 받을 수 있어야 할 게 아닙니까……."

"오오, 참으로 옳은 말씀이십니다."

알료샤는 소리쳤다.

"이젠 제발 어릿광대 짓은 그만 하세요! 어디서 바보 같은 인간이 찾아오기만 하면 아버진 언제나 그런 창피스런 소릴 한다니까!"

뜻밖에도 창가에 서 있던 처녀가 아버지에게 얼굴을 찌푸리면서 경멸 어린 표정으로 소리쳤다.

"잠깐만 기다려 주렴, 바르바나. 말을 일단 시작한 이상 끝까지 해야 할게 아니냐?" 아버지는 소리쳤다. 비록 그것은 명령하는 듯한 어조였으나, 그 시선은 딸의 말을 전적으로 시인하고 있었다. "저 애는 원래가 저런 성격이랍니다." 그는 다시 알료샤를 향해 말했다.

"세상 만물 가운데
그의 눈에 든 것은 아무것도 없었다

(푸시킨의 장시 구절)

아니, 이건 주어(主語)를 여성형으로 고쳐서 '그녀의 눈에 든 것은 아무것도 없었다'라고 해야겠군요. 그건 그렇고, 이번엔 저의 아내를 소개하지요. 여기 이 사람이 아리나 페트로브나인데 올해 마흔세 살로서 다리를 못 쓴 답니다. 아니 걷기는 걷습니다만 조금밖엔 못 걷지요. 본디 비천한 집안 출신이랍니다. 아리나, 얼굴을 좀 펴는 게 어때! 이분은 알렉세이 카라마조프 씨. 일어나십시오, 알렉세이 씨."

그는 느닷없이 알료샤의 팔을 잡더니, 전혀 뜻밖일 만큼 강한 힘으로 일으켜세웠다. "부인을 소개받으실 때는 일어서는 게 당연합니다. 이분은 말이야, 마누라, 나한테 그런 짓을 한 그 카라마조프가 아니라 그 사람의 동생 되는 분인데, 더할 수 없이 얌전하고 훌륭한 분이지. 그보다도 아리나, 우선 당신의 손에 입을 맞추게 해주구료."

이렇게 말하더니, 그는 자못 정중하고 다정하게 아내의 손에 입을 맞췄다. 창가의 처녀는 화가 나서 등을 돌려 버리고 말았다. 오만하고 무언가 경계하는 것 같던 부인의 얼굴에 별안간 이상하리만치 상냥한 표정이 떠올랐다.

"잘 오셨습니다, 체르노마조프(얼굴빛이 검다는 뜻) 씨, 어서 앉으세요."

그녀가 말했다.

"여보! 카라마조프라니까!⋯⋯. 저희는 본디 비천한 집안 출신이지요."

그는 또다시 속삭였다.

"카라마조프인지 뭔진 모르겠지만 아무튼 나는 체르노마조프라 부르겠어요. 자, 어서 앉으세요. 저 양반은 또 뭣 때문에 당신을 일으켜 세웠을까요? 저더러 다리를 못쓰는 병신이라고 했지만, 다리는 분명히 움직인답니다. 그저 다리가 물통처럼 퉁퉁 부어오르고 그 대신에 몸은 몹시 빼빼 말랐다뿐이죠. 전에는 뚱뚱한 편이었는데 보시다시피 이제는 바늘이라도 삼킨 사람처럼 되어⋯⋯."

"저희는 비천한 집안 출신이지요. 예, 본디 비천한 집안 출신이에요."

대위는 또 한번 속삭였다.

"아버지! 아버진 참!"

여태까지 잠자코 의자에 앉아 있던 곱사등이 처녀가 갑자기 이렇게 외치며 손수건으로 얼굴을 가렸다.

"어릿광대!"

이번엔 창가에 있던 딸이 내뱉듯이 말했다.

"보십시오, 저희집은 이렇답니다." 어머니가 두 딸을 가리키며 질렸다는 듯이 두 팔을 벌렸다. "마치 구름이 움직이고 있는 것과 같다고나 할까요, 구름이 지나가 버리면 언제나 판에 박은 듯한 입씨름이 시작됩니다. 전에 저이가 군대에 있었을 때엔 훌륭한 손님들이 많이 찾아와 주셨지요. 그렇다고 해서 뭐 지금과 비교하려는 건 아니지만요. 그렇지만 남이 이쪽을 사랑하면 이쪽에서도 그 사람을 사랑해야 하거든요. 그 당시 보제(補祭)의 부인이 찾아와서 이런 말을 하더군요. '알렉산드르 알렉산드로비치는 마음씨가 아주 착한 분이지만, 나스타샤 페트로브나는 보기만 해도 속이 메스꺼워진다니까.' 그래서 저는 이렇게 대꾸했지요. '그야 사람에 따라 저마다 좋아하는 사람이 따로 있는 법이니까. 그렇지만 당신은 썩은 내 나는 송사리잖아요.' 그랬더니 '너 같은 여자는 꼼짝 못하게 버릇을 가르쳐 줘야 해'라는 거예요. '무슨 소리야, 이 악당년아, 네가 누굴 설교하러 왔느냐?' 하고 저도 대들었지요. 그랬더니 이번엔 '나는 깨끗한 공기를 마시고 있지만, 너는 더러운 공기를 마시고 있지 않느냐'라는 거예요. '그럼 장교님들한테 모조리 돌아가며 물어봐, 내 몸안의 공기가 더러운지 깨끗한지!'

그 뒤부터 어쩐지 그것이 마음에 걸려 견딜 수가 없었어요. 그런데 얼마 전에 제가 지금처럼 여기 이렇게 앉아 있으니 부활절에 자주 오시던 장군께서 들어오시지 않겠어요? 그래서 저는 물어보았어요. '각하, 어엿한 귀부인이 바깥 공기를 마셔도 괜찮을까요?' 그랬더니 '그렇소, 창문이나 방문을 좀 열어 놔야 하겠소, 방안 공기가 신선한 것 같지 않으니까'라고 대답하시더군요. 그런데 누구에게 물어 봐도 모두 똑같은 대답뿐이라니까요! 어째서 모두들 저의 집 공기에 신경을 쓰는 걸까요? 송장 냄새가 우리집 냄새보다 훨씬 더 고약한데 말예요! 그래서 저는 말해주었어요. '당신네들의 공기를 더이상 더럽히고 싶진 않으니까 신발을 맞춰 신고 어디 먼 데로 가버리겠어요. 애들아, 제발 이 어미를 나무라지 마라! 여보, 당신은 내가 마음에 들지 않나요? 저한테 유일한 기쁨은, 우리 일류셴카가 학교에서 돌아와 저를 위로해 주는 것뿐이랍니다. 어제도 사과를 한 개 갖다 주더군요. 애들아, 이 어미를 용서해 다오. 이 외롭고 쓸쓸한 어미를 용서해 주렴. 그런데 어째서 내 공기를 그처럼 싫어하게 되었을까요!"

가련한 부인은 별안간 소리 내어 울기 시작했다. 눈물이 끝없이 흘러 내렸다. 대위는 황급히 아내의 곁으로 달려갔다.

"여보, 마누라, 이젠 그만둬요, 그만 울라니까! 당신은 혼자가 아니야. 모두 당신을 사랑하고 있어! 모두 존경하고 있지 않느냐 말이야!"

그는 또다시 아내의 두 손에 입을 맞추고는 손바닥으로 부드럽게 아내의 얼굴을 쓰다듬어 주기 시작했다. 그런 다음 냅킨을 집어 눈물까지 닦아 주었다. 알료샤에게는 대위 자신의 눈에서도 눈물이 이는 것처럼 보였다.

"그래 어떻습니까, 보셨지요? 들으셨지요?"

그는 가엾은 실성한 여자를 가리키면서 왠지 갑자기 분노에 찬 표정으로 알료샤를 돌아 보았다.

"보았습니다, 그리고 들었습니다."

알료샤는 중얼거리듯이 말했다.

"아버지, 아버지! 그래 아버진 저런 사람하고…… . 저런 사람은 상대도 하지 마세요, 아버지!"

침대 위에 일어나 앉아서 타는 듯한 눈초리로 아버지를 쏘아보며 소년이 소리쳤다.

"그런 어릿광대 같은 우스꽝스런 짓은 그만두세요! 그래봐야 아무 소용도 없어요!"

화가 머리끝까지 치민 바르바라가 여전히 한쪽 구석에서 발을 구르며 고함을 쳤다.

"바르바라, 네가 그렇게 성을 내는 건 이번엔 아주 당연한 일이라고 생각한다. 그럼 나도 순순히 너의 말을 따르기로 하지. 자 알렉세이 씨, 모자를 쓰십시오. 저도 이렇게 모자를 들고…… 자, 밖으로 나갑시다. 당신한테 한 가지 중요한 얘기를 해야겠는데 어쨌든 밖에 나가서 하지요. 아참, 여기 앉아 있는 아이가 제 딸 니나입니다. 소개하는 걸 깜박 잊고 있었습니다만, 이 애는 인간 세계에 내려온…… 즉, 인간의 모습을 한 천사입니다. 무슨 뜻인지 알아들으실는지?"

"보세요, 갑자기 염병이라도 걸린 것처럼 온몸을 떨고 있잖아요!"

여전히 성난 어조로 바르바라가 말했다.

"그리고 방금 저기서 발을 구르며 나더러 어릿광대라고 쏘아붙인 저애도 역시 인간의 모습을 한 천사랍니다. 저렇게 나에게 욕을 퍼붓는 것도 실은 당연한 일이지요. 자, 이젠 나가십시다, 카라마조프 씨. 어쨌든 용건을 끝마쳐야 하니까요……."

7 신선한 공기 속에서

"신선한 공기로군요, 저희 집으로 말하면 어느 의미로 보나 몹시 지저분해서요. 천천히 걷기로 하지요. 실은 당신에게 한 가지 흥미로운 얘기를 들려드리고 싶습니다."

"나 역시 한 가지 중요한 용건이 있습니다만……" 알료샤는 말을 받았다. "그런데 어떻게 얘기를 꺼내면 좋을지 알 수가 없군요."

"저에게 무슨 용건이 있다는 걸 제가 모를 리 있겠습니까! 용건이 없다면야 저희 집 같은 데는 들여다보지도 않으셨을 테니까요. 혹시 정말로 우리 아이의 일 때문에 오신 건 아닙니까?

아무래도 그런 것 같지는 않지만요. 이왕 말이 나온 김에 그 애 얘기를 좀 하지요. 집에서는 모든 것을 이야기할 수가 없었지만, 여기서 그때의 상황을 자세히 말씀드리기로 하지요. 보십시오, 실은 저의 수세미도 일주일 전만 해도 좀 더 숱이 많았습니다. 제 턱수염 말입니다. 제 수염엔 수세미란 별명이 붙어 있거든요. 그렇게 부르는 건 주로 조무래기들입니다만.

그런데 그날 당신의 형님 드미트리 씨가 다짜고짜 이 수염을 움켜쥐지 않았겠습니까. 제게 잘못이 있다면 그건 당신 형님이 격분해 있는 그 순간에 재수 없게도 제가 나타났다는 것뿐이지요. 수염을 잡혀 술집에서 네거리로 끌려나갔을 때 마침 초등학교 학생들이 학교에서 돌아오고 있었지요. 그런데 그 속에 우리 일류샤가 끼어 있었단 말입니다. 제가 그런 꼴을 당하고 있는 것을 보자 그 애는 저한테 달려와서 '아버지, 아버지!' 하고 울부짖으며 저를 부둥켜안고는, 어떻게 해서든지 저를 떼어놓으려고 바둥거리더군요. 그러면서 제 수염을 붙잡고 있는 사람에게 소리쳤습니다. '놓아 주세요, 놓아 주세요! 네! 우리 아버지예요. 용서해 주세요!' 그렇습니다. 분명히 '용서해 주세요!'라고 소리쳤어요. 그러고는 당신 형님에게 매달려 그 조그만 손으로 당신 형님 손을 잡고 입을 맞추지 않겠습니까! 그 순간에 그 애가 어떤 얼굴을 하고 있었는지 지금도 눈에 선합니다. 잊을 수가 없습니다. 물론 앞으로도 결코 잊지 못할 것입니다!"

"맹세해도 좋습니다." 알료샤는 외쳤다. "형님은 진심으로 성의를 다하여 당신한테 후회의 뜻을 표할 것입니다. 바로 그 광장에서 무릎을 꿇고라도…… 그렇게 하도록 하겠습니다. 그렇게 하지 않는다면 더 이상 제 형이 아닙니다!"

"아하, 그렇다면 아직은 그럴 계획이라는 것뿐이군요. 그분 자신의 생각이 아니라, 당신의 그 고결하고도 착한 마음에서 우러나온 생각이란 말씀이지요? 그럼 그렇다고 처음부터 말씀하시지 않고. 아니, 그러시다면 저도 당신 형님이 기사도와 훌륭한 군인기질의 소유자라는 것을 증명해 드리겠습니다. 당신 형님은 그때 그것을 유감없이 발휘하셨으니까요.

이 수세미를 실컷 끌고 다닌 다음 절 놓아 주시면서 '너도 장교라면 나도 장교다. 결투를 위한 적당한 증인을 구하면 나한테 보내도록 해. 비록 상대가 쓰레기 같은 놈이라도 결투에서 반드시 상대해줄 테니!'라고 말씀하시더군요. 분명히 그렇게 말씀하셨습니다. 이것이야말로 기사도적인 정신이 아니고 무엇이겠습니까! 저는 일류샤를 데리고 그 자리를 떠나왔습니다만, 저희 집 족보의 장식물이 될 만한 그 광경은 영원히 일류샤의 가슴속에 깊이 새겨지고 말았습니다. 사실 그런 꼴을 당하고 어떻게 저희가 귀족 행세를 할 수 있겠습니까! 당신도 한번 생각해 보십시오.

당신은 방금 저희집에 오셔서 거기서 무엇을 보셨습니까? 세 여자가 앉아 있었지만, 하나는 다리를 못 쓰는 데다 머리까지 이상하고, 하나는 앉은뱅이에다 곱사등이, 그리고 또 하나는 다리도 멀쩡하고 지나칠 만큼 영리한 여학생이지요. 이 애는 다시 페테르부르크로 달려가 네바 강가에서 러시아 여성의 권리를 찾는 운동에 참여하겠다고 합니다. 일류샤에 대해서는 말할 필요도 없겠지요. 이제 겨우 아홉살, 친구 하나 없는 아이입니다. 그러니 만일에 제가 죽는다면 저희 집 식구들은 도대체 어떻게 되겠습니까? 제가 묻고 싶은 건 이것뿐입니다.

제가 당신 형님한테 결투를 신청했다가 그 자리에서 죽어 버리게 되면, 제 가족은 다 어떻게 되겠느냐 말입니다! 아니, 그보다도 제가 아주 죽어 버리지 않고 병신이 되는 정도로 그친다면? 그땐 그야말로 큰일이 아니겠어요! 일은 하지 못하면서 먹을 입만 여전히 남아 있게 될테니까요. 그렇게 되면 도대체 누가 제 입에 먹을 것을 넣어 주겠습니까? 그리고 누가 저희 식구를 먹여살리겠습니까? 일류샤를 학교에 보내지 말고 거리에 내보내 구걸이라도 해오라고 할까요? 아시겠어요, 당신 형님한테 결투를 신청하는 것은 나에게는 이만한 의미가 들어있는 일입니다. 도대체가 어리석은 일이라고 할 수 밖에 없습니다."

"형님은 당신한테 반드시 용서를 구할 겁니다. 광장 한가운데서 당신의 발 아래 무릎을 꿇고 머리를 숙일 것입니다."

알료샤는 눈을 빛내며 다시 소리쳤다.

"고소를 할까 하는 생각도 해보았지만" 대위는 말을 계속했다. "러시아의 법전을 한번 펼쳐 보십시오. 제가 받은 개인적인 모욕에 대해 가해자로부터 대체 얼마만큼의 보상을 받을 수 있을까요! 게다가 그때 갑자기 아그라페나 (그루셴카)가 저를 불러 이렇게 호통을 치지 않겠습니까. '그런 생각은 아예 하지도 말아요! 만일 그이를 고발하면, 그이가 당신을 때린 건 당신이 사기를 쳤기 때문이라고 모든 사람에게 폭로하고 말겠어요. 그렇게 되면 오히려 당신이 재판소에 끌려갈 걸요!'라고 말입니다. 방금 말한 그 사기니 뭐니 하는 것을 생각한 사람이 도대체 누구인지, 누구의 돈으로 나같은 소인배가 그따위 비겁한 짓을 했는지 아마 하느님만은 알고 계시겠지요. 모든 것은 바로 그 여자와 표도르 카라마조프 씨가 시킨 일이 아니냔 말입니다! 그 여자는 또 이런 말까지 하더군요. '그뿐인 줄 아세요? 앞으로 당신 같은 건 나한테서 한푼도 벌지 못하게 영영 쫓아 버리겠어요. 그리고 우리 상인한테도 그렇게 말해서—그 여자는 삼소노프 노인을 우리 상인이라고 부르고 있습니다—당신을 쓰지 못하게 하겠어요.'

그래서 저도 생각해 보았습니다. 만일 그 상인까지 저를 써주지 않는다면 도대체 누구한테 가서 벌어먹나 하고 말입니다. 사실 저한테 벌이를 시켜 주는 건 그 두 사람밖에 없으니까요. 그도 그럴 것이 당신의 아버지 표도르 씨는 어떤 특별한 이유가 있어서 저를 신용하지 않고 있을 뿐만 아니라 제가 서명한 영수증을 손에 넣어가지고 오히려 저를 재판소로 끌고 가려는 눈치거든요.

이런 모든 일을 생각한 저로서는 울며 겨자먹기로 단념하기로 마음먹었습니다. 그리하여 당신도 저희 집안 꼴을 다 보시게 된 거지요? 그건 그렇고 한 가지 묻고 싶은 건, 그 애가, 그 일류샤 놈이 아까 당신 손가락을 심하게 물어뜯었나요? 집에서는 그 애가 있어서 자세히 물을 수가 없었습니다만."

"네, 상당히 심하게 물렸습니다, 그 애도 몹시 화가 났던 모양이에요. 카라마조프 형제라 해서 나한테 복수를 한 것이겠죠. 이제는 그 사정을 나도 잘 알았습니다. 하지만 그 애가 학교 동무들 하고 돌팔매질을 하고 있는 것을 당신이 보았더라면! 참으로 위험했습니다. 그 애들한테 맞아죽을 수 있으니까요. 철없는 아이들이라 분별심이고 뭐고 있겠습니까? 돌에 맞아 머리가 깨질지도 모르니까요."

"예, 맞긴 맞았지요! 머리는 아니지만 가슴을, 심장 바로 위를 한 대 맞았습니다. 오늘 돌에 맞았다면서 시퍼렇게 멍이 들어 돌아와서는 울면서 씩씩거리다가 겨우 잠들었지요."

"그런데 그 애가 먼저 다른 아이들에게 덤볐단 말입니다. 당신 일로 그 애들한테 화풀이를 한 모양이더군요. 아이들의 말을 들으니, 오늘 그 애가 크라소트킨인가 하는 아이의 옆구리를 칼로 찔렀다고 하더군요."

"그 얘기도 들었습니다만 정말 위험한 짓입니다. 찔린 아이의 아버지 크라소트킨은 이곳 관리니까, 또 시끄러운 문제가 일어날지 모르겠습니다……."

"이건 당신에게 충고삼아 하는 말이지만," 알료샤는 열심히 말을 계속했다. "당분간 학교엔 보내지 않는 편이 좋을 것 같습니다. 그러노라면 그 애의 마음도 가라앉을 것이고 가슴의 분노도 사라지겠지요……."

"분노라구요!" 대위는 말꼬리를 붙잡고 되뇌었다. "맞습니다, 분노지요! 조그만 어린애지만 그건 굉장한 분노입니다. 그러나 당신은 아직 여기에 대해서는 잘 모르실 겁니다. 그럼 이 얘기를 좀 자세하게 설명해 드리지요. 다름 아니라 그때 그 일이 일어난 뒤로부터 학교 동무들이 모두 그 애를 수세미라고 놀려대기 시작한 모양입니다. 학교에 다니는 아이들이란 정말 무자비하거든요, 하나하나 떼어놓고 보면 모두 천사 같지만, 한데 모이면 특히 학교 같은 곳에서는 잔인하게 되기가 일쑤지요.

그렇게 모두들 놀려대니까 일류샤의 가슴속에 고귀한 정신이 번쩍 눈을 뜬 것입니다. 여느 아이 같으면 그만 기가 죽어 오히려 자기 아버지를 부끄럽게 여겼겠지만, 그 애는 아버지를 위해 혼자서 모든 아이를 상대로 분연히 일어섰습니다. 아버지를 위해, 정의를 위해, 진리를 위해 일어선 것이지요. 당신 형님의 손에 입을 맞추며 '아버지를 용서해 주세요. 아버지를 용서해 주세요'라고 애원했을 때의 그 애 마음은 얼마나 쓰라렸을지 아는 것은 하느님 하고 저밖에 없을 겁니다. 제 아이, 당신들의 아이가 아니라 제 아이는, 비록 사람들에게 멸시를 받고는 있지만 마음만은 고결합니다. 저희 가난뱅이 자식들은 겨우 아홉 살밖에 안 된 나이에 벌써 이 세상의 진실을 알게 됩니다. 부잣집 아이들은 어림도 없지요. 그야말로 평생이 걸려도 이런 인생의 깊이는 도저히 알길이 없습니다. 그렇지만 우리 일류샤는 그 네거리에서 당신 형님의 손에 입을 맞추던 순간, 바로 그 순간에 이 세상의 모든 진리를 배운 것입니다. 그리고 그 진리는 그 애를 사정없이 후려갈겨 영원히 회복할 수 없는 깊은 상처를 입혔단 말입니다."

대위는 다시금 극도의 흥분 상태에 빠진 듯 열띤 음성으로 이렇게 말하고는 그 '진리'가 어떻게 일류샤를 후려갈겼는가를 똑똑히 보여주려는 듯이 오른손 주먹으로 왼편 손바닥을 힘껏 때렸다.

"바로 그날, 그 애는 무섭게 열이 나서 밤새껏 신음했습니다. 그날은 온종일 저하고도 별로 말을 하려 들지 않고, 입을 딱 봉하고 있었습니다. 그러나 제가 가만히 보고 있노라니까, 한쪽 구석에서 저를 힐끔힐끔 쳐다보고 있는 거예요. 창문 쪽으로 엎드려 공부를 하는 체하고 있었습니다만, 공부 같은 것은 염두에도 없다는 것을 저는 잘 알 수 있었습니다. 그 이튿날은 한잔 들이켰기 때문에 별로 기억에 없습니다. 슬픔을 잊으려고 마시긴 했지만, 생각해 보면 저도 죄 많은 놈입니다. 그래서 마누라도 그만 울음을 터뜨리고 말았지요, 저는 제 마누라를 매우 사랑하고 있습니다. 그러면서도 슬픔을 잊으려고 주머니를 털어 술을 마셔 버리고 말았답니다.

우리를 너무 경멸하지는 말아 주십시오. 우리 러시아에서는 술꾼들이 제일 가는 호인이랍니다. 그리고 우리나라에서 제일가는 호인들은 예외없이 모두 술꾼이지요. 아무튼 저는 그날 술을 마시고 쓰러져 있었기 때문에 그날의 일류샤에 대해서는 별로 기억에 남은 것이 없지만 바로 그날 아침부터 학교 아이들이 그 애를 웃음거리로 삼기 시작했습니다. '야, 수세미 자식아, 너희 아버지가 수세미를 잡혀 술집에서 끌려나왔는데 넌 그 앞을 뛰어다니면서 용서해 달라고 빌었다면서?' 이러며 놀려댔다는 겁니다.

사흘째 되는 날, 그 애가 학교에서 돌아오는 걸 보니 얼굴이 새파랗게 질려 있어서 무슨 일이냐고 물어 봤지요. 아무 대꾸가 없었습니다. 하긴 집에선 어머니나 누이들이 귀찮게 끼어들어서 자꾸만 캐물으려 들기 때문에 얘기를 하려 해도 할 수가 없습니다.

더욱이 딸들은 사건이 일어난 바로 그날 모든 걸 다 알아 버렸거든요. 바르바라는 당장 '지지리 못난 어릿광대, 피에로! 도대체 아버지가 제대로 하는 일이 뭐가 있어요?' 하고 투덜거리기 시작했지요. 그래서 저는 이렇게 대꾸해 주었습니다. '그래, 네 말이 맞다. 우리 집에도 한번쯤 제대로 된 일이 일어나면 얼마나 좋겠니?' 그때는 이렇게 얼버무려 버리고 말았습니다. 그날 저녁에 저는 일류샤를 데리고 산책을 하러 나갔습니다.

여기서 한 가지 말씀드리겠습니다만, 전에도 저는 그 애를 데리고 저녁마다 지금 당신과 함께 걷고 있는 이 길을 산책하곤 했습니다. 저희 집 대문에서 저기 울타리 밑 길가에 쓸쓸히 놓여 있는 저 커다란 바윗돌까지가 저희 산책 코스입니다. 저기서부터는 이 읍의 목장이 시작되는데 참으로 한적하고 아름다운 곳이지요.

저와 일류샤는 언제나처럼 손을 잡고 걷고 있었습니다. 그 애의 손은 아주 조그맣고 손가락은 가느다랗고 차갑습니다. 그 애는 가슴병을 앓고 있거든요. 그런데 갑자기 '아빠, 아빠!' 부르지 않겠어요. '왜 그러니?'하며 그 애를 보니 눈이 번들번들 빛나고 있더군요. '아빠, 그 사람이 어떻게 감히 아빠한테 그럴 수가 있어요?' '할 수 없잖니, 일류샤!' 하고 저는 말했습니다. '그 사람하고 화해하면 안 돼요, 아빠. 절대로 화해하지 마세요! 학교 아이들이 그러는데 그 일 때문에 아빠가 그 사람한테서 10루블을 받았다는 거예요.' '그럴 리가 있겠니, 일류샤, 이젠 무슨 일이 있어도 그놈한테 돈을 받지는 않겠다'

그랬더니 그 애는 갑자기 온몸을 떨며 그 조그만 손으로 제 손을 왈칵 움켜잡고는 입을 맞추더군요. '아빠, 아빠, 그놈한테 결투를 신청하세요, 네! 학교에선 모두 아빠가 겁쟁이여서 결투를 신청하지 못하고 오히려 그놈한테 10루블을 받고 물러섰다고 막 놀려대고 있어요.' '얘 일류샤, 나는 결투를 신청할 입장이 못된단다.' 저는 이렇게 대답하고 나서, 지금 당신한테 말씀 드린 것과 같은 사정을 대강 이야기해 주었습니다. 그 애는 끝까지 열심히 듣고 나더니 '아빠, 그렇더라도 절대로 화해는 하지 말아요. 내가 어른이 되면 결투를 신청해서 죽여 버리고 말테니!' 하고 말하더군요. 그 애의 눈은 불길처럼 이글거리고 있었습니다.

그렇지만 저로서는 아버지의 입장에서 바른 말을 해주어야 하겠기에 이렇게 말했습니다. '아무리 결투라 해도 사람을 죽이는 건 죄가 되는 짓이야.' 그랬더니 이렇게 말하는 겁니다. '아빠, 그럼 난 어른이 되면 그 사람을 때려눕힐 테야, 내 칼로 그 사람의 칼을 쳐서 떨어뜨리고 그놈한테 덤벼들어 그놈을 넘어뜨릴 테야. 그런 다음 그 사람의 머리 위에 칼을 겨누고 이렇게 말해 줄 테야. 당장 네놈을 죽일 수도 있지만, 목숨만은 살려 주마, 알겠니! 라고 말예요.'

어떻습니까, 지난 이틀 동안 그 조그만 머릿속에 이런 각본까지 완성되어 있었던 겁니다. 그 애는 밤낮없이 이런 방법으로 복수할 생각만 하면서 밤에는 그 악몽에 시달리고 있는 것이 틀림없습니다. 그렇지만 그 애가 학교에서 되게 얻어맞고 집에 돌아온다는 건 그저께야 비로소 알게 되었습니다. 당신 말씀대로 그 애는 앞으로 무슨 일이 있어도 학교에 보내지 않을 생각입니다. 그 애가 혼자서 자기반 학생 전부를 상대로, 닥치는대로 싸움을 걸고, 화를 내며, 적개심에 불타오른다는 말을 들었을 때 저는 정말 두려운 생각이 들었습니다.

어쨌든 우리는 다시 산책을 계속했습니다! 그러자 이번엔 '아빠, 이 세상에선 돈 많은 부자가 제일 힘이 세지?' 하고 묻지 않겠습니까. '그렇단다. 일류샤야, 부자보다 힘이 더 센 사람은 이 세상에 없단다.' '그럼 아빠! 나는 부자가 될 테야. 장교가 되어 적을 모조리 무찌를 거야. 그러면 폐하께서 많은 상금을 주실 테니까, 그걸 가지고 돌아오면 그땐 아무도 우릴 깔보지 못할 거예요.' 그러고는 잠깐 입을 다물고 있다가 또 이런 말을 했습니다. 그 조그만 입술은 여전히 가늘게 떨리고 있었지요. '아빠, 이 고장은 정말 나쁜 곳이에요!' '그래, 일류샤, 그다지 좋은 곳이라곤 할 수 없지.' '그럼 아빠, 우리 다른 데로 이사가요, 네? 아무도 우리를 모르는 좋은 곳으로 이사 가요!' '그래 우리 이사가자, 일류샤, 돈이 좀 벌리면 곧 이사를 가기로 하자' 하고 저는 말했습니다.

저는 아이의 어두운 생각을 털어 주기에 마침 잘됐다 싶어서 그 애와 함께 다른 고장으로 이사가는 얘기며, 말과 마차를 사는 얘기며, 그 밖에 여러 가지 공상을 이야기하기 시작했습니다. '엄마와 누나들은 마차에 태우고 포장도 쳐 주자! 너하고 아빠는 마차 옆을 걸어가기로 하고…… 아니 너는 이따금 태워줄게. 그렇지만 아빠는 걸어가겠어. 우리 말이니까 아껴야 할 게 아니냐. 우리 식구가 다 탈 수는 없지. 이렇게 해서 우리는 이사를 가는 거야.' 이 말을 듣고 그 애는 뛸듯이 좋아했습니다. 무엇보다 자기 집에 말이 있어서 자기가 그걸 타고 간다는 게 기뻤던 모양입니다. 아시다시피 우리 러시아의 아이들은 말과 함께 세상에 태어난다 해도 과언이 아니니까요.

저희는 오랫동안 이런 얘기로 시간을 보냈습니다. 저는 이것으로 그 애의 마음을 풀어주고 위로해 줄 수 있어서 참으로 다행이라고 생각했지요. 이것이 바로 그저께 저녁의 일이었습니다. 그런데 어제 저녁 또 한가지 사건이 일어난 겁니다.

그 애는 어제 아침에도 학교에 갔는데 돌아오는 걸 보니 얼굴이 말이 아니었습니다. 무서울 만큼 침울한 얼굴이었습니다. 저녁에 그 애 손을 잡고 산책을 하자고 나왔지만, 아이는 입을 봉한 채 좀처럼 말을 하려 들지 않더군요. 산들바람이 불기 시작하고 해도 기울어 어딘지 모르게 가을빛이 완연했습니다. 게다가 주위는 점점 어두워졌습니다. 둘이서 함께 걸으면서도, 마음은 서글퍼지기만 했습니다. '애, 일류샤, 이사할 준비는 어떻게 하는게 좋을까?' 제가 먼저 말을 걸었습니다. 전날의 화제를 다시 꺼내려는 생각에서였지요. 그러나 아이는 대답이 없었습니다. 다만 그 애의 가느다란 손가락이 저의 손 안에서 가늘게 떨고 있는 걸 느낄 수 있을 뿐이었습니다. '음, 또 무슨 일이 있었던 모양이군' 저는 생각했습니다. 그러는 동안 지금처럼 이 돌이 있는 데까지 와서 저는 돌 위에 걸터앉았습니다. 하늘에는 연이 가득 날며 펄럭펄럭 소리를 내고 있었습니다. 아마 서른 개 가량은 되었을 겁니다. 요즘은 연날리는 계절이니까요. 저는 그 애한테 이렇게 말했지요……. '애 일류샤, 우리도 작년에 띄우던 연을 꺼내서 날려볼까? 아빠가 고쳐 줄게. 그 연은 어디다 넣어 두었니?' 그래도 그 애는 저한테 외면을 하고 선 채 아무 대꾸도 없었습니다. 바로 그때 바람이 휙 불면서 뽀얗게 먼지를 일으켰습니다.

그러자 그 애는 갑자기 저한테 달려들어 그 조그만 손으로 제 목을 잡고 저를 꼭 껴안지 않겠습니까! 아시다시피 말수가 적으면서도 자존심이 강한 아이들은 오랫동안 눈물을 꾹 참고 있지만 그러다가 커다란 슬픔이 닥쳐오면 한꺼번에 폭발하기 때문에, 그때는 눈물이 흐르는 정도가 아니라 폭포처럼 쏟아지게 됩니다. 그 애의 뜨거운 눈물에 제 얼굴은 이내 흠뻑 젖고 말았습니다. 그 애는 온몸을 떨면서 마치 경련을 일으키듯이 흐느껴 울면서 몸을 떨다가 바위 위에 앉아 저를 힘껏 껴안는 것이었습니다. '아빠, 아빠!' 그 애는 외쳤습니다. '어떻게, 그놈이 아빠한테 그런 모욕을 줄 수가 있어요!' 저도 참지 못하고 눈물을 흘렸습니다. 저희는 돌 위에 앉아, 서로 껴안은 채 온몸을 떨고 있었지요. '아빠, 아빠!' 하고 그 애가 부르면 '오냐, 일류샤, 일류샤!' 하고 대답했습니다. 그때 저희를 본 사람은 아무도 없었습니다. 하느님만이 보시고, 제 기록부에 기록해 주셨겠지요. 알렉세이 씨, 당신 형님에게 감사하다고 전해 주십시오. 그렇지만 안될 말씀입니다. 당신의 마음을 풀어드리려고 그 애를 때린다는 건 어림도 없는 일이지요!"

그는 다시금 아까처럼 악의에 찬 미치광이 같은 어조로 이렇게 말을 맺었다. 그러나 알료샤는 그가 이미 자기를 신용하고 있다는 것을 알았다. 그리고 만일 그가 상대가 자기 아닌 다른 사람이었다면 결코 이렇게 긴 이야기도 하지 않았을 뿐더러 지금 자기에게 말한 것 같은 사정을 고백하지도 않았을거라고 느꼈다. 이런 생각이 들자 알료샤는 조금 힘이 나기는 했으나 그의 가슴엔 눈물이 흐르고 있었다.

"아아, 어떻게 해서든지 당신과 그 애와 꼭 화해를 하고 싶군요." 알료샤가 말했다. "당신이 어떻게 좀 힘을 써주신다면."

"물론 그래야지요."

대위는 중얼거렸다.

"그러나 이젠 그와는 전혀 다른 얘기를 좀 해야겠습니다." 알료샤는 말을 이었다. "잘 들어주십시오, 당신에게 전해 드릴 것이 있어서 왔습니다. 우리 형 드미트리는 자기 약혼녀에게까지 모욕을 주었어요. 그분은 더할 수 없이 고결한 아가씨입니다. 그분에 대해선 당신도 아마 들으셨겠지만 나에게는 그분이 받은 모욕을 당신에게 말씀드릴 권리가 있습니다. 아니, 그렇게 해야할 의무가 있다고 하는 편이 옳을 것 같군요. 왜냐하면 그분은, 당신이 모욕을 당했다는 얘기를 듣고 즉 당신의 불행한 처지를 알고 방금…… 아니 조금 전에…… 당신에게 이 위로금을 전해 달라고 나한테 부탁했습니다. 그렇지만 이건 어디까지나 그분 혼자서 하는 일이지 그분을 버린 드미트리가 시킨 일은 아닙니다. 맹세해도 좋습니다. 또 동생인 제가 시킨 일도 아닙니다. 오직 그분의 마음에서 우러난 일입니다.

그분은 자기 도움의 손길을 당신이 꼭 받아들이시기를 진심으로 바라고 있습니다. 그분과 당신은 동일한 사람으로부터 모욕을 받았습니다……. 그분이 당신의 일을 떠올린 것도 실은 자기가 당신과 똑같은 모욕을—모욕의 정도는 다르지만—당했기 때문입니다. 그러니까 이건 이를테면 누이가 오빠를 도우려는 것과 다를 바가 없습니다……. 그분은 당신의 어려운 처지를 알고 있기 때문에 자기를 누이라고 생각하고 이 200루블을 받아 주도록 당신을 설득시켜 달라고 나에게 부탁한 것입니다. 여기에 대해선 아무도 아는 사람이 없으니까 실없는 소문이 날 염려는 조금도 없습니다. 자, 이것이 그 200루블입니다. 당신은 이것을 꼭 받아주셔야만 합니다. 만일 거절한다면…… 거절한다면 세상 사람은 모두가 서로 원수지간이 되어야하지 않겠습니까? 그러나 세상에도 형제로 지내는 사람들이 있습니다…… 당신은 훌륭한 마음을 가지신 분입니다. 그러므로 당신은 이것을 이해해 주실 줄 믿습니다. 반드시 이해해주셔야 합니다!"

이렇게 말하고 알료샤는 무지개빛 100루블짜리 빳빳한 지폐 두 장을 꺼내 그에게 내밀었다. 이때 두 사람은 바로 울타리 가까이에 있는 커다란 바위 옆에 서 있었으므로 근처에는 사람의 그림자조차 없었다. 그 지폐는 아무래도 대위에게 강렬한 인상을 준 모양이었다.

그는 흠칫 몸을 떨었으나 처음엔 단지 놀랐기 때문인 것 같았다. 그는 이런 일을 꿈에도 생각해본 적이 없었거니와, 이런 결과에 이르리라고는 전혀 예기치 못했던 것 같았다. 또한 누구한테건 무슨 원조를, 그것도 이렇게 막대한 금액을 받을 수 있으리라고는 정말 꿈도 꾸지 못했던 것 같았다. 그는 돈을 받아들긴 했으나 잠시 동안 말도 제대로 하지 못했다. 뭔가 전혀 다른 새로운 표정이 그의 얼굴을 스치고 지나갔다.

"이걸 저한테 주시는 겁니까! 저한테 이렇게 큰 돈을, 200루블씩이나! 아아, 이건 꿈이 아닐까요? 이렇게 큰 돈은 벌써 4년이나 구경도 못했습니다. 더욱이 누이가 주는 것으로 생각하고 받으라고요?"

"맹세코 지금 내가 말한 것은 모두 사실입니다!"

알료샤가 소리치자 대위는 약간 얼굴을 붉혔다.

"그렇지만 제 얘기를 들어 보십시오. 제가 만일 이걸 받는다면 비열한 놈이 되는 게 아닐까요? 당신이 보기에 말입니다, 알렉세이 씨, 제가 과연 비열한 놈이 되진 않겠습니까? 아니, 알렉세이 씨, 끝까지 들어주십시오! 끝까지." 그는 두 손으로 연방 알료샤의 몸을 만지면서 어쩔 줄 모르는 기색으로 말을 이었다. "이건 '누이동생'이 보내는 것이니 그렇게 알고 받으라고 당신은 설득하고 계시지만, 마음속으로는 저를 경멸하시는 것 아닙니까? 만약에 제가 이걸 받는다면 말입니다."

"아니, 절대로 그렇지 않습니다! 하느님께 맹세하지만 절대로 그렇지 않습니다. 뿐만 아니라 이 일은 아무에게도 알려질 염려가 없지 않습니까? 나와 당신, 그리고 그분, 또 한 사람 그분과 절친한 어떤 부인밖에는 아무도……"

"부인 같은 건 문제가 아니에요! 이거 보세요, 알렉세이 씨, 끝까지 제 얘기를 들어주십시오. 이제는 제 얘기를 죄다 들어주셔야 할 때가 온 것 같습니다. 왜냐하면 이 200루블이라고 하는 돈이 지금 제게 어떤 의미를 갖고 있는지 당신은 도저히 이해하지 못하기 때문입니다."

이 가련한 이등대위는 점점 이성을 잃고 거의 야만적이라 할 수 있는 기쁨에 싸여 말을 계속했다. 그는 스스로도 영문을 모른 채 자기가 할말을 다하지 못하게 되지나 않을까 두려워하는 사람처럼 몹시 당황하여 급히 서둘러대고 있었다.

"이 돈이 더없이 거룩하고 존경할 만한 '누이동생'이 보내온 지극히 깨끗한 돈이라는 점은 그만 두고라도 전 당장 이 돈으로 마누라와 니나를, 곱추천사인 제 딸을 치료해 줄 수 있다는 걸 당신은 아십니까? 실은 게르첸시투베 선생님은 친절하게도 저희 집까지 와서 두 사람을 한 시간 동안이나 진찰해 주셨지만 '무슨 말씀도 드릴 수가 없군요' 하고 말씀하시더군요. 그러나 이곳 약국에서 파는 광천수가 반드시 효과가 있을 거라면서 처방전을 써 주었습니다. 그리고 다리를 찜질하는 데 쓰는 약도 처방해 주었어요. 광천수는 30코페이카씩 하는데 우선 마흔 병쯤은 먹어야 효과가 있다는 겁니다. 그래서 저는 그 처방을 받아 성상 아래 선반에 놓은 채 지금까지 그대로 모셔두고만 있습니다.

그리고 니나에게는 무슨 약인지 뜨겁게 데워서 그것으로 목욕을 시키라고 하셨지만 날마다 아침 저녁으로 두 번씩이나 해야 한다니 어디 저희 같은 처지에 엄두나 낼 수 있겠습니까? 하인도 없고, 누구 거들어 줄 사람도 없을 뿐 아니라, 목욕을 시킬 그릇도 물도 없는 집에서 어떻게 그런 사치스러운 치료를 할 수 있겠습니까! 게다가 아직 말씀드리지 않았지만 니나는 온몸이 류머티즘에 걸려 있습니다. 그래서 밤마다 오른쪽 반신이 온통 쑤셔서 몹시 고생하고 있습니다.

그런데도 그 천사 같은 애는 식구들에게 걱정을 끼치지 않으려고 그걸 꾹참고, 저희가 깰까봐 신음소리 하나 내지 않는단 말입니다. 식사를 할때도 저희는 있는 대로 아무거나 집어먹지만 그 애는 그중에서도 제일 맛없는, 그야말로 개한테 던져 주어야 할 부분만 골라먹거든요.

'나 같은 건 그런 걸 먹을 자격이 없어요, 그렇게 하면 다른 식구들 것을 가

로채는 거나 마찬가지지요. 나는 집안 식구들의 짐이 되고 있을 뿐인걸요.'

그 애의 천사와 같은 눈은 이렇게 말하고 있는 것 같습니다. 저희의 시중을 받는 것도 그 애는 얼마나 괴로워하는지 모릅니다. '나는 그럴 자격이 없어요. 아무 도움도 주지 못하고 아무 쓸모도 없는 병신인걸요'라는 겁니다.

자격이 없다니 천부당 만부당한 말이지요. 그 애는 천사와 같은 아름다운 마음으로 저희를 위해 하느님께 기도해 주고 있으니까요. 그 애가 없으면 그 애의 부드러운 말이 없으면 저희 집은 지옥과 다를 바가 없을 겁니다. 그 극성스런 바르바라까지 그 애 말이면 금세 마음이 누그러질 정도니까요.

그러나 바르바라도 그리 나쁘게 생각하진 말아 주십시오. 그 애 역시 천사랍니다. 상처받은 천사라고나 할까요. 그 애가 집에 돌아온 것은 지난 여름이었는데, 그때 그 애는 16루블이라는 돈을 갖고 있었습니다. 가정교사를 해서 번 돈인데, 9월에, 즉 지금쯤 페테르부르크로 다시 돌아갈 여비로 따로 떼어놓았던 것이죠. 그러나 제가 그 돈을 빼앗아 생활비로 써버렸기 때문에 그 애는 지금 돌아갈 여비조차 없는 형편입니다.

또한 그 애는 지금 저희를 위해 죄수처럼 일을 해야 하는 형편이니 더욱 돌아갈 수가 없게 되었지요. 우리는 여윈 말에 마차를 매고 안장을 얹어 혹사시키고 있는 거나 다를 것이 없습니다. 집안 식구들의 시중을 들어 주고 바느질을 하고, 빨래를 하고, 청소를 하고, 어머니를 자리에 뉘어 드리고…… 그 어머니라는 게 변덕이 몹시 심한데다 걸핏하면 눈물을 쥐어짜는 정신병자거든요! 하지만 이제는 이 200루블로 하인을 고용할 수도 있습니다. 알렉세이 씨, 이 돈으로 사랑하는 가족을 치료해 줄 수도 있고, 학생인 딸애를 페테르부르크로 보낼 수도 있습니다. 고기를 사 먹을 수도 있고 새로운 식이요법도 시도할 수 있습니다. 아아, 이건 정말 꿈 같은 얘기입니다!"

알료샤는 자신이 그에게 이러한 행복을 가져다 줄 수 있고 또한 이 불행한 이등대위가 그 행복을 받아들이는 데 동의한 것이 견딜 수 없이 기뻤다.

"잠깐만 기다려 주십시오, 알렉세이 씨," 대위는 갑자기 머릿속에 떠오른 새로운 꿈을 놓칠세라 또다시 열광적인 어조로 급히 말을 계속했다. "어찌 그뿐이겠습니까. 그렇게 되면 저와 일류샤의 공상도 어쩌면 지금 당장 실현될 수 있을지 모릅니다. 말 한필과 포장 마차를 사가지고—말은 검정 말이라야 합니다. 그 애가 꼭 검정 말을 사자고 하니까요—그저게 저희가 계획한 대로 이곳을 떠나는 것입니다. K현(縣)에 아는 변호사가 하나 있는데 어릴 때 친구지요. 그 친구가 믿을 만한 사람을 통해서 제가 그곳으로 가면 자기 사무실에 서기로 써줄 수 있다는 말을 전해 온 적이 있습니다. 어쩌면 정말로 써줄지도 몰라요……. 아무튼 마누라와 니나를 마차에 태우고, 일류샤는 마부석에 앉히고, 저는 걸어서, 네, 걸어서 집안 식구들을 죄다 데리고 가겠습니다……. 아아, 만약에 제가 받을 빚을 한 군데서나마 돌려받을 수만 있다면, 이런 것쯤 다 하고도 오히려 돈이 남으련만!"

"문제 없습니다, 문제 없어요!" 알료샤는 외쳤다. "카체리나 씨가 또 얼마든지 보내 줄 것입니다. 그리고 나도 돈을 좀 갖고 있으니까요. 필요한 대로 얼마든지 써주십시오. 친구나 형제라고 생각하고 써주십시오. 나중에 갚아 주시면 되는 거니까요……. (당신은 부자가 될 겁니다. 정말이에요!) 그리고 다른 현으로 이사를 가겠다는 건 참으로 좋은 생각입니다. 그런 좋은 아이디어는 쉽사리 머리에 떠오르는 게 아닙니다. 그렇게 되면 당신도 잘살 수 있고 특히 그 애를 위해서도 좋을 것입니다. 그러니까 되도록 빨리 겨울이 되어 추위가 닥쳐오기 전에 떠나도록 하십시오. 그리고 거기 가시면 편지를 보내 주셔야 합니다. 우리는 앞으로도 형제처럼 지낼 수 있을 겁니다……. 이건 결코 꿈이 아닙니다!"

알료샤는 더할 나위 없이 마음이 흡족하여 그를 포옹하려 했다. 그러나 상대의 눈을 보자 그는 멈칫 물러서지 않을 수 없었다. 대위는 목을 길게 뽑고 입술을 비죽 내민 채 마치 열에 들든 듯한 창백한 얼굴로 서 있었다. 그는 무언가 말하려는 듯이 끊임없이 입술을 달싹거리고 있었으나 소리는 들리지 않았다. 내내 그러고 있는 모습이 어쩐지 심상치가 않았다.

"왜 그러십니까!"

알료샤는 왠지 갑자기 몸을 떨었다.

"알렉세이 씨, 저는, 당신에게……."

대위는 그렇게 중얼거리다가 얼버무렸다. 마치 낭떠러지에서 뛰어내리려고 결심한 사람처럼 괴이하고도 불길한 눈초리로 알료샤를 응시하면서 입가에는 야릇한 미소를 띠고 있었다.

"저는 말씀입니다…… 아니, 당신은……. 그보다도 어떻습니까, 이 자리에서 마술을 한번 보여드리고 싶은데요!"

갑자기 그는 빠르면서도 확고한 어조로 속삭이듯 말했다.

"마술이라뇨?"

"마술이죠, 간단한 마술입니다."

대위는 여전히 속삭이는 듯한 어조로 말했다. 그의 입은 왼쪽으로 비뚤어지고, 왼쪽 눈은 유난히 가늘어졌지만 여전히 빨아들일 것처럼 눈을 떼지 않고 알료샤를 응시하고 있었다.

"대체 무슨 일입니까, 별안간 마술이라니?"

알료샤는 어리둥절해서 이렇게 외쳤다.

"자, 이겁니다, 보십시오."

대위가 날카로운 소리를 질렀다. 그리고는 여태까지 얘기하고 있는 동안 오른쪽 엄지손가락과 집게손가락으로 한쪽 끝을 쥐고 있던 두 장의 무지개빛 지폐를 앞으로 쑥 내밀어 보이더니 별안간 맹렬한 기세로 그것을 마구 구겨 가지고 오른쪽 주먹 속에 꽉 움켜쥐었다.

"보셨지요, 보셨지요!" 그는 극도로 흥분된 창백한 얼굴로 알료샤를 향해 부르짖었다. 그리고는 움켜쥔 주먹을 높이 쳐들고 쇠된 소리로 구겨진 두 장의 지폐를 힘껏 땅에 내동댕이쳐 버렸다. "어떻습니까?" 그는 지폐를 가리키며 또다시 소리를 질렀다. "바로 이겁니다!"

그러더니 이번엔 오른발을 번쩍 들어 야수 같은 증오가 어린 표정을 하고 구두 뒤축으로 지폐를 짓밟기 시작했다. 그리고 한 번 짓밟을 때마다 씨근덕거리며 이렇게 부르짖었다.

"당신의 돈 따위는 이렇게! 이런 돈은 이렇게! 이렇게! 이렇게!"

그는 갑자기 한 걸음 뒤로 물러서더니 알료샤 앞에 가슴을 쭉 펴고 버티고 섰다. 그의 몸 전체에서는 무어라고 말할 수 없는 자부심이 넘쳐 흐르고 있었다.

"당신을 여기 보낸 분에게 이 수세미는 결코 자신의 명예를 파는 사람이 아니라고 전해 주십시오!"

그는 허공을 향해 오른손을 휘두르면서 소리쳤다. 그리고는 홱 몸을 돌려 달려가기 시작했으나, 다섯 걸음도 채 못 가서 몸을 돌려 알료샤에게 손으로 키스를 날려 보냈다. 그리고 또 달렸으나 이번에도 다섯 걸음이 못되어 다시 몸을 돌이켰다. 그의 얼굴에는 이미 일그러진 웃음은 말끔히 사라지고 오히려 얼굴 전체가 눈물로 뒤범벅이 되어 있었다. 그는 파르르 떨리는 울음섞인 목소리로 목이 메어 소리쳤다.

"난 도대체 아들녀석에게 뭐라고 말할 수 있겠습니까? 그런 모욕을 받고서도 그 대가로 당신네한테서 돈을 받는다면 말입니다……."

이렇게 중얼거리고 나더니 이번에는 뒤도 돌아보지 않고 그대로 달려가 버렸다.

알료샤는 무어라고 표현할 수 없는 슬픔에 싸여 그 뒷모습을 묵묵히 지켜보았다. 아, 그는 대위 자신도 마지막에 자신이 돈을 구겨 내동댕이치게 될 줄은 전혀 몰랐으리라는 점을 너무나도 잘 알고 있었던 것이다. 대위는 달려가면서 한번도 뒤를 돌아보려고 하지 않았고 또 그가 결코 돌아보지 않으리라는 것을 알료샤는 알고 있었다. 그렇다고 대위의 뒤를 쫓아가서 불러세우고 싶지는 않았다. 자신도 그 이유를 알고 있었기 때문이다.

대위가 시야에서 아주 사라져 버린 다음에야 알료샤는 두 장의 지폐를 주웠다. 지폐는 구두에 짓밟혀 납작해진 모습으로 모래 속에 반쯤 묻혀 있었지만 찢어진 곳은 단 한 군데도 없었고 구김살을 펴보니 마치 새 돈처럼 빳빳했다.

그는 지폐를 잘 손질해서 반으로 곱게 접어 주머니에 넣은 다음 부탁받은 일의 결과를 알리기 위해 카체리나의 집을 향해 걷기 시작했다.

제5편 찬성과 반대

1 약혼

이번에도 역시 호흘라코바 부인이 가장 먼저 알료샤를 맞아 주었다. 부인이 수선을 피우는 것으로 보아 무언가 예사롭지 않은 일이 벌어진 모양이었다. 카체리나의 히스테리는 결국 졸도로 끝나기는 했지만 그 뒤 '무서운 쇠약'이 찾아온 것이다.

"그러고 나선 말할 수도 없을 만큼 무서운 쇠약증세를 일으켜서 자리에 눕자마자 눈을 까뒤집고 헛소리를 해대지 않겠어요! 게다가 열까지 높아져서 게르첸시투베 선생을 부르러 사람을 보내고 이모님들도 모셔오라고 했죠. 이모님들은 벌써 와 계시지만 아직 게르첸시투베 선생은 오지 않았어요. 모두들 그 아가씨가 있는 방에서 선생님이 오시기만 기다리고 있는 중이에요. 아가씨가 통의식이 없거든요. 혹시 심한 열병이면 어떡하죠?"

이렇게 큰 소리로 떠들고 있는 동안에도 호흘라코바 부인은 정말 겁에 질린 것처럼 보였다. "정말 큰일났어요! 정말 심각해요!"를 말끝마다 덧붙이는 폼이 여태까지 자신에게 있었던 일은 하나도 심각하지 않았다는 듯한 말투였다. 알료샤는 침통한 마음으로 부인의 말에 끝까지 귀를 기울이고 있었다. 그러고 나서 자기한테 있었던 일을 설명하기 시작했으나 말을 꺼내기가 무섭게 부인이 가로막았다. 지금 그런 걸 듣고 있을 여유가 없다는 것이다. 부인은 그에게 리즈한테 가서 곁에 붙어 앉아 자기가 올 때까지 기다려 달라고 했다.

"그런데 리즈가 말예요, 알렉세이 씨." 부인은 귓속말을 하듯이 소곤거렸다. "글쎄, 리즈가 나를 깜짝 놀라게 했지 뭐예요. 하지만 한편으론 나를 아주 감격시켰어요. 그래서 그 애 일이라면 무엇이든 용서해 주고 싶은 심정이에요. 다름아니라 아까 당신이 집에서 나가자마자 그 애는 갑자기 어제 오늘 당신을 놀린 것에 대해 진심으로 후회하기 시작했거든요. 뭐 악의를 가지고 그런 것은 아니고 그저 장난기로 그랬던 것이었지만요. 그런데 그 애가 울듯이 진정으로 뉘우치는 바람에 난 깜짝 놀랐어요. 그 애는 나를 놀리고 나서도 한 번도 뉘우쳐 본 적이 없고, 언제나 농담으로 얼버무려 버리기가 일쑤였거든요. 당신도 아시다시피 그 애는 줄곧 나를 놀리고 있답니다. 그런데 이번엔 진심인것 같아요. 정말 진정으로 우러나서 그러는 거예요.

알렉세이 씨, 그 애는 당신의 말씀을 아주 존중해요. 그러니까 될 수 있으면 화내지 마시고 나쁘게 생각하지 말아주셨으면 해요. 난 언제나 그 애에겐 관대하게 대하려 하고 있어요. 원래 영리한 아이니까요, 안 그래요?

조금 전에도 그 애는 당신이 자기 소꿉동무였다고 말했어요. '어릴 적부터 사귄 가장 소중한 친구예요'라고 말이죠. 이해하시겠어요? 글쎄 '가장 소중한 친구'라면서 '그런데도 나는?' 하고 자기 행동을 뉘우치고 있어요. 그 애는 이번 일에 대해서는 매우 진지한 감정을 품고 있는데다 지난 추억까지 들먹이고 있답니다. 그런데 정말 중요한 것은, 예기치도 못한 때에 깜짝깜짝 놀랄만큼 기묘한 말들이 그 애 입에서 연방 튀어나오곤 하는 거예요.

예를 들어 바로 얼마 전의 소나무 얘기만 하더라도 그래요. 그 애가 아주 어렸을 때 우리집 정원에 소나무 한 그루가 서 있었어요. 하긴 지금도 서 있을 테니까 구태여 '서 있었다'고 과거형을 쓸 필요는 없겠군요. 알렉세이 씨, 소나무는 사람하곤 달라서 아무리 세월이 흘러도 변하지 않잖아요. 그런데 그 애는 이런 말을 했어요. '어머니, 난 그 소나무를 꿈속에서 기억하고 있어요' 즉, '소나무(러시아어로 사스나)를 꿈속에서'라는 거예요. 아니, 그 애는 좀 다르게 표현했던 것 같기도 하군요. 꽤 복잡한 표현이었거든요. '소나무'란 말 자체는 조금도 신통할 게 없지만 그 애는 그것과 결부시켜 그야말로 기발하기 짝이 없는 말을 나한테 했어요. 하도 묘한 말이어서 내 재간으로는 도저히 그대로 옮길 수가 없을 지경이에요. 하긴 벌써 다 잊어버렸지만, 그럼 이따가 또 만나요, 나는 너무 놀라서 정신이 어떻게 되어 버릴것 같아요. 알렉세이 씨, 나는 지금까지 두 번이나 정신이 이상해져서 치료를 받은 적이 있답니다. 그럼 어서 리즈한테 가서 그 애를 돌봐 주세요, 그 애가 기운을 차리도록. 당신이라면 그 애를 기운차리게 하는 것쯤은 문제도 아닐 테니까. 애, 리즈!"

부인은 방문 앞으로 다가가며 소리쳤다. "여기 네가 그렇게 못살게군 알렉세이 씨를 모셔왔다. 그러나 조금도 화를 내시지 않으니까 안심해. 오히려 네가 그렇게 걱정하고 있는 걸 이상하게 여기실 정도니까."

"Merci, maman(고마워요, 엄마). 들어오세요, 알렉세이 씨."

알료샤는 방안으로 들어갔다. 리즈는 약간 민망한 듯이 그를 쳐다보다가 이내 얼굴을 붉혔다. 무언가 몹시 부끄러워하는 눈치였다. 그리고 이런 경우에 흔히 그렇듯 그녀는 전혀 상관도 없는 이야기를 빠르게 마구 지껄이기 시작했다. 마치 지금 이 순간 그녀가 생각하고 있는 건 그것뿐이라는 듯이.

"알렉세이, 엄마가 무슨 생각을 했는지 방금 나에게 그 200루블 얘기랑 당신이 그 가난한 장교한테 심부름을 갔었다는 얘기랑, 죄다 해주었어요……. 그 장교가 모욕을 당했던 때의 얘기도……. 엄마 얘기는 도무지 두서가 없었지만서도요……. 얘기가 자꾸 이쪽으로 튀다가 저쪽으로 튀다가 정신이 하나도 없다니까요. 그래도 나는 그 얘기를 듣고 눈물을 흘렸어요. 그래서 어떻게 됐어요? 그 돈은 전해 주셨나요? 그 불쌍한 사람은 지금 어떻게 지내고 있나요?"

"사실은 돈을 주지 못했습니다. 얘기를 하자면 퍽 길어질걸요."

알료샤는 그 나름대로 돈을 주지 못한 것이 무엇보다도 마음에 걸린다는 듯이 이렇게 대답했다. 한편 리즈도 그가 자꾸만 눈길을 돌리고 있는 것을 보고, 아무래도 상대도 아무 상관 없는 이야기를 하려고 애쓰고 있다는 것을 똑똑히 느꼈다.

알료샤는 탁자를 향해 앉아서 이야기를 시작했다. 그러나 일단 말을 시작하자 어색한 기분은 완전히 사라지고 오히려 리즈를 얘기 속에 완전히 끌어들이고 말았다. 지금까지도 그는 조금 전에 받은 강렬한 감동과 깊은 인상에 사로잡혀 있었으므로 모든 것을 하나하나 자세하게 이야기할 수 있었던 것이다. 전에 모스크바에 있을 때도 그는 아직 어린애였던 리즈를 자주 찾아와서 최근에 자기에게 일어난 사건이며, 책에서 읽은 것, 또는 자기 어린 시절의 추억 같은 걸 얘기하는 것을 무척 좋아했다. 때로는 둘이 함께 공상에 잠기거나 소설 같은 것을 꾸며 내기도 했는데 그것은 주로 신나는 얘기들뿐이었다. 그래서 지금 그들은 2년 전의 모스크바 시절로 갑자기 되돌아간 것 같은 기분에 빠졌다.

리즈는 알료샤가 뜨거운 동정심을 갖고 일류샤의 모습을 생생하게 그려 보여주었기 때문에 그의 말에 몹시 감동을 받았다. 불행한 퇴역 대위가 돈을 발로 짓밟은 광경을 상세하게 말했을 때, 리즈는 끓어오르는 감정을 억제하지 못하고 손뼉을 치면서 소리쳤다.

"그럼 돈을 주지도 못한 채 그 사람을 그냥 보내 버렸군요! 아이 참, 쫓아가서 붙잡지 않으시고."

"그렇지 않아요, 리즈. 쫓아가지 않기를 잘했습니다."

알료샤는 의자에서 일어서더니 뭔가 마음에 걸리는 것이 있는 듯한 표정으로 방안을 한 바퀴 돌았다.

"어째서 잘하셨다는 거예요? 그들은 지금 먹을 게 떨어져 당장 굶어죽을 지경일 텐데요."

"죽지는 않을 거예요. 하여튼, 그 200루블은 그 사람들 것이 될 테니까요. 내일은 아마 그 돈을 받을 겁니다, 틀림없이." 알료샤는 생각에 잠겨 걸음을 옮기면서 이렇게 말했다. "그런데, 리즈," 그는 리즈 앞에 갑자기 멈춰서서 말을 계속했다. "아까 내가 실수를 하나 했어요. 그러나 오히려 그래서 잘된 것 같아요."

"무슨 실수요? 그리고 그게 왜 잘된 거예요?"

"딴 게 아니라 그 사람은 아주 겁이 많고 마음이 약한 사람이기 때문이지요. 갖은 고생을 다 겪었지만 근본은 선량한 사람이요.

나는 지금 그 사람이 무슨 까닭에 갑자기 화를 내며 그 돈을 짓밟았는지 이모저모 생각해 보았는데 아마 그 사람 자신도 자기가 그 돈을 짓밟으리라고는 마지막 순간까지도 생각지 않았을 겁니다. 곰곰 생각해 보니 그때 그 사람은 여러 가지 일 때문에 화가 치밀어 있었습니다. 그 사람 입장이라면 그럴 수밖에 없었겠지요...... 우선 내 앞에서 돈을 보자마자 기뻐서 어쩔 줄 몰라하며 그런 기색을 나한테 숨기려고도 하지 않은 자기 자신에 대해 화가 났던 거예요. 마음속으로는 기뻤다 할지라도 그렇게까지 노골적으로 드러내지 않고 다른 사람들처럼 조금은 점잖은 얼굴을 할 수 있었더라면 그래도 마지못하는 척하며 그 돈을 받았을지도 모르지요. 그런데 그 사람은 너무나 솔직하게 기쁨을 드러내 보였기 때문에 자기 자신에게 굴욕감을 느꼈던 겁니다.

아아, 리즈, 그 사람은 정말 착하고 정직한 사람이에요. 그래서 오히려 그런 불행한 사태가 벌어진 거지요! 그 사람은 말을 하는 동안 계속 힘없는 가느다란 음성으로 소곤대면서 말도 굉장히 빨리하더군요. 그리고 또 쉴새없이 이상한 목소리로 웃는가 하면 울기도 하고...... 정말 울었어요. 그만큼 기뻤던 거지요....... 그리고 자기 딸들 이야기도 하고...... 다른 고장으로 이사가면 취직할 수 있다는 이야기도 하고…… 그렇게 자기 속을 죄다 털어놓고 나서는 갑자기 나한테 그렇게 자기 가슴속을 송두리째 열어보였다는 것이 부끄러워졌던 겁니다. 그러자 견딜 수 없이 내가 미워졌던 것 같아요.

그는 정말 동정심이 갈 정도로 부끄럼 많은 사람이거든요. 요컨대 그 사람은 나를 너무 쉽게 친구 대하듯 함으로써 지나치게 빨리 나한테 항복해 버린 데 대해 스스로 굴욕감을 느꼈던 겁니다. 처음엔 내게 막 덤벼들 듯이 큰 소리를 치다가 그 돈을 보기가 무섭게 나를 껴안으려 했거든요. 정말 나를 껴안으려고 쉴새없이 두 손을 내 몸에 갖다대었으니까요. 그래서 그 사람은 자기 자신에 대한 모멸감을 뼈아프게 느꼈던 거예요.

게다가 하필이면 바로 그때 내가 그만 큰 실수를 하고 말았어요. 갑자기 내가 이런 소리를 했거든요…… 만일 다른 고장으로 이사가는 데 여비가 모자란다면 돈을 더 줄 수도 있고, 나도 내가 가진 돈에서 얼마든지 필요한 만큼 떼어 드릴 수 있다고 말이지요. 그랬더니 이 말이 그의 폐부를 찔렀던 모양이에요, 무엇 때문에 너까지 나에게 은혜를 베풀겠다고 나서는 거냐? 라는 것이겠지요. 리즈, 모욕을 받으며 살아온 사람에게는 다른 사람들이 무슨 커다란 은인이라도 되는 것 같은 눈초리로 자기를 쳐다보는 것은 참을 수 없이 괴로운 일이거든요…… 나도 이건 들은 이야긴데요…… 장로님께서 그런 말씀을 하셨어요.

어떻게 설명하면 좋을지 모르겠지만 나도 직접 그런 경우를 여러 번 보았지요. 더욱이 나 스스로가 그와 똑같은 느낌을 받은 적도 있구요. 그러나 무엇보다 중요한 점은 그 사람이 정말 마지막 순간까지 돈을 짓밟으려는 생각은 꿈에도 없었지만 그래도 어쩐지 그런 걸 예감하고 있었다는 점이에요. 이 점은 틀림없어요. 그걸 예감하지 않았더라면 그렇게까지 기뻐 날뛰지 않았을 테니까요…… 이런저런 모든 일이 엉망이 되어 버렸지만 그래도 역시 잘되어 나갈 거예요. 더 이상 바랄 나위없이 잘될 거라고 생각되는군요……"

"더 이상 바랄 나위 없이 잘될거라고요?"

리즈는 영문을 모르겠다는 듯이 알료샤의 얼굴을 보며 이렇게 소리쳤다.

"그건 말이죠, 리즈. 만약 그 사람이 그 돈을 짓밟지 않고 그대로 받아들고 집에 갔었다면 한 시간도 못돼 자신의 굴욕스러움을 느끼고 울음을 터뜨리고 말았을 겁니다. 틀림없어요. 실컷 울고 나서 내일 아침 날이 새기가 무섭게 나한테 달려와서 그 돈을 내 앞에 내동댕이치고 아까 그런 것처럼 그렇게 짓밟아 버릴지도 몰라요.

그렇지만 오늘은 비록 '자살행위'나 다름없는 짓을 했다는 걸 알면서도 아무튼 커다란 자부심으로 의기양양해서 집으로 돌아갔을 것입니다. 그러니까 내일이라도 그 200루블을 받아들이게 하는 것쯤은 손쉬운 일이지요. 그 사람은 이미 자신이 비겁하지 않다는 것을 충분히 증명해보인 셈이니까요……. 돈을 내동댕이치고 그것을 발로 짓밟음으로 해서……. 내가 내일이라도 그 돈을 다시 자기한테 가져오리라고는 꿈에도 생각지 않고 그랬을 테니까요.

그렇지만 그 돈은 정말 그 사람에게는 절대적으로 필요한 돈이에요. 지금 현재는 물론 의기양양해 있겠지만 오늘중에라도 커다란 도움의 기회를 놓쳐 버렸다고 후회하게 될 것입니다. 밤이 되면 더욱 돈생각이 간절해져서 꿈까지 꾸겠지요. 아마도 내일 아침엔 내게로 달려와서 오히려 잘못했으니 용서해 달라고 말하고 싶은 심정이 될 것입니다. 바로 그럴 때 내가 나타나서 '당신은 참으로 자부심이 강한 분이군요. 그걸 당신은 충분히 증명하셨습니다. 자, 이제는 이 돈을 받아 주시고 나를 용서해 주시기 바랍니다' 말한단 말입니다. 그러면 그 사람도 돈을 받지 않을 수 없지 않겠어요?"

알료샤는 뭔가 도취한 것 같은 어조로 "그러면 그 사람도 돈을 받지 않을 수 없지 않겠어요?"라고 말했다. 리즈는 저도 모르게 손뼉을 쳤다.

"아, 정말 그렇군요. 이제 알겠어요. 소름이 끼칠 정도예요! 알료샤, 당신은 어떻게 그런 것까지 죄다 알고 계시지요? 그렇게 젊은 나이에 남의 마음을 구석구석까지 다 들여다보실 줄 아시다니……. 나 같은 건 정말 어림도 없어요……."

"이제부터 중요한 것은 설사 그 사람이 우리에게서 돈을 받는다 할지라도 우리와 완전히 대등하다는 자부심을 갖게 하는 일이지요." 여전히 도취된 어조로 알료샤는 말을 계속했다. "아니 대등한 것이 아니라 한 단계 더 높은 위치에서!"

"'한 단계 더 높은 위치'라는 말이 참 멋있어요. 알렉세이, 어서 계속하세요!"

"내 말의 표현이 좀 서툴렀나보군요……. '한단계 더 높은 위치'라는 것은…… 하지만 그런 건 문제가 아니에요……. 왜냐하면……."

"그럼요, 물론이에요, 문제가 아니구말구요! 내가 이렇게 말한다고 화내지 마세요. 네? 알료샤, 난 지금까지 당신을 별로 존경하지 않았어요……. 아니, 존경하기는 했지만 어디까지나 대등한 위치에서였어요……. 하지만 앞으로는 한 단계 높게 당신을 존경하겠어요……. 제발 화내지 마세요, 말을 좀 '재치 있게' 한다고 하는 것이 그만 이렇게 되었군요." 그녀는 강한 감동을 담아 말을 이었다. "나는 이렇게 우스꽝스런 어린 소녀에 지나지 않지만, 당신은…… 당신은 알렉세이 씨, 우리의, 아니, 당신의…… 역시 우리라고 말하는 편이 낫겠군요……. 우리의 이러한 생각에 그 사람을, 그 불행한 사람을 멸시하는 요소는 없을까요? 마치 높은 곳에서 내려다보듯이 우리가 지금 그 사람 마음속을 이리저리 파헤쳐 해부하는 것 말예요. 그 사람이 틀림없이 돈을 받을 것이라고 단정지었잖아요, 안 그래요?"

"아니에요, 리즈. 멸시 같은 것 털끝만큼도 없어요." 알료샤는 단호하게 대답했다. 마치 그런 질문을 미리 예상하고 있기라도 한 듯이. "이리로 오는 동안 나도 그 문제를 생각해 보았어요. 우리가 그 사람과 똑같은 인간이고, 모든 사람이 그 사람과 똑같은 인간인데 어떻게 멸시할 수 있겠습니까? 우리도 그 사람보다 더 나은 것이 하나도 없어요. 설사 나은 점이 있다 하더라도 그 사람과 같은 입장에 처하게 되면 그와 똑같이 되고 말 것입니다. 당신은 어떤지 모르지만 나 자신은 여러 모로 보아 천박한 마음의 소유자라고 생각합니다. 하지만 그 사람은 천박하기는커녕 아주 섬세한 영혼을 지닌 사람입니다……. 그러니까 리즈, 그 사람에 대해 멸시 같은 건 조금도 있을 수 없어요! 조시마 장로님께서 이런 말씀을 하신 적이 있어요. 인간이란 어린아이 돌보듯 늘 돌봐줘야 한다. 어떤 사람에 대해서는 병원에 입원한 환자를 간호해 주듯이……."

"아아, 알렉세이, 정말 좋은 말이에요. 우리 함께 환자들을 간호하듯 인간들을 돌봐줘요!"

"그래요, 리즈. 나도 그럴 생각이에요. 다만 나 스스로 그런 마음의 준비가 아직 완전히 되어 있지는 않아요. 나는 때때로 참을성이 없어지고 또 판단력을 잃곤 하니까요. 하지만 당신은 그렇지 않아요."

"어머나, 별말씀을! 하지만 알렉세이, 난 정말 행복해요!"

"그렇게 말하니 나도 참 기쁘군요, 리즈."

"알렉세이, 당신은 정말 놀랄 만큼 좋은 분이에요. 어떤 때는 뭐든지 다 아는 척하는 데가 있는 것 같지만 자세히 살펴보면 그렇지 않아요. 문밖을 좀 보고 오세요. 문을 살짝 열고 어머니가 엿듣고 있지 않나 보세요."

갑자기 리즈는 신경질적이 되어 짜증섞인 성급한 어조로 소곤거렸다.

알료샤는 가서 문을 열어 보고 아무도 엿듣는 사람은 없다고 말했다.

"그럼 이리 오세요, 알렉세이." 리즈는 얼굴을 점점 붉히면서 말을 계속했다. "손을 내밀어 보세요. 네, 그렇게. 당신에게 중대한 사실을 고백해야겠어요. 어제 그 편지는 실은 농담이 아니라 진심으로 써보낸 것이었어요……."

이렇게 말한 다음 그녀는 한 손으로 눈을 가렸다. 그것을 고백하기가 매우 부끄러웠던 것 같았다. 별안간 그녀는 알료샤의 손을 잡고 세 번 열렬하게 입을 맞췄다.

"아아, 리즈, 그건 참 반가운 일이군요!" 알료샤는 기쁜 듯이 외쳤다. "하지만 당신이 그걸 진심으로 써보냈다는 건 나도 확신하고 있었어요."

"네? 확신하고 있었다고요?" 그녀는 그의 손에서 입술을 떼었으나, 여전히 손을 놓지 않은 채 얼굴을 빨갛게 물들이면서 행복에 겨운 듯 작게 소리내어 웃었다. "기껏 키스해 드렸는데 겨우 한다는 말이 '참 반가운 일이군요'라니요?"

그러나 그녀의 비난은 당치도 않은 것이었다. 알료샤는 완전히 당황하고 있었던 것이다.

"나는 언제나 당신 마음에 들고 싶지만 어떻게 하면 좋을지 모르겠어요."

알료샤도 얼굴을 붉히며 겨우 이렇게 중얼거렸다.

"알료샤, 당신은 정말 냉정하고도 무례한 분이군요. 제멋대로 나를 색시감으로 정해 놓고 마음을 턱 놓고 계시다니 말예요! 그리고 내가 그 편지를 진심으로 썼다고 확신하고 있었다니, 그런 법이 어디 있어요. 그러니 무례하다고 할 수밖에 없잖아요?"

"내가 그걸 확신했다는 게 그렇게 나쁜 일인가요?"

알료샤는 갑자기 웃음을 터뜨렸다.

"아니에요, 알료샤, 나쁘기는커녕 무척 좋은 일이죠." 리즈는 행복한 듯이 상냥한 눈으로 그를 바라보았다. 알료샤는 여전히 그녀에게 손을 내맡긴 채 그 자리에 서 있었다. 그러다가 갑자기 몸을 굽혀 그녀의 입술에 키스했다.

"지금 이거 무슨 뜻이에요? 네?"

리즈가 소리쳤다. 알료샤는 몹시 당황했다.

"혹시 내가 잘못했다면 용서하세요……. 어쩌면 내가 굉장히 어리석은 짓을…… 당신이 나더러 냉정하다고 말했기 때문에 그만 키스를 해버린거예요……. 아무래도 정말 바보같은 짓을 한 것 같군요……."

리즈는 웃음을 터뜨리며 두 손으로 얼굴을 가렸다.

"게다가 그런 수도사의 옷을 입고!"

웃음소리 사이로 그런 엉뚱한 말이 튀어나왔지만 그녀는 갑자기 웃음을 멈추더니 진지함을 넘어 거의 준엄한 표정이 되었다.

"알료샤, 우리, 키스는 좀 더 기다리기로 해요. 우린 아직 그런 걸 제대로 할 줄도 모르고 앞으로 오랜 시일을 기다려야 하잖아요." 그녀는 느닷없이 그렇게 결론을 내렸다. "그보다도 당신한테 한 가지 물어 보고 싶은 것이 있어요. 당신처럼 영리하고 생각이 깊고 재치있는 분이 어째서 나같은 바보를, 병에 걸린 바보를 색시감으로 골랐어요? 아아, 알료샤, 나는 정말 행복해요. 나 같은 건 당신의 사랑을 받을 만한 가치가 없는 여자예요!"

"아니, 그렇지 않습니다! 리즈, 나는 며칠 내로 수도원에서 아주 나올 작정입니다. 세상에 나와 결혼을 해야 해요. 그건 나도 잘 알고 있습니다. 그분께서도 그렇게 말씀하셨으니까요. 그렇게 되면 내게는 당신보다 더 훌륭한 상대는 없을 거고……. 그보다도 당신이 아니면 누가 나 같은 놈을 택하겠어요? 나는 이 문제에 대해서 깊이 생각해 보았습니다. 첫째, 당신은 나를 어렸을 때부터 잘 알고 있습니다. 둘째, 당신은 내게는 전혀 없는 여러 장점들을 지니고 있어요. 나보다 훨씬 명랑하고, 그리고 무엇보다도 당신은 훨씬 순진합니다. 나는 이미 너무나 많은 일을 경험해 버렸습니다……. 아아, 당신은 잘 모르겠지만 나 역시 카라마조프의 핏줄을 이어 받은 인간이니까요!

당신이 누굴 비웃거나 놀리는 것쯤은 아무 문제가 아니에요. 아니, 얼마든지 비웃어주세요. 나는 오히려 그것이 기쁠 정도니까요……. 당신은 어린애처럼 웃고 까불지만, 속으로는 순교자와 같은 생각을 지니고 있으니까요……."

"순교자 같은 생각이라니요? 그건 무슨 말이에요?"

"그래요, 리즈. 조금 전에도 당신은 이렇게 물었죠. 그 사람의 마음속을 이리저리 파헤쳐 해부해 보는 데는 그 불행한 사람을 멸시하는 마음이 숨어 있는 게 아니냐고요. 그것이 바로 순교자다운 질문이에요……. 뭐라고 말하면 좋을지 모르겠지만 그런 질문을 할 수 있는 사람은 스스로 고난을 견딜 수 있는 사람이지요. 당신은 그렇게 바퀴의자에 앉아 있는 동안 벌써 수많은 일들을 깊이 생각했던 것이 분명합니다……."

"알료샤, 손을 이리 주세요. 왜 그렇게 손을 빼세요?" 너무나 커다란 행복에 젖어 느슨하고 가냘픈 목소리로 리즈는 말했다. "그보다는 알료샤, 수도원에서 나오시면 어떤 옷을 입으실 거예요? 웃지 말고 화내지도 마세요…… 이건 나한 텐 아주 중요한 문제니까요."

"옷에 대해선 아직 생각해 본 일이 없지만 당신이 좋다면 어떤 옷이든 입 지요."

"나는 당신이 짙은 남빛 빌로드(벨벳) 저고리에 흰 피케(능직) 조끼를 받쳐입 고 회색 펠트 중절 모자를 쓰시면 좋겠어요……. 그건 그렇고, 아까 내가 어제 써보낸 편지는 죄다 거짓말이라고 했을 때 당신은 내가 정말 당신을 사랑하지 않는다고 생각하셨나요?"

"아니, 그렇게는 생각지 않았어요."

"아이 참, 당신 같은 사람하곤 말을 못하겠군요."

"실은 당신이 나를…… 좋아한다는 건 알고 있었지만 당신이 나를 사랑하지 않는다는 그 말을 그대로 믿는 체했을 뿐이지요. 그러는 편이 당신에게 좋을 것 같아서……."

"그건 더 나빠요! 아주 나쁘기도 하지만 너무 좋기도 하고……. 알료샤, 나는 당신이 정말 좋아요. 아까 당신이 오시기 전에 나는 점을 쳐보았어요. 어제 보 낸 편지를 돌려달라고 해서 만일 당신이 태연한 얼굴로 그걸 꺼내 주면—당신 은 충분히 그럴 수 있는 사람이잖아요—그건 나를 조금도 사랑하고 있지 않 을 뿐더러 아무것도 느낄 줄 모르는 우둔하고 한심한 소년에 지나지 않는다 는 뜻이니까 내 인생도 끝나는 거라고 말예요. 그런데 당신이 그 편지를 암자 에 두고 왔다고 해서 얼마나 기뻤는지 몰라요. 당신은 내가 편지를 돌려달라 고 할 줄 알고 일부러 그걸 암자에 두고 오셨죠? 그렇죠? 편지를 돌려주기가 싫어서 그러셨죠? 네, 안 그래요?"

"천만에, 그렇지 않아요, 리즈. 그 편지는 지금도 여기 가지고 있는걸요. 아까 도 여기 이 호주머니에 들어 있었죠. 자, 보세요."

알료샤는 웃으면서 편지를 꺼내, 멀찍이 떨어져 들고서 그녀에게 보여주 었다.

"그렇지만 당신한테 돌려주진 않을 테니 거기서 구경만 해요."

"뭐라구요? 그럼 아까는 거짓말을 하셨군요? 수사님이 거짓말을 하다니!"

"거짓말을 하긴 했죠." 알료샤는 웃었다. "당신한테 편지를 내어주지 않으려고 그랬던 거예요. 이건 나한테 아주 소중한 것이니까요." 갑자기 열정적인 목소리로 이렇게 덧붙이고는 또다시 얼굴을 붉혔다. "이건 앞으로 영원히 소중한 것이니까 누가 뭐라 해도 내줄 수 없어요."

리즈는 감격과 환희에 넘쳐 그를 바라보았다. "알료샤." 그녀는 다시 속삭이듯 말했다. "문밖에서 어머니가 엿듣고 있지 않나 보고 오세요."

"그래요, 리즈. 그렇지만 그러지 않는 게 좋지 않을까요? 설마 어머님이 그런 점잖지못한 행동을 하실라구요?"

"뭐가 점잖지 못한 행동이에요? 어머니가 딸을 걱정하여 엿듣는 건 점잖지 못한 짓이 아니라 어머니로서의 당연한 특권이에요." 리즈는 발끈해서 말했다. "미리 말해 두지만요 알렉세이, 내가 나중에 어머니가 되어 나 같은 딸을 두게 되면 나는 꼭 그 딸애가 하는 얘기를 몰래 엿들을 거예요!"

"정말이에요, 리즈? 그건 좋지 않은 일인데."

"아니 뭐가 안 좋아요? 그저 보통 세상 이야기나 하고 있는 걸 엿듣는다면 몰라도, 만약 자기 딸이 젊은 남자와 단둘이서 문을 닫고 방에 들어 앉아 있는 경우라면 다르잖아요⋯⋯. 잘 들어 두세요, 알료샤. 나는 결혼식을 올리기만 하면 당신이 하는 일도 죄다 몰래 감시할 테니까요. 그리고 당신에게 오는 편지도 죄다 뜯어서 읽어 보겠어요⋯⋯. 미리부터 그런 줄 알아 두세요⋯⋯."

"그야 물론이지요, 그렇게 하고 싶다면⋯⋯." 알료샤는 중얼거렸다. "하지만 그건 좋지 않은 일이에요⋯⋯."

"사람을 그렇게 경멸하기예요? 알료샤! 우리, 처음부터 이렇게 싸우는 건 그만두기로 해요, 네? 이젠 솔직하게 얘기할테니까요. 물론 엿듣거나 몰래 감시하는 건 아주 좋지 않은 일이죠. 내가 그르고 당신이 옳다는 것도 잘 알아요. 그래도 역시 나는 당신을 몰래 감시할 거예요."

"그럼 맘대로 해봐요. 그렇지만 나한테서는 아무것도 얻어 내지 못할 걸요?" 알료샤는 웃었다.

"알료샤, 당신은 내 말에 복종하실건가요? 이것도 미리 다짐을 받아 둬야겠어요."

"기꺼이 복종하지요, 리즈, 정말로. 그렇지만 가장 중요한 문제에 대해서는 다르죠. 가장 중요한 문제에 대해선 서로의 의견이 상반되더라도 나는 의무가 명령하는 대로 행동할 것입니다."

"물론 그래야죠. 난 가장 중요한 문제뿐만 아니라 다른 모든 일에서도 역시 당신이 하자는 대로 할 생각이에요. 지금 여기서 맹세하겠어요, 모든 일에서 그리고 죽는 날까지……." 리즈는 열정적으로 외쳤다. "그리고 나는 그것을 다시없는 행복으로 생각하겠어요! 그뿐만 아니라 나는 절대로 당신이 하는 일을 몰래 감시하는 짓 따위는 하지 않겠어요. 어떤 일이 있더라도 절대로 그러지 않겠다고 맹세하겠어요. 편지도 절대 읽지 않겠어요! 당신은 어디까지나 옳고 나는 그렇지 못하니까요. 사실은 당신이 하는 일을 감시하고 싶어 안달이 나겠지만 그러지 않기로 하겠어요. 당신이 그걸 좋지 않게 생각하시니까요. 이제 당신은 나를 이끌어 주는 하느님 같은 존재예요……. 그런데, 알렉세이, 왜 이 며칠동안, 어제도 오늘도 그렇게 슬픈 얼굴을 하고 계시죠? 당신에게 여러 가지 걱정거리와 불행한 일이 있다는 건 알지만 그것 말고도 또 커다란 슬픔이 있는 것 같아요. 혹시 무슨 말 못할 슬픔이라도 있나요?"

"그래요, 리즈, 남에게 말 못할 슬픔도 있어요." 알료샤는 침울한 목소리로 말했다. "그것을 알아맞히는 걸 보니 정말 나를 사랑하는군요."

"무슨 슬픔이지요? 도대체 어떤 일이에요? 말해 주실 수 없어요?"

리즈는 조심스럽게 애원하듯 말했다.

"나중에 말하기로 하죠. 리즈……. 나중에……." 알료샤는 망설이는 목소리로 대답했다. "지금 말한다 해도 아마 이해할 수 없을 거예요. 그리고 나 스스로도 제대로 설명할 수도 없을 거고……."

"나도 알고있어요. 아버님과 형님들 때문에 괴로워하는 거죠?"

"그래요, 형님들에 대해서도……."

알료샤는 깊은 생각에 잠기는 기색으로 말했다.

"나는 당신 형님 이반은 어쩐지 싫어요."

리즈가 당돌하게 말했다.

이 말에 알료샤는 조금 놀랐으나 거기에 대해서는 아무 말도 하지 않았다.

"우리 형님들은 스스로 파멸의 길을 걷고 있어요. 아버지도 마찬가지예요. 그리고 자기 자신만이 아니라 다른 사람까지 파멸의 길로 끌어들이고 있어요. 요전에 파이시 신부님께서 말씀하신 것처럼 거기에는 '지상적인 카라마조프의 힘'이 작용하고 있는 거예요, 지상적이고 흉포하며 노골적인 힘이지요…….

이런 힘 위에도 과연 하느님의 의지가 과연 작용하고 있는지 나로서는 알 수가 없어요……. 내가 아는 것은 단지 나 자신도 카라마조프라는 것뿐……. 난 수도사입니다. 아니, 정말 그럴까요? 리즈, 과연 나를 수도사라고 할 수 있을까요? 당신은 방금 나보고 수도사라고 했지요?"

"네, 그랬어요."

"하지만 어쩌면 나는 하느님을 믿지 않는지도 모르겠어요."

"당신이 믿지 않는다고요! 왜 갑자기 그런 말을 하는 거예요?"

리즈는 작은 소리로 조심스레 물었다. 그러나 알료샤는 대답하지 않았다. 너무나도 돌발적인 알료샤의 이 말에는 무언가 엄청나게 비밀스럽고 또 엄청나게 주관적인 무엇이 숨어 있었다. 그것은 어쩌면 알료샤 자신도 분명히 알 수 없는 것인지도 모르지만 아무튼 그를 괴롭히고 있는 것이라는 점만은 의심할 여지가 없었다.

"게다가 지금 나의 진실한 벗이며 또 이 세상에서 가장 훌륭한 사람이 이 세상을 막 하직하고 떠나려 합니다. 내가 그분과 얼마나 밀접하게 결합되어 있는지, 얼마나 정신적으로 하나가 되어 있는지 아아, 리즈, 그걸 당신이 안다면! 그분이 떠나면 난 홀로 남게 됩니다. 나는 당신에게 오겠어요, 리즈……. 앞으로 언제나 함께 있어요."

"네, 함께 있어요. 언제까지나 함께! 앞으로 한평생 둘이 함께 살아요. 알료샤, 나한테 키스해 주시지 않겠어요? 허락할테니."

알료샤는 그녀에게 키스했다.

"그럼, 그만 가보세요. 그리스도께서 당신을 지켜주시기를!" 리즈는 그를 향해 성호를 그었다. "그분이 돌아가시기 전에 어서 가보세요. 내가 당신을 너무 오래 붙들고 있었던 것 같군요. 오늘은 그분과 당신을 위해 기도하겠어요! 알료샤, 우린 행복할 거예요! 행복해질 거예요! 그렇죠?"

"그렇게 될 거예요, 리즈."

리즈의 방에서 나온 알료샤는 호흘라코바 부인한테는 들르지 않는 편이 낫겠다고 생각하고 그냥 밖으로 나가려고 했다. 그러나 문을 열고 층계로 나서자 어디서 나타났는지 호흘라코바 부인이 그의 앞에 서 있었다. 부인이 하는 첫마디를 듣자 알료샤는 그녀가 일부러 거기서 자기를 기다리고 있었다는 것을 알았다.

"알렉세이 씨, 이거 정말 큰일이에요. 그건 철딱서니없는 아이들의 어리석은 잠꼬대에 불과해요. 설마 당신까지 그따위 터무니없는 공상을 하진 않겠죠……. 그런 말도 안 되는 일이 어딨어요. 어리석기 짝이 없어요!"

부인은 그에게 다그쳤다.

"그렇지만 리즈에게는 그런 말씀 하지 마세요." 알료샤가 말했다. "그런 말을 했다가는 또 흥분할 거예요. 지금 리즈에겐 그게 가장 해로우니까요."

"분별 있는 젊은 분의 분별 있는 말씀이라고 들어 두겠어요. 그러니까 이렇게 해석해도 상관없지요? 당신이 그 애의 말에 동의한 것은 그 애의 건강을 염려하여 그 애 신경을 건드리지 않으려고 배려해서 그런 것이라고요."

"아니, 결코 그렇지는 않아요. 나는 어디까지나 진심으로 리즈에게 이야기했으니까요."

알료샤는 딱 잘라 말했다.

"진심으로 그랬다니요? 그건 말도 안돼요. 생각할 수도 없어요. 앞으로 절대로 당신을 우리집에 들이지 않을 것이고 그 애를 데리고 여길 떠나 버릴 테니 그리 아세요."

"그렇게까지 하실 필요는 없지 않아요? 이건 아직도 먼 앞일인걸요, 적어도 1년 반은 기다려야 하는데요?"

"그야 그렇지요, 알렉세이 씨, 물론 그렇겠지요. 그 1년 사이에 당신은 그 애와 천번은 싸우고, 헤어지고 할 거예요. 그렇지만 나는 불행해요. 정말 불행해요! 물론 그게 하찮은 농담이라는 건 알지만 나한테는 너무 커다란 충격이에요! 나는 마치 그리보예도프의 《지혜의 슬픔》 마지막 장면에 나오는 파무소프 같아요. 당신은 차츠키, 그리고 그 애는 소피야라고 하면 좋겠군요, 그뿐인가요? 나는 당신을 만나려고 일부러 이 층계 위로 달려나왔는데, 그 연극에서도 비극은 모두 층계 위에서 일어나거든요. 당신과 그 애가 하는 얘기를 죄다 들었는데요, 나는 너무나 기가 막혀 쓰러질 것만 같았어요. 그리고 보니, 어젯밤의 그 소동이라든지, 아까 그 애가 히스테리를 부린 것도 이제 까닭을 알겠어요. 그것이 뜻하는 바는 곧 '딸에겐 사랑, 어머니에겐 죽음'이지요. 차라리 지금 당장 관 속에 들어가고 싶은 심정이에요. 그리고 또 가장 중요한 것은 그 애가 써보냈다는 편지 말예요. 도대체 무슨 편지인지 지금 당장 내게 보여줘요, 지금 당장!"

"아니, 그건 안 됩니다. 그보다도 카체리나 씨는 좀 어때요? 그게 궁금하군요."

"여전히 헛소리를 하며 누워 있어요. 아직 정신을 못 차리고 있지요. 이모님들이 오셨는데 그저 한숨만 폭폭 쉬고, 공연히 나한테 거드름만 피우고 있어요. 게르첸시투베 선생도 오긴 왔지만 놀라서 어쩔 줄 모르고 있으니 나도 그이를 어떻게 도와야 할지 모르겠어요. 그래서 다른 의사를 또 불러오려고까지 했다니까요. 별 수 없이 그 사람은 우리집 마차로 돌려보내고 말았지요. 그런데다가 느닷없이 편지가 나타나서 이 야단이니 어쩌면 좋아요. 하긴 아직 1년 반 뒤의 일이긴 하지만. 지금 세상을 떠나시려는 조시마 장로님의 이름 앞에 맹세할테니, 제발 그 편지를 내게 보여줘요. 알렉세이 씨, 난 그 애의 어머니란 말예요. 정 그러시다면 당신 손에 들고 보여만 주세요. 그저 한번 읽어 보기만 할 테니."

"아니, 보여드릴 수 없어요. 설사 리즈가 허락한다고 해도 나는 안됩니다. 내일 다시 올테니 원하신다면 그때 여러 가지로 의논하기로 하시지요. 오늘은 이만 실례해야겠습니다."

이렇게 말한 뒤 알료샤는 층계에서 한길로 달려나갔다.

2 기타를 든 스메르자코프

사실 알료샤에겐 시간이 없었다. 조금 전에 리즈와 작별 인사를 할 때 어떤 생각이 이미 머릿속에 퍼뜩 떠올랐던 것이다. 그건 바로, 분명히 자기를 피하려고만 하는 큰형 드미트리를 어떻게 하면 빨리 찾아낼 수 있을까 하는 것이었다. 이제는 시간도 꽤 지나 오후 2시가 넘었다. 알료샤는 몸과 마음이 온통 지금 곧 수도원에서 숨을 거두려고 있는 그의 '위대한 인물'한테 가 있기는 했지만 드미트리 형을 꼭 만나야 한다는 생각이 그를 사로잡고 있었다. 무언가 피할래야 피할 수 없는 무서운 파국이 곧 일어나고야 말것이라는 확신이 시시각각 그의 머릿속에서 커가고 있었던 것이다. 그러나 구체적으로 말해서 그 파국이 어떠한 것인지, 그리고 지금 이 순간 드미트리 형을 만나 무슨 얘기를 하려는 건지 그것은 알료샤 자신도 분명하게 알 수가 없었다.

'비록 내가 없는 사이에 나의 은인이 세상을 떠난다 할지라도 내 손으로 능히 구해 낼 수 있는 사람을 구해 주지 않고 그냥 그 옆을 지나쳐 급히 돌아와 버렸다는 자책감만은 적어도 한평생 느끼지 않을 것이다. 또 그렇게 하는 것이 그분의 위대한 가르침을 실천하는 것이 될 테니까…….'

그의 계획은 드미트리 형을 불의에 습격하여 그를 붙잡는 것이었다. 즉 어제처럼 울타리를 뛰어넘어 그 정자에서 기다릴 작정이었다.

'만약에 형이 거기 오지 않는다면 포마에게나 집주인 노파에게는 아무 말 말고 밤이 될 때까지 거기서 잠복하기로 하자. 만약 형이 여전히 그루센카가 오는가 망을 보고 있다면 반드시 그 정자에 올 게 아닌가…….'

그러나 알료샤는 자신의 계획을 더 이상 꼼꼼히 생각해 보기도 전에, 비록 오늘 중으로 수도원에 돌아가지 못하게 되더라도 이 계획만은 곧 실행에 옮기기로 결심했다.

모든 일이 아무 탈 없이 잘되어 나가서 그는 어제와 거의 같은 지점에서 울타리를 넘어 살그머니 정자까지 갔다. 그는 아무에게도 안 들키기를 바랐다. 주인 노파건 포마건(만일 거기서 형을 만난다면) 형의 편을 들어 그의 명령대로 알료샤를 정원에 못 들어오게 하거나 아니면 그가 형을 찾고 있다는 걸 재빨리 형에게 알려 줄지도 모른다.

정자에는 아무도 없었다. 알료샤는 어제 앉았던 자리에 앉아 기다리기로 했다. 그는 정자를 둘러보았다. 어쩐지 어제 보기보다는 훨씬 더 초라하고 낡아 보였다. 그러나 어제와 다름없이 화창한 날씨였다. 녹색 탁자 위에는 어제 코냑 잔이 엎어졌는지 둥그런 반점이 나 있었다.

사람을 기다릴 때면 으레 경험하게 되는 아무 의미 없고 쓸데없는 자잘한 상념들이 머리에 떠올랐다. 예컨대 왜 나는 이 정자에 들어와서 다른 자리에 앉지 않고 하필이면 어제와 똑같은 자리에 앉았을까? 하는 따위의 생각이었다. 마침내 그는 공연히 불안해지면서 매우 슬픈 기분에 빠져버렸다.

그런데 정자에 자리잡고 앉아 15분이 미처 지나기 전에 갑자기 어디선가 매우 가까운 곳에서 기타 치는 소리가 들려왔다. 그전부터 거기 앉아 있었는지, 아니면 방금 그곳에 와서 앉았는지, 아무튼 정자에서 스무 발짝도 안 되는 수풀 속에 누군가가 있는 것이 분명했다.

알료샤의 머릿속에 문득 한 가지 기억이 떠올랐다. 어제 드미트리 형과 헤어져 이 정자에서 나갈 때 울타리 옆 왼쪽 수풀 속에 낡은 초록빛 정원용 벤치 같은 것이 눈에 띄었었다. 지금 누군가 바로 그 벤치 위에 앉아 있는 것이 분명했다. 도대체 누구일까? 그때 달콤하게 기교를 부리며 흥얼거리는 남자의 노랫소리가 기타에 맞춰 들려오기 시작했다.

> 억누를 수 없는 힘으로
> 나는 그 님을 사모하노라.
> 오 주여, 긍휼히 여기소서
> 사랑하는 그녀와 나를!
> 사랑하는 그녀와 나를!
> 사랑하는 그녀와 나를!

문득 노랫소리가 끊어졌다. 듣기에도 천한 테너였고 가락 역시 저속한 것이었다. 그런데 이번에는 애교를 부리는 듯한 여자의 목소리가 어딘지 모르게 조심스럽게, 그러면서도 거드름을 피우는 듯한 어조로 얘기하기 시작했다.

"파벨 씨, 왜 그렇게 오랫동안 우리집에 안 오셨어요? 우릴 경멸하시는 건가요?"

"천만에요."

남자는 공손히, 그러면서도 어디까지나 위엄을 잃지 않겠다는 완고하고 흔들림없는 태도로 대답했다. 짐작컨대, 여자가 남자의 비위를 맞추고 있는 입장인 모양이었다.

'남자는 스메르자코프 같은걸.' 알료샤는 생각했다. '노래하는 목소리만 들어도 알 수 있어. 그리고 여자는 틀림없이 이 집 딸일 거야. 모스크바에서 돌아왔다는, 그 요란한 꼬리가 달린 치마를 입고 마르파에게 스프를 얻으러 다니는 딸이겠지……'

"나는 시라면 어떤 종류이건 다 좋아해요, 특히 물흐르듯이 매끄러운……" 여자의 목소리가 계속 들려왔다. "왜 그 뒤를 이어서 부르지 않으세요?"

남자가 다시 노래부르기 시작했다.

> 왕관과도 바꾸지 않으리
> 나의 귀여운 그 님.
> 오 주여, 긍휼히 여기소서

사랑하는 그녀와 나를!
사랑하는 그녀와 나를!
사랑하는 그녀와 나를!

"요전에 불러 주신 구절이 더 좋았어요." 여자의 목소리가 말했다. "전번엔 '나의 어여쁜 그 님'이라고 하셨죠. 그렇게 부르는 편이 훨씬 더 부드럽게 들려요. 오늘은 아마도 그 구절을 잊어버리셨나봐요?"

"시라는 건 아무 데도 쓸데없는 겁니다."

스메르자코프는 무뚝뚝하게 대답했다.

"어머, 무슨 말씀이세요. 나는 시를 참 좋아하는걸요."

"시라고 하니까 괜히 그럴듯하지만 사실은 아무것도 아니지요, 생각해 봐요. 도대체 운(韻)을 맞춰 말하는 사람이 어디 있습니까? 만일 정부에서 그런 명령이 내려와 모든 사람이 운에 맞춰 말한다면 아마 하고 싶은 말도 제대로 못 할 거예요. 시란 건 아무짝에 쓸모없는 것이에요. 마리아 씨."

"어쩜, 그렇게 모든 걸 다 알고 계실까? 정말 당신은 모르는 게 없군요." 여자의 목소리는 점점 더 교태를 띠어갔다.

"어릴 때부터 그런 운명을 타고 나지 않았더라면 좀 더 많은 걸 할 수 있고 좀 더 많은 걸 알 수 있었을 겁니다. 누가 나를 스메르자스차야(악취를 풍기는 여자)의 뱃속에서 태어난 애비 없는 자식이라고 헐뜯는 놈이 있으면 당장 결투를 신청하여 권총으로 쏘아 죽이고 싶은 심정입니다. 모스크바에서 대놓고 그런 욕을 하는 놈이 있었어요. 그리고리 덕분에 그런 소문이 거기까지 퍼졌거든요. 그리고리는 내가 내 자신의 출생을 저주한다고 욕하면서 '네가 억지로 그 여자의 자궁을 찢고 나온 거야'라고 말합니다. 내가 자궁을 찢었건 아니건 상관없지만 나로서는 뱃속에 있을 때 그냥 자살해 버리지 못한 게 한이 될 지경이니까요. 아예 이 세상 빛을 보지 않게 말입니다.

시장에 나가면 사람들이, 네 에미는 머리에 이가 득시글했다느니, 키는 아주 '쬐그매서' 넉 자 반이 될까말까 했다느니 하고 떠듭니다. 당신 어머니까지 나한테 그런 소리를 한다니까요. 도대체 무엇 때문에 '쬐그맣다'고 말해야만 하지요? 모두들 흔히 말하듯이 '작다'고 해도 될 말을 말입니다. 표현을 좀 불쌍하다는 식으로 하려는 것이겠지만, 그런 건 말하자면 농민들의 눈물, 농민들의 감정이라는 겁니다. 도대체 러시아 농민들이 교양인과 같은 감정을 지닐 수 있을까요? 그런 무지몽매한 인간들은 아무런 감정도 가질 수 없어요. 나는 어릴 때부터 그 '쬐그맣다'는 말을 들을 때마다 벽에 쾅하고 몸을 부딪치고 싶은 기분이 들곤 했어요. 마리아 씨, 나는 러시아 전체를 증오합니다."

"그렇지만 만약 당신이 육군 사관 후보생이라든가 젊은 경기병이었다면 아마 그런 말씀을 하시진 않을 거예요. 장검을 빼어들고 러시아를 지키려고 나서겠지요."

"나는 말예요, 마리야 씨. 경기병 따위가 되고 싶은 생각은 추호도 없어요. 도리어 군인이라는 것들은 모조리 없애버리고 싶은 심정입니다."

"그럼 적국이 쳐들어올 때는 누가 우리를 지켜 주지요?"

"도대체 지킬 필요가 어디 있어요? 1812년에 프랑스 황제 나폴레옹 1세—지금의 황제 아버지—의 러시아 대원정 때 차라리 그때 프랑스 사람들한테 완전히 정복되었더라면 좋았을 겁니다. 우수한 민족이 어리석은 민족을 정복해서 병합해 버려야 하는 거예요. 그랬더라면 지금쯤 사정이 전혀 달라졌을지도 모르죠."

"그럼 그 사람들이 우리보다 훨씬 낫다고 생각하세요? 나는 우리 러시아의 멋장이 한 사람과 영국 청년 세 사람을 바꾸자고 해도 절대 바꾸지 않겠어요."

마리야는 상냥하게 말했지만 그렇게 말하면서 그녀는 분명히 몹시 괴로운 표정을 하고 있었을 것이다.

"그야 사람은 제각기 취향이 다르니까요."

"그렇지만 당신은 꼭 외국 사람같아요, 좋은 집안에 태어난 외국 사람 같은 걸요…… 당신에게 이런 소릴 하는 것은 부끄러운 일이지만요……"

"알고 싶다면 말씀드리지요. 도덕적 타락이라는 점에서 보면 외국 사람이나 러시아 사람이나 조금도 다를 게 없습니다. 모두가 하나같이 형편없는 자들이니까요. 다만 저쪽 친구들은 번쩍번쩍하는 에나멜 구두를 신고 있는데 비해 이쪽의 악당들은 거지처럼 악취를 풍기고 있으면서도 그걸 아무렇지도 않게 생각한다는 점이 다를 뿐이지요. 어제 표도르 씨가 말한 것처럼, 러시아 놈들은 그저 두들겨 패야 해요. 하긴 그 사람 자신을 비롯해서 그 아들들도 모두 머리가 정상적인 사람들이 아니지만요."

"그래도 이반 씨를 무척 존경한다고 당신이 말하지 않았어요?"

"하지만 그 사람은 나를 더러운 머슴 놈으로 취급하고 있어요. 내가 무슨 모반이라도 일으킬 놈인 것처럼 생각하는 모양이지만 그건 나를 잘못 생각한 거고, 내 주머니에 얼마만큼의 돈만 있었다면 벌써 옛날에 이곳을 뜨고 말았을 겁니다. 드미트리 씨로 말하면, 그 행실이나, 두뇌나, 빈털터리라는 점으로 보나 어느 머슴 놈보다도 못한 인간이고 또 무엇 하나 제대로 할 줄 모르는 위인인데도 불구하고 모든 사람들로부터 존경을 받고 있으니까요.

나 같은 건 그저 시골 요리사에 지나지 않지만, 혹시 운만 좋으면 모스크바의 페트로프카 거리에서 카페 레스토랑을 열 정도의 능력은 있지요. 내 요리 실력은 특별하니까요. 모스크바에도 외국 사람을 빼놓고는 그만한 요리를 낼 수 있는 사람은 아무도 없어요. 그런데 드미트리 씨는 가난뱅이이긴 하지만 한다 하는 백작 집의 아들이라도 그 사람이 결투를 신청하면 응해 줄 겁니다. 하지만 그 사람이 어느 점에서 나보다 낫습니까? 나보다 낫다면 그건 나와는 비교할 수도 없을 만큼 멍청하다는 거겠지요. 아무 소용도 없는 일에 얼마나 많은 돈을 낭비했는지 모르거든요."

"결투라는 건 참 멋있을 것 같아요."

마리야가 불쑥 말했다.

"뭐가 멋있어요?"

"긴장감도 있고 용감하잖아요? 특히 두 사람의 젊은 장교가 한 여자 때문에 서로 권총을 겨누고 쏘는 장면은, 정말 한 폭의 그림 같을 거예요. 여자들에게도 구경을 시켜 준다면 꼭 한 번 보고 싶어요."

"이쪽에서 상대편을 겨누고 있을 때야 좋겠지만 저쪽에서 이마빼기를 똑바로 겨누고 있다면 그야말로 후회가 될 겁니다. 당신도 당장 그 자리에서 도망치고 싶어질 걸요, 마리야 씨."

"당신이라면 도망치시겠어요?"

그러나 스메르자코프는 그녀의 질문에 대답하지 않았다. 잠시 침묵이 흐른 뒤 또다시 기타 치는 소리가 나더니 아까처럼 기교를 부린 목소리가 마지막 구절을 부르기 시작했다.

뭐라고 그대가 말리신다 해도
기어이 나는 이곳을 떠나리.

나의 일생을 즐기며
화려한 도시에 살기 위해!
나의 슬픔이여, 안녕.
영원히 안녕, 나의 슬픔이여
내 영원히 슬퍼하지 않으리니!

이때 생각지도 않던 일이 일어났다. 알료샤가 갑자기 재채기를 한 것이다. 벤치에서 들려오던 소리가 뚝 끊어졌다.

알료샤는 자리에서 일어나 그들이 있는 곳으로 걸어갔다. 남자는 역시 스메르자코프였다. 멋있는 옷으로 차려입고 웨이브를 넣은 머리에 포마드를 바르고, 번쩍거리는 에나멜 구두를 신고 있었다. 기타는 벤치 위에 놓여 있었다. 여자는 역시 짐작했던 것과 같이 이 집 딸인 마리아인데 옷자락이 1미터 반이나 늘어진 엷은 하늘색 원피스를 입고 있었다. 아직도 나이가 어린데다가 얼굴 생김새도 제법 괜찮은 편인데 아깝게도 얼굴이 너무 동그랗고 주근깨투성이였다.

"드미트리 형님은 곧 돌아오실까?"

알료샤는 애써 태연하게 말을 걸었다. 스메르자코프는 천천히 벤치에서 일어났다.

마리야도 따라 일어섰다.

"내가 드미트리 표도로비치에 대해서 알 턱이 있습니까? 내가 그분의 문지기라면 모르지만."

스메르자코프는 또박또박 낮은 목소리로 상대를 얕보듯이 대답했다.

"혹시 알고 있는지 해서 한번 물어 본 거야."

알료샤가 변명했다.

"나는 그분이 어디 계신지 전혀 알지도 못하고 알고 싶지도 않습니다."

"그렇지만 형님 말을 들으니, 자네는 집안에서 일어나는 일을 죄다 형님에게 알리기로 되어 있다면서? 그리고 그루센카가 오면 곧 알려 주겠다고 약속했다던데."

스메르자코프는 천천히 눈을 들어 침착한 표정으로 그를 쳐다보았다.

"그건 그렇고 도대체 지금 어떻게 이리로 들어오셨죠? 대문은 한 시간 전에

빗장을 질러 놨는데요."

그는 알료샤의 얼굴을 가만히 응시하며 물었다.

"골목길에서 저쪽 울타리를 넘어 곧장 정자 쪽으로 걸어왔어." 알료샤는 마리아를 보며 다시 말했다. "함부로 넘어들어와 미안해요. 한시 바삐 형님을 만나봐야 해서……."

"아아뇨, 저에게 미안하고 말고가 어디 있어요!" 알료샤가 사과하는 바람에 기분이 좋아진 마리야가 말꼬리를 길게 끌며 말했다. "드미트리 씨도 곧잘 울타리를 넘어서 정자 쪽으로 가시곤 하는 걸요. 저희도 모르는 사이에 정자에 가 앉아 계시곤 해요."

"나는 지금 이리저리 형님을 찾아다니는 중인데, 어떻게 해서든 형님을 꼭 만나야 해요. 형님이 어디 계신지 당신한테도 물어보고 싶군요. 실은 형님 자신에게도 매우 중대한 일이기 때문이오."

"그분은 저에겐 아무 말씀도 하시지 않는데."

마리야는 애매하게 대답했다.

"바로 이웃이어서 나도 자주 놀러 오곤 하는데요." 스메르자코프가 다시 입을 열었다. "그분은 이런 데서까지 주인 영감님에 대해 꼬치꼬치 캐물으시며 날 못 살게 굽니다. 집에서 무슨 일이 있었느냐, 누구 왔다 간 사람은 없었느냐, 그것 말고 또 뭐 알려 줄 만한 일은 없느냐, 하고요. 벌써 두 번이나 죽여 버리겠다고 협박을 하시기까지 했다니까요."

"뭐, 죽여 버리겠다고?"

알료샤의 눈이 휘둥그래졌다.

"그분 성격이라면 그만한 일쯤 예사로 하실 겁니다. 어제도 직접 보시지 않았어요? 만약에 내가 그루셴카를 집안에 들여놓아 자고 가게 하는 날이면 제일 먼저 나부터 없애버리겠다고 하시더군요. 무서워 견딜 수가 없어요. 더이상 이런 무서운 꼴을 당하지 않으려면 경찰에 고발할 수밖에 없다는 생각까지 들 정돕니다. 정말 무슨 일을 저지를지 모르거든요."

"요전에도 이분을 보고 '절구에 넣어 갈아버리겠다'고 하셨어요."

마리야가 덧붙였다.

"뭐 그냥 하는 말이겠지……." 알료샤가 말했다. "지금 바로 형님을 만날 수만 있다면 그런 이야기도 형님께 한마디 말씀드리겠는데……."

"다른 건 몰라도 한 가지만은 알려드릴 수가 있지요."

그제야 마음을 정했는지 스메르쟈코프가 갑자기 입을 열었다.

"나는 그저 이웃 친구로서 여기에 오곤 합니다. 이웃에 놀러 다니지 말라는 법은 없지 않습니까? 그건 그렇고, 오늘 아침 일찍 나는 이반 씨의 분부로 오조르나야 거리에 있는 드미트리 씨 댁에 심부름을 갔습니다. 편지 같은 건 없었고 단지 함께 식사를 하고 싶으니 광장 근처의 요리집으로 나와 주셨으면 좋겠다고 전해 달라는 분부였습니다. 그래서 그리로 갔더니, 드미트리 씨는 마침 댁에 안 계시더군요. 아마 8시 가량 되었을 땐가요? '네, 여기 계셨는데 방금 나가셨습니다' 그 집 주인이 말하더군요. 두 분 사이에 미리 입을 맞춰두었던 게 아닌가 하는 생각이 들었어요.

그러니까 지금쯤은 어쩌면 그 요리집에서 이반 씨와 마주앉아 계실지도 모르죠. 이반 씨는 식사하러 집에 돌아오시지 않았으니까요. 영감님은 한 시간 전에 혼자 점심을 잡수시고 지금은 누워서 쉬고 계십니다. 그렇지만 내 얘기나, 내가 이런 소리 하더라는 말 같은 건 절대로 하지 마십시오. 그분은 뚜렷한 이유도 없이 사람을 죽일 수도 있는 분이니까요."

"그러니까 오늘 이반 형님이 드미트리 형님을 요리집으로 초대했단 말이지?"

알료샤가 재빨리 되받아 물었다.

"네, 그렇습니다."

"광장에 있는 '수도'라는 요리집 말인가?"

"바로 그 집입니다."

"거기 계실지도 모르겠군!" 알료샤는 매우 흥분한 목소리로 외쳤다. "고마워, 스메르쟈코프. 중요한 걸 알려줬어. 지금 당장 가봐야겠어."

"제발 내 말은 하지 마세요."

스메르쟈코프가 등뒤에 대고 말했다.

"괜찮아, 염려 마. 우연히 요리집에 들른 것처럼 할 테니까."

"아니, 어디로 가세요? 제가 문을 열어 드리지요."

마리야가 소리쳤다.

"아닙니다, 이쪽으로 가는 편이 가까워요. 아까처럼 울타리를 넘어가지요."

이 정보에 알료샤는 심하게 충격을 받았다. 그는 요리집을 향해 걸음을 재촉했다. 수도사 복장으로 요리집에 들어가기는 좀 거북한 일이었으나 현관 밖에서 사정을 설명하고 밖으로 불러내는 방법이 있을 것 같았다. 그러나 그가 요리집 가까이 왔을 때 갑자기 한 창문이 열리더니 다른 사람 아닌 바로 이반이 얼굴을 내밀고 밑에 있는 그에게 소리쳤다.

"알료샤, 너 지금 곧 이리로 들어와 줄 수 없겠니? 들어와 주면 무척 고맙겠다만."

"들어가고 싶지만 이런 옷을 입고 있으니 어떡하지요?"

"마침 내가 별실에 자리잡고 있으니 그냥 계단으로 올라오렴, 내가 곧 아래로 갈 테니."

1분 뒤에 알료샤는 형과 나란히 마주 앉아 있었다. 이반은 혼자서 식사를 하고 있던 중이었다.

3 서로 새롭게 인식하는 형제

그러나 이반이 앉아 있었던 곳은 따로 떨어진 별실이 아니라 칸막이로 막아 놓은 창가의 좌석에 지나지 않았다. 그래도 칸막이 때문에 홀 안의 다른 손님들에겐 보이지 않게 되어 있었다.

이 방은 출입구에서 첫 번째 방으로 맞은 편 벽쪽은 카운터로 되어 있었다. 종업원들이 쉴새없이 드나들고 있었다. 손님이라고는 퇴역 장교처럼 보이는 노인이 한 사람 구석진 자리에서 차를 마시고 있을 뿐이었다. 그러나 여관겸 요리집인 이 집의 다른 방들은 이와 비슷한 영업 장소가 으레 그렇듯 온갖 소음으로 시끌벅적했다. 종업원을 부르는 소리, 술병 마개를 따는 소리, 당구치는 소리 등등이 들려오는가 하면 한쪽에서는 풍금 소리가 울려나오고 있었다. 알료샤는 이반이 이 요리집에는 한 번도 온 적이 없으며 원래 요리집 자체를 좋아하지 않는다는 것을 잘 알고 있었다. 그렇다면 이반이 지금 여기 와 있는 것은 드미트리 형과의 약속 때문이겠지 하고 알료샤는 생각했다. 그러나 드미트리는 그 자리에 와있지 않았다.

"생선 수프든지 뭘 좀 시킬까? 너라고 해서 설마 차만 마시고 살지야 않겠지." 이반이 큰소리로 말했다. 그는 알료샤를 불러들인 게 기분 좋은 것 같았다. 그는 이미 식사를 마치고 차를 마시고 있던 중이었다.

"생선 수프를 시켜 주세요. 그리고 차도 한잔 마시지요. 마침 배가 고프던 참인데 잘됐군요."

알료샤가 유쾌하게 말을 받았다.

"버찌 잼은 어때? 이 집에 있는데. 생각나니? 어릴 때 플레노프네 집에서 살던 시절에 너는 버찌 잼을 무척 좋아했었지."

"그런 것까지 기억하고 계세요? 그럼 잼도 주세요. 지금도 아주 좋아해요."

이반은 종업원을 불러 생선 수프와 차, 그리고 잼을 주문했다.

"난 이것저것 다 기억하고 있지. 알료샤, 네가 열한 살 되던 해까지는 기억해. 그때 나는 열 다섯 살이었지. 열 다섯과 열 한 살이라는 나이 차 때문에 그때는 형제끼리도 친구가 될 수 없었지. 그때 내가 너를 좋아했는지 어떤지도 모를 정도니까. 모스크바로 떠나온 뒤 처음 몇 해 동안 네 생각은 전혀 하지 않았거든. 그리고 네가 모스크바에 온 다음에도 어디선가 한 번 겨우 만났을 뿐이고, 내가 여기 돌아온 지도 벌써 석 달이 지났지만 여태 우린 한 번도 흉금을 털어놓고 얘기해 본 적이 없잖아? 내일이면 난 이곳을 떠날 거야. 지금 여기 앉아서 어떻게 너를 좀 만나 작별 인사라도 할 수 없을까 생각하던 참인데 마침 네가 이앞을 지나가지 뭐냐?"

"그럼 형님은 나를 무척 만나고 싶어하셨군요?"

"그럼, 무척 만나고 싶었지. 마지막으로 한번 너에 대해 알고 싶었고, 너에게도 나라는 인간을 알게 해주고 싶었어. 그러고 나서 너와 작별하고 싶었던 거지. 내 생각으론 이별을 앞두고 서로 가까워지는 게 제일 좋을 것 같구나. 지난 석 달 동안 네가 나를 어떤 눈으로 보고 있었는지 나도 잘 안단다. 네 눈속에는 뭔가 끊임없는 기대 같은 것이 있었거든. 나로선 그걸 도저히 참을 수 없었고 그래서 너를 가까이 하지 않았던 거지. 그러나 마침내 나도 너를 존경하게 됐어. 저 녀석, 제법 확고하고 견실한 데가 있구나 생각했지. 알료샤, 나는 지금 웃으며 말하지만 이건 진심이야. 사실 너는 정말 확고하고 의젓한 놈이야. 안 그러냐? 나는 확고하게 버티고 있는 사람을 좋아하거든. 비록 어떤 처지에 있더라도, 그리고 비록 그것이 너같이 애송이라도 말이야. 나중에는 무엇을 기대하는 것 같은 네 눈초리도 그리 싫게 느껴지지가 않고 마침내 그 눈이 도리어 좋아졌어. 너도 무엇 때문에 그런지는 몰라도 나를 좋아하고 있는 것 같았어. 그렇지 않니, 알료샤?"

"좋아하고말고요. 드미트리 형님은 '이반은 무덤'이라고 하시지만 나라면 '이반 형님은 수수께끼'라고 말하겠어요. 지금도 형님은 내게는 수수께끼 같은 존재예요. 하지만 오늘 아침부터 그 수수께끼가 조금은 풀린 것 같아요."

"그건 또 무슨 말이지?"

이반은 웃었다.

"화를 내시진 않겠죠?"

알료샤도 따라 웃었다.

"어서 말해 봐."

"형님 역시 스물 세 살의 다른 청년과 조금도 다를 것이 없는 사람이라는 점 말예요. 젊고, 활기있고, 발랄하고, 멋진 청년이에요. 하지만 미숙한 애송이에 지나지 않지요! 이렇게 말한다고 기분 나쁘신 건 아니겠지요?"

"천만의 말씀, 오히려 내 생각과 우연히 딱 일치하는 게 놀랍군!" 이반은 열띤 음성으로 유쾌한 듯 소리쳤다. "이렇게 말하면 너는 잘 안 믿을지도 모르겠다만, 아까 그 여자 집에서 한바탕 소란을 피우고 난 뒤 내가 속으로 생각하고 있었던 게 바로 그거였어⋯⋯. 나는 스물 세 살 먹은 젖비린내 나는 애송이라고 말이야. 그런데 내 창자 속을 빤히 꿰뚫어 보듯이 네가 대뜸 그런 소릴 하니 어떻게 놀라지 않을 수가 있겠니?

내가 지금 여기 앉아서 나 자신에게 무슨 소릴 지껄이고 있었는지 아니? ⋯⋯내가 비록 인생에 대한 자신에도 환멸을 느끼고, 뿐만 아니라 사랑하는 여성에도 우주만물의 질서, 모든 것이 무질서하고 저주스럽고 어쩌면 악마의 혼돈 그 자체라고 확신하게 되어 그 환멸에서 오는 가지가지 공포에 휩싸여 버린다 하더라도, 그래도 나는 끝까지 살고 싶다, 일단 인생이라는 이 커다란 술잔에 입을 댄 이상 마지막 한 방울까지 다 마셔 버리기 전엔 결코 입을 떼지 않겠어!

하기는 나이 서른이 되면 죄다 마셔 버리지 않았더라도 아마 그 잔을 내던지고 어디론가 떠나갈 거야. 어디로 갈지는 모르지만⋯⋯. 그러나 이것만은 확실해⋯⋯. 내가 서른 살이 될 때까지는 나의 젊음이 모든 것을 이긴다는 것, 인생에 대한 어떤 혐오에도, 어떤 환멸에도 말이야. 나는 수없이 자문해 보았어⋯⋯. 내 안에서, 살고 싶다고 마치 열에 들뜬것 처럼 염치없이 외치는 갈망을 때려부술 만한 절망이 과연 이 세상에 있을까? 결국 그런 절망은 없다는 결론을 내렸지. 하지만 이것 역시 서른 살이 되기 전의 이야기고, 서른 살이 지나면 오히려 내쪽에서 싫증이 나버릴 것 같은 느낌이들어.

폐병쟁이 같은 도덕주의자들은 그런 살고 싶다는 욕망을 가리켜 지극히 비열한 것이라고 떠들고 있지. 시인이라는 친구들이 더욱 그래. 하지만 이 삶에 대한 욕망은 어떤 의미에서는 카라마조프 집안의 특징이야. 사실이 그런 걸 어떡하니? 아무리 아니라고 우겨도 이건 네 핏속에도 틀림없이 숨어 있어. 하지만 왜 그게 비열하다고들 하지?

알료샤, 우리가 사는 지구 위에는 구심력이라는 것이 아직도 무서울만큼 많이 남아 있는 거야. 나는 살고 싶어. 그러니까 논리에 맞든 안 맞든 살아갈 뿐이야. 비록 세상의 질서같은 건 믿지 않지만, 봄이 오면 움이 터서 솟아오르는 끈적끈적한 새 잎이 나에게는 소중해. 푸르디푸른 하늘이 소중하고, 어떤 때는 이유도 모르면서 사랑해 버리는, 그런 상대가 소중해. 그리고 인간이 이룩한 위대한 업적도 나는 소중하게 생각해. 비록 오래 전에 더이상 믿지 않게 되었으면서도 그저 오랜 기억이 살아 있어서 마음속으로는 역시 존경하는 거야.

자, 생선 수프가 나왔구나. 천천히 먹어라, 맛이 제법 괜찮으니까. 요리 솜씨가 제법 쓸 만해. 난 말이야, 알료샤. 유럽 여행을 하고 싶어. 여기서 곧장 출발할 거야. 내가 가는 곳은 결국 묘지에 지나지 않는다는 건 나도 잘 알고 있어. 하지만 그것은 무엇보다도, 이 세상의 무엇보다도 소중한 묘지란다. 무슨 말인지 알겠니? 거기에는 고귀한 인간들이 잠들어 있어. 그들 위에 세워진 묘비들은 그 하나하나가 과거의 불타는 듯한 삶을 말해 주고 있지. 자기의 위대한 공적, 자기의 진리, 자기의 투쟁, 학문에 대한 자기의 열렬한 마음을 말해 주거든. 미리 말해 두지만 나는 반드시 땅에 엎드려 그들의 묘비에 입을 맞추며 눈물을 흘릴 거야.

그러나 한편으로는 이런 건 이미 오래 전부터 그저 묘지일 뿐 그 이상의 아무것도 아니라는 것을 확신하게 되겠지. 그리고 또 내가 눈물을 흘린다 해도 그건 절망 때문이 아니라 나 자신이 흘린 눈물로써 행복감을 맛보려는 데 지나지 않아. 이를테면 자신의 감동에 도취되어 보자는 것이지. 나는 봄날의 끈적끈적한 새 잎을, 푸른 하늘을 사랑해. 그저 그것뿐이야! 여기엔 지성도 논리도 없어. 있는 것은 다만 가슴과 영혼으로 사랑할 뿐이야. 자기의 싱싱한 젊은 힘을 사랑할 뿐이야…… 어때, 알료샤, 내 넋두리의 뜻을 조금은 이해하겠지?"

이렇게 말하고 이반은 갑자기 웃었다.

"그럼요, 형님. 가슴과 영혼으로 사랑하고 싶다는 말은 정말 멋진 표현이에요. 형님에게 그렇게까지 삶에 대한 욕망이 있다는 건 참 반가운 일이군요! 모든 사람은 이 지상에서 무엇보다 먼저 삶을 사랑해야 한다고 생각해요."

"인생의 의미보다 삶 그 자체를 사랑한단 말이겠지?"

"물론이죠. 형님 말씀대로 논리 이전에 우선 사랑하는 거예요. 절대로 논리 이전에! 반드시 그것이 논리보다 앞서야 해요. 그때 비로소 의미도 깨닫게 되지요. 이건 벌써 오래 전부터 내 머릿속에 떠올라 있던 거예요. 형님의 일은 이미 반쯤 이루어진 셈입니다. 형님은 인생을 사랑하고 있으니까요. 그 나머지 반을 이룩하기 위해 노력하십시오. 그러면 형님은 구원받게 될 겁니다."

"구제 사업이 시작되었군. 하지만 나는 아직은 파멸하지 않았는지도 모르잖아? 그 나머지 반이란 건 또 뭐냐?"

"그건 형님이 말씀하시는 그 '죽은 자'들을 소생시키는 일이죠. 어쩌면 전혀 죽지 않은 사람들인지도 모르지만요. 그럼 이제 차나 한 잔 들겠습니다. 이렇게 둘이 이야기할 수 있어서 참 기뻐요, 형님."

"넌 아무래도 영감에 사로잡힌 모양이구나. 나도 너 같은 수습수사의 '신앙 고백'을 무척 좋아해. 알렉세이, 너는 참 견실한 사람이야. 그런데 수도원에서 나오려고 한다는 게 정말이냐?"

"정말이에요. 장로님께서 나를 속세로 내보내시는 거죠."

"그럼 그 속세라는 곳에서 다시 만나자꾸나. 내가 서른이 되어 술잔에서 입을 떼기 시작할 무렵에 한번 만나기로 하지. 그런데 아버지는 일흔이 되어도 술잔에서 입을 떼려하지 않을 거야. 아니, 여든이 되어도 허무한 꿈을 꾸고 있을지도 모르지. 자기 입으로 그런 말을 했으니까. 이건 본인에겐 참 심각한 문제야. 아버지가 비록 어릿광대에 지나지 않더라도 말이야. 아버지는 욕정 위에 발을 딛고 서 있으면서도 자기딴엔 반석 위에 서 있다고 생각하고 있거든……. 하기는 누구나 서른이 지나면 색욕 외에는 딛고 설 발판이 없을 테니까……. 하지만 일흔까지는 아무래도 추하지. 그저 서른까지가 적당해. 그때까지라면 스스로를 기만하면서라도 '인간다운 외관'만은 간직할 수 있을 테니까. 그런데 너 오늘 드미트리 형을 만났니?"

"아니, 못 만났어요. 스메르자코프는 보았지만."

알료샤는 스메르자코프와 만난 경위를 간단히 그러나 비교적 상세하게 이야기했다. 이반은 갑자기 심각한 표정이 되어 귀를 기울이고 있다가 이야기 도중에 몇 마디 묻기까지 했다.

"그런데 스메르자코프는 자기가 나한테 한 말을 드미트리 형님에게 절대로 하지 말라고 부탁하더군요."

알료샤는 이렇게 덧붙였다.

이반은 이마를 찌푸리고 무언가 골똘하게 생각하고 있었다.

"스메르자코프 때문에 이마를 찌푸리시는 거예요?"

알료샤가 물었다.

"응, 그놈 때문이야. 하지만 그놈이야 아무러면 어때? 사실은 드미트리 형을 꼭 만나고 싶었는데 이젠, 그럴 필요가 없을 것 같군……."

이반은 좀 심드렁한 목소리로 말했다.

"그런데 정말 그렇게 빨리 떠날 작정이세요?"

"응."

"그럼 드미트리 형님과 아버지는 어떡하고요? 두 분 사이의 일은 어떻게 결말이 날까요?"

알료샤는 불안한 듯이 중얼거렸다.

"또 그 진절머리나는 얘기구나! 그게 도대체 나하고 무슨 상관이 있단 말이냐? 내가 드미트리 형의 감시인이라도 된단 말이냐?" 이반은 화를 벌컥내며 이렇게 말했으나 곧 쓴 웃음을 지었다. "이건 동생을 죽인 카인이 하느님한테 한 대답 그대로구나. 그렇지 않니? 아마 너도 지금 그렇게 생각했을 거야. 하지만 그런 건 아무래도 좋아. 어쨌든 내가 그 사람을 감시하기 위해 일부러 여기 남아 있을 수는 없는 일 아니냐? 나는 내 볼일을 다 보았으니까 떠나는 것뿐이야. 너는 내가 드미트리 형을 질투하며 지난 석 달 동안 형의 아름다운 약혼녀 카체리나 씨를 가로채려고 눈이 시뻘개져 있었다고 생각하지는 않겠지? 흥, 어림없는 이야기야. 난 내 볼일이 있었을 뿐이지. 볼일을 다 보았으니 떠나는 것뿐이구. 볼 일은 아까 다 끝냈어. 네가 증인이구나."

"그럼 아까 카체리나 씨하고의 일 말인가요?"

"응, 그래. 난 아주 깨끗이 손을 떼었어. 그런데 그 소동은 도대체 무슨 법석이냐 말이야? 드미트리하고 내가 무슨 상관이 있기에? 나는 드미트리하고는 아무런 관계도 없어. 단지 카체리나에게 볼 일이 있었던 것뿐이지. 그런데 너도 알다시피 드미트리는 오히려 나와 사전에 무슨 약속이라도 한 것처럼 행동하지 않았니? 내가 부탁도 하지 않았는데 제멋대로 카체리나를 나한테 넘겨주고 엄숙히 축복까지 해주었으니 말이다. 우스운 얘기지.

사실 말이야, 알료샤, 넌 잘 모를 거야. 내 마음이 지금 얼마나 홀가분한지! 나는 여기 앉아 식사를 하면서 비로소 자유롭게 된 내 시간을 축하하기 위해 샴페인이라도 터뜨릴까 생각했을 정도야. 왜 내 말이 곧이들리지 않니? 휴우! 거의 반 년이나 질질 끌던 문제가 한꺼번에 결판이 났는데 왜 마음이 가볍지 않겠어? 결심만 하면 이렇게 쉽사리 결판을 낼 수 있는 일을 가지고 어제까지만 해도 그렇지 못했으니!"

"그건 형님 자신의 연애 문제를 말하는 거예요?"

"연애라고 해도 좋아, 그렇게 부르고 싶다면……. 나는 그 아가씨에게 반해 있었지, 그 여학생에게. 그래서 같이 무척 괴로워도 했고, 사실 그 아가씨도 나를 괴롭혔어. 나는 그 아가씨에게 정말 열중해 있었어……. 그런데 그것이 한꺼번에 갑자기 어딘가로 획 날아가 버리고 말았어. 아까는 터무니없이 감격해서 막 지껄여댔지만 밖으로 나와 한길 위에 서자마자 나도 모르게 껄껄 웃어 버렸어. 너 그거 믿을 수 있겠니? 하지만 난 사실을 말하고 있어."

"지금도 역시 신이 나서 말하고 계신 것 같군요."

갑자기 유쾌해진 것 같은 형의 얼굴을 보며 알료샤가 말했다.

"그렇지 않니? 난 그 아가씨를 조금도 사랑하지 않는다는 건 생각도 하지 않았으니까! 하하! 그러나 사실은 착각하고 있었던 거지. 그래도 역시 그 아가씨가 내 마음에 무척 들었던 건 사실이지! 아까 내가 그럴싸하게 한바탕 떠들어댔을 때도 역시 그 아가씨가 못견디게 좋았어. 그리고 솔직히 말해서 지금도 그 아가씨가 무척 마음에 들어. 그런데도 그 아가씨 곁을 떠난다는 게 조금도 괴롭지 않단 말이야. 내가 괜히 허세를 부린다고 생각하니?"

"아뇨. 하지만 그렇다면 그건 연애가 아니었는지도 모르지요."

"알료샤." 이반은 껄껄대며 말했다. "연애에 대한 이야기는 그만두기로 하자, 너한테는 어울리지 않으니까. 아까 거기서도 네가 갑자기 말참견을 하더구나. 정말 놀랐다니까! 아, 그러고 보니 네게 고맙다고 키스한다는 걸 까맣게 잊어 버렸군……. 어쨌든 나는 그 아가씨 때문에 정말 많이 괴로워 했지! 무서운 폭발물 옆에 앉아 있는 거나 마찬가지였어. 아아, 그 아가씨도 내가 자기를 사랑한다는 것을 눈치채고 있었어! 그 아가씨 역시 나를 사랑했지, 드미트리를 사랑한 게 아니라." 이반은 유쾌하게 하소연했다. "드미트리는 다만 착란의 대상이었을 뿐이야. 아까 내가 그 아가씨에게 한 말은 모두 진실이야. 하지만 무엇보다 중요한 점은, 그 아가씨 자신이 드미트리는 추호도 사랑하지 않고 도리어 자기가 괴롭혀 주고 있는 나를 사랑한다는 사실을 스스로 깨달으려면 적어도 15년이나 20년은 족히 걸릴 거라는 거지. 아니 어쩌면 평생 깨닫지 못할지도 몰라…… 아까와 같은 시련을 겪고도 말이야. 하지만 그래도 좋아. 나는 그저 조용히 일어나서 영영 떠나 버리면 그만이니까. 그런데 그 아가씨는 지금 어떻게 하고 있어? 내가 나온 뒤에 어떻게 됐어?"

알료샤는 카체리나가 히스테리를 일으킨 지금은 의식을 잃은 채 헛소리를 하고 있는 모양이라고 설명했다.

"호흘라코바 부인이 거짓말을 하는 건 아닐까?"

"그런 것 같진 않아요."

"잘 알아봐야해. 하지만 히스테리로 죽었다는 얘기는 한번도 들은 적이 없어. 히스테리를 일으켰다 해도 상관할 바 아니지. 히스테리라는 건 하느님이 여자들을 불쌍히 여겨서 내려 주신 선물이니까. 하여간에 난 이제 거긴 두번 다시 안 갈 거야. 새삼스레 머리를 내밀 필요가 어디 있겠니?"

"그런데 오늘 아침 형님은 이런 말을 했지요? 그 아가씨는 한 번도 형님을 사랑한 적이 없다고 말예요."

"그건 일부러 한 소리야. 알료샤, 샴페인이라도 시켜 내 자유를 축하하는 의미에서 한 잔 들기로 하자. 어쨌든 내 마음이 지금 얼마나 기분이 좋은지 넌 잘 모를 거야!"

"아녜요, 형님. 술은 그만하는 편이 좋을 것 같아요. 그렇지 않아도 어쩐지 기분이 우울해지는군요."

"응, 네 기분이 그렇다는 건 아까부터 나도 느끼고 있어."

"그럼 내일 아침에 기어코 떠나실 건가요?"

"아침에? 아침이라고는 말하지 않았어…… 그렇지만 아침이 될지도 모르지. 사실 내가 오늘 여기서 식사를 한 것은 단지 영감과 함께 식사하기가 싫어서였어. 그 정도로 영감이 싫어진 거지. 영감 얼굴이 보기 싫어서라도 벌써 떠나 버렸어야 하는 건데. 그런데 내가 떠난다고 해서 네가 그렇게 걱정할 것까지는 없잖아? 출발하기까지는 우리 둘을 위한 시간이 아직 얼마든지 있어. 그야말로 영원한 시간, 영생의 시간이!"

"내일 출발하시면서 영원이라고 하시는 건 이상하군요."

"그게 우리하고 무슨 상관이 있니?" 이반은 웃었다. "하여튼 우리는 우리 자신의 애기를 할 시간은 충분히 있어. 우리는 우리 자신의 애기를 하러 여기 온 거니까. 왜 그렇게 놀란 얼굴을 하니? 자, 대답해 봐, 무엇 때문에 우리가 여기 온 거지? 카체리나 씨에 대한 애정 문제를 이야기하러 왔다는 건가? 아버지나 드미트리 형 애기를 하러 왔다는 건가? 아니면 외국에 대한 애기? 비참한 러시아의 현실에 대해 애기하기 위해? 아니면 나폴레옹 황제 애길 하려고? 어때? 그런 애길 하려고 온 거야?"

"물론 그런 애길 하려고 온 건 아니죠."

"그럼 뭣 때문에 왔는지 너 자신도 알겠지. 다른 사람들에겐 그들 나름대로의 화제가 있겠지만 우리 같은 풋내기들에겐 그것과는 다른 화제가 있어. 우리는 무엇보다도 천지개벽 이전부터 내려온 영원한 문제를 해결해야만 해. 바로 그것이 우리의 관심사이니까. 오늘날 러시아의 젊은 세대는 오직 오래 전부터 내려온 그 문제에 관해서만 논의하고 있어. 노인들은 모두 한결같이 실제적인 문제에만 열중하고 있는 바로 지금이 바로 기회야. 도대체 너는 무슨 까닭에서 석 달 동안 그처럼 무언가 기대에 찬 눈초리로 나를 바라보고 있었니? 아마도 '형님은 어떤 신앙을 가지고 있느냐? 아니면 신앙이라는 걸 전혀 가지고 있지 않느냐?' 이런 것을 알아내기 위해서였겠지. 지난 석 달 동안의 너의 눈은 결국 그런 것이 아니었을까? 그렇잖아, 알렉세이?"

"어쩌면 그럴지도 모르죠." 알료샤는 미소지었다. "설마 형님은 지금 나를 비웃고 있는 건 아닐 테죠?"

"내가 널 비웃어? 석 달 동안 그처럼 기대에 찬 눈초리로 나를 바라보고 있던 귀여운 동생을 상심시키고 싶은 마음은 없어. 알료샤, 내 얼굴을 똑바로 쳐다봐! 나도 역시 너와 조금도 다를 게 없는 애송이에 지나지 않아. 단지 너처럼 수습 수사가 아닐 뿐이지.

그런데 러시아의 애송이들이 여태까지 해온 일이 무엇이었다고 생각하니? 물론 일부에 국한된 이야기이긴 하지만, 이를테면 여길 봐, 이 퀴퀴한 냄새가 나는 요리집 한구석에 그들이 모여 자리잡고 있어. 서로 여태까지 한번도 만난 일이 없을 뿐 아니라 일단 이 집을 나서면 40년이 지나도 서로 모르는 척하고 살아갈 친구들이 말이야. 그런데도 그들은 이 요리집에서의 짧은 시간을 이용해서 도대체 어떤 종류의 토론을 하는지 아니? 온 인류에 관한 문제를 논하는 거야. 즉 신은 있느냐 없느냐, 영생이란 있느냐 없느냐라는 문제를 말이야. 신을 믿지 않는 친구들은 사회주의니 무정부주의니 하는 문제를 끄집어내어 새로운 조직에 의한 온 인류의 변혁에 대해 떠벌리는 거야. 그러니 결론은 매한가지여서 결국은 같은 문제로 돌아오고 말지. 다만 출발점만이 서로 다를 뿐이야. 우리가 살고 있는 현대에 이처럼 수많은 러시아의 애송이들, 특히 가장 독창적 재능을 지닌 수많은 러시아 청년들의 대부분이 하고 있는 일이라 해야 옛날부터 내려온 문제를 서로 얘기하는 것 뿐이야. 그렇지 않니?"

"그러나 진짜 러시아 사람에겐 신은 있는가, 영생은 있는가 하는 문제들, 또는 형님이 말한 것처럼 출발점만이 다를 뿐인 동일한 문제들이, 다른 모든 문제보다 앞서는 가장 중요한 문제인 것은 사실이지요. 그리고 또 당연히 그래야만 해요."

알료샤는 온화하지만 여전히 상대의 마음속을 탐색하는 듯한 조용한 미소를 띤 채 형의 얼굴을 응시하며 대꾸했다.

"그런데 알료샤, 도대체 러시아 사람이라는 것 자체가 때로는 구제할 수없이 어리석은 것을 의미하는 경우도 있지만, 러시아의 젊은 애들이 요즘 하는 짓보다 더 어리석은 짓은 상상하기조차 어려울 정도야. 하지만 알료샤라는 러시아 청년 하나만은 내가 굉장히 좋아하지."

"아주 그럴듯하게 얘기를 끝맺으시는군요."

알료샤는 갑자기 소리를 내어 웃었다.

"그건 그렇고. 어디서부터 시작하는 게 좋을지 네가 결정해. 하느님 이야기부터 시작할까? 신은 있는지 없는지? 어때?"

"좋을 대로 하세요. 형님 말대로 '다른 출발점'에서 시작해도 좋구요. 하지만 형님은 어제 아버지 집에서 신은 없다고 분명히 선언하셨죠?"

알료샤는 힐끗 형의 눈치를 살폈다.

"어제 아버지 집에서 식사 중에 내가 그렇게 말한 건 널 놀려 주고 싶어서였어. 아니나다를까, 네 눈동자에서 금방 불똥이 튀는 것 같더군. 하지만 지금은 너하고 토론하는 걸 회피할 생각은 조금도 없어. 정말 이건 내 진심이야. 난 너하고 친하고 싶다. 알료샤, 내겐 친구가 없어. 그래서 한번 너하고 친구가 돼보고 싶단 말이야. 그리고 어쩌면 이런 나도 신을 인정할지도 모르잖니." 이반은 웃었다. "아마 이런 소린 네겐 뜻밖일 거야. 그렇지?"

"물론 그래요. 그 말이 농담이 아니라면……."

"농담이라고? 어저께 장로의 암자에서도 나보고 농담한다고들 말했지. 그런데 말이다, 18세기에 어떤 죄 많은 한 노인이 '만약 신이 존재하지 않는다면 일부러라도 만들어내야 한다'(s'il n'existait pas Dieu, il faudrait l'inventer.)라고 말한 적이 있어. 그래서 정말 인간은 신이라는 걸 만들어 냈지. 그러나 이상하고도 놀라운 것은 신이 실제로 존재한다는 사실이 아니라 그런 생각, 신은 반드시 필요한 것이라는 생각이 인간과 같이 야만적이고 못돼먹은 동물의 머릿속에 용케도 떠올랐구나 하는 점이야. 그렇기 때문에 이 생각은 그만큼 성스럽고, 감동적이고, 현명한 생각이며 인간에겐 명예가 될 만한 일이야.

나 자신으로 말할 것 같으면 인간이 신을 만들어 냈느냐, 신이 인간을 만들어 냈느냐 하는 문제는 오래 전에 벌써 더이상 생각하지 않기로 작정했지. 그래서 나는 이 문제에 대해 러시아의 젊은 애들이 요즘 세워 놓은 모든 공리에 대해선 왈가왈부하지 않겠어. 그런 공리들은 죄다 유럽의 가설에서 끄집어낸 것들이니까. 그도 그럴 것이 저쪽에서는 가설에 지나지 않는 것도 러시아의 젊은 애들에겐 금방 공리가 되어 버리거든. 이건 젊은 애들에게만 국한된 이야기가 아니라, 그들의 선생인 대학 교수들한테도 해당되는 이야기야. 오늘날 러시아의 대학 교수는 거의 모두가 젊은 애들과 하나도 다를 게 없는 친구들이니까. 그러니 가설에 대해선 일절 언급하지 않기로 하겠어.

그렇다면 이제 우리가 논해야 할 문제는 무엇이겠니? 그것은 어떻게 하면 내가 되도록 빨리 나 자신의 본질을, 다시 말해 내가 어떤 인간이며, 무엇을 믿고 무엇에 희망을 걸고 있는가를 네게 설명하는 것이 아닐까. 어때, 그렇지 않니? 그래서, 나는 솔직하고 단순하게 신을 받아들이겠다고 선언한 거야.

하지만 한 가지 유의해야 할 것이 있어. 만약에 신이라는 것이 존재하여 정말 이 지구를 창조했다 해도 우리가 알고 있는 대로, 신은 이 지구를 유클리드 기하학의 원리에 따라 창조했고, 인간의 두뇌로는 겨우 삼차원의 공간밖에 이해할 수 없도록 창조했다는 거야.

그런데도 온 우주가 아니 좀 더 넓게 생각하면 모든 존재가, 오직 유클리드 기하학에 의해서만 창조되었다는 설을 의심하는 기하학자나 철학자들이 있었고, 또 현재도 얼마든지 있단 말이야. 가장 뛰어난 학자들 중에도 그런 사람들이 있거든. 유클리드에 의하면 이 지상에선 절대로 서로 만날 수 없다는 두 개의 평행선도 무한 속의 어느 지점에 가서는 서로 만날지도 모른다는 대담한 공상을 하는 자까지 있을 정도니까.

그래서 난 말이야, 그런 것조차 알 수 없는 내가 어떻게 신의 문제를 이해할 수 있겠느냐고 생각했어. 내게는 그런 문제를 해결할 만한 아무 능력도 없다는 걸 솔직히 고백하는 거야. 원래 내 두뇌는 유클리드 적이고 지상적인 것이야. 그러니 이 세계와 관련이 없는 문제를 어떻게 풀 수 있겠니?

친구로서 너한테도 충고하지만 알료샤, 그런 문제는 아예 생각지도 마라. 특히 신에 관한 문제, 신의 존재 여부에 관한 문제는 말이야. 이런 모든 문제는 삼차원의 이해력밖에 지니지 못한 인간의 두뇌로는 엄두도 낼 수 없는 문제야. 그래서 나는 신을 인정한다는 거야. 단순히 좋아해서가 아니라 그 이상으로, 우리가 전혀 알 수 없는 신의 예지와 그 목적까지도 인정해. 난 생명의 질서와 목적도 믿고 있고, 우리가 언젠가는 하나로 융합된다는 영원한 조화 또한 믿고 있지. 그리고 그것을 우주가 궁극의 목표로 삼고 있으며 그 자체가 '신과 함께 있고' 그 자체가 신인 로고스(그리스도의 말씀)도 믿고 있어. 또 그와 비슷한 모든 무한한 것을 믿지. 이 점에 관해서 정말 숱하게 많은 말들이 만들어져 있지만, 어때, 나도 제대로 된 길을 걷고 있는 것 같지 않니?

그렇지만 놀라지는 마라. 마지막 결론으로서 나는 이 신의 세계라는 것을 받아 들이지 않고 있다. 그것이 존재한다는 것은 알고 있지만, 그래도 그것을 절대로 받아들일 수가 없어. 내 말을 오해하진 마라. 내가 받아들일 수 없는 건 신이 아니야. 난 신이 창조한 세계, 다시말해 신의 세계라는 것을 받아들이는 데 동의할 수 없다는 거야.

미리 말해 두지만 나는 순진하게도 언젠가는 이 고뇌와 상처도 아물 것이고 인간적 모순이 빚어 내는 온갖 굴욕적인 희극도 가련한 신기루처럼 사라지거나, 아니면 원자처럼 무력하고 조그만 존재인 인간의 유클리드적 두뇌가 만들어 낸 흉측한 허상으로 끝나 버릴 거라고 믿고 있어. 그리고 마침내 세계의 종국인 영원한 조화의 순간에 이르러 무언가 더할 수 없이 고귀한 현상이 일어나는데, 그것은 모든 사람의 가슴을 채워 주고 모든 원한을 풀어 주고 인간의 모든 악행과 그들이 서로 흘리게 했던 피를 보상해 줄 것이다. 게다가 그것은 인간에게 일어난 모든 일을 용서할 뿐만 아니라, 그런 일들을 정당화 해주기도 할 거라고.

그러나 설사 모든 것이 그렇게 된다 하더라도 나는 그것을 받아들일 수 없고 받아들이고 싶지도 않아! 비록 두 개의 평행선이 서로 만난다 하더라도 그것을 내눈으로 직접 보고 틀림없이 만났다고 입으로 말하게 된다 하더라도, 나는 역시 받아들이지 않을 거야.

이것이 바로 나의 본질이야. 알료샤, 이것이 바로 나의 명제란 말이다. 이것은 진정으로 너에게 하는 말이야. 일부러 너하고의 대화를 매우 어리석은 논법으로 시작했지만 결국은 이런 고백을 하고 말았군. 하긴 네가 원하는 게 바로 이런 것이었을 테니까. 너는 신에 관한 것을 듣고 싶었던 것이 아니라 단지 네가 사랑하는 형이 무엇에 의해 살고 있는가를 알고 싶었을 뿐이야. 그래서 그걸 이야기한 거지."

이반은 갑자기 특별한, 전혀 예상치 못했던 감정을 가슴속에 담아 긴 이야기를 끝냈다.

"그런데 형님은 무엇 때문에 '매우 어리석은 논법으로' 이야기를 시작했죠?"

알료샤는 생각에 잠긴 눈으로 형을 바라보며 물었다.

"그건 첫째로, 러시아적인 논법을 존중하는 뜻에서 그런 거야. 러시아 사람들이란 이러한 문제를 놓고 이야기할 때 매우 어리석은 논법으로 풀어나가거든. 그리고 둘째, 역시 어리석으면 어리석을수록 그만큼 근본적인 문제에 접근할 수 있기 때문이지. 어리석음은 명석함의 어머니라고 했던가? 어리석음이라는 건 대개 단순하고 소박하지만 지혜라는 것은 언제나 요리조리 빠져나가면서 정체를 숨기려고만 들거든. 지혜는 비겁하지만 어리석음은 정직하고 성실하지. 결국 나는 절망이라는 결론에 도달하고 말았지만, 내가 이렇게 어리석게 이야기를 하면 할수록 내게 유리해지는 거니까."

"무엇 때문에 형님이 '이 세계를 받아들이지 않는지' 그 이유를 설명해 주실 수 없어요?"

"물론 설명해 줄 수 있지. 뭐 비밀도 아니고 사실은 그것 때문에 일부러 얘기를 여기까지 끌고 온 거니까. 그런데, 알료샤, 나는 너를 타락시키거나 너의 견고한 신앙을 뒤흔들려는 건 절대로 아니야. 아니, 어쩌면 너의 힘을 빌려 나 자신을 치료하고 싶은 건지도 몰라."

이반은 아주 얌전한 어린아이가 된 것처럼 미소지었다. 알료샤는 여태까지 형의 얼굴에 그런 미소가 떠오른 것을 한번도 본 적이 없었다.

4 반역

"한 가지 너한테 고백할 게 있어." 이반이 말을 시작했다. "나는 사람이 어떻게 자기에게 가까운 사람을 사랑할 수 있는지 도무지 이해할 수가 없어. 내 생각으로 멀리 떨어져 있는 사람은 사랑할 수 있어도 가까이 있는 사람은 도저히 사랑할 수 없을 것 같아.

언젠가 나는 어떤 책에서 '자비로운 요한'이라는 성인의 이야기를 읽은 적이 있어. 어떤 굶주린 나그네가 얼어죽게 되어 그를 찾아와서 몸을 녹이게 해달라고 애원하자 이 성인은 나그네와 함께 침대로 들어가 누워서 그를 꼭 껴안고, 어떤 무서운 병으로 썩어문드러져 고약한 냄새를 풍기는 그의 입에다 입김을 불어넣어 주기 시작했다는 거야. 그러나 이 성인이 그런 일을 한 것은 일시적인 착란, 즉 거짓된 착란 때문이야. 또 자기가 스스로 짊어진 고행으로서 의무가 명한 사랑 때문이라고 나는 확신해. 인간을 사랑하기 위해서는 그 상대가 모습을 드러내지 않아야해. 그 대상이 조금이라도 얼굴을 드러낸 순간 사랑 같은 건 당장 날아가 버리고 마는 법이야."

"조시마 장로님도 여러 번 그런 말씀을 하셨어요." 알료샤가 끼어들었다. "장로님 역시 인간의 얼굴은 아직 사랑에 익숙하지 않은 많은 사람들에게 흔히 사랑의 장애가 된다는 말을 하셨지요. 하지만 실제로 인간에게는 여러가지 사랑이 있고 그중에는 거의 그리스도의 사랑에 가까운 것도 있어요. 이건 나도 잘 알고 있어요."

"하지만 나는 지금까지 그런 건 본 일도 없고 이해할 수도 없어. 게다가 수없이 많은 사람들 역시 나와 마찬가지일 거야. 문제는 이것이 인간의 어리석음에서 오는 것인가, 아니면 본디부터 인간의 본성이 그 모양이기 때문인가 하는 점에 있어.

내가 생각하기에는 인간에 대한 그리스도의 사랑 같은 건 이 지상에선 있을 수 없는 일종의 기적이야. 하기는 그리스도는 신이었으니까. 그러나 우리는 신이 아니거든. 가령 예를 들어 내가 깊은 고통 속에 있다 하더라도 과연 내가 얼마나 괴로워하고 있는지 타인은 절대로 알 수 없어. 왜냐하면 타인은 어디까지나 타인이지 내가 아니기 때문이지. 게다가 인간은 타인을 고행자로 인정하는 걸 그다지 좋아하지 않거든. 그게 무슨 높은 지위라도 되는 듯이 말이야. 무엇 때문에 인정하려 들지 않는지 아니? 이를테면 내가 몸에서 고약한 냄새가 풍긴다든가, 바보 같은 얼굴을 하고 있다든가, 또는 언젠가 상대의 발을 밟은 적이 있다든가 하는 이유 때문이야. 게다가 고뇌라고 해도 거기엔 여러 종류가 있거든. 나를 철저히 비참하게 만드는 굴욕적 고통, 예를 들어 굶주림 같은 고통이라면 아마 자선을 하는 사람이 인정해 줄 테지만, 좀 더 고상한 고뇌, 예컨대 사상을 위해 겪는 고통같은 조금이라도 고상한 고통일 것 같으면 아무 몇몇 예외적인 경우를 제외하고는 좀처럼 인정해 주지 않게 마련이지. 그것은 내 얼굴이 여태까지 그가 상상하고 있던 얼굴, 사상을 위해 고뇌를 겪고 있는 인간은 필시 이럴 것이라고 상상하고 있던 얼굴과 비슷하지 않다는 걸 깨닫기 때문이지.

그러면 그는 금방 나에게 호의를 베푸는 걸 중지해 버리거든. 그렇다고 해서 나쁜 마음에서 그러는 건 물론 아니야. 거지들은, 특히 귀족에서 거지로 전락한 사람들은 절대 사람 앞에 나타나지 말고 신문지상을 통해 구걸해야 마땅할 거야. 추상적인 경우라면 가까운 인간을 사랑할 수도 있고, 때로는 멀리서도 사랑할 수 있지만, 아주 가까이 있는 사람을 사랑하는 건 거의 있을 수 없는 일이야.

만약에 모든 것이 무대 위의 발레처럼, 거지가 비단으로 된 누더기에 갈기갈기 찢어진 레이스를 걸치고 우아하게 춤을 추며 무대에 나타나 구걸하는 식이라면 잠자코 앉아서 구경할 순 있겠지. 그러나 그때도 그저 구경이나 할 뿐이지 사랑을 할 수는 없는 거야.

이런 얘긴 그만두기로 하자. 나는 다만 네게 내 관점만 밝혀두면 되는 거니까. 나는 인류 전반의 고뇌에 대해 이야기할 작정이었으나 그보다도 아이들의 고뇌에 대해서만 얘기하기로 하겠다. 그러면 내 논거의 규모가 10분의 1로 줄어들긴 하겠지만, 어쨌든 아이들에 대해서만 얘기하기로 하자.

물론 나한테는 그만큼 불리하기긴 하지만 말이야. 그건 그렇고, 첫째로 아이들은 가까이 있어도 모두 사랑할 수 있어. 누추하건 미운 얼굴을 하고 있건 하긴 얼굴이 미운 아이는 하나도 없다고 나는 생각한다만. 둘째로, 내가 어른들에 대한 얘기를 그만두기로 한 또 하나의 이유는 그들이 추악해서 사랑을 받을 자격이 없을 뿐만 아니라 그들에게는 천벌이라는 것이 있기 때문이야. 그들은 선악과를 따먹음으로써 선과 악을 가릴 줄 알게 되었고, 그리하여 '하느님처럼' 되어 버렸거든. 그리고 지금도 여전히 그 과실을 먹고 있어. 그러나 아이들은 아무것도 먹지 않았으니까 아직은 아무런 죄에도 물들지 않았지.

알료샤, 넌 아이들을 좋아하지? 그건 나도 잘 알고 있어. 그러니까 너도 내가 왜 너한테 아이들 얘기만 하려하는지 언젠가 알 수 있을 게다. 만약 아이들까지 이 세상에서 무서운 괴로움을 겪고 있다고 한다면 그것은 물론 그 아버지 때문일거야. 선악과를 따먹은 자기 아버지 대신에 벌을 받는 셈이지……. 그러나 이러한 논의는 저세상에서나 할 것이지 이 지상에 사는 인간의 마음으로선 도저히 이해할 수 없는 일이야. 죄없는 자가, 그것도 죄와는 인연이 먼 어린애가 다른 사람 때문에 고난을 받는다는 건 도대체 말이 되지 않거든!

너는 깜짝 놀랄지도 모르겠다만, 알료샤, 나 또한 아이들을 무척 좋아해. 한 가지 주목해야 할 점은 잔인한 인간, 정열적이고 욕정이 왕성한 카라마조프적 인간은 이따금 굉장히 아이들을 좋아할 때가 있다는 사실이야. 아이들이 어릴 때는 이를테면 일곱 살 정도까지는 어른들과는 너무나 다르기 때문에 전혀 다른 본성을 가진 별개의 생물인 것처럼 생각되지.

나는 감옥살이를 하고 있는 한 강도를 알고 있는데, 그는 밤마다 강도질을 하고 다니며 일가족을 몰살하기도 하고, 아이들을 몇 명씩이나 한꺼번에 베어 죽이기도 한 인간이야. 그런데 감옥살이를 하는 동안 그는 이상할 정도로 아이들에게 애정을 느끼게 되었다는 거야. 그는 감옥 안뜰에서 놀고 있는 아이들을 철창 너머로 바라보는 것이 일과처럼 되어 버렸어. 그래서 조그만 어린애 하나를 사귀어 창밑에까지 오게 했고 그래서 그 애하고 아주 친해졌다는 거야……. 알료샤, 내가 왜 이런 얘기를 하는지 넌 모르겠니? 그런데 어쩐지 골치가 아프고 기분이 우울해지는 것 같구나."

"정말 얘기하고 있을 때의 얼굴이 이상한데요." 알료샤가 불안한 듯 말했다. "마치 딴 사람이 되어버린 것 같아요."

"그런데 최근에 모스크바에서 어떤 불가리아 사람한테 이런 이야길 들은 적이 있어."

이반은 동생의 말 같은 건 귀에 들어오지도 않는다는 듯이 그대로 말을 계속했다.

"거기서는, 즉 불가리아에서 사는 터키인들과 체르케스인들이 슬라브족의 폭동이 두려워서 가는 곳마다 잔악한 행위를 자행하고 있다는 거야. 마을에 불을 지르고, 사람들을 죽이고, 부녀자와 어린이들에게 폭행을 하고, 체포된 사내들은 귀를 나무 울타리에 대고 못을 박은 채 다음날 아침까지 그대로 내 버려 두었다가 아침이 되면 교수형에 처하고……. 도저히 상상조차 할 수 없는 잔인한 짓들을 하고 있다더군.

사실 인간의 잔인한 행위를 가리켜 '짐승같다'는 말을 가끔 사용하지만 이 쯤 되면 오히려 짐승에겐 대단히 부당하고 모욕적인 말이라 할 수 있지. 짐승 은 결코 인간처럼 잔인하지 않아. 그처럼 예술적 기교를 부려가며 잔인한 행 위를 하지는 못하니까 말이야. 호랑이는 물어뜯는 재주밖엔 없거든. 사람의 귀 에 밤새도록 못을 박아 둔 채 방치해 두는 건 호랑이의 머리로는 생각도 할 수 없는 일이야.

그런데 이 터키인들은 아이들을 괴롭히는 데 거의 성적인 기쁨을 느끼는 모 양이야. 칼로 어머니의 배를 가르고 태아를 단검으로 도려내는 것쯤은 아무것 도 아니고, 심한 경우엔 어머니가 보는 앞에서 젖먹이를 공중에 던져올렸다가 떨어져 내려오는 것을 총검 끝으로 받는다는 거야. 어머니가 그걸 보고 있다 는 사실이 주로 놈들의 쾌감을 만족시켜 주는 거겠지.

그런데 또 한가지 매우 흥미로운 장면이 있어. 두려움에 떠는 어머니의 팔 에 안긴 젖먹이, 그 주위에는 마을에 침입해 온 터키인들이 둘러서 있다고 생 각해 봐. 놈들은 재미있는 장난을 하나 생각해 냈어. 그들은 어떻게 해서든 어 린애를 한번 웃겨 보려고 열심히 아이를 얼르는 거야. 마침내 성공해서 아이가 웃기 시작하면 바로 그 순간에 터키인 하나가 아이 얼굴에서 한 자도 안 되는 데다 권총을 갖다대지. 그러면 아이는 까르르 웃어대며 권총을 잡으려고 그 조그만 손을 내밀거든. 이때 이 '예술가' 놈은 아이의 얼굴에다 대고 방아쇠를 당겨서 조그만 머리를 산산이 부숴 놓는다는 거야……. 그야말로 예술적이라 할 수 있지. 안 그래? 그런데 말이야, 터키인들은 단것을 몹시 좋아한다고 해."

"형님은 무슨 까닭에 그런 얘길 하시죠?"

알료샤가 물었다.

"내 생각엔 말이다, 만약 악마가 존재하지 않는다면 결국 인간이 그걸 만들 어 낸 것이 되는데, 인간은 자신의 모습과 비슷하게 그걸 만들어 냈다는 거야."

"그렇다면 신의 경우도 마찬가지겠죠."

"저런! 《햄릿》에 나오는 폴로니어스의 대사로군. 너는 말을 받아치는 솜씨도 보통이 아니구나." 이반은 소리내어 웃었다. "그만 네게 말꼬리를 잡혀 버리고 말았지만 아무튼 좋아, 반가운 일이야. 그런데 인간이 자신의 모습에 따라 신을 만들어 냈다면 너의 하느님이란 것도 꽤 잘생겼을 거야.

넌 방금 왜 내가 그런 이야길 하느냐고 물었지? 사실은 나는 일종의 사건 애호가로, 신문이라든가 사람들의 얘기 중에서 그러한 일화들을 닥치는대로 베끼곤 한 것이 이제 꽤 많이 수집됐다니까! 물론 지금 말한 터키인 얘기도 그 중의 하나야. 허지만 이런 건 어차피 외국인의 얘기고 우리나라 것도 많이 알고 있는데 그중에는 이 터키인 얘기보다 더한 걸작품도 있어.

너도 알다시피 우리나라 사람들은 체벌을 가하는 것을 좋아하지 않니? 그것도 가죽 채찍이나 회초리로 때리는 수가 많은데 이 점은 순전히 민족적인 풍습이지. 우리나라에선 귀에 못을 박는 따위 짓은 엄두도 못 낼 일이지. 우리도 역시 유럽 사람이긴 하지만 채찍이니, 회초리니 하는 건 이제 러시아적인 것으로 되어 버려서 이미 우리에게서 떼어놓을 수 없는 것이 되었어.

외국에서는 체벌이 아주 없어졌다더라. 풍습이 개선되었는지 아니면 사람이 사람을 때려서는 안 된다는 법률이라도 제정되었는지 몰라도. 그 대신 그들은 다른 방법을 쓰고 있는데 이것도 러시아하고 같아서 순수하게 민족적이지. 너무 민족적이어서 러시아에서는 도저히 생각도 할 수 없을 정도로. 하긴 우리나라에서도, 특히 상류 사회에서 종교 운동이 시작된 뒤부터 점차 전파되고 있는 것 같지만 말이야. 프랑스에서 번역된 아주 재미있는 작은 책자를 내가 한 권 갖고 있는데, 그 책에는 최근 불과 사오 년 전에 제네바에서 어떤 살인마를 사형에 처한 얘기가 실려있어. 리샤르라는 스물세 살 된 청년이 자기 죄를 뉘우치고, 단두대에 오르기 직전 그리스도교에 귀의했다는 거야.

이 리샤르는 원래 사생아였는데 여섯 살밖에 안 되었을 때 부모가 스위스 어느 산속의 양치기에게 그를 '선사'했었지. 양치기들은 그를 키워 부려먹을 속셈이었겠지. 그 애는 마치 야생동물처럼 목동들 사이에서 지냈는데, 그들은 그 애에게 아무것도 가르쳐 주지 않았을 뿐만 아니라 일곱 살 때부터는 벌써 양을 치러 내보내곤 했어. 비가 오건 날씨가 춥건 입을 것도 제대로 주지 않고 먹일 것도 제대로 먹이지 않았어.

물론 이처럼 학대하면서도 조금도 뉘우치거나 후회하지 않았어. 오히려 그럴 만한 권리가 자기들에게 있다고 생각했겠지. 왜냐하면 리샤르는 무슨 물건이나 마찬가지로 그들이 얻은 것이므로 먹을 것도 줄 필요가 없다고 생각했을 테니까.

리샤르 자신이 증언한 바에 의하면 그 당시 그도 마치 성경에 나오는 방탕한 아들처럼 돼지가 먹는 사료라도 좋으니 한번 실컷 배부르게 먹어 보았으면 하는 생각뿐이었다는군. 하지만 그것조차 먹여 주지않고, 돼지먹이를 훔쳐먹었다고 사정없이 두들겨팼다는 거야.

이렇게 소년, 청년 시절을 보낸 다음 어른이 되어 힘깨나 쓰게 되자 이번엔 강도질을 하려고 나섰어. 이 미개인은 제네바에서 막노동으로 돈을 벌어서는 한푼 안 남기고 술을 퍼마시며 인간 이하의 생활을 했는데 결국은 강도질을 하다가 어떤 노인을 죽이기에 이르렀어. 그는 체포되어 재판에서 사형 선고를 받았지. 저쪽 사람들은 감상적인 동정심 따윈 없는 족속들이니까 당연하지. 그런데 감옥에 들어가자마자 교회 목사님이니 무슨 기독교 단체의 회원이니 자선가 귀부인이니 하는 자들이 몰려와 그를 둘러쌌어. 그들은 감옥 안에서 그에게 글을 가르쳤고 성경 강의를 시작했지. 그러고는 그를 얼르고 타이르고 귀찮을 정도로 설교를 하고 압력을 가하고 하는 바람에 그는 마침내 자기 죄를 진심으로 자각하게 되어 세례까지 받았어. 그리고 자진해서 재판소에 편지를 썼지…… 자기는 인생의 쓰레기이긴 하지만 덕분에 이제야 겨우 눈을 떠서 하느님의 은총을 받게 되었다고 말이야.

그러자 제네바 시 전체가, 제네바의 모든 자선가와 모든 신앙깊은 사람들이 법석을 떨기 시작했어. 상류 사회의 사람들, 교양 있는 사람들이 모두 그를 면회하기 위해 감옥으로 몰려가는 거야. 그들은 리샤르를 포옹하고 키스하며 '당신은 우리 형제다. 당신은 하느님의 은총을 받았다' 소리쳤어.

리샤르는 그저 감격해서 눈물만 흘릴 따름이었지. '그렇습니다. 저는 하느님의 은총을 받았습니다. 소년 시절과 청년 시절에 저는 돼지먹이만 얻어도 기뻐했습니다만 이제는 저 같은 놈에게도 하느님께서 은혜를 내려 주셨으니 저는 주님의 품안에 안겨 죽겠습니다.' '그렇고말고, 리샤르. 너는 주님의 품안에서 죽어야 해. 네가 돼지먹이를 탐내 그것을 훔쳐먹고 얻어맞았을 때—네가 한 일은 아주 나쁜짓이야. 어쨌든 훔친다는 건 하느님께서 금지하신 거니까—그때 네가 하느님을 전혀몰랐다는건 네 잘못이 아니겠지만 어쨌든 너는 남의 피를 흘리게 했으니까 마땅히 죽어야지.'

그리하여 드디어 최후의 날이 왔어. 쇠약할 대로 쇠약해진 리샤르는 눈물을 흘리면서 '오늘은 내 생애에서 가장 복된 날입니다. 나는 주님에게로 갑니다!'라고 쉴새없이 되풀이했어. 그러면 목사니 재판관이니 자선가니 귀부인이니 하는 자들이 '그렇고말고, 네 생애에서 가장 복된 날이고말고. 오늘은 주님 앞으로 가는 날이니까!' 하고 맞장구를 치는 거야. 그들은 모두 리샤르를 태운 죄수 마차의 뒤를 따라서 마차나 도보로 단두대까지 갔어. 드디어 단두대에 도착하자마자, 그들은 '자, 그럼 죽어라, 형제여!' 하고 그를 향해 소리쳤지. '주님의 품안에서 죽어라, 주님께서 네게 은혜를 내렸으니까!' 그리하여 형제들의 빗발치는 키스를 받은 그들의 형제 리샤르를 단두대로 끌고 가서 작두날 밑에 모가지를 밀어넣고는 그가 하느님의 은혜를 받았다는 이유로 그를 형제로 대우하며 목을 싹둑 잘라 버렸다는 거야.

이건 정말 의미심장한 이야기지. 이 책자는 러시아의 상류 사회에 속하는 루터파 자선가들이 러시아 민족을 계몽할 목적으로 러시아어로 번역하고 신문 잡지의 부록으로 찍어 무료로 배부했지.

이 얘기에서 재미있는 점은 그것이 그 나라의 국민성을 여실히 말해 주고 있다는 거야. 우리나라에서라면 한 인간이 우리의 형제가 되어 하느님의 은혜를 받았다는 이유만으로 그 형제의 목을 잘라 버린다는 건 생각조차 할 수 없지 않겠니. 하지만 거듭 말하지만 우리나라에도 이보다 더하면 더했지 결코 못하지 않은 독자적인 것이 있다는 걸 알아야 해. 역사적으로 우리에게는 직접적이고 매우 손쉬운 방법으로 학대하는 취미가 있어 네크라소프의 시에 농부가 채찍으로 말의 눈을, 그 '순한 눈'을 후려치는 구절이 있는데 그런 광경은 누구나 흔히 볼 수 있는 것으로, 이거야말로 러시아적이라고 할 수 있는 광경이지.

이 시인은 보기에도 처참할 만큼 여위어빠진 말이 힘에 겨운 무거운 짐을 실은 짐마차를 끌다가 진흙탕에 빠져 헤어나지 못하고 허우적거리는 장면을 그리고 있지. 농부는 채찍으로 사정없이 말을 때리고 또 때리고, 나중엔 때린다는 동작에 취해버려 자기가 무슨 짓을 하고 있는지조차 잊고 악을 쓰며 채찍질을 하지.

'힘에 겨워도 끌라면 끌어야지. 죽어도 좋으니 끌어 보란 말이야!'

말이 앞으로 나가려고 버둥거리고 있으면 농부는 그 힘없는 여윈 말의 울고 있는 '순한 눈'을 채찍으로 후려치기 시작하지. 그러면 말은 미친 듯이 몸부림치며 죽을 힘을 다해 간신히 마차를 끌어내어 움직이는 거야. 온몸을 떨면서 숨도 제대로 못 쉬고 몸을 이상야릇하게 뒤틀면서 경련을 일으키는 것 같은 보기 싫은 걸음걸이로.

이 네크라소프의 시를 읽으면 정말 머리카락이 곤두서는 것 같단다. 말은 때리라고 하느님께서 주신거다, 타타르인들은 우리에게 이렇게 설명해 주고 이것을 명심해 잊지 말라고 말채찍까지 선물로 주었다고 말하거든. 그러나 사람에게도 역시 매질을 할 수 있는 거야. 교육받은 인텔리 신사와 그 부인이 겨우 일곱 살밖에 안 되는 자기 딸에게 나뭇가지로 매질을 한 예가 실제로 있었으니까. 이 얘길 자세하게 적어둔 게 나한테 있는데 말이야, 아버지란 자는 회초리에 울퉁불퉁한 마디가 많은 걸 보고 이게 더 '효과적'일거라고 좋아하면서 자기 핏줄인 친딸에게 '매질'을 시작하는 거야. 이건 내가 확실히 알고 있는 건데 이렇게 매질을 하는 사람들 중엔 회초리나 채찍을 한 번씩 휘두를 때마다 성적 쾌감을, 문자 그대로의 성적 쾌감을 느낄 만큼 흥분하는 사람도 있어. 그 쾌감은 매질을 계속함에 따라 점점 더 커지게 마련이야. 1분, 5분, 10분, 이렇게 시간이 지나면 지날수록 매질이 더욱더 빨라지고 더욱더 모질어지고 효과는 더욱더 커지는 거지.

아이는 비명을 지르며 울어대다가 나중에는 울지도 못하고 '아빠……. 아빠……. 아빠아…….' 이렇게 숨 넘어가는 소리만 낼 뿐이야.

이 사건은 결국 사회적인 스캔들이 되어 마침내 법정에서까지 문제가 되었어. 변호사가 고용되었지. 우리 러시아 민중은 오래 전부터 변호사를 '돈에 고용된 양심'이라 부르고 있지만 아무튼 변호사는 자기의 의뢰인을 보호하기 위해 열변을 토해 내는 거야.

'본건은 흔히 있을 수 있는 가정 내에서의 단순하고 평범한 사건이올시다. 아버지가 자기 딸의 버릇을 가르친 것에 지나지 않으니까요. 그런데도 이런 일이 법정에까지 와서 논의된다는 것은 그야말로 우리시대의 수치가 아닐 수 없습니다!' 열변에 감동한 배심원들은 일단 별실로 물러갔다가 다시 나와선 무죄를 선고하지. 사람들은 가해자가 무죄 석방이 되었다고 기쁨에 넘쳐 환호성을 지르는 거야. 또 어떤 사람은 이렇게 말하겠지. '그때 그 자리에 내가 없었던 게 정말 유감이야. 그 자리에 있었더라면 그 가해자의 명예를 기리는 장학금이라도 모으자고 제안했을 텐데!⋯⋯' 참 듣던 중 희한한 얘기지? 그러나 아이들에 관한 얘기는 이것 말고도 더 재미있는 게 한두 가지가 아냐.

 나는 러시아의 아이들에 관한 이야기들을 굉장히 많이 수집해 놓았어, 알료샤. 어떤 다섯 살 먹은 한 계집애가 '교육을 받은 교양 있는 사람들로 아버지는 참으로 훌륭한 관리'인 부모에게 미움을 받는 얘기도 있지. 다시 한번 분명히 말해 두지만 많은 사람에겐 일종의 특별한 성질이 있는데 그것은 바로 어린애를 학대하는 취미야. 그 학대하는 취미가 하필이면 어린애에게 한정되어 있지. 그런 학대자들은 어린애를 제외한 다른 모든 사람들에 대해서는 교양 있고 인정 많은 유럽 사람과 같은 얼굴을 하고 그보다 더 겸손하고 친절할 수 없지만, 그러면서도 어린애를 학대하는 것을 무척 좋아하지. 그런 점에서 보면 오히려 아이들 자체를 사랑하고 있다고도 할 수 있을 거야.

 바로 어린애들의 무방비 상태가 학대자의 마음을 유혹하는 거라고 말할 수 있지. 아무데도 달아날 수 없고, 누구에게도 의지할 수 없는 조그만 어린애들의 천사와도 같이 순진무구한 믿음, 바로 그게 학대자들의 저주받은 피를 끓게하는 정체야.

 물론 모든 인간의 마음속에는 야수가 숨어 있어. 걸핏하면 성을 내는 야수, 학대받고 있는 희생자들의 비명소리에 욕정적인 쾌감을 느끼는 야수, 사슬에서 풀려나 멋대로 날뛰는 야수, 음탕한 생활로 인해 통풍이니 간장병이니 하는 병에 걸린 야수, 이러한 야수들 말이야.

 그래서 그 다섯 살 먹은 가엾은 계집아이를 그 교육 받았다는 부모는 갖은 방법을 다해 학대했다는 거야. 무엇 때문인지 자기들도 모르면서 둘이서 한꺼번에 덤벼들어 때리고 채찍질하고 발로 차고 하여 그 애는 온몸이 시퍼렇게 부풀어올랐지. 그것도 나중에는 싫증이 났던지 교묘한 기술까지 동원하게 되었어.

 엄동설한에 아이를 밤새도록 변소에 가둬 두는 거야. 그것도 단지 아이가 밤에 뒤를 보겠다고 변소에 데려다 달라고 하지 않았다는 대수롭지 않은 이유 때문이야. 도대체 천사처럼 고이 잠든 다섯 살밖에 안 먹은 어린애가 그런 걸 어떻게 부모에게 알릴 수가 있겠니. 그래서 잘못해서 똥을 싸면 그 똥을 아이의 얼굴에 칠하는가 하면 억지로 입안에 쳐넣어 먹이기도 했는데, 이런 짓을 바로 그 애의 친어머니라는 여편네가 했단 말이야! 그리고 이 여편네는 한밤 중에 변소에 갇혀있는 불쌍한 애의 신음소리를 들으며 태평스럽게 잠을 잤다는 거야.

네가 그 의미를 이해할 수 있을까? 자기가 무슨 변을 당하고 있는지조차 분명히 알지 못하는 조그만 어린애가 춥고 어두운 변소에서 조그만 주먹으로 괴로워 터질 것만 같은 가슴을 두드리기도 하고 아무도 원망할 줄 모르는 순진한 눈물을 줄줄 흘리며 '하느님 아버지'께 구원을 빌기도 하는 이 기막힌 일을 알료샤, 너는 이해할 수 있겠어? 너는 내 친구이자 내 동생이야. 또 하느님께 봉사하는 겸손한 수도사지. 도대체 무슨 필요가 있어 이런 말도 안 되는 일이 일어나고 있는 건지 이해할 수 있니!

'이런 말도 안 되는 일이 없이는 지상에서 인간은 생활할 수가 없다. 왜냐하면 선악을 인식할 수 없을 테니까.' 이런 망발을 하는 사람들도 있지만, 이런 대가를 치러 가면서까지 그 저주스런 선악의 인식 따위를 해야 할 필요가 어디 있어?

만약 그렇다면, 인식의 세계를 통틀어도 이 어린애가 '하느님 아버지께' 흘린 눈물만큼도 가치가 없지 않느냐 말이다. 나는 어른들의 고뇌에 대해선 말하지 않겠다. 어른들은 금단의 과실을 따먹었으니까 어떻게 되든 상관없어. 모두 다 악마의 밥이 된다 해도 무방해. 하지만 이 어린애들만은, 이 어린애들만은! 알료샤, 내가 너를 괴롭히고 있는 것 같구나. 완전히 새파랗게 질려 있는 것 같은데 듣고 싶지 않다면 그만두겠어."

"괜찮아요, 나 역시 괴로움을 느끼고 싶으니까요."

알료샤는 중얼거렸다.

"그럼 하나만, 한 가지만 더 이야기하지. 그저 호기심으로 하는 얘기지만, 이 것도 굉장히 진기한 얘기야. 러시아 고담집(古談集) 같은 데서 바로 얼마 전에 읽었지. 《고기록(古記錄)》이었는지 《고사록(古事錄)》이었는지 다시 들춰 보기 전엔 알 수 없고 어디서 읽었는지도 잊어버렸지만, 아무튼 19세기 초 농노제가 가장 심하던 암흑 시대의 이야기야. 우리는 사실, 농민의 해방자(알렉산드르 2 세)에게 감사드려야 할 거야.

그 시대에 즉 19세기 초에 장군이 한 사람 있었어. 그 당시의 많은 세도가에 연줄을 두고 있는 돈 많은 지주였는데 퇴직하고 은퇴 생활에 들어가도 그때까지의 공적으로 자기네 영민들의 생살여탈권(生殺與奪權)을 가지고 있다고 확신하는 그런 지주 중의 하나였지—하긴 그 당시에도 그런 자가 그리 많은 건 아니었던 것 같지만—그래도 그런 자들이 더러 있긴 했어.

그런데 그 장군이라는 작자는 근 2천 명이나 되는 농노가 딸린 자기 영지에서 살고 있었기 때문에 근방의 조그만 지주 같은 것은 자기 집 식객이나 어릿광대 정도로 취급하면서 기세가 대단했었던 모양이야.

개집에는 수백 마리의 개가 있었는데 백 명 가까이 되는 개 기르는 하인들은 모두 군복을 입고 사냥을 나갈 때는 말을 타고 다녔어. 그런데 하루는 여덟 살 먹은 농노의 아들 놈이 돌팔매질을 하다가 잘못되어 그만 장군이 애지중지하는 사냥개의 다리를 다치게 했어. '어째서 내가 귀여워하는 저 개가 다리를 저는 거냐?' 하는 장군의 물음에 '실은 저기 저 아이가 던진 돌에 맞아 그렇게 됐습니다'라고 고해 바쳤지. '응, 네놈이 그랬겠다.' 장군은 아이를 돌아보더니 '저놈을 잡아라!' 하고 소리쳤지.

그러자 하인들은 그 애를 어머니손에서 빼앗아다가 하룻밤을 가둬 두었어. 다음날 아침 일찍이 장군은 말을 타고 사냥차림으로 마당에 나타났어. 그 옆에는 식객들, 사냥개들, 개 기르는 하인들, 몰이꾼들이 모두 말을 타고 장군을 호위하듯 늘어서고, 주위에는 본보기를 보여주려고 모이게 한 남녀 농노 전원이 둘러서 있었어. 그 맨 앞줄에는 나쁜 짓을 한 아이의 어머니가 서 있는 거야.

이윽고 그 아이가 옥에서 끌려나왔어. 안개 낀 을씨년스런 가을날이어서 사냥하기에 아주 좋은 날씨였어. 장군은 아이를 발가벗기라고 명령했어. 발가숭이가 된 아이는 오들오들 떨면서 어찌나 무서운지 넋이 빠져 우는 소리도 내지 못하고 있었어. '저놈을 쫓아라!' 장군이 명령하자 '뛰어, 뛰어!' 하고 몰이꾼들이 소리치고 그 바람에 아이는 뛰어 달아나기 시작했어……. 장군은 '저놈 잡아라!' 소리치며 사냥개들을 한꺼번에 풀어 놓았어. 그래서 그 아이의 어머니가 보는 앞에서 개들이 무슨 사냥감이라도 쫓듯이 아이를 쫓아가서는 순식간에 갈기갈기 찢어 버리고 말았다는 거야!……. 나중에 그 장군은 금치산(禁治産) 선고인가 뭔가 하는 걸 받았다더군. 그래, 이런 놈을 어떻게 하면 좋겠니? 총살해야 할까? 도덕적 양심을 만족시키기 위해서 총살해야 할까? 말해

봐, 알료샤!"

"총살해야죠!"

알료샤는 창백하게 일그러진 미소를 지으며 형을 올려다보면서 나직하게 말했다.

"브라보!" 이반은 환성을 질렀다. "네가 그렇게 말하다니……. 아니, 넌 정말 대단한 수도사님이구나! 그러니까 네 가슴속에도 악마의 새끼가 숨어 있는 거야. 알료샤 카라마조프!"

"그만 내가 어리석은 소릴 했군요. 하지만……."

"바로 그것, 그 '하지만'이 문제야……." 이반이 소리쳤다. "이봐, 수습 수사님, 이 지상에는 바로 그 어리석은 소리가 지나칠 정도로 많이 필요한거야. 이 세상은 어리석은 소리, 어리석은 일을 발판으로 하고 서 있거든. 만일 그것이 없다면 아마 이 세상에는 아무 일도 일어나지 않을 테니까. 우리는 단지 우리가 알고 있는 범위 내의 것만 알고 있을 뿐이야!"

"그럼 형님은 대체 무엇을 알고 있죠?"

"난 아무것도 몰라." 이반은 열에 들뜬 것처럼 말을 이었다. "그리고 이제는 아무것도 알고 싶지 않아. 다만 사실에만 충실할 작정이야. 벌써 오래전에 나는 모든 것을 이해하지 않기로 결심했어. 무언가를 이해하려 들면 곧 사실을 왜곡하게 되거든. 그래서 사실에만 충실하기로 결심한 거야."

"무엇 때문에 형님은 내 속을 떠보려고 하는 거예요?" 알료샤는 흥분한 표정으로 슬픈 듯이 소리쳤다. "어서 대답해 주세요."

"물론 대답하고말고. 그걸 얘기하려고 여기까지 끌고 왔으니까. 너는 나한테 소중한 존재야. 난 너를 놓치고 싶지 않아. 너를 그 조시마 장로 따위에게 양보할 수 없어!" 잠시 말을 끊은 이반은 얼굴이 갑자기 침통한 표정으로 변했다. "그럼 내 말을 들어 봐. 나는 논점을 좀더 선명하게 하기 위해 어린애들만 예로 들었을 뿐이야. 이 지구의 지표에서 중심까지 온통 축축하게 적시고 있는 나머지 인간들의 눈물에 대해서는 한마디도 하지 않았어. 일부러 주제를 좁힌 거지. 나는 빈대 같은 존재에 지나지 않으니까 어째서 만사가 이 꼬락서니로 되어 버렸는지 도무지 이해할 수 없다는 걸 겸손한 마음으로 인정하겠어.

결국 잘못은 인간 자신에게 있는 거지. 인간에게 원래 낙원이 주어졌는데 자기들이 불행해질 것을 뻔히 알면서도 자유를 찾으려고 하늘 나라에서 불을 훔쳐냈거든. 그러니까 그들을 불쌍히 여길 필요는 없어. 내 비참하고 지상적이고 유클리드적 두뇌로 알고 있는 건 이런 것 뿐이야. 고통은 실제로 존재한다는 것, 죄인은 없다는 것, 모든 것은 단순소박하게 원인에서 결과가 나오고 그 결과가 다시 원인이 되어 끝없이 균형 유지한다는 것⋯⋯.

그러나 이것도 단순히 유클리드적인 엉터리에 지나지 않아. 나도 그렇게 된다는 걸 알고 있기 때문에 그런 엉터리 사고방식에 따라 살아간다는 것엔 도저히 찬성할 수가 없어!

사실 말이야, 죄인은 하나도 없다고 해서, 모든 건 단순소박하게 원인에서 결과가 나온다고 해서, 또 내가 그것을 알고 있다고 해서 도대체 뭐가 달라지는 데? 내게 필요한 건 복수야. 그걸 할 수 없으면 나는 자멸해 버릴 수밖에 없어. 그리고 그 복수도 언제인지는 몰라도 무한한 저편이 아니라 이 지상에서 바로 내 눈앞에서 이루어져야 해. 나는 그것을 믿어왔으니까 내 두 눈으로 똑똑히 보고 싶다는 거야. 만약 그때 내가 죽어 있으면 나를 다시 소생시켜 줘야 해. 왜냐하면 내가 없는 곳에서 모든 것이 이루어진다는 건 너무 분한 일 아니니?

사실 말이지 내가 고뇌를 겪는 건 나 자신을 희생하여 나의 악행과 온갖 고뇌를 밑거름으로 미래의 우주 조화를 가꾸기 위해서가 아니야. 나는 사슴이 사자 곁에 태평하게 누워 있고 살해된 자가 일어나서 자기를 죽인 자를 포옹하는 장면을 내 눈으로 직접 보고 싶다는 거야. 즉 무엇 때문에 모든 것이 이렇게 되어 있는가를 모든 사람이 문득 깨닫게 될 때 나도 그 자리에 있고 싶단 말이야. 이 지상의 모든 종교는 이러한 희망 위에 세워져 있고 나는 그것을 믿고 있어.

하지만 그렇다 해도 역시 아이들이 문제야. 그런 경우에 대체 그 아이들에게 무엇을 해 줄 수 있겠니? 이건 나에게는 해결할 수 없는 문제야. 몇 번이고 되풀이해 말하지만, 그 밖에도 문제는 얼마든지 있지만 나는 단지 어린애들의 경우만 예를 들었어. 그 이유는 내가 말하고자 하는 바가 그 안에 의심할 여지없이 명료하게 요약되어 있기 때문이야.

그런데 말이다, 모든 인간이 고뇌를 겪어야 하는 이유는 그 고뇌로 영원한 조화를 이루기 위해서라고 할지라도 무엇 때문에 어린애들까지 거기 끌려들어가야 하는 것일까? 넌 그걸 내게 말해 줄 수 없겠니? 무엇 때문에 어린애들까지 고뇌를 겪어야 하는 건지, 어째서 어린애들까지 영원한 조화를 위해 괴로움을 당해야 하는 건지 그 까닭을 도무지 알 수가 없어! 무엇 때문에 어린애들까지 그런 거름이 되어 누군가의 미래의 영원한 조화를 위해 희생해야 한다는 거지?

인간들이 서로 죄악의 연대 책임을 지는 것은 나도 이해할 수 있어. 복수의 연대 책임도 이해할 수 없는 건 아니야. 그러나 어린애들이 죄악의 연대 책임을 진다는 건 이해할 수 없어. 만일 아버지의 모든 악행에 대하여 그 자식도 아버지와 연대책임이 있다는 것이 진실이라면 그런 진실은 이 세상에 속하는 것이 아니고, 그런 진실은 나 같은 놈은 이해할 수 없지. 혹시 어떤 익살맞은 친구가, 아이들도 어차피 자라서 어른이 되면 나쁜 짓을 할 게 아니냐고 말할지도 모르지만, 실제로 그 아이는 아직 어른이 아니잖아! 그 아이는 겨우 여덟 살밖에 안 되어 개한테 물려 죽지 않았느냐 말이야.

아아, 알료샤, 나는 결코 신을 모독하는 건 아니다! 난 우주가 진동한다는 상태가 어떤 것인지 알고 있어. 그때 하늘과 모든 것이 하나가 되어 찬송가를 부르고 살아 있는 모든 것이 '주여, 당신의 말씀은 옳았나이다. 이는 당신의 길이 열렸기 때문입니다!'라고 부르짖는 거야. 그리고 그 어머니가 자기 아들을 개한테 물려 죽게 만든 폭군과 얼싸안고 셋이 다같이 눈물을 흘리며 소리를 합하여 '주여, 당신의 말씀은 옳았나이다!'라고 외칠 때 그때야말로 인식의 승리가 도래하여 모든 것이 명백하게 해명될 것이 틀림없어.

그러나 여기서 또 어려운 문제가 있어. 요컨대 나는 그러한 조화를 도저히 받아들일 수가 없는 거야. 그래서 나는 이 지상에 살고 있는 동안 나대로 응급조치를 강구할 수밖에 없어. 알료샤, 어쩌면 나도 자기 아들의 원수와 포옹하고 있는 어머니의 모습을 직접 내 눈으로 보고 '주여, 당신의 말씀은 옳았나이다'라고 외칠 수 있을 때까지 살 수 있을지도 몰라. 아니면 그것을 보려고 일부러 다시 살아날지도 모르고. 그러나 나는 그때 가서야 비로소 '주여!' 하고 외치고 싶지는 않단 말이야. 아직 시간 여유가 있는 동안에 재빨리 자위책을 강구하여 그런 최고의 조화 같은 건 깨끗이 거부하겠어. 그 따위 조화는 구린내나는 변소에 갇혀 조그만 주먹으로 자기 가슴을 두드리며 보상받을 길 없는 눈물을 흘리면서 '하느님 아버지께' 기도를 드린 그 학대받은 어린애의 눈물 한 방울만한 가치도 없기 때문이야.

왜 그만한 가치도 없느냐 하면 그 눈물은 영원히 보상받지 못한 채 버려졌으니까. 그 눈물은 마땅히 보상받아야만 해. 그렇지 못하면 조화고 뭐고 있을 수 없지. 그러나 무엇을, 무엇을 갖고 그것을 보상할 수 있겠니? 도대체 그 보상이 가능한 일일까? 학대자에게 복수를 함으로써? 그러나 그따위 복수가 도대체 무슨 소용 있겠니? 박해자를 위한 지옥이 무슨 소용이겠니? 이미 죄없는 어린이가 온갖 학대를 당하고 난 다음에야 지옥 같은 게 무슨 소용이냐 말이다. 그리고 또 지옥이 있는 곳에 조화가 있을 리도 없지.

나도 용서하고 싶고 포옹하고 싶다. 더 이상 인간이 괴로워하는 건 절대적으로 사양하니까 말이야. 만약 어린애들의 고뇌가 진리의 대가로 치르어야 할 고뇌의 총량(總量)을 채우는 데 필요하다고 한다면, 미리 단언해 두지만…… 모든 진리를 통틀어도 그만한 대가를 치를 가치가 없다고 말하겠어. 그런 대가를 치러야 한다면 나는 아이를 개에게 물어뜯기게 해서 죽인 폭군을 그 아이의 어머니가 포옹하는 걸 반대할거야. 어머니가 그 폭군을 용서할 수 있을 리가 없어! 굳이 용서하고 싶다면 자기 몫만 용서하면 되고, 아이의 어머니로서 끝없이 괴로워한 데 대해서만 용서해 주란 말이야. 그러나 설령 어머니라 해도 갈기갈기 찢어진 그 아이의 고통을 용서해 줄 권리까지는 없어. 설사 그 애가 스스로 용서해 준다해도 어머니는 결코 그 폭군을 용서해 줄 수는 없는 거야!

만약 그렇다고 한다면, 만약 아무도 용서할 수 없다면 그야말로 조화고 뭐고 없지? 과연 이 세상에 타인을 용서할 권리를 가진 존재가 있는 것일까? 나는 조화 따위는 원하지 않아. 인류를 사랑하기 때문에 필요하지 않은 거야. 차라리 복수할 수 없는 고뇌 속에 남아 있기를 바라지. 비록 내 생각이 틀렸다 하더라도 복수할 길 없는 고뇌와 풀 수 없는 분노를 품고 있는 편이 훨씬 나아. 더욱이 그러한 조화의 대가는 너무나 비싸서 나 같은 놈의 호주머니 사정으로 그처럼 비싼 입장료를 지불할 수가 없어.

난 그래서 내 입장권을 빨리 돌려주려는 거야. 만일 내가 정직한 인간이라면 한시 바삐 그 입장권을 돌려보낼 의무가 있어. 그래서 난 적어도 그것을 실천에 옮기고 있는 중이지. 알료샤, 그렇다고 신을 인정하지 않는다는 건 아니야. 다만 신에게 그 '조화'의 입장권을 삼가 정중히 돌려주는 것뿐이지."

"그건 반역이에요."

알료샤는 눈을 내리깐 채 작은 소리로 말했다.

"반역이라고? 네가 그런 소릴 할 줄은 몰랐는데." 이반이 심각한 목소리로 말했다. "반역으로 살아갈 수야 없잖아? 난 살고 싶은 놈이야. 그건 그렇고, 그보다 네게 한마디 묻고 싶은 게 있는데, 여기서 분명하게 대답해 줘. 가령 네가 말이다, 궁극에 가서 인간을 행복하게 하고 또한 평화와 안정을 줄 목적으로 인류의 운명이라는 탑을 쌓아올린다고 하자. 그런데 이 일을 위해서 단 하나의 보잘 것 없는 생물…… 예컨대 조그만 주먹으로 자기 가슴을 두드린 그 가여운 아이를 괴롭혀야 하고, 그 아이의 보상받을 길이 없는 눈물 없이는 도저히 그 탑을 세울 수 없다고 가정한다면, 너는 과연 그런 조건 아래서 그 탑의 건축가가 될 수 있겠니? 자, 솔직하게 말해 봐!"

"아뇨, 그럴 수 없을 겁니다."

알료샤가 조용하게 대답했다.

"네가 공들여 탑을 세워 주고 있는 그 인류가 이 조그만 희생자의 보상받을 길이 없는 피 위에 이루어진 행복을 기꺼이 받아들이고 영원히 행복을 누린다는 생각에 너는 동의할 수 있어?"

"아니, 그럴 수 없어요, 하지만 형님." 알료샤는 갑자기 눈을 빛내며 말했다. "형님은 방금 남을 용서할 수 있는 권리를 가진 사람이 과연 이 세상에 있겠느냐고 말씀하셨죠? 그렇지만 그런 사람은 있어요. 그분은 모든 일에 있어서 모든 인간을 용서할 수 있습니다. 왜냐하면 그분은 모든 사람을 대신하여 스스로 자기의 죄없는 피를 흘리셨으니까요. 형님은 그분을 잊고 계셨군요. 바로 그분을 토대로 하여 그 탑은 세워지고, 바로 그분을 향하여 우리는 '주여, 당신의 말씀은 옳았나이다. 왜냐하면 당신의 길이 열렸기 때문입니다!'라고 외치는 거예요."

"아아, 그건 '죄없는 유일한 사람'과 그의 피를 말하는 것이로구나! 하지만 천만에, 그 사람을 내가 결코 잊은 건 아니야. 잊다니, 오히려 나는 네가 왜 그 사람 이야길 안 들추나 줄곧 이상하게 생각하고 있었지. 너희는 무슨 논쟁을 할 때가 되면 으레 그 사람을 가장 먼저 내세우곤 하지 않니? 알료샤, 그런데 비웃지 말고 들어줘. 내가 1년 전쯤 서사시를 한 편 쓴 게 있는데, 어때, 나하고 10분 정도 더 놀아줄 마음이 있다면 그 얘기를 해 주고 싶은데?"

"형님이 서사시를 쓰셨다고요?"

"아니 사실상 쓴 건 아니야." 이반은 웃었다. "나는 여태까지 시라곤 단 두 줄도 써본 적이 없어. 다만 그 서사시는 머릿속에서 구상하고 기억하고 있던 거야. 정말 열심히 구상했거든. 그러니까 너는 내 시의 첫 독자, 아니, 청중이 되는 셈이지. 사실 작자로서는 단 한 사람의 청중도 놓치기가 아까운 법이거든."

이반은 소리없이 웃었다. "어때, 얘기해 줄까, 말까?"

"어서 듣고 싶어요." 알료샤가 분명하게 대답했다.

"대심문관(大審問官)이라는 게 내 서사시의 제목이지. 우스꽝스러운 얘기지만 너한테는 꼭 들려주고 싶구나."

5 대심문관

"그런데 이것 또한 서문이 없을 수 없지……. 이를테면 작가의 서문 말이야, 흥! 난감하군." 이반은 또 웃었다. "내가 무슨 대단한 작가라도 된 것 같지? 자, 잘들어 내 서사시의 무대는 16세기야. 너도 학교에서 배워 알겠지만, 16세기는 바로 시작(詩作) 속에서 하늘 위의 주인공들을 지상으로 끌어내리는 게 널리 유행하던 시대야. 단테는 말할 것도 없고 프랑스에서는 재판소 서기니 수도원의 수도사니 하는 친구들이 여러 가지 연극을 보여주었는데, 그 연극이란 게 죄다 성모 마리아와 천사, 성인 그리스도, 심지어는 하느님까지 무대로 끌어내는 것들뿐이야. 하긴 그 시대에는 이런 게 매우 소박하게 다루어지던 시절이었지.

빅토르 위고의 《노트르담 드 파리》에는 루이 11세 시대에 황태자의 탄생을 축하하여 파리의 시공회당(市公會堂)에서 'Le bon jugement de la très sainte et gracieuse Vierge Marie(아주 성스럽고 인자하신 동정녀 마리아의 훌륭한 재판)'이란 제목의 교훈극이 시민에게 무료로 상연되었다는 얘기가 씌어 있지.

이 극에서는 성모 마리아가 몸소 무대로 왕림하시어 자기 입으로 'bon jugement(훌륭한 재판)'을 주관하시는 거야. 러시아에선 표트르 대제(서구적인 국가의 기초를 쌓은 황제) 이전의 모스크바에서 주로 구약에서 줄거리를 따온 거의 그와 비슷한 연극들이 간혹 상연되곤 했어.

그러나 이런 연극 외에도 필요에 따라 성모와 천사 등 천상의 주인공들이 종횡으로 활약하는 여러 가지 소설이며 종교시가 세상에 널리 퍼져 있었어. 러시아의 수도원에서도 수도사들 중에 번역을 한다든가, 남의 것을 베낀다든가, 개중에는 그러한 내용의 서사시를 창작까지 하는 사람이 있었는데 그것이 타타르인이 아직 러시아를 지배하던 시절이었으니 정말 놀라운 일이야.

예를 하나 들면 어느 수도원에서 만든—물론 그리스어에서 번역한 것이긴 하지만—서사시에 〈모 마리아의 지옥순례〉라는 게 있는데 여기엔 단테의 묘사 못지않게 대담한 광경이 나오지.

이것은 성모 마리아가 대천사(大天使) 미카엘의 인도를 받아 지옥을 방문하여 고난의 편력을 하면서 많은 죄인들과 그들의 고통을 몸소 목격한다는 이야기야. 그 가운데서 특히 주목을 끄는 것은 불바다 속에 떨어진 한떼의 죄인들이야. 그들 중에서도 영원히 떠오를 수 없는 바닷속 깊이 가라앉아 버린 자들은 '이미 하느님께서도 잊어 버리신' 존재들이야. 정말 깊이가 있고 힘 있는 표현이거든.

여기서 깊은 충격을 받은 성모 마리아는 하느님의 보좌 앞에 엎드려 눈물을 흘리면서 자신이 지옥에서 보고 온 모든 사람들에 대하여 아무런 차별 없는 자비를 베풀어 주십사 애원했지.

성모와 하느님의 대화는 참으로 흥미진진한 데가 있어. 성모는 하느님 앞을 떠나지 않고 애원을 계속하지. 그러니까 하느님은 십자가에 못박힌 아들, 그리스도의 손과 발을 가리키며 '저렇게 가혹한 짓을 한 자들을 어찌 용서할 수 있겠는가?' 물었어. 성모는 모든 성인들, 순교자들, 천사들과 대천사들에게 자기와 함께 하느님 앞에 엎드려 모든 죄인들에 대한 차별 없는 자비를 애원하자고 부탁했어.

그리하여 결국 성모는 매년 성금요일(聖金曜日)부터 성신 강림절(聖神降臨節)까지 50일간 모든 고통을 중지한다는 허락을 받게 되었어. 그러자 지옥에 있던 죄인들은 일제히 주님께 감사드리며 '오, 주여, 이러한 심판을 내리신 당신은 의로우시도다'하고 외치는 거야. 내가 쓴 서사시도 그 당시에 발표되었더라면 아마 그와 비슷한 종류의 것이었을 거야. 내 서사시에는 그리스도가 무대에 등장하지. 하긴 한마디도 하지 않고 그저 얼굴만 내비칠 뿐이지만 말이야.

그때는 그가 자기의 왕국인 지상에 와서 나타날 것을 약속한 뒤 15세기가 지났을 때야. '보라, 그는 곧 오시리로다'라고 예언자가 기록한 지 15년이지. 그리스도 자신이 지상에 있었을 때 말한 것처럼 '그날 그때는 아무도 모르고 하늘의 천사들도, 아들도 모르고 오직 아버지만 아신다'(〈마태복음〉 24장 36절)

인류는 전과 같은 신앙, 전과 같은 감동을 느끼며 그의 재림을 기다리고 있어. 아니, 전보다도 더욱 깊은 신앙심으로 기다리고 있지. 왜냐하면 하늘로부터 인간에게 주어지는 보증이 사라진 뒤 벌써 15세기라는 세월이 흘렀으니까 말이야.

> 믿을지어다, 가슴속의 속삭임을……
> 이제 하늘의 보증은 없으므로.
>
> (실러의 시)

즉, 가슴속의 속삭임에 대한 신앙 밖에 남지 않은 거야! 물론 그 당시엔 여러 가지 기적이 있었지. 기적으로 난치병을 고치는 성인들도 있었고, 성모의 방문을 받은—그들의 전기에 의하면—복된 사람들도 있었어. 그러나 악마도 낮잠만 자고 있었던 것은 아니므로 이러한 기적의 진실성에 대한 의혹이 인류 속에 싹트기 시작했지. 바로 그때 독일의 북쪽에 무서운 이단이 새로 일어났어. '햇불과 비슷한—즉 교회와 비슷한—커다란 별이 물의 원천 위에 떨어져 쓴 물이 되었다'(〈요한 계시록〉 8장 10~11절)고 할 수 있겠지.

이러한 이단자들은 대담하게도 그러한 기적을 부정하려 들었거든. 그러나 신앙을 간직한 사람들은 더욱 열렬히 믿었어. 인류의 눈물은 그전과 변함없이 그리스도를 원하고, 사랑하고, 기다리며 그에게 희망을 걸고, 옛날처럼 그를 위해 고난을 당하다 죽기를 열망했던 거야. 이리하여 몇 세기에 걸쳐 인류가 신앙과 열정을 가지고 '오, 주여, 하루속히 우리에게 나타나소서' 기도하고, 오랜 세월 동안 애타게 그의 이름을 불렀기 때문에 끝없이 자비로운 그리스도는 마침내 이토록 기도를 드리는 사람들에게 내려오기로 했던 거야.

그전에도 그는 천국에서 내려와 지상에 살고 있는 몇몇 성인들, 순교자들, 고행자들을 방문한 일이 있는데, 이것은 그들의 전기에 기록되어 있어. 우리나라에서도 자기 말의 진실성을 굳게 믿고 있던 추체프(러시아 상징주의 시인)가 이렇게 노래했지.

> 하늘 나라 임금님은 노예 차림으로
> 십자가의 무거운 짐 지고 내려와

우리의 어머니인 대지에 축복을 주고자
방방곡곡 두루 다니시는도다.

정말 그랬을 거야. 그렇다고 나는 단언할 수 있어. 그래서 그리스도는 잠깐
동안이나마 민중 속에 모습을 드러내기로 했지. 괴로워하고 슬퍼하고, 오욕에
시달리면서도 언제나 어린애처럼 자기를 사랑해 주는 민중 곁으로 말이야. 내
서사시의 무대는 스페인의 세비야, 때는 바로 하느님의 영광을 위해 날마다 국
내 곳곳에서 장작더미가 타올랐던 무서운 이단심문의 시대이지……

활활 타오르는 화형장에서
사악한 이교도들을 태워 죽였도다.

물론 여기서의 그리스도의 강림은 일찍이 그가 약속했던 것처럼 하늘의 영
광에 싸여 이 세상 끝나는 날 '동쪽에서 번개가 치면 서쪽까지 번쩍이듯이'
(《마태복음》 24장) 홀연히 나타나는 강림은 아니었어. 그리스도는 그저 잠깐
동안 자기 자식들을 찾아보고 싶었던 것이니까. 그래서 그는 특별히 이교도들
을 태우는 불길이 무섭게 타오르고 있는 곳을 골랐어. 끝없이 자비로운 그리
스도는 15세기 전에 33년 동안 사람들 사이를 돌아다녔을 때와 마찬가지로 인
간의 모습을 빌려 다시 한번 사람들 사이에 나타나신 거야.
    그는 남국의 도시에 있는 '뜨거운 광장'에 내려왔는데, 마침 그것은 '활활 타
오르는 화형장'에서 거의 100명 가까운 이교도들이 ad majorem gloriam Dei('하
느님의 크신 영광을 위하여'), 국왕을 비롯한 조정의 신하들, 기사들과 추기경
들, 그리고 아름다운 궁녀들과 세비야의 모든 주민이 지켜보는 가운데 대심문
관인 추기경의 지휘 아래 한꺼번에 화형에 처해진 바로 그 이튿날이었어.
    그리스도는 사람들 눈에 뜨이지 않게 조용히 나타났지. 그런데 이상하게도
모두가 주님을 알아본단 말이야.
    여기가 바로 내 서사시 중에서 최고의 장면 중 하나가 될 곳이지. 즉, 어떻
게 모두가 주님을 알아보느냐 하는 이유가 제법 그럴 듯하거든. 사람들은 불가
항력적인 어떤 힘에 이끌려 그에게 모여들어 그를 겹겹이 에워싸고, 그의 뒤를
따라다니는 거야. 그는 한없이 자비로운 연민의 미소를 지으며 아무 말 없이

군중 속을 걸어가지. 사랑의 태양이 그의 가슴속에서 타오르고, 하느님의 광명과 교화(敎化)와 힘을 지닌 빛이 그의 눈에서 흘러나와 사람들 머리 위를 비추면서 사람들 가슴속에 사랑의 반응을 일으키게 했어. 그는 군중에게 손을 뻗쳐 축복을 내렸는데 그의 몸은 말할 것도 없고 그 옷자락에만 닿아도 치유의 힘이 솟아나는 거야.

이때, 어려서부터 장님인 노인 하나가 군중 속에서 '주여, 제 눈을 고쳐 주십시오. 그러면 저도 당신을 뵈올 수 있겠나이다' 하고 소리쳤어. 그러자, 마치 눈에 붙었던 비늘이 떨어지기라도 한 듯이 장님은 그 자리에서 눈을 떠 주님의 얼굴을 볼 수 있게 됐지. 군중들은 눈물을 흘리며 그가 밟은 땅에 입맞추었고, 아이들은 그의 앞에 꽃을 던지고 노래를 부르면서 '호산나(구원하소서!)'를 외치는 거야. '그분이다. 틀림없는 그분이야' 사람들은 쉬지 않고 떠들어댔어. '그분이 틀림없어. 그분이 아니면 누구겠어?'

그가 세비야 대성당 입구 앞에서 발을 멈췄을 때 마침 뚜껑을 덮지 않은 조그마한 흰색 관이 슬피 곡(哭)하는 울음소리와 함께 성당으로 운반되어 들어가고 있었어. 그 관 속에는 이 마을의 이름 있는 시민의 외동딸인 일곱 살 난 소녀의 시체가 꽃에 덮여 누워 있는 거야. '저분은 당신 딸을 다시 살아나게 하실 거요.' 군중 속에서 슬픔에 빠져 있는 어머니를 향해 외치는 소리가 들렸어. 관을 맞으러 밖으로 나온 신부는 눈썹을 찌푸리며 의혹에 찬 눈으로 그를 지켜보고 있는거야. 이때 죽은 아이의 어머니의 외침소리가 울려 퍼졌어. 여인은 그의 발밑에 몸을 던지고는 '만약 그분이시라면 내 딸을 다시 살려 주십시오' 하고 주님에게 두 손을 내밀며 소리쳤어. 장례 행렬이 멈춰서고 관이 그의 발밑에 내려졌지. 그는 연민어린 눈으로 바라보고 있다가 조용히 입을 열어 '탈리타쿰(소녀여, 일어나라)' 하고 한 번 외쳤어(《마가복음》 5장 41절). 그러자 소녀는 관 속에서 일어나 앉더니, 이상하다는 듯 눈을 크게 뜨고 미소를 지으며 주위를 둘러보는 거야. 손에는 관에 덮였던 흰 장미꽃 한 다발을 들고서 말이야.

군중 속에서 동요와 환성과 통곡이 터져나왔지. 바로 이 순간에 성당 옆 광장을 대심문관인 추기경이 지나가고 있었어.

이 대심문관은 나이가 거의 구순에 가까왔지만 키가 크고 허리가 꼿꼿했으며, 얼굴은 여위고, 움푹 꺼져들어간 두 눈에서는 아직도 불꽃과 같은 광채가 번득이는 노인이었어. 그는 바로 어제 로마 교회의 적들을 불태울 때 민중 앞에 입고 나왔던 찬란한 법의가 아니라 한낱 수도사가 입는 낡아빠진 허름한 수도복을 걸치고 있었어. 그의 뒤에는 음울한 얼굴의 보좌 신부들, 노예들, 그리고 '성스러운' 호위병들이 일정한 거리를 두고 따라오고 있었어.

대심문관은 군중 앞에서 걸음을 멈추고 멀리서 관찰하고 있었어. 모든 장면을 다 보았지. 사람들이 그리스도의 발밑에 관을 내려놓는 것도 보았고, 소녀가 다시 살아나는 장면도 보았지. 그러자 그의 얼굴빛은 흐려졌고, 숱 많은 흰 눈썹은 험상궂게 찌푸려지고, 두 눈에서는 불길한 광채가 번뜩이기 시작했어.

그는 호위병들에게 손가락을 들어 가리키며 저자를 체포하라고 명령했어. 그의 권세가 너무나 강해서 사람들은 그 앞에서 언제나 벌벌 떨며 그의 명령에 순순히 복종하도록 길들여져 있었으므로, 군중은 호위병들에게 얼른 길을 비켜 주었지. 그래서 별안간 내습한 죽음과 같은 침묵 속에서 호위병들은 그를 잡아 끌고 갔어. 군중들은 마치 한 사람이 움직이듯 한결같이 늙은 심문관 앞에 이마가 땅에 닿도록 절을 하는 거야. 심문관은 말없이 손을 들어 사람들에게 축복을 내리고 그 자리를 떠났어.

호위병들은 '죄인'을 신성 재판소(神聖裁判所)로 사용하는 낡은 건물 안에 있는 둥근 천장의 좁고 음침한 감방으로 끌고 가서 그 안에 가둬 버렸지.

하루가 지나고, 이윽고 어둡고 무덥고 '쉬죽은 듯한' 세비야의 밤이 찾아왔어. 공기는 온통 '월계수와 레몬 향기'로 가득 차 있었어(푸시킨의 시 〈돌의 손님〉에서). 갑자기 캄캄한 어둠 속에서 감방문이 열리더니 늙은 대심문관이 손에 촛불을 들고 천천히 들어왔어. 그는 아무도 거느리지 않고 혼자 들어왔는데, 그가 들어오자 감방문은 곧 닫혀 버렸어. 그는 문 옆에 서서 1~2분 정도 그리스도의 얼굴을 뚫어지게 바라보고 있더니 이윽고 조용히 다가와서 탁자 위에 불을 내려놓고 이렇게 입을 열었어.

'당신이 정말 그분이오? 그분이냐 말이오.' 그러나 대답을 듣기도 전에 그는 얼른 말을 이었어. '대답은 필요없소. 잠자코 있으시오. 하기는 대답할 말도 없을 테지! 난 당신이 무슨 말을 하려는지 너무나도 잘 알고 있소. 하지만 당신은 옛날에 자기가 말한 것에 더이상 아무것도 덧붙일 권리가 없단 말이오. 무엇 때문에 당신은 우리를 방해하러 왔소? 당신이 우리를 방해하러 왔다는 건 당신 자신이 잘 알고 있을 거요. 하지만 내일 무슨 일이 일어날지나 알고 있소.

나는 당신이 누구인지도 알지 못하고 또 알고 싶지도 않소. 당신이 진짜 그분이든 아니든 나는 내일이면 당신을 재판에 회부하여 가장 악랄한 이교도로서 화형에 처해 버릴거요. 오늘 당신의 발에 입을 맞춘 민중이 내일이면 내가 손가락 하나만 움직여도 앞 다투어 달려나와 당신을 태우는 불길 속에 장작을 던져넣을 거요. 그걸 당신은 알고 있소? 하긴 당신도 아마 알고 있겠지.' 대심문관은 한 순간도 죄수에게서 눈을 떼지 않고 깊은 감개를 느끼는 듯한 어조로 그렇게 덧붙였지.

"난 뭐가 뭔지 통 모르겠는데요, 형님. 도대체 그건 무슨 뜻인가요?" 처음부터 잠자코 말없이 듣고만 있던 알료샤가 미소를 지으며 물었다. "그건 막연한 공상인가요, 아니면 노인의 오해였나요? 그건 도저히 있을 수 없는 qui pro quo(착각)이 아닙니까?"

"그럼 맨 나중 것으로 생각하렴." 이반은 껄껄 웃었다. "너도 현대의 현실주의에 물들어서 환상적인 요소는 조금도 인정할 수가 없으니까 이 이야기를 착각이라고 생각하고 싶다면 그래도 좋아." 그는 다시 웃음을 터뜨렸다.

"사실 말이야, 그 노인은 아흔 살이나 되었으니까 벌써 오래 전부터 비정상적인 사고방식에 젖어 있었는지도 모르지. 또 그 '죄수'의 용모에 압도되기도 했을 거고 말이야. 아니, 어쩌면 그것은 구순 노인의 단순한 헛소리나 환상에 지나지 않았는지도 몰라. 아마 그 전날 백여 명이나 되는 이교도들을 화형에 처해 죽인 뒤니까 대단히 흥분해 있었겠지. 그러나 네게나 내게나 그것이 qui pro quo이건 망상이건 결국은 마찬가지가 아니냐? 요컨대 이 노인은 자기 마음속에 있는 것을, 90년 동안이나 아무에게도 말하지 않고 혼자서만 생각해 온 것을 입밖에 내서 말한 것뿐이니까."

"그런데 그 '죄수'는 여전히 잠자코 있었요? 노인의 얼굴만 쳐다보며 한마디도 말을 하지 않았나요?"

"물론이지, 그럴 수밖에 없잖아?" 이반은 또 한번 웃었다. "그 노인도, 그리스도는 옛날에 자기가 말한 것에 무엇 하나 덧붙일 권리가 없다고 상대에게 못박았을 정도이니까. 내 생각으론 적어도 바로 이 점에 로마가톨릭의 가장 본질적인 특징이 숨어 있다고 할 수 있을 것 같아. '당신은 이미 모든 것을 교황에게 넘겨 주지 않았소! 따라서 지금은 모든 것이 교황의 수중에 있단 말이오. 그러니 이제는 제발 다시 나타나지 말았으면 좋겠소. 적어도 어느 시기가 올 때까지는 우리 일을 방해하지 말아 주시오'라는 거지.

이런 뜻을 그들은 입으로만 지껄이는 것이 아니라 책에까지 쓰고 있거든. 적어도 예수회 친구들은 말이야. 나 자신도 예수회 신학자가 쓴 책을 읽은 적이 있었지…….

'도대체 당신은 당신이 방금 떠나온 저 세상의 비밀을 한 가지만이라도 우리에게 전해 줄 권리를 가지고 있소?' 대심문관은 그리스도에게 묻고는 곧 자기가 대신 대답하는 거야. '아니, 그럴 권리는 없소. 당신 자신이 오래 전 한 말에 아무것도 더 보탤 수도 없고, 당신이 이 지상에 왔을 때 그처럼 강력하게 주장했던 자유를 민중에게서 빼앗을 수도 없소. 당신이 지금 새로이 전하려고 하는 것은 전적으로 민중의 신앙의 자유를 위협하는 것뿐이오. 왜냐하면 그것은 기적으로 나타나기 때문이오. 그런데 민중의 신앙의 자유야말로 이미 1천5백 년 전인 그 당시부터 당신에게는 가장 귀중한 것이 아니었느냐 말이오. 그 당시 '나는 너희를 자유롭게 해주기를 원하노라'고 그토록 자주 말했던 것은 바로 당신이 아니오? 그런데 그런 당신이 지금 자유로운 사람들을 보고…….'

여기서 노인은 갑자기 생각에 잠기는 것 같은 표정으로 빙긋이 웃으며 이렇게 덧붙이는 거야. '사실 우리는 이 사업을 위해 얼마나 비싼 대가를 치렀는지 모르오.' 준엄한 눈초리로 상대를 쏘아보며 노인은 말을 이었지. '그래도 우리는 당신을 위해 마침내 이 사업을 완성했소. 지난 15세기 동안 우리는 이 자유를 위해 갖은 고초를 다 겪은 끝에 완성한 거요. 견고하게 완성해 놓고야 말았소. 당신은 그것이 견고하게 완성되었다는 걸 믿지 않소? 당신은 부드러운 눈초리로 나를 쳐다보며 내게 화를 낼 가치조차 없다는 표정을 하고 있지만, 이것만은 알아두시오……. 민중은 지금 그 어느 때보다도 자기들이 완전한 자유를 누리고 있다고 믿고 있소. 하지만 그들은 그 자유를 스스로 자진해서 우리에게 바쳤소. 겸손하게 우리의 발밑에다 그것을 가져다 바쳤단 말이오! 그것을 이룩한 건 바로 우리요. 당신이 원한 것이 바로 그러한 자유는 아니었소?'"

"무슨 말인지 또 모르겠는데요." 알료샤가 형의 말을 가로막으며 말했다. "노인은 비꼬아 말하면서 비웃은 건가요?"

"천만에, 그들이 마침내 자유를 정복함으로써 민중을 행복하게 해주었다는 것을 자기와 자기 동료의 공적이라 생각하고 있는 거야. '그것은 이제야 비로소 민중은 자기네 행복을 생각할 수 있게 되었기 때문이오—그는 물론 이단심문에 대해 말하고 있는 거야—인간은 원래가 반역자로 창조되었소. 하지만 반역자가 어떻게 행복할 수가 있단 말이오? 당신도 그 경고를 받은 적이 있을 거요' 노인은 그리스도에게 이렇게 말하는 거야. '당신은 경고와 지시를 충분히 받았음에도 불구하고 그 경고에 귀를 기울이지 않고 인간을 행복하게 할 수 있는 단 하나의 길을 거부해 버린 거요. 그러나 다행히도 당신은 이 세상을 떠날 때 자기의 사업을 우리에게 인계하고 갔소. 당신은 그것을 자기의 입으로 확실하게 약속했고, 우리에게 인간을 묶고 풀고 하는 권한을 넘겨주었던 거요. 그러니까 이제 와서 그 권리를 우리에게서 다시 빼앗을 수는 물론 없는 일이오. 그런데 도대체 무엇 때문에 우리 일을 방해하러 나타났소?"

"경고와 지시를 충분히 받았다는 건 대체 무슨 뜻이에요?"

알료샤가 물었다.

"그게 바로 이 노인이 대답해야 하는 가장 중요한 대목이야. 노인은 말을 계속하지. '무섭고도 지혜로운 정령(〈마태복음〉 4장), 자멸과 허무의 악마, 위대한 악마가 광야에서 당신과 말을 주고 받은 적이 있었소. 성경이 전하는 바에 의하면 그 악마가 당신을 '시험'한 것으로 되어 있는데, 그게 사실이오? 악마가 세 가지 물음으로 당신에게 고했던 그 말, 당신이 거부한 것, 즉 성경에서 '유혹'이라 불리는 그 물음보다 더 진실한 말이 과연 있을 수 있겠소?

만약 언젠가 이 땅 위에 참으로 번개 같은 기적이 이루어진 적이 있었다면, 그것은 바로 이 세 가지 유혹이 있었던 그 날일 거요. 다름 아닌 이 세 가지 유혹에 기적이 숨어 있었기 때문이오.

만약 여기서, 이 무서운 악마의 세 가지 물음이 성경에서 자취도 없이 사라져 버려 그것을 다시 써넣기 위해 새로 궁리해서 창작해야만 한다고 칩시다. 그러기 위해 세계의 모든 현자들…… 정치가, 성인, 학자, 철학자, 시인 등등을 모아 놓고 '이 세 가지 물음을 생각해 내고 글로 쓰되 그 세 가지 물음은 단순히 사건의 규모에 상응할 뿐더러 세 마디의 말, 아니, 불과 세 마디 인간의 표현으로, 세계와 인류 미래의 역사를 남김없이 알아 맞혀야 한다'고 의뢰해 보시오. 이렇게 이 지상의 모든 현자를 한 자리에 모은다고 해서 그때 광야에서 무섭고 지혜로운 악마가 실제로 당신에게 던진 세 마디 물음만큼 힘있고 깊이가 있는 것을 생각해 낼 수 있을 것 같소?

이 세가지 물음만으로도, 그 질문이 출현한 기적만으로도 당신이 상대하고 있는 것은 덧없이 흘러가는 인간의 지혜가 아니라 영원하고 절대적인 지혜라는 걸 알 수 있을 거요. 왜냐하면 이 세 가지 물음에는 인간의 그 뒤 모든 역사가 하나로 통합되어 예언되어 있을 뿐 아니라 지구전체에 미치는 인간 본질의 해결할 수 없는 역사적 모순을 모조리 집약한 세 가지 이미지가 나타나 있기 때문이오.

물론 미래를 예측할 수 없으므로 그 당시만 하더라도 아직 그다지 선명한 형태를 취할 수는 없었지만, 그로부터 15세기라는 세월이 흐른 오늘날의 우리는 그것을 알 수 있소. 이 세 가지 물음에, 무엇 하나 더하거나 뺄 수 없을 만큼 모든 것이 정확히 예언되었고 또한 그 예언이 모두 적중하고 있다는 것을.

도대체 어느 쪽이 옳은가 당신 자신이 판단해 보시오……. 당신이 옳은가, 아니면 그때 당신을 시험한 자가 옳은가? 첫 번째 질문을 생각해 보시오. 말은 좀 다를지 몰라도 뜻은 이런 것이었소…….

'너는 지금 세상으로 나가려 하고 있다. 그것도 자유의 약속이니 뭐니 하는 것만 지녔을 뿐 맨손으로 나가려 한다. 그러나 워낙 단순하고 비천한 인간들은 그 약속의 뜻을 이해하지 못하고, 오히려 두려워하고 있다. 왜냐하면 인간이나 인간 사회에서 자유보다 더 견디기 어려운 것은 지금까지 없었으니까! 이 작열하는 벌거숭이 사막에 뒹구는 돌들을 보라. 만일 네가 이 돌들을 빵으로 변하게 할 수만 있다면 온 인류는 암전한 양떼처럼 감사하며 네 뒤를 따를 것이다. 그리고 네가 혹시나 빵을 주지 않으면 어쩌나 하며 영원토록 전전긍긍하리라.'

그러나 당신은 사람들에게서 자유를 뺏기 원치 않았으므로 이 제의를 거부해 버렸던 거요. 당신의 생각으로는 만약에 그 순종이 빵으로 살 수 있는 것이라면 어떻게 거기 자유가 존재할 수 있겠느냐는 것이었소. 그때 당신은 '사람은 빵만으론 살 수 없다'라고 반박했지만, 다름 아닌 그 빵을 위해 이 지상의 악마는 당신에게 반기를 들고 당신에게 도전하여 마침내 승리를 거두게 될 것이며, 모든 사람들은 '이 짐승을 닮은 자야말로 하늘에서 불을 훔쳐다가 우리에게 준 자다'라고 환호하면서 그 악마의 뒤를 따라가리라는 걸 당신은 알고 있소?

수백 년이 지난 뒤에 인류는 자기의 지혜와 과학의 입을 빌려 '범죄는 없

다, 따라서 죄도 없다. 다만 굶주린 인간이 있을 뿐이다'라고 선언하게 되리라
는 걸 당신은 알고 있소? '먼저 우리에게 먹을 것을 달라, 그러고 나서 선행을
요구하라!'고 쓴 깃발을 치켜들고 사람들은 당신에게 육박할 것이며, 그 깃발
에 의해 당신의 신전은 파괴되어 버릴 것이오. 그리하여 당신의 신전이 서 있
던 자리에 새로운 건물이 지어지고 새로운 바벨탑이 세워질 것이오. 물론 옛
날 것과 마찬가지로 이 탑도 완성되지는 못할 것이지만, 그렇다 하더라도 당신
은 이 새로운 탑의 건설을 사전에 미리 막음으로써 사람들의 고통을 1천 년은
줄여 줄 수 있었을 거요. 왜냐하면 그들은 1천 년 동안 그 탑을 세우느라고 고
생한 끝에 결국 우리에게 틀림없이 돌아올 것이기 때문이오!

그럴 때 그들은 다시 땅밑 묘지(로마의 카타콤을 비유한 말) 속에 숨어 있
는 우리를 찾아낼 거요—우리는 그때 또다시 박해를 받아 고난의 길을 걷고
있을 테니까—그들은 우리를 찾아내서 '우리에게 먹을 것을 주십시오, 우리에
게 하늘의 불을 가져다 주겠다고 약속한 자들이 거짓말을 했습니다'라고 외칠
거요.

그러면 그때 우리가 비로소 그들의 탑을 완성시켜 줄 것이오. 왜냐하면 그
들에게 먹을 것을 주는 자만이 그 탑을 완성시킬 수 있는데, 바로 우리가 당신
의 이름으로 그들에게 먹을 것을 줄 것이기 때문이오.

그러나 당신의 이름으로라는 건 단지 거짓말에 지나지 않소. 사실상 우리가
없다면 인간들은 영원토록 먹을 것을 얻을 수 없을 것이오! 그들이 자유로운
동안은 어떠한 과학도 그들에게 빵을 줄 수 없소! 하지만 결국은 그들도 자기
의 자유를 우리의 발밑에 갖다 바치며 '우리를 노예로 삼아도 좋으니 제발 먹
을 걸 좀 주십시오'라고 애원하게 될 거요.

즉 자유와 지상의 빵은 어떠한 인간에게도 양립할 수 없다는 것을 그들 자
신이 깨닫게 될 거란 말이오. 자기들끼리 그것을 공평하게 분배할 수는 도저히
없기 때문에, 또 그들은 자기들이 너무나 무력하고 너무나 사악할 뿐만 아니
라 한푼의 가치도 없는 반역자들이기 때문에 절대로 자유를 누릴 수 없다는
것도 깨닫게 될 거요.

당신은 그들에게 하늘의 양식을 약속했소. 그러나 거듭 말하지만 그 힘없고
죄 많은 비열한 인간들의 눈으로 볼 때, 과연 하늘의 빵이 지상의 빵만 하겠
느냐 말이오. 설사 수천 수만의 인간이 하늘의 빵을 얻기 위해 당신 뒤를 따

른다 하더라도 하늘의 빵 때문에 지상의 빵을 무시할 수는 도저히 없는 다른 수백만 수천만의 인간은 도대체 어떻게 되는 거요? 아니면, 당신에겐 위대하고 힘찬 의지를 지닌 수만 명의 인간만이 귀할 뿐, 약한 의지를 가지긴 했지만 당신을 사랑하는 수백만 명의 인간들은, 아니, 바닷가의 모래알처럼 수없이 많은 인간들은 조금도 귀하지 않다는 거요? 그들은 단지 위대한 강자를 위한 재료가 되는 것에 만족하는 수밖에 없다는 말이오? 아니오, 우리에겐 약자도 소중하오. 그들은 죄 많은 반역자들이긴 하지만, 나중에 가서는 오히려 이런 인간들이 유순해지기 마련이오. 그들은 우리를 보며 경탄의 눈을 크게 뜰 것이고, 우리를 신으로 받들 것이오. 왜냐하면 우리는 그들의 선두에 서서 그들이 그처럼 두려워하는 자유를 달갑게 참아내고 그들 위에 군림하는 것에 동의했기 때문이오. 그리하여 그들에겐 마침내 자유롭게 된다는 것이 가장 큰 공포가 되어 버릴 거란 말이오.

그러나 우리는 그들에게 '우리도 역시 그리스도의 종이며, 너희 위에 군림하는 것도 그리스도의 이름으로 하는 것이다'라고 말할 거요. 이렇게 우리는 다시 한번 그들을 기만할 것이지만 이제는 어떤 일이 생겨도 당신을 우리 근처에 오지 못하게 할 테니까 문제될 건 하나도 없소. 그러나 이러한 기만 속에 바로 우리의 고민이 존재하는 셈이오. 왜냐하면 우리는 영원토록 거짓말만 하게 될 것이니까.

황야에서의 첫 번째 물음은 이 같은 뜻을 지니고 있었소. 그런데 당신은 당신 자신이 무엇보다 존중하는 자유 때문에 그것을 거부했던 거요. 그러한 뜻 외에도 이 물음에는 현세(現世)의 위대한 비밀이 숨어 있소. 만약 당신이 '지상의 빵'을 받아들였다면, 개개의 인간들과 또 온 인류의 영원하고도 공통된 고민거리에 대해 해답을 줄 수 있었을 것이오. 고민거리란 바로 '누구에게 무릎을 꿇을 것이냐?' 하는 의문이오.

자유를 누리는 인간에게 가장 괴롭고 해결하기 어려운 문제는, 한시 바삐 자기가 숭배할 인물을 찾아내는 것이오. 그런데 인간이란 언제나 자신이 무릎을 꿇어야 하는 상대를 찾게 마련이오. 이 불쌍한 생물들은 제각기 자기가 숭배할 대상을 찾는 것이 아니라 만인이 신앙하고 그 앞에 무릎을 꿇을 수 있는 대상을 찾기 때문이오, 즉 모든 사람과 함께 숭배해야만 하겠다는 거요.

이런 숭배의 공통성의 요구야말로 세상이 열린 그날부터 각각의 인간 및 온 인류의 가장 큰 고민거리였소. 보편적으로 무릎을 꿇을 수 있는 대상을 찾기 위해 그들은 칼을 들고 서로 살육을 해왔소.

그들은 자기네 나름대로 신을 창조하고 서로 도전하는 것이었소……. '너희의 신을 버리고, 이리 와서 우리의 신 앞에 무릎을 꿇어라. 그렇지 않으면 너희의 신과 함께 너희를 죽여 버리겠다!'고. 이런 싸움은 이 세상이 끝날 때까지, 이 세상에서 신이라는 신은 모두 사라진 뒤에도 계속될 거요. 그들은 어차피 우상 앞에 무릎을 꿇지 않을 수 없는 자들이니까.

당신은 인간의 본질이 안고 있는 이 근본적인 비밀을 알고 있었을 거요. 아니 몰랐을 리가 없지. 그런데도 당신은 모든 인간을 당신 앞에 무릎 꿇게 하기 위하여 악마가 당신께 권한 절대적인 단 하나의 깃발, 즉 지상의 빵이라는 깃발을 거부했소. 더욱이 하늘의 빵과 자유의 이름으로 그것을 거부하지 않았느냐 말이오. 그리고 그 다음 당신이 무슨 일을 했는지 잘 생각해 보시오. 무슨 일이건 으레 자유라는 걸 들고 나오지 않았소? 거듭 말하지만 인간이라는 가련한 생물에겐 타고난 자유라는 선물을 넘겨줄 사람을 한시 바삐 찾아내야만 한다는 것이 가장 큰 고민거리란 말이오.

그러나 그들의 양심을 편안케 해줄 수 있는 사람만이 그들 인간의 자유를 넘겨받을 수 있소. 당신에겐 빵이라는 절대적인 깃발이 주어졌으니까 빵을 주기만 하면 사람들은 당신의 발 아래 엎드릴 거요. 빵보다 더 확실한 것은 없으니까. 하지만 만약 그때 당신 말고 누구든지 인간의 양심을 지배하는 자가 나타난다면 보시오, 그때는 당신의 빵을 내던지고서라도 인간은 자기의 양심을 사로잡는 자의 뒤를 따를 것임이 틀림없소.

이 점에선 당신이 옳았소. 왜냐하면 인간존재의 비밀은 그저 사는 것뿐이 아니라 무엇을 위해 사느냐 하는 데 있기 때문이오.

무엇 때문에 사느냐 하는 굳건한 의식이 없다면, 설사 빵이 산더미같이 쌓여 있더라도 인간은 결코 살기를 바라지 않을 것이며, 이 땅 위에 남아 있기보다는 차라리 자멸의 길을 택할 것이 틀림없소. 그러나 결과는 어떻게 되었소? 당신은 인간의 자유를 지배하기는커녕 오히려 더욱 커다란 자유를 그들에게 주지 않나 말이오! 당신은 그래, 인간에게는 선악을 자유롭게 인식하는 것보다 평안함, 심지어 죽음이 더욱 소중하다는 걸 잊었던 거요?

물론 인간에겐 양심의 자유보다 더 매력적인 것은 없지만, 그것만큼 괴로운 것 또한 없소. 그런데도 당신은 인간의 양심을 영원토록 편안케 하는 굳건한 기반을 주는 대신 이상하고 수수께끼 같은, 인간의 힘에는 너무나도 벅찬 것만 주었소. 그러므로 당신의 행위는 인간을 전혀 사랑하지 않는 것과 같은 결과를 낳았소……. 그들을 위해 자신의 생명을 내던지러 온 당신의 행위가 그렇게 되었단 말이오!

당신은 인간의 자유를 지배하려 하지 않고 오히려 그 자유를 더욱 부풀려 그 괴로움으로 말미암아 인간의 영혼의 왕국에 영원토록 무거운 짐을 지워 주었던 거요. 당신은 당신에게 매혹되어 사로잡힌 인간이 자유의지로 당신을 따라올 수 있도록 인간의 자유로운 사랑을 바랐소. 옛날부터 내려오는 엄격한 율법 대신에, 인간은 그 뒤부터는 어떤 게 선이고 어떤 게 악인지 자유로운 마음으로 혼자서 판단해야만 하게 됐소. 더욱이 당신의 모습(像) 이외에는 아무 지도자도 없이 말이오.

그러나 선택의 자유라는 무서운 짐이 인간을 억누를 때 그들은 당신에게 등을 돌리고, 당신의 모습에도 당신의 진리에도 등을 돌릴 것이라는 걸 당신은 정말로 생각해 본 적이 없소? 그들은 마침내 '진리는 그리스도 안에 있지 않다'고 외치게 되고 말거요. 왜냐하면 당신이 그처럼 많은 걱정과 풀 수 없는 과제를 그들에게 남김으로써 그들을 혼란과 고통 속에서 허우적거리도록 했기 때문이오. 아마 그보다 더 잔인한 일은 없을 거요.

그래서 당신 자신이 당신의 왕국이 붕괴할 기초를 마련한 것이니까 어느 누구도 비난하거나 원망할 수 없을 거요.

하지만 당신이 권고받은 게 과연 그런 것이었을까요?

이 지상에는 세 가지 힘이 있소. 오로지 이 세 가지 힘만이 이러한 무력한 반역자들의 양심을 그들의 행복을 위해 영원히 파괴하고 포로로 사로잡을 수 있소. 그 세 가지 힘이란 바로—기적과 신비와 권위요. 당신은 이 세 가지를 모두 거부함으로써 스스로 모범을 보여주었소.

그때 그 무섭고도 지혜로운 악마가 당신을 성전 꼭대기에 세워놓고 '만약에 네가 하느님의 아들인가 아닌가를 알고 싶거든 여기서 뛰어내려 보아라. 도중에 천사들이 받아 줘서 밑에 떨어지거나 팔 다리가 부러지거나 하지 않을 것이라는 말이 성경(〈마태복음〉 4장 5~6절)에 씌어 있으니 말이다. 그러니까 여기서 뛰어내리면 네가 하느님의 아들인가 아닌가를 알게 될 것이고 또 하느님 아버지에 대한 너의 믿음이 얼마나 큰지도 증명될 것이다'라고 말했소. 그러나 당신은 이 유혹을 물리쳤고 술책에 빠져 밑으로 뛰어내리거나 하지 않았소.

물론 그때 당신은 신의 아들로서의 긍지를 지켜 훌륭하게 행동했던 거요. 그러나 인간은, 저 무력한 반역자의 무리들은 신이 아니지 않소? 아아, 그때 당신은 즉시 깨달았던 거요. 만일 당신이 한 걸음이라도 앞으로 나서서 뛰어내릴 자세를 취하기만 해도 당신은 하느님을 시험한 것이 되어 당장 모든 신앙을 잃고 당신이 구원하러 온 그 대지에 부딪쳐서 온몸이 산산이 부서져 그 지혜로운 악마를 기쁘게 해주었을 것임을.

그러나 거듭 말하지만 도대체 당신 같은 사람이 이 세상에 얼마나 있겠소? 그런 유혹을 이길 수 있는 힘이 다른 사람에게도 있을 것이라고 한 순간이나마 생각할 수 있었소? 과연 인간의 본성이 기적을 부정할 수 있도록 만들어졌을까?

더욱이 생사가 걸린 그런 무서운 순간에—가장 무섭고 가장 근본적이고 가장 괴로운 정신의 문제에 부딪힌 순간에 오직 자기 양심의 자유로운 결정에 따라 행동할 수 있도록 창조되었을까?

물론 당신은 자기의 이 위대한 언행이 역사에 길이 기록되어 세상이 끝날 때까지 영원토록 전해지리라는 걸 알고 있었으므로, 다른 사람들도 모두 당신을 본받아 기적을 구하지 않고 하느님과 함께 있을 것이라고 기대했던 거요. 그러나 기적을 부정할 때 인간은 신까지 함께 부정한다는 걸 당신은 몰랐소. 다시 말해서 인간은 신보다 오히려 기적을 바라기 때문이오. 인간이란 기적 없이는 살 수 없소. 그래서 그들은 제멋대로 기적을 만들어 내고 결국에는 마법사의 기적이나 무당의 요술에도 금방 무릎을 꿇어 버리는 거요. 설령 자신이 아무리 반역자이고 이교도이고 불신자라 할지라도 이 점에서는 다 똑같을 것이오.

당신은 많은 사람들이 '십자가에서 내려와 봐라, 그럼 네가 하느님의 아들이라는 걸 믿겠다'고 희롱하며 소리쳤을 때도 십자가에서 내려오지 않았소. 이것 역시 기적에 의해 인간을 노예로 삼기를 바라지 않고 기적에 의하지 않은 자유로운 신앙을 갈망했기 때문이었소.

당신이 갈망한 것은 강대한 힘에 의한 인간의 노예적인 기쁨이 아니라 자유로운 인간이었던 것이오. 하지만 이 점에서도 당신은 인간을 너무 높게 평가

했소. 왜냐하면 그들은 애초에 반역자로 태어났지만 역시 노예임에는 틀림없기 때문이오. 주위를 잘 살펴본 뒤에 판단하도록 하시오. 그때부터 이미 15세기나 지났으니 당신이 자기의 높이까지 끌어올린 상대가 대체 어떤 존재들인지 직접 확인해 보시구료. 나는 단언할 수 있소. 인간이란 당신이 생각했던 것보다는 훨씬 약하고 훨씬 비열하다는 것을 도대체 당신이 한 것과 같은 일을 인간이 해낼 수 있다고 생각하시오?

그들을 그런 식으로 존중함으로써 당신의 행위는 오히려 그들을 전혀 동정하지 않은 것이 되어 버렸소. 그것은 당신이 그들에게 너무나 많은 걸 요구했기 때문이오. 인간을 자신보다 더욱 사랑했다 했소. 당신이 해야 할 일이 그런 것이라고 생각하시오? 만약에 당신이 그토록 그들을 사랑하지 않았던들 그들에게 그렇게까지 많은 것을 요구하지는 않았을 거요. 그러면 인간의 부담도 가벼웠을 테고 오히려 그들을 사랑하는 결과가 되었겠지. 인간은 원래 무력하고 비겁한 족속이니까.

지금 그들은 도처에서 우리의 권위에 대해 반기를 들고 있고, 또 그것을 자랑으로 여기고 있지만 그런 건 문제가 되지 않소. 그 따위는 어린 아이들의 자랑에 지나지 않소. 초등학생들의 자랑에 불과하단 말이오. 그것은 교실에서 소동을 일으켜 선생을 몰아내는 유치한 어린애 짓과 다를 게 없소. 하지만 얼마 안 가서 아이들의 기쁨은 사라질 것이고, 그들은 이 때문에 값비싼 대가를 치르게 될 것이오.

그들은 성전을 파괴하고, 대지를 피로 더럽히겠지만 나중에는 이 아이들도 —그네들이 반역자이기는 하지만—그 반역을 끝까지 계속할 수 없는 의지박약한 반역자라는 것을 깨닫게 될 거요. 드디어는 자기네를 반역자로 만든 신은 자기들을 조롱하려고 했음이 틀림없다는 것을 우둔한 눈물을 흘리면서 자각하게 될 것이란 말이오.

그들은 절망에 빠져 이런 소리를 지껄이지만 일단 지껄인 말은 그대로 신에 대한 모독이 되어, 그 때문에 더욱 불행해질 것이오. 왜냐하면, 인간의 본성은 신에 대한 모독을 이겨내지 못하게 되어 있으므로 결국은 그런 본성이 자기 스스로에게 복수를 할 것이기 때문이오.

따라서 불안과 혼란과 불행 따위가 바로 지금 우리 인간들의 숙명이오. 당신이 그들의 자유를 위해 그처럼 고난을 겪고 난 뒤에도 역시 인간의 운명은 요모양 요꼴이란 말이오. 당신의 위대한 예언자(세례 요한)는 그 환상과 비유로 이루어진 계시록에서 심판 날에 참석한 모든 자들을 둘러 보았는데, 그 수가 각 지파마다 1만 2천 명씩이었다고 말했소.

그러나 그들의 수가 그쯤 밖에 안 된다면 그들은 인간이라기보다는 신이라고나 해야 할 거요. 그들은 당신의 십자가를 짊어지고 몇십 년 동안 메뚜기와 풀뿌리만으로 연명하면서 먹을 것도 없는 황야에서 인내하였소. 따라서 당신은 물론 이들 자유의 아들, 자유로운 사랑의 아들, 당신을 위해 스스로 원하여 거룩한 희생을 바친 아들들을 자랑스레 가리켜 보여줄 수도 있을 거요.

그러나 그건 몇천 명에 불과한 거의 신과 마찬가지의 인간들뿐이라는 걸 잊지 마시오. 그렇다면 그 나머지 인간들은 어떻게 되는 거요? 그런 위대한 인간들이 참고 견디어낸 바를 그 밖의 약한 인간들이 인내하지 못했다 하여 연약한 영혼들을 책망할 수는 없는 일 아니오? 자유라고 하는 그토록 무서운 선물을 받아들이지 못했다 하여 연약한 영혼들을 비난할 수는 없지 않느냐 말이오.

실제로 당신은 선택된 자들만을 위해 선택된 자들에게만 강림한 것은 아니지 않소? 만약에 그렇다면 그건 곧 신비이며, 따라서 우리로서는 도무지 이해할 수 없는 영역이오. 그리고 그게 참으로 신비라면, 우리도 신비를 선전하여 '우리 인간에게 중요한 것은 그들 마음의 자유로운 판단이나 사랑이 아니라, 자기 양심에 어긋나는 한이 있어도 맹목적으로 복종해야 하는 신비'라고 가르칠 수 있었을 것이오!

사실 우리는 그렇게 했소. 우리는 당신의 위업을 고쳐서 그것을 기적과 신비와 권위 위에 세워 놓았소. 사람들은 또다시 자기네를 양떼같이 이끌어 주고, 자기들에게 크나큰 고통을 안겨 준 그 무서운 선물을 마침내 없애 줄 사람이 나타났다고 기뻐 어쩔 줄 몰라했던 거요.

우리가 그렇게 배우고 그런 식으로 실행한 게 옳은 일인지 아닌지 어디 한마디 말해 보시오. 우리가 그처럼 겸허하게 인간의 무력함을 인정하고 사랑하는 마음으로 그 무거운 짐을 덜어 주고 그들의 연약한 본성을 용납하여 우리의 허락을 얻으면 그들의 죄까지 용서받을 수 있게 한 이상, 우리도 인류를 사랑했다고 할 수 있지 않으냐 말이오!

도대체 당신은 뭣 때문에 우리를 방해하려 지금 나타난 거요? 무슨 까닭에 당신은 그 부드러운 눈으로 내 마음속을 들여다보기라도 할 듯이 내 얼굴을 바라보고 있는 거요? 화를 내고 싶거든 어서 내보시구료. 나는 당신의 사랑 따위는 원하지도 않으니까. 왜냐하면 나는 당신을 사랑하지 않기 때문이오. 당신에겐 아무것도 숨길 필요가 없소. 내가 지금 누구를 상대하고 있는지 모를 줄 아시오?

당신은 내가 뭘 말하려 하는지 벌써 다 알고 있을 거요. 당신의 눈을 보면 그걸 알 수 있지. 그러니 내가 당신에게 우리의 비밀을 감춰 봤자 무슨 소용이 있겠소?

어쩌면 당신은 그걸 내가 직접 말하기를 바라는 지도 모르지. 그렇다면 내가 들려드리리다.

우리는 당신과 손을 잡고 있는 게 아니라 그 '악마'와 손을 잡고 있소! 이게 바로 우리의 '비밀'인 셈이지. 우리는 이미 오래 전부터 당신을 버리고 그와 한 패가 되었소. 벌써 8세기 전부터의 일이지. 옛날에 당신이 분연히 거부했던 것, 그가 이 지상의 왕국을 손가락질하며 당신에게 권했던 그 마지막 선물을 그 '악마'한테서 받은 지 8세기가 되지. 우리는 악마의 손에서 로마와 황제의 검(劍)을 받아 들고, 우리만이 이 지상의 유일무이한 왕이라고 선언했소. 하기는 오늘에 이르도록 이 사업이 완전히 성취되지는 못했지만, 그것은 우리 잘못이 아니오. 비록 이 사업이 아직 초기 상태에 있기는 하지만, 어쨌든 이미 착수된 것만은 사실이오. 아직도 완성되려면 오랜 세월을 기다려야 하고 이 지구는 아직도 많은 고통을 겪어야 하겠지만, 그래도 우리는 끝내 목적을 이루어 황제가 될 것이고, 그때에 비로소 우리는 인류의 세계적인 행복에 대해서도 생각할 수 있게 될 것이오.

그렇지만 당신은 그때 이미 황제의 검을 손에 잡을 수 있었는데 어째서 그 마지막 선물을 거부했소? 그때 그 위대한 악마의 제3의 권고를 받아들였던들 당신은 지상의 인류가 구하고 있는 모든 것을 충족시켜 주었을 거요. 아니오? 다시 말해 인류는 누구를 경배하고 누구에게 양심을 맡길 것인가, 그리고 모든 인간이 하나의 공동 개미집 같이 세계적으로 통합하는 방법은 무엇인가 하는 문제를 해결해 줄 수 있었을 거란 말이오. 세계적 통합의 요구야말로 인류의 제3의 고민거리이며, 마지막 고민거리이기 때문이오.

어느 시대를 막론하고 인류는 어떻게 해서든 세계적인 통합을 이뤄 보려고 언제나 노력해 왔소. 위대한 역사를 가진 위대한 국민은 많이 있었지만, 이들 국민은 높은 위치를 차지하면 할수록 더욱더 불행해졌소. 왜냐하면, 남보다 월등하게 강한 자일수록 인류의 세계적 통합의 요구를 더욱 강하게 의식하기 때문이오.

티무르나 칭기즈칸과 같은 위대한 정복자들은 우주 전체를 정복하려고 질풍처럼 대지를 휩쓸었지만, 그들 역시 무의식중에 인류의 그와 같은 세계적이고 보편적인 결합의 요구를 체현한 것이었소. 온 세계와 황제의 홍포(紅袍 : 옛 로마의 황제와 추기경만이 입던 붉은 색 복장으로 제위를 상징함)를 손 안에 넣었을 때, 그때야 비로소 세계적 왕국을 건설할 수도 있고, 세계적인 안식을 줄 수도 있는 것이오. 왜냐하면, 인간의 양심을 지배하고 그들의 빵을 손아귀에 쥐고 있는 사람이 아니고는 아무도 인간을 지배할 수가 없기 때문이오.

우리는 황제의 칼을 손에 넣었고 그것을 손에 넣음으로써 물론 당신을 버리고 그를 따라갔소.

오오, 인간의 자유로운 지혜, 그 과학, 그리고 인육(人肉)을 먹는 무법 시대가 앞으로도 더 계속될 거요. 그도 그럴 것이 우리의 힘을 빌리지 않고 바벨탑을 건설하기 시작한다면, 결국 식인으로 끝나는 수밖에 없기 때문이오. 하지만 종국에 가서는 한 마리의 야수가 우리에게 기어와 우리의 발을 핥으며 눈에서 피눈물을 쏟을 것이 틀림없소. 그러면 우리는 그 야수를 타고 앉아 잔을 높이 들 것이오. 그리고 그 잔에는 이렇게 씌어 있을거요. '신비'라고. 그러나 그때야 비로소 인류는 평화와 행복의 왕국을 맞이하게 되는 것이오.

당신은 자기의 선민(選民)들을 자랑하지만 선택받은 소수의 백성일 뿐이오. 그러나 우리는 모든 사람에게 안식을 줄 수 있소. 그뿐 아니라 그 선민들, 선민이 될 수 있었던 강자 가운데 대다수의 사람들은 당신을 기다리기에 지쳐서 그 정신력과 정열을 전혀 다른 세계에 쏟아 버렸고, 또 앞으로도 그렇게 할 거요. 그리하여 그들은 결국 당신에게 대항하며 자유의 반기를 높이 쳐들게 될 거란 말이오. 하기는 당신 자신이 그런 깃발을 높이 쳐들었지만……

이에 반해 우리 쪽은 모든 사람이 행복해져서, 당신의 소위 자유로운 세계에서는 도처에서 행해지고 있는 반란이나 살육 행위가 근절되고 말겠지. 그렇소, 그들이 자유를 버리고 우리에게 복종할 때, 그때 비로소 그들은 참으로 자유롭게 될 것이라고 우리는 설복할 거요. 어떻소, 우리의 말이 옳은 것이 될지, 아니면 거짓말이 될지……

　그들은 스스로 옳다고 확신할 것이오. 왜냐하면 당신의 그 자유 때문에 얼마나 무서운 노예 상태와 혼란 속에 빠졌던가를 그들은 상기할 테니 말이오. 자유니, 자유로운 지혜니, 과학이니 하는 것은 그들을 무서운 밀림 속으로 끌어들여 어마어마한 기적과 풀 수 없는 신비 앞에 세움으로써 그들 중에서 가장 사납고 반항적인 자들은 자살을 택하게 될 것이고, 반항적이긴 하지만 겁많은 자들은 서로를 죽이게 될 것이며, 나머지 무력하고 가련한 자들은 우리의 발밑으로 기어와서 이렇게 울부짖게 될 거요. '그렇습니다. 당신들이 옳았어요. 하느님의 신비를 지배하고 있는 것은 오직 당신들뿐이에요. 그래서 우리는 당신들에게 돌아오기로 했으니 제발 우리를 우리 자신으로부터 구해 주십시오.'

　그들은 우리가 주는 빵을 받으면서, 우리가 그들 자신의 손으로 획득한 빵을 거둬들였다가 아무런 기적도 행하지 않고 그들에게 도로 나눠 주고 있다는 것을 분명히 깨닫게 될 거요. 또한 그들은 우리가 돌을 빵으로 변하게 하지 않았다는 것도 알게 될 거요. 그러나 그들은 빵 자체보다 그것을 우리의 손에서 받는다는 데 더욱 큰 기쁨을 느끼는 것이오. 전에 우리가 없었을 때는 그들 자신이 획득한 빵이 그들의 손 안에서 돌로 변해버렸지만, 우리의 품안에 돌아왔을 때는 그 돌이 그들의 수중에서 다시 빵으로 변한 것을 그들은 결코 잊지 않을 것이기 때문이오. 영원히 복종한다는 것이 어떤 의미를 갖는지 그들은 참으로 뼈저리게 느끼고 있기 때문이오! 이걸 이해하지 못하는 한, 인간은 언제까지나 불행에서 벗어날 수 없을 거요.

　그러나 이런 몰이해를 조장한 건 도대체 누구였소? 말해 보시오. 양떼를 흩어지게 하여 이리저리 낯선 길로 쫓아 버린 것은 대체 누구였소? 그러나 그 양떼는 다시 한데 모여 이번에는 영원히 복종하게 될 것인데, 그때 우리는 그들에게 대단치는 않지만 그래도 조용한 행복을 나눠줄 것이란 말이오. 그것이야말로 원래 연약한 생물로 창조된 그들에게 어울리는 행복이오.

　그렇소! 우리는 기어코 그들을 설복하여 자부심을 품는 일이 없도록 만들어 보이겠소. 왜냐하면 당신은 그들을 추켜세워 자부심을 갖도록 가르쳤기 때문이오. 우리는 그들이 무력하고 불쌍한 어린애에 지나지 않으며 어린애의 행복이야말로 가장 감미롭다는 것을 그들에게 증명해 보이겠소.

그러면 그들은 겁쟁이가 되어 마치 암탉 품안으로 모여드는 병아리처럼 두려움에 온몸을 떨며 우리 곁에 들러붙어 우리를 우러러보게 되지. 그들은 경탄의 눈으로 우리를 쳐다보며 공포에 떨면서도 그처럼 날뛰던 수억의 양떼를 진압할 수 있을 만큼 강력한 힘과 뛰어난 지혜를 가진 우리를 자랑으로 여기게 될 것이오. 우리가 화를 내면 그들은 전전긍긍하여 가련하게 몸을 떨면서 아녀자들같이 금방 눈물을 흘리고, 우리가 웃는 낯으로 손짓을 하면 그들은 기쁨과 웃음에 싸여 참으로 행복한 듯 어린이의 노래를 부르며 희희낙락할 것이오. 물론 우리는 그들에게 노동을 시키겠지만, 노동에서 해방된 자유시간에는 어린애처럼 유희와 노래와 순진한 춤으로 시간을 즐기게 할 것이오. 그렇소. 우리는 그들의 죄까지 용서해 주겠소. 그들은 무력하고 의지가 박약한 자들이므로 우리가 그들이 죄를 범하는 것을 허용하면 어린애처럼 우리를 사랑할 것이오.

　어떤 죄든지 우리의 허락만 받으면 모두 속죄될 것이라고 우리는 그들에게 말할 작정이오. 죄악을 허용하는 것은 우리가 그들을 사랑하기 때문이며, 그 죄에 대한 벌은 우리가 받겠다고 일러주겠단 말이오. 그러면 그들은 하느님 앞에서 자기들의 죄를 대신 맡아 준 은인이라 하여 우리를 숭배하게 될 것이고, 우리에게 무엇 한 가지 숨기려 들지 않게 될 거란 말이오. 아내 있는 자가 첩을 거느리는 행위도, 아이를 낳고 안 낳는 것도, 모두 그 복종의 정도에 따라 허가하기도 하고 금지하기도 할 것이오. 이리하여 그들은 기쁜 마음으로 우리에게 복종하게 될 것이오.

　그들은 가장 괴로운 양심의 비밀까지 하나도 숨김없이 우리에게 털어놓을 것이고, 우리는 그 모든 문제를 해결해 줄 거요. 그러면 그들은 우리의 해결을 기쁘게 받아들일 것이오. 그도 그럴 것이 지금처럼 모든 것을 그들 자신이 자유롭게 해결해야만 하는 커다란 부담과 심각한 고민으로부터 해방될 수 있기 때문이오. 그러면 모든 사람이 행복해지는 거요. 그들을 통솔하는 십 만명의 사람들을 제외한 몇십 억의 사람들이 행복해지는 거지. 왜냐하면 우리만이, 그렇소, 비밀을 지키고 있는 우리만이 대신 불행을 감수하게 되는 거니까.

　그 대신에 몇십 억의 행복한 어린아이들과 선악을 판별하는 저주를 받은 십만 명의 수난자가 있게 되는 것이오. 수난자는 당신의 이름을 위해 조용히 죽어갈 것이고, 그들이 저 세상에서 찾을 수 있는 것이라고는 죽음밖에 없소. 그래도 우리는 비밀을 지키고 그들의 행복을 위해 천국의 영원한 보상을 미끼로 하여 그들을 유혹해야 할 것이오. 왜냐하면 설사 저 세상에 무언가 있다 하더라도 그들과 같은 인간들에게는 차례가 안 갈 게 뻔한 일이니까 말이오.

사람들의 말이나 예언에 의하면 당신은 다시 이 세상으로 돌아오게 될 것이고, 또 다시 모든 것을 지배할 것이며, 선택받은 훌륭하고 강한 자들을 거느리고 오리라고 했소. 그러나 그들은 다만 자기 자신을 구원했을 뿐이지만 우리는 모든 사람들을 구원해 주었다고 우리는 말하겠소.

또 이런 예언도 있지요. '결국은 그 야수를 타고 앉아서 신비를 두 손에 쥐고 있는 간부(姦婦)는 창피를 당할 것이며, 약한 자들이 또 다시 봉기하여 그 간부의 붉은 옷을 찢고 추한 몸뚱이를 벌거벗길 것'이라고. 그러나 그때 나는 일어나 죄 없는 몇십 억의 행복한 아기들을 당신에게 가리켜 보여줄 것이오. 그들의 행복을 위해 그들의 죄를 떠맡은 우리는 당신 앞을 가로막고 '자, 우리를 심판할 수 있거든 어디 심판해 보시오!' 라고 말할 것이오.

알겠소? 나는 당신 따위 두렵지 않소. 나 역시 황량한 광야에 나가 메뚜기와 풀뿌리로 연명해 본 일이 있단 말이오. 당신은 자유라는 걸 내걸고 인류를 축복했지만, 나도 그런 자유를 축복한 적이 있었소. 나 역시 수를 채우길 갈망한 나머지 소위 당신의 선택받은 사람들 사이에, 위대하고 강한 사람들 사이에 한몫 끼려고 했던 거지.

그러나 문득 제 정신이 돌아오니 당신의 광기에 봉사하기가 싫어지더군. 그래서 나는 광야에서 돌아와 당신의 위업에 비판을 가한 사람들 편에 서게 되었던 거요. 즉 거만한 자들의 무리를 떠나 겸손한 사람들의 행복을 위해 겸손한 사람들에게 돌아왔단 말이오. 머지않아 내가 말한 일들은 실현될 것이고 우리의 왕국도 결국 건설되고 말 것이오. 다시금 되풀이해 말하지만 내일이면 당신도 그 온순한 양떼를 보게 될 거요. 내가 손을 쳐드는 시늉만 해도 그들은 앞 다투어 달려나와 당신을 불태울 장작더미에 시뻘건 숯덩어리를 던져넣을 거요. 우리가 마땅히 화형에 처할 사람이 있다면, 그것은 바로 당신이기 때문이오! 나는 내일 당신을 불태워 죽일 것이오. Dixi(내가 할말은 다 했소.)……"

이반은 거기서 말을 멈추었다. 그는 이야기하는 내내 흥분하여 정신없이 지껄이고 있었다. 그러나 말을 마치자 그는 갑자기 빙그레 웃었다.

줄곧 말없이 듣고 있던 알료샤는 이야기가 끝날 때쯤에는 몹시 흥분하여 몇 번이나 형의 말을 가로채려다가 간신히 참고 있는 눈치였다. 그는 마침내 벌떡 일어나 둑이 터지듯이 입을 열었다.

"그렇지만…… 그건 말도 안 되는 얘깁니다!" 그는 사뭇 얼굴까지 붉히면서 소리쳤다. "형님의 서사시는 형님이 의도했던 것과는 반대로 그리스도에 대한 찬미가 될 수 있을지언정 비난은 될 수 없습니다. 그리고 형님이 말하는 그 자유론을 믿을 사람이 어디 있겠어요! 도대체 자유라는 걸 그런식으로 해석할 수 있을까요? 그것이 러시아 정교의 해석이란 말인가요? 그것은 바로 로마의 해석, 아니, 로마 전체도 아니에요. 로마 전체라고 하는 것도 거짓말이 될 겁니다. 그건 가톨릭의 가장 나쁜 자들, 종교재판의 심문관이나 예수회 회원이라든가 하는 사람들의 사상일 뿐이란 말입니다! 더욱이 형님이 말씀하신 심문관과 같은 그런 터무니없는 인간은 절대로 있을 수가 없습니다. 자기가 대신 떠맡았다는 인간의 죄란 대체 무엇입니까? 인류의 행복을 위해 비밀을 지키고 스스로 저주를 짊어진 사람이란 대체 누구를 말하는 겁니까? 그런 사람이 도대체 언제 있었다는 말입니까? 우리도 예수회에 대해 알고 있어요. 예수회 사람들이 악평을 듣는 건 사실이지만, 과연 형님의 시에 나오는 그런 사람들일까요?

전혀 다릅니다, 전혀 그렇지 않아요……. 그들은 다만 로마 교황을 황제로 섬기고 장차 온 세계에 지상의 왕국을 건설하기 위해 분투하는 로마의 군대에 지나지 않습니다. 이것이 그들의 유일한 이상으로 거기에는 아무런 신비도, 고상한 비애도 없어요……. 권력과 더러운 속세의 영화, 그리고 민중의 노예화 따위를 목적으로 하는 지극히 단순하고 소박한 야망을 가진 집단에 불과하지요. 그 노예화라는 것은 미래의 농노제와 같은 것으로 지주는 그들 자신이 될 셈이지요. 그들의 사상이란 고작 이런 정도에 불과합니다. 아마 어쩌면 그들은 하느님조차 믿지 않을 거예요. 그러니까 형님이 말씀하신 고뇌하는 심문관이란 건 단순한 환상에 지나지 않습니다……."

"애, 좀 진정해." 이반은 웃으며 말했다. "그렇게 흥분할 건 없어. 네가 환상이라고 우긴다면 환상이라고 해두자! 물론 환상이다만, 그렇다면 한 가지 물어보자. 너는 정말로 최근 몇 세기에 걸친 모든 가톨릭 운동이 단지 더러운 행복만을 추구하는 권력욕에 불과하다고 생각하는 거냐? 파이시 신부가 네게 그런 소릴 하더냐?"

"아니, 그런 건 아닙니다. 오히려 파이시 신부님은 형님과 비슷한 말씀을 하신 적이 있어요……. 그렇지만, 물론 골자는 다르지요. 그것과는 전혀 다른 의미에서였어요."

알료샤는 재빨리 고쳐 말했다.

"네가 아무리 '전혀 다른 의미였다'고 변명해도 어쨌든 그건 귀한 정보임에 틀림없군. 그런데 또 하나 물어 볼 게 있다. 네가 말하는 예수회 회원이나 심문관들은 왜 혐오스러운 물질적 행복만을 위해 결속한 거지? 어째서 그들 중에는 위대한 비애와 고뇌를 안고서도 인류를 사랑하는 수난자가 한 사람도 나오지 않는 거냐?

더러운 물질적 행복만을 추구하고 있는 자들 중에도 적어도 한 명쯤은 내가 얘기한 늙은 심문관 같은 사람이 있었을 거라고 상상할 수 있는 것 아니냐? 그는 광야에서 풀뿌리로 연명하면서 자기 자신을 자유롭고 완전한 존재로 만들기 위해 자신의 육욕을 극복하려고 팔사적 노력을 계속했어. 하지만 그래도 평생을 통해 인간을 사랑하고, 어느날 문득 깨달음을 얻어, 자유 의지의 완성에 도달하는 것도 그리 대단한 정신적 기쁨이 아니라는 것을 깨닫는 거야. 왜냐하면 자기 혼자만이 의지의 완성에 도달한다면 신의 창조물인 수억이나 되는 나머지 인간들은 다만 조소를 받고자 창조된 것임을 어쩔 수 없이 인정해야 하기 때문이지. 사실 그들은 모두 주어진 자유를 누릴 능력조차 없으며, 그러한 가엾은 반역자들 가운데 바벨탑을 완성할 초인(超人)이 나올 리도 만무하고, 또 저 위대한 이상가가 조화의 세계를 꿈꾸었던 것은 결코 이들 어리석은 인간들을 위해서가 아니라는 점을 깨달았기 때문에 그는 광야에서 돌아와 현명한 사람들 편에 가담했던 거야. 그래 너는 이런 일이 있을 수 없다는 거냐?"

"누구 편에 가담했다는 겁니까? 현명한 사람들이란 대체 누구를 말합니까?" 알료샤는 자기를 잊은 듯이 흥분하여 외쳤다. "그들에겐 그런 지혜 같은 건 털끝만큼도 없습니다. 신비니 비밀이니 하는 그런 건 없단 말이에요……. 있다면 다만 무신론뿐입니다. 그것이 고작 그들 비밀의 전부지요. 형님이 말씀하시는 늙은 심문관은 하느님을 믿는 사람이 아니에요. 그것이 그 노인이 가진 비밀의 전부입니다!"

"그렇다 해도 마찬가지야! 너도 좀 알아듣는 모양이구나. 사실 그의 모든 비밀은 오직 거기에 있는 거야. 그러나 그렇다 해도 그와 같은 인간에게는 그것이 커다란 괴로움이 아닐 수 없거든. 그는 광야에서 고행을 하느라고 일생을 허비하면서도 인류에 대한 사랑이라는 불치의 병을 고칠 수 없었으니까. 그는 인생의 막판에 가서야 그 위대하고도 무서운 성령의 힘만이 연약한 반역자들, 즉 '조소의 대상이 되도록 창조된 미완성의 시험적 생물'들을 조금이나마 견디기 쉬운 질서 속에 놓아 둘 수 있을지 모른다는 것을 수긍하게 되었던 거지. 이렇게 되자 그는 지혜로운 성령, 죽음과 파괴의 무서운 성령의 지시에 따르는 것이 옳다는 걸 깨달았어. 그러기 위해서는 거짓말과 속임수를 솔선해서 받아들여 의식적으로 인간들을 죽음과 파괴로 이끄는 것이 당연하며, 또한 그들이 어디로 끌려가는지 알아채지 못하도록 속이면서 그 동안만이라도 그 가련한 장님들이 얼마쯤 행복을 느낄 수 있도록 해 주어야 한다고 생각한 거야.

그런데 특히 지적하고 싶은 것은 이런 속임수 역시 노인이 일생 동안 그 이상을 그토록 열렬히 신봉해 온 바로 그 그리스도의 이름으로 행해진다는 점이야! 이것은 불행이 아니겠니? 만약 그 '오로지 더러운 행복만을 위해 권력을 갈망하는' 군대 전체의 지도자로 단 한 사람이라도 그런 사람이 나타난다면 그 한 명으로도 비극을 낳기에 충분한 것이 아니겠어?

뿐만 아니라 그런 사람이 단 하나라도 우두머리가 된다면 모든 군대와 예수회를 포함한 온 로마의 가톨릭사업에 대한 진정한 지도적 이념, 이 사업의 최고의 이념을 낳기에 충분하지 않겠느냐 말이다.

나는 솔직히 이같이 '유일한 인물'은 모든 운동의 선두에 섰던 사람들 가운데 언제나 존재했을 거라고 굳게 믿고 있어. 어쩌면 역대 로마 교황 중에도 그런 희귀한 인물들이 있었을지도 몰라.

아니, 그토록 집요하게 그토록 자기 식으로 인류를 사랑하고 있는 이 저주받을 노심문관은 지금도 자기와 같은 '유일한 인간'들의 집단 속에 현재도 엄연히 존재하고 있는지도 모르지. 그런데 이런 류의 집단은 결코 우연히 존재하게 된 것이 아니라 오래 전부터 비밀을 지키기 위해 조직된 종파나 비밀 결사로서 존재하고 있는 것이 분명해. 약하고 불행한 인간들로부터 그 비밀을 지켜 주는 것은 그들의 행복을 위한 것이니까. 따라서 이것은 반드시 존재할 것이고, 또한 존재해야만 하는 거야. 내가 보기엔 프리메이슨 같은 단체도 그 조직의 뿌리에는 이와 비슷한 비밀이 있는 것 같아. 가톨릭이 프리메이슨을 미위하는 까닭은 그들을 자기들의 경쟁자로 보고, 하나의 이념이 단절된 것을 거기서 보고 있기 때문이지. '양떼가 하나이면 목자도 하나'여야 한다는 거지…… 그런데 내가 이렇게 내 사상을 변호하다 보니 마치 너의 비평에 쩔쩔 매는 삼류소설가가 된 것 같구나. 그러니 이젠 그만두기로 하자.”

“형님 자신이 프리메이슨의 일원인지도 모르겠군요!” 알료샤는 불쑥 이렇게 말해 버렸다. “형님은 하느님을 믿고 있지 않아요” 다시 덧붙여 말하는 그의 목소리에는 커다란 슬픔이 배어 있었다. 그는 형이 경멸하는 시선으로 자기를 보는 것처럼 느껴졌다.

“그런데 형님의 그 서사시의 결말은 어떻게 되는 겁니까?” 알료샤는 눈을 내리깔면서 불쑥 물었다. “그냥 그것으로 끝인가요?”

“나는 이렇게 끝맺을 작정이야. 대심문관은 말을 마치고 한참 동안 '죄수'의 대답을 기다렸지. 그는 상대의 침묵이 견딜 수 없이 괴로웠지만 죄수는 조용히 노인의 눈을 들여다보며 아무런 반박도 하려는 기색없이 그냥 계속 귀만 기울이고 있을뿐이야. 노인은 아무리 무섭고 혹독한 말이라도 좋으니 뭐든 말하기를 기다렸어.

하지만 죄수는 갑자기 말도 없이 노인에게 다가오더니 아흔 살이나 먹어 핏기조차 없는 그 입술에 조용히 입을 맞췄지. 그게 대답의 전부였어. 노인의 몸이 부르르 떨고 그 입술 언저리에는 경련이 일어난 듯했어. 그는 곧 철문 쪽으로 가서 문을 열어젖히고는 이렇게 말해. '자, 어서 나가시오. 그리고 다시는 오지 마시오. 무슨 일이 있어도 영영 오지 말란 말이오!' 그리하여 '도시의 어두운 광장'으로 풀려나온 죄수는 조용히 그곳을 떠나는 거야.”

“그래서 그 노인은 어떻게 됐죠?”

“키스의 여운이 노인의 가슴속에서 꺼지지 않고 있었지만 그래도 여전히 자기의 이념을 고수했지.”

“그리고 형님 역시 그 노인과 한패지요, 형님도?”

“이거 봐, 알료샤, 이건 모두 하잘것없는 농담이야. 시라고는 단 두 줄도 써본 적이 없는 어리석은 대학생이 쓴 엉터리 시에 불과한데, 너는 무엇 때문에 그처럼 심각하게 생각하는 거냐? 그래 너는 정말로 내가 예수회 사람들을 찾아가서 그리스도의 위업에 수정 비판을 가하는 자들과 함께 어울릴거라고 생각하니? 천만에. 그런건 나하곤 조금도 상관없는 일이야! 언젠가 너에게 난 서른 살까지만 살면 그만이라고 말하지 않더냐? 서른 살이 되면 그때는 술잔을 마룻바닥에 내동댕이칠 뿐이야!"

"그렇지만 점액으로 끈적거리는 어린 잎사귀들은 어떡하구요? 그리고 귀중한 무덤과 푸른 하늘은? 사랑하는 여인은? 그럼 형님은 앞으로 어떻게 살아가겠다는 겁니까? 어떻게 그런 것들을 사랑할 수 있겠느냐 말입니다." 알료샤는 슬픔에 젖은 어조로 소리쳐 물었다. "가슴과 머릿속에 그와 같은 지옥을 안고서 과연 그렇게 될 수 있을까요? 아니, 형님은 틀림없이 예수회 사람들을 만나려고 여길 떠나는 게 분명해요…… 그게 아니면 자살이라도 할지 몰라요. 도저히 견디어 낼 수 없을 테니까요!"

"아니야, 무엇이든 견딜 수 있는 힘은 있어!"

냉소적인 미소를 지으며 이반이 말했다.

"그건 어떤 힘이죠?"

"카라마조프의 힘이지…… 카라마조프의 비열한 힘 말이야"

"색욕에 빠져, 끝없는 타락으로 영혼을 질식시키는 힘 말인가요? 그런가요? 형님?"

"그럴지도 모르지…… 그러나 그것도 역시 서른 살까지는 피할 수 있을 거야. 어쩌면 거기서 벗어날 수 있을지도 모르지. 다만 그때부터는……"

"어떻게 피할 수 있단 말입니까? 형님 같은 사상으로는 불가능합니다."

"그것 역시 카라마조프식으로 하면 되겠지."

"그건 '어떤 짓을 해도 상관없다'는 뜻인가요? 정말 어떤 짓을 해도 상관없을까요, 형님?"

이반은 미간을 찌푸리다가 기묘하게도 창백한 얼굴빛으로 변했다.

"음, 너는 어제께 미우소프의 분통을 터뜨렸던 그 말을 끌어내는구나…… 그때 드미트리 형이 순진하게 끼어들어서 그 말을 몇 번씩이나 거듭해서 물었지." 그는 일그러진 미소를 지었다. "하긴 '어떤 짓을 해도 상관없다'고 할 수 있지. 일단 내뱉은 말이니 굳이 취소하진 않겠어. 그러고 보니 드미트리가 변형시킨 주장도 나쁘진 않군 그래."

알료샤는 말없이 그를 쳐다보았다.

"얘, 알료샤. 나는 출발을 결정하고, 이 넓은 세상에서 그래도 너만큼은 내 친구라고 생각했다." 이반은 갑자기 예기치 않은 감정에 사로잡힌 듯 말했다.

"하지만 이제는 네 가슴속에도, 귀여운 은둔자의 가슴속에도 내가 설 만한 장소가 없다는 걸 알았어. 그렇지만 '어떤 짓을 해도 상관없다'는 공식은 취소하지 않겠어. 어때, 너는 이 공식 때문에 나를 부정할 거지, 그렇지?"

알료샤는 자리에서 일어나 형에게 다가가 말없이 그 입술에 입을 맞췄다.

"이건 문학적 표절인데!" 이반은 갑자기 기쁨에 휩싸여 소리쳤다. "넌 내 서사시에서 그 키스를 훔쳤구나! 어쨌든 고맙다고 해두자. 그럼 알료샤, 그만 일어나자. 이젠 가봐야 할 시간이야. 너도 그렇고 나도 그렇고."

그들은 밖으로 나오다가 요리집 현관에서 발을 멈췄다.

"실은 말이야, 알료샤." 이반은 결연한 목소리로 입을 열었다. "만약 내가 정말 *끈끈한 어린 잎사귀*에 마음이 끌린다 해도 널 떠올릴 때만 그걸 진심으로 사랑할 수 있어. 네가 이 세상 어느 곳에 있다는 그 한 가지 생각만으로도 내가 살아갈 의욕을 잃는 일은 없을 거야. 하지만 이런 얘기는 더 이상 듣기 싫지? 내 사랑의 고백이라고 생각해도 좋아.

어쨌든 그만 헤어지기로 하자. 너는 오른쪽으로 가고 나는 왼쪽으로 가고. 우린 더 이상 할 얘기도 없는 것 같아. 그렇지 않아? 만일 내일 내가 안 떠나고—떠나기는 분명히 떠나겠지만—어쩌다가 또 너하고 만나게 되더라도 이런 문제는 더 이상 건드리지 말았으면 좋겠다. 정말 이것만은 꼭 부탁한다. 그리고 드미트리 형에 대해서도 제발 아무 말 말아 다오."

그는 갑자기 빠른 목소리로 이렇게 덧붙였다.

"이젠 모든 걸 속시원히 털어놓은 셈이니까, 더 얘기할 것도 없어, 그렇지? 그리고 또 너에게 약속할 게 하나 있어. 내가 서른 살이 되어 '술잔을 마룻바닥에 내동댕이치고' 싶어졌을 때 그때 나는 네가 어디에 있건 다시 한번 너하고 이야기하러 돌아오겠어. 설령 내가 그때 미국에 가 있더라도 꼭 찾아올 테니까. 너하고 얘기하기 위해 일부러 돌아오는 거야. 네가 그때 어떤 사람이 되어 있을지 한번 만나보는 것만으로도 무척 재미있을 거야.

어때, 이건 굉장히 엄숙한 약속이야. 우리는 정말 이렇게 이별하여 앞으로 7년에서 10년쯤 못 만나게 될지도 몰라. 자, 어서 너의 Pater Seraphicus(세라피쿠스 신부. 괴테의 《파우스트》에서 인용)에게 가보렴. 거의 죽어간다니 말이야. 만약 네가 없는 사이에 그 사람이 죽으면 내가 공연히 너를 잡아뒀다고 나를 원망할 게 아니냐? 그럼 잘 가라, 한 번만 더 키스해 주고. 그래, 됐어…… 이제

가봐……."

이반은 몸을 홱 돌리더니 뒤도 돌아다보지 않고 성큼성큼 걸어갔다. 그것은 물론 어저께하고는 성질이 다른 이별이긴 했지만 어제 맏형 드미트리가 알료 샤에게서 떠나가던 때의 모습과 매우 비슷한 데가 있었다. 이 기묘한 인상은 때마침 깊은 슬픔에 잠긴 알료샤의 머릿속에 화살처럼 스치고 지나갔다. 형의 뒷모습을 바라보며 그는 잠깐 그 자리에 그대로 서 있었다.

그는 불현듯 이반이 웬일인지 몸을 흔들면서 걸어간다고 느꼈다. 뒤에서 보 니, 오른쪽 어깨가 왼쪽 어깨보다 조금 처진 것을 알 수 있었다. 그 점은 전에 는 미처 몰랐던 일이었다.

아무튼 알료샤 역시 몸을 돌려 수도원을 향해 거의 달리다시피 걷기 시작 했다. 날은 완전히 저물어 불길한 기분이 느껴질 정도였다. 그의 마음속에서 무언가 설명할 수 없는 새로운 것이 점점 커져가는 것이 느껴졌다. 그가 수도 원 숲에 들어섰을 때, 어제 저녁처럼 바람이 일기 시작하더니 수백 년 묵은 늙 은 소나무를 음산하게 흔들어대기 시작했다. 그는 뛰다시피 걸어갔다. 'Pater Seraphicus, 형님은 어디서 이 이름을 따온 것 같은데 도대체 어디서 따온 걸 까' 하는 생각이 문득 알료샤의 머릿속에 떠올랐다. '이반, 가엾은 이반, 언제 또 형을 만날 수 있을까? 아아, 벌써 암자가 보이는군! 그래, 바로 저기 계신 분이 Pater Seraphicus이다. 그분이 나의 영혼을 구원해 주실 거다. 악마로부터 영원히!'

그 뒤 알료샤는 일생을 통해서 몇 번씩이나 이때의 일을 회상하며 의아하 게 생각하곤 했다. 이반과 헤어진 뒤 어떻게 해서 그처럼 드미트리 형에 대해 까마득히 잊어버리고 있었던 것일까.

그날 아침, 그러니까 불과 몇 시간 전까지만해도 그는 무슨 일이 있어도 드 미트리를 꼭 찾아내야 하며, 만약 그렇지 못하면 그날 밤 안으로 수도원에 돌 아가지 못하는 한이 있어도 결코 읍내를 떠나지 않겠다고 굳게 결심하지 않았 던가…….

6 아직은 매우 애매하지만

한편 알료샤와 헤어진 이반은 그의 아버지 표도르의 집을 향해 걷고 있었 다. 이상하게도 그는 별안간 견딜 수 없는 우울에 사로잡혀 아버지의 집이 한 걸음 한 걸음 가까워짐에 따라 그 우울은 더욱더 심해지는 것이었다. 그러나 정작 이상한 것은 우울함 그 자체보다도 그 우울의 원인이 무엇인지조차 이반 자신도 알 수가 없다는 점이었다. 하기는 그 전에도 우울할 때가 더러 있었으니까 이런 순간에 그런 기분이 든다고 해서 별로 이상할 것은 없었다. 사실 그는 내일이 되면 그 자신을 이 집으로 끌어당긴 모든 것과 깨끗이 인연을 끊고 크게 방향을 틀어 종전과 마찬가지로 미지의 새로운 길을 오로지 혼자 떠날 작정인 것이다. 희망도 없진 않았으나 그 희망이 과연 무엇인지 자기 자신도 알 수가 없었고, 인생에 대해 너무나 많은 기대를 품으면서도 그 기대와 희망이 무엇인지 자기 자신도 분명하게 설명할 수가 없는 것이었다.

이러한 새로운 미지의 세계에 대한 우울이 그의 마음속에 자리잡고 있었던 것은 사실이었으나 지금 이 순간 그를 괴롭히는 것은 그것과는 전혀 다른 것이었다.

'혹시 아버지의 집에 대한 혐오감은 아닐까?' 이반은 생각해 보았다. '아무래도 그런 것 같아. 이젠 그 집 생각만 해도 지긋지긋하니까. 하긴 그 더러운 문지방을 넘는 것도 오늘로서 마지막이겠지만 그래도 불쾌하기는 마찬가지지……. 아니, 그것때문만은 아닐 거야. 그럼 알료샤와 헤어졌기 때문일까? 그 애하고 그런 얘기를 했기 때문일까? 벌써 몇 년 동안이나 온 세상에 대해 침묵을 지키면서 말할 가치조차 없다고 생각했는데 어쩌다 갑자기 그런 쓸데없는 소리를 지껄여 버렸으니 그럴 수도 있겠지.'

사실 그것은 청년다운 미숙함과 청년다운 허영심에서 오는 청년다운 분노였을지도 모른다. 다시 말해서 알료샤 같은 어린애한테 자기가 생각하고 있는 바를 제대로 표현하지 못한 것에 대한 자기 불만이었을지도 모른다. 더욱이 알료샤는 마음속으로 커다란 기대를 걸었던 상대가 아닌가.

물론 이러한 자기 불만도 틀림없이 있었을 것이다. 그러나 결국은 이것도 저것도 모두 아닌 것 같았다.

'우울 때문에 가슴이 답답한데도 대체 내가 무엇을 원하고 있는지조차 알수 없으니 차라리 아무 생각도 하지 말자…….'

이반은 아무 생각도 하지 않으려고 애썼으나 그것마저 되지 않았다. 무엇보다 화가 나는 것은 이 우울이 뭔가 우발적이면서도 완전히 외적인 형태를 취하고 있다는 것이었다. 이반 자신도 그것을 분명히 느낄 수 있었다. 그것은 사람이든 물건이든 자기가 눈치채지 못한 가운데 그것이 근처에 서 있거나 툭 튀어나와 있는 느낌 같은 것이었다. 예를 들면 애기를 하거나 일하는 데 몰두하여 뭔가가 눈앞에 비죽 나와 있는 것을 오랫동안 알아채지 못하고 있다가 어쩐지 마음이 불안하여 살펴보고는 마침내 그 방해물을 제거해 버리지만, 대개의 경우 그것은 아주 보잘것없는 우스꽝스런 물건인 경우가 많다. 가령 엉뚱한 곳에 놓아 둔 채 잊고 있던 것이라든가 책꽂이에서 빠져나와 있는 책 같은 것이기 일쑤인 것이다.

이반은 마침내 더없이 불쾌하고 초조한 기분으로 아버지 집에 당도했다. 그러자 대문까지 열 다섯 걸음쯤 되는 곳에서 문득 문을 쳐다 보았을 때 갑자기 그는 이제껏 자기 마음을 그토록 괴롭히고 불안케 한 원인이 무엇인지 이내 떠올랐다. 대문 앞 벤치에 하인 스메르자코프가 선선한 저녁바람을 쐬고 앉아 있었는데 이반은 그를 보는 순간 이 하인 스메르자코프가 자신의 마음 한구석에 도사리고 있었고, 다름아닌 그것 때문에 그토록 자신이 견딜 수 없이 우울해졌음을 깨달은 것이다.

갑자기 모든 사실이 햇빛 아래 환하게 드러난 것처럼 분명해지기 시작했다. 좀전에 알료샤가 스메르자코프를 만났다는 얘기를 한 순간에도 무언가 어둡고 불길한 그림자 같은 생각이 그의 가슴을 찔러와 반사적으로 증오를 불러일으켰다. 계속 이야기에 열중하는 바람에 스메르자코프에 대한 생각은 잠시 잊었으나 그때도 가슴 한 구석에 여전히 남아 있다가 알료샤와 헤어져 혼자 집 쪽으로 걷기 시작하자마자 잊고 있었던 그 무서운 감각이 다시 살아나 꿈틀거리기 시작했던 것이다.

'저런 하잘것없는 녀석 때문에 내가 이토록 불안해하다니!'

그는 참을 수 없는 증오를 느끼면서 생각했다.

사실 요즘에 와서, 특히 지난 이삼일 동안 이반은 스메르자코프가 싫어서 견딜 수가 없었다. 거의 증오에 가까운 그에 대한 감정이 날이 갈수록 더해 가는 것을 이반 자신도 느끼게 되었다. 이러한 증오의 감정이 이렇게까지 자라게 된 것은 이반이 이곳에 처음 돌아왔을 때는 이것과는 전혀 반대되는 상황이었기 때문인지도 모른다.

그 즈음만 해도 이반은 스메르자코프에게 각별한 관심을 가지고 그를 상당한 인물이라고까지 생각했을 정도였다. 이 하인과 대화를 시도한 것은 이반 자신이었지만 그때마다 그가 사물에 대한 이해력이 묘하게 나쁘다는 것, 아니 그보다는 어딘지 모르게 생각이 아주 불안정한 것을 알고 번번이 놀라곤 했다. 그리고 도대체 무엇이 이 사색가의 마음을 그처럼 집요하게 흔들고 있는 것인지 이반은 이해할 수가 없었다.

두 사람은 철학적인 문제에 대해서도 이야기했고 〈창세기〉에서 태양과 달과 별들은 나흘째 되는 날에야 만들어졌다고 되어 있는데 그렇다면 어떻게 해서 첫날에 빛이 있을 수 있었느냐, 그리고 이 사실을 어떻게 해석해야 할 것이냐 하는 문제까지 화제에 올린 적이 있었다. 그러나 이반은 얼마 뒤에는 결코 태양이나 달이나 별 같은 데 문제가 있는 것이 아님을 깨달았다. 물론 태양이나 달이나 별 같은 것이 흥미로운 화제인 것은 사실이지만, 스메르자코프에게 그런 것들은 아무래도 상관없는 것이며, 그에게 필요한 것은 그런 것과는 전혀 다른 것임을 확신하기에 이르렀다.

하여튼 이 하인의 얼굴에는 한없는 자존심이, 그것도 상처받은 자존심이 때에 따라 정도의 차이는 있지만 역력히 나타나는 것이었다. 이반은 그점이 몹시 마음에 들지 않았고 그에 대한 혐오감도 거기서 싹트기 시작했던 것이다.

그 뒤 아버지의 집에서 갈등이 일어나 그루센카가 등장하고 드미트리 형과의 문제가 터지기도 하여 여러 가지 골치 아픈 일들이 계속되었을 때, 그런 문제에 대해서도 두 사람은 서로 이야기한 적이 있었다. 하기야 그런 이야기를 할 때면 스메르자코프는 언제나 몹시 흥분한 빛을 감추지 않았지만, 그런 문제가 과연 어떤 방법으로 해결되기를 그가 바라고 있는지는 좀처럼 파악할 수 없었다. 이따금 어떤 소망같은 것이 불가항력 적으로 겉으로 드러나기도 했지만, 그 소망이 언제나 애매모호하고 비논리적이며 무질서한 것에는 역시 어리둥절하지 않을 수 없었다.

스메르자코프는 늘 미리 생각해 두고 있던 암시적인 질문을 던져 무언가를 캐내려는 듯했지만, 그게 무엇 때문인지는 설명하려 하지 않았다. 그러고는 언제나 자기 질문의 가장 중요한 대목에 가서는 갑자기 입을 다물어 버리거나 전혀 다른 화제를 끄집어내는 것이었다.

그러나 극도의 혐오감이 들 정도로 이반을 결정적으로 화나게 만든 중요한 것, 그것은 스메르자코프가 최근에 자신에게 보여주기 시작한 역겨울 정도로 뻔뻔스런 태도였다. 더욱이 그것은 날이 갈수록 노골적이 되어갔다. 그렇다고 해서 그가 이반에게 무슨 무례한 짓을 한 것은 아니었다. 그는 오히려 언제나 은근한 태도로 얘기했다. 그런데 무엇 때문인지 스메르자코프는 자기와 이반 사이에는 어떤 유대 관계라도 있는 것처럼 생각하는 눈치였다. 즉, 두 사람 사이에는 이미 어떤 밀약 같은 것이 맺어 있고, 그것을 아는 것은 두 사람 뿐이며 주위의 잡다한 범인들은 아무것도 모른다는 듯한 태도로 말하는 것이었다. 그래도 이반은 자신의 마음속에서 나날이 커져가고 있는 혐오감의 진정한 원인을 오랫동안 깨닫지 못하다가, 요즘에 와서야 그것이 무엇 때문인지 겨우 알아챌 수 있었다.

이반이 구역질이 나는 듯한 혐오감을 느끼면서 스메르자코프를 못 본 체하고 말없이 대문을 들어서자 스메르자코프가 벌떡 벤치에서 일어났다. 그 동작을 보고 이반은 이 사람이 지금 자기에게 무슨 특별한 얘기를 하려 한다는 것을 대번에 알 수 있었다.

이반은 그를 지긋이 바라보며 걸음을 멈췄다. 방금 작정한 대로 모르는 체하고 그냥 지나치지 못하고 갑자기 걸음을 멈추게 된 자신에 대해 이반은 치가 떨리도록 화가 치밀었다. 그는 거세당한 사람처럼 여윈 스메르자코프의 얼굴과 닭의 볏처럼 빗으로 깨끗이 빗어넘긴 앞머리를 분노와 혐오에 휩싸여 바라보았다. 스메르자코프는 왼쪽 눈으로 가볍게 윙크하고 '어디를 가시는지 그냥 지나쳐 버리지 않는 걸 보니 역시 우리처럼 현명한 인간들은 서로 얘기할 것이 있는가 보군요' 하는 듯이 엷은 미소를 짓고 있었다.

이반은 순간 부르르 몸이 떨렸다. '비켜, 이 자식, 너 같은 놈 상대 할 시간 없어, 바보 새끼!' 이런 욕설이 금방이라도 튀어 나올 것 같았으나, 실제로는 전혀 다른 말이 입밖으로 나와 버려 그 자신도 스스로 놀라고 말았다.

"아버지는 아직 주무시는가? 아니면 일어나 계신가?"

스스로도 뜻밖일 정도로 조용하고 부드러운 목소리로 말하면서 그도 벤치에 걸터앉았다. 나중에야 생각난 일이지만 그 순간 그는 거의 공포에 가까운 기분을 느꼈다. 스메르자코프는 이반 앞에 뒷짐을 지고 마주 서서 자신감에 넘치는 엄숙한 시선으로 상대방을 응시했다.

"아직 주무시고 계십니다." 그는 느긋한 어조로 대답했는데 그것은 마치 '먼저 말을 건넨 쪽은 당신이지 내가 아닙니다'라는 듯한 말투였다. "저는 도련님에게 정말 놀랐습니다." 그는 잠시 말을 멈췄다가 그렇게 덧붙인 뒤, 묘하게 거들먹거리는 듯한 느낌으로 고개를 숙이고 오른쪽 발을 앞으로 내밀더니 번쩍거리는 구두코 끝을 요리조리 움직였다.

"뭐가 그렇게 놀랍다는 건가?"

이반은 자신을 억제하듯이 무뚝뚝한 어조로 이렇게 말했지만, 문득 자기 자신이 강한 호기심에 사로잡혀 있음을 느끼고 그것을 만족시키기 전에는 좀처럼 그 자리를 뜰 수 없을 것 같아 자신에게서 정이 떨어지는 기분이었다.

"체르마시냐에는 왜 안 가십니까?"

스메르자코프는 갑자기 눈을 치켜뜨며 친근한 태도로 싱긋 웃었다. '내가 왜 웃는지 당신이 현명한 분이라면 알 수 있을 겁니다.' 가늘게 뜬 그의 왼쪽 눈은 이렇게 말하는 것 같았다.

"내가 체르마시냐에는 뭣하러 가지?"

이반은 의아하다는 듯이 물었다. 스메르자코프는 잠시 말이 없었다.

"주인 어른께서 도련님한테 간청하다시피 하지 않았습니까!"

그는 당황하지 않고 대꾸했으나 말하는 자신도 이런 대답이 그리 중요하다고 생각하지는 않는 눈치였다. '그냥 무슨 말이든 해야 하니까 이런 대수롭지 않은 문제라도 꺼내서 얼버무리는 거죠'라는 듯한 표정이었다.

"망할 자식 같으니, 할말이 있거든 똑똑히 말할 것이지!"

이반은 마침내 온화한 태도에서 거친 모습으로 돌변하여 성을 내며 소리쳤다.

스메르자코프는 앞으로 내밀었던 오른발을 왼발에 갖다 붙이며 자세를 바로 잡았으나 여전히 침착한 태도로 여유 있는 미소를 띤 채 상대의 얼굴을 지켜보았다.

"뭐 대단한 건 아니고, 그저 말이 나온 김에……."

두 사람은 다시 거의 1분 가량이나 말이 없었다. 이반은 자리를 박차고 일어나 단단히 화난 모습을 보여줘야겠다고 생각했고, 스메르자코프는 그 앞에 버티고 선 채 그것을 기다리고 있는 눈치였다. '당신이 화를 낼 수 있는지 어떤지 어디 좀 봅시다.' 적어도 이반에게는 이런 인상을 주었다. 마침내 이반은 몸을 일으켜 일어났다. 그러자 스메르자코프는 기다리기나 한 듯이 그 순간을 포착했다.

"도련님, 저는 참으로 난처한 처지에 빠져 있는데 어떡하면 좋을지 알 수가 없습니다." 그는 한마디 한마디 힘주어 말하고는 한숨을 푹 내쉬었다. 이반은 다시 벤치에 주저앉고 말았다. "그 양반들은 두 분 모두 고집을 부리며 어린애처럼 되어 버렸거든요. 즉 도련님의 아버님과 드미트리 형님 두 분 말입니다. 주인 어른께서는 눈만 뜨시면 저를 붙잡고 1분마다 '그래, 그 여자는 안 왔니? 왜 여태 오지 않지?' 하고 귀찮게 물어 보십니다. 자정이 될 때까지, 아니 자정이 넘어서도 계속 그러십니다. 그런데 결국 그루센카가 오지 않으면—그분은 아마 아주 안 올 생각일 테니까—이튿날 아침이 되기가 무섭게 또 제게 덤벼드시며 '안 왔니? 왜, 어째서 안 온단 말이냐? 대체 언제쯤 온다는 게냐?' 하고 마치 제탓인 것처럼 야단을 치시거든요.

그런가 하면 드미트리 형님께선 날이 저물기가 무섭게, 아니 날이 저물기도 전에 두 손에 총을 들고 옆집에서 나타나서는 '이 악당 놈아, 만일 그 여자가 여기 찾아오는 걸 제 때에 발견해서 내게 즉시 알리지 않으면 그땐 누구보다도 네놈을 먼저 죽여 줄 테니 그리 알아라' 하시며 사뭇 으름장을 놓으십니다. 그러다가 밤이 새고 아침이 되면 이번엔 주인 어른께서 저를 들볶으시는 겁니다. '안 왔니? 이제 곧 올 것 같으냐?' 하고 마치 그분께서 안 오시는 것이 내 책임이라도 되는 듯이 말입니다. 이렇게 그 두 분의 역정이 날이 가고 시간이 흐를수록 심해지기만 해서 저는 무서워 견디다 못해 자살이라도 해버릴까 하는 생각조차 듭니다. 정말 그분들한텐 진절머리가 날 지경입니다."

"그런데 무엇 때문에 네가 끼어들었지? 어째서 드미트리 형에게 정보를 알려 주기 시작했느냐 말이야."

이반은 화가 나서 툭 쏘아붙였다.

"끼어들지 않을 도리가 있어야죠. 하지만 정확하게 말씀드린다면 제가 좋아서 끼어든 건 결코 아닙니다. 저로서는 반대할 용기도 없어서 처음부터 말 한마디 못하고 줄곧 벙어리 노릇만 하고 있었습니다. 그저 그분께서 제멋대로 저를 옛날 이야기에 나오는 심복 즉 '리처드'로 만들어 버린 것일 뿐이지요. 그 뒤로 드미트리 님은 나만 보시면 '이 사기꾼 놈아, 그 여자가 찾아오는 것을 놓치면 너를 죽여 버릴 테니 각오해라!' 이 말씀만 되풀이하십니다. 도련님, 아무래도 내일쯤은 제가 틀림없이 심한 발작을 일으킬 것만 같습니다."

"발작이라니 그게 무슨 소리냐?"

"간질병 발작 말입니다. 몇 시간, 아니 어쩌면 하루 이틀쯤 계속될지도 모릅니다. 언젠가는 사흘 동안이나 계속된 적도 있으니까요. 그때는 다락방에서 굴러떨어져서 그랬는데 끝나는가 하면 또 시작되곤 해서 사흘 동안이나 정신을 못 차렸습니다. 주인 어른께서 게르첸시투베라는 의사 선생님을 불러 주셨는데 의사 선생님이 머리에 얼음 찜질도 해주고 약도 한 가지 지어 주었지요……. 정말 그땐 죽을 뻔했습니다."

"그렇지만 간질병은 본래 언제 발작이 일어날지 예측할 수 없는 병 아니냐? 그런데 넌 어떻게 내일쯤 발작이 일어날 것을 알고 있지?"

이반은 안달복달해서 신기한 듯이 물어 보았다.

"물론 미리 알 수야 없지요."

"게다가 그때 발작이 일어나게 된 것은 다락방에서 떨어졌기 때문이라면서?"

"다락방에야 매일 오르내리니까 내일 거기서 또 떨어질지도 모르지요. 만일 다락방에서 떨어지지 않는다면 지하실 계단에서 떨어질 수도 있고요. 지하실에도 날마다 오르내리니까요."

이반은 한참 동안 그의 얼굴을 들여다보았다.

"허튼 소리를 되는 대로 늘어놓고 있군, 내가 다 알아. 네가 하는 소리는 도무지 알아들을 수 없단 말야." 그의 나직한 목소리는 위협하듯이 말했다. "그러니까 너는 내일부터 한 사흘쯤 간질병 발작을 일으킨 것처럼 보이겠다는 말이로군? 그렇지?"

스메르자코프는 땅을 내려다보며 다시 오른쪽 구두 끝을 내밀어 움직이다가 이번에는 왼쪽 발을 앞으로 내밀고는 얼굴을 들고 소리없이 웃었다.

"설사 제가 그런 식으로 앓는 흉내를 낸다 하더라도—그것은 경험해 본 사람이면 그다지 어려운 일은 아니거든요—저로서는 자신의 생명을 보존하기 위해 그런 방법도 생각할 수 있는 충분한 권리가 있을 겁니다. 내가 앓아 누워 있다면 그루셴카가 주인 어른을 찾아오는 경우에도 '왜 알리지 않았느냐'고 병자인 저에게 따질 수는 없을 테니까요. 드미트리 님도 설마 그렇게까지 나오실 수는 없지 않겠습니까? 그건 자신에게 수치가 될 뿐이니까요."

"에잇, 못난 자식 같으니라구!" 증오로 가득찬 얼굴을 일그러뜨리며 이반은 벌떡 일어났다. "무엇 때문에 너는 밤낮 자기 목숨 걱정만 하는 거냐? 비록 드미트리 형이 그런 협박을 했다 해도 그건 단지 홧김에 한 말에 불과한 거야.

드미트리 형은 너 따위는 절대로 죽이지 않아. 혹시 사람을 죽이는 경우가 생긴다해도 너 같은 인간은 해당이 안 된단 말이야!"

"아니, 파리 새끼처럼 제가 가장 먼저 그분 손에 죽을 겁니다. 하지만 그보다 더 무서운 일이 있어요. 만약에 그분이 주인어른한테 무슨 짓을 저지르는 경우에 저까지 공범으로 몰리게 되나 않을까 하는 겁니다."

"왜 네가 공범으로 몰린다는 거냐?"

"왜냐하면 제가 그분에게 신호 방법을 몰래 알려드렸기 때문입니다."

"신호라니? 무슨 신호? 그걸 누구에게 가르쳐줬다는 거야? 제기랄, 답답하게 굴지 말고 똑똑히 얘기해 봐!"

"이렇게 된 이상 죄다 고백할 수밖에 없군요." 스메르자코프는 묘하게 학자처럼 침착한 태도로 느긋하게 말했다. "실은 저와 주인 어른 사이에 한 가지 비밀이 있었습니다. 도련님도 알고 있다시피, 아니 알고 계신다면 말입니다만, 주인 어른께서는 요즘 며칠 동안 밤이 되면, 아니, 어떤 날에는 초저녁부터 안에서 방문을 잠가 버리시거든요! 하기는 요즘 도련님이 저녁에는 일찍 2층 도련님 방으로 올라가 버릴 뿐더러 어제 같은 날에는 온종일 방안에 틀어박혀 계시니까 주인 어른께서 별안간 문단속을 철저히 하게 된 것을 모르실 수도 있겠군요. 그래서 주인 어른께선 그리고리 씨가 와도 본인의 목소리를 확인하지 않으면 절대로 문을 열어주지 않습니다.

그렇지만 그리고리는 요즘 찾아오는 일이 없기 때문에 방안에서 직접 주인 어른의 시중을 드는 것은 저 혼자뿐이지요. 이건 그루센카 때문에 생긴 그 소동 이후로 주인 어른께서 직접 지시하신 일이지요.

하지만 저도 지금은 주인 어른의 분부에 따라 밤이 되면 바깥채로 나가 자기도 하고 있지만 그것도 한밤중까지 자지 않고 망을 보거나 이따금 뜰안을 한 바퀴씩 돌며 그루센카가 오기를 기다리기 위한 것이지요. 주인 어른께서 벌써 며칠째나 미친 사람처럼 되어 그분이 오시기를 기다리고 계시니까 말입니다.

주인 어른의 생각으로는 그분이 드미트리 님을—주인 어른께선 언제나 미치카라 부릅니다만—두려워하고 있는 터라 밤이 꽤 깊어서야 뒷골목으로 해서 오실 거라는 생각입니다. '그러니까 너는 자정까지, 아니 자정이 넘어서라도 망을 보고 있다가 그 여자가 오거든 내 방문을 두드리든가 뜰에서 창문을 두

드리든가 해야 한다. 처음에는 작게 두 번, 톡톡 두드린 다음 빠르게 세 번 톡 톡톡 연달아 두드리면 그 여자가 온 것으로 알고 내가 살그머니 문을 열어 주마' 하셨습니다.

그리고 제가 혹시 급히 알려 드릴 일이 발생할 경우에 대비해서 또 한 가지 신호를 알려 주시더군요. 그것은 먼저 두 번 빠르게 두드린 다음 잠시 사이를 두었다가 한번 쾅 하고 세게 두드리는 방법입니다. 그러면 무슨 급한 일이 생겨 내가 주인 어른을 뵙고 싶어하는 것으로 아시고 즉시 문을 열어주시면 내가 들어가 보고하기로 되어있습니다. 이것은 그루센카가 직접 올 수 없어 사람을 시켜 소식을 전할 경우를 생각해서입니다.

그리고 또 드미트리 님이 들이닥칠지도 모르니까 그때도 그분이 와 있다는 걸 주인 어른께 알려야 합니다. 만약 그루센카가 찾아와 주인 어른과 함께 방 안에 계시는 사이 드미트리 님이 가까운 곳에 나타나면, 주인 어른께선 그분을 몹시 두려워하는 까닭에 저는 곧 연거푸 문을 세 번 두드려 그 사실을 알려드려야 하지요. 그러니까 다섯 번 두드리는 첫 번째 신호는 '그루센카 씨가 오셨다'는 뜻이고 먼저 두 번 하고 나중에 한 번, 이렇게 세 번 두드리는 두 번째 신호는 '급히 알려드릴 일이 있다'는 뜻이지요. 이건 주인 어른께서 몇 번이나 실제로 제게 해보이며 가르쳐 주신 신호 방법입니다. 이 넓은 세상에서 이 신호를 알고 있는 건 주인 어른과 저 단둘뿐이니까 주인 어른께선 누구냐고 소리칠 필요도 없이—주인 어른께선 큰 소리 내는 걸 아주 싫어하시거든요— 얼른 문을 열어 주시는 거지요. 그런데 이 중대한 비밀을 이제는 드미트리 씨도 알게 되고 말았거든요."

"어떻게 해서 알게 됐지? 네가 고해 바쳤겠지? 어떻게 감히 그런 짓을 했나?"

"너무나 무서운 나머지 그랬습니다. 그분한테는 말하지 않으려야 않을 수 없었어요. 그분은 늘 저를 붙잡고는 '넌 나를 속이는 게 있지? 무언가 나에게 숨기고 있는 게 틀림없어. 바른 대로 불지 않으면 두 다리를 몽땅 부러뜨려 놓을 테다!' 하고 윽박지릅니다. 그래서 하는 수 없이 그 신호를 알려 드리게 된 것입니다. 그렇게 해서 제가 그분에게 노예처럼 복종한다는 걸 보여드리고 그분을 속이기는커녕 오히려 뭐든지 죄다 보고한다고 믿게 하려 했던 것입니다."

"만약에 앞으로 드미트리 형이 그 신호를 써서 방안으로 들어가려는 기색이 엿보이거든 그땐 네가 가로막고 못 들어가도록 해야 돼."

"그야 저도 그분이 난폭한 짓을 할 것 같은 눈치인걸 알고 어떻게든 못 들어가도록 하고 싶어도, 만약에 내가 발작이라도 일으켜 누워 있게 되면 도저히 그럴 수는 없는 일 아니겠습니까?"

"망할 자식 같으니! 무엇 때문에 너는 자꾸 발작을 일으킬 거라고 생각하지? 너는 나를 놀리려고 그러는 거냐?"

"제가 도련님을 놀리다니, 어떻게 감히 그런 짓을 한단 말입니까? 더욱이 이렇게 무서워죽겠는데 어디 농담할 생각이 나겠습니까? 그저 어쩐지 발작이 일어날 것 같은 예감이 든다는 거죠. 발작은 무섭다는 생각 하나만으로도 충분히 일어날 수 있는 것이니까요."

"돼먹지 않은 소리 작작해! 만일 네가 드러눕게 되면 너 대신 그리고리가 망을 볼 게 아니냐. 미리 알려 주기만 하면 그리고리는 절대로 형님을 방안에 들여보내지 않을 거야."

"주인 어른의 분부 없이는 그리고리에게 절대로 그 신호법을 알려 줄 수 없습니다. 그리고 그리고리가 형님을 들여보내지 않을 거라고 말씀하시는데 공교롭게도 그 사람은 어제 일 때문에 병이 나서 내일 마르파에게 치료를 받기로 되어 있습니다.

그런데 그 치료라는 게 퍽 재미있더군요. 마르파는 약술을 손수 만들 줄 알아서 언제나 약술이 떨어지지 않게 상비해 놓고 있지요. 무슨 약초를 보드카에 담가서 만든다는데 아주 독한 술입니다. 그런 비방을 그 노파가 알고 있어서 그리고리가 해마다 서너번씩 무슨 중풍에라도 걸린 것처럼 허리를 못 쓸 때가 생기면 그 약으로 치료를 하지요. 그때마다 마르파는 그 약술에 적신 수건으로 반 시간 가량 영감님의 등을 벌겋게 부풀 때까지 문지른 다음 무슨 주문을 외우면서 병에 남아 있는 술을 영감님에게 마시게 한답니다. 하기는 나머지를 죄다 마시게 하지는 않고 모처럼의 기회라 하여 조금 남겨서 자기도 함께 마셔 버리지요. 그런데 두 사람 모두 술은 입에도 못대는 터라 그대로 그 자리에 곤드라져서 오랫동안 일어나지 못하고 잠을 잡니다. 그리고리는 잠이 깨면 언제나 병이 낫지만, 마르파는 잠이 깬 뒤 오히려 골치가 아프다고 합니다. 그래서 내일 그들이 치료를 시작하면 그 사람들이 드미트리 님이 오는 소리를 듣고 들어가지 못하게 막는 것은 도저히 기대할 수 없는 일입니다. 두 사람 모두 정신없이 자고 있을테니까요."

"그런 말도 안 되는 얘긴 집어쳐. 일부러 짠 듯이 그런 일들이 동시에 일어나다니…….. 넌 지랄병 발작을 일으키고 그 사람들은 둘 다 정신없이 잠들고!" 이반은 소리쳤다. "네가 일부러 그렇게 일을 꾸밀 작정 아냐?" 불쑥 이렇게 말하고 이반은 위압적으로 이마를 찌푸렸다.

"제가 어떻게 그런 일을 꾸미겠습니까…….. 게다가 무슨 이유로 그런 일을 꾸미겠어요? 모든 일은 오직 드미트리 님의 생각 하나에 달려 있는 게 아니겠습니까? 그분은 무슨 짓이든 하려고만 한다면 해치우고 말 테니까요. 정말이지 내가 그분을 불러다가 주인 어른 방에 떠밀어 넣을 이유가 어디 있겠습니까?"

"그렇다면 뭣 때문에 형님이 아버지한테 찾아온다는 거냐? 그것도 꼭 몰래 와야만 할 까닭이 어디 있어? 네 말대로 그루센카가 절대로 오지 않는다면 말이야." 이반은 화가 나서 새파래진 얼굴로 말을 계속했다. "나는 여기 와서 지내는 동안 네 말마따나 그 더러운 계집은 절대로 오지 않을 것이라는 확신을 얻었어. 그건 단순히 아버지의 공상에 불과한 거야. 그 계집이 오지도 않는데 뭣 때문에 형이 아버지를 습격하며 행패를 부릴 거냐 말이야? 말해 봐! 나는 아무래도 네놈의 뱃속을 알아야겠단 말이다."

"그분이 무슨 목적으로 오실지는 도련님 자신도 잘 아시고 계실 텐데 구태여 제게까지 물으실 건 없지 않습니까? 그분은 그저 홧김에 오시겠지만 혹시 제가 앓아 누운 것을 알면 그때는 괜한 의심이 생겨서 어제처럼 참지 못하고 집안을 온통 뒤질지도 모릅니다. 혹시 그 여자가 자기 눈을 피해서 몰래 와 있지나 않을까 하고 말이죠.

게다가 그분은 주인 어른께서 돈 3천 루블을 넣어 봉해놓은 큼직한 봉투가 있다는 것도 잘 알고 계십니다. 그 봉투는 세 겹이나 봉한 뒤 노끈으로 묶은 다음 '나의 천사 그루센카에게, 만일 그대가 내게 와준다면'이라고 주인 어른께서 직접 써넣은 뒤 다시 사흘 뒤에는 '귀여운 병아리에게'라고 덧붙여 써넣었습니다. 바로 이 점이 정말 이상하단 말씀입니다."

"말 같지도 않은 소리!" 이반은 거의 미친 듯이 소리 질렀다. "드미트리 형은 돈 같은 것을 훔치러 올 사람이 아니야. 어제 같은 경우에는 원래 성미가 급한 우직한 사람이 극도로 격분했으니까, 혹시 그루센카 때문에 아버지를 죽일 수도 있었는지 모르지만, 강도질을 계획하고 오다니! 그건 말도 안돼!"

"그렇지만 도련님, 그분은 지금 돈 때문에 말 못할 곤경에 빠져 있어요. 목구멍에서 손이 나올 정도로 사정이 급하게 되어 있습니다. 도련님은 그분이 얼마나 곤란을 받고 있는지 모르실 겁니다." 스메르자코프는 지극히 침착하고 놀랄만큼 단호하게 설명하기 시작했다. "뿐만 아니라 그분 생각으로는 그 3천 루블이라는 돈을 마치 자기 돈인 양 생각하고 계십니다. '아버지는 아직도 내게 3천 루블을 지불할 의무가 있어'하고 저한테 직접 말하신 적이 있으니까요. 그리고 또 한 가지 틀림없는 사실이 있습니다. 도련님께서 한번 판단해 보십시오. 다름 아니라 그루센카는 마음만 먹으면 주인 어른을 설득하여 자기하고 결혼하게 만들 수 있을 거란 말입니다. 그 여자가 원하기만 한다면 이건 틀림없는 얘깁니다. 어쩌면 그 여자는 그걸 원할지도 모릅니다. 그 여자는 오지 않을 거라고 제가 말씀드렸지만 오고 안 오고는 별문제로 하고라도, 주인 어른의 정식 부인이 되고 싶은 마음이 생길지도 모르지 않습니까?

삼소노프라는 그 여자의 서방이라는 장사치가 아주 노골적으로 그 여자한테 그렇게 하는 게 약은 짓이라고 말하면서 웃어댔다는 말을 저도 들어 알고 있습니다. 그리고 그 여자도 무척 영리하니까 드미트리 님처럼 무일푼인 남자하고 결혼할 리는 없지요.

도련님도 이런 사정을 한번 고려해서 판단해 보시면 주인 어른이 일단 돌아가신 뒤에 드미트리 님이나 도련님이나 알렉세이 님은 단 1루블도 받을 수 없다는 걸 알게 될 겁니다, 단 1루블도! 왜냐하면 그루센카가 주인 어른과 결혼하는 것은 모든 재산을 자기 명의로 바꾸어 혼자서 가로채자는 데 목적이 있을 테니까요. 그러나 일이 그렇게 성사되기 전에 주인 어른께서 돌아가신다면 도련님들에겐 각기 4만 루블의 돈이 돌아가게 될 겁니다. 주인 어른께서 그처럼 미워하는 드미트리 님까지 유언장이 아직 마련되어 있지 않으니까 똑같은 금액을 받게 될 겁니다. 이 점을 그분은 잘 알고 계신단 말입니다."

이반의 안면 근육이 무섭게 일그러지며 바르르 경련하는 듯하더니 갑자기 얼굴이 벌개졌다. 그는 얼른 스메르자코프의 말을 가로챘다.

"그럼 도대체 네놈은 뭣 때문에 그런 걸 알면서도 나더러 체르마시냐에 가라고 권하는 것이냐? 무슨 속셈으로 그런 소릴 지껄였어? 내가 가 버리면 그 사이에라도 무서운 일이 일어날 게 아니냐."

이반은 가쁜 숨을 간신히 견디고 있었다.

"그건 틀림없습니다."

스메르자코프는 조용하면서도 뭐든지 다 안다는 투로 말했다. 그리고 집어삼킬 듯한 눈으로 이반을 지켜보았다.

"뭐가 틀림없어?"

간신히 자신을 억제하고 있는 이반은 위협하듯이 눈을 무섭게 번쩍이면서 되물었다.

"저는 도련님을 동정해서 그렇게 권고했던 겁니다. 제가 만일 도련님 입장이라면 이런 일에 개입하느니 차라리 모든 걸 포기하고 떠나 버릴 테니까요……."

번쩍이는 이반의 눈을 친근한 태도로 마주보면서 스메르자코프는 대답했다. 두 사람 사이에 잠시 침묵이 흘렀다.

"너는 아무래도 천치 바보인 것 같아. 게다가 물론 지독한 악당임이 분명해."

이반은 벤치에서 벌떡 일어났다. 그러고는 곧 문안으로 들어가려다가 갑자기 걸음을 멈추고 스메르자코프를 돌아다보았다. 그러자 갑자기 분위기가 미묘하게 변했다. 이반은 얼굴에 경련이 일어난 듯이 입술을 깨물며 주먹을 불끈 쥐었다. 당장 스메르자코프에게 덤벼들 것 같은 기세였다. 스메르자코프는 재빨리 그것을 눈치채고 몸을 꿈틀하며 뒤로 물러났고, 그 한 순간은 아무 일도 일어나지 않은 채 지나갔다. 이반은 무언가 망설이듯 말없이 문 쪽으로 몸을 돌려 버렸다.

"미리 말해두는데 나는 내일 모스크바로 떠난다. 내일 아침 일찍 떠나겠어……. 내가 해줄 말은 이것뿐이야!"

그는 증오의 빛을 감추지 않고 한마디 한마디를 커다란 소리로 똑똑히 말했다. 뒤에 그는 자기가 뭣 때문에 그런 말까지 할 필요가 있었는지 스스로도 이상한 생각이 들었다.

"잘 생각하셨습니다." 스메르자코프는 각오하고 있었다는 듯 얼른 맞장구를 쳤다. "하긴 집에 무슨 일이 일어날 경우, 모스크바에 전보를 쳐서 내려오시도록 할지도 모르겠습니다만."

이반은 또다시 걸음을 멈추고 하인 쪽으로 홱 돌아섰다. 그런데 이번에는 스메르자코프에게 어떤 변화가 일어난 것 같았다. 여태까지의 뻔뻔스럽고 거만한 표정이 순식간에 사라지고 얼굴 전체에 이상할 정도의 관심과 기대의 빛이 나타났다. 그러나 그것은 겁을 내는 듯이 아부하는 것 같은 표정이었다. '더

하실 말씀은 없습니까? 덧붙일 말은 없어요?' 뚫어질 듯이 이반을 응시하는 그의 눈에서는 그러한 질문을 느낄 수 있었다.

"체르마시냐라면 전보를 쳐서 나를 부를 수 있겠지? 무슨 일이 일어날 경우에 말이야?"

스스로도 이유를 알지 못하면서 이반은 갑자기 무섭게 목소리를 높여 이렇게 소리쳤다.

"물론 체르마시냐에 가 계시더라도…… 역시 알려 드려야지요……." 스메르자코프는 당황한 듯이 거의 속삭이는 듯한 목소리로 중얼거리면서도 이반의 얼굴을 똑바로 응시하고 있었다.

"그러니까 네가 나한테 체르마시냐로 가기를 자꾸 권하는 건 모스크바는 멀고 체르마시냐는 가까우니까 여비를 아끼라는 생각에선가보군. 아니면 내가 공연히 먼 길을 오가는 게 가엾게 느껴져서 그러는 거냐?"

"사실은 그렇습니다……."

스메르자코프는 음침한 웃음을 지으며 띄엄띄엄 중얼거리다가 또다시 얼른 뒤로 물러설 준비를 하는 것이었다.

그러자 이반은 느닷없이 웃음을 터뜨려서 스메르자코프를 놀라게 했다. 그는 연방 껄껄거리면서 빠른 걸음으로 문안으로 들어가 버렸다. 그 순간 그의 얼굴을 본 사람은 누구든지 그가 유쾌해서 웃는 게 아님을 쉽게 알아챘을 것이다. 이반 자신도 그 순간의 자기 마음을 도저히 설명할 수 없었을 것이다. 그의 몸짓이나 걸음걸이는 마치 경련이라도 일으킨 것처럼 보였다.

7 현명한 자와는 이야기가 통한다

게다가 말하는 태도까지 그랬다. 이반은 거실에서 표도르와 딱 마주치자마자 느닷없이 두 손을 내저으며 "나는 2층 내 방으로 가는 길입니다, 아버님 방에 가려는 게 아니에요, 이따 뵙겠습니다" 이렇게 소리치고는 얼굴도 쳐다보지 않고 그대로 지나가 버렸다.

그 순간 이반이 노인에 대해 심한 증오를 느낀 것은 얼마든지 있을 수 있는 일이기는 하지만 그토록 노골적으로 적의를 나타내는 것을 보고는 표도르로서도 당황하지 않을 수 없었다. 더욱이 노인은 그에게 급히 할 얘기가 있어서 일부러 그를 만나려고 거실까지 나와 있었던 것이다. 그처럼 통명스런 인사를 받고 노인은 할 말이 없어 그대로 선 채 위층으로 올라가는 아들이 보이지 않을 때까지 뒷모습을 한심하다는 눈길로 지켜보았다.

"저 녀석이 왜 저래?"

뒤따라 들어온 스메르자코프에게 노인은 대뜸 물어 보았다.

"무슨 화나는 일이 있는 모양인데, 어디 도련님의 심중이야 알 수 있어야죠."

하인은 회피하는 투로 중얼거렸다.

"망할 녀석 같으니! 실컷 화를 내보라지! 너도 사모바르나 갖다 놓고 어서 나가봐. 그런데 뭐 별다른 일은 없었어?"

그러고는 방금 스메르자코프가 이반에게 호소했듯이 여러 가지 질문을 연달아 퍼붓기 시작했다. 그것은 노인이 고대하고 있는 그 여자에 대한 질문들이니까 여기서 새삼스레 되풀이할 필요는 없을 것이다.

30분 뒤에 집은 완전히 문단속이 끝났다. 그리고 이 정신 나간 영감은 설레는 마음으로 이방저방 거닐면서 약속된 신호인 노크 소리가 다섯 번 들리기를 간절히 기다리다가 이따금 어두운 창밖을 내다보곤 하는 것이었다. 그러나 캄캄한 암흑 외엔 눈에 띄는 것이라곤 아무것도 없었다.

벌써 꽤 늦은 시간인데도 이반은 잠을 못이루고 생각에 잠겨 있다가 아주 늦게 새벽 2시 무렵에야 겨우 잠자리에 들었다. 그러나 지금은 그의 이러한 복잡한 심정에 대해서는 자세히 얘기하지 않기로 하겠다. 더욱이 지금은 그의 영혼을 깊숙이 들여다볼 때가 아니기 때문이다. 그의 영혼에 대해서는 앞으로도 얘기할 기회가 있을 뿐만 아니라 지금 독자들에게 전달하고 싶어도 그것은 퍽 어려운 일일 것이다. 왜냐하면 지금 그의 머릿속에는 그 사고라고 할 수 없는 무언가 한없이 막연하고 뒤죽박죽 엉켜 있는 것들로 가득 차 있기 때문이다. 이반 자신도 자기 마음이 갈피를 잡을 수 없을 만큼 혼란에 빠져 있음을 느끼고 있었다. 게다가 전혀 뜻하지 않았던 온갖 기묘한 욕구가 솟아올라 그를 괴롭히고 있었다. 예를 들면 이미 자정이 지난 시간에 별안간 아래층으로 뛰어내려가 바깥채로 달려나가서 스메르자코프를 죽도록 두들겨 패주고 싶은 생각이 불현듯 치미는 것이었다. 그러나 무엇 때문에 그런 충동을 느끼냐고 누가 묻는다면 그 하인이 이 세상에 두번 다시 없는 무례한 놈이기 때문이란 것밖엔 아무런 타당한 이유를 댈 수 없을 것이다.

한편 그날 밤의 그는 무어라 형언키 어려운 굴욕적인 공포에 사로잡혀 있었기 때문에 갑자기 육체적인 힘마저 빠진 듯한 느낌이 들었고 골치가 아프고 현기증까지 났다. 마치 누구에게든지 당장 복수라도 하려는 것처럼 증오심이 그의 가슴을 죄어오는 것이었다. 좀전에 알료샤와 주고 받은 얘기가 생각나자 동생에게까지 증오심이 일었고 때로는 자기 자신이 견딜 수 없이 미워지기도 했다. 그런데 카체리나에 대해서는 생각조차 나지 않았다. 아까 낮에 그녀를 만나 "내일은 모스크바로 떠나 버리겠다"고 큰소리치며 단언했을 때도 마음속으로는 '쓸데없는 소리, 네가 가기는 뭘 가. 지금 네가 큰소리를 치듯 그렇게 쉽사리 떠날 수는 없을 걸' 하고 자기 자신에게 속삭이던 것을 똑똑히 기억하고 있었던 만큼 이렇게 그녀에 대해 잊을 수 있었던 것이 더욱 이상하게 여겨졌다.

꽤 오랜 세월이 지난 뒤에도 그날 밤의 일을 회상할 때마다 이반의 마음에 참을 수 없는 혐오감이 드는 사실이 한 가지 있었다. 그것은 다름 아니라 그날 밤 자기는 이따금 소파에서 벌떡 일어나서는 누가 몰래 엿보지나 않나 겁을 내는 것처럼 살그머니 방문을 열고 층계까지 나가 귀를 바짝 기울이며 아래층 방에서 서성거리는 아버지의 동정을 살피곤 했다는 사실이다. 그는 한참 동안, 거의 5분 가량이나 정체를 알 수 없는 호기심에 사로잡혀 두근거리는 가슴으로 숨을 죽이고 귀를 기울이곤 했다. 그러나 그가 무엇 때문에 그런 짓을 하고 무엇 때문에 귀를 기울이고 있는지는 물론 이반 자신도 알 수 없었다.

그 뒤 일생 동안 그는 그 행위를 '비열한' 짓이라 부르며, 마음속 깊이 그것이야말로 자기 생애에서 가장 더러운 행위였다고 규정했다. 그땐 아버지 표도르에 대해서는 증오 같은 것은 전혀 느끼지 않았고 다만 억제할 수 없는 호기심만이 작용했을 뿐이었다. 지금 아버지는 아래층 자기 방에서 어떤 모습으로 서성거리고 있을까, 지금 혼자서 어떤 일을 하고 있지 않을까 생각하기도 하고, 지금쯤 아버지는 틀림없이 어두운 창밖을 내다보다가는 갑자기 방 한가운데 우뚝 걸음을 멈춘 채 누가 찾아와서 노크를 하지 않을까 하고 초조하게 기다리고 있을 거라고 상상하기도 했다. 이런 심정에서 이반은 아버지의 동정을 살피려고 두 번이나 층계에 나가 보았다.

2시쯤 되어 세상이 쥐죽은 듯 조용해지고 표도르까지 잠자리에 들었을 때에야 이반은 몹시 피로감을 느끼며 자기도 빨리 잠을 자야겠다고 마음먹고 자리에 누웠다. 그는 그대로 잠에 빠져들어 꿈 한번 꾸지 않고 깊은 잠을 잤다. 그는 새벽 일찍 날이 샐 시각인 7시쯤 잠을 깼다. 눈을 뜨자 이상하게도 온몸이 놀라운 활력으로 충만해 있음을 느끼고 얼른 일어나 옷을 갈아입은 다음 트렁크를 꺼내 즉시 짐을 꾸리기 시작했다. 속옷 따위도 마침 어제 세탁소에서 모두 찾아다 놓았으므로 모든 일이 순조롭게 진행되어 이 급작스런 출발을 방해할 것은 아무것도 없다고 생각하니 절로 미소가 떠오를 정도였다.

사실 그의 출발은 자신에게도 갑작스런 일이었다. 비록 그가 어제 카체리나와 알료샤 앞에서 그리고 스메르자코프에게까지 오늘의 출발을 선언하기는 했지만 어젯밤 잠자리에 들 때까지도 출발은 생각조차 하지 않았던 것이다. 아침에 눈을 뜨자마자 트렁크를 꺼내 짐을 꾸려야겠다는 생각은 적어도 간밤에는 염두에도 없었다는 것을 그는 분명히 기억하고 있었다.

어쨌든 그는 트렁크와 짐을 다 꾸렸다. 9시쯤 되어 마르파가 올라와서 여느 때처럼 물어 보았다.

"차는 어디서 드시겠습니까? 방에서 드시겠어요, 아래층으로 내려오시겠어요?"

아래층으로 내려간 이반은 겉보기엔 제법 유쾌한 듯 보였으나 그의 언동에는 어딘지 산만하고 초조한 빛이 엿보였다. 그래도 이반은 아버지를 보자 기분 좋게 인사를 하고 건강상태가 어떠냐는 것까지 물은 다음, 대답도 미처 듣기 전에 한 시간 뒤엔 모스크바로 영영 떠나 버릴 작정임을 얘기하고 마차를 불러 주도록 부탁했다.

그러나 노인은 아들의 출발에 대해 빈말로나마 섭섭해하는 것도 잊고 놀라는 기색도 없이 듣고만 있었다. 오히려 문득 자기 자신의 중요한 용건이 생각난 듯 수선을 떨기 시작했다.

"너도 참, 그런 법이 어디 있니! 어제쯤 말해 줄 것이지……. 하지만 아무래도 상관은 없어, 지금이라도 늦지는 않았으니까. 그런데 애야, 너 이 애비한테 효도하는 셈치고 체르마시냐에 들러 주지 않겠니? 볼로비야 역에서 왼쪽으로 구부러져서 불과 12㎞만 가면 체르마시냐야."

"죄송하지만 안 되겠습니다. 철도까지 89㎞나 되는데 모스크바행 열차는 오늘 저녁 7시에 있으니까 기차 타기도 바쁩니다."

"그렇다면 내일이나 모레 차를 타도록 하고 오늘은 체르마시냐에 들르도록 해라. 조금만 수고해 주면 애비가 안심이 될 텐데! 여기 볼일이 없다면 벌써 내가 갔다왔을 텐데, 그쪽 일이 무척 급하게 됐어.

하지만 이쪽 사정 때문에 난 꼼짝도 못하는 형편이 아니냐……

그러니까 거기 있는 내 임야는 두 구역, 베기체프와 자치킨에 걸쳐 있는데 그야말로 무인지경이나 다름없는 곳이다. 그런데 그곳 상인인 마슬로프 부자(父子)가 있는데 이들이 임야의 나무를 벌채하겠다면서 재목값을 고작 8천 루블밖에 안 보는 거야. 작년엔 1만 2천 루블에 사려는 작자도 있었는데 그만 흥정이 깨져버렸지. 하긴 그자는 그곳 사람이 아니라서 흥정이 쉽게 붙었지만 말이야. 지금은 그곳 사람 가운데 흥정을 하려는 자는 아무도 없지. 그 지방에서는 백만장자인 마슬로프 부자를 상대로 경쟁할 만한 자가 아무도 없으니까. 그들은 자기네가 부른 값으로 사고 말겠다는 심보야. 그런데 지난 목요일에 갑자기 일린스키 신부한테서 고르스트킨이라는 새 상인이 나타났다는 기별이 왔어. 고르스트킨은 나도 전부터 잘 아는 친구인데, 무엇보다 그 자는 그곳 출신이 아닌 포그레보프 사람이라는 점이 중요하지. 그러니까 마슬로프를 두려워할 건 없을 거라는 말이야. 아무튼 고르스트킨이 그 임야를 1만 1천 루블에 사겠다는 건데, 듣고 있니? 신부의 편지로는 그자가 앞으로 일주일밖에 그곳에 머물지 않을 모양이니 네가 가서 그자를 만나보고 흥정을 해보란 말이다……"

"그렇다면 아버지가 신부님에게 직접 편지를 하면 그 신부님이 흥정을 붙여 줄 게 아닙니까?"

"그 신부라는 친구는 워낙 장삿속이 없는 사람이라 그런 건 통 할 줄 모르니 탈이지. 사람됨됨이야 틀림없지만. 그 사람이라면 당장에라도 2만 루블쯤 영수증 없이 맡길 수 있으니까. 하지만 장삿속엔 캄캄해서 까마귀한테도 속아 넘어갈 위인이야. 그 주제에 학자라니 참 놀랄 수밖에 없지.

그런 반면 그 고르스트킨은 겉보기엔 소매 없는 푸른 외투 같은 걸 입고 다니는 게 순진한 농사꾼 같지만, 속은 말도 못할 악당이지. 난 바로 그 점이 걱정이다. 게다가 그놈은 태연하게 거짓말을 한단 말이야. 그게 그놈의 특징이지. 어떤 땐 무엇 때문에 거짓말을 하는 건지 알 수도 없는 거짓말을 끝없이 늘어놓는 다니까! 재작년엔가 그때도 마누라가 죽어서 후취를 얻어 산다고 들었는데 알고 보니 그것도 새빨간 거짓말이었어. 기가 막혀서! 마누라가 죽기는커녕 시퍼렇게 살아서 지금도 사흘에 한 번씩은 그자를 패 준다는 거야. 그러니까

이번에 그 자가 1만 1천 루블에 내 임야를 사겠다는 것도 참말인지 거짓말인
지 알아내야 해."

"그렇다면 나 같은 건 소용없습니다, 나도 사람을 보는 눈은 없으니까요."

"가만 있어 봐, 너도 할 수 있어. 내가 그자의 습관을 죄다 가르쳐 주마. 나
는 그 고르스트킨이란 자하고 벌써 오래 전부터 거래해 왔기 때문에 잘 알고
있는 편이지. 우선 그 자의 붉은 수염을 잘 보면 불결하고 빈약해 보이지만, 그
수염을 떨며 화를 내고 말을 하면 정말 흥정할 생각이 있어 그러는 거니까 성
사될 가능성이 있어. 그러나 반대로 왼손으로 수염을 쓰다듬으며 싱글거리고
있으면 그때는 너를 속이려고 간계를 꾸미려는 게 분명해. 그자의 눈은 아무
리 들여다보아도 성경의 '어두운 비구름 자욱한 안개' 같아서 아무것도 간파할
수 없어. 그러니 너는 그 자의 수염만 잘 관찰해 보란 말이야. 내가 그 자한테
보내는 편지를 써줄 테니 그걸 갖고 가서 그자에게 보여라.

그자의 이름은 고르스트킨이지만 진짜이름은 랴가브이(사냥개)야. 그렇다고
그자를 만나 랴가브이라고 부르진 마라. 그랬다간 화를 낼 테니까. 만일 그자
하고 얘기를 해봐서 일이 잘될 것 같거든 나한테 곧 편지를 해다오. 그저 '거
짓말은 아닌 것 같습니다' 이렇게만 써보내면 돼. 처음엔 1만 1천 루블로 계속
버티다가 나중에 가서 1천 루블쯤 양보해도 좋아. 그러나 그 이하로는 절대로
안 된다. 너도 생각 좀 해봐라, 8천 루블과 1만 1천 루블이면 무려 3천 루블이
나 차이가 있지 않니. 그런 차액은 잘만 하면 그저 얻는 거나 다름없는 돈이
지. 사실 살 작자는 쉽게 안 나타나고 나는 돈이 딸려 죽을 지경이거든. 어쨌
든 그 자가 진정으로 그런다는 기별만 받으면 그땐 내가 어떻게든 시간을 내
서 직접 그리로 가서 결말을 낼 테다. 하지만 아직은 그 신부 혼자 생각인지도
모르고 하니 내가 거기까지 달려갈 필요가 없단 말이야. 그래 내 말대로 가주
겠니?"

"그렇지만 시간이 없어요, 용서하십시오."

"그러지 말고 애비를 좀 도와 주렴. 네 공은 잊지 않으마! 너희는 하나같이
인정이 없어서 탈이야! 하루나 이틀쯤 안 될 게 뭐냐? 지금 너는 어디로 간다
는 거냐, 베니스라도 가는 거냐? 네가 좀 늦는다고 그 베니스가 하루 이틀 사
이에 죄다 무너져 버릴 리는 없지 않니? 알료샤를 보내도 되지만 이런 일에
그 애가 무슨 소용이 있겠니? 네게 부탁하는 건 그래도 머리가 좋은 놈이라

고 생각해서야. 네가 머리가 좋다는 것쯤 내가 모를 줄 아니? 임야를 팔고 사는 데는 문외한일지 몰라도 너는 그래도 눈치가 빨라. 정말로 그자가 살 생각이 있는지 없는지 확인만 하면 되는 거야. 내 말대로 그자 수염만 보고 수염이 떨리면 진심인 걸로 생각하면 돼."

"아버지는 그 저주할 체르마시냐로 날 일부러 쫓으시려는 건가요, 네?"

이반은 거친 목소리로 말하며 증오를 품은 듯한 미소를 지었다.

표도르는 아들의 증오를 눈치채지 못했는지, 아니면 일부러 눈치 못 채는 척하는 건지 다만 그 미소만 붙잡고 늘어졌다.

"그럼 가는 거지, 응? 정말이지? 내 곧 편지를 한 장 써주마."

"모르겠습니다, 가게 될지 안 갈지 모르겠어요. 가는 도중에 결정하겠어요."

"도중에라니, 지금 결정해. 그러지 말고 아예 여기서 결정해라. 응! 거기 가서 얘기가 제대로 되거든 몇 자 적어 신부에게 맡기면 그 사람이 즉시 내게 그 편지를 부쳐줄 테니까. 그 다음에는 너를 절대로 붙잡지 않을 테니까 베니스건 어디건 너 갈 데로 가려무나. 볼로비야 역까지는 신부가 자기 마차로 너를 태워다 줄 거다……."

노인은 무척 기쁜듯이 편지를 쓰고, 마차를 부르고 하면서 이반에게 코냑과 간단한 안주를 권했다. 그는 기쁠 때면 으레 기분이 겉으로 드러나지만 오늘만은 웬일인지 자제하는 듯한 눈치였다. 예를 들면 드미트리에 대해서도 한마디도 하지 않고 아들과의 작별을 서운해하는 기색도 전혀 안 보일뿐더러 무슨 말을 해야 할지 모르는 듯했다. 이반도 그런 기색을 똑똑히 알아채고 속으로 생각했다.

'하긴 아버지도 내게 어지간히 싫증을 느꼈을 거야.'

아들을 배웅하러 현관까지 나왔을 때야 노인은 약간 수선을 떨며 아들에게 입을 맞추려고 다가서려 했으나 이반은 입맞춤을 피하려는 듯 얼른 손을 내밀어 악수를 청했다. 노인도 이내 눈치를 채고 금세 점잔을 뺐다.

그는 계단에서 되풀이해 말했다.

"그럼 잘 가거라, 조심해라! 내가 살아 있는 동안에 또 오겠지? 꼭 오너라, 언제든지 반갑게 맞아주마. 부디 몸조심하고 잘 가거라."

이반은 여행용 마차에 올라탔다.

"잘 가거라, 이반! 이 애비를 너무 나쁘게 생각하지 마라!"

마지막으로 노인은 이렇게 외쳤다.

스메르자코프와 마르파, 그리고리 등 모든 집안 식구들이 작별 인사를 하러 나왔다. 이반이 그들에게 저마다 10루블씩 쥐어 주고 마차 안에 자리를 잡고 앉았을 때, 스메르자코프가 깔개를 바로 잡아 주려고 뛰어왔다.

"알고 있겠지……. 결국 나는 체르마시냐로 가게 되었어."

이반은 어째서인지 불쑥 이런 말을 입밖에 내고 말았다. 엊저녁처럼 자신도 모르게 말이 튀어나오고 만 것이다. 게다가 이상하게 신경질적인 웃음까지 나왔다. 그 뒤에도 오랫동안 그는 이때 일을 기억하고 있었다.

"그럼 '현명한 사람과는 얘기가 통한다'는 말이 맞군요."

스메르자코프는 이반의 얼굴을 날카롭게 쳐다보며 단호한 어조로 대꾸했다.

마차는 집을 떠나자 쏜살같이 달리기 시작했다. 나그네의 심정은 뿌옇게 흐려져 있었다. 그래도 그는 주위의 들판과 언덕이며 우거진 나무와 맑게 갠 하늘, 높이 날아가는 기러기떼를 열심히 바라보았다. 그러자 그는 갑자기 기분이 좋아져서 마부에게 말을 건네 보았다. 그는 순간 이 농사꾼의 대답에 굉장히 흥미를 느낀 듯 싶었으나 잠시 뒤에 생각해보니 농사꾼의 얘기는 그저 귀를 스치고 지나갔을 뿐 실제로는 하나도 듣고 있지 않았던 것을 깨달았다. 그는 입을 다물어 버렸다. 공기는 신선하고 시원했으며 하늘도 맑게 개어 있었으므로 그래도 기분은 상쾌했다. 문득 알료샤와 카체리나의 모습이 떠올랐으나 그는 부드럽게 웃으며 조용히 입김을 불어 그 정다운 환상을 날려보내고 말았다.

'언젠가 다시 만날 날이 있을 거야.'

그는 역참(驛站)에서 말을 바꾼 뒤 곧 다시 볼로비야를 향해 달렸다.

'현명한 사람과는 얘기가 통한다는 말은 대체 무슨 뜻으로 했을까?'

문득 이런 생각이 떠오르자 그는 숨이 막히는 듯 싶었다.

'그리고 또 나는 무엇 때문에 그 녀석에게 체르마시냐로 간다고 일러주었을까?'

이윽고 볼로비야 역에 도착했다. 이반은 마차에서 내리기가 무섭게 역마차 마부들에게 둘러싸였다. 그는 체르마시냐까지 12km의 시골길을 사설 역마차로 가기로 하고 곧 마차를 준비하도록 일렀다. 그런 다음 역참 안으로 들어가서 주위를 둘러보다가 역참지기 마누라 얼굴을 힐끔 들여다보고 갑자기 현관 계단으로 되돌아 나왔다.

"여봐, 체르마시냐엔 가지 않겠어. 그보다도 7시까지 철도 역에 댈 수 있겠나?"

"댈 수 있고말고요, 마차를 끌어낼까요?"

"빨리 끌어내오게. 그리고 내일 누구 읍내로 들어갈 사람은 없나?"

"왜 없겠어요, 여기 이 미트리도 내일 들어 가는데요."

"그럼 미트리, 내 심부름 좀 해주겠나? 다름 아니라 우리 아버지 표도르 카라마조프 씨한테 들러서 내가 체르마시냐에는 가지 않았다는 말을 전해 주게. 그렇게 할 수 있겠지?"

"물론입니다, 꼭 들르지요. 저는 표도르 씨를 오래 전부터 잘 알고 있는걸요."

"자, 이건 담배값으로 주는 돈이니 받아 두게. 보나마나 아버지에게서는 받지 못할 게 분명하니까!"

이반이 쾌활하게 웃자 미트리도 따라 웃었다.

"물론 주실 리가 만무하죠. 고맙습니다, 틀림없이 그렇게 전해 드리겠습니다."

오후 7시, 이반은 기차에 몸을 싣고 모스크바로 떠났다.

'지난 일들은 모두 잊어버리자. 과거로부터는 아무런 소식이나 기별도 들려오는 일이 없도록 영영 떠나 버리자. 뒤돌아 보지 말고 오직 새로운 세계, 새로운 곳을 향해 가야 한다!'

그러나 그의 영혼은 기쁨은커녕 갑자기 검은 어둠에 휩싸였고 그의 가슴은 여태까지 한번도 맛본 적 없는 깊은 슬픔에 짓눌리는 듯했다. 그가 밤새도록 생각에 잠겨 있는 동안에도 기차는 마냥 달리기만 했다. 새벽에 기차가 모스크바 시내로 들어설 무렵에야 그는 퍼뜩 정신이 드는 것 같았다.

'나는 비열한 인간이다!'

문득 그는 마음속으로 그렇게 뇌까렸다.

한편, 표도르는 아들을 떠나 보내고 난 뒤 매우 만족스런 기분이었다. 그는 행복감에 잠겨 거의 두 시간 동안이나 코냑 잔을 기울이고 있었다.

그런데 별안간 더없이 난처하고 불쾌한 사건이 일어나 표도르와 온 집안 식구들의 마음을 극도의 혼란에 빠뜨렸다. 그것은 다름 아니라 스메르자코프가 무엇 때문인지 지하실에 갔다가 층계 꼭대기에서 아래로 굴러떨어진 것이다.

마침 마르파가 뜰안에 있다가 이내 그 소리를 들었기 때문에 그나마 다행이었다. 마르파는 그가 떨어지는 것을 직접 보지는 못했지만 그가 소리치는 것을 들었던 것이다. 그것은 오래 전부터 여러 번 들어왔던 소리로서 발작을 일으켜 쓰러지는 간질병 환자의 독특하고 괴상한 부르짖음이었다. 그는 층계를 내려가려다 발작이 난 것일까? 그렇다면 그대로 의식을 잃고 밑으로 굴러떨어지는 것이 당연하다. 아니면 발을 헛디뎌 떨어지는 순간 충격을 받아서 원래 간질병 환자인 그가 발작을 일으켰는지는 알 수 없는 일이지만, 어쨌든 마르파는 그가 지하실 바닥에서 입에 거품을 문 채 온몸에 경련을 일으키며 몸부림치고 있는 것을 발견했다. 처음에 집안 사람들은 그가 팔이나 다리를 다치고 온 몸에 타박상을 입었을 것으로 생각했으나 마르파의 말대로 '하느님 덕분에' 아무 일 없이 무사했다. 다만 지하실에서 그를 '지상'으로 끌어내는 것이 쉽지 않아서 이웃 사람들의 도움을 빌려야만 했다.

표도르도 이 소동을 줄곧 지켜보고 있었는데 그는 몹시 놀라 어쩔 줄 몰라 하는 얼굴로 직접 거들기까지 했다.

그러나 병자는 좀처럼 의식을 회복하지 못한 채 발작을 때때로 멈추었다가는 또다시 일으키곤 했다. 그래서 사람들은 작년에 그가 어쩌다 다락방에서 떨어졌을 때와 같은 결과가 되리라고 결론지었다. 작년에 머리에 얼음 찜질을 했던 일을 기억하고 마르파는 아직도 지하실에 좀 남아 있던 얼음을 꺼내 왔다. 표도르는 저녁때쯤 게르첸시투베 선생을 부르러 사람을 보냈다. 의사는 곧 왕진을 와서 병자를 자세히 진찰한 뒤—이미 소개한 바와 같이 그는 이 지방에서 가장 자상하고 친절한 의사로서 아주 존경받는 노인이었다—이건 상당히 이례적인 발작이므로 생명과 관련된 위험을 초래할지도 모른다고 말했다. 그리고 지금은 게르첸시투베 선생 자신도 증세를 확실히 판단할 수 없으며 만약 내일 아침까지 약효가 없으면 다른 약을 써보는 수밖에 없다고 말했다. 병자는 바깥채의 그리고리와 마르파가 쓰고 있는 방의 옆방으로 옮겨졌다.

이런 일이 있은 뒤에도 표도르는 온종일 여러 가지 재난을 연달아 겪어야 했다. 식사는 마르파가 대신 요리해왔는데 스메르자코프의 훌륭한 솜씨에 비하면 마르파의 수프는 '구정물'이나 다름없었고 닭고기는 지나치게 질겨서 도저히 씹을 수가 없었다. 마르파는 주인 어른의 심한 꾸지람—하긴 당연한 꾸지람이긴 하나—에 대해 닭이 원래 묵은 닭이었고 또 자기는 요리를 배운 적이 없으니 그럴 수밖에 없지 않느냐고 항의했다.

저녁때가 되자 또 한 가지 걱정거리가 생겼는데 그것은 벌써 이틀 전부터 몸이 불편하던 그리고리가 하필이면 이런 때 허리를 못 쓰게 되어 그만 자리에 눕게 되었다는 보고를 받은 것이다.

표도르는 되도록 일찍 차를 마신 뒤 안채에 혼자 틀어박혀 있었다. 그는 두렵고도 불안한 기대에 가슴을 두근거리고 있었다. 바로 오늘 밤엔 확실히 그루센카가 올 것으로 믿고 이제나저제나 하며 기다리고 있었던 것이다. 그것은 오늘 아침 일찍 스메르자코프한테서 '오늘은 꼭 오겠다고 약속했습니다'라는 전갈을 받았기 때문이다. 이 성질 급한 노인은 초조한 마음 때문에 심장까지 뛰어 빈방들을 돌아다니며 자꾸만 귀를 기울이곤 했다. 어디선가 드미트리가 망을 보고 있는지도 모르니까 귀를 바짝 세우고 있어야 했다. 그리고 그 여자가 창문을 두드리면—스메르자코프는 그 여자에게 노크하는 방법을 가르쳐 주었다고 이틀 전에 보고했다—단 1초라도 밖에서 지체하지 않도록 얼른 문을 열어 주어야 하는 것이다. 혹시 그 여자가 무엇에 놀라 도망쳐 버리면 큰일이라고 생각하자 표도르는 마음이 몹시 초조했지만, 그래도 이처럼 달콤한 희망에 젖어 본 적은 지금까지 한 번도 없었다. 그는 지금 거의 확신을 가지고 이렇게 단언할 수 있었기 때문이다.

오늘밤에야 말로 그녀는 틀림없이 올 것이다……

제6편 러시아의 수도사

1 조시마 장로와 그의 손님들

가슴에 고통을 느끼면서 장로의 방에 들어서자마자 알료샤는 깜짝 놀라 그 자리에 우뚝 서버리고 말았다. 이미 의식을 잃고 빈사상태에 놓여 있으리라고 걱정했던 환자가 뜻밖에도 안락의자에 앉아 있었기 때문이다. 장로는 몹시 쇠약하고 기진해 있기는 했지만, 그래도 제법 쾌활한 얼굴로 그를 찾아온 손님들에게 둘러싸여 조용히 즐거운 대화를 나누고 있는 참이었다.

그러나 장로가 자리에서 일어난 것은 알료샤가 도착하기 불과 15분 전의 일로, 손님들은 이미 그전부터 수도실에 모여 장로가 깨어나기를 기다리고 있었다. 그것은 파이시 신부가 '장로님께서는 오늘 아침 친히 약속한 바와 같이 사랑하는 사람들과 마지막 이야기를 나누기 위해 다시 한번 꼭 일어나실 것입니다'라고 확고한 태도로 예언했기 때문이다.

파이시 신부는 죽어가는 장로의 모든 약속과 모든 말을 절대적으로 믿어 의심치 않았으므로 비록 의식불명 정도가 아니라 호흡까지 멎어 버린다 해도 장로가 다시 한번 일어나 작별을 고하겠다는 약속을 반드시 지킬 것이라 확신하고 있었다. 아마도 그는 장로가 이미 운명한 것을 자기 눈으로 보았다 하더라도 죽은 사람이 다시 살아나 약속을 이행할 것을 믿고 언제까지라도 기다렸을 것이다.

사실 그날 아침 조시마 장로는 잠이 들기 전에 그에게 이렇게 말했던 것이다.

"진심으로 사랑하는 사람들과 만나 못다한 이야기를 나누고, 그들의 정다운 얼굴을 보면서 다시 한번 내 심정을 털어놓기 전에는 절대로 죽지 않을 거요."

마지막 기회가 될지도 모르는 조시마 장로의 이 담화를 들으려고 모여든 수도사들은 모두 네 명으로, 오래 전부터 장로를 정성껏 섬겨온 그의 친구들이었다. 그중에는 이오시프 신부와 파이시 신부, 그리고 암자의 책임자인 미하일

신부도 끼어 있었는데, 이 사람은 그리 나이도 많지 않았고 평민 출신으로 학식도 별로 없는 보통 수도사에 지나지 않았으나 강한 의지의 소유자로 소박하고 굳건한 신앙을 가진 사람이었다. 그는 겉으로는 무뚝뚝하게 보이지만 이미 마음속으로는 깊은 오성(悟性)을 체득한 사람으로, 그러한 자기의 신앙 성취에 대하여 남에게 알려지는 것을 무척 부끄럽게 생각하고 있었다.

네번 째 사람은 가난한 농민 출신인 안핌 신부인데, 그는 몹시 늙고 키가 작았으며 거의 문맹이나 다름없었다. 또한 조용하고 과묵한 성격이어서 다른 사람과는 별로 말을 하는 일이 없었다. 그는 겸허한 사람들 중에서도 가장 겸허하다고 할 수 있는 사람으로, 자기의 지혜로는 도저히 미칠 수 없는 어떤 위대하고도 무서운 힘에 겁을 먹고 있는 것 같았다. 조시마 장로는 언제나 두려움에 떨고 있는 것 같은 이 늙은 수도사를 몹시 사랑하여 일생 동안 각별한 존경심으로 그를 대해 주었다.

그러나 이전에 장로 자신이 이 늙은 수도사와 함께 몇 해 동안 러시아 전국의 성지를 돌아본 일까지 있었음에도, 이 늙은 수도사에게 말을 건네는 일은 어느 누구에게보다도 적었다.

러시아 전국을 돌아본 것은 오랜 옛날, 즉 40년 전 조시마 장로가 거의 알려지지 않은 코스트로마의 조그만 수도원에서 처음으로 수도 생활을 시작한 무렵의 일이었는데, 수도사가 된 지 얼마 안되어 그 빈약한 수도원을 위해 성금을 모으려고 안핌과 함께 전국을 순례한 것이었다.

주인과 손님 모두 장로의 침대가 놓여 있는 두 번째 방에 자리잡고 앉아 있었다. 앞에서도 말한 바와 같이 이 방은 몹시 좁았기 때문에 네 사람의 손님은 첫 번째 방에서 의자를 가져와 장로의 안락의자에 바짝 다가앉을 수밖에 없었다. 시중을 맡은 수습 수사 포르피리는 줄곧 서 있었다. 날은 이미 어두워지기 시작하여, 성상 앞에 켜놓은 램프와 촛불이 방안을 밝혀 주고 있었다. 어리둥절하여 문턱에 서 있는 알료샤를 보자, 장로는 기쁜 듯이 미소를 지으며 손을 내밀었다.

"어서 오너라, 잘 왔다, 우리 얌전이가 이제야 돌아왔구나. 나는 네가 오리라는 것을 알고 있었지."

장로에게 다가간 알료샤는 이마가 바닥에 닿을 만큼 공손히 절을 하고 나서 느닷없이 울음을 터뜨렸다. 가슴속에서 무언가 솟구쳐오르며 영혼이 떨기 시작하는 것 같은 느낌이었다. 그는 목 놓아 통곡하고 싶은 심정이었다.

"왜 그러느냐, 아직 울기엔 너무 이른데" 장로는 오른손을 알료샤의 머리 위에 얹고 빙그레 웃었다. "나는 이렇게 의자에 일어나 앉아 이야기를 하고 있지 않니. 지금 같아선 아직 20년쯤은 더 살 수 있을 것 같다. 어제 브이셰고리예에서 리자베타라는 어린 딸을 안고 온 그 착한 부인이 말한 것처럼 말이다. 오오, 주여, 그 어머니와 귀여운 딸에게 축복을 주시옵소서!" 그는 성호를 그었다. "그런데 포르피리, 그 부인이 바친 성금을 내가 일러 준 곳에 갖다 주었느냐?"

그것은 어제 왔던 장로의 숭배자인 그 명랑한 여인이 자기보다 더 가난한 사람에게 전해 달라고 60코페이카를 내놓은 일이 생각나서 한 말이었다. 이러한 종류의 성금은 자기 자신에 대한 자발적인 징벌 형식으로 바치는 것인데, 반드시 스스로 일을 해서 번 돈이라야만 했다. 장로는 이미 엊저녁에 포르피리를 시켜서 바로 얼마 전에 불이나서 집을 몽땅 태우고 세 아이들과 함께 구걸 행각에 나선 어느 상인의 과부에게 전하도록 했던 것이다. 포르피리는 장로가 이른대로 '이름을 밝히지 않은 자선가'의 명목으로 그 돈을 분명히 전했노라고 재빨리 보고했다.

"자, 알료샤, 이젠 일어나거라." 장로는 알료샤를 향해 말을 계속했다. "네 얼굴을 좀 보여다오. 집에 가서 형님을 만나보았니?"

알료샤에게는 장로가 '형님들'이라고 하지 않고 '형님'이라고 명확하게 한 사람만을 지적하여 물어 보는 것이 이상하게 생각되었다. 도대체 어느 형을 가리키는 것일까? 아무튼 장로가 어제와 오늘 자기를 읍내로 내보낸 것은 그중 한 형 때문인 것만은 틀림없는 것 같았다.

"둘 중의 한 사람밖에 만나지 못했습니다."

알료샤가 대답했다.

"내가 말하는 건 어제 내가 이마를 땅에 대고 절한 큰형 얘기다."

"그 형님은 어제 만나 보았을 뿐, 오늘은 찾을 수가 없었습니다."

"빨리 찾도록 해라. 내일 또 나가서 빨리 찾아봐라. 다른 일은 모두 제쳐 두고라도 그 일부터 속히 서둘러야 해. 아직은 무서운 사태가 일어나는 것을 미리 방지할 수도 있는지 모른다. 나는 어제 그 사람이 앞으로 겪어야 할 크나큰 고뇌에 대해 머리를 숙였던 거야."

장로는 갑자기 입을 다물고 생각에 잠기는 듯했다. 이상한 말이었다. 어제 그 광경을 목격한 이오시프 신부와 파이시 신부가 서로 시선을 교환했다. 알료샤는 더 이상 참을 수가 없었다.

"장로님, 스승님." 그는 몹시 흥분한 어조로 말을 꺼냈다. "장로님 말씀은 너무나 막연해서…… 대체 어떤 고뇌가 형님을 기다리고 있단 말입니까?"

"너무 깊이 알려고 하진 마라. 어제 난 어떤 무서운 것을 예감했다……. 어제 그 사람의 눈빛은 마치 자기의 운명을 말해 주고 있는 것 같았어. 그 사람의 눈빛이 어찌나 심상치 않던지……. 나는 그 눈을 본 순간 그가 자기 자신에게 가하려는 재앙을 곧바로 알아채고 가슴이 써늘해짐을 느꼈거든. 나는 일생 동안 한두 번 자기의 운명을 그대로 드러내고 있는 눈빛을 본 적이 있는데 그들의 운명은 슬프게도 내 예상대로 들어맞았어. 알렉세이, 내가 너를 읍내로 보낸 것은 동생으로서의 네 얼굴이 그 사람에게 도움이 될 거라고 생각했기 때문이야. 그러나 모든 것은 다 하느님의 뜻에 달려 있으니까, 우리의 운명 역시 예외일 수 없지. '한 알의 밀알이 땅에 떨어져 죽지 아니하면 한 알 그대로 있고 죽으면 많은 열매를 맺느니라' 하신 말씀을 잘 기억해 두어라. 그런데 알렉세이, 난 여태까지 여러 차례 마음속으로 너를 축복해 왔다. 그건 네 얼굴 때문이지. 이것도 알아 두는 게 좋을 거야."

장로는 다정한 미소를 지으며 말을 계속했다.

"나는 너에 대해 이렇게 생각하고 있다……. 너는 이 수도원 담 밖으로 나가더라도, 역시 속세에서도 수도사처럼 살아갈 것이라고. 너는 수많은 적을 가지게 되겠지만, 그 적들조차 너를 사랑하게 될 거야. 또한 인생은 너에게 많은 불행을 가져다 주겠지만, 그 불행 속에서 행복을 찾을 수도 있고 인생을 축복할 수도 있을 것이며, 다른 사람들에게도 인생을 축복하게 해 줄 수 있을 거야. 이것이 무엇보다 중요하단다. 알겠느냐? 너는 그런 사람이야. 그런데, 여러분."

그는 감동에 찬 미소를 지으면서 손님들에게 말했다.

"나는 이 젊은이의 얼굴이 어째서 그토록 내게 사랑스러운 것이 되었는지. 오늘까지 본인인 알렉세이에게도 말한 적이 없었지요. 지금에야 비로소 하는 얘기지만 이 젊은이의 얼굴은 내게는 어떤 사람에 대한 기억이고 또한 하나의 예언과도 같은 것입니다. 내 인생의 동틀 무렵이라 할 수 있는 어린 시절에 나에게는 형님이 한 분 계셨는데 불과 열여덟 살밖에 안되는 나이에 바로 내 눈

앞에서 죽어갔지요. 그런 뒤 점점 나이를 먹어감에 따라 나는 그 형님이야말
로 내 운명에서 하느님의 계시이자 숙명이었다는 것을 조금씩 확신하게 되었
습니다. 그것은 만약 그 형이 내 인생에 나타나지 않았다면, 아니, 그 형이 처
음부터 존재하지 않았더라면 나는 수도사가 되지도 못했을 것이고, 이런 보람
있는 길에 들어서지도 못했을 것이기 때문이지요. 그가 처음 나타난 것은 나
의 어린 시절의 일이었지만 이제 내 순례의 마지막 시절에 와서 거의 그의 재
현이라고도 할 수 있는 존재가 눈앞에 나타난 것입니다.

여러분, 그것은 정말 놀라운 일이었습니다. 나는 알렉세이가 나의 형님과 용
모는 그다지 닮은 곳이 없는데도 정신적으로는 너무도 닮은 것만 같아서 알렉
세이를 바로 그 젊은이, 즉 나의 형님으로 착각한 적이 한두 번이 아니었지요.
신비스럽게도 내 순례의 마지막 순간에 이르러 뭔가를 생각하고 통찰하게 하
기 위해 나를 찾아온 형님인 것만 같은 생각이 들었단 말입니다. 사실은 이처
럼 이상한 공상에 사로잡힌 나 자신에 대해 스스로도 놀랄 정도였습니다. 포
르피리, 내가 지금 한 이야기를 들었겠지?"

그는 곁에 서 있는 수습 수사에게 고개를 돌려 물었다.

"내가 너보다 알렉세이를 더 사랑하고 있다고 해서, 네 얼굴에 실망의 그림
자가 깃드는 것을 나는 여러 차례 보아왔지만, 이제는 너도 그 까닭을 알 수
있겠지? 그렇지만 나는 너도 역시 사랑하고 있다. 알겠느냐? 나도 네가 실망
하는 것을 보고 얼마나 마음이 아팠는지 모른다. 그럼 여러분, 나는 이제부터
그 젊은이, 즉 내 형에 대한 이야기를 좀 해야 하겠습니다. 왜냐하면 내 인생에
서 그 형만큼 예언적이고 감동적인 사람은 아무도 없었기 때문입니다. 내 가
슴은 깊은 감동으로 넘쳐 지금 이 순간 내 온 생애가 생생하게 눈앞에 떠오르
고 있어요."

여기서 미리 말해 두어야 할 것은, 장로가 그 생애의 마지막 날에 자기를 찾
아온 손님들에게 한 이야기는 부분적으로 기록되어 보존되고 있다는 사실이
다. 이것은 알료샤가 장로가 세상을 떠난 지 얼마 안 되어 자기의 기억을 더듬
어 기록해 둔 것이다. 그러나 그것이 그날의 이야기만을 기록한 것인지, 아니
면 그 이전의 이야기에서도 임의로 뽑아내어 덧붙인 것인지는 뭐라고 단언하
기 어렵다.

뿐만 아니라, 이 기록을 보면, 그 이야기는 아주 유려한 것이어서 마치 장로

가 친구들에게 자기의 생애를 소설체로 들려준 것같이 생각되지만, 사실은 그렇지 않다. 왜냐하면 그날 밤의 담화는 주객이 함께 나눈 것이었으므로, 비록 손님들이 주인의 말을 가로채는 일이 별로 없었다 하더라도 그들 역시 이야기에 끼어들어 몇 마디 자기의 의견을 말하거나 자기 자신들의 이야기도 했을 것이기 때문이다. 더구나 장로는 가끔 숨이 차서 말이 막히고, 잠시 쉬기 위해 자리에 누운 일까지 있었으므로, 그의 이야기가 그처럼 물흐르듯이 진행되었을 리는 만무한 일이다. 물론 장로가 아주 침대에 누워 버린 것은 아니고 손님들도 자리를 떠나지 않았던 것만은 사실이었다. 한두 번 성경 봉독을 하느라고 이야기가 끊긴 일이 있었는데, 봉독하는 일은 파이시 신부가 맡아서 했다. 또 하나 여기서 주목할 만한 사실은, 그들 중의 아무도 그날 밤에 장로가 죽으리라고는 전혀 예상하지 못했다는 점이다. 장로는 낮에 깊은 잠을 푹 자고 났기 때문에 그 생애의 마지막 날 밤 친구들과 함께 이야기를 나눌 수 있을 만한 힘을 새로 얻은 것같이 보였다. 그것은 그의 체내에 거의 믿을 수 없는 활력을 준 마지막 감동이라고도 할 만한 것이었다. 그러나 그것도 오래 계속되지는 못했다. 그의 생명을 잇고 있던 줄이 갑자기 툭 끊어져 버렸기 때문이다. 그러나 여기에 관해서는 다음으로 미루기로 하고, 지금은 다만 알렉세이 카라마조프의 기록에 의해 장로의 이야기를 전하는 것으로 그치겠다. 그렇게 하는 것이 비교적 간결하고 지루하지도 않을 것이기 때문이다. 그러나 다시 한번 되풀이하거니와 알료샤가 이전의 이야기에서 많은 부분을 떼어다가 여기에 덧붙였다는 것은 더 말할 필요도 없다.

2 조시마 장로의 전기에서

수도사이며 사제인 고(故) 조시마 장로 자신의 말을 토대로 하여 알렉세이 카라마조프가 엮었음.

A 조시마 장로의 형

나는 먼 북부 지방 어떤 현(縣)의 시(市)에서 태어났다. 아버지는 귀족이기는 했으나 명문 출신도 아니었고 지위도 그다지 높지 않았다. 그는 내가 겨우 두 살이 되었을 때 세상을 떠났기 때문에, 나에게 아버지에 대한 기억은 하나도 없다. 그가 어머니에게 남기고 간 것은 보잘 것 없는 목조 가옥 한 채와 약간의 재산이었다. 대단한 것은 아니었지만, 그래도 어머니가 아이들을 데리고 별로 군색하지 않게 지내기에는 충분했다.

우리는 단 두 형제로서 지노비라고 불리던 나와 형인 마르켈뿐이었다. 나보다 여덟 살 위인 형은 무슨 일에나 곧잘 열중하고 성미가 급한 편이긴 했으나 마음씨가 착하고 남을 깔보거나 하는 일이 전혀 없었으며 이상할 만큼 과묵하였다. 특히 집에서 어머니나 나나 하인들을 대할 때는 더욱 그러했다. 중학교에서의 성적은 좋은 편이었고 친구들과도 싸우는 일은 없었으나 그렇다고 누군가와 친하게 사귀거나 하는 일도 좀처럼 없었다. 적어도 어머니의 기억에 의하면 형은 그런 사람이었다고 한다.

형은 세상을 떠나기 반 년 전, 그러니까 만 열일곱 살이 되었을 때 자유 사상 때문에 모스크바에서 우리 고장으로 유배되어 온 정치범인 유형수 한 사람을 자주 찾아다니기 시작했다. 그 정치범은 이름 있는 학자로 대학에서도 철학자로 두각을 나타낸 인물이었다. 무엇 때문인지 그는 마르켈을 사랑하여 자기 처소에 드나들 수 있도록 허락했던 것이다. 형은 그해 겨울 매일 밤 그와 함께 지내다시피 했는데, 얼마 뒤 이 유형수는 청원이 받아들여져서 관직에 복귀하기 위해 페테르부르크로 가게 되었다. 그의 뒤에는 몇몇 유력한 후원자들이 있었던 것이다.

그런 뒤 사순절이 돌아왔을 때, 마르켈은 단식을 지키려 하지 않았다.

"그런 건 모두 엉터리 같은 잠꼬대야, 하느님 따위는 절대로 없어."

그는 오히려 이렇게 욕설과 조소를 퍼부었고, 그 때문에 어머니와 하인들뿐만 아니라 어린 나까지도 겁을 먹곤 했다. 나는 그때 겨우 아홉 살밖에 안 되었지만, 그래도 그런 말을 듣고 얼마나 놀랐는지 모른다. 우리집에는 하인이 넷 있었는데 그들은 모두 아는 지주의 명의로 사들인 농노들이었다.

어머니는 이 넷 중에서 요리를 맡아 보고 있던 아피미야라는 절름발이 노파를 60루블에 다시 팔고, 그 대신 해방 농노인 하녀를 하나 고용했던 일을 나는 아직까지도 기억하고 있다. 그런데 사순절 제6주에 들어섰을 때, 갑자기 형이 병에 걸렸다. 형은 평소에도 병약한 빈혈질로 키가 크고 여위어 연약해 보이는 것이 폐병에 걸리기 쉬운 체질이었다. 그러나 얼굴 생김새는 무척 기품이 있는 편이었다. 처음에는 감기이겠거니 생각했는데, 의사가 와 진찰을 하고 나서 어머니의 귀에다 대고 급성 폐결핵이기 때문에 봄을 제대로 넘길 수 있을지 모르겠다고 속삭였다. 어머니는 눈물을 흘리면서 형을 붙잡고 조심스러운 어조로—그것은 형을 놀라게 하지 않으려는 마음에서였다—제발 단식을 지키고 교회에 가서 성찬도 받으라고 애원했다. 그때만 해도 형은 아직 자리에 드러눕지는 않았다.

그 말을 들은 형은 굉장히 화를 내며 교회에 대해 마구 욕설을 퍼부었으나, 그러면서도 무언가 깊이 생각에 잠기는 듯하였다. 그는 곧 자기의 병이 몹시 위중하다는 것과, 그렇기 때문에 어머니가 자기에게 기력이 남아 있는 동안 단식을 지켜 성찬을 받게 하려 한다는 걸 이내 알아챘다. 물론 그도 자신이 병에 걸렸다는 것을 벌써부터 알고 있었다. 그보다 1년 전의 일이지만, 한번은 식사때 형이 나와 어머니에게 침착한 어조로 이렇게 말한 적이 있었다.

"나는 어머니나 동생과 함께 이 세상에서 살 수 없는 사람이에요. 어쩌면 앞으로 1년도 못 넘길지 모릅니다."

그것이 결국 예언처럼 들어맞고 만 것이다.

사흘이 지나서 고난주간이 다가왔다. 그 주간의 화요일 아침부터 형은 교회에 나가기 시작했다.

"어머니, 나는 다만 어머니를 위해서, 어머니를 기쁘게 해 드리고 안심시키기 위해서 가는 거예요."

형은 어머니에게 그렇게 말했다. 어머니는 슬픔과 기쁨이 복받쳐 그만 울음을 터뜨리고 말았다.

'저애가 갑자기 저렇게 변한 걸 보니, 아마 얼마 살지 못할 모양이다.'

어머니는 그렇게 생각했던 것이다. 그러나 형은 교회에 오래 다니지 못하고 곧 자리에 드러눕게 되어 참회도 성찬도 집에서 받을 수밖에 없었다.

날씨는 맑게 빛났고 온누리가 향기로 가득차 있었다. 그해에는 예년보다 부활절이 늦게 왔다. 형은 밤새도록 기침을 하여 잠도 제대로 못 이루는 모양이었으나 그래도 아침이 되면 언제나 옷을 단정히 차려입고 안락 의자에 앉아 있었던 것을 나는 기억한다. 병을 앓고 있으면서도 즐겁고 명랑한 얼굴로 조용히 앉아 미소짓던 그 모습이 지금도 눈에 선하다.

형은 정신적으로 완전히 달라져 있었다. 별안간 마음속에 놀라운 변화가 일어난 것이다! 늙은 유모가 형의 방에 들어가 "도련님, 성상 앞에 등불을 켤까요?" 하면, 전에는 그런 일을 허락하기는커녕 켜 놓은 등불을 일부러 불어 끄기까지 하던 형은 이렇게 말했다.

"어서 켜세요, 할멈, 어서 켜줘요. 전에는 성등(聖燈)까지 못 켜게 하였으니 나는 참 못된 놈이었어. 할멈이 불을 켜고 기도를 드리면 나도 할멈을 보며 기쁜 마음으로 기도를 드리겠어요. 그러면 우리는 둘이서 함께 하느님 앞에 기도를 드리는 게 아니겠어요?"

우리는 이런 말을 하는 형이 이상하게 느껴졌다. 어머니는 자기 방에 들어앉아 흐느껴 울기만 했으나, 그래도 형의 방에 들어갈 때면 눈물을 닦고 쾌활한 얼굴을 지어 보이려고 애쓰는 것이었다.

"어머니, 울지 마세요." 형은 늘 이렇게 말하곤 했다. "나는 앞으로 오래오래 살 수 있을 거예요. 언제까지나 어머니와 함께 즐겁게 살고 싶어요. 인생은, 산다는 것은 정말 기쁘고 즐거운 것이니까요!"

"애야, 무엇이 그리 즐겁단 말이냐. 밤마다 가슴이 터질 듯이 기침을 하고 온몸에 열이 펄펄 끓어올라 숨쉬기조차 힘들 텐데."

"어머니, 울지 마세요. 인생은 천국이에요. 우리는 모두 천국에서 살고 있으면서도 그것을 알려고 하지 않을 따름이지요. 만약에 우리가 그것을 알려고만 한다면, 당장 내일에라도 이 땅 위에 천국이 이루어질 겁니다."

형의 말투가 너무도 거룩하고 의연하여 우리는 모두 깜짝 놀랐고, 그 말에 감동해서 눈물을 흘리기까지 했다.

친지들이 병문안을 오면 형은 이렇게 말하는 것이었다.

"여러분은 모두 소중한 분들입니다. 대체 내가 무엇을 했다고 이처럼 나를 사랑해 주는 겁니까? 무엇 때문에 나 같은 인간을 사랑해 주십니까? 또 난 왜 지금까지 그걸 모르고 있었을까요? 왜 전에는 그것을 고맙게 느끼지 못했을까요?"

그리고 자기 방에 드나드는 하인들에게 형은 늘 이런 말을 했다.

"너희는 정말 친절한 사람들이야. 왜 너희는 이렇게까지 정성껏 내 시중을 들어주는 거지? 내가 과연 이런 정성을 받을 만한 자격이 있을까? 만약 내가 하느님의 은혜로 살아나기만 한다면 이번에는 내가 너희 시중을 들어주겠어. 사람이란 서로 돕고 보살펴 주어야 하니까."

어머니는 이런 말을 들을 때마다 고개를 저었다.

"애, 마르켈, 네가 그런 말을 하는 것은 병 때문이다."

"어머니, 사랑하는 어머니, 그야 물론 세상에서 주인과 하인의 구별이 완전히 없어지지는 않겠지요. 그렇지만 내가 우리집 하인들의 시중을 들어선 안 된다는 법은 없잖아요? 그들이 나를 위해 주었던 것처럼 나도 그들을 위해 주겠어요. 어머니, 나는 이렇게 말하고 싶어요. 우리는 누구나 다른 사람에 대해 죄를 짓고 있다고요. 그중에서도 나는 가장 죄가 많은 인간이지요."

이 말을 듣고 어머니는 자기도 모르게 웃음을 지었다. 그런 다음 한 바탕 울다가 다시 미소짓는 것이었다.

"애야, 어째서 네가 누구보다도 가장 죄가 많단 말이냐? 세상에는 살인범이나 강도 같은 죄인도 많은데, 도대체 네가 무슨 나쁜 일을 했기에 누구보다 죄가 많다고 하는 거냐?"

"어머니, 나에게 피를 나눠주신 사랑하는 어머니. ─형은 그 당시 뜻밖에도 이런 애정에 넘치는 말들을 쓰기 시작했다─어머니, 내 사랑, 내 기쁨, 내 피처럼 소중한 어머니, 우리는 누구나 모든 사람에 대해, 모든 것에 대해 죄가 있는 거예요. 뭐라고 설명해야 좋을지 모르겠지만, 그것이 사실이라는 것을 나는 괴로울 정도로 느끼고 있어요. 우리는 이제까지 살아오면서 어째서 그것을 모르고 화를 내곤 했을까요?"

이렇게 형은 날이갈수록 강한 감동과 환희에 휩싸여 매일 아침 사랑이 가득찬 마음으로 잠에서 깨어나는 것이었다.

얼마 안있어 의사가 왕진을 오기 시작했다. 의사─늙은 독일인으로 에이젠 슈미트라는 사람이었다─가 올 때마다 형은 곧잘 농담 비슷하게 이렇게 묻기도 했다.

"의사 선생님, 아직 하루 더 이 세상에서 살 수 있을까요?"

"하루라니, 아직도 여러 날 더 살 수 있을 거야. 아직도 몇 달, 아니 몇 년이고 더 살 수 있단다."

"몇 달 몇 년을 살아서 뭐하게요!" 형은 자주 그렇게 소리쳤다. "무엇 때문에 날수를 헤아릴 필요가 있어요! 인간이 온갖 행복을 모두 경험하기에는 하루면 충분해요. 그런데 여러분, 어째서 우리는 싸움을 하고, 무안을 주고, 서로 남에게서 받은 모욕을 마음에 품고 있는 것일까요? 그러느니 차라리 뜰에 나가 산책을 즐기고, 서로 사랑하고 칭찬하고 키스라도 하며 우리의 삶을 축복하는 것이 좋지 않을까요?"

"댁의 아드님은 이미 이 세상 사람이 아닌 것 같군요." 의사는 현관까지 배웅나간 어머니에게 말했다. "병 때문에 정신 착란까지 일으켰어요."

형의 방 창문은 뜰 쪽으로 나 있었는데, 뜰에는 이미 나뭇가지에 봄의 어린 싹이 움트기 시작하고, 늙은 나무는 땅에 그늘을 드리우며 늘어서 있었다. 형은 철이른 새들이 벌써 나뭇가지에 날아와 창가에서 지저귀며 노래하는 것을 사랑에 넘치는 눈으로 바라보다가 문득 새들을 향해 용서를 빌기 시작하는 것이었다.

"하느님의 새들아, 행복한 새들아, 너희도 나를 용서해 주렴. 나는 너희에게도 많은 죄를 지었구나." 그 당시 우리 가운데 이 말을 이해하는 사람은 아무도 없었으나 형은 기쁨에 넘쳐 눈물까지 흘리고 있었다. "아아, 내 주위에는 이렇게 하느님의 영광이 넘치고 있다. 새들과, 나무와, 풀밭과, 하늘…… 그런데도 나만이 홀로 치욕 속에 살면서 이 모든 것을 더럽히고 그 아름다움과 영광을 모르고 있었어."

"애야, 너는 스스로 너무 많은 죄를 지려 하고 있어."

어머니는 울면서 말했다.

"어머니, 내 소중한 어머니, 나는 슬퍼서 우는 것이 아니라 기뻐서 우는 거예요. 어머니에게 뭐라고 설명할 수는 없지만 내가 모든 사람에 대해 죄인이 되는 건 나 스스로 그것을 원하기 때문이에요. 나는 어떻게 하면 모든 사람을 사랑할 수 있는지도 아직 모르고 있으니까요. 비록 내가 모든 사람에게 죄를 지었다해도, 그들은 모두 나를 용서해 주지 않습니까? 이것이 바로 천국이지요. 지금 난 천국에 있는 게 아닐까요?"

그밖에도 여러 가지 일들이 있었지만 나는 일일이 다 기억하고 있지도 않거니와 여기 기록할 수도 없다. 그리고 보니, 어느날 내가 형의 방에 혼자 들어갔을 때가 기억난다. 방에는 형밖에 아무도 없었다. 맑게 개인 저녁 나절이어서 기울어진 태양이 비스듬히 방안을 가로지르며 빛을 던지고 있었다.

형이 손짓으로 나를 불러서 나는 그 옆으로 가까이 갔다. 그러자 형은 내 어깨에 두 손을 올려놓고, 감동과 애정을 담은 눈으로 내 얼굴을 들여다보는 것이었다. 형은 아무 말 없이 1분 가량 나를 그렇게 보고만 있다가 마침내 입을 열었다.

"자, 그럼 이제 나가서 놀아라. 부디 내 몫까지 살아 주렴."

그래서 나는 밖으로 놀러 나갔지만 그 뒤 일생동안 몇 번이나 자기를 대신하여 살아 달라던 형의 말을 떠올리며 눈물짓곤 했다. 그 당시 우리는 잘 이해하지 못했으나, 그 밖에도 형은 경탄할 만한 아름다운 말을 많이 남기고 갔다.

형은 부활절이 지난 뒤 3주일만에 세상을 떠났다. 말은 하지 못했지만 의식은 분명하여 마지막 순간까지 조금도 변함이 없었다. 그는 여전히 행복한 듯이 보였고, 눈은 쾌활한 빛을 띠고 있었으며, 시선을 돌리다가 우리의 모습을 발견하고는 미소를 지어 보이며 가까이 오라는 시늉을 하는 것이었다.

그 때문인지 읍내에는 형의 죽음에 대해 많은 소문이 퍼지기도 했다. 이런 일들이 그 당시 나의 마음에 깊은 충격을 주었으나, 그렇다고 그다지 대단한 일은 아니었다. 나는 물론 형의 장례식에서 몹시 울었다. 나는 아직 나이 어린 소년에 불과했지만, 이런 일들은 나에게 잊을 수 없는 인상을 남겼고 마음속에 하나의 은밀한 생각을 심어 주었다. 이러한 생각의 싹은 언젠가 때가 왔을 때 갑자기 고개를 쳐들고 무언가의 부름에 응하기 마련이며, 사실 그대로 실현되었던 것이다.

B 조시마 장로의 생애에서 성경이 가지는 의미

이렇게 하여 나는 어머니와 단둘이 남게 되었다. 그러던 중 우리 주변의 친절한 사람들이 어머니에게 이제 아들이라곤 하나밖에 남지 않았는데 살림이 그리 군색한 편도 아니고 또 약간의 재산도 있으니 남들처럼 아들을 페테르부르크로 보내라고 권해 왔다. 즉 이런 시골에서 맴돌다가는 출세할 기회를 얻지 못한다는 것이었다. 그리고 나를 페테르부르크에 있는 육군 사관학교에 보내 나중에 근위 사단에 들어갈 수 있도록 길을 터주라고 어머니를 설득했다.

어머니는 하나밖에 없는 아들과 헤어지기가 두려워 오랫동안 망설였으나, 많은 눈물을 흘리고 난 뒤 이윽고 나의 장래를 위해 결심을 하기에 이르렀다. 어머니는 나를 데리고 페테르부르크로 가서 학교에 입학시켜 주었는데, 그 뒤 나는 영영 어머니를 뵙지 못하게 되고 말았다. 어머니는 3년 동안 두 아들을 생각하며 슬픔과 탄식으로 세월을 보내다가 그만 세상을 떠나고 만 것이다.

내가 유년 시절에 집에서 얻은 것은 무엇과도 바꿀 수 없는 소중한 추억뿐이었다. 그것은 인간에겐 부모의 집에서 보낸 어린 시절의 추억보다 더 소중한 것은 없기 때문이다. 가난해도 애정과 신뢰가 조금이라도 있는 가정이라면 대부분 그럴 것이다. 아니, 가장 화목하지 못한 가정에서도 그 사람의 마음에 소중한 것을 찾아낼 힘만 있다면 무엇과도 바꿀 수 없는 많은 추억을 간직할 수 있다. 여기서 나는 우리 가정에 대한 여러 추억 가운데 성서에 관한 추억도 얘기하고 싶다. 부모의 집에 있을 때 나는 아직 어린 나이였지만, 그래도 무척 흥미를 가지고 성서를 읽었다. 그 무렵에 나는 〈신약 및 구약 성경에서 추려낸 104가지 이야기〉라는 표제로 아름다운 삽화가 가득 들어 있는 책 한 권을 가지고 있었는데, 나는 그 책으로 독서를 배웠다. 지금도 그 책은 내 방 선반 위에 얹혀 있다. 나는 그 책을 과거의 소중한 기념품으로 보존하고 있다.

그러나 그보다도 나는 아직 글을 읽을 줄 모를 때, 즉 내가 겨우 여덟 살밖에 안 되었을 무렵에 처음으로 깊은 정신적 감동 같은 것을 느꼈던 일을 지금도 기억하고 있다. 그해 고난 주간 월요일에 어머니는 나 하나만 데리고—그때 형은 어디에 있었는지 기억이 나지 않는다—미사에 참석하러 갔다. 지금도 그때 일을 회상하면 모든 것이 눈에 선하다. 매우 맑게 갠 날씨여서, 향로에서 일어나는 향의 연기가 가물거리며 위로 피어오르고, 둥근 천장에 달린 조그만 창문에서는 햇빛이 성당 안으로 비쳐들고 있었다. 연기가 너울너울 위로 올라가 둥근 천장 아래 감돌며 그 햇빛 속에 섞여드는 것이었다. 그것을 감동어린 눈으로 바라보면서 나는 난생 처음 의식적으로 하느님 말씀의 씨앗을 자각하고 그것을 내 영혼 속에 받아들였다.

조그마한 소년 하나가 커다란 책을 들고—그때 내게는 그 소년이 그 커다란 책을 간신히 들어 옮기는 것처럼 보였다—성당 한가운데로 나오더니 그것을 성서대 위에 올려놓고 책장을 들추며 읽기 시작했다. 그때 나는 처음으로 뭔가를 깨달았다. 하느님의 교회에서 읽는 것이 어떤 것인지 처음으로 이해한 것이다.

우스(〈욥기〉 1장)에 욥이라는 정직하고 신앙심 깊은 사람이 살고 있었다. 그는 굉장한 부자여서 낙타와 양과 나귀를 헤아릴 수 없을 만큼 많이 갖고 있었다. 그의 아이들은 언제나 즐겁게 뛰어놀았고, 그도 아이들을 무척 사랑하여 아이들을 위해 늘 하느님께 기도드렸다. 어쩌면 아이들이 장난을 치다가 무슨 죄를 지을지도 모르기 때문이었다.

그런데 어느 날 악마가 하느님의 아들들과 함께 주님 앞으로 나아가 땅 위와 땅 밑을 두루 돌아보고 왔노라고 말씀드렸다.

"너는 내 종인 욥을 만나보았느냐?"

주님께서는 이렇게 물으시며 위대하고 거룩한 자기의 종 욥을 악마에게 자랑하셨다. 그 말을 들은 악마는 히죽 웃으며 이렇게 대답했다.

"그 사람을 제게 맡겨 주십시오. 그러면 당신의 거룩한 종이 당신에게 불평을 말하며 당신의 이름을 저주하는 것을 보여드리겠습니다."

이러하여 하느님께서는 자신이 사랑하는 올곧은 종을 악마에게 맡기셨다.

그러자 악마는 욥의 자식들과 가축을 모두 죽여 버리고, 마치 벼락이 내리친 것처럼 재빨리 그의 막대한 재산을 순식간에 탕진시켜 버리고 말았다. 욥은 자기 옷을 갈가리 찢으며 땅바닥에 엎드려 큰 소리로 외쳤다.

"내가 어머니 뱃속에서 벌거숭이로 나왔으니 역시 벌거숭이로 땅에 돌아가리로다. 주님께서 주신 것을 주님께서 도로 가져 가셨을 뿐이니, 주님의 이름이 영원히 찬송받을지니이다!"

친애하는 동료 여러분, 지금 내가 눈물을 보인 것을 용서하시라. 이 눈물은, 내 유년 시절이 지금 다시 내 눈앞에 선히 떠오르고, 마치 그때의 여덟 살이었던 어린 내가 내 가슴 속에서 숨을 쉬고 있는 것만 같아서, 그때와 마찬가지로 경이와 혼란과 기쁨을 또렷이 느끼고 있기 때문이다.

그 당시 낙타떼와, 하느님에게 말을 건 악마, 자기의 종을 시련의 길로 몰아넣은 하느님, 그리고 "오오 주여, 주님은 내게 벌을 내리셨나이다. 그러나 주님의 이름이 영원히 찬송받을지니이다!" 외친 그 종—이러한 것들이 나의 상상력을 온통 차지해 버렸던 것이다. 그리고 〈나의 기도를 받아 주소서〉라는 성가가 조용하고도 감미롭게 교회당 안에 울려 퍼지고, 신부가 들고 있는 향로에서는 다시 향이 피어올랐다. 이윽고 사람들은 무릎을 꿇고 엎드려 기도를 올리기 시작했다.

그때부터 나는 이 거룩한 이야기—바로 어제도 나는 그 책을 손에 들었지만—를 읽을 때마다 감동의 눈물을 흘렸다. 이 이야기에는 위대하고 신비로운 헤아릴 수 없는 일들이 얼마나 많이 들어 있는지!

그 뒤 나는 이 이야기에 대해 비웃고 헐뜯는 자들의 말을 들었지만, 그것은 모두 교만하기 짝이 없는 말들이었다.

"어째서 하느님은 자기의 성자 중에서도 가장 사랑하는 자를 악마의 노리개로 내주어, 그 아이들을 뺏기고, 그 자신도 질병과 악성 종기 때문에 사금파리로 고름을 짜내야 하는 무서운 벌을 주었는가? 도대체 그 목적이 무엇인가? 단지 악마에게 '봐라, 나의 성자는 나를 위해 저런 고통도 견뎌 내지 않느냐!' 자랑하고 싶어서 그런 것 뿐이지 않은가!"

그러나 바로 여기에 신비가 있다. 순간적으로 나타났다 사라지는 땅 위의 것이 영원한 진리와 하나가 되었다는 점에 위대함이 있는 것이다. 조물주는 천지창조의 며칠동안 매일 '내가 창조한 것은 선하도다' 찬탄하셨듯이 욥의 장한 모습을 보시고 다시금 자기의 창조물을 찬미하신 것이다. 그리고 욥이 하느님을 찬양한 것은 비단 하느님 한 분에 대한 봉사일 뿐만 아니라, 하느님의 영원한 창조물에 대한 봉사이기도 했다. 그것은 그가 애초부터 그러한 사명을 지니고 있었기 때문이다. 아아, 이 얼마나 위대한 책이며 이 얼마나 위대한 교훈인가! 이 성서란 얼마나 고마운 책이며 얼마나 위대한 기적인가! 그리고 이 책은 인간에게 얼마나 큰 힘을 부여해 주는가!

여기에는 세계와 인간, 그리고 인간의 성격이 마치 돌에 새긴 것처럼 똑똑히 나타나 있다. 뿐만 아니라, 영원토록 모든 것에 이름이 지어지고 그것이 지적되어 있지 않은가. 그리고 이 책으로 하여 얼마나 많은 신비가 해결되고 또 계시되었는가!

하느님께서는 욥을 다시 일으켜 세워 그에게 다시 재산을 돌려주셨다. 그리하여 다시 오랜 세월이 흘러 그에게는 다시 새 아이들이 생기고, 그는 그들을 사랑했다. 하지만 나는 이런 생각이 들었다. '아아, 그럴 수가 있을까! 전의 아이들을 모두 빼앗기고도, 전의 아이들을 모두 잃고도, 어찌 새 아이들을 사랑할 수 있단 말이냐! 비록 아무리 새로 난 아이들이 귀엽다 하더라도, 전의 아이들을 생각할 때, 그는 과연 그처럼 완전한 행복을 누릴 수가 있을까?'

그렇다, 그것은 가능한 일이며 얼마든지 행복해질 수 있는 것이다. 낡은 슬픔은 점차 고요하고 감동으로 가득한 기쁨 속으로 변해 간다는 바로 이것이 인간 생명의 위대한 신비이다. 젊은 날의 피끓는 정열 대신 온화하고 밝은 노년기가 찾아드는 것이다. 나는 날마다 솟아오르는 아침 태양을 축복하고, 이전과 마찬가지로 내 마음은 아침 햇살을 향해 노래를 부르건만, 이제는 오히려 기울어가는 저녁 해를, 비스듬히 비쳐드는 저녁 햇살을 더욱 사랑한다. 그리고 그 햇살과 더불어 조용하고 부드러운 감동에 찬 추억을, 나의 길고도 축복받은 생애 중에서 떠오르는 그리운 사람들의 모습을 사랑한다. 그런 모든 것 위에는 사람의 마음을 감동시키고 화해시키고 용서해 주는 하느님의 진리가 있는 것이다. 나의 생애는 바야흐로 끝나려 하고 있다. 나는 그것을 잘 알고 있으며 또 느끼고 있다. 그러나 얼마 남지 않은 하루하루가 찾아올 때마다, 나의 이 지상에서의 생활이 이미 새롭고 무한한 미지의, 그러나 머지 않아 찾아올 내세에서의 생활과 하나로 연결되고 있음을 나는 느낀다. 그러한 새로운 생활을 예감할 때, 나의 영혼은 환희에 떨리고, 지성은 밝게 빛나며, 마음은 희열에 넘쳐 흐느끼는 것이다…….

사랑하는 여러분, 내가 지금까지 수없이 듣고 특히 요즘 들어 더욱 자주 듣게 된 말이 있다. 바로 우리나라의 성직자들, 특히 시골의 성직자들이 곳곳에서 자기들의 수입이 적은 것과 지위가 낮은 것에 대해 늘어놓고 있는 불평들이다. 그들 가운데에는 신문 잡지의 힘을 빌려―나도 직접 읽은 적이 있지만―너무나 수입이 적어서 이제는 성경 말씀을 민중에게 가르칠 수도 없다, 비록 루터파나 그 밖의 이교도들이 양떼를 빼앗아간다 하더라도 우리의 수입이 이렇게 적으니 제멋대로 빼앗아가도록 내버려 두는 수밖에 없다고 공언하기를 서슴치 않는 자들까지 있는 형편이다.

오오, 주여, 그들에게 그토록 소중한 수입을 다소나마 늘려 주시옵소서―왜냐하면 그들의 불평도 일리가 있으니까―그러나 진실을 말하면, 만약 이 문제에 대해 누구에겐가 책임이 있다고 한다면, 그 죄의 절반은 우리 자신에게 있다. 왜냐하면 비록 여가가 없고 줄곧 노동과 예배에 시달리고 있다는 그들의 말에 일리가 있다 할지라도 밤낮없이 그런 것은 아닐 것이고 일주일에 단 1시간쯤은 하느님을 떠올릴 수 있는 여유가 있을 것이기 때문이다.

더욱이 11년 내내 일이 있는 것은 아니지 않은가! 처음에는 어린아이들뿐만이라도 좋으니, 일주일에 한 번쯤 저녁때라도 자기 집에 모이게 하면 어떨까? 그러노라면 아버지들도 소문을 듣고 차차 모여들게 될 것이다. 그 일을 하기 위해 구태여 커다란 집을 지을 필요는 없다. 그저 자기 집으로 모이게 하면 되는 것이다. 그들이 자기 집을 더럽힐까 염려할 것도 없다. 고작해야 1시간쯤의 모임이니까.

사람들이 모이면 이 책을 펼쳐 놓고, 어려운 말을 쓰거나 거만한 태도를 보이지 말고 진심을 담아 친절하게 읽어 주면 된다. 이때 자기가 읽어 주고 있다는 것을, 그리고 사람들이 정신을 가다듬어 그것을 듣고 이해한다는 것을 기쁘게 생각하며, 자기 자신도 이 책의 말씀에 귀를 기울여야 할 것이다. 그리고 이따금 읽기를 멈추고, 그들이 이해하지 못하는 말들을 설명해 주어야 한다. 조금도 염려할 것 없다. 그들은 무엇이든 알아들을 테니까. 정교(正敎)를 믿는 백성들은 무엇이든지 다 이해할 것이다. 아브라함과 사라의 이야기, 이삭과 리브가의 이야기에 대해 읽어 줄 것이며, 또 야곱이 어떻게 하여 라반한테 가게 되었는가 하는 이야기와 그가 꿈에 하느님과 싸운 이야기며, '이곳은 얼마나 무서운 곳인가'라고 한 이야기(구약 창세기)도 읽어 주어, 민중의 경건한 마음에 깊은 감명을 주어야 할 것이다.

특히 어린아이들에게는 다음과 같은 이야기를 들려 주면 좋을 것이다.

형들이, 피를 나눈 동생 요셉을, 나중에 해몽을 잘하는 위대한 예언자가 되는 귀여운 소년 요셉을 노예로 팔아먹고는 아버지에게 돌아가 들짐승이 동생을 잡아먹었다고 말하며 피투성이가 된 옷을 보여준다. 그 뒤 형들이 곡물을 사려고 애굽으로 갔더니, 그때는 이미 형들이 몰라보리만큼 훌륭한 통치자가 되어 있던 요셉이 그들을 괴롭히고 죄를 씌워 형제 중의 하나인 베냐민을 잡아가둔다. 그러나 이런 모든 일은, 그가 형들을 사랑하기 때문이었다—"나는 형님들을 사랑합니다. 사랑하기 때문에 괴롭히는 것입니다."

그도 그럴 것이, 그는 옛날에 자기가 타는 듯한 사막 어느 우물가에서 장사치들에게 노예로 팔렸던 일이며 그때 형들에게 제발 낯선 땅으로는 노예로 팔지 말아 달라고 두 손 모아 애원했던 일을 언제까지나 잊을 수 없었지만, 이렇게 오랜 세월이 지나고 난 뒤에 서로 만나 보니 다시금 그들에게 무한한 사랑이 용솟음쳤기 때문이다.

그러나 요셉은 사랑하면서도 그들을 괴롭히고 박해했다. 드디어 요셉은 터질 듯한 마음의 고통을 견딜 수 없어 그들 곁을 떠나 침소로 들어가 몸을 내던지고 울음을 터뜨리고 만다. 잠시 뒤 그는 눈물을 씻고 밝은 얼굴로 그들 앞에 나타나서 이렇게 말한다.

"형님들, 내가 당신들의 동생 요셉입니다!"

그 다음엔 늙은 아버지 야곱이, 사랑하는 아들 요셉이 아직 살아 있다는 소식을 듣고 얼마나 기뻐했는지에 대한 이야기도 읽어 주는 것이 좋을 것이다. 야곱은 그 소식을 듣자 곧 고향을 떠나 애굽으로 갔는데, 결국 낯선 이국 땅에서 죽어 버리고 만다. 그때 그는 일생을 두고 자기의 경건하고도 소심한 가슴속에 남몰래 간직하고 있던 위대한 말을 영원한 유언으로 이 세상에 남겼다. 그것은 바로 그 자손, 즉 유대 민족에서 이 세상의 위대한 희망이며 화해자인 구세주가 태어날 것이라는 예언이었다!

사랑하는 동료 여러분, 이미 여러분들이 옛날부터 잘 알고 있을 뿐 아니라, 나보다 몇백 배나 더 능숙하고 요령있게 말할 수 있는 이야기를 마치 어린애에게 얘기하는 것처럼 신이 나서 이야기하고 있는 것을 불쾌하게 생각지 말고 용서해 주기 바란다. 나는 다만 환희에 넘쳐 이야기를 하고 있는 것이다. 그리고 이 거룩한 성경을 아주 사랑하기 때문에 흘리는 내 눈물도 용서해 주기 바란다. 이 책을 민중들에게 읽어 주는 하느님의 사도들도 역시 눈물을 흘리는 편이 좋겠다. 그러면 듣고 있는 사람들의 가슴에도 반드시 감응이 일어나 떨리기 시작하는 것을 볼 수 있을 테니까.

필요한 것은 단지 조그마한 한 알의 씨앗뿐이다. 이것을 민중의 가슴에 뿌리면 그 씨앗은 죽지 않고 가슴속에 살아남아서, 마치 반짝이는 한 점의 빛과 같이 어떠한 암흑, 어떠한 죄악 속에서도 살아남게 될 것이다. 그러나 번거롭게 설명을 늘어놓거나 설교할 필요는 없다. 그들은 모든 것을 소박하게 이해할 테니까, 그런 것은 조금도 필요없는 것이다.

여러분은 민중들이 그것을 이해할 능력이 없다고 생각하는가? 그렇다면 시험삼아 그 다음 이야기를 들려주기 바란다. 아름다운 에스더와 교만한 와스디의 애처롭고도 감동적인 이야기나, 아니면, 고래 뱃속에 들어갔던 예언자 요나의 기적적인 이야기도 좋다.

그리고 또 우리 주 그리스도의 이야기도 잊지 않도록 얘기해 주어야 할 것이다. 이것은 오로지 누가복음에서 택하는 것이 좋다. 나도 그렇게 해왔다. 그리고 사도행전 중에서는 사울(사도 바울의 본명)이 개종한 이야기—이것은 무슨 일이 있어도 꼭 읽어 주어야 한다—를, 마지막으로 성자 열전 중에서는 하느님의 아들 알렉세이의 생애와, 하느님을 직접 보았고 가장 위대하고 행복한 순교자이자 그리스도의 숭배자인 애굽의 마리아(황야에서 47년을 지낸 성녀)의 생애를 읽어 주는 것이 좋다. 이런 단순한 이야기로 민중의 마음에 능히 감명을 줄 수 있다.

일주일에 단지 1시간이면 된다. 자기의 수입이 적은 것은 개의치 말고 단지 1

시간만 할애하면 되는 것이다. 그러면 우리나라의 민중이 얼마나 자비심이 많고 감사할 줄 아는 사람인가를 깨닫게 될 것이다. 민중은 성직자들의 열성과 감동에 넘치는 그 말들을 언제까지나 기억하고 있다가 100배나 후하게 보답할 것이다. 그들은 자진해서 성직자의 밭일이나 집안일을 도와 줄 것이고, 전보다 훨씬 더 그를 존경하게 될 것이다. 그것만으로도 벌써 그의 수입은 늘어나는 셈이다. 이런 것은 너무도 고지식한 방법이어서 가끔 무슨 돼먹지 않은 어리석은 소릴 하느냐고 웃음거리가 될까 두려워 남에게 얘기하는 것을 주저할 정도이지만, 사실은 이것이 무엇보다도 확실한 방법이다!

하느님을 믿지 않는 자는 하느님의 종인 민중을 믿지 않는다. 반대로 신의 종인 민중을 믿은 자는, 전에는 전혀 믿지 않았다 할지라도 민중이 신성시하는 것을 똑똑히 볼 수 있다. 오직 민중과 그들의 미래의 정신력만이 어머니인 대지로부터 떨어져나간 우리 나라의 무신론자들을 올바른 길로 다시 인도할 수 있다. 사실 그리스도의 말씀일지라도, 실례를 들지 않는다면 대체 무슨 소용이 있겠는가? 하느님의 말씀이 없다면 민중에겐 다만 멸망이 있을 따름이다. 왜냐하면 민중의 영혼은 하느님의 말씀을 애타게 원하고 있으며 모든 훌륭한 것을 이해하는 것에 굶주리고 있기 때문이다.

내가 젊었던 시절이니까 거의 40년 전의 옛날 이야기지만, 나는 안핌 신부와 함께 러시아 전역을 순례하며 우리 수도원을 위해 성금을 모으고 돌아다닌 적이 있다. 어느 날, 우리는 배가 지나다니는 큰 강 기슭에서 어부들과 함께 밤을 보내게 되었다. 그때 얼굴에 귀티가 나는 젊은 농부 하나가 우리와 나란히 자리를 잡고 앉았다. 보아하니 열여덟 살 가량 된 젊은이였는데, 그는 이튿날 아침 어느 장사치의 짐을 실은 배를 끌기 위해 목적지를 향해 서둘러 가는 중이었다.

나는 그 젊은이가 참으로 맑은 눈으로 감개무량한 듯이 앞쪽을 바라보고 있는 것을 발견했다. 고요하고 따뜻한 7월의 밝은 밤이어서 넓은 수면에서는 물안개가 피어올라 사람의 마음을 상쾌하게 해주었다. 이따금 물고기들이 철버덕거리는 소리가 들릴 뿐 새들도 잠들고 주위는 죽은 듯이 고요하고 장엄한 기운이 서려 있어, 마치 만물이 하느님에게 기도를 드리고 있는 것 같았다. 그날 밤 잠을 자지 않은 사람은 나와 그 젊은이뿐이었다. 우리는 하느님의 것인 이 세계의 아름다움과 그 위대한 신비에 관해서 이야기를 나누었다. 한 오라기의 풀잎, 한 마리의 곤충, 한 마리의 개미, 한 마리의 꿀벌. 지성을 갖지 못한 이러한 모든 것들이 신기하리만큼 자기네들의 길을 알고 있어, 하느님의 신비를 증명하고 한편으로 끊임없이 그것을 실천하고 있는 것이다. 이런 이야기를 하고 있는 동안 나는 귀여운 그 젊은이의 마음이 뜨겁게 타오르는 것을 알수 있었다. 그는 숲과 숲속의 새들을 무척 좋아한다고 말했다. 그리고, 자기는 사냥꾼이어서 새들이 지저귀는 소리를 하나하나 분간할 수 있고, 어떤 새라도 가까이 부를 줄 안다고 했다.

"나는 숲에 있을 때가 가장 행복해요. 정말 행복하기만 해요."

"그렇고말고." 나는 그에게 대답했다. "모든 것이 다 즐겁고 아름답지. 또 장엄하기도 하고. 왜냐하면 모든 것이 다 진리니까. 저 말을 보게나. 저렇게 큰 짐승이 인간 옆에 아무렇지도 않은 표정으로 서 있으니 말이야. 또 소를 보게. 언제나 생각에 잠긴 듯이 고개를 숙인 채 사람에게 우유를 주고 또 사람들을 위해 일도 해준단 말이야. 말이나 소의 얼굴을 보게. 얼마나 경건한 표정들인가! 걸핏하면 무자비하게 채찍으로 때리는 인간을 그처럼 따를 수가 있을까! 악의라곤 털끝만큼도 없는 저 표정, 인간을 한결같이 믿고 있는 저 아름다운 얼굴! 그런 짐승들에겐 조금도 죄가 없어. 이런 것을 생각만 해도 가슴이 벅차올라. 왜냐하면 모든 것, 인간을 제외한 모든 것에는 죄가 없기 때문이지. 그리스도께서는 우리 인간들보다 먼저 그들과 함께 계셨던 거야"

"정말 그럴까요?" 그 젊은이는 물었다. "그럼, 소나 말에게도 그리스도가 함께 계신다는 말씀인가요?"

"함께 계시고말고. 왜냐하면 하느님 말씀은 모든 창조물을 위해 있는 것이니까. 세상 만물은 비록 잎사귀 하나에 이르기까지 그 말씀에 순종하면서 하느님의 영광을 노래하고 그리스도를 위해 기쁨의 눈물을 흘리고 있는 걸세. 그러나 자기 자신은 그것을 의식하지 못하고 있다. 다만 죄를 모르는 일상 생활의 신비에 의하여 그것이 행해지고 있을 뿐이거든. 저기 숲에는 무서운 곰들이 어슬렁거리고 있네. 곰은 사납고 흉악한 짐승이긴 하지만, 그것은 결코 곰의 죄가 아니라네."

이렇게 말하고 나는 그에게, 숲속 조그만 암자에 은둔하며 수도를 하고 있던 어떤 위대한 성자에게 어느 날 곰 한 마리가 나타난 이야기를 들려주었다. 그 위대한 성자는 곰을 가엾이 여겨 서슴지 않고 그 곁으로 다가가 빵 한 덩이를 주며 말했다.

"자 이제는 가거라. 그리스도께서 너와 함께 계시니까."

그랬더니 그 사나운 짐승은 조금도 성자를 해치지 않고 순순히 그곳을 떠났다는 것이다. 젊은이는 곰이 성자를 조금도 해치지 않고 떠났다는 것과 곰에게도 그리스도가 함께 계신다는 말을 듣고 몹시 감동한 것 같았다.

"아아, 정말 좋은 이야기로군요. 하느님께서 만드신 것은 모두가 훌륭하고 아름다워요!"

젊은이는 황홀하듯 조용히 감동에 젖어 앉아 있었다. 내 얘기를 잘 이해하는 듯 싶었다. 이윽고 그는 내 곁에서 순결하고 평화로운 잠에 빠져들었다.

잠자기 전에 그 젊은이를 위해 기도를 드렸다.

'주여, 이 젊은이에게 축복을 내리옵소서! 당신이 창조하신 인간들에게 평안과 광명을 주옵소서!'

C 수도사가 되기 전 조시마 장로의 청년시절 회상—결투

페테르부르크에 있는 예비 사관학교에서는 꽤 오래, 거의 8년이란 긴 세월을 보냈다. 그리고 새로운 교육을 받으면서 유년 시절에 받았던 인상은 대부분 봉인해 버리고 말았다.

그러나 어느 것 한 가지도 잊어버린 것은 아니었다. 그 대신 여러 가지 새로운 습관과 설익은 생각을 섭취한 결과 나는 거의 야만이라고 할 정도로 잔인하고 어리석은 인간으로 변해 버렸다. 우리는 겉치레만의 예절이나 사교술, 또는 프랑스말 따위는 열심히 배우면서도 우리의 시중을 들어 주고 있는 사병들 같은 것은 개돼지만도 못하게 생각했다. 물론 나도 그렇게 생각했고 어쩌면 다른 누구보다 더 심했는지도 모른다. 그도 그럴 것이, 모든 일에서 나는 이 동료들 중에서도 가장 감수성이 예민했기 때문이다.

장교가 되어 우리가 학교를 떠날 무렵에는, 자기 연대의 명예를 위해서는 자신의 생명까지도 내던질 각오였으나, 참다운 명예란 과연 어떤 것인지 그것을 아는 사람은 우리 중에 거의 아무도 없었다. 비록 알고 있었다 하더라도 나 자신이 그것을 가장 먼저 비웃었을 것이다. 음주와 싸움질과 무모한 용기, 주로 이런 것들이 우리의 자랑거리였다.

그렇다고 해서 우리 모두가 본성이 더러운 인간이었다는 말은 결코 아니다.

그 젊은이들은 오히려 모두 선량한 인간들이었으나, 단지 소행이 나빴을 따름이다. 그중에서도 내가 제일 나빴다. 가장 큰 문제점은, 내가 마음대로 처리할 수 있는 재산이 생겼다는 사실이었다. 그리하여 나는 젊은 혈기가 이끄는 대로 거침없이 쾌락만을 추구하는 생활에 빠져, 있는 대로 돛을 모두 달아올린 범선처럼 질주했던 것이다.

그런데 여기 한 가지 이상한 점은 그 당시에도 나는 책을 읽으며 커다란 만족을 느끼고 있었다는 사실이다. 그러나 성서만은 펼쳐 본 적이 한 번도 없었다. 그러면서도 어디를 가나 그것을 언제나 몸에 지니고 다녔다. 사실 이 책만큼은 무의식중에서도 소중히 간직하고 있었다. 그것은 '한 시간만 더 있다가, 하루만 더 있다가, 한 달만, 한 해만 더 있다가' 다시 읽어 보겠다는 심정이었던 것이다.

이런 생활을 4년 동안 계속하고 난 뒤, 나는 그 당시 연대가 주둔하고 있던 K시에서 살게 되었다. 이 K시의 사교계에는 색다른 일들이 많았고 사람들도 꽤 많아서 흥겨울 뿐만 아니라 손님 대접도 퍽 좋았고 호화로웠다. 나는 어디를 가나 환대를 받았다. 왜냐하면 천성이 쾌활한 성격인데다 돈도 제법 잘 쓴다는 소문이 퍼져 있었기 때문이다. 사실 이런 점은 사교계에선 적지않은 의미를 가지는 법이다.

그런데 바로 그 무렵, 훗날 모든 일의 발단이 된 어떤 사건이 일어났다. 나는 젊고 아름다운 한 아가씨와 사귀게 되었다. 그 지방 명사의 딸인 그 여자는 슬기롭고 품격이 있으며 명랑한 성격이었다. 그 아가씨의 부모는 지위와 재산이 있고 상당한 권세도 지닌 존경할 만한 사람들로 언제나 나를 따뜻하고 기쁜 마음으로 맞아 주곤 했다. 이윽고 아가씨 쪽에서도 나에게 호의를 갖고 있음을 알고 내 마음은 황홀한 상상으로 활활 불타오르기 시작했다.

그러나 나중에야 깨닫게 된 것이지만, 나는 실제로 그 아가씨를 열렬하게 사랑했던 것이 아니라 다만 그 아가씨의 고상한 성격과 지성을 존경한 데 지나지 않았던 것이다. 이것은 나로서도 미처 깨닫지 못했던 일이었다. 아무튼 그 당시에는 나 자신의 이기심이 앞서서 청혼까지는 하지 못하고 말았다. 그때만 해도 나는 아직 혈기 왕성한 나이였고 돈도 좀 있었기 때문에 자유롭고 방종한 독신 생활의 유혹을 물리쳐 버리는 것은 한없이 괴롭고 두려운 일이었으리라. 나는 물론 그녀에게 어느 정도 내가 좋아한다는 암시를 주기는 했지만,

마지막 결정적인 한마디만은 보류하고 있었다.

그런데 그때 갑자기 나는 두 달 동안 다른 지방으로 파견 명령을 받았다. 두 달이 지나 돌아와 보니 그녀는 이미 결혼한 뒤였다. 상대는 교외에 사는 부유한 지주로서 아직 젊었고—물론 나보다는 나이가 위였지만—게다가 나와는 달리 페테르부르크의 상류 사회에 많은 친지들이 있었다. 또한 그는 나에게는 없는 교양을 갖추고 있었고 성격도 좋은 사람이었다.

나는 이 뜻하지 않은 사실에 심한 충격을 받아 정신이 얼떨떨할 정도였다. 그러나 무엇보다 가장 큰 충격은 그 젊은 지주가 이미 오래 전부터 그녀의 약혼자였다는 것을 그때 비로소 알았다는 사실이다. 나도 전에 여러 번 그녀의 집에서 그 남자를 만났음에도, 자만심 때문에 눈이 어두워 그 사실을 전혀 모르고 있었던 것이다.

'누구나 다 알고 있는 사실을 어째서 나 혼자만 모르고 있었단 말인가!'

무엇보다도 이런 생각이 나에게 상처를 주었다. 나는 문득 억누를 수 없는 증오심에 사로잡혔다.

그때까지 수없이 입에 올렸던 사랑의 고백 비슷한 말을 떠올리면 얼굴이 마치 불에 덴 것처럼 화끈거렸다. 그때 그녀가 나를 제지하거나 자기 입장을 밝히려 하지 않았던 것을 보면 분명 여태까지 나를 조롱하고 있었던 것이라고 나는 결론을 내렸다.

물론 훨씬 뒤에 여러 모로 반성해 본 결과 나는 그녀가 결코 나를 조롱한 것이 아니라 오히려 반대로 그런 말이 나올 때마다 화제를 다른 데로 옮겨 농담으로 돌려 버리려 애썼다는 것을 깨닫게 되었다. 그러나 그때는 그런 것을 생각할 만한 마음의 여유가 없었기 때문에 마음속에서는 복수심만 불타오르고 있었다. 지금 생각해도 놀라운 일이지만, 이러한 분노와 복수심은 나 스스로에게도 몹시 고통스러운 것이었을 뿐더러 결코 유쾌한 것이 아니었다. 나는 천성적으로 쾌활하고 누구에게도 오래 화를 내고 있을 수 없는 성격이기에 더욱더 고통스러웠다. 그런만큼 의식적으로 그들을 증오하기 위해 나 자신을 줄곧 격려해야만 했고, 그 결과 나는 마침내 추악하고 어리석기 짝이 없는 인간이 되고 말았던 것이다.

나는 기회가 오기만을 노리고 있었다. 그러다가 어느 날 많은 사람들이 있는 자리에서 그야말로 당치도 않은 트집을 잡아 나의 연적에게 모욕을 주는

데 성공했다. 즉 그 당시의 중대한 사건(1826년 '12월 당원'의 난)에 관한 그의 의견을 비웃은 것이다. 사람들 말에 의하면, 나의 조소가 제법 교묘하고 기지가 풍부했다고 한다. 이렇게 그를 조소하고 나서 나는 무리하게 그에게 설명을 강요했다. 그때 내가 지나치게 무례한 태도를 취했기 때문에, 드디어 그는 우리 두 사람 사이의 현격한 차이에도 불구하고—사회적 지위로 보나, 관등으로 보나, 나이로 보나—나의 도전에 응하지 않을 수 없게 되었던 것이다. 이것은 나중에야 알게 된 일이지만, 그 역시 나에 대한 질투심에서 나의 도전에 응했던 모양이다. 그는 이전에, 즉 자기 아내가 아직 처녀였던 시절에 나를 어느 정도 질투하고 있었으므로, 만일 나에게 모욕을 받고도 과감하게 결투를 신청하지 못했다는 말이 아내의 귀에 들어가 자기가 멸시를 받게 되면 자연히 남편에 대한 애정도 흔들리게 될 것이라고 생각했다는 것이다.

나는 곧 친구들 중에서 나와 같은 연대에 근무하고 있던 중위 한 사람을 결투의 입회인으로 선택했다. 그 당시에도 결투는 엄격하게 단속되고 있기는 했지만 그래도 우리 장교들 사이에서는 그것이 마치 하나의 유행처럼 되어 있었다. 이처럼 편견이라는 것은 어쩌면 그만큼 야만적인 것으로 자라나 인간의 마음속에 뿌리내리는 건지도 모른다.

때는 6월 하순. 우리 두 사람의 결투는 다음날 아침 7시, 장소는 그 도시의 교외로 결정되었다. 그런데 바로 그때 나의 모든 운명을 바꾼 그 어떤 숙명적인 사건이 일어났다. 다툼이 있던 날 저녁, 성난 짐승처럼 추악한 꼴을 하고 숙소로 돌아온 나는 당번병인 아파나시에게 분통을 터뜨려, 있는 힘을 다하여 두 번이나 그의 얼굴을 후려갈겼다. 그의 얼굴은 당장 온통 피투성이가 되고 말았다. 그는 내 밑에서 일하게 된 지 그리 오래 되지는 않았으나, 전에도 나는 걸핏하면 그를 두들겨패곤 했다. 그러나 이날처럼 잔인하게 구타한 일은 아직 한 번도 없었다.

이렇게 말하면 여러분은 도저히 믿지 않을지 모르지만, 이미 40년이 지난 지금도 그 일을 떠올릴 때마다 나는 수치스러움과 고통을 느낀다.

나는 잠자리에 들었다. 3시간쯤 자고 나서 눈을 떠보니 이미 날이 밝아오고 있었다. 별로 더 이상 자고 싶은 생각도 없었으므로, 몸을 일으켜 창가로 다가가서 창문을 열었다. 내 방 창문은 정원으로 나 있었는데, 창밖을 내다보니 마침 아침 해가 떠오르고 있어 모든 것이 따뜻하고 아름답게 보였고 어디선가 새들이 우짖고 있었다.

'이건 대체 어찌된 일일까?' 문득 나는 생각했다. '어째서 내 마음속에는 추악하고 비열한 것이 느껴질까? 이제부터 내가 남의 피를 흘리러 가려 하고 있기 때문일까? 아니, 그런 것 같지는 않다. 그러면 죽는 것이 두려워서, 상대의 손에 죽게 될까 겁이 나서일까? 아니다. 그렇지 않다, 그와는 전혀 다르다……'

그러자 나는 곧 그 핵심을 깨달았다. 그것은 어젯밤에 아파나시를 때린 것이 마음에 걸렸기 때문이었다. 그러자 엊저녁의 모든 광경이 다시 한번 내 머릿속에 선명하게 떠올랐다.

아파나시가 내 앞에 와 서고, 나는 다짜고짜 있는 힘을 다해 그의 얼굴을 후려갈긴다. 그는 대열 속에 서 있을 때처럼 부동 자세를 취하고 꼿꼿이 서서 손을 드리운 채 고개를 젖히고 눈을 부릅뜨고 있다. 한 차례 때릴 때마다 비틀거렸으나 손을 들어 막으려고도 하지 않는다. 아아, 이것이 과연 인간이 할 수 있는 짓일까? 인간이 인간을 때리다니, 이러한 범죄가 또 어디 있으랴! 나는 마치 날카로운 바늘에 영혼이 꿰뚫린 듯한 기분이었다. 나는 얼빠진 사람처럼 멍하니 서 있었다. 창밖에서는 햇살이 눈부시게 빛나고, 나뭇잎들은 기쁨에 넘쳐 하늘거리고, 새들은 하느님을 찬양하는 노래를 늘 부르고 있다……. 나는 두 손으로 얼굴을 감싸고 침대에 엎드려 흐느껴 울기 시작했다.

그때 나는 형 마르켈의 모습과 그가 죽기 직전에 하인들에게 한 말을 기억해 냈다.

'너희는 참으로 친절한 사람들이야. 왜 너희는 이렇게까지 정성껏 내 시중을 들어주는 거지? 내가 과연 그런 정성을 받을 만한 자격이 있을까?'

'그렇다, 과연 나에게 그럴 만한 자격이 있는 것일까?' 이런 생각이 내 머릿속을 스치고 지나갔다. '도대체 나는 무슨 자격이 있길래, 나와 똑같은 인간을, 하느님의 모습을 본떠서 창조된 다른 인간을 내게 시중들게 한단 말인가?' 이런 의문이 난생 처음으로 나의 뇌리를 꿰뚫었던 것이다.

'어머니, 내 사랑, 내 기쁨, 내 피처럼 소중한 어머니, 우리는 누구나 모든 사람에 대해, 모든 일에 대해 죄가 있는 거예요. 다만 사람들이 그것을 모르고 있을 따름이에요. 만일 사람들이 그걸 알기만 한다면 당장에 이 땅 위에는 천국이 이루어질 거예요' 하던 형의 말을 떠올리고 나는 눈물을 흘리며 생각했다.

'오오, 하느님, 이것이 정말입니까? 진실로 나는 다른 모든 사람들에게 대하여 어느 누구보다 죄가 많습니다. 이 세상의 어느 누구보다 나쁜 인간입니다.'

이렇게 생각한 바로 그 순간, 홀연히 모든 진리가 밝은 빛을 받으며 내 앞에 환히 떠올랐다. 대체 지금 나는 무슨 짓을 하려는 건가? 나에게 아무런 잘못도 없는, 선량하고 총명하고 고결한 신사를 죽이려고 하는 게 아닌가? 그리고 그의 아내로부터 영원히 행복을 빼앗고 고통을 줌으로써 그 여자까지 죽여 버리려는 게 아닌가?

나는 침대에 엎드려 베개에 얼굴을 파묻고 시간이 가는 줄도 모르고 있었다. 나의 친구인 중위가 권총 두 자루를 들고 나를 데리러 왔다.

"아 벌써 일어나 있었군. 잘됐어, 가봐야 할 시간일세. 어서 가세."

나는 갑자기 어찌할 바를 모르고 당황했으나, 어쨌든 마차를 타기 위해 밖으로 나갔다.

"잠깐만 기다려 주게." 나는 그에게 말했다. "곧 돌아오겠네, 지갑을 잊고 왔어."

나는 혼자서 숙소로 되돌아와 곧장 아파나시의 작은 방으로 뛰어들어갔다.

"아파나시, 어제 내가 네 얼굴을 두 번이나 때린 것을 용서해 다오."

그는 겁을 집어먹은 듯 눈을 휘둥그레 뜨고 나를 바라보았다. 그러나 나는 그것만으로는 부족한 것 같아, 마침 예복을 입고 있었는데도 개의치 않고 그의 발 아래 몸을 던져 이마를 바닥에 대고 다시 한번 말했다.

"제발 나를 용서해 줘!"

그제야 아파나시도 소스라치게 놀란 모양이었다.

"중위님, 아니 나리, 대체 왜 이러십니까! 제가 어찌 감히……."

그는 아까 내가 했던 것처럼 두 손으로 얼굴을 감싸고 창문 쪽으로 홱 돌아서서 온몸을 떨며 흐느껴 우는 것이었다. 나는 친구에게 달려나와 마차에 뛰어오르며 소리쳤다.

"가세! 자넨 누가 이길 것 같은가? 바로 여기 자네 앞에 있는 나일세!"

나는 말할 수 없는 기쁨에 넘쳐 줄곧 큰 소리로 웃으며 지껄였으나, 무슨 말을 지껄였는지는 통 기억이 나지 않는다.

친구는 내 얼굴을 쳐다보며 이렇게 말했다.

"자넨 정말 대단해! 그만하면 군복의 명예를 지킬 수 있을걸세."

이리하여 우리는 약속된 장소에 도착했다. 상대는 이미 그곳에 와서 우리를 기다리고 있었다. 나와 상대는 서로 열두 발짝의 거리를 두고 마주섰다. 상대가 먼저 쏘게 되어 있었다. 나는 쾌활한 얼굴로 눈도 깜박이지 않고 그의 앞에 서서 유쾌하게 그를 바라보고 있었다. 나는 내가 해야 할 일을 잘 알고 있었던 것이다. 이윽고 권총이 불을 뿜었다. 그러나 총탄은 내 뺨을 스치고 귀를 조금 다쳤을 뿐이었다.

나는 소리쳤다.

"아아, 정말 잘됐소! 당신이 살인을 하지 않아도 되어서."

나는 내 권총을 집어들고 몸을 돌려 멀리 숲을 향해 힘껏 던졌다.

"네가 있을 곳은 거기야!"

나는 그렇게 소리치고는 상대에게 다시 돌아 섰다.

"용서하십시오, 이 어리석은 애송이를 용서해 주십시오. 나는 까닭없이 당신을 모욕했을 뿐아니라 내게 권총을 쏘도록 강요했습니다. 나는 당신보다 열 배나 더 나쁜 놈입니다. 아니, 그 이상으로 더 나쁜 인간일지도 모르지요. 이 말을 당신이 이 세상에서 가장 사랑하는 부인에게 전해 주십시오."

내가 말을 미처 끝내기도 전에 그들 세 사람은 소리높이 고함을 쳤다.

"그건 말도 안되오!" 상대는 벌컥 화를 내었다. "싸울 생각이 없다면 무엇 때문에 나를 여기까지 불러낸 거요?"

"어제까지만 해도 나는 말도 못할 바보였지만, 오늘은 조금 똑똑해진 것 같습니다."

나는 유쾌한 어조로 대답했다.

"어제 일은 나도 믿을 수 있지만, 오늘 일에 대해서는 섣불리 있는 그대로 받아들일 수가 없군요."

"브라보!" 나는 손뼉을 치며 소리쳤다. "나도 그 점에서는 당신과 동감입니다. 당연한 일이니까요!"

"대체 당신은 쏠 작정이오, 안 쏠 작정이오?"

"그만두겠습니다. 만일 원하신다면 한 번 더 쏘십시오. 하지만 쏘지 않으시는 것이 당신에게도 좋을 것입니다."

그러자 양쪽의 참관인들, 특히 나의 참관인이 떠들어대기 시작했다.

"결투장에서 적에게 사죄를 하다니 연대의 명예를 더럽혀도 분수가 있지! 에

잇, 이럴 줄은 정말 꿈에도 몰랐어!"

비로소 나는 웃음을 거두고 그들 앞으로 나섰다.

"여러분, 요즘 세상에 자기의 어리석음을 뉘우치고 여러 사람 앞에서 자기의 잘못을 사죄하는 인간을 보는 것이 그렇게도 당신들에겐 이상합니까?"

"그렇지만 하필 결투장에서 그럴 것이 뭐냐 말이야!"

나의 참관인이 또다시 소리쳤다.

"그게 바로 중요한 점입니다." 나는 그들에게 대답했다. "왜냐하면 나는 이곳에 도착하자마자 당연히 상대가 총을 쏘기 전에, 즉 상대가 무서운 살인죄를 저지르기 전에 나의 죄를 사죄했어야 마땅합니다. 그러나 그런 일은 실제로 거의 불가능한 일이 아닙니까. 왜냐하면 우리의 상류사회는 이미 우리 손에 의해 매우 추악한 것으로 변해 버렸기 때문입니다. 그러니까 열두 발짝의 거리를 두고 상대의 총탄을 받은 뒤에라야 비로소 내 말이 세상 사람들에게 어떤 의미를 가지게 됩니다. 만일 내가 여기 도착하자마자 상대가 총을 쏘기도 전에 그런 행동을 했더라면 세상 사람들은 무턱대고 '겁장이 같으니, 권총을 보고 무서워진 거야. 저런 놈의 변명은 들을 필요도 없다'고 단정해 버릴 게 아닙니까? 그런데 여러분……"

나는 갑자기 이렇게 외쳤다. 그것은 진심에서 우러나오는 소리였다.

"우리 주위에 있는 하느님의 선물을 보십시오. 맑게 개인 하늘, 신선한 공기, 부드러운 풀, 귀여운 새들…… 그야말로 자연은 아름답고 더 없이 순결하지 않습니까. 그런데 우리는—단지 우리만이—어리석게도 하느님을 믿지 않고 인생이 천국이라는 것을 모르고 있습니다. 우리가 그것을 이해하려고만 하면 당장에라도 아름답기 그지없는 천국이 나타날 것이고, 우리는 서로 얼싸안고 눈물을 흘리게 될 것입니다……"

나는 말을 더 계속하고 싶었으나 할 수가 없었다. 숨이 막힐 것처럼 감미롭고도 생생한, 일찍이 한번도 경험하지 못한 행복이 마음속에 밀려왔던 것이다.

"당신의 말은 모두 이치에 맞는 훌륭한 것 입니다. 게다가 경건함으로 넘치고 있군요." 상대는 나에게 말했다. "어쨌든 당신은 참으로 독특한 분이오."

"저를 비웃어 주십시오." 나는 웃으면서 그에게 말했다. "그렇지만 언젠가 당신도 칭찬해 주실 겁니다."

"아니, 나는 지금이라도 서슴지 않고 칭찬할 수 있습니다. 자, 우리 악수를 하는 게 어떨까요? 당신은 참으로 진실한 분인 것 같군요."

"아닙니다, 지금은 안됩니다. 앞으로 내가 좀더 훌륭한 인간이 되었을 때, 정말로 당신의 존경을 받을 만하게 되었을 때 하기로 하지요. 그때는 정말 기쁜 마음으로 악수할 수 있을 테니까요."

우리는 집으로 돌아왔다. 내 참관인은 집으로 돌아오는 도중 줄곧 나를 맹렬하게 비난했으나, 그때마다 나는 그에게 키스를 해주었다. 나의 동료들이 곧 이 소식을 듣고 그날로 나를 재판하기 위해 모였다.

"군복을 더럽혔으니, 당장 제대 신청을 내게 해야 한다."

그들은 이렇게 떠들어댔지만 나를 변호해 주는 사람도 있었다.

"그렇지만 어쨌든 상대의 총탄 앞에 태연히 서 있지 않았나?"

"그건 그렇지만, 그 다음 총알이 무서워 결투장에서 용서를 빌었던 거야."

그러자 내 편을 드는 동료들은 이렇게 반박했다.

"만일 정말로 그가 총알을 무서워 했다면, 용서를 빌기 전에 자기 편에서 먼저 쏘았을 것이 아닌가. 그런데도 그는 장전이 다 되어 있는 권총을 숲으로 던져 버렸어. 그러고 보면 이번 일은 좀 달라, 정말 특이한 경우야."

나는 유쾌한 기분으로 그들의 얼굴을 바라보면서 얘기를 듣고 있었다.

"여러분." 나는 말했다. "제대 신청에 대해선 염려하실 것 없습니다. 이미 수속을 마쳤으니까요. 오늘 아침 연대 본부로 제대 신청서를 발송했습니다. 제대 허가가 나는 대로 나는 곧 수도원에 들어갈 작정입니다. 실은 내가 연대를 떠나는 이유도 바로 거기에 있습니다."

내가 이렇게 말하자 모두 일제히 큰소리로 웃음을 터뜨렸다.

"그렇다면, 처음부터 그렇게 말할 게지…… 그럼 이 문제는 해결되었네. 수도사를 재판할 수는 없는 일이니까."

그들은 좀처럼 웃음을 그칠 줄 몰랐다. 그러나 그것은 결코 조롱하는 웃음이 아니라, 다정하고 유쾌한 웃음이었다. 그들은, 나를 가장 신랄하게 비난했던 사람들까지 곧 나를 좋아하기 시작했다.

퇴역 허가가 나기까지 한달 동안은 가는 곳마다 모두 나를 "신부님!" 하고 부르며 따뜻하게 포옹해 주는 듯한 기분이었다. 만나는 사람마다 다정하게 말을 건네 주었으나 어떤 사람은 나를 아끼는 마음에서 결심을 돌리라고 권하는 사람도 있었다.

"자네 도대체 어쩌려고 그러나?"

그런가 하면 나를 이해하고 변호해 주는 사람도 있었다.

"아냐, 저 친구는 우리의 영웅이야. 적의 사격을 태연히 견뎌냈고 자신의 권총을 쏠 수 있었는데도 바로 그 전날 수도사가 되는 꿈을 꾸었기 때문에 그렇게 된 거지."

그곳 사교계에서도 역시 같은 일이 일어났다. 전에는 단지 친절하게 대해 주었을 뿐 별로 특별한 관심을 두지 않던 사람들까지 갑자기 앞 다투어 나와 사귀려 했고, 또 나를 자기 집으로 초대하기도 했다. 사람들은 나를 놀리면서도 한편으로는 나를 사랑해 주었다.

여기서 한 가지 말해 둘 것은, 모든 사람들이 우리의 결투 이야기를 공공연하게 떠들어대고 있었으나 부대 본부에서는 모르는 척하고 있었다는 사실이다. 그 이유는 나와 결투를 벌인 사람이 우리 부대의 장군과 가까운 친척 관계에 있다는 사실과, 또 사건이 피를 흘리지 않고 마치 장난같이 끝나 버리고 말았다는 것, 그리고 내가 제대 신청서를 제출하였으므로 모든 일을 정말로 농담으로 돌려 버렸기 때문이었다. 나는 세상 사람들의 비웃음 따위에는 개의치 않고 이 사건에 대해 거리낌없이 큰 소리로 지껄여댔다. 그것은 그들의 웃음이 악의에서 나온 것이 아니라 선량한 마음에서 나온 것이었기 때문이다. 이런 이야기는 주로 저녁 파티의 부인네들이 모이는 자리에서 벌어지곤 했다. 부인네들은 유난히 내 이야기에 흥미를 가지고, 남자들에게서 얘기를 듣고 싶어했다.

"그렇지만 어떻게 자신이 모든 사람에게 죄를 지었다고 말할 수 있어요?" 사람들은 나에게 맞대놓고 빈정거리며 말했다. "예를 들어, 나도 당신에게 죄를 지었단 말씀인가요?"

"아닙니다, 그건 여러분은 도저히 이해하지 못할 겁니다. 오랜 옛날부터 온 세상이 그릇된 길로 빠져들어가, 허무맹랑한 거짓을 진리라 믿고, 다른 사람에게까지 거짓을 요구하고 있는 형편이니까요. 그런 만큼 나는 마음을 굳게 먹고, 생전 처음으로 진심에서 우러나는 행동을 했습니다. 그랬더니 여러분은 나를 유로지비로 대하지 않았습니까? 그야 물론 여러분은 나를 사랑해 주시기는 하지만, 그래도 역시 나를 웃음거리로 여기고 계시는 거지요."

"어째서 우리가 당신 같은 분을 사랑하지 않을 수 있겠어요?"

그 집 안주인이 웃으며 나에게 말했다. 그 자리에는 사람들이 가득 차 있었는데, 이때 갑자기 여자 손님들 가운데서 한 젊은 부인이 일어섰다. 그 부인이야말로 내가 결투를 청하게 된 원인이 된 여자, 얼마 전까지도 미래의 나의 아내로 점찍고 있던 바로 그 여자였다. 나는 그녀가 이 파티에 온 것을 전혀 모르고 있었다. 그녀는 일어나서 나에게 다가와 손을 내밀었다.

"실례된 말씀 같지만, 나야말로 당신을 비웃지 않은 첫 번째 사람이라는 것을 말씀드리고 싶어요. 아니 오히려 그때 당신이 하신 행동에 대해 눈물로 감사드리는 동시에 깊은 존경의 뜻을 표하고 싶습니다."

그녀의 남편도 역시 내게 가까이 다가왔다. 그러자 그 자리에 모인 사람들 모두가 나에게 몰려와 나에게 입이라도 맞출 듯한 기세였다.

내 마음은 기쁨에 넘쳤으나, 그때 문득 다른 사람들과 함께 나에게 다가오고 있는 한 나이 지긋한 신사의 모습이 누구보다 내 주의를 끌었다. 나는 전부터 그의 이름은 알고 있었으나, 별로 안면이 있는 사이도 아니어서 그날 저녁까지 한 번도 말을 나눈 적이 없었다.

D 수수께끼의 방문객

그는 이미 오래 전부터 그 시에서 관리 생활을 해온 사람으로, 사회적인 지위도 높았고, 모든 사람들로부터 존경을 받고 있었을 뿐만 아니라 돈도 많고, 자선가로서도 명성이 자자했다. 그는 양로원과 고아원에 막대한 돈을 기부했으며, 그 밖에도 그의 사후에 밝혀진 사실이지만 익명으로 많은 자선을 베푼 사람이었다.

나이는 50세 가량, 용모는 좀 엄격해 보였고 별로 말이 없는 편이었다. 결혼한 지 아직 10년도 되지 않았고 젊은 부인과의 사이에 어린 아들이 셋 있었다. 파티가 있었던 다음날 저녁때, 혼자 방에 앉아 있는데 갑자기 문이 열리더니 바로 그 신사가 들어오는 것이었다.

여기서 한 가지 말해 둘 것은, 그때 나는 이미 전에 살고 있던 곳에서 집을 옮겼다는 사실이다. 제대 신청을 낸 뒤 나는 곧 관리의 미망인인 어떤 늙은 부인 댁으로 옮겨 하숙을 하고 있었다. 내가 그 집으로 옮긴 이유는 그날 결투장에서 돌아오자마자 그날 안으로 아파나시를 연대로 돌려보냈기 때문이었다. 그런 일이 있은 다음부터는 그의 얼굴을 바라보기가 부끄러웠던 것이다. 사실

미숙한 속세의 인간들은 자기가 올바른 행위를 하고도 부끄러움을 느끼기 일쑤인 것이다.

방에 들어온 신사는 말을 꺼냈다.

"나는 요즈음 며칠 동안 여러 곳에서 매일처럼 당신에 대한 이야기를 듣고 무척 호기심을 느꼈습니다. 그래서 오늘은 직접 만나서 좀더 친밀하게 이야기를 하고 싶어 찾아왔습니다. 실례인 줄 알지만 나의 이 바람을 이루어 주실 수 있겠습니까?"

"물론이지요. 나로서도 그것은 매우 영광스러운 일입니다."

나는 이렇게 말하긴 하였으나 어쩐지 몹시 당황스러웠다. 그만큼 그의 태도는 처음부터 나를 몹시 놀라게 했다. 그때까지는 모두들 호기심을 가지고 내 얘기를 들어 주긴 했으나, 이렇게까지 진지하고 심각한 태도로 나를 주목하고 다가온 사람은 아무도 없었기 때문이다. 게다가 그는 스스로 나의 숙소에까지 찾아온 것이다. 그 사람은 의자에 앉아 얘기를 계속했다.

"나는 당신한테서 위대한 정신력을 발견할 수 있었습니다. 왜냐하면 당신은 모든 사람으로부터 비웃음거리가 될 것도 무릅쓰고 과감하게 진리를 위해 봉사하였으니까요."

"나를 너무 과대평가하시는 것 같습니다."

"아니죠, 절대로 과장이 아닙니다. 사실 말이지, 그런 일을 감행하는 것은 당신이 생각하는 것보다 훨씬 어려운 일입니다. 내가 이렇게 찾아온 것도 실은 그 사실에 깊이 감동했기 때문이지요. 도대체 결투장에서 상대에게 용서를 빌려고 결심하였을 때 어떤 심정이었는지요? 만일 이런 무례한 질문에 화를 내지 않으신다면, 그리고 그때 일을 기억하고 계신다면, 그 점을 자세하게 들려주실 수 없을까요? 내 질문을 경솔한 동기에서 나온 것이라고는 생각지 말아 주십시오. 내가 이렇게 묻는 것은 오히려 나대로의 말 못할 동기가 있기 때문입니다. 하느님께서 만일 우리를 좀더 가까이 사귈 수 있게 해 주신다면, 앞으로 설명해 드릴 기회가 있으리라고 생각합니다만."

그가 말하는 동안 나는 줄곧 그의 눈을 응시하고 있었다. 그러자 이번에는 내 쪽에서 그 신사에 대한 강한 신뢰감과 이상한 호기심을 느끼게 되었다.

나는 이 사람의 마음속에도 어떤 심상치 않은 비밀이 숨어 있다는 것을 느꼈기 때문이다.

"내가 상대에게 용서를 빌려고 마음먹었을 때 어떤 심정이었느냐고 물으십니다만 그보다는 차라리, 이제까지 누구에게도 이야기하지 않았던 것을 처음부터 말씀드리는 것이 더 나을 것 같군요."

나는 아파나시와 나 사이에 있었던 일과, 무릎을 꿇고 그에게 사죄한 일까지 죄다 이야기해주었다.

"이만큼 말씀 드리면 선생께서도 짐작하시겠지만 집에서 이미 결심한 일이었기 때문에, 정작 결투장에 나갔을 때는 마음이 가뿐했습니다. 일단 결심하고 발을 내딛고 보니, 그때부터는 별로 두렵지도 않을 뿐더러 오히려 유쾌하고 즐겁더군요."

내 이야기를 다 듣고 나자 그는 말할 수 없이 밝은 얼굴로 나를 바라보았다.

"정말 재미있었습니다. 앞으로도 종종 찾아뵙도록 하지요."

그때부터 그는 거의 매일 저녁 나를 찾아 왔다. 만일 그가 자신의 이야기도 했더라면 우리는 더욱 가까워졌을 것이다. 그러나 그는 자기 이야기는 한마디도 하지 않고 언제나 나에 대해서만 꼬치꼬치 파고 들었다. 그럼에도 나는 그를 무척 좋아했고, 진심으로 그를 신뢰하며 나의 모든 감정을 숨기지 않고 모두 이야기해 주었다.

'그 사람의 비밀 같은 건 알아서 무엇하랴. 그는 선량한 사람이 틀림없는데.'

이런 생각이 들었기 때문이다. 더욱이 그는 사회적 지위도 높은 사람이었고, 나이도 나보다 훨씬 많은데도 불구하고 일부러 나 같은 애송이를 찾아다니며 내 앞에서 거드름을 피우는 일이 조금도 없었다. 뿐만 아니라 그는 무척 현명한 사람이었기 때문에 그로부터 여러 가지로 유익한 것을 배웠다.

그는 불쑥 말을 꺼냈다.

"인생이 천국이라는 것은 나도 오래 전부터 생각하고 있었습니다." 그러고는 얼른 이렇게 덧붙였다. "실은 나는 거기에 대해서만 줄곧 생각해 오고 있었어요." 그는 나를 쳐다며 상냥하게 미소를 지었다. "그 점에 대해서 나는 당신 이상으로 확신을 가지고 있어요. 그 이유는 차차 이야기하겠습니다."

이런 말을 듣고 나는 그가 분명 나에게 무언가 고백하고 싶은 것이 있다는 것을 알았다.

"천국은 우리 한 사람 한 사람의 마음속에 숨어 있습니다. 지금 이렇게 말하는 내 마음속에도 숨어 있지요. 따라서 만일 내게 그럴 마음만 있다면, 당장 내일이라도 그 천국은 틀림없이 나타나 영원히 사라지지 않을 것입니다.”

그는 뜨거운 열정이 담긴 어조로 말하며, 마치 나에게 질문을 던지듯이 수수께끼 같은 눈초리로 나를 응시하는 것이었다. 그는 말을 이었다.

“그러니까 인간은 누구나 자기 자신의 죄 외에도 모든 사람에 대해 죄가 있다는 당신의 생각은 절대적으로 옳습니다. 그처럼 한 순간에 돌연히 당신이 그 사상을 완전히 터득할 수 있었다는 것은 참으로 신기한 일입니다. 사람들이 그 사상을 이해할 수 있는 순간부터, 하늘 나라는 그들에게 이미 한낱 공상이 아니라 생동하는 현실이 되는 것입니다. 이것은 절대적인 진리입니다.”

“아아, 그렇지만 언제 그것이 실현된다는 말씀입니까?” 나는 어떤 슬픔을 느끼면서 소리쳤다. “정말 언젠가는 실현될 수 있을까요? 그것은 한낱 우리의 공상이 아닐까요?”

“그렇다면, 당신도 그것을 믿지 않으시는군요. 자신의 입으로 그렇게 설교하고 있으면서도 스스로는 믿지 않는 것이군요. 잘 들어보십시오, 당신이 말하는 그 꿈은 반드시 실현됩니다. 그렇게 믿으십시오. 그러나 지금 당장 실현되지는 않을 겁니다. 모든 일에는 저마다 특수한 법칙이 있으니까요. 이것은 정신적이고 심리적인 문제입니다. 온 세계를 새로 뜯어고치기 위해서는 우선 인간 자신이 심리적으로 새로운 길로 들어서야 합니다. 인간이 모든 인간에 대해 정말로 참된 형제가 되기 전에는 진정한 화목은 이루어지지 않을 것입니다. 어떠한 과학의 힘으로도, 또한 어떤 이익을 내세우고 유혹하여도 결코 모든 인류에게 공평하게 재산과 권리를 분배할 수는 없습니다. 언제나 자기의 몫이 적다고 불평하고 서로 원망하고 질투하며 다툴 것입니다. 당신은 언제 실현되겠느냐고 물으셨지만, 실현되기는 반드시 실현됩니다. 다만 인간의 고립 시대가 끝나야만 됩니다.”

“고립이라니요?”

“지금—특히 이 19세기에 들어 세계 곳곳에 군림하고 있는 고립 말입니다. 하지만 고립 시대는 아직 끝나지 않았고, 그 시기도 아직 도래하지 않았습니다. 왜냐하면 지금은 모든 사람들이 제각기 되도록이면 떨어져서 각자의 개성을 확립하려고 추구하고 있고, 가능한 한 자기 혼자서만 충족한 삶을 누리려 애쓰고 있기 때문입니다. 그러나 그들의 그러한 노력에도 불구하고, 그 결과로서 충족한 삶을 누리기는커녕 결과는 의심할 여지없는 자기상실 뿐입니다. 왜

나하면 그들은 자신의 존재를 드러내주는 완전한 자아를 실현하는 대신 오히려 완전한 고립에 빠져 버리고 말기 때문입니다.

현대의 인간은 모든 것이 개개의 단위로 분열하여 제각기 자기 구멍 속에 숨어서 타인으로부터 멀리 떨어져 자기 자신을 숨기고, 자신이 가지고 있는 것도 서로 감추고 있습니다. 그리하여 결국 스스로 사람들한테서 등을 돌리고 자기로부터 사람들을 물리치고 있는 것입니다. 혼자서 남몰래 재산을 끌어모으고는 이렇게 중얼거립니다.

"나는 이제 이만큼 강해지고 이만큼 안정되어 있다."

그러나 어리석게도 재산을 모으면 모을수록 자신이 자살이나 다름없는 무력(無力)의 구렁텅이 속으로 빠져들어가고 있다는 것을 알지 못합니다. 왜냐하면 자신만을 믿게 되어 하나의 개체로서 전체에서 떨어져나가 다른 사람의 도움이나 자기 이외의 인간, 또 인류 전체까지 믿지 않도록 자기 자신을 길들임으로써 오직 자기의 돈과 자기가 획득한 권리를 잃지나 않을까 두려워 전전긍긍하고 있기 때문입니다.

참다운 생활에 대한 보장은 결코 개인의 고립된 노력에 의해서가 아니라, 인류 전체의 화합에 의해 이루어집니다. 하지만 세계 어느 곳에서나 인간의 지성은 이러한 사실을 코웃음치면서 제대로 상대하려고도 하지 않습니다. 그러나 이런 무서운 고립 상태도 필연적으로 종말을 고하고, 모든 사람은 인간이 제각기 떨어져 산다는 것이 얼마나 부자연스런 일인지를 일제히 깨닫게 될 때가 반드시 찾아올 겁니다. 시대의 숨결이 역시 그렇게 변천하여, 사람들은 자기들이 얼마나 오랫동안 암흑 속에 웅크리고 앉아 전혀 빛을 보지 못하고 살아왔는가를 생각하고 깜짝 놀라게 되겠지요. 그리고 그때야말로 천상에 '사람의 아들'의 깃발이 휘날릴 것입니다……. 하긴 그때까지는 역시 신앙의 깃발을 소중히 해야 합니다. 비록 자기 혼자라도, 또 아무리 유로지비처럼 보일지라도, 자진하여 모범을 보여줌으로써 인간의 영혼을 고립으로부터 형제애에 의한 화합의 길로 이끌어야 합니다. 그렇게 해야만 이 위대한 사상을 소멸시키지 않게 될 테니까요."

우리 두 사람은 저녁마다 이런 정열적이고 감동에 찬 대화를 주고 받으면서 시간을 보냈다. 이미 나는 사교계에 발길을 끊었고 이웃을 방문하는 일도 별로 없게 되었으며, 이제는 사람들도 나에 대한 관심이 점점 식어가고 있었다.

나는 그들을 비난하는 의미에서 이런 말을 하는 것은 아니다. 그들은 여전히 나를 사랑해 주었고, 또한 유쾌히 대해 주었다. 그러나 유행이라는 것이 사교계를 적지않게 지배하고 있다는 사실만은 부인할 수 없을 것이다.

마침내 나는, 나의 이 이상한 방문객을 감동의 눈길로 바라보게 되었다. 그 것은, 그의 높은 지성이 나에게 즐거움을 주었을 뿐만 아니라, 그가 마음속에 뭔가의 계획을 지니고 있고 또 어쩌면 어떤 대담한 행동을 준비하고 있는지도 모른다는 것을 어렴풋이 느끼기 시작했기 때문이다.

아마도 그는 내가 자기의 비밀에 대해 노골적인 호기심을 보이거나 단도직입적인 질문이나 암시로 그것을 알아내려고 하지 않는 것에 호감을 갖게 되었는지도 모른다. 그러나 드디어 나는 그가 내게 무언가를 고백하고 싶어 무척 괴로워하고 있다는 것을 알아차렸다. 적어도 그가 나를 방문하기 시작한 지 약 한 달 가량 지났을 무렵에는 그런 기색이 완연해졌다.

"당신은 알고 계십니까?" 어느날 그는 나에게 이렇게 물었다. "사람들이 요즘 우리 두 사람에 대해 매우 호기심을 품고 내가 이렇게 자주 당신을 찾아오는 것을 이상하게 생각하고 있어요. 그러나 맘대로 생각하도록 내버려 둡시다. 머지않아 모든 것을 알 수 있을 테니까요."

그는 이따금 갑자기 무서운 흥분 상태에 빠져드는 때가 있었는데, 그럴 때면 거의 언제나 자리에서 벌떡 일어나 자기 집으로 돌아가버리곤 했다. 또 어떤 때는 오랫동안 나를 뚫어지게 바라보는 일도 있었다. 그래서 '이제 곧 무슨 말을 하려는 모양이군.' 내가 이렇게 생각하고 있으면 그는 갑자기 마음이 변한 듯 아무것도 아닌 평범한 세상 이야기를 꺼내는 것이었다. 또 그는 머리가 아프다는 소리를 자주 하게 되었다. 그런데 한번은 오랫동안 열을 올려 이야기하고 난 뒤, 갑자기 그의 얼굴이 창백해지면서 경련이라도 일어난 것처럼 일그러지는 것이었다. 그러면서 내 얼굴을 뚫어지게 응시하고 있었다.

"왜 그러십니까? 어디가 편찮으신가요?"

이렇게 물은 이유는 바로 조금 전에 또 두통이 시작되었다고 그가 말했기 때문이었다.

"나는…… 사실은…… 나는…… 사람을 죽인 일이 있습니다."

이렇게 말하고 그는 미소지었으나 그 얼굴은 마치 백지장처럼 창백했다.

'이 사람은 왜 웃고 있는 것일까?'

미처 다른 생각을 해볼 겨를도 없이 이런 생각이 퍼뜩 스치고 지나갔다. 나역시 얼굴에서 핏기가 가시는 것 같았다.

"그게 무슨 말씀이십니까?"

나는 그를 향해 소리쳤다.

그는 여전히 창백한 미소를 지은 채 말을 계속했다.

"정말, 이 처음의 한마디를 입밖에 내는 데 얼마나 힘이 들었는지 모릅니다. 그러나 이제 그 말을 하고 나니까, 길이 열리는 것 같은 느낌이 드는군요. 이제는 그냥 앞으로 나아가기만 하면 되겠지요."

나는 한참 동안 그의 말을 믿을 수가 없었다. 물론 나중에는 나도 그 말을 믿게 되었지만, 그것은 그가 연이어 사흘을 찾아와서 모든 사연을 자세히 얘기하고 난 뒤의 일이었다. 처음에 나는 그가 미치지 않았나 생각했지만, 마침내 더 없는 슬픔과 놀라움으로써 그 사실을 이해할 수밖에 없었다.

14년 전에 그는 어떤 부유한 부인, 젊고 아름다운 지주의 부인에게 그 무서운 죄를 저질렀던 것이다. 그 부인은 영지에서 도시로 나왔을 때 머무를 곳으로 시내에 집을 한 채 가지고 있었다. 그는 그 부인을 열렬히 사랑한 나머지 이윽고 자기의 사랑을 고백하고 자기와 결혼해 달라고 간청하기에 이르렀다. 그러나 그 부인은 그때 이미 다른 남자에게 마음을 주고 있었다. 그 남자는 명문 출신의 상당히 계급이 높은 군인으로, 그 당시 일선에서 복무하고 있었으나 머지않아 곧 돌아올 것으로 그녀는 기대하고 있었다.

그래서 그녀는 그의 구혼을 거절하고 앞으로는 자기 집에 오지 말아 달라고 부탁했다. 그는 그 여자 집에 드나드는 것은 그만두었으나, 그 집 구조를 잘 알고 있었으므로, 어느 날 대담하게도 들킬 위험을 무릅쓰고 정원으로 해서 그 집 지붕으로 기어올라갔다. 그러나 흔히 있는 일이지만, 가장 대담하게 행하는 범죄는 그 어떤 범죄보다 훨씬 성공하기 쉬운 법이다. 지붕에 난 창문을 통해 다락방으로 들어간 그는 다시 사다리를 타고 내려가 거실로 들어갔다. 그는 사다리 밑에 있는 쪽문이 하녀들의 부주의로 가끔 자물쇠가 채워지지 않는다는 것을 알고 있었다. 그날도 그는 부주의를 기대하고 있었는데, 과연 예상한 대로였다.

아래로 내려간 그는 어둠 속을 더듬어 아직 등불이 켜져 있는 그 부인의 침실로 다가갔다. 마침 하녀 둘이 주인 허락도 얻지 않고 이웃집의 명명일 파티에 가고 집에 없었다. 다른 하인들은 아래층 하인방과 부엌에서 자고 있었다.

잠든 그 여자의 모습을 보는 순간 그의 마음속에 욕망이 불타올랐으나, 다음 순간 복수와 질투에서 오는 분노에 사로잡혀 제정신을 잃고 마치 술취한 사람처럼 그 여자에게 다가가서 심장을 겨냥하여 단도를 푹 찔러넣었다. 여자는 비명소리조차 내지 못하고 죽어 버렸다.

그러고 나서 그는 악마 같이 무섭고 교활한 솜씨로 하인들에게 혐의가 씌워지도록 꾸며 놓았다. 그는 우선 여자의 지갑을 훔치고 베개 밑에서 열쇠를 꺼내 장롱을 열어젖히고 물건을 몇 가지 훔쳤다. 그러나 귀중한 서류에는 손도 대지 않고 현금만 훔침으로써 어느 모로 보아도 무식한 하인이 한 것 같이 만들었다. 그는 또 비교적 부피가 큰 금붙이를 몇 개 훔쳐내면서 그보다 열 갑절이나 값이 나가더라도 부피가 작은 것은 그대로 남겨 두었다. 그리고 자기가 기념으로 가질 물건을 몇 가지 가져왔는데, 이것에 대해서는 뒤에 이야기하기로 하겠다.

이처럼 무서운 범죄를 저지르고 나서 그는 자기가 들어왔던 길을 더듬어 바깥으로 나갔다. 다음날 큰 소동이 벌어졌을 때는 물론이고, 그 뒤 그의 일생을 통해 그를 진범이라고 감히 의심하는 사람은 아무도 없었다. 뿐만 아니라, 그가 그 여자에게 애정을 품고 있었다는 것도 아는 사람이 아무도 없었다. 그는 언제나 말이 적었고 사교성이 없어서 자기의 심정을 털어놓을 만한 친구가 하나도 없었기 때문이다.

그는 살인 사건이 일어나기 전 2주일 동안 한 번도 그 여자를 방문한 적이 없었으므로, 사람들은 그를 단지 피해자와 조금 알고 지내는 사이로밖에 생각하지 않았다.

그리하여 농노 출신인 하인 표트르가 곧 꼼짝없이 혐의를 뒤집어쓰게 되었다. 공교롭게도 이 혐의를 뒷받침하는 사실이 연이어 밝혀졌다. 죽은 그 부인은 자기 영지에서 차출해야 할 신병(新兵)으로 이 하인을 군대에 내 보내려고 했는데, 그 이유는 이 하인이 홀몸인 동시에 품행이 나빴기 때문이다. 여주인은 자기의 이러한 의향을 별로 숨기려 하지 않았고 물론 표트르 자신도 그 사실을 잘 알고 있었다.

이 일 때문에 격분한 나머지 그가 술집에서 잔뜩 술이 취해 자기 주인을 죽여 버리겠다고 커다랗게 소리지르는 것을 목격한 사람들도 있었다. 더구나 그는 주인 여자가 살해되기 이틀 전에 집에서 도망쳐 나가 시내에서 아무도 모르게 숨어 있었던 모양이다. 그리고 살인 사건이 일어난 다음 날 그는 교외로 나가는 길가에서 술에 만취하여 쓰러져 있는 것이 발견되었는데, 그때 그의 주머니에는 단도가 들어 있었고, 오른손에는 우연히도 피가 묻어 있었다. 그는 코피라고 변명하였으나 아무도 곧이들으려 하지 않았다. 하녀들은 자기들이 파티에 갔기 때문에 돌아올 때까지 현관을 그냥 열어 두었다고 자백했다. 그 밖에도 이와 비슷한 증거가 여러 가지 드러나서 드디어 그 무고한 하인은 구속되고 말았다. 그는 곧 재판을 받을 예정이었는데, 구속된 지 일주일 만에 열병에 걸려 의식을 잃은 채 병원에서 죽고 말았다. 이것으로 사건은 마무리되고, 그 뒷일은 하느님께 맡겨지게 되었다. 재판관과 검찰, 일반 시민, 할 것 없이 모든 사람들이 범인은 병원에서 죽은 그 하인이 틀림없다고 확신했다.

하지만 그때부터 하느님의 벌이 내리기 시작했다. 이상한 방문객, 이제는 이미 나의 친구인 그는 처음 얼마 동안은 양심의 가책을 조금도 느끼지 않았다고 고백했다. 물론 그도 오랫동안 괴로워했던 것만은 사실이었지만, 그것은 양심의 가책 때문이 아니라, 다만 자기가 사랑하는 여자를 죽여 버렸고, 그 여자는 이미 세상에 없다, 정욕의 불길은 여전히 혈관 속에서 불타고 있음에도 불구하고 그 여자를 죽임으로써 자기의 사랑마저 죽여 버렸다라는 절망감 때문이었다. 그러나 자기가 아무 죄도 없는 사람의 피를 흘린 것이나 자기 손으로 사람을 죽인 것에 대한 후회는 거의 염두에도 없었다. 그보다는 자기가 죽인 여자가 만약 그대로 살아남았다면 틀림없이 다른 사람의 아내가 되었을 것이라는 생각이 그에게는 도저히 견딜 수 없는 일이었기 때문에, 그는 오랫동안 자기 양심에 비추어 보아 그럴 수밖에 없었다고 확신하고 있었던 것이다.

물론 처음 얼마 동안은 그 하인이 체포되었다는 사실이 그의 마음을 괴롭혔으나, 피고의 갑작스러운 발병과 사망은 완전히 그의 마음을 안심시켜 주었다. 왜냐하면 그의 죽음은 분명히 체포나 공포 때문이 아니라, 주인집을 뛰쳐나온 뒤 술에 만취하여 밤새도록 축축한 땅 위에서 뒹굴었을 때 걸린 감기 때문이라고 판단했기 때문이다. 훔친 물건이나 돈도 그를 그다지 괴롭히지 않았다. 왜냐하면 그것은 물건이 탐나서 훔친 것이 아니라 단지 혐의를 받지 않기 위한 방편에 지나지 않았기 때문이다. 훔친 금액은 그리 많지 않은 것이었으므로 그는 그 돈을 모두, 아니 그보다 더 많은 돈을 당시 그 도시에 설립된 고

아원에 기부했다. 그것은 도둑질에 대한 양심의 가책을 덜기 위해 일부러 한 일이었으나 이상하게도 얼마 동안, 아니 퍽 오랫동안 그는, 정말 마음의 안정을 얻었다—이것은 그가 자신의 입으로 나에게 한 말이다.

그 뒤부터 그는 자기가 맡은 일에 온 힘을 기울이기로 했다. 자진하여 어려운 일과 힘든 일을 도맡아 하다시피 하는 동안 2년 가량이 지나갔다. 그는 본디 강한 성격의 소유자였기 때문에 과거의 일은 거의 다 잊어가고 있었고, 어쩌다 기억이 되살아날 때면 아예 생각지 않으려고 노력했다. 그는 자선 사업에도 있는 힘을 다 기울여 그 도시에 여러 가지 시설을 마련하고 원조도 아끼지 않았다. 뿐만 아니라 두 수도(페테르부르크와 모스크바)에서도 많은 일을 하여 모스크바와 페테르부르크의 자선단체 임원으로 선출되었다.

그러나 고통에 괴로워하는 날들이 다시 찾아와, 마침내 그의 힘으로는 더이상 감당할 수 없는 상태에까지 이르게 된 것이다. 마침 바로 그즈음 그는 아름답고 총명한 어느 아가씨에게 마음이 끌려 곧 그 아가씨와 결혼하게 된다. 자기 나름대로 결혼을 하면 고독한 고뇌를 몰아낼 수 있을 줄 알았던 것이다. 새로운 인생의 길에 들어가 열심히 아내와 자식에 대한 의무를 다함으로써 무서운 추억에서 벗어날 수 있을거라는 기대가 있었기 때문이다.

그러나 현실은 그런 기대와는 정반대의 결과로 나타났다. 결혼한 지 한 달도 못되어 벌써 '아아, 아내는 나를 이토록 사랑해 주는데, 만일 아내가 그 일을 알게 되면 어떡하나?' 이런 생각이 줄곧 그를 괴롭히기 시작했다. 아내가 처음으로 임신했다는 사실을 알렸을 때 그는 몹시 당황했다. '나는 지금 하나의 새로운 생명을 부여했지만, 전에는 하나의 생명을 빼앗은 몸이 아닌가.'

이윽고 아이들이 계속 셋이나 태어났다.

'나 같은 인간이 어찌 감히 그들을 사랑하고 양육하고 교육할 수 있단 말이냐! 어떻게 감히 내가 아이들에게 선행을 얘기할 수 있으랴? 나는 살인을 한 자가 아닌가!' 무럭무럭 자라나는 아이들을 보고 애무해 주고 싶은 마음이 일어날 때에도 '나는 저 아이들의 천진난만한 얼굴을 똑바로 바라볼 수가 없다. 나는 그럴 자격이 없는 인간이다' 하고 생각했다.

이윽고 그는 자기에게 희생된 자의 피가, 자기가 죽인 젊은 생명의 복수를 부르짖는 그 피가, 무서운 형상을 하고 마음을 엄습하기 시작하여 도저히 견딜 수가 없게 되었다. 매일 밤 그는 무서운 꿈에 시달리게 되었다. 본디 강한 기질을 타고 났으므로 오랫동안 이 고통을 참고 견디었다.

'이 남 모르는 고통으로 모든 것을 속죄할 수 있으리라.'

그러나 그 소망도 결국은 헛된 것이었다. 시간이 흐르면 흐를수록 고통은 점점 더 심해져만 갔다. 세상 사람들은 그의 엄격하고 음울한 성격을 두려워하면서도 그의 자선사업 때문에 그를 존경하고 있었다. 그러나 사람들의 존경을 받으면 받을수록 그는 더욱 견디기가 어려웠다. 그가 나에게 고백한 바에 의하면, 그는 차라리 자살해버릴까 하는 생각까지 했다고 한다.

그러나 자살 대신 그것과는 또 다른 공상이 그의 뇌리에 떠오르기 시작했다. 그것은, 처음에는 도저히 불가능하고 생각조차 할 수 없는 일같이 생각되었으나, 점점 그의 마음속으로 파고 들어 떨쳐버릴 수 없게 되었다.

그 공상이란 다름이 아니라, 분연히 일어나 대중 앞으로 나아가서 자기가 살인자라는 것을 고백하는 것이었다. 3년 동안이나 이 공상은 여러 가지 형태로 나타났다가는 사라지곤 했다. 마침내 그는 자기의 범죄를 고백하기만 하면 자기의 영혼은 치유될 수 있고 영원한 평안을 얻을 수 있을 것이라고 진심으로 믿게 되었다.

그러나 이것을 어떻게 실천할 것인가? 그것을 생각하면 그의 마음속은 당장 공포로 가득 차 버리는 것이었다. 바로 그때 나의 결투 사건이 일어난 것이다.

"당신을 보면서 나는 겨우 결심하게 되었습니다."

나는 그의 얼굴을 바라보았다.

"아니, 그게 정말입니까?" 나는 손뼉을 치면서 이렇게 소리쳤다. "그런 대수롭지 않은 사건이 당신의 마음속에 그런 결심을 하게 만들었다는 말입니까?"

"이 결심에 3년이나 걸린 셈이지요. 당신의 사건은 거기에 단지 자극을 주었을 따름입니다. 당신을 가까이하는 동안 나는 얼마나 나 자신을 힐책하고 또 당신을 부러워했는지 모릅니다."

그는 거의 엄숙한 표정으로 말했다.

"그렇지만 아무도 당신의 고백을 곧이듣지 않을 겁니다. 벌써 14년 전의 일이니까요."

"증거가 있습니다. 아주 확실한 증거를 가지고 있어요. 그것을 그들에게 제시하겠습니다."

나는 눈물을 흘리며 그에게 키스했다.

"그런데 꼭 한 가지만, 한 가지만 당신의 의견을 말씀해 주십시오." 그는 마치 모든 것이 내 말 한마디에 달려 있는 듯이 애원했다. "아내와 아이들을 대체 어떻게 하면 좋겠습니까? 아내는 슬픔을 이기지 못해 죽어 버릴지도 모릅니다. 그리고 아이들도 비록 그들의 신분과 재산은 잃지 않을지 모르지만 영원히 죄인의 자식이라는 낙인이 찍힐 게 아니겠습니까? 나라는 인간이 아이들의 가슴속에 어떠한 기억을 남기게 될지 생각좀 해 보십시오!"

나는 아무 말도 하지 않았다.

"그래, 그들과 헤어져야만 합니까? 영원히 그들을 버려야만 합니까? 영원히, 당신도 아다시피 영원히 말입니다!"

나는 말없이 앉아서 마음속으로 기도만 되풀이하고 있었다. 이윽고 나는 자리에서 일어섰다. 어쩐지 무서워졌던 것이다.

"어떻게 하면 좋을까요?"

그는 나를 쳐다보았고 나는 이렇게 대답했다.

"가십시오. 가서 모든 사람들에게 고백하십시오. 모든 것이 지나가 버리고 오직 진실만이 남습니다. 아이들도 성장하면 당신의 결심이 얼마나 훌륭한 것이었는지 이해하게 될 겁니다."

그때 그는 결심을 굳힌 듯한 모습으로 돌아갔다. 그러나 그 뒤에도 여전히 결심을 하지 못하고 2주일 동안 매일 저녁 나를 찾아 와서는 언제까지나 마음의 준비만 되풀이하는 것이었다. 이러한 그의 태도에 나는 정신적으로 완전히 지치고 말았다. 그런가 하면 어떤 때는 단호하게 결심을 한 듯한 얼굴로 나타나서 감동어린 목소리로 이렇게 말할 때도 있었다.

"이제야 알겠습니다. 나에게 천국이 찾아오려 하고 있어요. 천국이 내가 고백하는 것과 동시에 찾아올 것입니다. 14년 동안이나 나는 지옥에서 살아왔지만 이제는 정말 그 고통을 감내하고 싶습니다. 나는 고통을 달게 받고 인생을 다시 시작하렵니다. 인간은 거짓으로 이 세상을 살아갈 수도 있지만, 그래서는 본래대로 되돌아갈 수가 없습니다. 이대로는 이웃은 고사하고 내 아이들조차 사랑할 수가 없습니다. 아아, 아이들도 나의 고통이 얼마만한 것이었는지 이해하고 나를 심판하지는 않겠지요. 하느님께서는 힘 속에 계시는 것이 아니라 진리 속에 계시니까요."

"이해하고 말고요. 모두 당신의 영웅적인 행위를 이해해 줄 것입니다. 지금 이해하지 못한다 해도 나중에는 반드시 이해하게 될 겁니다. 왜냐하면 당신은 진리에 봉사하셨으니까요. 이 세상의 것이 아닌 더욱 숭고한 진리에 말입니다……."

이럴 때면 그는 적잖이 위로를 받은 듯한 표정으로 돌아갔으나, 다음날 다시 창백하고 고통스런 얼굴로 나를 찾아와 비웃듯이 말하는 것이었다.

"내가 여기 찾아올 때마다 당신은 마치 '아직도 고백하지 않았군!' 하는 듯이 호기심에 불타는 눈으로 나를 바라보는군요. 그러나 조금만 더 기다려 주십시오. 그리고 나를 너무 경멸하지 마십시오. 이것은 당신이 생각하는 것처럼 그렇게 쉬운 일이 아닙니다. 어쩌면 영원히 고백하지 않게 될지도 모릅니다. 그렇게되면 당신은 나를 고발하실 건가요?"

그러나 나는 어리석은 호기심의 눈으로 그를 바라보기는커녕 그의 얼굴을 보는 것조차 두려워졌다. 나는 몸과 마음이 모두 지쳐서 거의 병이 날 지경이었고, 마음속에는 눈물이 가득 차 있었다. 밤에는 잠도 제대로 이루지 못할 정도였다. 그가 말을 이었다.

"나는 지금 아내한테서 오는 길입니다. 과연 당신이 '아내'란 어떤 존재인지 아실까요? 내가 집을 나올 때 아이들은 '아버지, 안녕히 다녀오세요. 빨리 돌아오셔서 동화책을 읽어 주세요, 네?' 이렇게 말하더군요. 아마 당신은 모르실 겁니다! 다른 사람의 불행을 진정으로 이해하는 사람은 아무도 없으니까요."

그의 눈은 번들거리고 입술은 경련을 일으킨 듯 떨리고 있었다. 그러더니 갑자기 주먹을 움켜쥐고 위에 놓인 물건들이 춤을 출 정도로 테이블을 쾅 내리쳤다. 평소에는 매우 점잖은 사람이었으므로 이런 행동을 하는 것은 처음이었다.

"도대체 그럴 필요가 있을까요?" 그는 고함을 질렀다. "꼭 내가 그래야만 할까요? 아무도 죄를 뒤집어쓴 사람이 없고, 아무도 나 때문에 시베리아로 간 사람이 없는데 말입니다. 그때 그 하인은 열병으로 죽은 것이니까요. 그리고 나로 말하면 내가 지은죄로 인해 그동안 겪은 고통으로 이미 충분한 벌을 받은 셈 아닙니까? 또 아무도 내 말을 곧이들으려 하지 않을 것이고, 어떤 증거를 제시해도 믿지 않을 겁니다. 그런데 무엇 때문에 꼭 자수를 해야 합니까? 내가 저지른 죄 때문이라면 평생 고통을 달갑게 받겠습니다. 그렇지만 아내와 아이들에게만은 슬픔을 주고 싶지 않습니다. 과연 그들까지 나와 함께 파멸시키는 것이 옳은 일일까요? 이런 경우 진리는 어디 있는 것입니까? 과연 세상 사람들은 그 진리를 제대로 인정해줄까요? 그것을 바르게 평가하고 존중해줄까요?"

'이럴 수가 있담!' 나는 속으로 탄식했다. '이런 순간에 이 사람은 세상 사람들의 존경 같은 걸 따지다니!'

그러자 나는 그가 한없이 가엾어져서, 만약 내가 그를 위로해 줄 수만 있다면 그와 운명을 함께 해도 좋다고까지 생각했다. 그는 제정신이 아닌 것처럼 보였다. 그러한 결심을 하기 위해서는 그가 어떤 대가를 치러야 하는가를, 나는 단지 이성으로서가 아니라 온 영혼으로 직감하고 온몸에 전율을 느꼈다.

"어서 내 운명을 결정해 주십시오!"

그는 또다시 소리쳤다.

"가서 고백하십시오."

나는 그에게 속삭여 주었다. 숨이 막힐 것 같아 목소리가 제대로 나오지 않았지만, 그래도 나는 단호한 어조로 속삭였다. 그러고 나서 테이블 위에 놓여 있던 성경을 집어들고 〈요한복음〉 12장 24절을 보여주었다.

"내가 진실로 너희에게 이르노니, 한 알의 밀알이 땅에 떨어져 죽지 아니하면 한 알 그대로 있고, 죽으면 많은 열매를 맺느니라."

나는 그가 오기 조금 전에 읽고 있었던 그 구절을 읽었다.

"옳은 말씀입니다." 그는 쓰디쓴 미소를 지었다. "하지만 이런 책 속에는," 그는 잠시 말을 중단했다가 다시 입을 열었다. "뭐라 말할 수 없이 무서운 문구들이 많습니다. 또 그것을 다른 사람의 코 앞에 들이대는 건 무척 쉬운 일이지요. 그렇지만 이건 누가 쓴 것입니까? 설마 인간이 쓴 건 아니겠지요?"

"성령께서 쓰셨습니다."

"그렇게 말하는 것쯤 당신에게는 아주 쉬운 일이겠지요."

그는 다시 한번 쓰디쓴 미소를 지어 보였는데, 그것은 거의 증오에 차 있었다. 나는 다시 책을 집어들고 다른 곳을 펼쳐 〈히브리서〉 10장 31절을 보여주었다. 그는 그것을 읽었다.

"살아계신 하느님의 징벌하시는 손에 떨어지는 것은 무서운 일입니다."

그는 읽고 나더니 그대로 책을 던져 버렸다. 온몸이 와들와들 떨고 있었다.

"무서운 말씀입니다. 더 이상 할말이 없군요. 어쩌면 그렇게 꼭 들어맞는 구절만 골라내셨습니까……," 그는 의자에서 일어섰다. "그럼, 안녕히 계십시오. 아마 다시는 못 오게 될지도 모릅니다……. 천국에서 다시 만납시다. '살아 계신 하느님의 징벌하시는 손에 떨어진'지 벌써 14년이나 되었군요. 지난 14년은 정말 그렇게 불러야 마땅하겠지요. 내일은 그 손을 향해 제발 나를 좀 놓아달라고 간청하겠습니다."

나는 그를 끌어안고 작별의 키스를 하고 싶었으나 그럴 용기가 나지 않았다. 그토록 그의 얼굴은 일그러져 있었고 고통스러워 보였기 때문이다. 그는 밖으로 나갔다.

'아아, 그는 대체 어디로 가는 것일까?'

나는 성상 앞에 엎드려, 우리의 청을 지체없이 들어주시는 보호자이신 동시에 구원자이신 성모 마리아께 그를 위해 울며 기도를 드렸다. 내가 눈물을 흘리며 기도를 드리고 있는 동안 약 30분이 흘러갔다. 밤은 이미 깊어 거의 자정에 가까웠다. 그때 갑자기 문이 열리더니 그가 다시 들어 왔다. 나는 소스라치게 놀랐다.

"어디 갔다 오셨습니까?"

"저…… 뭔가 잊은 게 있는 것 같아서…… 아마 손수건을…… 아니, 뭐 잊은 게 없더라도 잠깐 앉았다 가게 해주십시오."

그는 의자에 앉았고 나는 그 앞에 서 있었다.

"같이 앉으시지요."

그의 말에 나도 앉았다. 그대로 2분쯤 지났을까. 그는 지그시 내 얼굴을 바라보고 있다가 돌연 쓴웃음을 지었다. 지금도 그때 일을 기억하고 있는데, 그가 벌떡 일어 서더니 나를 힘껏 끌어안고 키스를 하는 것이었다.

"기억해 두게." 그는 말했다. "내가 자네한테 두 번째 왔었다는 사실을. 알겠나, 이걸 꼭 기억해 두게."

그가 나를 자네라고 부른 것은 이때가 처음이었다. 그리고 그는 다시 나가 버렸다.

'내일은 틀림없겠군.'

예상은 적중했다. 나는 그날 저녁에만 해도 그 다음날이 그의 생일이라는 것을 모르고 있었다. 나는 지난 며칠 동안 한 번도 외출한 적이 없어서 누구에게도 그런 말을 들을 기회가 없었던 것이다. 그의 생일에는 해마다 그의 집에서 굉장한 잔치가 벌어지는데, 그 마을의 거의 모든 사람이 모여들었다. 이번에도 역시 마찬가지였다. 식사를 마친 뒤 그는 방 한가운데로 걸어나갔다. 그의 손에는 한 장의 종이가 쥐어져 있었다. 그것은 그가 근무하는 관청의 장관에게 제출할 정식 자백서였던 것이다. 마침 장관도 그 자리에 참석하고 있어서, 그는 그 자백서를 모든 손님들 앞에서 커다랗게 낭독했다. 거기에는 범행의 전말이 낱낱이 적혀 있었다.

"나는 극악무도한 악한인 나 자신을 인간 사회에서 추방하려고 합니다. 하느님께서 나를 찾아주셨으니 나는 기꺼이 형벌의 고통을 받겠습니다."

그는 이렇게 자백서를 끝맺었다.

그리고 그 자리에서 그는 자기의 범죄를 증명하기 위해, 14년 동안 간직해 온 물건들을 모두 가져다가 테이블 위에 늘어놓았다. 혐의를 피하려고 훔쳤던 금붙이들과 피살자의 목에서 끌러온 커다란 목걸이와 십자가—목걸이에는 약혼자의 사진이 들어 있었다—와 수첩, 그리고 마지막으로 두 통의 편지였다. 한 통은 곧 돌아온다는 것을 알리는 약혼자의 편지이고, 다른 한 통은 여자가 써서 다음날 부치려고 테이블 위에 놓아 두었던 답장이었다.

그는 이 두 통의 편지를 범행 뒤에 집으로 가져 왔던 것이다. 그러나 무엇 때문에 그는 자기에게 불리한 증거품을 없애 버리지 않고 14년 동안이나 소중히 간직하고 있었을까? 그리고 그 결과는…….

사람들은 처음엔 깜짝 놀라 공포에 빠졌지만 아무도 믿으려 하지 않았다. 모두 강한 호기심을 가지고 귀를 기울였으나, 마치 병자의 헛소리라도 들은 것처럼 며칠 뒤에는 어느 가정에서나 가엾게도 그 사람은 미쳐 버린 모양이라고들 단정해 버렸다.

사법 당국에서는 그 사건을 심리할 수밖에 없었지만, 그들 역시 당분간 심리를 보류하기로 결정했다. 제시된 물건들과 편지는 일단 조사해 볼 만한 가치가 있는 것이었지만, 설혹 그 증거물이 틀림없다는 것이 밝혀진다 하더라도 역시 그것만을 근거로 그에게 유죄를 선고할 수는 없다는 결론을 내린 것이다. 뿐만 아니라 그 증거물이라는 것도 피살자가 자기 친구인 그에게 보관을 위임했을 수도 있는 일이었다. 하긴 나중에 들은 바에 의하면, 그 증거물의 출처가 확실하다는 것은 피살자의 친구들과 친척에 의해 증명되었기 때문에 거기에 대해서는 의문의 여지는 조금도 없었다고 한다.

아무튼 이 사건은 또다시 미해결인 채 사라질 운명에 있었다. 그 뒤 닷새 가량 지났을 때, 이 불행한 사람이 갑자기 병에 걸려 이제는 목숨까지 위독한 상태에 있다는 것이 알려졌다. 무슨 병에 걸렸는지는 확실히 설명할 수 없으나, 사람들 말에 의하면 심장의 부정맥 때문이었다고 한다. 그러나 곧이어 다음과 같은 사실이 밝혀졌다. 의사들이 그의 부인의 간곡한 청에 못 이겨 환자의 정신 상태를 진찰한 결과, 정신착란 증상이 보인다는 진단을 내렸다는 것이다.

사람들은 앞 다투어 나에게 진상을 물으러 왔지만 나는 아무것도 말하지 않았다. 그러나 내가 그를 문병하고 싶다고 말했을 때 사람들은—특히 그의 아내는—한사코 말리면서 허락해 주지 않았다. 그의 아내는 나에게 이렇게 말하는 것이었다.

"그가 그렇게 미치게 된 건 당신 때문이에요. 그이는 항상 우울한 성격이긴 했지만, 특히 작년부터는 공연히 흥분하여 이상한 짓을 하는 걸 우리는 모두 눈치채고 있었어요. 그런데 이번엔 당신이 나타나서 그이를 완전히 파멸시키고 만 거예요. 당신이 그이에게 이상한 사상을 불어넣었기 때문이에요. 지난 한 달 동안 그이는 줄곧 당신 집에 드나들었으니까요."

비단 그의 아내뿐만 아니라 그 도시의 모든 사람들이 나한테 달려들어 나를 비난하는 것이었다.

"모든 것은 다 당신 탓이오!"

나는 아무 말도 하지 않았고 오히려 속으로는 무척 기뻐했다. 왜냐하면 나는 자기 자신에게 반기를 들고 자기 자신에게 벌을 준 이 불행한 사람에 대한 명백한 하느님의 자비를 보았기 때문이다. 나는 그가 정말로 정신 이상을 일으켰다고는 믿지 않았다. 그러다가 마침내 나는 그와의 면회를 허락받게 되었다. 병자 자신이 나와 작별 인사를 나누고 싶다고 열심히 간청했기 때문이었다. 나는 그의 방에 들어서자 곧 그의 목숨이 며칠은 고사하고 몇 시간밖에 남지 않았다는 것을 알 수 있었다. 그는 여월대로 여위어 얼굴빛은 누렇고, 손은 부들부들 떨며 가쁜 숨을 몰아쉬고 있었으나 얼굴에는 감동과 기쁨이 가득했다.

"결국 뜻을 이루고 말았네!" 그는 말했다. "자네가 무척 보고 싶었는데 왜 와 주지 않나?"

나는 사람들이 만나지 못하게 했다는 말은 하지 않았다.

"하느님께서 나를 가엾이 여겨 자기 곁으로 불러 주시는 거야. 죽을 날이 머지 않았다는 건 나도 알고 있지만, 몇십 년 만에 나는 비로소 기쁨과 편안함을 느끼고 있네. 내가 해야 할 일을 끝낸 순간부터 내 마음속에는 천국이 나타났지. 이제는 아무 거리낌없이 아이들을 사랑할 수도 있고 키스를 해줄 수도 있어. 그러나 아내도, 판사도, 또 그 밖의 어느 누구도 내 말을 곧이들어 주지 않았다네. 그러니 아이들도 역시 믿지 않을걸세. 이것만으로도 아이들에 대한 하느님의 자비를 알 수 있지 않나. 비록 내가 지금 죽는 한이 있더라도, 내 이름은 아이들에게 아무런 오점도 남기지 않을걸세. 지금 이 순간에도 나는 벌써 하느님 곁에 있는 것 같아, 내 마음은 마치 천국에 있는 듯이 즐겁기만 하네……. 난 내 할 일을 다했어……."

그는 더이상 말을 잇지 못했다. 가쁜 숨을 몰아쉬면서도 그는 내 손을 꼭 잡고 타는 듯한 눈으로 나를 바라보고 있었다. 우리는 오래 애기할 수가 없었다. 그의 아내가 끊임없이 우리를 살피러 드나들었기 때문이다. 그래도 그는 틈을 타서 내게 이런 말을 속삭였다.

"자네, 내가 그날 밤 자네를 두 번째 찾아갔던 일을 기억하고 있나? 내가 꼭 기억해 두라고 당부하지 않았나? 내가 왜 되돌아갔는지 자네는 알고 있나? 실은 난 자네를 죽이려고 갔던 거네!"

나는 흠칫 몸을 떨었다.

"그때 나는 자네 집에서 캄캄한 어둠 속으로 뛰쳐나와, 거리를 헤매며 나 자신과 싸웠다네. 그러자 갑자기 자네가 미워져서 견딜 수가 없더군. '그자야말로 나를 속박하는 유일한 인간이다' 나는 생각했지. '그자는 나의 심판관이기도 하다. 그자가 모두 알고 있는 한, 내일이라도 나는 형벌을 감수할 수밖에 없다.' 그렇다고 해서, 자네가 나를 밀고하지나 않을까 그것을 두려워한 것은 아니었어. 정말 그런 것은 생각조차 해본 일이 없네. 단지 '만약 내가 자수하지 않는다면, 무슨 낯으로 그를 대한단 말인가?' 생각했던 거야. 설사 자네가 이 세상 어느 끝에 가 있다 할지라도, 자네가 살아 있는 한은 역시 마찬가지가 아니겠나. 자네가 모든 일을 알고 있는 한 나를 심판할 것이라는 생각이 들어 도저히 견딜 수가 없었어. 나는 마치 자네가 모든 것의 원인인 것처럼, 모든 죄가 자네에게 있기라도 한 것처럼 자네를 증오했네. 그래서 나는 자네에게로 되돌아갔던 거야. 그때 자네 방 테이블 위에 나이프가 놓여져 있던 것을 기억해 냈지. 나는 의자에 앉아 자네에게도 앉으라고 권했어. 그리고 1분 동안이나 곰곰이 생각했네. 만약 내가 자네를 죽였더라면, 비록 이전의 죄는 자백할 필요가 없어지겠지만, 자네를 죽인 살인죄로 말미암아 틀림없이 파멸하고야 말았을 걸세. 그러나 그런 일은 전혀 생각지도 않았고, 또 생각하고 싶지도 않았어. 나는 단지 자네가 미워서 견딜 수가 없었고 모든 일에 대해 자네에게 복수하고 싶은 생각밖에 없었지. 그러나 하느님께서 내 마음속에 있는 악마를 물리쳐 주셨네. 아무튼 잘 기억해 두게, 자네가 그때만큼 죽음에 임박했던 일은 한 번도 없었다는 사실을⋯⋯."

1주일 뒤에 그는 죽었다. 그 도시의 사람들은 거의 모두 묘지까지 관을 따라갔다. 대주교의 감동어린 조사(弔辭)가 있었다. 모두가 그의 수명을 단축시킨 무서운 병을 통탄했다.

장례식이 끝나자 도시 사람들 전체가 나를 적대시하며 자기 손님으로 초대하는 것을 거절했다. 물론 개중에는 그의 고백을 믿는 사람들도 있었다. 처음에는 아주 적었지만, 점점 그 수가 늘어 났다. 그들은 나를 자주 찾아와 강한 호기심과 관심을 가지고 여러 가지로 캐묻는 것이었다. 인간에게는 올바른 사람의 타락과 오욕을 좋아하는 성질이 있기 때문이다. 그러나 나는 끝까지 입을 다물고 있었다. 그리고 곧 그 도시를 떠나 다섯 달 뒤에는 하느님의 은총으로 이 장엄하고도 확고한 길에 발을 들여놓게 되었다. 나는 그처럼 분명하게 이 길을 가리켜 보여주신 '눈에 보이지 않는 하느님의 손'을 축복했다. 그러나 그 많은 고통을 겪은 하느님의 종 미하일을 잊지 않고 오늘날까지 매일 기도 드리고 있다.

3 조시마 장로의 담화와 설교 중에서
E 러시아의 수도사와 그것이 갖는 의의
경애하는 동료 여러분, 수도사란 대체 무엇인가? 오늘날과 같은 문명 사회에서는, 이 수도사란 말은 어떤 사람들에게는 냉소의 의미로, 또 어떤 사람들에게는 비난의 뜻으로 사용되고 있다. 이러한 경향은 갈수록 더 심해지고 있다.

슬픈 일이지만, 수도사 중에는 무위도식을 일삼는 게으름뱅이, 육신에 봉사하려는 자, 방탕한 자와 오만불손한 무뢰한들이 많이 섞여 있는 것도 사실이다. 교육을 받은 일반 사회의 사람들은 이러한 사실을 지적하며 다음과 같이 말하고 있다. '너희는 게으름뱅이고, 사회에 무익한 기생충이며, 남의 노고로 살아가는 파렴치한 거렁뱅이에 지나지 않는다.'

그러나 수도사 중에도 겸허하고 온화한 사람들이 많아서, 그들은 고독과 정적 중에서 열렬한 기도를 드리기를 갈망하고 있다. 세상 사람들은 흔히 이런 수도사들에게는 주의를 기울이지 않고 완전히 묵살하는 태도를 취하고 있다고 해도 과언이 아니다. 그러므로 만약 내가 이처럼 고독한 기도를 갈망하는 겸허한 수도사들 중에서 다시 한번 러시아의 구원자가 나타날지도 모른다고 말하면 그들은 얼마나 놀랄 것인가! 진실로 그러한 수도사들은 정적 속에 들어앉아 '그 해, 그 달, 그 날, 그 시간'을 위해 준비하고 있다.

지금 그들은 고독 속에서 먼 옛날의 신부와 사도와 순교자들로부터 물려받은 그리스도의 빛나는 모습을 하느님의 진리 그대로 순수하게 보전하면서, 때가 오면 이 속세의 비뚤어진 진리 앞에 그 모습을 계시하려 하고 있다. 이것은 참으로 위대한 사상이다. 별은 동쪽 하늘에서 빛나기 시작할 것이다.

수도사에 관해 나는 이렇게 생각하는데 이것은 과연 거짓일까? 자만일까? 이것을 알려면 세상 사람들이나 하느님의 백성을 거만하게 내려다 보고 있는 속계의 모든 것을 보면 된다. 그곳에서는 과연 하느님의 모습과 그 진리가 왜곡되어 버리지 않았다고 할 수 있을까? 그들은 과학을 소유하고 있다. 그러나 과학의 업적에는 인간의 오감(五感)에 의해 확인된 것 외엔 아무것도 없다. 인간 존재의 소중한 일면을 이루고 있는 정신 세계는 일종의 승리감과 함께, 아니, 증오감과 함께 완전히 거부되고 근절되었다.

이 세상은 자유를 선언했다. 특히 요즘에는 그런 경향이 심하다. 그렇다면 그들의 자유 속에서 우리는 과연 무엇을 발견할 수 있는가? 단지 예속과 자멸밖에는 아무것도 없다! 그들은 이렇게 부르짖고 있다.

'너희도 욕구를 가지고 있으면, 그것을 충족시켜라. 너희도 귀족이나 부호들과 동등한 권리를 가지고 있으니까. 욕구를 충족시키는 것을 두려워하지 마라. 아니, 오히려 그것을 증진시켜야 한다.'

이것이 현재 바로 그들의 가르침이다. 그들은 이 속에 자유가 있다고 생각한다.

그러나 욕구를 증진하는 권리는 과연 어떤 결과를 낳을까? 부유한 자에게는 고독과 자멸, 가난한 자에게는 선망과 살인이 있을 뿐이다. 그 이유는 그들이 단지 권리만을 부여하고 욕구 충족의 방법을 제시하지 않았기 때문이다.

그들은 이렇게 주장하고 있다. 즉 인간과 인간 사이의 거리는 줄고 사상은 공기를 통해 전달됨으로써 인류는 시간이 지남에 따라 점점 밀접해져 형제적인 관계로 뭉쳐간다고……

아아, 그러한 인간들의 결합은 결코 믿어서는 안 된다. 세상 사람들은 자유라는 것을 욕망의 증진과 신속한 충족으로 해석함으로써 그들 자신의 본질을 왜곡하고 있다. 그것은 어리석고도 무의미한 소망과 습관, 당치도 않은 공상을 무수히 파생시키기 때문이다. 사람들은 다만 서로의 선망과 욕망과 허영을 위해 살고 있을 따름이다. 또 그들은 연회, 말, 마차, 지위, 노예나 다름없는 하인, 이러한 것을 꼭 갖추어야 한다고 생각한다. 그러므로 이를 갖추기 위해서는 자기의 생활과 품성, 인간애까지 모두 희생시키려고 한다. 그 욕구를 충족시키지 못해 자살하는 사람까지 있을 정도이다.

그다지 부유하지 못한 사람들에게서도 똑같은 현상을 볼 수 있지만, 가난한 사람들은 욕구불만이나 선망을 아직은 음주로 달래고 있다. 그러나 머지않아 그들은 술 대신 피를 마시게 될 것이다. 그렇게 될 밖에는 도리가 없지 않은가.

나는 과연 이것이 진정한 자유인인가 묻고 싶다. 나는 '이념을 위한 투사' 한 사람을 알고 있는데 그가 나에게 말한 바에 의하면, 감옥에서 흡연의 자유를 박탈당했을 때 담배를 너무나 피우고 싶어 고통받은 나머지 담배만 얻을 수 있다면 자기의 '이상'을 팔아먹어도 좋다는 생각까지했다고 한다. 이런 자들이 입으로는 '인류를 위해 싸우겠다'고 큰소리치는 것이다.

이런 자들이 과연 어디서 무슨 일을 하겠다는 것인가? 기껏해야 짧은 시일에 해치우는 거친 행동 따위는 할 수 있을지 몰라도 결코 오래 지속할 수는 없을 것이다. 그러므로 그들이 자유를 얻는 대신 예속에 빠지고, 인류의 결합에 이바지하는 대신 고립과 고독에 빠지고 마는 것은 당연한 일이다. 이 말은 나의 청년 시절에 나의 스승인 신비한 방문객이 한 말이다.

따라서 인류에 대한 봉사라든가 인간의 형제적 결합이라든가 하는 사상은 점차 이 세상에서 사라지고, 심지어는 거의 웃음거리로 치부되기에 이른 것이다. 제멋대로 생각해 낸 수많은 욕망을 충족시키는 데만 익숙해진 인간이 어떻게 자기의 습성에서 벗어날 수 있겠는가? 그리고 또한 어디로 갈 수 있겠는가? 고립 상태에 익숙해진 인간에게 도대체 인류라는 게 무슨 소용이겠는가? 그리하여 그들은 더 많은 물질을 쌓아올리는 데는 성공했지만, 세상에서의 기쁨은 점차 상실하는 결과에 이르고 만 것이다.

수도사들이 걸어가는 길은 이와는 전혀 다르다. 사람들은 복종과 단식, 나아가서는 기도까지 비웃지만, 오직 그러한 것들에만 참다운 자유에 도달할 수 있는 길이 열려 있는 것이다. 우리는 쓸데없는 욕망을 버리고 자존심에서 우러나는 교만한 자기 의지를 복종으로 억제하면서, 하느님의 도움을 빌려 정신의 자유를 얻고 더불어 정신적인 쾌락을 획득하는 것이다.

어느 쪽이 위대한 사상을 선양하고 봉사할 가능성을 가지고 있는 것일까—고립된 부자인가, 아니면 물질의 압정과 압습으로부터 벗어난 자인가?

수도사는 흔히 그의 고립된 생활 때문에 비난을 받는다.

'너는 너 자신만의 구원을 위해 수도원 담장 안에 은둔하며, 인류에 대한 형제애적 봉사를 잊고 있지 않느냐?'

그러나 과연 어느 쪽이 형제애적인 사랑을 위해 노력하고 있는지는 이내 알 수 있다. 왜냐하면 비록 그들은 모르고 있으나, 고독에 빠져 있는 것은 우리가 아니라 그들 자신이기 때문이다.

옛날부터 우리 수도사들 중에서는 민중의 지도자들이 많이 배출되었다. 그런데 지금이라고 해서 그런 사람이 나타나지 않는다는 법은 없지 않은가? 그들같이 온유하고 겸허한 금욕과 침묵의 고행자들이 또다시 나타나서 위대한 사업을 위해 헌신하게 될 것이다. 러시아의 구원은 민중에게 있다. 그리고 러시아의 수도원은 태고 때부터 민중과 함께 있었다. 만약 민중이 고립되어 있다면 우리 역시 고립되어 있는 것이다.

민중은 우리와 마찬가지로 하느님을 믿고 있다. 하느님을 믿지 않는 실천가는, 비록 그가 순수한 열정과 천재적 두뇌를 가진 사람일지라도 러시아에서는 아무것도 성취하지 못할 것이다. 이것을 잘 기억해 두기 바란다! 머지않아 민중은 무신론자를 맞아 싸워 그를 정복할 것이다. 그리하여 정교(正敎) 밑에 하나로 결합된 러시아가 출현할 날이 올 것이다.

민중을 소중히 하고 그들의 마음을 지켜주기 바란다. 조용한 가운데 민중을 교육하라. 이것이 수도사로서 여러분이 해야 할 일이다. 왜냐하면 그 민중은 하느님을 구현할 백성이기 때문이다.

F 주인과 종에 대하여—그들은 정신적으로 서로 형제가 될 수 있는가?

물론 나는 안타깝지만 민중에게도 죄가 있다는 것을 부인하지 않는다. 부패와 타락의 불길은 무서운 기세로 퍼져나가 상류층으로부터 아래로 타내려가고 있다. 민중에게도 고립의 풍조가 물들기 시작했다. 고리대금업자와 사회를 좀먹는 자들이 고개를 쳐들고, 장사치들까지 이제는 지위를 탐내게 되었으며, 교양이라곤 털끝만큼도 없는 자가 마치 교양있는 신사처럼 행세하려 든다. 그리고 그것을 위해 옛날부터의 전통을 무시하고 심지어는 조상의 신앙까지 수치로 여기게 된 것이다. 그리고 비록 뻔질나게 귀족의 저택을 방문하지만, 어디까지나 그들은 부패한 농민에 불과하다. 민중들은 음주 때문에 썩어가고 있으면서도 그 습성에서 좀처럼 벗어나지 못한다. 그들은 자기 아내와 자식들에게까지 잔인한 행동을 서슴없이 자행하고 있다. 이것은 모두가 음주에서 오는 결과이다.

나는 공장에서 말라빠지고 지칠 대로 지쳐서 등까지 구부정해진 여남은 살밖에 안된 아이들을 많이 본 적이 있다. 그 아이들은 벌써부터 악덕에 물들어 있었다. 숨막힐 듯한 공장 건물, 시끄러운 기계 소리, 온종일 계속되는 노동, 음담패설, 그리고 술, 또 술. 과연 이런 것들이 어린아이의 영혼에 무슨 쓸모가 있는 것일까? 그들에게 필요한 것은 태양과 어린애다운 놀이이고, 가는 곳마다 있는 밝은 모범이며, 비록 한 방울일지라도 그들에게 짜먹여야 할 사랑이다. 수도사 여러분, 이러한 악습이 사라지도록, 아이들에 대한 이같은 학대가 없어지도록 여러분은 한시 바삐 일어나서 계몽에 앞장서야 한다.

그렇지만 하느님께서는 우리 러시아를 구해 주실 것이다. 비록 민중이 타락하여 악취로 가득한 죄악 속에서 헤어나지 못하고 있더라도 그들은 자기들이 저지르는 악취에 찬 죄악이, 하느님의 저주를 받고 있으며 죄를 짓고 있는 자신이 잘못되어 있다는 것을 잘 알고 있기 때문이다. 우리나라의 민중은 아직도 진리와 하느님을 열심히 믿고 있으며, 하느님을 인정하고 감격의 눈물을 흘리고 있다.

그러나 상류 계급의 사람들은 그렇지가 않다. 과학을 추종하는 그들은 이성으로만 올바른 사회 조직을 실현시키려 하고 있다. 이미 예전처럼 그리스도의 힘을 빌리려 하지 않고 이제는 범죄도 없고 죄악도 없다고 큰소리치고 있다. 하긴 그들의 사고 방식으로 본다면 매우 당연한 일이다. 왜냐하면 하느님이 존재하지 않는 이상 범죄라는 개념은 있을 수 없기 때문이다.

유럽에서는 이미 민중이 폭력으로 자본가에게 항거하고 있다. 민중의 지도자들은 곳곳에서 그들을 유혈의 장으로 이끌면서, '너희의 분노는 당연한 것'이라고 가르치고 있다. 그러나 그들의 분노는 잔혹하기 때문에 저주받아야 마땅하다. 그러나 이때까지 여러 차례 구원해 주신 것처럼 하느님께서는 러시아를 반드시 구원해 주실 것이며, 구원은 민중으로부터, 그들의 신앙과 겸허함에서 올 것이다.

여러분, 민중의 신앙을 수호하도록 노력하라. 이것은 결코 공상이 아니다. 나는 일생 동안 우리나라의 위대한 민중이 지니고 있는 참으로 탁월한 자질에 깊은 감명을 받아왔다. 나는 나 자신이 직접 보았기 때문에 감히 증언할 수 있다. 나는 그것을 볼 때마다 거지나 다를 바 없는 처참한 모습에도 불구하고 찬탄을 금할 수 없었다.

그들은 200년 동안이나 농노 시대를 거쳐왔으면서도 결코 비굴하지 않고, 태도나 거동이 자유로우면서도 무례하지 않다. 그리고 복수심도 강하지 않고 시기심도 없다.

'당신은 훌륭한 분이오. 부자인 데다 머리가 좋고 재능도 있소―참으로 좋은 일이오. 하느님께서 당신을 축복해 주시기를. 나는 당신을 존경하오. 나는 내가 인간이라는 것을 알고 있소. 그러므로 나는 당신을 부러워하지 않고 존경할 수 있는 것이오. 또한 그렇게 함으로써, 나 자신도 인간으로서의 품위를 당신에게 보여줄 수 있는 것이오.'

그들은 이렇게 입밖에 내어 말하지는 않아도―왜냐하면 그들은 아직 그렇게 말을 할 줄 모르니까―실제로 그런 식으로 행동하고 그런 식으로 경험해 온 것을 내 눈으로 보아왔다.

여러분은 믿지 않을지 모르지만, 우리 러시아의 민중은 가난해지면 가난해질수록 신분이 낮으면 낮을수록 그 내부에 이와 같은 위대한 진리를 더욱 뚜렷하게 지니고 있다. 왜냐하면 부농이니 착취자니 하는 자들은 이미 대부분이 타락했기 때문이다. 이것은 주로 우리가 열정을 잃거나 태만한데서 일어나는 일임을 알아야 한다.

　그러나 하느님께서는 당신의 종인 인간들을 반드시 구원해 주실 것이다. 왜냐하면, 러시아는 그 겸허함 때문에 위대하기 때문이다. 나는 우리나라의 미래를 꿈꾸며 이미 그것을 똑똑히 눈으로 보고 있는 것 같다. 언젠가는 우리나라의 가장 타락한 부자들도 가난한 사람들 앞에서 그들 자신의 부를 부끄럽게 여기게 될 것이고, 가난한 자들은 그들의 겸허한 태도를 보고 그 심정을 이해하게 되어 그들에게 양보하고 기쁨과 사랑으로 그 아름다운 반성에 응하게 될 것이다. 반드시 그와 같은 결과를 보게 되리라고 믿어도 좋다. 그와 같은 방향으로 움직이고 있다.

　평등은 다만 인간의 정신적인 존엄에서만 찾을 수 있는 것으로, 이것을 이해하고 있는 것은 우리 러시아 민중뿐이다. 만약 우리가 서로 형제의 관계에 있다면 동포들의 친밀한 결합도 이루어질 것이지만, 그러한 결합이 이루어지기 전에는 공평한 분배가 이루어지는 일은 결코 없다. 우리가 그리스도의 모습을 소중하게 지켜 그것이 고귀한 다이아몬드와도 같이 온 세계에 찬란히 빛을 떨치기를…… 그대로 이루어지이다, 아멘!

　여러분, 나는 일찍이 감동적인 경험을 한 적이 있었다. 전국을 순례할 때, 나는 이전에 나의 당번병이었던 아파나시를 K시에서 만났는데 그와 헤어진 지 8년 만의 일이었다.

　시장에서 우연히 나를 본 그는 기뻐 어쩔 줄을 모르며 나에게 달려들어 얼싸안을 듯이 손을 잡았다.

　"수사님, 이거 나리가 아니십니까? 이런 데서 나리를 뵙다니!"

　그는 나를 자기 집으로 안내했다. 이미 제대를 하고 결혼하여 어린애가 둘이나 있는 그는, 아내와 둘이 시장에서 조그마한 노점을 꾸려가며 그날 그날 살아가고 있었다. 방 안은 보잘 것 없었으나 깨끗하고 즐거움에 넘쳐 있었다. 그는 나를 의자에 앉힌 뒤 사모바르를 내놓고, 아내를 부르러 사람을 보내는 등 마치 잔치라도 벌일 것 같은 기세였다. 그는 아이들을 내 곁으로 데리고 와서 말했다.

　"수사님, 아이들에게 축복을 내려 주십시오."

　"나 따위가 어찌 축복을 줄 수 있겠소? 나는 수도승이니 아이들을 위해 하느님께 기도를 드리기로 하지요. 그런데 아파나시 씨, 난 그날 이후 매일처럼 당신을 위해 기도를 드리고 있어요. 내가 이렇게 된 것 모두 당신 덕분이니까요."

나는 되도록 상세하게 그때의 일을 설명해 주었다. 어찌된 일인지 그는 내 얼굴만 뚫어지게 바라보고 있더니 전에는 자기의 상관이었고 또 장교였던 사람이 지금 이런 꼴을 하고 이런 옷을 입고 자기 앞에 있는 것이 도무지 이해가 되지 않는 모양이었다. 그는 끝내 울음을 터뜨리고 말았다.

"왜 우시오? 당신은 나에게는 잊을 수 없는 사람이오. 그보다도 나를 위해 기뻐해 주시오. 내 앞길은 광명과 기쁨으로 넘치고 있으니까."

그는 별로 말이 없이 줄곧 한숨을 내쉬면서 감개무량한 듯이 고개를 끄떡여 보이는 것이었다.

"그럼, 나리의 재산은 어쩌셨습니까?"

"수도원에 바쳤지요. 우린 공동 생활을 하고 있으니까."

차를 마시고 나서, 나는 그들에게 작별 인사를 했다. 그러자 돌연 그는 50코페이카짜리 은화를 내게 주며 수도원에 기부해 달라고 말했다. 그리고 다시 50코페이카짜리 은화를 꺼내 내 손에 쥐어 주며 재빨리 이렇게 말하는 것이었다.

"이건 순례 중에 계신 나그네에게 드리는 겁니다. 혹시 쓰실 데가 있을지 모르니까요."

나는 그 은화를 받아들고 그들 부부에게 인사를 한 뒤 즐거운 마음으로 밖으로 나왔다. 그리고 길을 걸으며 이렇게 생각했다.

'이제 우리는 둘 다, 그는 집에서, 나는 이렇게 길을 걸으면서 하느님께서 우리를 다시 만나게 해주신 것에 감사하면서 즐거운 마음으로 고개를 끄떡이며 한숨 짓기도 하고 기쁜 마음으로 미소를 짓기도 할 것이다.'

그 뒤 나는 그를 한 번도 보지 못했다. 나는 그의 주인이었고 그는 나의 하인이었지만, 지금 이렇게 두 사람이 깊은 감동 속에서 정다운 키스를 주고 받은 순간 우리 사이에는 위대한 인간적 결합이 이루어진 것이다.

나는 여기에 대해서 여러 가지로 생각해 본 결과 다음과 같은 결론을 내렸다.

'이처럼 위대하고도 순박한 결합이, 이윽고 곳곳에서 우리 러시아 사람들 사이에 이루어질 것이라는 생각은 과연 상상도 할 수 없는 일일까? 나는 믿고

있다. 그것은 실현될 것이고 그 시기는 머지 않았다고.'

나는 하인들에 관해 좀더 덧붙여 말해 두고 싶다. 내가 아직 청년이었을 때 나는 하인들에게 자주 화를 내곤 했다. 요리사가 너무 뜨거운 요리를 가져왔다느니, 당번병이 옷에 솔질을 하지 않았다느니 하는 따위의 이유에서였다. 그러나 그때 어린 시절에 들었던 그 그리운 형의 사상이 문득 내 마음에 이렇게 속삭였다.

'도대체 나는 남이 나에게 시중들게 하거나, 또 가난하고 무지하다고 해서 다른 사람들을 마구 부려먹을 자격이 있는 것일까?'

그때 나는 이다지도 간단명료한 생각이 나의 뇌리에 너무도 늦게 떠오른 데 대해 스스로 놀랐다. 속세에서는 하인 없이 산다는 것이 불가능한 일이겠지만, 그 대신 자기집 하인들에게는 가령 그들이 하인이 아닐 때보다 정신적으로 자유롭게 해주어야 한다. 하인들을 위해, 주인 자신이 하인의 하인이 되어서는 안되는 것이냐고 하인들에게도 이해시킬 필요가 있다. 주인은 자기가 주인이라는 자만을 없애고 하인들에게 아무런 불신을 품지 않도록 하는 것이 어째서 불가능한 일인 것일까? 하인들을 육친처럼 생각하고, 가족의 일원으로 받아들임으로써 즐거움을 나누는 것이 어째서 불가능한 일일까?

그것은 가능한 일이며, 앞으로 올 위대한 인류 결합의 기초가 되어 줄 것이다. 그때가 되면 인간은 지금같이 자기를 위해 하인을 원하지 않게 될 것이며, 자기와 동등한 인간을 하인으로 삼기를 원하지도 않고 오히려 복음서의 가르침을 따라 진심으로 모든 사람의 종이 되기를 원할 것이다.

그리고 결국에 가서 인간은 오늘날과 같이 잔인한 쾌락—탐욕과 음욕과 허영과 자만과 시기에 넘친 서로의 경쟁에서가 아니라, 교화와 자비의 행위 속에서만 오로지 기쁨을 느끼게 될 것이다. 이것은 과연 공상에 불과할까? 나는 이것이 결코 공상이 아니며, 더욱이 이미 그때가 임박했다는 것을 굳게 믿는다.

사람들은 웃으며 이렇게 물을지도 모른다.

"그런 때가 정말 올 것 같습니까? 대체 언제 그 시기가 온다는 말입니까?"

그러나 나는 그리스도와 함께 그것을 이룩할 것이라고 확신한다. 이 지상 인류의 역사를 보면, 10년 전만 하더라도 도저히 불가능하다고 생각되었던 사상이 얼마나 많은가? 그것이 신비로운 시기의 도래와 함께 갑자기 고개를 쳐들고 온 세계를 휩쓴 예는 얼마든지 있다.

　우리나라에서도 이와 똑같은 일이 일어나, 러시아 민중의 모습이 온 세계에 빛날 것이며, 모든 사람들이 입을 모아 '장인(匠人)이 쓸모없다고 버린 돌이 이제는 중요한 초석이 되었다'고 경탄해 마지않을 것이다. 우리를 비웃는 자들에게 나는 이렇게 묻고 싶다.

　"만일 우리의 소망이 한갓 공상에 불과한 것이라면, 당신들이 그리스도의 힘을 빌리지 않고 자기 두뇌로만 이룩하려는 건물은 언제나 낙성될 수 있지요? 언제 그 공평한 사회는 실현됩니까?"

　만약에 그들이 자기들이야말로 인류의 결합을 위해 노력하고 있다고 단언하더라도, 그것을 진심으로 믿는 자는 그들 중에서도 가장 두뇌가 단순한 사람들뿐일 것이다. 하지만 그렇게까지 두뇌가 단순할 수 있을까?

　사실 공상적 경향은 우리보다는 그들에게 더 많다. 그들은 공평한 사회를 이룩하려고 하나 그리스도를 부정하면 결국은 온 세계를 피바다로 만드는 결과를 초래할 것이다. 왜냐하면 피는 피를 부르고 칼을 뽑은 자는 칼로써 멸망할 것이기 때문이다.

　그러므로 만약 그리스도의 거룩한 약속이 없었더라면 인간은 이 지상에, 단 두 사람밖에 남지 않을 때까지 서로 살육을 감행할 것이다. 그리고 마지막 두 사람까지 그 교만함 때문에 서로를 돕지 못하고, 그중 한 사람이 상대를 죽이고 마침내 자기 자신까지 파멸시키고 말 것이다. 만약에 겸허하고 온유한 사람들로 인해 언젠가는 이러한 일이 끝날 것이라는 그리스도의 약속이 없었다면 정말 그대로 실현되었을지도 모른다.

　지금도 기억하고 있지만 사회에서의 그 결투 사건이 있은 뒤, 아직 군복을 입고 있을 무렵 내가 이 하인에 관한 문제를 얘기했을 때 모두 내 말에 깜짝 놀라 이렇게 묻는 것이었다.

　"뭐라고요? 그럼, 우리는 하인을 안락 의자에 앉히고 그들에게 손수 차를 날라 줘야 한단 말입니까?"

　그래서 나는 그들에게 이렇게 대답했다.

　"그렇게 못할 게 뭐 있습니까? 적어도 이따금만이라도 말입니다."

　그러나 그들은 모두 무시해 버리고 말았다. 그들의 질문도 즉흥적인 것이었고 내 대답도 모호했지만, 그래도 어느 정도의 진리는 포함되어 있다고 나는 생각한다.

G 기도, 사랑. 다른 세계와의 접촉

젊은이여, 기도드리는 것을 잊지 마라. 그대들이 기도드릴 때마다, 그 기도가 진심에서 우러나는 것이라면 반드시 새로운 감정이 솟아오를 것이다. 그리고 그 감정 속에 이제까지 알지 못하던 새로운 사상이, 그대에게 새로운 용기를 북돋아 줄 사상이 들어 있는 것이다. 이리하여 그대는 기도가 하나의 수양이라는 것을 깨닫게 될 것이다.

또 한 가지 더 기억해 두어야 할 것은, 매일 시간 있는 대로 마음속으로 기도하는 일이다.

'주여, 오늘 주님 앞으로 부르심을 받은 모든 사람들을 긍휼히 여기소서.' 왜냐하면 매시간마다, 아니 매순간마다 수천 명의 사람들이 이 지상의 삶을 버리고 그들의 영혼이 하느님 앞으로 불려가고, 그들 중의 대부분이 비애와 번민을 지닌 채 쓸쓸히 이 세상을 떠나가기 때문이다. 그런데도 누구 하나 그것을 슬퍼하는 자도 없고, 또 그들이 과연 이 지상에 살아 있었는지조차 누구하나 아는 사람이 없다.

그때 그런 사람의 명복을 비는 그대의 기도가, 지구의 반대쪽 한끝으로부터 하느님에게 가 닿을지도 모른다. 비록 그대가 그들을 모르고, 그들이 그대를 모르는 사이라 해도 상관없다.

공포에 싸여 하느님 앞에 선 사람의 영혼에게, 자기 같은 인간을 위해서도 기도를 드려주는 사람이 있다, 자기 같은 인간도 사랑해 주는 사람이 이 지상 어딘가에 아직 남아 있다고 느끼는 것만큼 감동적인 일은 없다. 또한 하느님께서도 그대들 두 사람을 더욱 자비로운 눈으로 바라보실 것이다. 그대가 그를 그처럼 가엾이 여겨 준다면, 무한히 자비로운 사랑을 지니신 하느님께서는 얼마나 그를 긍휼히 여기시겠는가. 하느님께서는 그대를 보아서라도 그를 용서해 주실 것이다.

형제들이여, 인간의 죄를 두려워하지 마라. 죄가 있는 자라도 사랑하도록 하라. 그것은 이미 하느님의 사랑에 가까운 것으로, 이 지상에서 가장 위대한 사랑이기 때문이다. 또한 모든 하느님의 창조물을, 그 전체와 그 하나하나의 부분을 사랑하라. 하나의 잎사귀, 한 줄기의 햇살까지도 사랑하도록 하라. 동물을 사랑하고, 식물을 사랑하고, 모든 사물을 사랑하라. 만약 그대가 모든 사물을 사랑한다면 그때는 그 사물에서 하느님의 신비를 발견하게 될 것이다. 일단 그것을 발견하면, 그 뒤부터는 하루하루 더욱 깊이 더욱 많은 것을 인식하게 될 것이다. 그리고 이윽고 모든 것을 감싸주는 우주적인 애정으로써 온 세계를 사랑하게 될 것이다.

동물을 사랑하라. 하느님께서는 그들에게 초보적인 사고력과 온화한 기쁨을 부여하셨다. 동물을 괴롭히거나 학대함으로써 그들로부터 기쁨을 빼앗아 하느님의 뜻을 거역해서는 안 된다. 인간이여, 결코 동물 위에 서려고 하지 마라. 동물에게는 아무런 죄가 없는 반면에, 인간은 위대한 힘을 지녔으면서도, 지상에 출현함으로 말미암아 대지를 부패시키고 거기에 더러운 발자취를 남기고 간다. 슬프게도 우리의 대부분이 그렇다!

특히 어린아이들을 사랑하도록 하라. 그들은 천사와도 같이 순진무구하고 우리의 마음을 감동시켜 깨끗하게 정화시켜 주기 위해 살고 있으며, 우리를 인도하는 지표가 되기도 하기 때문이다. 어린아이들을 모욕하는 것은 슬픈 일이다. 나에게 어린아이를 사랑하도록 가르쳐 준 것은 안핌 신부이다. 말수가 적고 다정한 그는 나와 함께 순례를 할 때도 우리가 받은 동전으로 과자나 알사탕을 사서 아이들에게 나누어 주곤 했다. 그는 어린이들 곁을 지나갈 때면 영혼이 떨리는 것을 느끼는 사람이었다.

우리는 우리와 다른 생각 앞에서 가끔 의혹을 느끼게 된다. 특히 남의 죄악을 보았을 때는 그런 사람을 강제로 체포해야 할 것인지, 혹은 겸허한 사랑으로 사로잡아야 할 것인지에 대해 스스로 묻게 된다. 그러나 어떠한 경우에도 겸허한 사랑으로 사로잡아야 한다고 결심해야 한다. 일단 그렇게 결심만 한다면 온 세계도 정복할 수 있을 것이다. 겸허한 사랑이야말로 모든 힘 가운데 비길 것이 없을 만큼 가장 강하고 가장 무서운 힘이다. 날마다, 매시간마다, 매순간마다, 부지런히 자신을 돌아보고 자신의 모습이 아름답도록 유의해야 한다.

가령 어린아이들 곁을 지날 때, 화풀이를 위해 더러운 말을 입에 담고 분노를 품은 표정으로 지나간다면 비록 이쪽에서는 그 아이를 알아보지 못하더라도 아이 쪽에서는 이쪽을 똑똑히 보고 있는지도 모르는 일이다. 그리하여 그 추악한 모습이 아이의 순진무구한 가슴에 영원히 새겨질지도 모른다. 즉 이쪽에서는 아무것도 모르는 사이에 아이의 마음에 좋지 않은 씨를 뿌린 셈이다.

그리하여 그 씨는 점점 커가는 것이다. 이 모든 이유는 그대들이 어린아이에 대해 세심한 주의를 기울이지 않았기 때문이고, 조심성 있는 실천적인 사랑을 그대들의 마음속에 기르지 않았기 때문이다.

형제들이여, 사랑은 곧 스승이다. 그러나 우선 이것을 얻는 방법을 배워야 한다. 왜냐하면 사랑을 얻기란 매우 어려운 일이어서 비싼 대가를 치르고 오랜 세월 노력한 끝에야 비로소 얻을 수 있는 것이기 때문이다. 또한 우리가 얻어야 할 사랑은 순간적인 것이 아니고 영원히 지속되는 것이어야만 하기 때문이다. 우발적인 사랑은 누구나 다 할 수 있고 악인도 할 수 있다.

나의 형은 새들에게 용서를 빌었는데 그것은 전혀 무의미한 일인 것 같지만, 실은 옳은 일이었다. 세상의 모든 것은 바다와 같아서 모든 것이 흘러들어 합쳐지기 때문에, 한쪽 끝을 건드리면 세계의 다른 한쪽 끝까지 그것이 메아리 치기 마련이다.

비록 새들에게 용서를 구하는 일이 우스꽝스러운 짓일지는 모르나, 만약에 사람들이 지금보다 조금만 더 훌륭하고 아름다워진다면, 새들도, 어린이들도 그 밖의 다른 동물들도 한결 행복해질 것이다. 다시 되풀이하거니와, 세상의 모든 것은 바다와 같다. 이것을 깨닫는다면 인간도 완전한 사랑의 자각에 가책을 받아 형언할 수 없는 기쁨을 느끼면서 새들에게 자기 죄를 용서해 달라고 기도드리게 될 것이다. 다른 사람들의 눈에는 그것이 아무리 무의미하게 보일지라도 우리는 이 기쁨을 소중히 여겨야 한다.

나의 친구들이여, 하느님께 기쁨과 즐거움을 간구하라. 어린아이들처럼, 공중을 나는 새들처럼 즐거운 마음을 갖도록 하라. 그렇게 하면 다른 사람의 죄악이 당신의 과업을 방해하는 일은 없을 것이다. 그러므로 다른 사람이 당신의 과업을 방해하고 완성을 방해할까 봐 두려워할 필요는 조금도 없다. '죄악과 모독의 힘이 너무 강하다. 나쁜 환경의 힘이 너무 강하다. 그런데 우리는 너무도 미약하고 의지할 것이 없으며 나쁜 환경의 방해를 받아 우리의 이 훌륭한 사업을 도저히 완성할 수가 없다'고 실망해서는 안 된다. 어린이들이여, 이러한 나약한 마음을 물리치도록 노력하라!

이런 경우 단 하나의 구원은, 스스로 인간의 모든 죄악을 자기 책임으로 걸머지는 것이다. 친구들이여, 진리는 바로 그런 것이다. 왜냐하면 모든 죄악과 모든 사람에 대해 진심으로 책임을 인정하는 순간 그것은 어디까지나 진실이며 모든 사람에 대해 바로 자기 자신에게 죄가 있다는 것을 깨닫게 되기 때문이다. 그러나 자기의 게으름과 무기력을 다른 사람에게 뒤집어 씌우는 사람은 결국 사탄의 교만에 동화되어 하느님께 불평을 말하게 될 것이다.

나는 사탄의 교만에 대해서 다음과 같이 생각한다. 즉 그 교만은 지상의 우리에게는 이해되기 어려운 것이기 때문에 자칫하면 과오에 빠져 거기에 동화되기 쉬우며, 그러면서도 무슨 위대하고 훌륭한 일이라도 하고 있는 것 같이 생각되기가 일쑤인 것이다. 뿐만 아니라 우리 인간 본성의 강렬한 감정이나 움직임 속에도, 이 지상에서는 우리가 이해할 수 없는 것이 많으므로, 이 사실을 자기의 과오를 정당화시키는 구실로 삼아서는 안 된다. 영원한 심판자이신 하느님께서는 인간이 이해할 수 있는 것을 심문하시지, 이해하지 못하는 것을 심문하시지는 않기 때문이다. 앞으로 그대들이 이 점을 이해하게 될 때는 모든 것을 올바르게 바라보게 되어 다시는 싸움을 하지 않을 것이다.

이 지상에 있는 우리는 갈피를 잡지 못해 헤매고 있다. 만약에 귀하신 그리스도의 모습이 우리 눈 앞에 없었다면, 우리도 대홍수 전의 인류처럼 길을 잃고, 결국 멸망해 버렸을지도 모른다.

이 지상에서는 수많은 것이 우리 인간으로부터 숨겨져 있지만, 그 대신 우리에게는 다른 세계, 세계와 실제로 소통하는 신비롭고 은밀한 감각이 부여되어 있다. 그리고 우리의 사고와 감정의 근원은 이 지상에 있는 것이 아니라 다른 세계에 있다. 철학자들이 이 세상에서는 사물의 본질을 이해할 수 없다고 말하는 것도 바로 이 때문이다.

하느님은 씨를 다른 세계에서 받아다가 이 지상에 뿌려, 자기의 화원을 이룩해 놓으셨다. 그리하여 싹이 틀 수 있는 것은 모두 싹트고 자라나서 지금도 삶을 영위하고 있지만, 그것은 오로지 그것이 신비로운 저세상과의 접촉의 감각을 지니고 있기 때문이다. 인간 내부에 있는 이 감각이 만약 약화되거나 소멸된다면 그 사람의 내부에서 성장한 것도 역시 죽어 없어질 것이다. 이렇게 되면 인간은 생명에 대해 흥미를 잃고 결국은 그것을 증오하게까지 된다. 나는 그렇게 생각하고 있다.

H 사람은 동포의 심판자가 될 수 있는가? 끝까지 믿어야 한다.

인간은 어느 누구의 심판자도 될 수 없다는 것을 특히 명심하라. 왜냐하면 심판자 자신이, 자기도 지금 눈앞에 서 있는 사람과 똑같은 죄인이라는 것, 아니 자기야말로 이 사람의 범죄에 대해 어느 누구보다 더 책임이 있을지도 모른다는 것을 자각하지 않는 한 이 지상에 죄인의 심판자라는 것은 존재할 수 없기 때문이다.

이 사실을 깨달았을 때에야 비로소 심판자가 될 수 있다. 얼핏 생각하기에는 이치에 닿지 않는 말 같지만, 이것은 움직일 수 없는 진리이다. 만약 나 자신이 올바른 사람이었다면 지금 내 앞에 서 있는 죄인은 처음부터 존재하지 않았을는지 모르는 일이다. 그대 앞에 서서, 그대의 뜻대로 심판받게 될 죄인의 죄를 스스로 자신이 걸머질 수만 있다면 지체없이 그것을 실천하여 그를 위해 고통을 받을 것이며, 죄인에게는 아무런 책망도 하지말고 용서하도록 하라. 비록 국법에 따라 심판을 받은 경우라도, 사정이 허락하는 한 이런 정신 밑에서 행동하라. 그렇게 하면 죄인은 심판대에서 풀려나온 뒤, 그대의 심판보다 더욱 가혹하게 자기 자신을 심판할 것이다.

만약 죄인이 그대의 키스에 대해 아무런 감정도 느끼지 않고 오히려 그것을 비웃으며 물러가는 한이 있더라도, 그런 것에 마음이 흔들려서는 안 된다. 그것은 요컨대 그에게 아직 때가 오지 않은 것일 뿐, 올 때가 되면 그것은 반드시 오고야 말 것이다. 또한 오지 않는다 해도 역시 마찬가지다. 만약 그가 깨닫지 못한다면, 다른 사람이 대신 깨닫고 괴로워하며 자기 자신을 심판하고 책망하게 될 것이고, 그리하여 진리는 이루어지는 셈이 된다. 우리는 이것을 믿어야 한다. 바로 이 점에 옛 성인들의 모든 기대와 모든 신앙이 있기 때문이다.

쉬지 말고 부지런히 실천하라. 밤에 잠자리에 들 때, '나는 내가 해야 할 일을 다하지 못했다'는 생각이 들거든 곧 일어나서 그 일을 마치도록 해야 한다. 그리고 그대 주위의 사람들이 모두 심술궂고 냉혹한 인간이어서 그대의 말에 귀를 기울이지 않으면 그들 앞에 엎드려 용서를 빌어야 할 것이다. 왜냐하면 그대의 말에 귀를 기울이게 하지 못하는 것은 그대에게도 사실상 책임이 있기 때문이다. 만약 상대가 격분하여 도저히 설득할 수가 없을 때는 말없이 꾹 참고 그들에게 봉사해야 한다. 그러나 결코 희망을 잃어서는 안 된다.

그리고 모든 사람이 자기를 버리거나 강제로 추방하거든 그때는 홀로 대지에 엎드려 흙에 입맞추며 대지를 눈물로 적시도록 하라. 그러면 비록 고립 속에 있는 그대를 누구 한 사람 듣지도 보지도 못하더라도, 대지는 그 눈물로 열매를 맺게 해줄 것이다. 끝까지 믿어야 한다. 설혹 이 지상에 있는 모든 인간이 타락하여 믿음을 지닌 자는 오직 그대 혼자만이 되더라도 혼자 남은 그대가 하느님을 찬송하고 예배하면 되는 것이다. 만일 그런 사람을 하나 더 만나서 둘이 되면, 그때는 이미 생명 있는 사랑의 세계가 출현한 것이니, 감격 속에서 서로 끌어안고 하느님을 찬양해야 한다. 비록 두 사람 속에서나마 하느님의 진리가 실현된 것이므로.

또 만약 그대 자신이 죄를 범하여—비록 그것이 쌓이고 쌓인 수많은 죄이건, 뜻하지 않게 도발적으로 저지른 단 한 가지 죄이건—죽도록 뉘우치며 슬퍼할 때는 자기 이외의 다른 사람을 위해 기뻐하고 올바른 사람을 위해 기뻐하라. 자기 자신은 죄를 범했어도, 대신 정직하고 올바른 사람이 죄를 범하지 않은 것을 기뻐하라.

만일 다른 사람의 악행이 복수를 하고 싶을 정도로 견딜 수 없는 분노와 슬픔을 자아내더라도, 무엇보다 그러한 감정을 두려워 하고 피하라. 그런 때는 그 사람의 악행에 대한 책임이 자기에게도 있다 생각하고, 자신을 위해 즉시 고통을 찾아 나서라. 그 고통을 감수하고 끝까지 참아내면 그때는 마음의 분노도 사그라지고 자기에게도 잘못이 있다는 것을 진정으로 깨닫게 될 것이다.

왜냐하면 그대는 죄없는 오직 하나뿐인 인간으로서, 악한 자들에게 두루 빛을 줄 수 있었음에도 그것을 게을리하였기 때문이다. 만일 그대의 빛으로 다른 사람들의 앞길을 밝게 비쳐 주었더라면 악행을 범한 자도 그 빛으로 하여 죄를 범하지 않았을지도 모르는 일이다. 그리고 만약 그대가 빛을 주었는데도 사람들이 죄악에서 구원을 받지 못한다 해도, 끝까지 마음을 강하게 먹고 하늘의 빛의 힘을 의심하지 마라. 지금 당장 구원을 받지 못하더라도 머지않아 구원을 받을 때가 오리라고 믿어야 한다. 만일 끝내 구원을 받지 못한다면 그의 자손이 구원을 받을 것이다. 사람은 죽어도 그 진리는 멸하지 않을 것이며, 올바른 사람은 이 세상을 떠나도 그 빛은 뒤에 남을 것이기 때문이다.

사람은 그 구원자가 죽은 뒤에야 비로소 구원을 받게 마련이다. 인류는 예언자를 배척하고 박해하지만, 한편으로는 자기들이 괴롭힌 순교자를 사랑하고 존경한다. 그런만큼 그대들은 전체를 위해 일하고, 미래를 위해 노력하라. 그러나 결코 대가를 바라지는 마라. 굳이 바라지 않더라도 그대들에게 이미 이 세상에서 위대한 대가가 주어지고 있다. 올바른 사람만이 지닐 수 있는 마음의 즐거움이 그것이다.

높은 지위에 있는 사람이나 권세 있는 자를 두려워하지 말고 언제나 슬기롭고 강하고 아름답게 행동하라. 모든 일에서 절도있게 그 한도와 때를 알라. 특히 이것을 배워야 한다. 설령 고립 속에 홀로 있어도 기도하라. 즐거이 대지에 엎드려 대지에 입을 맞추는 것을 사랑하라. 모든 사람을 사랑하고 모든 사물을 사랑하라. 거기서 감격과 법열을 찾으라. 환희의 눈물로 대지를 적시고 그 눈물을 사랑하라. 또한 그 환희를 부끄러워하지 말고 소중히 여겨라. 그것은 하느님의 위대한 선물인 동시에 선택받은 아주 적은 몇몇 인간에게만 주어지는 것이기 때문이다.

I 지옥과 지옥의 불에 관한 신비적인 고찰

사랑하는 동료 여러분, '지옥이란 무엇인가?'라는 문제를 생각할 때, 나는 그것을 '사랑할 수 있는 능력을 잃은 데서 오는 괴로움'이라고 해석한다. 시간으로도 공간으로도 헤아릴 수 없는 무한한 세계에서 일찍이 어떤 정신적 존재(인간)가 이 지상에 나타났을 때, 그는 '나는 존재한다. 그러므로 나는 사랑한다'라는 말을 자기 자신에게 할 수 있는 능력을 부여받았다. 그에게는 실천적이고 생명 있는 사랑의 순간이 꼭 한 번 주어지는데, 그것을 위해 지상에서의 생활이 한시적으로 주어진 것이다.

그런데 이 행복한 존재는 더없이 귀중한 하느님의 그 선물을 거부하여 가치를 인정하지도 않고 사랑하지도 않으며, 비웃음의 눈초리로 힐끗 쳐다보기만 하고 끝내 아무런 감동도 느끼지 않았던 것이다. 이러한 인간이라도 일단 이 지상을 떠나면 부자와 나사로에 관한 비유에서 제시된 바와 같이 아브라함의 가슴을 보고 아브라함과 이야기도 할 것이고, 또 천국도 우러러보며 하느님 앞으로 나아갈 수도 있다. 그러나 일찍이 누구도 사랑해 본 적이 없는 자가 하느님 앞으로 나아가서, 자기가 남들의 사랑을 멸시하고 있는 동안 사랑을 실천해 온 사람들과 가까이하는 것은 그 자체가 커다란 고통이다. 왜냐하면 그는 그때야 비로소 눈을 뜨고 마음속으로 이렇게 생각할 것이기 때문이다.

'이제야 알겠군. 내가 아무리 사랑하기를 원해도, 나의 지상에서의 생활은 이미 끝나 버렸기 때문에 나의 사랑에는 이미 위업을 이룰 힘도 희생이 될 힘도 없다는 것을. 지금 내 가슴에는 지상에서 내가 경멸했던 정신적인 사랑에 대한 갈망이 불길처럼 타오르고 있지만, 아브라함은 그것을 끄기 위한 생명수 (즉 능동적인 지상 생활이라는 선물)를 단 한 방울도 가져다 주지 않는다. 이제 내게는 지상에서의 생활도 없고 그것을 위한 시간도 없는 것이다! 비록 내가 지금 남을 위해 내 목숨이라도 기꺼이 바칠 각오가 되어 있더라도, 그것은 이제 불가능한 일이다. 사랑을 위해 희생할 수 있는 생활은 이미 지나갔고 그 생활과 이곳에서의 생활 사이에는 이제 한없이 깊은 심연이 가로놓여 있기 때문이다.'

흔히 지옥의 불은 물질적인 것이라고 사람들은 말한다. 나는 이러한 신비를 파고들 생각도 않거니와 그것을 파고드는 것은 무서운 일이다. 그러나 내 생각으로서는 가령 그것이 물질적인 불이라고 한다면, 그곳에 떨어진 사람들은 오히려 기뻐할 것이다. 왜냐하면 물질적인 고통으로 인해 순간적이나마 더 큰 정신적 고통을 잊을 수 있기 때문이다.

더구나 정신적인 고통은 외부적인 것이 아니라 내면적인 것이기 때문에 그것을 제거한다는 것은 불가능한 일이다. 그리고 설혹 그것을 제거해 버릴 수 있다 하더라도, 그로 인하여 사람들은 더욱 더 불행에 빠질 것이다. 비록 천국에 있는 의로운 사람들이 그들의 고통을 보고 그들을 용서하고, 무한한 사랑으로 자기 곁으로 불러 올린다 해도, 오히려 그로 인하여 그들의 고통은 더욱 커질 것이기 때문이다. 왜냐하면 그들의 마음속에, 그 호의에 보답하기 위한 능동적인 사랑을 갈망하는 불길이 더욱 뜨겁게 타오를 것이기 때문이다. 그러나 그것은 이미 불가능한 일이 아닌가.

그렇지만 나는 마음속으로 그것이 불가능하다는 자각 그 자체야말로 마침내 그 고통을 얼마간 덜어 주는 데 도움이 되지 않을까 하고 조심스럽게 생각한다. 그 이유는 보답할 가능성이 없는 의로운 사람들의 사랑을 받아들일 때, 이 순종적이고 겸허한 행위 속에서, 자기가 지상에서 멸시했던 능동적인 사랑의 일면을 발견할 수 있을 것이기 때문이다…… 여러분, 나는 이것을 좀더 명확히 설명할 수 없는 것을 유감스럽게 생각한다.

그러나 지상에서 자기의 목숨을 스스로 끊는 자들이야말로 불쌍한 인간들이다! 나는 그들보다 불쌍한 자는 없다고 생각한다. 그들을 위해 하느님께 기도하는 것은 죄악이라고 한다. 그리고 교회도 역시 표면적으로는 등을 돌리고 있는 형편이지만, 나는 마음속으로 그들을 위해 기도를 드려도 좋다고 생각한다. 그리스도께서도 이러한 사랑을 결코 물리치시지 않을 것이다. 지금 고백하거니와 나는 평생을 그런 사람들을 위해 기도해왔고, 지금도 매일 기도하고 있다.

아아, 그러나 지옥에서도 오만하고 흉포한 태도를 끝내 버리지 않는 자들이 있다! 논쟁할 여지가 없는 지식과 부정할 수 없는 진실을 목격하고도 악마와 그 오만한 정신에 완전히 몸을 내맡긴 무서운 인간들도 있다. 이런 인간들에게 지옥은 그들 자신의 의지로 만들어진 것이지만, 그들에게는 만족이 없다. 그들은 자발적인 수난자들이다. 그것은 그들이 하느님과 생명을 저주함으로써 자기자신을 저주했기 때문이다.

예를 들면 사막에서 굶주린 자가 자기 몸의 피를 빨아먹기 시작하는 것과 마찬가지로 그들은 악의에 찬 자기의 오만을 먹고 사는 것이다. 그러나 영원히 만족이라는 것을 모르는 그들은 용서를 거부하고 자기를 부르는 하느님을 저주한다. 그들은 증오에 넘친 눈으로 살아 계신 하느님을 바라보며, 살아있는 하느님이 아주 없어지기를 바란다. 그리고 신이 자기 자신과 자기의 창조물을 아주 멸하기를 요구해 마지 않는다. 이리하여 그들은 영원히 자기 자신의 분노의 불길 속에서 불타며 죽음과 허무를 갈망한다. 그러나 그들에게는 끝내 죽음조차 부여되지 않는다…….

알렉세이 카라마조프의 수기는 여기서 끝난다. 다시 되풀이하면, 이 수기는 불완전하고 단편적이다. 이를테면 전기적 자료만 하더라도 장로의 청춘 시대의 초기에 관한 것뿐이다. 그의 설교나 의견 중에는 이전에 여러 다른 경우에 설파된 것들이 하나의 완전한 형식으로 묶여 있는 것을 볼 수 있다. 장로가 임종 직전 몇 시간 동안에 한 말들은 정확히 구분되어 있지 않지만, 알렉세이 표도로비치가 이전의 설교 가운데서 추려 내어 이 수기에 함께 수록한 것과 비교 대조해 보면, 그때의 담화의 정신과 성격을 어느 정도 이해할 수 있다.

장로의 임종은 그야말로 갑작스럽게 찾아 왔다. 그날 밤, 장로의 방에 모인 사람들은 그의 임종이 가까웠다는 것을 잘 알고 있었으나, 그래도 그렇게까지 돌발적으로 찾아오리라곤 전혀 예기치 못하고 있었다. 아니, 그와는 반대로 앞에서도 말한 것처럼 친구들은 그날 밤 장로가 퍽 원기 있어 보이는데다 말을 많이 하는 것을 보고, 오래 지속되지는 못하더라도 건강 상태가 눈에 띄게 좋아졌다고 믿었다. 나중에 사람들이 이상하다는 얼굴로 전한 바에 의하면 임종하기 바로 5분 전까지도 전혀 예상할 수 없었다는 것이다.

장로는 갑자기 격심한 가슴의 고통을 느끼는 듯이 얼굴이 창백해지며 두 손으로 심장을 눌렀다. 사람들은 모두 자리에서 일어나 그에게 달려갔다. 그러나 그는 고통을 느끼면서도 여전히 한결 같은 미소를 띤 채 모두를 바라보며 조용히 안락의자에서 미끄러지듯 내려와 무릎을 꿇었다. 그러고는 얼굴을 땅에 대고 엎드리더니, 두 팔을 벌려 환희에 넘친 동작으로 방금 자기가 가르친 것처럼 대지에 입을 맞추고 기도를 드리면서, 조용히 기쁜 듯이 영혼을 하느님께 바쳤다.

장로가 죽었다는 소식은 곧 암자 내에 퍼졌고 수도원까지 전해졌다. 고인과 가까운 사람들과 직책상 참관 의무를 지닌 사람들은 옛 의식에 따라 유해를 관에 넣을 준비를 시작했고 나머지 수도사들은 모두 대성당에 모였다. 나중에 들은 말을 종합해 보면, 장로가 죽었다는 소식은 동이 트기 전에 읍내로 전해져서, 동이 틀 무렵에는 읍내 대부분의 사람들이 이 사건에 대해 이야기하고 있었던 것이다.

수많은 사람들이 거리에서 수도원으로 몰려들었다. 그러나 이 이야기는 다음 편으로 넘기기로 하고 지금은 다만 그로부터 하루도 지나기 전에 모든 사람에게 뜻밖의 일이 일어났다는 것만을 미리 말해 두겠다. 그 사건은 수도원과 읍내 사람들에게 준 인상으로 보아, 몹시 기묘하고 불안감을 느끼게 하는 모호한 사건이어서, 그 뒤 오랜 세월이 지난 오늘날까지 많은 사람의 마음을 불안케 한 그날의 기억이 마음속에 생생하게 남아 있는 것이다……

채수동

한국외국어대학 러시아어과 졸업. 미국 뉴욕대학 대학원 수료(러시아문학). 미국 콜럼비아대학 대학원 수학(러시아문학). 주러시아대사관 총영사. 주수단대사관 대사. 한국외국어대학교 러시아문학 강의. 지은책《한 외교관의 러시아 추억》. 옮긴책 똘스또이《인생이란 무엇인가》《사람은 무엇으로 사는가》《이반 일리치의 죽음》도스토예프스키《죄와 벌》《악령》《백치》《미성년》

세계문학전집029
Фёдор Михайлович Достоевский
БРАТЬЯ КАРАМАЗОВЫ
카라마조프 형제들 I
도스토예프스키 지음/채수동 옮김
동서문화사창업60주년특별출판
1판 1쇄 발행/2016. 9. 9
발행인 고정일
발행처 동서문화사
창업 1956. 12. 12. 등록 16-3799
서울 중구 다산로 12길 6(신당동 4층)
☎ 546-0331~6 Fax. 545-0331
www.dongsuhbook.com
*

사업자등록번호 211-87-75330
ISBN 978-89-497-1488-2 04800
ISBN 978-89-497-1459-2 (세트)